Martha Sophie Marcus

# Die Bogenschützin

Roman

GOLDMANN

Verlagsgruppe Random House FSC-DEU-0100
Das FSC®-zertifizierte Papier *München Super* für dieses Buch
liefert Arctic Paper Mochenwangen GmbH.

1. Auflage
Originalausgabe Januar 2013

Die Veröffentlichung dieses Werkes erfolgt auf Vermittlung
der Autoren- und Verlagsagentur Peter Molden, Köln.
Gestaltung des Umschlags: UNO Werbeagentur München
Umschlagfoto: © Diana, Camerarius, Adam (fl. 1644–65) / Johnny van Haeften Gallery,
London, UK / The Bridgeman Art Library und St. Catherine of Alexandria,
c. 1670 (oil on canvas), Marinari, Onorio (1627–1715) (attr. to) /
© Wallace Collection, London, UK / The Bridgeman Art Library
Redaktion: Eva Wagner
BH · Herstellung: Str.
Druck und Bindung: GGP Media GmbH, Pößneck
Printed in Germany
ISBN: 978-3-442-47486-8

www.goldmann-verlag.de

# 1414

König Sigismund von Ungarn stellt dem Böhmen Jan Hus einen Geleitbrief aus, der ihm den sicheren Besuch des Konstanzer Konzils garantiert, wo er seine religiösen Überzeugungen darlegen möchte. Ein Jahr später wird Jan Hus in Konstanz auf dem Scheiterhaufen hingerichtet.

König Sigismund wird zum römischen König gekrönt.

Markgraf Friedrich von Brandenburg aus Nürnberg unterwirft mit Waffengewalt die machthabenden märkischen Rittergeschlechter, allen voran die Brüder von Quitzow.

Markgraf Friedrichs dritter Sohn Albrecht wird geboren.

Die Quitzowschen schwuren einen Eid:
»Wir machen ihm das Land zuleid«,
Und dazu waren sie wohl bereit
Mit ihrem Ingesinde.

»Was soll der Nürrenberger Tand?
Ein Spielzeug nur in unsrer Hand,
Wir sind die Herren in diesem Land
Und wollen es beweisen.

Und regnet's Fürsten noch ein Jahr,
Das macht nicht Furcht uns und Gefahr,
Er soll uns krümmen nicht ein Haar,
Nach Hause soll er reisen.

Und kommt zu Fuß er oder Pferd,
Mit Büchse, Tartschen oder Schwert,
Uns dünkt es keinen Heller wert,
Er muß dem Land entsagen.

Und will er nicht, es tut nicht gut,
Wir stehen mutig seinem Mut,
Zehn Schlösser sind in unsrer Hut,
Er soll uns nicht verjagen.«

*Aus einer zeitgenössischen Ballade von Niklas Uppschlacht, aus: Altes und Neues aus Mark Brandenburg, 1888/89: Fünf Schlösser, Quitzöwel, Kapitel 9*

PROLOG

# Brandenburg, 1414

»Komm doch, Kind«, flüsterte die Amme und zerrte an Hedwigs Arm. Die alte Frau atmete schwer und blickte immer wieder gehetzt zurück zu der Burg, in der sie beide zuhause gewesen waren, bevor Markgraf Friedrich seine riesige Kanone vor den Mauern in Stellung gebracht hatte.

Um den Rhin zu überqueren, der nördlich der Burg Friesack floss, schoben sie ein Ruderboot aus dem Schilf und über das Eis zum offenen Wasser. Als sie auf der anderen Seite des kleinen Flusses die steile Böschung erklommen, schlugen ihnen die nassen Rocksäume schwer um die Beine. Oben hielt die Amme inne und fasste sich an die Brust.

Diesmal war es Hedwig, die nach der Hand der alten Frau griff. »Komm, Amma. Mutter hat gesagt, wir sollen in den Wald gehen.«

Die moorige Auwiese war überfroren, sie brachen bei jedem Schritt durch die dünne Eisschicht. Erst als es ein wenig hügelan ging, wurde das Vorankommen leichter.

Die Amme sprach noch immer nicht, obwohl weit und breit niemand mehr war, der sie hätte hören können. Sie keuchte nur und stöhnte dann und wann, während sie auf den Waldrand zuhumpelte.

Hedwig hatte immer gebettelt, die Edelfrauen in den Wald begleiten zu dürfen, wenn sie im Kreis der Herren und Jäger in ihren schönen Gewändern zu einer Jagd aufbrachen. Früher, vor ihrer letzten Schwangerschaft, hatte auch ihre Mutter sich dieses Vergnügen nicht nehmen lassen. Hedwig hatte sie noch vor Augen, wie sie auf ihrem weißen Zelter saß, einen Falken auf der Hand trug und einem Herrn zulachte. Nicht Hedwigs Vater, denn der war selten auf der Burg.

Fröhliche Tage waren das gewesen, auch wenn ihre Mutter Hedwig nie erlaubt hatte, mit in den Wald zu reiten.

Nun würde sie den Wald sehen und wünschte, sie dürfte in ihr sicheres Bett zurückkehren. Finstere Schatten lauerten zwischen den Bäumen, es raschelte, und ein Stück voraus brach etwas so laut durchs Gesträuch, dass Hedwig zusammenzuckte. Ein Hirsch, sagte sie sich fest, denn erlegte Hirsche und Hindinnen brachten die Jäger am liebsten aus dem Wald heim. Sie wollte kein Feigling sein. Feiglinge wurden gepeitscht, mit Honig bestrichen und den Bienen überlassen, hatte ihr Bruder Köne ihr erzählt.

Die Amme blieb stehen und hielt sich mit einer Hand an einem Baum fest. »Ach, Kind. Dass ich das noch erleben muss.«

»Wir müssen noch weiter. Bis zur Kreuzung nach Zootzen, hat Mutter gesagt. Du weißt doch, wo das ist?«

»Ja, ja. Da lang«, gab die Amme zurück, doch sie klang merkwürdig gleichgültig.

Das Laub auf dem Boden war mit fiederigem Reif überzogen und knisterte, Hedwigs Atem wurde zu weißem Hauch. Beides erinnerte sie daran, wie gefährlich es war, in der Winterkälte draußen den Weg zu verlieren. Doch daran durfte sie nicht denken. Sie beschäftigte sich damit, die unheimlichen Schatten des Waldes in ihrer Vorstellung mit Hirschkälbern, Eichhörnchen und Vögeln zu bevölkern statt mit Wölfen und Bären, stinkenden Keilern, Drachen, Auerochsen und Wegelagerern. So bemerkte sie es zuerst nicht, als die Amme zurückblieb.

»Amma?« Sie lief zurück und kniete sich zu der alten Frau, die an einen Baum gelehnt dasaß.

Die Amme umfasste schmerzhaft fest Hedwigs Arm. »Dass du mir nicht umkehrst. Sie werden dir wehtun. Hörst du? Dass du mir nicht umkehrst.« Selbst mit ihrem letzten Atemzug formten ihre Lippen die Worte noch einmal. Nicht umkehren.

Hedwig hatte mit ihren zehn Jahren noch nicht viele Tote gesehen. Doch sie wusste, dass ein Mensch aufhörte zu atmen, wenn er starb. Weinend setzte sie sich neben die Tote ins bereifte Laub.

Es dauerte nicht lange, bis ihre Zähne vor Kälte zu klappern begannen. Sie dachte daran, dass in manchen Wintern draußen steifgefrorene Leute gefunden wurden. *Da lang,* hatte die Amme gesagt. Da lang musste sie gehen und die Kreuzung nach Zootzen allein finden, um dort die anderen zu treffen, denen es gelungen war, aus der belagerten Burg zu fliehen. Die würden sie am Ende zu dem Zufluchtsort bringen, an dem sie ihre Mutter, ihre Brüder und ihre Schwester wiederträfe. Und vielleicht ihren starken, mächtigen Vater, der stolz auf sie sein würde, weil sie es allein geschafft hätte.

Benommen vor Kummer und Kälte lief sie weiter. Es wurde schwierig mit dem »Da lang«, denn dichtes Unterholz und moorige Lichtungen zwangen sie zu Umwegen.

In den noch dunklen Morgenstunden gestand sie sich schließlich ein, dass sie weder wusste, wohin sie gehen musste, noch, woher sie gekommen war.

Am anderen Ufer eines Waldsees sah sie Rauchschwaden aufsteigen. Der Rauch war seltsam hell, so weiß wie ihr Atemhauch, und ein Feuerschein war nicht zu sehen. Aber wo Rauch war, musste auch Wärme sein, deshalb umwanderte sie den See. Hätte es nicht nach schwelendem Holz gerochen, hätte sie nun vielleicht wirklich gedacht, dass es sich um Atem handelte, denn die Schwaden stiegen von drei großen Hügeln auf, die in der Dunkelheit dalagen wie riesige, kauernde Tiere. Drei Drachen, die zusammengerollt hier im Wald schliefen.

Hedwig spürte die Hitze, die von ihnen ausging. An einer besonders warmen Stelle des einen ließ sie sich nieder und schmiegte sich an seine Wölbung, um auszuruhen. Es war so angenehm, dass sie sich die nassen Schuhe auszog und ihre Füße wärmte, bis das Leben in die Zehen zurückkehrte. Der Schmerz und der Gedanke an die Amme trieben ihr wieder die Tränen in die Augen.

⁂

Als der Köhler zurückkehrte, um seine Meiler ein letztes Mal in dieser Nacht zu überprüfen, sah er nicht das schlafende Kind zuerst, sondern die kleinen, ruinierten, doch einst kostbaren Lederschuhe, die am Fuße des ersten Meilers lagen. Gerade dieser hatte ihm in den Vortagen viel Ärger gemacht. Erst wollte sich die Schwelung darin nicht gleichmäßig ausbreiten, sodass er ständig Luftlöcher hatte stechen und wieder verschließen müssen. Dann hatte der blaue Rauch verraten, dass es im Inneren des Holzhaufens brannte. Verhext hatte er das Ding genannt, und nun stand er da und starrte auf das Häufchen Mensch, das aus ihm herausgewachsen zu sein schien. Wenn es denn ein Mensch war und keine Fee oder Schlimmeres. Teure Schuhe hatte es mitgebracht, und das hellblaue Kleid, das unter dem einfachen grauen Wollmantel hervorlugte, war nicht weniger fein.

Was bekam ein armer Mann, der sechs Mäuler zu stopfen hatte, dafür, wenn er der Burgherrin von Friesack ihr Kind zurückbrachte? Mehr jedenfalls, als er in einem Jahr für seine Köhlerei erhielt, so viel war gewiss.

»Holla, du«, sagte er und stieß das Kind mit dem Störhaken an, bis es aus dem Schlaf hochfuhr.

⁂

Hedwig erzählte dem Schwarzen Mann, dass ihre Mutter nicht mehr auf Friesack sei, dennoch ging er nachsehen und ließ sie bei seiner Frau und seinen Kindern in der Hütte. Das spelzige Brot, das die Frau ihr reichte, brachte sie kaum herunter, aber immerhin fühlte sie sich sicher. Das änderte sich, als der Mann wiederkehrte. Sie begrüßte ihn aufgeregt, woraufhin er sie wütend ohrfeigte, nicht anders, als er seine Frau und seine Kinder schlug. »Unnütz«, schrie der Köhler sie an. »Unnütz bist du!« Und er schlug sie noch einmal, so hart, dass sie stürzte.

Von da an sprach Hedwig kein Wort mehr mit ihm und auch keines mit seiner Frau oder seinen Kindern, die sie nun ebenso unfreundlich und grob behandelten wie er. Sie sprach nicht, als sie statt ihres Kleides Kohlensäcke anziehen musste und ihr Kleid auf dem Balken verwahrt wurde. Nicht, als die Kinder hohnlachend an ihren blonden Zöpfen zogen und sie mit Ruß einrieben, weil ihre Haut so weiß war. Nicht, als sie gezwungen wurde, die gleiche harte Arbeit zu tun wie alle, obwohl sie zierlicher war und unter den Wassereimern, die sie zu den Meilern schleppen musste, beinah zusammenbrach. Sie sprach nicht, und sie weinte nicht, denn so jung sie war, kannte sie ihren Stand. Das Gesindel würde seine Strafe erhalten, wenn die Männer ihres Vaters sie fänden und befreiten.

Der Taumonat Hornung verging, aber der Winter zeigte sich mit Schneestürmen und scharfem Frost noch auf dem Höhepunkt seiner Macht. Niemand erschien, um nach Hedwig zu fragen, die wie die anderen Kinder im hohen Schnee dabei helfen musste, den ausgeschwelten Meiler abzubauen und die Kohle in Säcke zu schaufeln.

Eines Tages erwachte sie in ihrem Winkel der Laubschüttung, auf der die Kinder ihr Ruhelager hatten, und schrie auf. Ein Monster stand über sie gebeugt und gaffte sie mit glänzenden Augen an. Es ging auf zwei Beinen und war doch von oben bis unten mit braunem, zottigem Fell bedeckt. Hedwig wusste gleich, dass es sich um ein Wesen handelte, vor dem sie immer gewarnt worden war: Es war ein Wilder Mann, einer, der im Wald wie ein Tier lebte und dabei vergessen hatte, dass er ein Mensch war. Er hatte eine so gewaltige Mähne um seinen Kopf, dass außer den Augen und der Nasenspitze von seinem Gesicht nichts mehr zu erkennen war. In der Hand trug er einen knorrigen, langen Ast.

Sie holte tief Luft. »Guter Mann«, sagte sie in dem beruhigenden Ton, in dem ihr großer Bruder mit seinem Lieblingshund sprach. »Sei brav und tu mir nichts.«

Der Mann sah sie verdutzt an, dann gab er einen Laut von sich, der belustigt klang.

Hedwig setzte sich auf. »So ist es gut. Kannst du auch sprechen?«

Wieder staunte er mit großen Augen, dann schüttelte er das wüste Haupt, wandte sich ab und ging zum Köhler hinüber, der steif mit dem Rücken zur Wand dastand und ihn beobachtete.

»Du bist ein Schwein, Köhler. Ich nehm sie mit«, sagte der Wilde Mann.

Der Köhler sah aus, als wolle er widersprechen, kniff jedoch im letzten Moment die Lippen zusammen, als der Wilde Mann sich vor ihm ganz aufrichtete. »Wo ist ihr Zeug?«

Kurz darauf verließ Hedwig mit dem Fremden die Köhlerhütte. Kurz hatte sie Angst gehabt, doch als er ihr zunickte und ihr wortlos die Hand hinhielt, war sie auf einmal sicher, dass es ihr bei ihm besser gehen würde als beim Köhler.

Voller Vertrauen stapfte sie an seiner Hand weiter in den geheimnisvollen, tiefen Wald hinein, in den sich sonst kein Mensch jemals verlief.

# 1

# Der Wilde Mann

Der Wald duftete nach jungen Knospen, feuchtem Humus, den letzten blühenden Buschwindröschen und den ersten Veilchen. Nach dem langen und harten Winter war jeder Sonnenstrahl ein willkommenes Himmelsgeschenk. Hedwig spürte dankbar die Wärme auf ihrem Gesicht, ließ jedoch ihre angespannte Aufmerksamkeit nicht sinken. Seit Stunden saß sie auf dem hohen Ast einer günstig gewachsenen alten Eiche und beobachtete die Lichtung unter sich. Ebenso lange hielt sie bereits ihren schussbereiten Bogen in der Hand. Sie dachte nicht daran aufzugeben. Er würde ganz sicher kommen, so wie er jeden Tag kam. Nichts würde ihm verraten, dass sie ihm auflauerte. Die Tage, in denen sie sich durch ihr Ungeschick verraten hätte, lagen hinter ihr. Acht Jahre lang hatte sie geübt, ein Teil des Waldes zu sein.

Auf der gegenüberliegenden Seite der Lichtung wackelte die Krone eines Holunderbusches, einige leichte Schläge gegen Holz erklangen, und eine Birke zitterte. Hedwig hob langsam den Bogen, spannte ihn ein wenig. Nur keine schnelle Bewegung, nur kein aufgeregter Herzschlag, kein hastiger Atemzug.

Nun trat er zwischen den Büschen hervor auf die Lichtung. Er war kein Prachtbock, aber ausgewachsen. Tagelang Fleisch. Hedwig verbot sich, daran zu denken. Sie durfte nicht schlucken, ihr Magen durfte nicht knurren und ihre Gier ihr nicht den Schuss verderben.

Der Bock kam weiter heran, mit den stockenden Schritten eines Tieres, das auf der Hut war. Er hob den Kopf und sicherte, Hedwig hielt die Luft an und regte sich nicht. Endlich begann er zu äsen, die Flanke zu ihr. Sie sah die Stelle, an der sie ihn treffen würde, und zog die Sehne mit einer für ihn unsichtbaren, gleichmäßigen Bewegung bis zur Wange. Noch während ihr Pfeil in der Luft war, dankte sie dem Rehbock für das Geschenk seines Lebens. Seine Kraft würde ihre und die ihres Ziehvaters stärken.

Hedwig war klug genug, keine Spuren zu hinterlassen, als sie den toten Rehbock auf ihren Schultern zu der kleinen Einsiedlerhütte trug, in der sie mit ihrem geliebten »Wilden Mann« wohnte. Sie wusste, dass ihre Jagd Diebstahl war, auch wenn es hier in der Einsamkeit schien, als wäre es gleichgültig, wem das Wild gehörte.

Richards Hütte hatte sich äußerlich nur wenig verändert, seit er Hedwig als Kind dorthin mitgenommen hatte. Sie war zwischen Bäumen und Gesträuch kaum zu sehen, so bemoost und mit Efeu bewachsen waren die Holzwände und das Dach.

Hedwig war noch nicht in Sichtweite der Behausung, da kam ihr der Hund entgegen. Der braune Jagdhund sprang aufgeregt an ihr hoch und untersuchte den Rehbock, der ihr inzwischen schmerzhaft auf die Schultern drückte. »Aus, Tristan! Du bekommst schon deinen Teil. Wo ist Richard?«

Tristan ließ von ihr ab und lief voraus bis zu seinem Herrn, der neben der Hüttentür stand, sich mit einer Hand an der Wand abstützte und ihr entgegenblickte.

Es gab Hedwig einen Stich ins Herz, ihn so zu sehen. Noch im Herbst war er ihr in seiner Kraft und Geschicklichkeit unbezwingbar vorgekommen. Im Winter hatte er jedoch angefangen zu husten, und seitdem hatte er sich noch immer nicht erholt. Seit damals, als sie zu ihm gekommen war, hatte er sich regelmäßig seine Haare und seinen Bart gestutzt. Deshalb war deutlich zu sehen, wie hager er durch seine Krankheit geworden war. Als er sie sah, formte er die Lippen kurz zu seinem üblichen schwachen Lächeln, das wohl nur sie als solches erkannt hätte. Ihr genügte es.

»Fleisch, Richard. Nun können wir endlich den Hund wieder anständig füttern«, sagte sie, und er belohnte sie mit einem weiteren Lächeln. Es war ein alter Scherz zwischen ihnen, dass sie jagten, um Tristan füttern zu können, den sie gemeinsam aufgezogen hatten.

Obwohl sie den Rehbock gern abgeworfen hätte, tat sie es nicht. Bevor Richard in Versuchung kommen konnte, ihn ihr abzunehmen, hatte sie ihn zu dem Baum gebracht, wo sie ihre Beute zum Schutz vor den Wölfen und Füchsen vorerst aufhängten. Sogar das Tier dort hochzuziehen, schaffte sie allein. Fest entschlossen wollte sie es diesmal auch übernehmen, es aus der Decke zu schlagen und aufzubrechen, doch bei dem Gedanken daran entkam ihr ein Seufzen.

»Geh, Zaunkönigin, wasch dich«, sagte Richard mit seiner warmen Stimme. Schwach, wie er auf den Beinen war, stand er doch längst hinter ihr.

Von ihren Gefühlen überwältigt, wandte sie sich um, umarmte ihn und drückte ihr Gesicht an seine Brust. Wortlos ließ er sie eine Weile gewähren, dann schob er sie auf Armeslänge von sich und musterte sie. Mit einem Kopfnicken wies er sie darauf hin, dass sie ihren Rock noch geschürzt trug. Rasch berichtigte sie den Fehler und sah ihrem Ziehvater danach in die Augen. »Richard …«

Er schüttelte langsam und nachdrücklich den Kopf. Mehr musste er nicht sagen. Sie seufzte noch einmal tief und ging bedrückt zum Bach. Dort wusch sie sich Gesicht und Hände und kämmte ihr Haar, bis sie es neu zu der blonden Krone einflechten konnte, von der sie wusste, dass Richard sie besonders gern an ihr sah.

Sie tat es nicht deshalb, weil sie hoffte, ihn nachgiebig zu stimmen. Sein Entschluss stand fest. Sobald er ganz genesen war, wollte er mit ihr auf die Suche nach ihrer Familie gehen, obwohl er selbst den Gedanken daran hasste. Nur aus Sorge um sie wollte er es auf sich nehmen, seinen Wald zu verlassen. Nur weil seine Krankheit ihm Angst davor gemacht hatte, dass er sterben und sie ohne ihn in der Wildnis zurückbleiben könnte. Und so wenig sie daran denken mochte, dass er sterben könnte, wusste sie doch, dass er nicht unrecht mit seiner Sorge hatte. Im Sommer hätte sie allein im Wald leben können, doch die Vorstellung, einen Winter überstehen zu müssen, in dem niemand ihr mit dem Feuerholz, dem Heranschaffen von Vorräten wie Korn und Salz, dem Heizen und Kochen half und niemand ein Wort mit ihr sprach, machte ihr selbst Angst.

Während Richard draußen mit dem Reh beschäftigt war, bereitete Hedwig in der Hütte einen Brei aus Emmerschrot mit den letzten getrockneten Pilzen des Vorjahres zu. Später, als er zu ihr hereinkam, briet sie noch ein wenig von dem frischen Fleisch als Dreingabe. Richard aß mit Lust, und Hedwig war zwischen Freude und Wehmut hin- und hergerissen, weil sie glaubte, dass er die Krankheit endgültig besiegt hatte.

Zu ihrem Kummer wurde sie noch in derselben Nacht eines Besseren belehrt, denn das Fieber kehrte zurück. Er hustete stark, seine Atemzüge rasselten, und am nächsten Morgen war er zu matt, um sein Lager zu verlassen.

Hedwig schürte das Feuer, brühte die letzten Krümel Fenchel, Weidenrinde und Honig zu einem Sud und reichte ihn Richard. Anschließend fütterte sie erst Tristan und dann Isolde, das Habichtweibchen, das auf seiner Jule in der Ecke saß, wo auch der Hund seinen Schlafplatz hatte. Richard sah ihr schweigend zu, bis sie hinausgehen wollte, um den Rest der alltäglichen Arbeiten in Angriff zu nehmen. Seine Stimme war leise und heiser, als er sie aufhielt. »Warte. Komm her zu mir.«

Hedwig gehorchte mit einem Lächeln und setzte sich auf den Rand seiner Bettstatt. Er überraschte sie damit, dass er ihre Hand ergriff. Seit sie kein Kind mehr war, berührte er sie kaum noch. »Zaunkönigin, es mag sein, dass wir beide diesen Sommer am Ende doch nicht gemeinsam auf die Suche nach deiner Familie gehen.«

Hedwig wusste, worauf er hinauswollte, und schüttelte den Kopf. »Ach was, nun glaub nicht wieder das Schlimmste. Einige Tage in der Sonne, und du bist gesund.«

»Ich weiß, dass du es nicht hören willst. Aber du musst. Du musst mir versprechen, dass du unseren Wald verlässt, wenn ich nicht mehr bin. Und …«

Hedwig versuchte, ihm ihre Hand zu entziehen, doch er hielt sie fest. Bei aller Geschwächtheit war er noch immer stärker als sie. »Du wirst gesund«, beharrte sie.

»Vielleicht. Aber wenn nicht, dann musst du mir meine letzten Wünsche erfüllen. Denn außer dir gibt es niemanden, der es tun könnte. Ich bin in der Nacht zu dem Schluss gekommen, dass der Herrgott dich mir auch deshalb geschickt hat. Gibst du mir also dein Wort?«

»Richard, sie haben mich nie gesucht. Vielleicht sind sie alle tot. Niemand würde mich erkennen. Was sollte ich den Menschen sagen?«

»Du wirst ihnen sagen, wer du bist. Und es wird sich jemand finden, der für dich sorgt. Ein Bruder, ein Onkel, ein Schwager. Es ist dein Recht, und du sollst es einfordern. Aber das ist nicht alles, worum ich dich bitte. Du sollst auch etwas für mich allein tun. Weißt du noch, wie oft du als Kind gefragt hast, warum ich hier im Wald lebe?«

»Weil du mit meinem Vater und seinen Freunden gestritten hast und sie dich deshalb verstoßen haben.«

»Ja. Obgleich der Streit nicht deinen Vater betraf. Er hat nur Recht gesprochen, so gut er es vermochte.«

Ein Hustenanfall unterbrach seine Rede, und Hedwig half ihm, sich aufzusetzen, damit er leichter Luft holen konnte. Es dauerte lange, bis er sich, erschöpft von Schmerz und Atemnot, wieder auf sein Kissen sinken ließ.

»Lass uns später weiterreden«, sagte sie.

Diesmal umfasste er ihren Unterarm. »Nein. Hör mir zu. Noch einmal finde ich nicht den Mut. Ich habe einen Sohn, der mich nicht kennt. Den sollst du finden.«

Er atmete tief, schloss die Augen und ließ damit Hedwig Zeit, ihrer Verblüffung Herr zu werden. Ihre Gedanken und Gefühle überschlugen sich. Sogar eine Prise Eifersucht mischte sich in ihre Aufregung. »Wie alt ist dein Sohn? Wo ist er? Warum ... Was soll ich tun, wenn ich ihn gefunden habe?«

Richard lächelte sein zartes Lächeln, ohne die Augen zu öffnen. »Das ist mein Mädchen. Du wirst ihn finden. Ich danke dir schon jetzt, Zaunkönigin. Er denkt, er wäre Hans von Torgaus Sohn. Sein Name ist Wilkin. Bring ihm mein Schwert und sieh nach, ob es ihm gutgeht. Von mir erzählen musst du ihm nicht.«

»Das verstehe ich nicht. Warum kennt er dich nicht?«

»Weil seine Mutter eine verdorbene Schlange war. Ihretwegen wollte ich nicht mehr unter Menschen leben. Ihr fiel spät ein, dass sie einen von Torgau wollte und keinen von Restorf. Da trug sie schon mein Kind. Damit ich ihr nicht ihre Heirat verderben konnte, hat sie mich geschmäht und verleumdet. Begegnest du diesem Weib, trau ihm nicht.«

Wieder übermannte ihn der Husten, schüttelte ihn bis halb zur Ohnmacht, bevor er wieder sprechen konnte. Eine ganze Stunde hielt er Hedwig auf diese Art bei sich, zwischen Husten und seinen Erinnerungen. Stück für Stück erfuhr sie, was er ihr nie zuvor preisgegeben hatte. Anschließend fiel er in einen unruhigen Schlaf, und sie verließ verwirrt die Hütte. Er mochte glauben, dass sie nun alles Nötige wusste, doch sie hatte nur die Hälfte verstanden. Wie kam es, dass eine Frau sein Kind empfangen hatte, die nicht sein Eheweib war? Hatte Richard nicht immer gesagt, zwei Menschen müssten heiraten, um Kinder zu bekommen? Selbst Tristan und Isolde aus dem alten Pergament, mit dessen Hilfe Richard sie das Lesen gelehrt hatte, hatten doch keine Kinder bekommen, obwohl sie sich liebten.

Danach fragen konnte sie Richard nicht, denn was zwischen Mann und Weib geschah, darüber hatte er mit ihr nie sprechen wollen. Gerade jetzt würde sie ihn damit nicht belästigen.

Ohnehin dauerte es nicht lange, bis sie ihre Fragen vergaß, denn Richard wurde so krank, dass sie bald nur noch Gedanken für seine Pflege und für Gebete übrig hatte, in denen sie um sein Leben flehte.

Beides reichte nicht aus, ihn zu retten. Stunden vor seinem Tod kam er zu sich und sprach seine letzten Worte. »Zaunkönigin«, sagte er, »nimm den Hund und das Ross, und lass den Habicht zurück. Ich werde bei dir sein.«

* *

Richard zu begraben wurde die härteste Arbeit, die Hedwig je geleistet hatte. Es war nicht einfach, zwischen den Wurzeln alter Bäume ein Grab auszuheben, wie sie es sich vorstellte. Noch schwerer fiel es, den einzigen Menschen, den sie kannte und liebte, mit Erde zu bedecken, um ihn niemals wiederzusehen. Sie hatte nicht aufgehört zu weinen, seit sein gequälter Atem verstummt war.

Und danach, als sie glaubte, sich gefasst zu haben, und bereit für ihren großen Aufbruch war, kamen ihr erneut die Tränen, weil sie schon den geringsten seiner letzten Wünsche nicht erfüllen konnte. Isolde, der Habicht, den er zur Beizjagd abgerichtet hatte, wollte sich nicht freigeben lassen. Der Greifvogel folgte Hedwig in den Baumkronen und ließ sich bei jeder Rast bettelnd in ihrer Nähe nieder, den ganzen Weg bis zu ihrem ersten Ziel, dem Kloster.

Der Abt des Zisterzienserklosters St. Michaelis, dem Richard vor langer Zeit all seine Habe überlassen hatte, hielt ein Pferd bereit, das ein Nachfahr seines Streitrosses war. Das Kloster hatte das Pferd für die tägliche Arbeit nutzen dürfen, bis Richard kommen und es zurückverlangen würde. Hedwig hoffte, dass der Abt den Hengst nun stattdessen ihr geben würde und dass ihre wenigen Reitstunden ausgereicht hatten, um mit ihm zurechtzukommen. Nur wenige Male hatte Richard vom Kloster ein Reitpferd ausgeborgt, um ihr das Nötigste beizubringen.

St. Michaelis lag auf einer sich allmählich ausweitenden Lichtung und war nicht mehr als ein Bauernhof mit einer winzigen Kapelle. Sechs Mönche lebten und beteten dort, rodeten Wald und legten Felder an, um den Reichtum ihrer Kirche zu mehren und dem Allmächtigen damit wohlgefällig zu sein. Einer von ihnen zog eben Wasser aus dem Brunnen, als Hedwig die Lichtung betrat. Zu ihrer Erleichterung war das Habichtweibchen endlich ein wenig zurückgeblieben. Richard hatte ihr eingeschärft, dass es nicht jedem zustand, einen Beizvogel zu besitzen. So gern Hedwig Isolde auch behalten hätte, konnte das Tier doch Schwierigkeiten bereiten.

Der Mann beim Brunnen war nicht Abt Claudius, sondern einer der fünf Mönche, denen sie zuvor nie begegnet war. Ihr schlug das Herz bis zum Hals, als sie sich ihm näherte. Es war ihr in den vielen Jahren, die sie allein mit Richard verbracht hatte, fremd geworden, auf Menschen zuzugehen. Doch immerhin hatte ihr Ziehvater Wert darauf gelegt, dass sie nicht vergaß, wie sie sich Fremden gegenüber zu benehmen hatte.

Tapfer holte sie Luft und sprach den Mönch an, bevor er

sich zu ihr umgewandt hatte. »Gott zum Gruß, Bruder. Ich wünsche Euch einen gesegneten Tag.«

Der Mann ließ die Brunnenkurbel los, fuhr herum, dass seine braune Kutte wirbelte, und ergriff mit beiden Händen das Joch für die Wassereimer wie eine Waffe. »Weiche von mir!«, sagte er.

Verwirrt wollte Hedwig ihn beschwichtigen, doch ihr Hund, der sie bisher folgsam und so gut wie unsichtbar begleitet hatte, fasste die Geste des Mönches als Bedrohung auf. Mit gesträubtem Fell und gebleckten Zähnen baute er sich vor ihr auf und knurrte den Mann an.

Dieser blieb mit seinem Joch in Händen standfest, riss jedoch die Augen weit auf. »Verschwinde!«, schrie er schrill.

Hedwig schüttelte verständnislos den Kopf. Warum fürchtete sich der Mann vor ihr? Sie hatte sich Mühe mit ihrer äußeren Erscheinung gegeben, so wie Richard es sie gelehrt hatte. Natürlich trug sie viel Gepäck, doch ihr Haar war aufgesteckt und mit der Kapuze ihrer leichten Gugel bedeckt, ihr gutes, graues Überkleid hatte keine Flecken, und der weite Rock bedeckte ihre Beine bis zu den Fuchsfellstiefeln. Nicht einmal barfuß war sie gegangen, wie sie es sonst bei diesem Wetter getan hätte. War es am Ende nur ihr Hund, der ihm Angst machte? Hedwig wusste, dass Tristan den Mönch nicht angreifen würde, solange dieser nicht vorher angriff. Es sei denn, sie befahl es ihm.

»Ich möchte zu Abt Claudius. Könnt Ihr ihn holen? Der Hund wird Euch nichts tun«, sagte sie.

Eine Antwort gab er ihr nicht, nicht einmal ein Nicken, aber immerhin setzte er sich in Bewegung. Ohne den Blick von ihr zu lösen, ging er mit erhobenem Joch rückwärts zur Kapelle und flüchtete sich hinein. Hedwig hörte ihn darin mit jemandem sprechen, und eine Weile darauf kam Abt Claudius aus der Tür.

Er sah nicht erfreut aus, als er sie sah, doch auch nicht ängstlich. In einigen Schritten Entfernung von ihr und dem Hund verneigte er sich. »Gottes Segen. Ist Euer Ziehvater nicht wohl, edle Jungfer?«

Hedwig wappnete sich, um mit fester Stimme zu sprechen. »Er ist gestorben. Und mich hat er auf eine Reise geschickt, für die ich Eure Hilfe brauche. Ich hoffe, Ihr werdet sie mir gewähren, Abt Claudius.«

Falls der Abt über die Nachricht von Richards Tod betroffen war, zeigte er es nicht. Er nickte würdevoll. »So wie ich es mit Herrn von Restorf besprochen habe. Obgleich ich denke, dass Ihr mit dem Pferd … Nun, darüber müsst Ihr selbst entscheiden. Ich habe Anweisungen, was ich Euch auszuhändigen habe, und vertraue darauf, dass Ihr Euch, wenn Ihr zu Eurem angestammten Recht und Wohlstand gekommen seid, unserer bescheidenen Abtei erinnern werdet.«

Hedwig war sich nicht sicher, dass sie auch nur den Weg nach Friesack finden würde, geschweige denn ihr angestammtes Recht, doch das wollte sie dem Abt nicht eingestehen. »Das werde ich gewiss.«

Der Abt ließ ein mageres schwarzes Pferd mit unansehnlichem Ramskopf vom Acker holen, wo es vor dem Pflug gearbeitet hatte, und zäumte es eigenhändig mit einem schäbigen Kopfstück und einem einfachen alten Sattel auf. »Ihr tut besser daran, wenn Ihr das Tier sparsam füttert, denn sonst wird es zu lebhaft. Lasst es zudem ruhig aussehen wie einen Klepper, damit es die Armen weniger in Versuchung führt.«

Hedwig nickte einsichtig, obwohl sie schon wieder unsicher war. Wie sah ein Klepper aus, im Gegensatz zu einem Ross?

Nun, vielleicht genügte es, wenn sie das Ross Klepper nannte und es nicht allzu sauber putzte.

Einige Stunden, nachdem sie in die Richtung, die der Abt ihr wies, aus dem Kloster aufgebrochen war, nannte sie den hässlichen Rapphengst voller Überzeugung Klepper. Er schien ihr das trägste Wesen auf Erden zu sein, versuchte bei jedem Grashalm anzuhalten und hob kaum die Hufe, sodass er auf den Waldpfaden immer wieder über Wurzeln stolperte. Als sie sich für die Nacht lagerte, blieb er mit hängendem Kopf bei dem Baum stehen, an dem sie ihn angebunden hatte.

Es war das erste Mal, dass sie eine ganze Nacht allein im Wald verbrachte, ohne ein Dach über dem Kopf zu haben, und sie legte ihr Lager mit Bedacht an. Der Dunkelheit und den meisten Gefahren der Wildnis war sie im Laufe der Jahre begegnet, und nicht immer war Richard an ihrer Seite gewesen. Sie fürchtete sich nicht, doch sie war vorsichtig. Nicht genug, um auf einem Baum zu schlafen, doch genug, um einen auszuwählen, auf den sie sich flüchten konnte, wenn Wölfe oder Wildschweine ihr zu nahe kamen. Stets einen Bogen schussbereit in Reichweite zu halten, war sie ohnehin gewöhnt. Seit sie eigene Bögen besaß, nahm sie jeden Abend von einem Bogen die Sehne ab, damit sich das Holz erholen konnte, und spannte dafür einen anderen auf. Am Morgen wechselte sie sie wieder aus. Ebenso hatte Richard es gemacht. Zur Sicherheit spannte sie an diesem Abend einen zweiten ihrer Bögen und hängte ihn mit ihrem Köcher und einigen Pfeilen in ihrem Fluchtbaum auf. Isolde verstand die vertrauten Gegenstände als Markierung ihres neuen Schlafplatzes und ließ sich auf einem Ast in der Nähe nieder.

Die Mainacht war warm, und Hedwig fiel bald in einen leichten Schlaf, der nur vom Seufzen des an ihre Beine geschmiegten Hundes, dem Schnauben ihres Pferdes und den raschelnden Tritten harmloser Tiere gestört wurde.

Erst als die Sonne bereits aufgegangen war und Hedwig eben den Klepper wieder bepackt hatte, hörte sie Laute, die sie beunruhigten. Seit sieben Jahren hatte sie nichts Ähnliches gehört. In weiter Ferne ertönten das Geklingel von Schellen und der Gesang eines Mannes.

Eilig zog sie das widerwillige Pferd zurück auf den Pfad, der sie vom Kloster bis zur Straße nach Friesack führen sollte.

Es stellte sich heraus, dass sie der Straße näher gewesen war, als sie geglaubt hatte. Bald konnte sie den breiten Weg sehen, verharrte jedoch in der Deckung hoher Sträucher, weil der Gesang und die Schellen rasch näher kamen und sie die unbekannten Menschen lieber vor sich als hinter sich wissen wollte. Neugierig spähte sie durch die Zweige.

Ein farbenfroh gekleideter Mann und eine zierliche Frau auf Pferden führten jeder einen beladenen, mit Schellen behängten Maulesel als Lasttier mit sich. Der Mann sang auf Latein, das Hedwig nur in kleinen Fetzen verstand. Immer wieder brach er ab, sprach ein paar Worte mit der Frau und wiederholte dann einen Vers oder eine Strophe. Die beiden waren so beschäftigt mit sich, dass sie zu Hedwigs Erleichterung auf nichts anderes achteten als auf den Weg.

Sie waren schon vorübergezogen, da schüttelte Hedwigs Pferd ihre Hand von seiner Nüster und wieherte den Fremden nach. Hedwig zuckte ebenso zusammen wie die beiden Leute auf dem Weg. Der Sänger hatte bereits ein langes Messer gezogen, bevor sie sich von ihrem Schreck erholt hatte. »Es ist schon gut, das bin nur ich«, rief sie schnell. Da ihr nun nichts anderes übrigblieb, beeilte sie sich, Bogen und Pfeil in die Hand zu nehmen und aus ihrem Versteck auf die Straße zu gelangen. »Dummer Klepper«, flüsterte sie dabei.

Der Sänger und die Frau staunten sie mit offenen Mündern an, als sie ihnen mit Pferd und Hund auf dem Weg gegenübertrat. Der Mann ließ sein Messer sinken. »Eine Fee«, entfuhr es ihm. »Habe ich nicht gesagt, dass dies ein wundersamer Wald ist, Irina? Holde, hohe Frau, ich hoffe, Ihr wollt uns nichts Böses antun. Wir sind nur harmlose Spielleute und wollten Euren Frieden nicht stören.«

Die Irina genannte, hübsche Frau warf ihm einen Blick zu, der ihn als Narren bezichtigte, starrte Hedwig dann jedoch selbst weiter an, als gleiche sie einem Geschöpf aus einer anderen Welt.

Ausgerechnet jetzt erinnerte sich auch noch der Klepper daran, dass er von feurigem Geblüt war. Mit einem Ruck riss er sich los und strebte zu Irinas Schimmelstute hinüber. Im Nu bildete sich ein Pulk aus Pferden und Mauleseln, und die Stute quiekte schrill.

»Adam! Halt ihn mir vom Leib«, schrie die Frau und versuchte vergeblich, Hedwigs aufdringlichen Hengst von ihrem Reittier abzuwehren.

Erschrocken stürzte Hedwig sich ins Getümmel, doch der Hengst wich ihr aus, und sie erwischte seine Zügel nicht. Stattdessen trat ihr ein Maulesel auf den Fuß, und sie hatte Mühe, weitere Verletzungen zu vermeiden.

Endlich hatte Adam, der Sänger, von seinem Pferd aus den Hengst erwischt und brachte ihn ihr.

Sie nahm die Zügel an sich. »Ich danke Euch, mein Herr.«

Die Augen des Sängers funkelten belustigt. »Es ist mir eine Ehre. Adam von Himmelsfels ist mein Name, und jenes gute Weib ist meine Gemahlin. Wir sind unterwegs nach Friesack, um dort unsere Künste darzubieten. Betrachtet mich als Euren untergebenen Diener, falls Ihr meiner Hilfe bedürft.«

Hedwig hatte zwar das Gefühl, dass der Anfang ihrer Bekanntschaft mit dem Sängerpaar gründlich missraten war, wollte jedoch den Vorteil nutzen, jemandem begegnet zu sein, der sich offenbar in der Gegend auskannte. »Ich muss ebenfalls nach Friesack. Könntet Ihr mir den Weg weisen?«

Adam von Himmelsfels musterte sie flüchtig und betrachtete dann mit neugierigem Blick ihr Pferd. »Wenn es Euch angenehm ist, dann begleitet uns. So verfehlt Ihr den Weg nicht.«

»Adam!«, warf seine Frau ein.

»Was, mein Turteltäubchen?«

»Du bist ein unbedachter Holzkopf. Die Jungfer besitzt ein schnelles Pferd und hat keinen lahmen Maulesel zu führen. Sie wird sich nicht mit uns belasten wollen.«

Hedwig seufzte und machte sich daran, auf ihr Pferd zu steigen, was sich mit dem umgehängten Pfeilköcher, den Bögen und Richards Schwert, die sie auf den Rücken geschnürt trug, stets etwas mühsam gestaltete. Der Hengst machte es ihr nicht leichter, sondern trat unruhig von einem Bein auf das andere. »Ein ungeheuerlicher Klepper ist dieses Tier. Ich werde nicht schneller vorankommen als Ihr und bin dankbar dafür, mich Euch anschließen zu dürfen.«

Adam konnte den Blick kaum von ihrem Pferd losreißen. »Nun, schlecht in Form ist er, und er hat gewiss den hässlichsten Ramskopf, den ich je gesehen habe, aber ein Klepper? Nein, verehrte Jungfer, das ist er nicht. Etwas Pflege, gutes Futter, und dann ... Wenn Ihr ihn verkaufen wollt, will ich Euch gern behilflich sein, einen ...«

Hedwig sah den Anflug von Gier in seiner Miene und beschloss, auf der Hut zu sein. »Nein, verkaufen will ich ihn vorerst nicht. Lasst uns aufbrechen.«

Mit einer Handbewegung und einem leisen Befehl rief sie Tristan zu sich, und die kleine Reisegesellschaft setzte ihren Weg fort. Zu Hedwigs Erleichterung passte sich der Klepper dem Schritt der anderen an und benahm sich anständig, solange er an der Seite von Irinas Stute gehen durfte.

Adam war es offensichtlich gewöhnt zu unterhalten, sobald er ein Publikum hatte. Er unterrichtete Hedwig auf kurzweilige Weise über die besonderen Geschehnisse in der Mittelmark und der Uckermark, in Tangermünde, Brandenburg und Magdeburg, erzählte, wie er vor einigen Jahren auf dem Konzil zu Konstanz gewesen sei und zugesehen habe, wie Markgraf Friedrich zum Kurfürsten eingesetzt worden war. Außerdem sprach er davon, dass die Böhmen König Sigismund als Herrscher abgesetzt hatten und dass dieser deshalb einen Feldzug gegen die böhmischen Hussiten, diese entrüstungswürdigen Ketzer, begonnen hatte. Hedwig nickte, lachte und tat, als ob ihr die Namen und Orte bekannt waren, die er nannte. Seine Laune wurde immer überschwänglicher, bis er schließlich wieder anfing zu singen, während seine Frau Irina zu allem lächelte, aber kaum ein Wort sagte. Immer wieder fühlte Hedwig den Blick ihrer sanften, dunklen Augen auf sich ruhen. Als nach Stunden die Burg Friesack in Sicht kam, war sie froh darüber, dass sie die beiden bald wieder los sein würde.

Der Anblick der Burg erschütterte sie. Sie erkannte ihr früheres Zuhause und sah doch, dass es nicht mehr dasselbe war. In der Mauer, gegen die sieben Jahre zuvor Markgraf Friedrichs große Kanone gewütet hatte, klafften noch immer Lücken. Die Trümmer und das Vorfeld der Festung waren mit Birkenschösslingen, Gras, Holunder- und Weißdornbüschen bewachsen. Hedwig wusste, dass dies niemals der Fall gewesen wäre, hätten ihre Eltern hier noch das Sagen gehabt. Ihr Vater hätte befohlen, die Burg wieder wehrhaft zu machen, und ihre Mutter hätte dafür Sorge getragen, dass die Arbeit getan wurde. Nein, die beiden waren nicht mehr hier, doch es war der naheliegendste Ort, um die Suche nach ihnen oder ihren Verwandten zu beginnen.

Richard hatte um ihretwillen nachgeforscht, was mit ihren Eltern geschehen war, nachdem der Markgraf die von Quitzows und deren Verbündete besiegt hatte. Doch die Auskünfte waren ungenau gewesen. Ihr Vater Dietrich sollte mit einigen treuen Anhängern zum Herzog von Stettin entkommen sein und anschließend in ganz Brandenburg Rachefeldzüge und Überfälle unternommen haben. Markgraf Friedrich hatte ihn geächtet und ihm all seinen Besitz entzogen.

Sogar als Kind hatte Hedwig bereits verstanden, warum der Markgraf so gehandelt hatte. Richard hatte ihr erklärt, dass ihr Vater und sein Bruder Johann sich mit allen Mitteln zu den mächtigsten Männern der Mark Brandenburg aufgeworfen hatten, bevor Friedrich von König Sigismund als Markgraf eingesetzt worden war. Viele hatten sie dafür als üble Raubritter beschimpft. Da sie sich Friedrich nicht freiwillig hatten beugen wollen, hatte er gegen sie zu Felde ziehen müssen.

Über den Verbleib ihrer Mutter war noch weniger bekannt als über den ihres Vaters. Gewiss hatte sie ihn nicht begleitet. Hedwig hatte sie als durchsetzungsfähig und stark in Erinnerung, aber für ein Leben an der Seite eines Rechtlosen, zwischen räuberischen Überfällen und Flucht, wäre sie eine zu vollendete Edelfrau gewesen. Zudem hatte sie für einen vierjährigen Sohn und einen Säugling zu sorgen gehabt. Sie musste eine andere Zuflucht gefunden haben.

Und gewiss hatten gewichtige Gründe sie daran gehindert, nach ihrer verschollenen Tochter suchen zu lassen.

Jedenfalls war es das, womit Hedwig sich seit ihrer Zeit beim Köhler immer wieder getröstet hatte.

Ein quäkender Trompetenstoß holte sie unsanft in die Gegenwart zurück. Adam hatte eine Schalmei aus seinem Gepäck gezogen und sich damit im Dorf angekündigt. Die ärmlichen Gebäude lagen verstreut zu Füßen der Burg, und ihr Weg führte sie zwischen ihnen hindurch. Vor allem Kinder und alte Leute kamen aus den Häusern und Gärtchen herbei, um die Spielleute zu begaffen. Hedwig war es unangenehm, von so vielen Menschen gemustert zu werden. Als Adam und Irina vor einem Haus hielten, dessen Tür durch ein Bild mit einem Krug darauf geschmückt war, ergriff sie die Gelegenheit und verabschiedete sich.

Zu ihrem Erstaunen begleitete ein großer Teil der Kinder sie, anstatt bei den Spielleuten zu bleiben. Sie hielten sicheren Abstand von ihr und ihrem Hund und blickten mit großen Augen zu ihr auf.

»Was habt ihr denn? Sehe ich so unheimlich aus?«, fragte sie.

Ein mutiger kleiner, blonder Junge, der nur ein langes Hemd trug und keine Bruch, ging neben dem Klepper einige Schritte rückwärts. »Was seid Ihr denn? Eine Fee?«

»Unsinn. Wie kommst du darauf? Ich bin eine gewöhnliche Sterbliche.«

»Warum tragt Ihr so viele Bögen auf dem Rücken? Und warum habt Ihr so ein großes Pferd? Warum kommt Ihr hierher?«

Hedwig lächelte über die hervorsprudelnde Neugier. Es kam ihr vor, als hätte sie an diesem einzigen Tag bereits mehr Worte gehört als vorher in einem ganzen Jahr. »Es ist gut, mehr als einen Bogen zu haben, falls mir einmal einer zerbricht. Ich wollte keinen davon zurücklassen. Und das Pferd ist groß, weil es eben so ist. Ein anderes besitze ich nicht.«

»Meine Mutter hat keinen Bogen und kein Pferd. Warum habt Ihr das, wenn Ihr auch ein gewöhnliches Weib seid?«

Nach dieser Frage blieb der Junge stehen, weil der Weg zwischen der Umzäunung eines Schweinekobens, einem Schlammloch und der Flechtwand eines Stalles eng wurde. Der Klepper rutschte mit einem Fuß in den tiefen Schlamm, befreite sich mit einem ausgreifenden Satz nach vorn und trabte an. Hedwig hatte Mühe, ihr Gleichgewicht wiederzufinden, sodass es ihr vorerst nicht gelang, den Hengst zu zügeln. Zielstrebig trabte er durch das offene Burgtor auf den Hof und kam dort von allein zum Stehen. Aufatmend ließ Hedwig sich von seinem Rücken gleiten, noch bevor der Knecht bei ihr war, der offenbar den Hof überwachte.

Auch dieser Mann betrachtete sie staunend, half ihr aber höflich, indem er ihr den Weg zum Grafen von Friesack wies, das Pferd vor dem Stall anband und es tränkte.

Vor dem breiten Eingang des grauen Steinhauses, das einmal das Herz der Burg und ihr Heim gewesen war, hielt Hedwig inne. Die schwere Tür stand halb offen, und ihr Holz wies auf beiden Seiten Kerben und Löcher auf, als wäre sie mit Schwert und Axt misshandelt worden. Beschläge und Riegel waren rostig. Der neue Herr schien wahrhaftig nicht viel Wert auf die Wirkung seines Anwesens zu legen.

Mit einer Geste rief Hedwig Tristan zu sich und befahl ihm, auf das Bündel aus Bögen und Schwert achtzugeben, das sie vom Rücken genommen hatte und nun hinter der Tür an die Wand lehnte. Den gespannten Bogen stellte sie mit Köcher und Pfeilen griffbereit daneben.

Der Burgherr saß in Gesellschaft von vier Männern zu Tisch, einer von ihnen war ein Geistlicher. Der Geruch von gekochtem Fleisch, Zwiebeln und Soße erinnerte Hedwig bei aller Aufregung daran, wie hungrig sie war. An der Wand hinter der Tafel hatte früher ein von ihrer Mutter mit einer Jagdszene bestickter Wandteppich gehangen, erinnerte sie sich. Nur die eisernen Haken, an denen er befestigt gewesen war, steckten noch im rohen Stein.

Die Männer bemerkten sie sofort. Sie ließen ihre Hände mit den Messern oder ihrem Brot darin auf die Tafel sinken und starrten Hedwig an. Ihre Blicke wirkten weniger neugierig als missbilligend. Hedwig überlief es heiß und kalt, als sie ihren Knicks andeutete. Als Erste zu sprechen, wagte sie nicht.

»Noch mehr Gäste?«, fragte der Burgherr in kühlem Tonfall.

Er sah sie an, als wäre sie ein Bettelweib. Hedwig fühlte

Ärger in sich aufsteigen. Ihre Abstammung war gewiss nicht schlechter als seine. Stolz richtete sie sich auf und streifte ihre Kapuze ab. »Hedwig von Quitzow. Ich möchte eine Auskunft erbitten.«

Im Durchgang zur Küche fiel etwas scheppernd zu Boden, als wolle jemand ihre unerwarteten Worte unterstreichen. Sie konnte beobachten, wie sich die Mienen der Männer veränderten. Nun staunten sie, und das sollten sie ruhig. »Ich bin auf der Suche nach meiner Mutter, Elisabeth von Quitzow.«

Der Burgherr nahm einen Schluck Wein aus seinem Glas und lehnte sich in seinem hölzernen Sessel zurück. »Was für ein merkwürdiger Einfall, sie hier zu suchen. Und was für ein merkwürdiger Zeitpunkt. Elisabeth von Quitzow ist seit Jahren tot, ob sie nun deine Mutter war oder nicht. Man spinnt, sie sei ihrem irrsinnigen Gatten aus gebrochenem Herzen gefolgt. In welchem Kloster warst du begraben, dass du das nicht weißt? Mich deucht, es ging ein Freudengesang durch die Mark, als der alte Räuber endlich sein Leben ausgehaucht hatte. Drei Jahre muss das nun schon her sein.«

Die anderen lachten spöttisch. Nur einer von ihnen, ein langhaariger Blonder mit auffallend glatter Haut, musterte sie weiterhin scharf. »Bredow, warte. Das ist bemerkenswert. Die Maid mag klüger sein, als du denkst. Hat Kurfürst Friedrich sich doch mit Johann von Quitzow im letzten Jahr öffentlich versöhnt. Er hat ihn freigelassen und ihm einen guten Teil seiner Besitzungen zurückgegeben. Hofft die verlorene Nichte vielleicht auf ein Erbteil ihres kinderlosen Onkelchens?«

Hedwig war zu erschüttert, um seinen Worten viel Aufmerksamkeit zu schenken. Die Möglichkeit, dass ihre Eltern beide tot sein könnten, hatte sie nicht in Betracht ziehen wollen. Nun konnte sie sich noch weniger vorstellen, wie es sein würde, zu ihrer Familie zurückzukehren. An ihren Onkel Johann konnte sie sich kaum erinnern, nur daran, dass ihm ein Auge fehlte. Da fühlte sie sich noch eher zu ihrem Bruder und ihrer Schwester hingezogen. »Wisst Ihr vielleicht, wohin es meinen Bruder verschlagen hat, Köne von Quitzow? Oder meine Schwester Margarete?«

»Nein. Und ich will es auch nicht wissen«, sagte der Burgherr. »Die von Quitzows waren Ungeziefer. Je weniger von ihnen überlebt haben, desto besser. Und nun geh mir aus den Augen, du langweilst mich. Wenn du ein Stück Brot brauchst, sollst du es haben, trotz deines lächerlichen Ansinnens. Mit etwas mehr Geschick hättest du es dahin bringen können, dass wir unsere Mahlzeit und ein Glas Wein mit dir teilen.«

»Oder gar unser Bett«, warf sein Tischnachbar ein. Bis auf den Geistlichen lachten die Männer.

Der widerwärtige Klang ihres Lachens ließ Hedwig schaudern, aber sie war nicht bereit, sich so schnell in die Flucht schlagen zu lassen. »Und was ist mit meinem Onkel? Über ihn scheint Ihr doch mehr zu wissen. Wo ist er?«

»Möge ihn der Teufel holen, so wie er seinen Bruder schon geholt hat«, sagte der Burgherr und leerte mit grimmiger Miene sein Glas vollends.

Der glatte Blonde hob sein Glas. »Da dies ganz im Sinne meines Herrn und Bruders ist, trinke ich darauf mit, Bredow.«

Der Burgherr stellte sein Glas mit einem kleinen Knall ab. »Nennt mich nicht immer Bredow. Ich bin Burggraf von Friesack. Weiß Gott, ich hätte weit mehr verdient als das. Und du, scher dich hinaus, Metze, und erzähl deine Märchen woanders, bevor ich etwas Kurzweiligeres mit dir anzufangen finde.«

Hedwig trug griffbereit rechts und links an ihrem Gürtel zwei scharfe Jagdmesser, mit denen sie schon mehr als einem bedrohlichen Tier ein Ende bereitet hatte. Sie wusste, dass sie keine leichte Beute für diese Männer gewesen wäre, doch der Graf von Friesack klang wütend. Mit Beharrlichkeit würde sie hier nichts mehr erreichen.

Anmutig, wie Richard es sie gelehrt hatte, verabschiedete sie sich mit einem Knicks und ging mit gebeugtem Kopf einige Schritte rückwärts, bevor sie sich umwandte. Als sie aufsah, flüsterte des Grafen Tischnachbar ihm eben etwas ins Ohr. Beide blickten ihr auf eine Weise nach, die nichts Gutes verhieß.

Eilig lud sie sich draußen ihr Bündel und ihren Köcher wieder auf den Rücken, behielt den Bogen aber in der Hand. Ihrem Gefühl nach hätte sie die Burg möglichst rasch verlassen sollen, doch ganz aufgeben wollte sie noch nicht. Sie erinnerte sich daran, welche Tür vom Hof direkt in die Küche führte. Immerhin hatte der Burgherr ihr ein Stück Brot angeboten, das gab ihr einen guten Grund, dort hineinzuschauen. Wieder ließ sie ihren Hund vor der Tür Wache halten.

Fünf Menschen waren um die Herdfeuer herum beschäftigt: ein Koch, drei Mägde und der Knecht vom Hof. Ihr lebhaftes Gespräch brach ab, als Hedwig den Raum betrat, und sie sahen sie mit schuldbewussten Mienen an.

Die älteste Magd, deren dünne graue Haare unter der Haube hervorsahen, nickte unaufhörlich, als spräche sie ein stummes »Ich habe es ja gesagt.«

Sie war die Einzige, die Hedwig bekannt vorkam. »Kenne ich dich von früher, als ich noch ein Kind war?«, fragte sie die alte Frau.

Diese zuckte verlegen mit den Schultern. »Ich kenne Euch.«

Hedwig setzte ihren Bogen auf ihrem Schuh auf und seufzte. »Dann hilf mir, ich bitte dich. Wenn du auch nur von einem Einzigen aus meiner Familie weißt, wo er ist, sag es mir.«

Statt der Frau sprach der Knecht. »Köne von Quitzow und sein Onkel Johann dienen Kurfürst Friedrich. Sie werden beide in Böhmen auf dem Feldzug gegen die verdammten Hussiten sein.«

Hedwig ließ sich nicht anmerken, dass sie nicht einmal wusste, wo Böhmen lag. »In Böhmen? Wo?«

»Ich weiß bloß, dass der Kurfürst seine Männer in Aussig sammelt.«

Sie lächelte dankbar. »Dann werde ich dort suchen.«

Der Mann zog ungläubig die Brauen hoch, schwieg aber dazu. Eine der jüngeren Frauen dagegen brachte Hedwig ein großes Stück Brot. »Euer Vater war nicht schlimmer als andere. Ich bete für Euch«, sagte sie.

Nun war es an Hedwig zu staunen. »Hab Dank«, sagte sie berührt und verstaute verlegen das Brot in der kleinen Jagdtasche an ihrem Gürtel. Bevor sie noch etwas hinzufügen konnte, hörten sie durch den offenen Gang zur Halle, wie dort Lärm ausbrach. Es polterte, Metall klirrte. »Ergreift sie«, rief der Burgherr.

Hedwig stürmte aus der Küche und mit Tristan auf den Fersen zu ihrem Pferd. Um vom Hof zu fliehen, konnte die Zeit nicht mehr ausreichen. Noch während sie herumwirbelte, hob sie ihren Bogen und legte einen Pfeil auf. Erst dann erkannte sie, dass die Aufregung nicht ihr galt.

Mit fliegenden bunten Gewändern rannten Adam und seine Frau Irina auf das Burgtor zu, den neuen Grafen von Friesack und die anderen Herren dicht hinter sich. Irina hatte einen Vorsprung, sie war verblüffend schnell und hätte den Männern vielleicht davonlaufen können. Doch der Blonde bekam Adam am Umhang zu fassen und riss ihn zu Boden. Ohne nachzudenken, trat Hedwig einige Schritte vor. »Halt!«, rief sie laut, als würde sie einen ungehorsamen Hund zurückrufen.

Tatsächlich wandten sich die Männer zu ihr um, wenn auch eher aus Belustigung denn aus Respekt. Die Heiterkeit verließ sie sichtlich, als sie sahen, dass sie einen Pfeil auf den Blonden richtete.

»Mit solchen Waffen spielt man nicht. Senk den Bogen!«, befahl einer der anderen.

»Ich spiele nicht. Lasst den Sänger und seine Frau gehen«, sagte sie.

Der Graf von Friesack spuckte aus. »Ach, steckst du mit denen unter einer Decke? Hätte ich mir gleich denken können. Die Unehrlichen ziehen sich an.«

Hedwig sah aus dem Augenwinkel, dass Irina einen großen Bogen schlug und zu ihr gelaufen kam. Doch sie hatte gelernt, sich nicht von ihrem Ziel ablenken zu lassen. »Auch die, denen es an ritterlicher Ehre mangelt, ziehen sich an, wie es scheint. Der Spielmann soll aufstehen und zu mir kommen. Und hofft nicht darauf, dass ich nur einen von Euch treffen kann. Bevor Ihr mich erreicht, habe ich fünf Pfeile verschossen, und keiner von Euch trägt eine Rüstung.«

Graf von Friesack kam drohend einen Schritt auf sie zu. »Ein ekelhaftes Mundwerk für ein Weib. Aber ein rechtes Weib bist du wohl nicht, eher eine Missgeburt, die nicht weiß, wo ihr Platz ist. Einen Augenblick geben wir dir noch zur Besinnung. Danach fangen wir dich und prügeln dir deinen hässlichen breiten Rücken in Fetzen. Lass den Bogen fallen!«

Verachtenswürdig, wie sie den Mann fand, gelang es ihm dennoch, sie mit seinen Worten zu verletzen. So sehr, dass sie keinen kühlen Kopf mehr behielt. Sie änderte die Richtung ihres Pfeils, löste ihn und griff nach einem neuen, bevor der erste sein Ziel erreicht hatte. Graf von Friesack schrie auf und riss seinen Fuß zurück, als das Geschoss vor ihm in den Boden einschlug. Sie sah den Schnitt, den die scharfe Pfeilspitze in seinen weichen Schnabelschuh gemacht hatte. Wahrscheinlich hatte sie ihm die Zehen angeritzt.

Adam nutzte aus, dass seine Gegner abgelenkt waren. Er

befreite sich von seinem Umhang, auf dem der Blonde mit einem Fuß stand, rollte außer Reichweite und sprang auf. Hedwig wusste, dass sein Weib inzwischen hinter ihr stand. »Mach den Klepper los«, befahl sie ihr, ohne sich umzusehen.

»Das habe ich schon getan«, gab Irina zurück.

Graf von Friesack trug einen buschigen braunen Bart und ebensolche Augenbrauen, deshalb war von seinem Gesicht nicht viel zu sehen, doch was man sah, war rot vor Wut. »Das bezahlst du«, sagte er.

»Ich bin hergekommen, weil ich dachte, dass ein Ritter mir seine Hilfe nicht versagen würde. Statt mir zu helfen, habt Ihr meine Familie und mich beleidigt und Leute bedroht, die mir ihren Beistand freigebig angeboten haben. Ich glaube nicht, dass ich Euch etwas schuldig bin. Lasst uns ziehen, bevor noch Ärgeres geschieht.« Ohne eine Antwort abzuwarten oder den Bogen zu senken, ging sie Irina voraus, die das Pferd hinter ihr herführte. Von Adam war nichts mehr zu sehen.

Erstaunlich gelassen verharrten die Männer um den Burgherrn an ihren Plätzen. Hedwig ließ sich nicht täuschen. Unberechenbarer und bösartiger als jeden Bären und Wolf hatte Richard Männer wie diese genannt, als er sie vor den Gefahren ihrer Reise gewarnt hatte. Wenn diese Kerle so ruhig blieben, dann nur deshalb, weil sie trotz ihrer Lage überzeugt waren, dass sie am Ende siegen würden.

Sie blieb den Männern zugewandt, während sie mit Irina den Hof verließ. Tristan machte es ebenso. Der Hund hatte verstanden, wer der Feind war, und beobachtete jede Bewegung der schweigenden Gruppe mit gesträubtem Nackenfell.

Die letzten Schritte aus dem Tor hinaus ging Hedwig rückwärts. »Steig auf, Irina«, sagte sie.

Dem Hufgescharr und Irinas leisem Schelten nach machte der Klepper es ihr nicht leicht, doch es gelang.

Kurz darauf hatte das Spielweib ihr die Hand und den Steigbügel gereicht, und sie saßen gemeinsam auf dem Pferd, Hedwig hinter dem Sattel. Im Galopp preschten sie zwischen Hühnern und Hunden hindurch, am Wirtshaus vorbei und aus dem Dorf, zu der Stelle, wo Adam bereits mit den anderen Pferden und Mauleseln wartete. Flink sprang Irina ab und auf ihr eigenes Pferd.

»Du verdammter Schafskopf«, schleuderte sie ihrem Gatten entgegen.

»Lass uns später darüber reden, mein Morgenstern. Jetzt müssen wir erst einmal …«

»In den Wald«, befahl Hedwig. An keinem anderen Ort würde sie sich sicher fühlen.

Selbst die Maulesel mit ihrer hastig mehr schlecht als recht wieder befestigten Ladung wurden zum Galopp gezwungen, bis sie den nächstgelegenen Waldessaum erreichten. Eilig trieben Hedwig und ihre Begleiter die Tiere auf einem kleinen Pfad zwischen die Bäume. Erst als sie vom Weg aus nicht mehr gesehen werden konnten, hielt Hedwig inne. »Sie werden uns folgen«, sagte sie.

»Bei Gott, das werden sie. Was ist Euch eingefallen, Jungfer, uns so einen Ärger einzuhandeln? Ihr könnt doch nicht einen Haufen Ritter mit einer Waffe bedrohen«, sagte Adam und hielt sich stöhnend die Hand vor die Augen.

Hedwig hatte diesen Vorwurf von ihm nicht erwartet, wusste aber, dass er recht hatte. Auch Richard hätte die Hände über dem Kopf zusammengeschlagen, wenn er gewusst hätte, wie ungeschickt sie ihre Suche begonnen hatte.

Bevor sie sich dazu äußern konnte, kam Irina ihr zuvor. »Schäm dich, Adam. Wie kannst du das Mädchen dafür schelten, dass sie unsere Haut gerettet hat? Was glaubst du, was Herr Gerhardt von Schwarzburg von dir übrig gelassen hätte? Und du weißt, womit du es dir verdient hast, du …!

Ich habe doch gesagt, dass sie dich damit nicht davonkommen lassen. Aber du musstest ja …«

»Konnte ich ahnen, dass die Herren den Teufel auf ihrer Seite haben und so schnell der Wunsch in ihnen aufsteigt, sich zu beschweren, dass uns von Schwarzburg sogar überholt? Ira, du hast die Tiere gesehen. Sie waren wirklich nicht in bestem Zustand. Um mir zu unterstellen, ich hätte bei dem Geschäft betrügerische Absichten gehegt, muss jemand doch selbst eine schlechte Seele besitzen.«

Der Name »von Schwarzburg« brachte in Hedwig eine Erinnerung zum Klingen. Günther von Schwarzburg war der Erzbischof von Magdeburg und ein erbitterter Feind der von Quitzows. Während ihr Vater den Kurfürsten nur überheblich ›den Tand aus Nürnberg‹ genannt hatte, war von Schwarzburg ihm ›der Erzbuschklepper‹ gewesen. »Welcher war Gerhardt von Schwarzburg? Hat er mit dem Erzbischof von Magdeburg zu tun?«, fragte sie.

Adam sah sie mit großen Augen an. »Ob er …? Woher kommst du unwissendes Geschöpf denn bloß? Das hellhaarige Biest ist der Bruder des Erzbischofs.«

»Und ihr beide habt es euch mit ihm ebenso verdorben wie ich. Wir sollten jetzt aufhören zu schwatzen und versuchen zu entkommen«, erwiderte sie und trieb den Klepper an.

Mit einer tragischen Geste legte Adam sich die rechte Hand auf die Brust. »Wozu unsere Herzen in verzweifelter Flucht erschöpfen? Sie werden uns ohnehin fangen. Wir werden sie hier erwarten und uns ihnen zu Füßen werfen.«

Irina hieb ihrem Pferd die Fersen in die Weichen, um Hedwig zu folgen. »Das kannst du allein tun, mein Lieber. Ich für meinen Teil habe weniger Angst vor dem Wald als vor den hohen Herren.«

Er seufzte geräuschvoll. »Nun, wenn es so ist … Ich kann euch Weiber ja nicht ohne Schutz lassen.«

Hedwig führte die Spielleute so rasch wie möglich tiefer in den auch ihr unbekannten Wald. Je weiter sie sich von Dorf und Burg entfernten, desto dichter wurde das Unterholz, und die Pferde der Spielleute ließen sich nur noch mühsam voranbewegen. Hedwigs Klepper dagegen fühlte sich in seiner Führungsrolle wohl und war zu ihrer Freude gehorsam. Es schien, als wäre er erst an diesem Tag richtig aufgewacht.

Nachdem sie sich lange Zeit durch das Gestrüpp gequält hatten, stießen sie auf eine von einem Sturm geschaffene kleine Lichtung mit einem Tümpel. Die noch mit grünen Trieben besetzten Reste dreier umgestürzter Baumriesen lagen in einem niedrigen Bett aus Blaubeersträuchern, Binsen und jungem Gras. Hier hielt Hedwig an und stieg ab. Verunsichert folgten Irina und Adam ihrem Beispiel. Zu Hedwigs Unverständnis schien ihnen der Wald tatsächlich kaum weniger Angst zu machen als die Männer, die ihnen vielleicht folgten.

»Was hast du vor?«, fragte Adam.

»Ihr lagert hier, und ich schleiche zurück und sehe nach, ob die Männer uns auf den Fersen sind.«

Irina stieg ebenfalls ab und griff in eine ihrer Satteltaschen. »Das ist gut. Du scheinst dich im Wald weit besser auszukennen als wir. Aber wenn es dir geht wie mir, musst du vorher etwas essen.« Sie hielt Hedwig Brot und Käse hin.

Einen Moment lang wollte Hedwig das Angebot ausschlagen, weil sie selbst das Brot aus der Burg in ihrer Gürteltasche hatte. Doch dann sah sie etwas in Irinas ernstem Gesicht, das sie die Gabe annehmen ließ. Es war, als wolle das Spielweib sich auf diese Art bei ihr bedanken. Sie lächelte. »Hab Dank. Ich esse auf dem Weg.«

Nur ihren Bogen und den Köcher nahm sie mit, über alles andere ließ sie Tristan Wache sitzen. Sie war überzeugt, dass er nicht einmal die Spielleute an ihr Gepäck heranlassen würde.

Es war eine Erleichterung für sie, wieder allein und zu Fuß im Wald unterwegs zu sein. Der Lärm, den sie mit den Pferden verursachten, hatte ihr Unbehagen bereitet. Gewöhnlich bewegte sie sich so leise, dass sie das Wild nicht von Weitem warnte. Je näher sie an ihre Beute herankam, desto sicherer traf ihr Schuss. So wie nun, als ein Kaninchen dicht vor ihr aufsprang. Im Vorübergehen erlegte sie es, hängte es aber in einen Baum. Auf dem Rückweg würde sie es mitnehmen, damit auch ihr Hund sein Futter bekam. Den Habicht hatte sie seit dem Besuch in der Burg aus den Augen verloren.

Flink und ständig lauschend folgte sie der Spur zurück, die sie mit den Spielleuten hinterlassen hatte, und biss dabei in ihr Brot. Allmählich wurde es dunkel, und sie war müde, aber sie würde erst Ruhe finden, wenn sie wusste, wo die Ritter sich aufhielten.

Sie fand die Männer schließlich abseits von ihrer eigenen Spur, weil sie dem Getöse nachging, welches sie veranstalteten. Die fünf trugen ihre Rüstungen und Waffengehänge, die klirrten und klapperten, zwei angeleinte Hunde winselten und jiffelten, und die Ritter selbst unterhielten sich ungedämpft, wenn auch nicht so laut, dass aus der Entfernung jedes Wort zu verstehen war. Sie hatten angehalten und waren sich offenbar nicht einig, wie es weitergehen sollte.

Mit klopfendem Herzen schmiegte Hedwig sich an einen Baum. Wurde sie entdeckt, bliebe ihr nur die Flucht, denn den Plattenpanzer einer schweren Rüstung konnte sie mit ihren Pfeilen nicht durchdringen. Ein starker Kriegsbogen hätte das vollbracht, doch für so eine Waffe fehlte ihr die Kraft. Nicht einmal Richard hatte Bögen geschossen, die so schwer zu spannen waren, denn für die Jagd reichten die leichteren aus. Sie wusste, dass es kleine Schwachstellen in den Rüstungen gab, glaubte aber nicht, sie bei dem schlechter werdenden Licht treffen zu können.

»Wir kehren um!« Hedwig erkannte den neuen Grafen von Friesack an der Stimme.

»Das kannst du nicht machen, Bredow. Sie hat auf dich geschossen. Willst du zum Gespött werden?«, sagte der blonde von Schwarzburg.

»Ach was. Aus lauter Angst hat die kleine Hexe den Pfeil abgelassen. Wegen dieser Handvoll fahrenden Gesindels hole ich mir heute Nacht keinen kalten Hintern. Such du sie, wenn es dir so wichtig ist, dass dein werter Bruder sein Recht erhält.«

»Hättest du anständige Hunde, dann hätten wir sie längst gefasst.«

»Gerade weil es gute Hunde sind, setze ich sie nicht aufs Spiel. Sie bleiben an der Leine.«

»Was taugt ein Hund, den man nicht losmacht, weil er beim Hetzen verloren geht?«

»Erstklassige Bärenkämpfer sind es. Davon verstehst du nichts.«

»Nein, ich gestehe, das ...«

Die Männer hatten ihre Pferde gewendet und ritten zurück in Richtung Friesack, sodass Hedwig der Rest des Gespräches entging. Sie wartete noch einen Augenblick und dankte dem Himmel dafür, dass der Graf von Friesack faul war und nichts davon verstand, seine Hunde zu erziehen.

Es war vollkommen dunkel, als sie endlich wieder auf die umgestürzten Bäume stieß, wo sie ihre Begleiter zurückgelassen hatte. Zu ihrer Freude saß oberhalb der Stelle, wo ihr braver Hund auf sie wartete, Isolde auf einem Ast. Noch bevor sie die ebenfalls gespannt wartenden Spielleute begrüßte, begann sie schon, ihr erjagtes Kaninchen an Habicht und Hund zu verteilen.

»Der Vogel gehört tatsächlich zu ihr. Nun sag nicht, sie hat auch noch gewildert«, sagte Adam mit schwacher Stimme zu seinem Weib.

»Unsinn. Natürlich hat sie das nicht. Jedenfalls nicht, solange du es nicht herumposaunst«, sagte Irina.

Hedwig lächelte. »Ich nehme nur das Nötigste. Und ich lasse es niemanden sehen.«

Adam schüttelte den Kopf. »Es ist besser, wir trennen uns bald.«

Hedwig wischte sich die vom Zerlegen des Kaninchens schmutzigen Hände im Gras ab, ohne in der Dunkelheit genau zu sehen, was sie tat. Sie durften es nicht wagen, Feuer zu entzünden. »Ja. Ich muss nach Böhmen. Könnt ihr mir vielleicht sagen, wo das ist?«

Einen Moment lang schwieg das Paar, dann kicherte Irina. Adam lachte laut. »Du wusstest wohl die ganze Zeit nicht, wovon ich gesprochen habe, als ich von den Hussitenaufständen erzählte, nicht wahr? Du bist ein seltsames Mädchen. Die böhmischen Lande liegen etliche Tagesreisen gen Süden. Ich wünsche dir Glück, wenn du das allein schaffen willst.«

»Ich muss es. Das habe ich jemandem versprochen.«

»Was suchst du denn?«, fragte Irina.

»Meinen Bruder und meinen Onkel. Sie stehen beim Kurfürsten in Diensten. Und der soll seine Männer eben in Böhmen für einen Feldzug sammeln.«

Auf einmal besaß sie Adams ganze Aufmerksamkeit. »Der Kurfürst ist in Böhmen? Ist das gewiss?«

Hedwig zuckte mit den Schultern. »Wenn er seine Männer dort sammelt.«

»So, so. Nun denn …«

Jetzt ließ Irina ihr helles, warmes Lachen hören. »Nun denn … sieht es so aus, als würden wir wohl doch noch zusammen ein Stück weiterreisen. Sag uns doch deinen Namen.«

## 2

# Die Kunst des Spielmanns

So lange wie möglich hielt Hedwig sich mit ihren Begleitern abseits fester Wege und folgte den Zeichen der Himmelsrichtungen durch den Wald. Auf diese Art kamen sie nur langsam voran, doch immerhin war die Umgebung hier im Süden von Friesack weniger moorig, als Hedwig es aus den Zootzener Wäldern im Norden kannte. Weite Umwege blieben ihnen daher erspart.

Am liebsten hätte Hedwig den Wald überhaupt nicht verlassen. Hier fiel sie nicht auf, sie konnte für sich und ihre Tiere sorgen und fürchtete ihre Verfolger weniger. Doch Adam und Irina überzeugten sie davon, dass sie Ortschaften aufsuchen mussten, wo man sie nicht nur für kleine Darbietungen ihrer Künste entlohnen würde, sondern wo sie auch Auskünfte aller Art erhalten könnten. »Die Kunst des Spielmannes besteht im Zuhören ebenso wie im Gesang. Wer mehr weiß, kommt weiter«, sagte Adam.

Recht hatte er damit in verschiedener Hinsicht, denn es stellte sich heraus, dass weder er noch seine Frau wesentlich genauer wussten, wo Böhmen lag, als Hedwig. Gerade Pessin kannten sie noch, den nächsten nennenswerten Ort, der nach Friesack an ihrem Weg lag. Dort hatte ein Graf von Knobloch seinen Sitz, dem Adam bereits einmal in Magdeburg begegnet war. Eben deshalb jedoch mieden sie Pessin und fragten sich stattdessen bei Bauern durch nach Selbelang, wo sie am Abend ihres ersten Reisetages eintrafen.

Sie erreichten das kleine Nest auf einem schlammigen Pfad durch einen Sumpf, der dicht von Schildkröten besiedelt war. Hedwig hatte noch nie so viele von diesen seltsamen Tieren gesehen, die in ihren Rüstungen lebten, und hätte sie gern eine Weile beobachtet. Adam und Irina hingegen fanden sie unheimlich.

Obwohl die beiden Spielleute kurz vor der Ankunft die Nase über den nur aus zwei Gutshöfen bestehenden Ort gerümpft hatten, blühten sie doch auf, als sie von den Bewohnern neugierig begrüßt wurden. Zu Hedwigs Erleichterung sorgte die Anwesenheit der beiden dafür, dass sie selbst weniger Aufsehen erregte. Sie behielt ihre Gugelkapuze über das Gesicht heruntergezogen und kümmerte sich um die Tiere, während Adam eine Ansprache hielt und Irina lächelnd ihren Schellenkranz dazu schüttelte.

Später durfte das Spielmannspaar auf dem Hof zwischen den Gutsgebäuden auftreten, wo die Herrschaften beider Güter sich ihre Stühle und Bänke hatten aufstellen lassen. Zwischen zwei Hofbäumen spannte Adam ein Seil, auf dem Irina vor den staunenden Zuschauern anmutige Schritte vorführte.

Hedwig hockte sich an die Wand eines Pferdestalles in den Schatten und machte sich klein, damit niemand sie wahrnahm. Andächtig lauschte sie dem Klang von Adams Stimme und Irinas kleiner Harfe und erinnerte sich an ihre Kindheit wie an einen verblassten Traum. Jedes Mal hatte sie mit ihren Geschwistern auf Friesack heimlich bis in die Nacht in einem Winkel gekauert, wenn Spielleute die Halle ihrer Eltern besuchten. Zu gern hätten sie sich mit den exotischen Gästen unterhalten, doch das war den Kindern verboten. Sie hatte nie verstanden, wie ihre Mutter gleichzeitig das Musizieren und die Kunststücke hatte genießen und die Darbietenden verachten können. Das fahrende Volk galt als ehrlos.

Wer wusste schon – wahrscheinlich stehle es Kinder, wenn man ihm die kleinste Gelegenheit dazu böte! Hedwig musste darüber lächeln, dass es sie nach all der Zeit nun wirklich unter die Fahrenden verschlagen hatte. Was ihre Mutter als großes Unglück betrachtet hätte, begann sie selbst als Glück zu begreifen. Wäre nicht das kleine Rätsel um die Verfolger der beiden »von Himmelsfels« gewesen, zu dem diese sich nicht erklären mochten, hätte Hedwig sich kaum eine bessere Reisebegleitung wünschen können.

Richard hatte sie zwar darauf vorbereitet, dass sie als Frau allein misstrauisch beäugt werden würde, doch sie hatte sich die Neugier der Leute nicht so lästig vorgestellt. Es war gut, dass sie nun mit Menschen unterwegs war, zu deren Handwerk es gehörte, alle Aufmerksamkeit auf sich zu ziehen.

Am nächsten Tag passierten sie auf ihrem Weg durch die Mückenschwärme des nassen Havelländischen Luchs Ribbeck, Berge und Lietzow, um am Abend in Nauen einzukehren. Und in Nauen war es, wo Hedwig lernte, ihren Namen mit Vorsicht zu nennen. Die Stadt hatte sich noch nach sieben Jahren nicht von einem großen Brand erholt, der seine Ursache in einem Rachefeldzug ihres Vaters gehabt hatte.

Nicht nur, was ihren Namen betraf, wurde Hedwig vorsichtiger. Sie beobachtete Irina, die oft genug den Ton angab, wenn sie unter sich waren, vor den Leuten jedoch stets einen Schritt hinter Adam zurücktrat. Ihre geschmeidigen Tänze, ihre kleinen Kunststücke auf dem Seil, ihr Gesang und ihre Musik waren gekonnt und sprühten vor Lebensfreude und Übermut, doch sobald sie ihre Vorführung beendet hatte, senkte Irina demütig das Haupt. Im Gegensatz zu Adam, der sich ungehemmt feiern ließ.

Auch Hedwig hatte von Richard gelernt, ihren Stolz auf das, was sie erreichte, nicht zur Schau zu stellen. Er hatte ihr zu verstehen gegeben, dass ein Weib vor allem durch Bescheidenheit und stille Anmut geadelt wurde, und sie hatte sich Mühe gegeben, ihm zu gefallen, auch wenn es ihr schwerfiel.

Allerdings war Richard gleichzeitig Unaufrichtigkeit besonders verhasst gewesen. Er hatte von ihr verlangt, ehrlich auszusprechen, was sie dachte, und nicht zu heucheln. Das Ergebnis hatte seinem Ideal von »Bescheidenheit und stiller Anmut« oft genug widersprochen.

Nun überlegte sie, ob es Heuchelei war, wenn Irina ihren Stolz auf ihre Kunst verbarg, nachdem sie etwas Wunderbares vollbracht hatte. Denn stolz war sie auf ihre Kunst. Oder war es einfach die Klugheit eines Weibes, welches darauf angewiesen war, sein Publikum niemals gegen sich aufzubringen?

Gewiss war es unaufrichtig, ihre Herkunft und die eigenen Fähigkeiten zu verleugnen, doch wenn Hedwig Richards letzten Wunsch erfüllen wollte, dann musste sie reisen, ohne ständig in Schwierigkeiten zu geraten. Kurzerhand wickelte sie ihre zusätzlichen Bögen und Richards Schwert so ein, dass nicht mehr zu erkennen war, worum es sich handelte. Nur einen Bogen behielt sie griffbereit, von dieser Gewohnheit konnte sie sich nicht trennen. Ebenso wenig konnte sie die Größe ihres Pferdes ändern. Sie war schon froh, dass es ihr gelungen war, den Habicht noch in den Sümpfen so sattzufüttern, dass er ihr nicht in die betriebsame Siedlung gefolgt war.

Von Nauen ging es weiter nach Kartzow, einem Dorf, das seinen einzigen Vorteil daraus zog, an der Straße zwischen Nauen und Saarmund zu liegen. Ein Dorfkrug bot ihnen Unterkunft. Einen langen, verregneten Tag später gelangten sie nach Saarmund.

Inzwischen waren sie eine eingespielte Gemeinschaft. Adam und Irina sorgten mit ihren Vorführungen dafür, dass die Leute ihnen Nachtlager und Mahlzeiten boten. Nebenbei fanden sie immer jemanden, der ihnen sagen konnte, welchen Weg sie nehmen sollten, um ihrem Ziel ein weiteres Stück näher zu kommen. Hedwig dagegen übernahm einen großen Teil der Arbeiten, die mit den Händen getan werden mussten. Zu ihrer Verwunderung stellten sich die Spielleute in diesen Dingen so ungeschickt an, als hätten sie wenig Erfahrung darin. Nicht einmal ein Feuer konnten sie mit Leichtigkeit entfachen, geschweige denn flink ein Huhn rupfen und zubereiten. Nur mit den Pferden kannte Adam sich aus, was allerdings nicht bedeutete, dass er sich gern die Finger an ihnen beschmutzte.

Sie wusste, dass die beiden lange Zeit in Magdeburg am Hof des Erzbischofs gelebt hatten. Dort musste etwas vorgefallen sein, das sie in Misskredit gebracht hatte. Weil das Paar jedoch nicht von sich aus über die genaueren Umstände sprach, wollte sie nicht danach fragen. Schließlich taten die beiden auch ihr umgekehrt den Gefallen, sie nicht mit Fragen nach ihrer Herkunft zu bedrängen.

Einstmals hatte von Saarmund aus Albrecht der Bär die deutsche Zauche gegen slawische Angriffe von Teltow her verteidigt. Inzwischen jedoch gedieh auch diese Stadt aufgrund ihrer Bedeutung als Zollstätte an einer wichtigen Handelsstraße. Wer auf dieser Straße von Berlin nach Wittenberg oder weiter bis Leipzig reiste, kam um einen Aufenthalt in Saarmund nicht herum.

Die Burg besaß einen runden Bergfried und stand auf einem kleinen Wall. Sie ähnelte in der Art ihrer Anlage der Burg Friesack, war jedoch größer und in gutem Zustand.

Das von einer Mauer umgebene Saarmund war die größte Siedlung, die Hedwig je gesehen hatte. Es gab hier nicht nur eine Herberge, sondern zwei, und eine Schenke noch dazu. Wo sonst vor den Burgen und befestigten Gutshöfen nur ein kümmerliches Häuflein von Katen und vielleicht ein Dorfkrug zu finden war, gab es hier Häuser mit Untergeschossen aus Stein und Obergeschossen aus Fachwerk, über deren Türen große Schilder das Gewerbe der Inhaber verkündeten. Gleich mehrere Hufschmiede, Feinschmiede, Sattler und Stellmacher entdeckte Hedwig, und einen Händler für getragene Kleidung.

Hedwig war davon ausgegangen, dass sie auch hier bei den Pferden und ihrem Gepäck bleiben würde, während Adam und Irina sich ihr Publikum suchten. Doch dieses Mal waren die beiden nicht einverstanden. »An einem Ort wie diesem eine Jungfrau allein in einem Wirtshaus zu lassen, das nehme ich nicht auf meine unsterbliche Seele«, sagte Adam, und ausnahmsweise klang er dabei so ernst, dass Hedwig nicht widersprach. Zumal auch Irina besonders unruhig und wachsam zu sein schien, seit sie die Stadt betreten hatten.

So blieben ihre Habseligkeiten in der Obhut des Wirts zurück, und sie machten sich zu Fuß auf den Weg in die Burg.

Schon auf diesem kurzen Weg war Hedwig froh, Adams Wunsch gefolgt zu sein. Es gab weit mehr Männer in der Stadt als Frauen. Die meisten von ihnen waren bewaffnete streitlustige Kämpen und viele schon am hellen Tag betrunken. Tristan lief mit gesträubtem Fell dicht neben ihrem Knie und kam aus dem Knurren nicht heraus. Auf Irinas Rat hin trug sie ihren Bogen und die Pfeile, so gut es ging, unter dem Mantel verborgen. Adam hätte es gern gesehen, wenn sie ihre Waffe im Wirtshaus gelassen hätte, doch das brachte sie nicht über sich, auch wenn er noch so verstimmt murrte: »Ein Weib mit einem Bogen! Das wird immer für Ärger sorgen.«

Das Bild, das sich ihnen bot, als sie den Burghof betraten, erinnerte Hedwig erneut an ihre Kindheit. So hatte es auf Friesack ausgesehen, wenn ihr Vater mit seinen Männern anwesend war. Knappen, Stallknechte, Pferde, der Hufschmied, Raufereien, Lärm, Übungsgefechte, Würfelspiele, waghalsiges Zielschießen und dazwischen die Art Weiber, mit denen ihre Mutter niemals ein Wort gewechselt hatte. Im Unterschied zu

Friesack hielt in dieser Burg jedoch der Herr nicht in einer Halle der seitlichen Gebäude Hof, sondern im Erdgeschoss des Bergfrieds, der den Mittelpunkt der Anlage darstellte.

Gleich nachdem sie den vor Menschen schier berstenden Raum betreten hatten, drückte Hedwig sich in einen Winkel neben der kalten Feuerstelle. Mehr als zwei Dutzend Ritter, Kaufleute und Bedienstete füllten das runde Untergeschoss des Turmes. Die Enge verursachte Hedwig Beklemmungen, nur die Nähe ihres Hundes, der sich an ihr Bein schmiegte, und der Bogen in ihrer Hand beruhigten sie ein wenig.

Auch diese Ruhe verflog mit einem Schlage, als sie zum ersten Mal die Herren betrachtete, die an der Tafel auf der Estrade saßen. Zwei Plätze neben dem furchteinflößend grimmig aussehenden Burgherrn saß Gerhardt von Schwarzburg im Harnisch.

Die beiden von Himmelsfels setzten eben dazu an, sich zu verbeugen, und hatten ihren Gegner offenbar noch nicht bemerkt. Ehe Hedwig einen klaren Gedanken fassen konnte, hatte von Schwarzburg schon einen Befehl gerufen. Zwei Männer ergriffen die Spielleute und drehten ihnen so grob die Arme auf den Rücken, dass Irina aufschrie.

Hedwig wusste, dass sie in dem Gedränge, welches im Turm herrschte, mit dem Bogen nichts ausrichten konnte. Bevor sie einen Pfeil aufgelegt hätte, wäre sie von den ihr zunächst Stehenden entwaffnet worden. Zudem hätte sie nicht gewusst, wie sie mit den Spielleuten aus der Burg entkommen sollte. Hier handelte es sich nicht um eine Handvoll ungerüsteter Männer, die arglos zu Tisch saßen.

Hin- und hergerissen zwischen dem Bedürfnis zu sehen, was weiter geschah, und dem Drang, nach draußen zu fliehen, bewegte sie sich langsam zur Tür.

»Da haben wir also das fahrende Gelump. Wo ist die kleine Hexe mit dem Bogen? Ist sie zurück in das Unterholz gekrochen, aus dem sie kam?« Gerhardt von Schwarzburgs höhnisches Lachen übertönte alle Geräusche im Raum.

Der Burgherr, der sich bis kurz zuvor mit einem Kaufmann unterhalten hatte, der ihm gegenüberstand, stützte die Hände auf die Tafel und erhob sich aus seinem Sessel. Sein Haar war wüst und grau, im Gesicht trug er eine Narbe, die ihm die Nase entstellte. Als er sich nun ganz aufrichtete, fühlte Hedwig, wie die Furcht in ihrem Magen zusammenfloss. Dieser Mann war noch gewaltiger gebaut, als ihr Vater es in ihrer Erinnerung war, und seine Gestalt strahlte die unberechenbare Angriffslust eines großen Raubtieres aus. Ihr wurde eiskalt, als sein Blick sie über die Köpfe der anderen Leute hinweg traf. »Nach vorn mit ihr«, sagte er so gelassen, dass Hedwig sich nur für ihre eigene Dummheit schelten konnte. Zumindest der Burgherr hatte längst gewusst, dass sie da war. Sie wirbelte herum, wich den Händen des ersten Mannes aus, der sie ergreifen wollte, lief, duckte sich, wand sich und hätte es beinah zur Tür geschafft, doch es waren zu viele Gegner. Zwei Männer packten ihren Umhang, rissen daran, zerrten ihr im Handgemenge die Kapuze vom Kopf und versuchten, ihre Arme in den Griff zu bekommen. Sie schlug mit ihrem Bogen als Knüppel und ihren Ellbogen um sich, bis Tristan ihr zu Hilfe kam. Er sprang einen der beiden an, verbiss sich in seinen Arm, brachte ihn zu Fall und verschaffte ihr so etwas Luft.

Sie ließ ihren Bogen fallen, zog die Messer und überraschte den zweiten Mann, indem sie sich ihm an die eisengeschützte Brust warf. Er packte sie mit beiden Armen und merkte zu spät, dass sie ihm ein Messer an die Kehle hielt. Das zweite hatte sie in der empfindlichen Achselhöhle platziert, eine der Stellen, die durch seine Rüstung nur ungenügend geschützt wurden. Mit einem kräftigen Ruck stieß sie die schmale, scharfe Klinge durch die Ringe des Kettenpanzers in sein Fleisch. Das würde ihm keinen ernsten Schaden zufügen, verdeutlichte ihm jedoch schlagartig, dass sie willens und in der Lage war, ihn zu verletzen.

»Verpass ihr eine Tracht Prügel«, hörte sie Gerhardt von Schwarzburg fordern.

»Sie hat ein Messer an meiner Kehle«, erwiderte ihr Gegner, der sie in seiner Verblüffung noch immer starr umarmte. Hedwig hörte Tristan knurren. Der Mann, den er zu Boden gerissen hatte, wehrte sich offenbar nicht mehr.

»Macht mir Platz!« Das war die Stimme des Burgherrn.

Hedwig konnte ihn nicht sehen und brachte den Mann, der sie festhielt, mit den Messern dazu, sich mit ihr zu drehen.

Zwei Schritt von ihnen entfernt blieb der Burgherr stehen. »Lass sie los, Cord, du Grützkopf.«

Zu Hedwigs Erstaunen brachte der »Grützkopf« Genannte es fertig, lautlos zu lachen. Sie spürte es am Beben seiner Arme. »Edler Graf«, sagte er mit etwas gequälter Stimme, »es mag so aussehen, als hielte ich sie fest. Die Wahrheit ist jedoch …«

Hände griffen grob von hinten in Hedwigs Gewand und rissen sie mit einem Ruck nach hinten, sodass sie das Messer verlor, welches noch in Cords Kettenhemd steckte. Diesmal bekam sie keine Gelegenheit zur Gegenwehr, sondern wurde von hinten umfasst wie von eisernen Ringen. Der Schweißgeruch ihres neuen Angreifers überflutete sie Übelkeit erregend.

Irgendwo im Raum stöhnte Adam laut auf. »Ihr Herren, habt Erbarmen. Sie ist eine verzweifelte junge Maid. Nur die Not hat sie … Au!«

Er verstummte, und Hedwig war dankbar dafür. Seine Fürsprache rührte sie zwar, doch diese Kerle würden sich gewiss nicht von ihm erweichen lassen, und da wollte sie lieber ihren Stolz bewahren. »Wagt es nicht, mir näher zu kommen«, sagte sie.

Cord, der sich inzwischen eine Hand in die verletzte Achselhöhle presste, lachte wieder, diesmal laut.

Der Burgherr dagegen sah Hedwig mit finsterem Blick an und nahm ihr das Messer so spielend leicht aus der bewegungsunfähigen Hand, als hätte sie es gar nicht festgehalten. »Weißt du, wer ich bin?«, fragte er sie mit grollender Stimme.

Sie hob so stolz den Kopf, wie es in ihrer misslichen Lage möglich war. »Nein. Aber ich weiß, wer ich bin. Ihr habt kein Recht, mich festzuhalten.«

»Nicht? Ich höre, du bist mit zwei Betrügern unterwegs. Du bist ein fahrendes Weib, das seine Stellung in der Welt nicht kennt und in seiner schmutzigen Unverfrorenheit Männer bedroht, die weit über ihm stehen. Eine bissige Hündin. Was glaubst du, für ein Recht gegen mich zu haben?«

In Hedwig kochte der Zorn, doch sie beherrschte ihre Tränen. »Das fahrende Volk, das mir bisher begegnet ist, benahm sich aufrichtiger als die Herren von Stand und war zudem unterhaltsamer. Mir scheint, die Herren können nichts als plumpe Beleidigungen hervorbringen. Was wirft man den Spielleuten vor?«

»Rosstäuscherei.«

Im Hintergrund gab Adam einen Laut des Widerspruchs von sich, der jedoch rasch erstickt wurde.

Nun trat von Schwarzburg neben den Burgherrn. »So gut wie Diebstahl. Und das, nachdem mein Bruder in seiner maßlosen Großzügigkeit jahrelang die nichtswürdige Sippe dieses Spielmanns an seinem Hof geduldet hat. Macht kurzen Prozess, vergeudet nicht Eure Zeit mit solchem Kehricht, Graf Ebeling.«

Hedwig hob ihr Kinn noch ein Stück höher. »Mein Vater hatte einen hübschen Namen für Euren Bruder in seiner maßlosen Großzügigkeit.«

Bevor ihre unbedachte Zunge noch mehr offenbaren konnte, hob der Burgherr die Hand, als wolle er sie schlagen, und sie kniff die Lippen zusammen.

Doch er schlug sie nicht, sondern seufzte und senkte die Hand wieder. »Überlasst mir, womit ich meine Zeit vergeude, Herr von Schwarzburg. Und du, Jungfer, hältst den Mund. Ich bin Ebeling von Krummensee, nicht ein kleiner Bredow von Möchtegern-Friesack, der sich von dir zum Narren machen lässt.«

Mit zielstrebigen, doch nicht groben Handgriffen streifte er ihr die Gugel ab, dann ihren Umhang. Nun hielt sie den Kopf gesenkt, dennoch nahm sie wahr, wie er sie musterte. Das Schweigen im Raum lastete unerträglich auf ihr. Ebeling von Krummensee zog einen Pfeil aus ihrem Köcher und begutachtete ihn. »Bussardfedern? Keine schlechte Arbeit.« Er griff ihr mit einer Hand ins Gesicht und zwang sie, ihn anzusehen. Wütend funkelte sie ihn an.

»Ja«, sagte er. »Mir musst du nicht erklären, wer deine Eltern sind, kleine Luchsfähe. Du hast Glück, dass du das Gesicht deiner Mutter hast, denn sonst scheinst du alles von deinem Vater zu haben. Von Schwarzburg sagt, du hättest dem neuen Herrn von Friesack in den Zeh geschossen. Da frage ich mich, ob du dabei nun gut oder schlecht gezielt hast.«

»Seid gewiss, dass ich treffe, was ich treffen will«, fauchte sie.

Der noch immer erheiterte Cord, der sich seines schwarz brünierten Harnischs entledigt hatte und sich nun helfen ließ, das Kettenhemd auszuziehen, schnaubte spöttisch. »Lass sie doch vorschießen. Wäre ich in sicherer Deckung, würde ich gern sehen, wie sie ihre kleinen Pfeile verstreut.«

Hedwig trat nach ihm, obgleich sie wusste, dass er außer Reichweite war. Je länger der Mann hinter ihr sie festhielt, desto weniger klar konnte sie denken. Noch nie hatte jemand sie auf diese Art festgehalten, ihr wurde schwindlig vor Wut. Sinnlos begann sie sich gegen die Umklammerung zu wehren.

Cord lachte wieder. »Was für eine Wilde. Sieh dir an, wie sie mich geschnitten hat, Onkel.«

Graf Ebeling von Krummensee warf ihm einen verächtlichen Blick zu. »Willst du Wiedergutmachung von einem Weib?«

»Warum nicht?« Bevor sein Onkel ihm noch etwas erwidern konnte, trat Cord vor Hedwig, umfasste mit beiden Händen ihr Gesicht und küsste sie genussvoll auf den Mund.

»So, damit sind wir quitt. Und nun lass sie endlich los. Sie wird schon ganz blau im Gesicht.«

Hedwig war vor Entrüstung und Erleichterung benommen, als sie losgelassen wurde, dennoch ging ihr erster Blick zur Tür. Zu ihrem Bedauern versperrten zwei Männer mit verschränkten Armen den Durchgang. Sie sah sich nach ihrem Hund um und entdeckte, dass er ebenfalls festgehalten wurde. Vier Hände waren dazu nötig, und Tristan schien über seine Lage ebenso wütend wie sie. »Lasst meinen Hund los«, befahl sie.

Mit dem eben noch grimmigen Gesicht des Burgherrn ging eine auffallende Veränderung vor sich, ein spöttisches Leuchten zeigte sich darauf. »Was immer du wünschst, mein Kind. Wenn aber dein Köter einen meiner Männer beißt, dann hat dieser die Erlaubnis, dich dafür übers Knie zu legen.«

Sie zuckte mit den Schultern. »Mein Hund gehorcht. Im Gegensatz zu denen anderer Leute.« Verächtlich streifte sie Gerhardt von Schwarzburg mit einem Blick, bevor sie ihren Hund aus den Händen der Ritter befreite und ihm befahl, bei Fuß zu bleiben.

Von Schwarzburg wandte sich seinem Gastgeber zu. »Was soll das werden? Ich verlange, dass Ihr sie gefangen setzt und verurteilt. Ganz gleich, woher das Weib stammt, sie hat sich mit dem Lottervolk zu einer Bande zusammengeschlossen. Und wenn sie ihrem Vater ähnelt, umso schlimmer. Desto wahrscheinlicher neigt sie zu Wegelagerei, Raub und Mord.«

Ebeling von Krummensee legte ihm seine Pranke auf die Schulter. »Ach, Gerhardt, nun seid nicht so ein Spielverderber. Wir haben einen langen Abend vor uns. Mich vergnügt ein singender Spielmann mehr als ein hängender. Und eine hübsche, wenn auch schmutzige Jungfer neben mir an der Tafel ist angenehmer als ein kreischendes Weib im Kerker. Lasst uns das Urteil eine Weile aufschieben.«

Von Schwarzburg wurde rot im Gesicht, als wolle er auffahren, doch er schwieg und nickte nur ruckartig.

Die folgenden Stunden wurden für Hedwig ein seltsames Erlebnis. Sie saß zwischen Graf Ebeling von Krummensee und seinem Neffen Cord an der Tafel, Tristan zu ihren Füßen, und sah zu, wie Adam und Irina anfänglich etwas unsicher, doch zunehmend gelassen ihre Vorstellung gaben. Bis auf Gerhardt von Schwarzburg und seine zwei Begleiter schienen alle vergessen zu haben, dass die beiden Spielleute und die Jungfer an der Seite des Burgherrn kurz zuvor noch »Rosstäuscher und Wegelagerer« genannt worden waren.

Hedwig wurde von den Herren zum ersten Mal in ihrem Leben so höflich bedient wie eine Frau von hohem Stand und konnte nicht deuten, ob sie sich damit über sie lustig machten. Sie blieb angespannt bis zu dem Moment, in dem Gerhardt von Schwarzburg die Halle verließ, vermutlich, um sich zu erleichtern.

Graf Ebeling wandte sich ihr zu. »Hör jetzt zu, Kind. Ich kann und will mich nicht mit dem Erzbuschklepper von Magdeburg anlegen. Aber der Teufel soll mich holen, wenn ich nicht dafür sorge, dass Dietrichs Tochter ein sicheres Dach über ihrem Kopf findet. Du kannst dich nicht an mich erinnern, aber ich habe dich gesehen, als du noch ein kleiner Hering warst. Sie haben alle gedacht, du wärst tot. Dein Onkel und dein Bruder werden dich erkennen, wenn sie dich sehen, und sich deiner annehmen. Um der alten Zeiten willen, in denen dein Vater und ich Seite an Seite unsere Freude hatten, will ich dafür sorgen, dass dich jemand zu ihnen geleitet. Cord, willst du das übernehmen?«

»Wenn du ihr befiehlst, mir nicht wegzulaufen. Ich bin es nicht gewöhnt, Katzen zu hüten«, sagte Cord.

Hedwig musterte den frohgesinnten Kriegsmann misstrauisch. Hatte er ihr wirklich vergeben, dass sie ihn verletzt hatte? Mit seinem unverschämten Kuss hatte er sie gewiss nur erniedrigen wollen. Ihr wurde heiß vor Scham, wenn sie daran dachte. »Was für einen Grund hätte ich, Euch zu vertrauen?«

Cord zuckte mit den Schultern. »Sagt dir der Name Kaspar Gans zu Putlitz etwas?«

Sie nickte. »Er war der beste Freund meines Vaters. Lebt er noch?«

»In der Tat. Hat sich mit dem Kurfürsten ausgesöhnt, ficht und gedeiht noch immer prächtig. Und an manchen Tagen gibt der alte Schurke zu, dass er mein Vater ist.«

»Oh.«

Graf Ebeling klopfte mit zwei Fingern auf den Tisch, um ihre Aufmerksamkeit wiederzugewinnen. »Es ist nicht so, dass ich dich frage, ob es dir genehm ist, Mädchen. Du hast nur die eine Wahl. Wenn es dich beruhigt: Ich bürge für Cord. Er wird sich vorbildlich benehmen. Schließlich weiß er, dass am anderen Ende dein Onkel und dein Bruder auf ihn warten. Denen wird er Rechenschaft ablegen müssen.«

Seine Art verärgerte Hedwig erneut. Auf diese Art klang sein Plan nicht anders, als wäre sie eine Gefangene. »Ich gehe nicht ohne die Spielleute. Außerdem will ich meine Messer und meinen Bogen zurück.«

Cord prustete. »Dein Spielzeug, ja? Was willst du damit? Du wirst nur Ärger anziehen.«

Hedwig sah ihn mit zusammengezogenen Brauen an. »Mir scheint, mein Spielzeug ist geeignet, mir Ärgernisse wie Euch vom Hals zu halten. Nächstes Mal sollte ich aber wohl ein wenig tiefer stechen, damit die Wirkung länger anhält.«

Er richtete sich auf. »Du glaubst doch wohl nicht, dass dein lächerliches kleines Messer mich an etwas gehindert hat. Hätte ich gewollt ...«

Graf Ebeling brachte ihn mit einer Handbewegung zum Schweigen. »Schluss damit. Ich sehe, ihr werdet euch gut verstehen. Was die Spielleute angeht, muss ich dich enttäuschen. Wenn sie den Bischof tatsächlich um seine Pferde gebracht haben, dann kann ich sie nicht gehen lassen.«

»Dann hört Adam wenigstens an. Lasst ihn die Sache erklären«, bat Hedwig. Sie wusste zwar nicht, ob der Spielmann schuldig war, wollte jedoch nicht, dass er schwer bestraft wurde. Mit seiner Redegewandtheit würde er es vielleicht zustande bringen, seine Schuld klein aussehen zu lassen.

Der Burgherr wiegte sein Haupt und stimmte schließlich zu. Gerade als von Schwarzburg den Turm wieder betrat, begann Adam, seine Fassung der Geschichte vom erzbischöflichen Pferdehandel vorzutragen. Mit dem Geschick, auf das Hedwig gesetzt hatte, machte er eine Komödie daraus, die außer Gerhardt von Schwarzburg alle zum Lachen brachte und ihn selbst als harmlos darstellte, ohne den Erzbischof zu beleidigen. Das kluge Scherzen, Schmeicheln und Schmähen war die hohe Kunst eines guten Spielmannes, und Adam von Himmelsfels beherrschte sie meisterhaft.

Seine Redekunst und sein offenbar weithin bekannter Pferdeverstand lagen denn auch seinem Verbrechen zugrunde. Er hatte den Stallmeister des Erzbischofs davon überzeugt, dass einige von dessen guten Pferden unter erheblichen Schwächen und Krankheiten litten und besser verkauft werden sollten. Der Käufer hatte ihn großzügig dafür belohnt, dass er dank dieser Unterstützung Tiere erwerben konnte, die sonst unerreichbar für ihn geblieben wären.

Zu Adams Pech war jedoch einem Stallknecht die Sache verdächtig vorgekommen, und er hatte sie dem Erzbischof zugetragen, kurz nachdem Adam und Irina Magdeburg verlassen hatten. Die plötzliche Abreise des Spielmannes, der sein ganzes bisheriges Leben am von Schwarzburgischen Hof zugebracht hatte, wurde als Schuldbeweis gedeutet.

Hedwig vermutete, dass dies zu Recht der Fall war, auch wenn Adam seine unschuldige Absicht überzeugend beteuerte. Auch Gerhardt von Schwarzburg ließ sich von ihm nicht täuschen. Er bestand darauf, dass der Spielmann gehängt und seine Frau mit Prügel bestraft werden sollte.

Hedwig krampfte wütend die Hand um ihr Tafelmesser, als sie ihn reden hörte. Der blonde Ritter war ihr gründlich zuwider.

Graf Ebeling warf ihr einen Seitenblick zu. »Nun, ich sehe, dass wir hierüber nicht leicht einig werden. Da die Sache mich aber bereits prächtig unterhalten hat, schlage ich vor, wir machen so weiter. Dass Spielleute keine Ehre haben, wissen wir alle. Was hilft es, ihre Taten an unserer zu messen? Sie sind zur Kurzweil geboren. Sollen sie uns also vergnügen. Die kriegerische Jungfer wird uns ihre Schießkünste beweisen. Gefällt sie uns darin, schenke ich ihr das Leben ihrer Gefährten. Versagt sie, sollen sie gerichtet werden.«

Hedwig sah ihn entsetzt an. »Was soll das?«

Er schob die Lippen vor und erwiderte ihren Blick kühl. »Nun, ein wenig Demut zu lernen, kann dir nicht schaden.«

Demut? Hedwig fühlte glühende Hitze in sich aufsteigen, und jeder Anflug eines freundlichen Gefühls dem alten Grafen gegenüber verschwand. Wie konnte er so leichtfertig das Leben von Menschen einsetzen, um ihr eine Lehre zu erteilen?

Tief atmete sie durch, bevor sie aufstand. »Worauf warten wir noch?«

## 3

# Eine vortreffliche Gemeinschaft

Unter den Blicken der zahlreichen Zuschauer auf dem Hof begann Hedwig zu zittern. Zum hundertsten Male wünschte sie sich in ihren einsamen Wald zurück. Sie durfte nicht versagen und fühlte sich doch zu unruhig für sichere Schüsse. Noch ärger wurde es, als sie zwischen den Ästen einer Linde neben dem Burgbrunnen Isoldes schwarz-weiß gebändertes Gefieder entdeckte. Da den Habicht bisher aber niemand bemerkt zu haben schien, wandte sie sich rasch ab. Beflissen beschäftigte sie sich damit, lose Haarsträhnen in ihre Haarkrone zurückzustecken, damit sie ihr beim Schießen nicht die Sicht behindern konnten.

Cord überreichte ihr mit einer spöttischen Verbeugung ihren Bogen und den Köcher mit Pfeilen, den sie zum Essen hatte ablegen müssen. Sie schenkte ihm keine Beachtung. Als sie ihren geliebten Bogen wieder in der Hand hatte, ließen die lang gewohnten Handgriffe ihre Aufregung in den Hintergrund treten. Sie prüfte den sicheren Sitz der Sehne in ihren Kerben und ob ihre Länge sich nicht durch widrige Umstände oder die Hand eines Spötters verändert hatte.

»Was für ein lustiges kurzes Stöckchen das ist. Die Engländer würden darüber lachen. Ihre Bögen sind übermannshoch«, sagte Cord.

Hedwig antwortete nicht, sondern wandte ihre Aufmerksamkeit einer Scheibe aus geflochtenem Stroh zu. Nicht mehr als zwanzig Schritt entfernt stand sie vor der Burgmauer, ein einfaches Ziel, das ihr wohl nur zur Eingewöhnung dienen sollte.

Sobald sie den Bogen in der linken und einen Pfeil in der rechten Hand hatte, schwanden die Zuschauer aus ihrem Bewusstsein. Wie tausende von Malen zuvor betrachtete sie flüchtig den Pfeil, sah seine drei vollkommenen Federn, die scharfe Spitze, die makellose Nocke, in der die Sehne des Bogens zu liegen kommen würde. In dem Moment, in dem sie den Punkt bestimmte, den sie treffen wollte, und anlegte, existierte nichts mehr außer diesem Punkt und dem Pfeil. Sie selbst wurde zum Pfeil und flog.

Die Menschen auf dem Hof murmelten enttäuscht. Ihr Pfeil steckte im obersten Rand des Ziels, nur knapp hatte er die Scheibe nicht verfehlt. Ungerührt legte sie den nächsten auf. Ihre Zuschauer stöhnten mitleidig, als er ebenso knapp wie der erste diesmal den unteren Rand der Scheibe traf.

Nach dem dritten Schuss legte sich das unruhige Stimmengewirr nicht mehr. Dieses Mal steckte der Pfeil ganz am rechten Rand der Scheibe, und die Zuschauer begannen das Interesse zu verlieren. Als der vierte jedoch am äußersten linken Rand traf, verstummten sie nach und nach wieder.

Hedwig lächelte, nahm einen fünften Pfeil und ging einige Schritte rückwärts. Ihr Zittern war verflogen, sie war sich ihrer selbst sicher. Der fünfte Pfeil traf die Scheibe aus zwanzig Schritt Entfernung in den schwarzen Mittelpunkt.

Mit jedem Pfeil trat sie nun weiter zurück und zeichnete mit ihren Treffern ein Kreuz auf die Scheibe, so wie sie es unter Richards aufmerksamem Blick oft genug getan hatte. Den vierzehnten Pfeil behielt sie in der Hand. Die Leute jubelten, lachten und murrten, obwohl sie dergleichen ständig von anderen Schützen zu sehen bekommen mussten. Ein Junge brachte ihr mit roten Ohren ihre Pfeile zurück und vermied es dabei, sie anzusehen.

»Sie soll etwas schießen, was sich bewegt!«, schrie eine Männerstimme.

Zwei Knappen brachten die Quintana in Schwung, ein drehbares Gestell, an dem Säcke hingen, die als Ziele für die mit Lanzen übenden Reiter dienten. Eilig rannten die beiden in Deckung, sobald die Quintana sich schnell genug drehte. Hedwig traf die ruhig dahinschwebenden Säcke mühelos. Man befestigte kleine Tuchfetzen daran, und auch diese verfehlte sie nur ein Mal von zwölf. Solche Spiele waren kein Vergleich zu einem aufspringenden Hasen.

»Aufhören!«, sagte Gerhardt von Schwarzburg mit eisiger Stimme. »Ich sehe voraus, dass ich meine Genugtuung nicht erhalte, wenn Ihr Euch mit so einer faden Lustbarkeit begnügt. Sie soll uns etwas wirklich Beachtliches zeigen, wenn Ihr auf Eurer Absicht beharrt.«

»Und das wäre?«, fragte Graf Ebeling, der sich offenbar weiterhin gut unterhalten fühlte.

»Stört Euren Taubenschwarm auf und lasst sie zwei, drei Vögel herausschießen.«

Damit hatte er in der Tat eine Herausforderung gewählt, die nicht leicht zu meistern war. Tauben waren klein, und im Gewirr ihres Schwarms war es schwierig, ein bestimmtes Tier als Ziel im Auge zu behalten.

»Das gilt. Drei Tauben also: eine für den Spielmann, eine für dessen Weib und eine für die Jungfer selbst«, sagte Graf Ebeling.

Das runde Taubenhaus ruhte auf einem Mast, der neben der Hoflinde aufragte. Ein Stallknecht stieg mit einer Stange ausgerüstet die Leiter empor. Er musste nachdrücklich gegen das Holz schlagen und lärmen, um die fetten, halb zahmen Tauben noch einmal aus ihrer Abendruhe aufzurütteln. Doch als der Schwarm einmal munter war, erschienen die Vögel aus allen Öffnungen des Schlages gleichzeitig und erhoben sich wie eine Wolke in die Luft. Hedwig hatte ihre Aufmerksamkeit nur auf eines der kleinen Tore gerichtet und traf ihre erste Taube, bevor diese im Gewirr der anderen verschwand. Schon mit der zweiten hatte sie Schwierigkeiten, denn die Entfernung wuchs rasch. Sie zielte und schoss, verfehlte, legte einen neuen Pfeil an und traf statt des Vogels, den sie anvisierte, einen anderen. Der Schwarm entfernte sich rasch aus der günstigen Schussweite, und die Eile machte sie fahrig. Ein weiteres Mal verfehlte sie. Inzwischen waren die Vögel nur noch kleine Flecken über der Burgmauer und die Aussicht, einen weiteren von ihnen zu treffen, verschwindend gering.

In ihrem Ärger über ihr Versagen vergaß Hedwig abermals ihre Vernunft. Sie pfiff schrill und lief mit ihrem Hund zur Seite los zum Tor, als ihr Habicht abbaumte und sich an die Verfolgung der Tauben machte.

Verblüfft ließen die Leute sie durch und folgten ihr hinaus auf die Wiese zwischen Burg und Stadt, wo sich Isolde eben mit einer geschlagenen Taube niederließ. Tristan hatte sie bereits erreicht und zeigte Hedwig die Stelle an. Geschwind nutzte sie ihren Köcher, um das Habichtweibchen dazu zu bringen, von seiner Beute auf ihren Arm umzusteigen. Dann hob sie mit der freien Hand die dritte tote Taube hoch über ihren Kopf und zeigte ihren Sieg an, als hätte sie nie etwas anderes vorgehabt, als auf diese Weise zu gewinnen.

Das Staunen stand ihren Zuschauern ins Gesicht geschrieben. Bei einigen von ihnen mischte sich deutlich Entrüstung darunter. Graf Ebeling jedoch lachte schallend. »Das besiegelt es. Mein Urteil ist gefällt. Ihr seht ein Weib von Stand vor Euch, meine Herren. Dietrich von Quitzows Tochter soll mein Gast sein, und die Spielleute gehören ihr. Verweil, solange du magst, holde Jungfer. Ich werde nicht noch einmal versuchen, dich Demut zu lehren.«

Gerhardt von Schwarzburg verlor die Haltung und wurde

laut. »Verflucht! Überlegt, was Ihr tut, Graf! Diese Schwindlerin maßt sich einen Stand an, der ihr in keiner Weise gebührt. Es wird Euch leidtun, wenn erst mein Bruder davon erfährt, wie Ihr Euch von ihr habt einwickeln lassen.«

»Ich bin sicher, dass er an meiner Stelle nicht anders entscheiden würde«, erwiderte Graf Ebeling.

Doch noch in der Nacht weckte der Graf in Cords Begleitung Hedwig und die Spielleute, die in seiner Halle schliefen. Verstohlen geleitete Cord sie aus der Burg zu einer Hecke, wo zwei Bauernjungen mit ihren Pferden, Mauleseln und dem Gepäck warteten. In den dunkelsten Stunden der Nacht ritten sie schweigend auf schmalen Pfaden, bis Saarmund weit hinter ihnen lag. Erst am Morgen ließ Cord sie an einem versteckten Ort rasten. Und erst hier sprachen sie offen miteinander.

»Ein Rosstäuscher, ein Spielweib, die verwilderte Tochter eines einst geächteten Raubeins und ein Bastard von Putlitz. Mich dünkt, wir sind eine vortreffliche Gemeinschaft«, sagte der bartlose, doch unrasierte Ritter und grinste.

Hedwig schüttelte müde den Kopf. Sie hatte seit Tagen zu wenig geschlafen. Selbst das Reisig für ein kleines Feuer aufzuschichten, strengte sie an. »Ihr scheint das leichtzunehmen, mein Herr. Ich dagegen hatte mir meine Reise anders vorgestellt.«

Cord hockte sich an die noch kalte Feuerstelle und sah ihr zu. Die langen Spitzen seiner Schnabelstiefel stießen an das aufgeschichtete Holz. Er zog seine mit eisernen Ringen besetzten Lederhandschuhe aus und warf sie neben sich ins Moos. »Da du nun unter meinem Schutz stehst, wird es einfacher für dich werden. Du musst dich nur benehmen, wie es sich für ein Weib geziemt. Von wem hast du bloß diesen Gaul? Woher bist du gekommen? Nichts stimmt an dir. Hat dir niemand beigebracht, dass eine Jungfer kein Drache sein sollte?«

Nun, da die Gefahr vorüber war, zweifelte Hedwig wieder einmal an sich selbst. Richard wäre nicht glücklich darüber gewesen, wie ihre Unvernunft immer wieder mit ihr durchging. Sie hatte sich von ihrem Stolz leiten lassen und damit sinnlos Aufsehen erregt. »Das Pferd ist das Ross meines toten Ziehvaters, und ich besitze kein anderes.«

Cord zuckte mit den Schultern. »Ich werde das magere Riesenvieh verkaufen und ein braves kleines Pferdchen dafür erstehen, auf dem ein Weib gut aufgehoben ist. Den Bogen wirst du nicht mehr anfassen, und der Habicht gehört mir. Verstanden?«

Hedwigs Reue verflüchtigte sich. Aus dem Augenwinkel sah sie, wie Adam und Irina, die noch dabei gewesen waren, die Maulesel von ihrer Last zu befreien, in ihren Bewegungen innehielten und sie beobachteten. Sie straffte ihre Schultern, behielt das letzte Stück Holz in der Hand wie einen Knüppel und stand auf. »Mein Pferd, mein Bogen und mein Habicht gehören mir. Und wenn du sie anfasst, Bastard von Putlitz, dann töte ich dich vielleicht im Schlaf.«

Er blickte mit zusammengekniffenen Augen zu ihr auf. »Mein Gott, was für eine widerwärtige Beißzange«, sagte er. Doch in seinem Ton schwang ein Hauch von Anerkennung mit.

Hedwig seufzte. »Ich will ja Frieden mit dir halten. Aber das wenige, das mir gehört, gebe ich nicht auf.«

Er gab einen Laut von sich, als würde er verstehen, erhob sich und wandte sich ab. Erleichtert legte Hedwig den Holzklotz zu den anderen und kramte in ihrer Tasche nach der Zunderbüchse.

Mit einem Satz, der das Eisen seiner Rüstung zum Scheppern brachte, schnellte Cord zu ihr, packte sie grob von hinten und legte ihr seinen Arm um den Hals. Die Glieder seines Kettenärmels pressten sich schmerzhaft in ihre Haut und drückten ihr die Luft ab. Ihr blieb nicht einmal Zeit, die Hände aus ihrer Tasche zu befreien. Sie hörte Irina und Adam aufschreien, und sie spürte Cords Atem an ihrem Ohr. »Droh niemals einem Mann wie mir damit, ihn im Schlaf zu töten, kleine Hexe«, sagte er. Dann ließ er sie los, und sie sank auf die Knie.

»Fass«, sagte sie mit brechender Stimme, aber laut genug.

Tristan hatte auf ihren Befehl gewartet. Zähnefletschend warf er sein ganzes Gewicht auf den Ritter und brachte ihn aus dem Gleichgewicht. Hedwig sprang hinzu, trat auf Cords lächerlich lange Stiefelspitzen und vereinte ihre Kraft mit der des Hundes. Auf ähnliche Weise hatten sie in einer Notlage einmal eine junge Auerochsenkuh zu Fall gebracht, die von einem schlecht gezielten Pfeil in Angriffslaune versetzt worden war.

Im Nu kniete Hedwig auf Cords schwarzem Brustharnisch und hielt ihm ihr Messer an dieselbe Stelle seines Halses, an der es schon einmal gelegen hatte. Überraschung und Zorn blitzten in seinen Augen.

»Du wirst mich nie wieder anfassen«, sagte sie.

»Der Teufel soll dich holen«, zischte er.

Adam trat zu ihnen. Zu Hedwigs Erstaunen applaudierte er. »Verehrter Herr Ritter, holde Jungfrau, nie sah ich etwas dergleichen Beeindruckendes. Euer beider Stolz ist Eurem hohen Stande würdig. Erweist mir Elendem dennoch die Gnade, meinen Vorschlag zur Güte anzuhören: Schwört einander bei Eurer Ehre, den anderen nach besten Kräften vor Schaden zu bewahren und bei allen Entscheidungen auf der Reise den Rat des anderen zu suchen und zu respektieren.«

»Solange er mich nicht wieder anfasst«, sagte Hedwig zwischen zusammengebissenen Zähnen hindurch.

»Solange ich sie nachts zum Schlafen in einem Netz im Baum aufhängen darf«, stieß Cord ebenso hervor.

Hedwig konnte sich nicht helfen, sie musste lachen. Cord nützte die Gelegenheit und stieß sie von sich, ohne jedoch Anstalten zu machen, sie erneut anzugreifen. »Also gut. Dann mach jetzt eben endlich Feuer. Ich will ein Stück Speck braten. Außerdem verbrenne ich meine Stiefel. Wusste doch gleich, dass sie nichts taugen.«

Damit brachte er Hedwig zum Schmunzeln, obgleich sein Befehlston sie schon wieder hätte ärgern können. Sie stand auf, um sich dem Feuer zu widmen, und erhaschte dabei einen Blick auf einen schwarzen Dolch, den Irina soeben unter ihrem Rock verschwinden ließ. Über die Lichtung hinweg sahen sie sich in die Augen. Irinas kleines, anerkennendes Nicken machte Hedwig glücklich. Gewiss hatte sie sich einmal mehr unziemlich benommen, doch der Erfolg schmeckte süß.

Nach dieser ersten Auseinandersetzung folgten auf ihrer Reise zahllose andere, doch fürderhin beschränkten sie sich darauf, ihre Kämpfe in Worten auszutragen.

Hedwig verlor nur langsam ihr Misstrauen dem tückisch schnellen Kriegsknecht gegenüber, doch sie lernte seine Fähigkeiten, seine Ortskenntnis und den Schutz, den seine Anwesenheit bot, zu schätzen. Er hatte ihr mit seinen dreißig Jahren in allem Erfahrung voraus, und sie erwies ihm Respekt.

Cord ging dafür in seinem Wohlwollen so weit, ihr beizubringen, wie sie besser mit ihrem Klepperross zurechtkommen konnte, und verriet ihr, was sie versuchen sollte, wenn wieder einmal jemand sie von hinten umklammerte. Da ihm bei all seiner guten Ausbildung nie jemand angeboten hatte, ihn zum Ritter zu schlagen, fühlte er sich dem Codex der ritterlichen Ehre nicht sonderlich verpflichtet. Er machte keinen Hehl daraus, dass er im Kampf kaum Skrupel kannte. Mit den Geschichten, die er unterwegs erzählte, machte er Hedwig allerdings klar, dass auch die meisten Ritter das Ziel über die Mittel stellten.

Hedwig lernte in den sechs Tagen ihrer Reise viel von ihm und auch über das Land, durch das sie zogen. Endlose Wälder war sie gewohnt, nicht jedoch die alles durchdringende Nässe. War es um Friesack herum nur ein wenig sumpfig gewesen, so fand sich nun auf weiten Strecken ihres Weges in all dem Sumpf nur hier und dort ein wenig Land.

Lichte Erlenbruchwälder und von Schilf, Weiden und Sauergras gesäumte Gewässer prägten die Landschaft. Moorige Tümpel tarnten sich unter Teppichen aus weißem, schwimmendem Hahnenfuß und gelben Sumpfdotterblumen. Reiher, Schwarzstörche, Libellen und Bremsen waren ihre ständigen Begleiter, hin und wieder sahen sie einen Seeadler kreisen oder Beute schlagen, und abends schwoll das Gequake der Frösche zu einem ohrenbetäubenden Spektakel an.

Einen Tag lang war es unmöglich, anders als mit Kähnen voranzukommen, was beim Verladen der Pferde etliche Schwierigkeiten bereitete. Hedwig war froh, dass Adam und Cord es übernahmen, ihrem Klepper mit einer Nüsternklemme die Angst vor der Bootsfahrt auszutreiben.

Die schmalen Fließe, auf denen sie fuhren, waren reich an Fischen und Wasservögeln. Zum Glück der Reisenden waren die Kahnführer nebenbei nicht nur geschickte Fischer, sondern auch willens, beide Augen zu schließen, wenn Hedwig Enten für das Abendessen erlegte und sie von ihrem Hund aus dem Wasser holen ließ.

Ohnehin verstanden die sorbischen Männer kaum Deutsch und nickten nur zu allem, was sie gefragt wurden.

Eine Weile nachdem sie wieder festen Boden unter den Füßen hatten, waren es zuerst Flachsfelder, deren zartblaue

Blüte gerade anbrach, dann immer mehr bewirtschaftete, trockenere Wiesen und Felder, die ihnen die Nähe größerer Siedlungen anzeigten. Am siebten Morgen nach dem Aufbruch aus Saarmund näherten sie sich der Stadt Meißen.

Hedwig und die Spielleute hofften, dass die anstrengende Reise hier vorerst ein Ende nehmen würde. Cord hingegen belustigte es, dass sie das Reisen beschwerlich fanden. Er schien daran gewöhnt zu sein, jeden Morgen flüchtig den Rost von seiner Rüstung zu wischen und den Tag im Sattel zu verleben.

Hedwig erwartete, dass er in Meißen geradewegs zur Albrechtsburg reiten würde, um den Burgherrn, Graf Heinrich von Hartenstein, nach dem genauen Sammelplatz für die brandenburgischen und sächsischen Truppen zu fragen. Da sie selbst bei dergleichen Unternehmungen bisher glücklos geblieben war, hätte sie ihm die Aufgabe gern allein überlassen und mit den Spielleuten in einem Wirtshaus gewartet. Ihr schwirrte der Kopf von den Eindrücken, die bei ihrem Ritt durch die Stadt auf sie einströmten. Meißen war noch weit größer als Saarmund. Die auf einer Erhebung am Elbufer errichtete Burg und der Dom überragten alles, und einen so mächtigen Strom wie die Elbe hatte Hedwig nie zuvor zu Gesicht bekommen.

Cord indessen hatte andere Absichten, als sie einfach warten zu lassen. Er brachte sie zu einem Haus, über dessen Tür als Ersatz für ein Schild ein Holzzuber hing. Knechte nahmen ihnen die Pferde ab, und ehe Hedwig sich's versah, stand sie zum ersten Mal verblüfft im Dampf eines Badehauses. Cord flüsterte mit Irina und einer fülligen Frau, deren ausladende weiße Haube aus mehr Stoff gefertigt zu sein schien als das geschürzte dünne Hemd, das sie trug. Sie war eben dabei gewesen, einen auf der Seite liegenden Bottich zu schrubben, und hielt die Bürste noch in der Hand. Kurz darauf verabschiedete sich Cord mit einem flüchtigen Winken und zog den widerstrebenden Adam mit sich.

Wäre Irina nicht gewesen, hätte Hedwig vor der ihr fremd gewordenen Prozedur des Badens womöglich die Flucht ergriffen. Das Spielweib und die Badefrau überredeten sie jedoch mit vereinten Kräften, und als sie schließlich in ein Badetuch gewickelt dastand und das wohlige Gefühl genoss, vom Haar bis zu den Fußsohlen sauber zu sein, war sie ihnen dankbar dafür.

Eine Magd brachte ihr ein weißes Unterkleid aus Leinen mit einem grünen Überkleid. Beide Gewänder waren einfach, aber sauber. Dass Cord sie auf Kosten seines Onkels für sie besorgt hatte, erfuhr Hedwig nur durch Irinas zufriedene Bemerkung.

Die Pracht der Albrechtsburg rief in Hedwig Ehrfurcht hervor. Als Cord sie die breite Wendeltreppe hinauf in einen großen weiß-goldenen Festsaal und von dort in eine kaum kleinere Versammlungshalle führte, wurde ihr zum ersten Mal schamvoll bewusst, wie unbedeutend und arm sie war. Verglichen mit dem Reichtum, der hier zur Schau gestellt wurde, waren die Burgen, die sie bisher gesehen hatte, bescheidene Behausungen.

Kostbar gekleidete Männer standen in Gruppen beisammen, hielten Silberkelche in den Händen und unterhielten sich. Musik erklang, ohne dass Musikanten sichtbar waren, zwei Gaukler warfen sich verspielt Bälle zu, als würde es nur ihrem eigenen Vergnügen dienen, und zwei Mägde füllten eben nach Honig duftende kleine Gebäckstücke in silberne Schalen, die zwischen anderem funkelnden Tischgerät auf einer langen Tafel nahe dem unbesetzten Hochsitz standen.

Zu Hedwigs Verwunderung blieb Cord mit ihr nicht in der Halle, sondern durchquerte sie und ließ ihr den Vortritt in ein Nebengemach. Beim Anblick der Gesellschaft, die hier versammelt war, blieb sie so plötzlich stehen, dass Cord sie versehentlich anrempelte.

»Ich bitte vielmals um Vergebung«, sagte er, doch auch seine ungewohnte Höflichkeit konnte sie nicht mehr in noch größeres Erstaunen versetzen.

Zwanzig vornehme Frauen und nur zwei Männer umgaben eine Edelfrau, die sowohl in ihrer Pracht und Schönheit als auch durch ihre selbstbewusste Haltung den Mittelpunkt des Raumes bildete. Alle waren ernsthaft und angeregt in Gespräche vertieft, viele hielten oder studierten Schriftstücke, und eine der Frauen stand sogar an einem Pult und ließ mit gerunzelter Stirn einen Gänsekiel über Pergament kratzen.

»Sei nicht so verblüfft, Drachenmaid«, sagte Cord leise zu Hedwig. »Gräfin Constantia bestimmt die Geschicke Meißens, wenn ihr Vater und ihr Gemahl nicht anwesend sind. Sie wollte dich sehen.«

Die Stimme der Gräfin erhob sich über die ihres Gefolges. »Ich bestimme die Geschicke Meißens jederzeit maßgeblich, mein Herr. Gewöhnlich liegen mein Vater und mein Gatte verletzt, blutend und fiebernd zu Bett, wenn sie uns mit ihrer Anwesenheit beehren. Kein Zustand, um mit Bäckern und Kaufleuten über die Höhe von Abgaben und Zöllen zu verhandeln oder jüdische Gläubiger zu beschwichtigen. Und nun kommt näher und stellt mir Euren Schützling endlich vor.«

Hedwig musste nicht nachdenken, um vor der einschüchternden Frau in einen tiefen Hofknicks zu sinken.

Cord verneigte sich gleichfalls. »Hedwig von Quitzow, gnädige Frau Gräfin. Jüngst aus langer Verborgenheit wieder erschienen und nun auf der Suche nach ihrem Onkel Johann von Quitzow und ihrem Bruder Köne.«

Gräfin Constantia lachte hell. »Wunderbar. Cord hat mir schon von dir berichtet. Komm näher, Kind, wir haben einen gemeinsamen Feind. Ich habe einmal den grässlichen

Erzbuschklepper von Schwarzburg nicht geheiratet, als ich es sollte. Seitdem hegt er einen Groll auf uns Meißner und macht uns das Leben schwer, wo er kann. Nicht, dass wir ihm viel Gelegenheit dazu ließen. Was könnte ihn mehr ärgern, als wenn ich dem Geschlecht der von Quitzow beistehe. Vortrefflich! Sag mir, was du benötigst.«

Hedwig sah die mächtige Frau voll Bewunderung an. »Ich brauche nicht viel, nur …«

»Kleider«, fiel Cord ihr ins Wort. »Sie ist bescheiden, hohe Frau, aber es ist die traurige Wahrheit: Sie besitzt nichts als das, was sie am Leibe trägt. Nun, zugegeben, und ein Ross, einen Habicht, einen Bogen und einen Spielmann, aber nichts davon will sie verkaufen, um sich ein anständiges Gewand zu leisten.«

Neugierig beugte Gräfin Constantia sich vor. »Einen Habicht, einen Bogen und einen Spielmann? Erzählt!«

Es wurde Abend, bevor man Hedwig gehen ließ, und sie ging reich beschenkt.

## 4

# Richards Schwert

Wilkin, der erstgeborene Sohn des edlen Grafen Hans von Torgau, hatte ein Wettschwimmen in der Elbe gewonnen, dafür einen kleinen Beutel mit fünfzehn Gulden vom Markgrafen von Meißen bekommen und mehr als einen Schoppen Bier von denen, die auf ihn gesetzt hatten. Er war nicht leicht umzuwerfen, doch als er spürte, dass der Trunk anfing, eine Wirkung auf ihn zu haben, verabschiedete er sich aus dem Zelt des Kurfürsten. Er hatte zu viele Feinde, um sich einen Vollrausch erlauben zu dürfen. Allen voran seine Brüder, die sich nach dem Wettkampf durch Abwesenheit verdächtig gemacht hatten. Doch wahrscheinlich hatte nur die Enttäuschung über seinen Sieg sie von dem kleinen Gelage ferngehalten.

Er konnte sich vorstellen, wie sie am Ufer gestanden hatten, während er schwamm. Reinhardt, der ältere, heimtückischere und wachsamere von beiden, wie meistens etwas hinter Ludwig. Ludwig in vorderster Reihe der Zuschauer, mit geballten Fäusten dafür betend, dass Wilkin untergehen möge. Hätte er im Wasser um Hilfe gerufen, sie wären die Ersten im Boot gewesen, jedoch nur, um aus der Nähe zuzusehen, wie er ertrank.

Allerdings schwamm er außerordentlich gut, denn wer am Hof des brandenburgischen Kurfürsten Friedrich vom Pagen zum Knappen wurde, der übte es notgedrungen. Jeder, der bei ihm in Diensten stand, wusste, dass der Fürst keinen jungen

Mann zum Ritter schlug, der nicht bereit war, seine Rüstung abzulegen und einen Fluss oder eine Meeresbucht zu durchschwimmen, wenn es nötig war. Für seinen Geschmack waren schon viel zu viele Ritter bei der Überquerung von Gewässern ertrunken.

Wilkin hatte das Schwimmen nie etwas ausgemacht, er liebte das Gefühl, dem Wasser trotzen zu können. Sechs Mal hatte er an diesem Tag die Elbe durchquert, immer schräg gegen die Strömung, um nicht zu weit abgetrieben zu werden. Damit war er noch nicht an die Grenze seiner Kraft geraten, hatte aber die Zuschauer, von denen viele gar nicht schwimmen konnten, gehörig beeindruckt.

Müde fühlte er sich nun allerdings, wenn er auch gegen ein Weib im Bett nichts einzuwenden gehabt hätte. Er gönnte sich die Sünde nicht oft, doch heute hätte ihm ein wollüstiges kleines Gerangel den Tag gerade richtig abgerundet.

Es regnete ein wenig, er sah es mehr an den Ringen, die sich auf den Pfützen bildeten, als dass er es spürte. Da der Himmel jedoch aussah, als könnte jederzeit wieder ein schwerer Schauer niedergehen, beeilte er sich. Glücklicherweise musste er bis zu seinem Zelt nicht weit laufen, denn er gehörte zum bevorzugten Kreis des Kurfürsten und damit zurzeit auch zu dem des Meißner Markgrafen. Er war zwar jung und hatte seinen Ritterschlag erst zwei Jahre zuvor erhalten, dennoch hatte er sogar seinen eigenen Vater in der Gunst ihres Gönners ausgestochen, was diesen mächtig wurmte. Dabei hatte sein Vater selbst ihn als Knaben zum Kurfürsten gegeben und sollte sich nicht darüber wundern, dass er diesem nun in mancher Hinsicht ähnelte und dafür von ihm geschätzt wurde.

Bevor Wilkin das Zelt betrat, warf er einen Blick auf die Pferde, die sich ganz in der Nähe auf einer kleinen Koppel tummeln durften. Sie hatten kein Gras mehr, es musste ihnen schon zugefüttert werden. Wenn das Heer sich nicht bald in Bewegung setzte, würde man alle Tiere noch einmal auf neue Weiden umtreiben müssen, um Heu und Hafer nicht frühzeitig zu verbrauchen. Sechs der Pferde gehörten Wilkin: zwei Schlachtrösser, ein Reitpferd für sich und eins für seinen Pagen sowie zwei Packpferde. Er achtete mit Hingabe darauf, dass es ihnen an nichts mangelte, denn sie stellten den größten Teil seines Vermögens dar.

Deshalb beunruhigte es ihn, dass neben der Umzäunung ein aufgezäumtes Pferd stand, welches sich offenbar irgendwo losgerissen hatte. Der merkwürdige große, dürre schwarze Hengst reckte den Hals über den Zaun, flehmte mit weiten Nüstern und hochgezogener Oberlippe zu den Packstuten hinüber und scharrte mit dem Huf. Wäre das Tier in guter Form gewesen, hätte man es, bis auf den Ramskopf, ein Prachtross nennen können, doch es sah jämmerlich und ungepflegt aus.

Gerade wollte er hinübergehen, um den Hengst einzufangen, da kam ein brauner Jagdhund angeschossen, stellte den Hengst und verbellte ihn, als wäre er ein Beutetier.

Bevor der Hengst seinerseits auf den Hund losgehen konnte, traf im Laufschritt ein Waffenknecht in einer schäbigen schwarzen Reiserüstung ein und griff sich das hässliche Ross. Beruhigt wandte Wilkin sich seiner Unterkunft zu.

Einen Knappen konnte er sich noch nicht leisten, doch immerhin hatte Kurfürst Friedrich ihm einen Pagen als Diener zugeteilt, der schon einiges zu leisten imstande war. Der zwölfjährige Dieter war einst eine Art Geisel des Kurfürsten gewesen, hatte mittlerweile jedoch seine Eltern verloren und war zum Mündel geworden. Wilkin hatte den Auftrag bekommen, ihn auszubilden und dabei möglichst vom Rest seiner Sippe fernzuhalten. Natürlich hatte Kurfürst Friedrich bewusst einen von Torgau für diese Aufgabe gewählt, denn wer würde gewissenhafter einen kleinen von Quitzow in Schach halten? Wilkins Vater war einer von Dietrich von Quitzows erbittertsten Feinden gewesen. Wäre Wilkin seinem Vater ähnlich gewesen, hätte er den Kleinen diese alte Feindschaft spüren lassen. Doch ein so nachtragendes, kleinliches Verhalten widersprach seiner Gesinnung. Da der Kurfürst selbst den von Quitzows vergeben hatte, tat er sein Bestes, sich dessen Urteil anzuschließen. Als die von Torgaus sich damals gemeinsam mit dem Kurfürsten gegen die von Quitzows gewandt hatten, war Dieter erst ein unwissender Vierjähriger gewesen. Die Jahre, die er anschließend als Geisel herumgestoßen worden war, mussten schlimm genug für ihn gewesen sein. Nicht, dass Wilkin ihn deshalb ins Herz geschlossen hätte. Bei allem Mitgefühl und allem Sinn für Gerechtigkeit hegte er wenig Zuneigung zu dem unzugänglichen Jungen. Doch immerhin tat Dieter die ihm auferlegte Arbeit in der Regel zuverlässig, was Wilkin ersparte, seine Rüstung selbst vor Rost schützen oder seine Wasser- und Weinschläuche selbst füllen zu müssen.

Er bückte sich, um durch den Zelteingang zu treten. Als er sich wieder aufrichtete, sah er Dieter steif und verkrampft gegenüber an der Zeltwand stehen. Auf seiner Pritsche saß eine mit einem Kapuzenmantel verhüllte Gestalt. Ohne zu zögern, zog Wilkin sein Schwert.

Die Gestalt sprang auf, streifte die Kapuze ab und hielt ihm abwehrend eine schmale, unbewaffnete Hand entgegen.

Sprachlos ließ Wilkin das Schwert sinken. Ein Weib. Er hatte im Tross der Heere, mit denen er gezogen war, bereits viele seltsame Weiber gesehen, aber diese war ganz eigen. Sie trug ein derbes und schmutziges graues Kleid unter ihrem weiten dunkelgrünen Mantel, und ihre Füße steckten in Fellstiefeln. Das hätte ihn nicht aus der Fassung gebracht, doch ihr lumpiger Aufzug stand im grellen Widerspruch zu ihrem Auftreten. Sie stand mit ihrer schlanken, schön gewachsenen Gestalt so stolz da wie eine Fürstin. Ihr blondes Haar trug sie zu einer Krone aufgesteckt, wie sie einer edlen Frau gebührte, wenn sie auch die Stirn etwas freier hätte lassen sollen. Sie musste eine ausnehmende Menge Haar ihr Eigen nennen, um sich so damit schmücken zu können. Ihr junges Gesicht hätte hübsch ausgesehen, wäre es nicht so bäuerlich gebräunt und gerötet gewesen. Außerdem starrte sie ihn so frech mit großen Augen an, dass sie sich als Angehörige eines niedrigen Gewerbes überführte. Was allerdings auch schon damit bewiesen war, dass sie ihn allein in seinem Zelt aufsuchte. Nun, ihm war es recht, vielleicht konnte er es sich leisten, sie bei sich zu behalten, bis ihm nach Schlaf zumute war.

Lächelnd schob er sein Schwert zurück in die Scheide und deutete ironisch eine Verbeugung an. »Suchst du Kundschaft, Mädchen? Dieter, was für ein Blitz hat dich getroffen? Biete ihr einen Schluck Wein an. Wir wirken ja ungastlich.«

Sie betrachtete ihn womöglich noch erstaunter als zuvor. Weiber fanden ihn in der Regel nicht abstoßend, aber solchen Eindruck hatte er noch nie gemacht. Sollte er sich geschmeichelt fühlen oder beleidigt? »Bist du zu schüchtern zum Reden?«

Sie schüttelte den Kopf, als würde sie eine Benommenheit abstreifen. »Ihr seid Wilkin von Torgau?«

Nun machte es ihn doch misstrauisch, wie sie sich verhielt. Hatte er es am Ende mit einem Trick seiner Brüder zu tun? Rasch ließ er seinen Blick durchs Zelt schweifen. Hinter dem Weib lagen halb verborgen fremde Waffen auf seiner Pritsche – ein Bogen, Pfeile. Ein Schwert? War sie der Köder in einer Falle?

* *

Hedwig war fassungslos. Der junge Mann vor ihr hatte helleres Haar als Richard von Restorf, und er war nicht hager, sondern von gut ausgefüllter Gestalt. In allen anderen Merkmalen jedoch war er das jüngere Abbild ihres Ziehvaters. Sie hatte nicht damit gerechnet, wie sehr sie das treffen würde.

Er trug keine Rüstung, doch seine muskulöse, hochgewachsene Statur verriet, dass ein voller Plattenharnisch ihn nicht über Gebühr belasten würde. An einem hölzernen Ständer lehnte ein Schild, auf dem das Wappen der von Torgau prangte: ein weißer Luchs auf blauem Grund, darüber sechs Weizenähren. Sonst enthielt sein Zelt keine Reichtümer. Sein Diener war ein blasser, wortkarger Knabe, der unaufhörlich die Schultern hochzog, als erwartete er Hiebe. Doch das Schwert, welches Wilkin von Torgau eben noch in der Hand gehalten hatte, war prachtvoll und neu. Er hatte zweifellos das schartige alte Erinnerungsstück nicht nötig, das sie ihm brachte. Schlagartig vergaß sie alle Worte, die sie sich für diesen Moment zurechtgelegt hatte. Zudem wurde ihr der armselige Anblick bewusst, den sie bieten musste.

Sie hatte sich nach ihrer Ankunft keine Zeit genommen, um eines der besseren Kleider anzulegen, die sie inzwischen besaß. Während Cord noch Auskünfte darüber einholte, wo ihr Onkel und ihr Bruder sich aufhielten, und die Spielleute begannen, für ihren Auftritt zu werben, hatte sie aufgeschnappt, dass ein Wilkin von Torgau kurz zuvor eine angebliche Meisterleistung im Schwimmen vollbracht hatte.

Sogleich hatte sie sich auf die Suche nach seinem Zelt gemacht, ohne den anderen Bescheid zu geben. Denn hätte Cord sie erst einmal ihren Verwandten übergeben, wäre es gewiss schwierig für sie geworden, sich noch einmal davonzustehlen.

Wilkins Miene veränderte sich plötzlich. Eben hatte er noch freundlich und anziehend gewirkt, nun verengten sich seine Augen misstrauisch. Hatte sie etwas Falsches damit getan, dass sie ihn nach seinem Namen fragte?

»Der bin ich. Wer hat dich geschickt?«, sagte er.

Betreten senkte Hedwig den Blick, um ihre Gedanken zu sammeln. Er ließ ihr keine Zeit dazu. Mit zwei Schritten war er bei ihr, griff nach ihrem Arm, zog sie von der Pritsche weg und zeigte auf ihren Bogen und das Schwert. »Was ist das? Wozu bist du hier? Schicken meine Brüder dich? Dachten sie, ich wäre heute so betrunken, dass ein Weib mich umbringen kann?«

Sie entzog ihm unangenehm berührt ihren Arm. Schlechter hätte diese Begegnung kaum beginnen können. Außerdem verwirrte es sie, dass er so nah bei ihr stand. Sie konnte den Ärger und die Hitze spüren, die er ausstrahlte. »Ich bin Euren Brüdern nie begegnet und habe gewiss nicht vor, Euch umzubringen. Mich hat ein Mann zu Euch geschickt, den Ihr nicht kennt. Doch er kannte Euch und wollte Euch etwas vermachen. Ich habe Euch sein Schwert gebracht.«

Sie wandte sich der Pritsche zu, um Richards Schwert aufzuheben, doch als sie sich danach bückte, umfasste Wilkin mit einer schnellen Bewegung ihr Handgelenk. Mit seiner anderen Hand ergriff er selbst den Schwertknauf und zog das Schwert aus der alten, aber gepflegten Lederscheide.

Hedwig wurde wütend. Jeden Monat hatte Richard dieses Schwert geputzt, Gurt und Scheide gefettet. Er hatte es zu seiner Schwertleite erhalten, und sie hatte es seinem Sohn mit Ehrfurcht überreichen wollen. Es hatte ein feierlicher Moment sein sollen. Wenn schon nicht für ihn, dann wenigstens für sie selbst. Sie entwand ihm abermals ihren Arm, diesmal mit einem Ruck, und schlug seine Hand beiseite, um ihren Bogen und die Pfeile an sich zu nehmen. Und wieder fuhr er dazwischen und hielt ihre Hand fest.

Nun sah sie rot. Ihrem Knie auszuweichen gelang ihm noch, aber mit ihrem Ellbogen erwischte sie ihn im Gesicht.

Mit einem mörderischen Aufblitzen seiner Augen ließ er

Richards Schwert fallen und packte sie am Halslatz ihrer Gugel. »Dich lege ich übers Knie.«

Wie Cord es ihr gezeigt hatte, zog sie mit einer geschmeidigen Bewegung der rechten Hand einen ihrer beiden Dolche und legte ihn an seine Hoden, während sie mit der Linken sein Wams ergriff und ihn festhielt. Einen Wimpernschlag später fühlte sie eine Dolchspitze in ihrer Seite.

»Also doch meine Brüder?«, fragte er kalt.

Hedwig lockerte ihren Griff nicht, obwohl ihr der Schweiß ausbrach. Ihr Gesicht glühte vor Zorn. »Zur Hölle mit deinen Brüdern. Ich bin gekommen, um dir ein Geschenk von dem liebsten Freund zu bringen, den ich hatte. Aber du verdienst es nicht, du ungehobelter Grobian. Du siehst ihm ähnlich, aber du bist nicht die Hälfte von ihm wert. Und jetzt lass mich los, damit ich meinen Bogen nehmen und gehen kann. Gut, dass Richard dir nie begegnet ist, du ...« Viel zu spät biss sie sich auf die Lippen. Sie musste wirklich lernen, den Mund zu halten, wenn sie wütend war.

Anstatt sie loszulassen, beugte er sich ein wenig herab und näherte seinen Mund ihrem Ohr, sodass sie seinen Atem spürte. »Ich weiß nicht, wovon du sprichst, Vögelchen. Aber wie wäre es, wenn du zuerst dein Messer fallen lässt, bevor wir uns weiter unterhalten? Deine Hand darfst du gern liegen lassen. Ich bin sicher, du weißt gut, wie du es machen musst. Ich hätte nichts dagegen, dein Freund zu sein, solange du mir nicht nach meinem Leben oder meiner Habe trachtest.«

Vor ihrer Zeit mit den Spielleuten hätte Hedwig nicht gewusst, worauf er anspielte. Irina hatte ihr jedoch auf ihre bodenständige Art erklärt, worauf sie bei den Männern gefasst sein musste. Verächtlich stieß sie die Luft aus. »Ich lege keinen Wert auf so einen Freund. Meinen Auftrag habe ich ausgeführt, nun will ich nichts weiter als gehen und dir nie wieder begegnen.«

Zu ihrem Ärger stiegen ihr bei diesen Worten Tränen in die Augen. Sie war so verblüfft gewesen, Richards Züge in denen dieses jungen Mannes zu entdecken. In Wahrheit hätte sie ihn gern viel länger betrachtet. Welch ein Jammer, dass es sich offensichtlich nicht lohnte, Bekanntschaft mit ihm zu schließen.

Er ließ ihre Gugel los und strich sie spielerisch mit der frei gewordenen Hand glatt. »Ich fürchte, ich kann dich nicht einfach gehen lassen. Wer war dieser Richard? Was habe ich mit ihm zu tun?«

Eine Lüge wäre ein leichter Ausweg gewesen. Doch Hedwig hatte Richards sanftes Gesicht vor Augen, wie er sie zur Wahrheit anhielt, weil Unaufrichtigkeit ihm verhasst war. Wilkins Mutter hatte das Fundament für diesen Hass gelegt. Also würde Hedwig sich eher die Zunge abbeißen, als sich in dieser Lage mit einer Lüge zu helfen. »Dir mehr zu sagen, steht mir nicht zu. Lass mich gehen.«

Er legte seine warme, freie Hand auf ihren unbedeckten Nacken. Beinah konnte er mit seinen Fingern ihren Hals umschließen. »Sehen wir es so, mein Vögelchen: Es besteht zwar die Gefahr, dass du mich entmannst, aber wahrscheinlich wirst du tot sein, bevor du es zu Ende bringen kannst. Es ist besser für dich, wenn du mir sagst, was du weißt.«

Hedwig schnaubte. »Man hat mir berichtet, dass es ungeheuer schmerzhaft sein soll, entmannt zu werden. Und wenn dann gar noch der Schnitt unsauber geführt wird ...« Sie drückte mit dem Messer ein wenig kräftiger zu.

Kurz erstarrte er, dann überrumpelte er sie damit, dass er in ihren Haarkranz griff und ihren Kopf in den Nacken riss. Ihre kurze Überraschung nutzte er, um mit seiner Dolchhand die ihre von sich abzubringen. Schmerzhaft fühlte sie, wie er dabei ihren Handrücken aufschnitt. Ihr Knie traf sein Gemächt, er krümmte sich, ließ sie aber nicht los. Blitzschnell reagierten sie beide aufeinander und endeten doch wieder im

Patt. Diesmal hielt Hedwig ihm ihren Dolch in den Bauch, er ihr den seinen ins Gesicht, unterhalb ihres Auges.

Seine Kiefermuskulatur trat hervor, so biss er die Zähne zusammen. »Auge gegen Leben«, zischte er.

Eine Antwort darauf blieb Hedwig erspart, denn laut bellend stürmte zuerst ihr Hund ins Zelt, dann Cord mit Adam und Irina im Gefolge. Hinterdrein kam ein breitschultriger, verwegen wirkender, fremder Ritter.

»Was zum Teufel ...«, setzte der Fremde an.

Cord lachte bitter. »Ich hab's dir doch gesagt, Köne. Sie rauscht von einer Schwierigkeit in die nächste. Was hast du nun wieder angestellt, Drachenmaid? Du musst endlich aufhören, Männern Messer an ihre hochgeschätzten Körperteile zu halten. Von Torgau, mein Bester, lasst sie los. Sie ist doch bloß ein Küken.«

Wilkin schüttelte verbissen den Kopf. »Was für ein Küken soll das sein? Eine Harpyie?«

»Etwas in der Art. Dennoch, sie hat Verwandtschaft, und deshalb ...« Cord streckte den Arm aus, um den Fremden zurückzuhalten, der gerade sein Schwert zog.

Doch dieser ließ sich nicht zurückhalten, sondern hielt Wilkin die Schwertspitze in den Rücken. »Wilkin, du Strauchdieb, lass meine Schwester los, sonst setzt es was. Wäre ich dir nicht etwas schuldig, dann hättest du schon meine Klinge zwischen den Rippen.«

Als hätte er sich plötzlich an ihr die Hände verbrannt, ließ Wilkin Hedwig los und nahm das Messer aus ihrem Gesicht. »Deine Schwester? Seit wann hast du zwei Schwestern, Köne? Nicht, dass sie nicht in deine Familie passen würde, Mann. Na los, nimm sie mir ab, ich bin froh, wenn ich sie los bin.«

Hedwig hatte sich noch nicht von der neuen Überraschung erholt, als ihr Bruder Köne sie um die Taille fasste und von Wilkin fortzog.

Cords Lachen brachte Tristan dazu, wieder zu bellen. »Ho, Köne. Fass sie nicht zu fest an, sonst hetzt sie den Hund auf dich.«

Hedwig fühlte sich losgelassen und in Irinas Richtung geschubst wie ein unbelebtes Ding. Sie fiel nur deshalb nicht, weil die kleine Irina sie stützte.

Köne baute sich nun vor Wilkin auf. Hedwig sah nur noch seinen vom Harnisch bedeckten Rücken und staunte, was für ein gewaltiger, vierschrötiger Mann ihr Bruder geworden war. Er wirkte so alt wie Cord, viel älter als Wilkin, obwohl der Unterschied zu diesem nur einige Jahre betragen konnte. »Also los, erzähl mir, warum sie hier bei dir war, mein Herr Ritter. Wollte sie die kleine Made sehen?«

Wilkin lockerte seine Schultern und steckte seinen Dolch weg. »Das wird es wohl gewesen sein. Am besten, du fragst sie selbst. Und nun pack dich und dein merkwürdiges Gefolge aus meinem Zelt. Du warst schon zu lange hier.«

Zu Hedwigs Verwunderung nickte ihr Bruder nur und wandte sich zum Gehen. Irina zog an ihrer Hand, um sie ebenfalls aus dem Zelt zu geleiten.

»Warte doch«, widersprach sie. »Mein Bogen.« Entschlossen steckte sie ihren Dolch ein und ging zurück zu der Pritsche, neben der Wilkin mit in die Seiten gestemmten Händen stand. Er beachtete sie nicht mehr, sondern betrachtete ihren Hund, der neugierig in seinem Zelt herumschnupperte. Wieder erinnerte er sie schmerzlich an Richard.

»Schöner Hund«, sagte er. »Würde mir auch gefallen. Wem gehört er?«

»Mir.«

»Aha. So wie der Bogen, ja? Was für ein Weib!« Kopfschütteind hob er den Kopf und sah ihr in die Augen.

Sie hatte Mühe, seinem Blick nicht auszuweichen, so traf er sie damit. Ihre Wut auf ihn verflog, sie ärgerte sich nur noch über sich selbst. Auch bei dieser Aufgabe hatte sie versagt. Sie seufzte. »Es tut mir leid. Ich wollte keinen Streit mit dir. Ich möchte dich trotz allem bitten, das Schwert gut zu behandeln. Wirst du das tun?«

Er lächelte. »Warum nicht? Es ist ein gutes Schwert. Alt, aber scharf.«

Sie nickte. »Ja. Vielleicht kann es dir noch dienen.«

Sie nahm ihre Sachen von der Pritsche, verabschiedete sich mit einem kleinen Knicks von ihm und wollte zwischen Cord und ihrem Bruder Köne hindurch das Zelt verlassen. Doch noch bevor sie den Ausgang erreicht hatte, versetzte Wilkin sie ein weiteres Mal in Erstaunen. Sie hatte während ihrer Auseinandersetzung den tatenlos und schweigend dastehenden Jungen völlig vergessen, dem Wilkin nun einen sanften Stoß gab. »Na los, du kannst bis zum Schankwirt mitgehen. Sprich ein paar Worte mit deiner Schwester, wenn sie das denn ist. Aber dann kommst du ohne Umweg zurück, verstanden?«

»Ja, mein Herr.«

Auch die Begegnung mit ihren Brüdern hatte Hedwig sich so anders vorgestellt, dass ihr vorerst die Worte fehlten, als sie sich in ihrer Gesellschaft von Wilkins Zelt entfernte. Ihren Brüdern schien es nicht anders zu gehen. Köne ging mit Cord vorweg und unterhielt sich mit ihm über den kommenden Feldzug und die bereits versammelten Feldherren, als wäre sie gar nicht anwesend.

Unter den Bannern, die sich auf den Zelten träge in der leichten Sommerbrise bewegten, stach Hedwig eines besonders ins Auge. Sie hatte es auf Gerhardt von Schwarzburgs Mantel gesehen: ein Löwe in Gold auf Blau, ein Hirsch in Schwarz auf Aschfarben, ein schwarzes Kreuz. Also war auch der Erzbischof hier vertreten, vor dem besonders Adam und

Irina sich in Acht nehmen mussten. Die Fahnenstange wurde von einer Holzkugel gekrönt, auf der eine räudige lebende Krähe saß, was Hedwig passend fand. Der garstige Vogel verkörperte ihre Vorstellung von den unangenehmen Brüdern von Schwarzburg.

Ihre Aufmerksamkeit wurde zurück auf das Gespräch zwischen den Männern gelenkt, als Köne Cord herzhaft auf die Schulter schlug und sich zu ihm beugte. »Unter uns, mein Freund, ich glaube, dieser Feldzug wird nicht stattfinden. Nach der Schlappe bei Kuttenberg und Deutschbrod waren unsere hohen Herren heiß und wütend genug, um noch einmal auf des Königs Trommeln zu hören. Aber so lange, wie wir hier schon sitzen und warten … Und noch immer ist nur der vierte Teil derer versammelt, die kommen müssten. Sie kneifen, mein Bester, und wer würde sich darüber wundern? Die Hussiten sind nicht plötzlich durch ein Wunder zahmer geworden, nehme ich an.« Er lachte. »Herrgott, Cord. Wie oft ich unser gesegnetes Heer nun schon habe weglaufen sehen, das ist zum Brüllen komisch oder zum Totschämen. Aber sag es nicht weiter, die Herren sind da empfindlich.«

Da Hedwig nicht verstand, worum es ging, wandte sie ihre Aufmerksamkeit dem Jungen zu, der einen Schritt hinter ihr ging, gefolgt von Adam und Irina. »Du bist also mein Bruder Dieter, ja?«

»Hm«, sagte er und sah sie so mürrisch und misstrauisch an, dass sie es aufgab, mit ihm ein Gespräch anzuspinnen. Trostsuchend strich sie ihrem Hund über den Kopf, der nun wieder treu an ihrer Seite schritt. Sie hatte ihm befohlen, bei den Pferden zu bleiben, aber Cord war es offensichtlich gelungen, ihn auf ihre Spur anzusetzen. Der Bastard von Putlitz benahm sich zwar oft genug wie ein Ekel, hatte sich aber insgesamt als Freund erwiesen und sie so manches Mal zum Lachen gebracht. Auch dieses Mal hatte er es gut gemeint. Es tat ihr leid, dass sie sich bald von ihm würde verabschieden müssen. Andererseits schien er mit ihrem Bruder befreundet zu sein und würde ihr vielleicht noch öfter begegnen.

Als hätte Cord gespürt, dass sie über ihn nachdachte, drehte er sich zu ihr um. »Was, zum Teufel, wolltest du beim untadeligen Wilkin von Torgau, Hedwig? Konntest du nicht warten, bis Köne dir euren kleinen Bruder zeigt? Du kannst nicht einfach allein zu einem Mann in sein Zelt spazieren. Wer könnte ihm verübeln, wenn er denkt, dass du … Verdammt, es geziemt sich nicht. Ein Mann hat ein Recht darauf, in seinem eigenen Zelt keinen Angriff fürchten zu müssen.«

Köne legte ihm seinen Arm um die Schultern. »Ich sehe, dass du bis hierher gut auf sie achtgegeben hast, Cord, und ich danke dir dafür. Nun kannst du sie mir überlassen. Ich werde sie zu Johanns Agnes auf die Plattenburg schaffen. Die tugendhafte Frau wird schon etwas aus dem verwilderten Ding machen.«

»Ich bin kein Ding, du großer Trottel«, entfuhr es Hedwig. »Aus freien Stücken bin ich gekommen, und ebenso werde ich entscheiden, wohin ich gehe. Was seid ihr Männer doch für aufgeblasene …«

»Hedwig!«, warnte Irina sie von hinten.

Cord grinste breit und schlug nun seinerseits Hedwigs Bruder auf die Schulter. »Hab ich dir's nicht gesagt? Und nun gebe ich dir noch einen guten Rat obendrein. Ganz gleich, wie dir zumute ist, du solltest jetzt nicht versuchen, sie …«

»Den Hintern werde ich ihr versohlen«, sagte Köne, so laut, dass einige Leute sich kurz zu ihnen umwandten. Mit grimmiger Miene kam er auf Hedwig zu.

Sie war nicht unvorbereitet. Inzwischen hatte sie gelernt, von allen Männern das Schlimmste zu erwarten, ihre Verwandten nicht ausgenommen. Längst lag ein Pfeil auf ihrer Sehne, und sie wich zur Seite aus, sodass sie all ihre Begleiter vor sich im Blickfeld hatte. Köne kam verdutzt zum Stillstand.

Cord seufzte belustigt. »Du solltest mir zu Ende zuhören, mein Alter. Jetzt nicht versuchen, sie anzufassen, wollte ich sagen. Nun hast du sie wütend gemacht. Und wenn sie wütend ist, dann ist sie ... schwierig.«

Zum ersten Mal, seit sie sich begegnet waren, sah Köne Hedwig in die Augen. Schweigend standen sie sich gegenüber, sie mit halb gespanntem Bogen und einem Pfeil darauf, der sein Bein treffen würde, falls er sie angriff. Eine Weile blieb seine Miene grimmig, dann entspannte er sich etwas. »Allmächtiger im Himmel. Du hast das Gesicht unserer Mutter, Gott hab sie selig, aber die Augen des alten Herrn. Und mit den Augen das Herz, wie es scheint. Dich hätte man beizeiten versohlen müssen.«

Hedwig blieb auf der Hut und spannte ihren Bogen ein Stück weiter. »Und du hast nicht nur Vaters Gesicht und seine Augen, sondern auch sein Schwert, wie ich sehe. Außerdem ein Mundwerk, so groß wie ein Brunnenloch, und ich erinnere mich, wie man dich beizeiten versohlt hat. Es hat offenbar nichts geholfen.«

Köne begann zu lächeln. »Kannst du mit deinem kleinen Bogen denn auch ...«

Cord schüttelte den Kopf. »Das solltest du sie nicht fragen, Köne, hörst du?«

»... kannst du damit auch treffen?«, brachte Köne seinen Satz zu Ende.

Hedwig drehte sich geschmeidig und schoss, bevor er vorausahnen konnte, dass sie es tun würde. Als ihr Pfeil die alte Krähe auf dem von Schwarzburgschen Zelt traf, zielte sie bereits wieder auf ihren Bruder. Ihr erstes Geschoss durchschlug den Vogelkörper und verschwand außer Sicht, während das tote Tier von der Fahnenstange fiel, ein Loch in das blau-weiße Zeltdach der erzbischöflichen Feldherrenunterkunft riss und im Inneren derselben landete.

Einen Atemzug lang standen sie alle wie erstarrt, dann erwachten Cord und Köne gleichzeitig wieder zum Leben.

»Weg mit dem Bogen!«, zischte Cord, der sich kaum das Lachen verbeißen konnte.

Ihr Bruder wedelte wild mit den Händen, um ihr ebenfalls zu bedeuten, dass sie ihren Bogen verstecken sollte. Er war rot im Gesicht und hatte die Augen vor Überraschung weit aufgerissen. Hedwig brauchte den Hinweis der beiden nicht, um zu begreifen, dass sie sich wieder einmal in Schwierigkeiten gebracht hatte. Blitzschnell steckte sie den Pfeil zurück in den Köcher und versteckte den Bogen unter ihrem Mantel. Mit raschen Schritten verließen sie die Umgebung des beschädigten Zeltes und hörten gerade noch, wie darin ein lautes, ungeistliches Fluchen ausbrach.

Den ganzen Weg bis zu dem Zelt, das ihr Bruder mit einigen anderen Männern teilte, zuckten Cord von seinem stummen Gelächter die Schultern. Köne dagegen konnte nicht aufhören, den Kopf zu schütteln.

Hedwig war nicht glücklich über ihre unbedachte Tat, fühlte aber auch Trotz. Während sie mit Richard im Wald gelebt hatte, hatte sie sich weder aufbrausend noch unbedacht gefühlt. Es war auch die Schuld dieser unfreundlichen Welt, wenn sie immer wieder ihre Beherrschung verlor. Warum trieb man sie ständig in die Enge?

Vor dem Eingang von Könes Zelt verabschiedeten Adam und Irina sich eilig. Köne zog Hedwig an der Hand hinein, setzte sie unsanft auf seine Pritsche und vergewisserte sich flink, dass außer einem schnarchenden Knappen niemand anwesend war. Drohend hob er anschließend den Finger und holte tief Luft.

Cord warf sich neben Hedwig auf die Pritsche und lachte. Er schlug sich auf die Schenkel und hielt sich den Bauch. Prustend wehrte er Kones drohenden Finger mit einer ausgestreckten Hand ab. »Köne, halt die Luft an. Mach jetzt nicht noch mal den gleichen Fehler. Die Jungfer hat den längeren Atem, glaub mir.«

Hedwig verschränkte die Arme und starrte ihren Bruder eisig an. »Das Zelt muss völlig morsch sein, wenn es vom Gewicht einer alten Krähe zerreißt. Und wie kann das Gefolge eines Bischofs so lästerlich fluchen?«

Köne ließ den Arm sinken und atmete laut aus. Wenig später lachte er ebenfalls trocken auf. »Nun wissen wir, was für ein Huhn bei den Reisigen des alten Erzbuschkleppers morgen in die Suppe kommt. Schwesterchen, sag mir, wo warst du so lange? Unsere Sippe hatte ja ohne dich in den vergangenen Jahren längst nicht genug Schwierigkeiten. Unser alter Herr und Onkel Johann wären stolz auf dich, du trittst wacker in ihre Fußstapfen.«

Cord hatte sich rückwärts auf die Pritsche umfallen lassen und zupfte verspielt am Zipfel von Hedwigs Gugelkapuze. »Die verehrte Gemahlin eures Onkels wird alle Hände voll zu tun haben, ihr das auszutreiben und eine anständige Jungfer aus ihr zu machen. Ich weiß noch nicht, ob ich erleichtert bin, dass es so kommen wird, oder ob es mir leidtut.«

»Leid tut es dir gleich, wenn du nicht die Finger wegnimmst und Abstand von ihr hältst«, sagte Köne kühl, woraufhin Cord zu Hedwigs Erstaunen kurz erstarrte und dann aufstand.

Er verneigte sich ein wenig spöttisch vor ihr. »Ich vergaß. Mein Auftrag ist ausgeführt, nun besinne ich mich auf meinen Stand, der dem Euren nicht ebenbürtig ist, Edle von Quitzow. Erlaubt mir, dass ich mich entferne. Eine Mütze voll Schlaf und ein paar Vergnügungen rufen nach mir.«

Erschrocken über seinen plötzlichen Abschied sprang

Hedwig auf und bekam ihn am Ärmel seines Waffenrocks zu fassen, bevor er gehen konnte. »Für mich gibt es keinen Unterschied zwischen deinem und meinem Stand. Du hast mich begleitet wie ein Freund, und ich hoffe, dass du mir gewogen bleibst.«

Cords Miene veränderte sich bei ihren Worten auf merkwürdige Weise. Er sah sie so ernst und sanft an, wie sie es von ihm nicht kannte. »Das werde ich im Gedächtnis behalten, meine kleine Drachenmaid. Ich wünsche dir alles Gute. Vielleicht sehen wir uns einmal wieder.«

⁂

Wilkin hatte Köne von Quitzow und dem Putlitzer Bastard mit ihrem eigenartigen Anhang kopfschüttelnd nachgeblickt, als sie ihn verließen. Dann hatte er ratlos das Schwert betrachtet, das ihm die verwahrloste Jungfer überbracht hatte. War das wirklich ihre einzige Absicht gewesen? Richard. Wer war dieser Mann gewesen, dem er angeblich ähnlich sah? Nun, dieses Rätsel würde er vermutlich nicht lösen, aber sein Schwert war eine Waffe, welche sich in der Tat zu behalten lohnte. Wilkin besaß ein erstklassiges langes Schwert mit einer schmalen Stoßklinge, das für den Kampf zu Pferd hervorragend geeignet war. Kurfürst Friedrich hatte es ihm zu seiner Schwertleite geschenkt. Um es ständig an der Hüfte zu tragen, war es jedoch zu lang, deshalb besaß er ein zweites, kürzeres, mit einer flachen Hauklinge, die im Kampf zu Fuß bessere Dienste leistete. Zu seinem Leidwesen war es zwar schön, aber nicht sehr gut, denn er hatte es selbst bezahlen müssen und sich kein besseres leisten können. Es verlor seine Schärfe allein dadurch, dass er es herumtrug, wollte es ihm manchmal scheinen. Einen Ersatz in der Hinterhand zu haben, kam ihm mehr als recht.

Eine Weile unterhielt er sich mit seiner neuen Errungenschaft, lernte ihr Gleichgewicht kennen, probierte die Klinge an altem Schuhleder. Er stellte fest, dass in den Beschlägen der ledernen Scheide ein Schmuckstein fehlte, was ihn wieder auf die Jungfer von Quitzow brachte. Die Männer hatten nicht bezweifelt, dass sie die verlorene Tochter war, also musste auch er es glauben. Besaß sie den verlorenen Stein noch? Nun war er doch neugierig und ärgerte sich, dass er nicht mehr von ihr erfahren hatte. Ihr Bruder hätte ruhig ein wenig später kommen können. Sie hatte ihn in Bedrängnis gebracht, aber er hätte schon die Oberhand über die Jungfer gewonnen. Und die Rauferei mit ihr hatte eine aufregende Seite gehabt, zumal er davon ausgegangen war, dass sie ein feiles Weib war.

Seufzend schob er das alte Schwert unter seine Pritsche und entdeckte dabei kleine Blutflecken auf seiner Decke. Er musste das Mädchen verletzt haben, doch sie hatte nicht gejammert. Wahrlich ein Kind ihrer Sippe. Was ihn an seinen Pagen erinnerte. Der Junge war bereits zu lange fort. Er musste ihn zurückholen, denn im Grunde war dieses eben der Fall, den es zu vermeiden galt. Je weniger Zusammenhalt zwischen den verbliebenen von Quitzows, desto besser, meinte der Kurfürst. Wilkin respektierte Köne von Quitzow und wurde von ihm respektiert, sie waren sich stillschweigend einig darin, dass sie einander nicht schaden wollten. Doch der Wille des Kurfürsten ging vor.

Schon von Weitem entdeckte Wilkin Dieter. Er stand mit gesenktem Kopf zwischen drei Reisigen des Erzbischofs von Magdeburg bei deren Zelt. Einer der Männer ließ eine tote Krähe an ihren Klauen herabbaumeln und schwenkte sie vor dem Gesicht des Jungen hin und her.

»Ihr kommt gerade zur rechten Zeit, Herr Wilkin von Torgau. Euer Page hat mit einem Bogen gespielt, wo man es nicht tun sollte. Die Krähe hier brach durch unser Zeltdach, und wir haben den Knaben erwischt, wie er dahinten gerade den Pfeil aufhob, der sie vom Himmel holte.« Ein anderer der drei hielt Wilkin einen Pfeil mit einer blutigen Befiederung aus Bussardfedern vor die Nase, den er als einen von denen wiedererkannte, die kurz zuvor mit den Sachen der Jungfer auf seiner Pritsche gelegen hatten.

Wilkin setzte ein höfliches Lächeln auf und unterdrückte das leise Gefühl von Verzweiflung, das in ihm aufstieg, als er den Beutel mit Gulden zückte, den er eben erst vom Markgrafen erhalten hatte. »Da ist Euer Zelt wohl ein wenig morsch. Aber wir wollen darum nicht streiten. Hier, das sollte reichen, um den Schaden zu beheben.« Er reichte dem Mann eine Goldmünze, bevor er Dieter beim Kragen packte und Anstalten machte, ihn mitzunehmen.

»Das schmutzige Weib war es, nicht ich«, sagte der Junge und schob seinen Unterkiefer vor.

»Jaja, rede nur. Die Wahrheit werden wir beide gleich herausfinden«, erwiderte Wilkin. Hastig zerrte er Dieter mit sich und nickte den Männern einen Abschiedsgruß zu.

»Mein Mitgefühl, Herr von Torgau. Muss nicht leicht sein, 'nen Frischling aus so einer Rotte zurechtzustutzen. Ich rate Euch, nehmt Haselruten, die wirken!«, rief ihnen einer von ihnen nach.

»Und gute Lust hätte ich, das zu tun«, murmelte Wilkin. »Bist du blöd, dass du nicht den Mund hältst? Warum rennst du denn überhaupt hinter dem Pfeil her?«

Doch wie meistens schwieg der Junge nun, und Wilkin konnte ihn schwerlich dafür bestrafen, dass er zuvor die Wahrheit gesagt hatte.

Am nächsten Tag sah er Köne von Quitzow und dessen Schwester noch einmal, ohne jedoch mit ihnen zu sprechen. Sie sahen gemeinsam dem Spielmann und seiner Frau zu, die kurzweilige Lieder, Tanz und Gaukeleien darboten. Wilkin staunte mit großen Augen, als er die Jungfer von Quitzow in ihrem neuen Aufzug erblickte. Sie war offenbar mit Gepäck gereist, denn nun trug sie die lohfarbene Robe einer Edlen und wirkte damit wie eine Schönheit. Auch wenn ihr zur Krone aufgestecktes Haar noch immer zu weit in die Stirn wuchs und es zweifellos Dolche waren, die ihr zu beiden Seiten am Gürtel hingen. Doch immerhin hatte sie auf Bogen und Schwert verzichtet, und sie zeigte im Gespräch mit ihrem Bruder durchaus einen Anflug von geziemender weiblicher Demut und Schüchternheit.

Wilkin bemerkte schnell, dass er nicht der Einzige war, der sie betrachtete. Es schienen sich noch mehr Männer zu fragen, wer und was sie war. Zu seinem Erstaunen ärgerte ihn das ein wenig, so als fühlte er ein Vorrecht dazu, sich über sie zu wundern. ›Drachenmaid‹ hatte der Bastard von Putlitz sie genannt. Aber bei aller Wildheit und trotz ihrer breiten Schultern hatte sie doch mehr von einem anmutigen Waldvogel als von einem Untier. Ein Jammer, dass er vermutlich nicht mehr über sie erfahren würde.

Kurze Zeit später vergaß er die Jungfer von Quitzow, denn er wurde ins Zelt des Markgrafen von Meißen gerufen, wo ein Bote des Kurfürsten aus Nürnberg eingetroffen war.

Friedrich der Erste, Kurfürst von Brandenburg, hatte seine Feldherren mit ihren Rittern und Waffenknechten nicht nach Dohna beordert, weil er an einen neuen Feldzug gegen die Hussiten glaubte. Wilkin wusste, dass der kluge Mann nur die Wut der Reichsfürsten über die Niederlagen im Januar und ihre Lust auf einen Rachefeldzug ausgenutzt hatte, um sie bei der Stange zu halten. Mit seinem Heerlager so dicht an der Grenze zu Böhmen wollte Friedrich in Wahrheit nur dem Markgrafen helfen, die siegesberauschten Hussiten abzuschrecken, damit sie nicht ins Meißener Land einfielen oder gar weiter in Richtung der Mark Brandenburg zogen. Unterdessen konnte er mit den anderen Reichsfürsten beraten, was nun weiter geschehen sollte.

Bei seinem letzten Aufenthalt im Heerlager hatte Kurfürst Friedrich Wilkin anvertraut, dass die Zeichen gut dafür stünden, König Sigismund auf dem Reichstag zu sehen, der im Juli nach Nürnberg einberufen war. Das war nicht selbstverständlich, denn Sigismund war dafür bekannt, auch bei den wichtigsten Gelegenheiten zu spät einzutreffen. Schon zweimal war er zu Reichstagen nicht erschienen, und auch das Scheitern des letzten Feldzuges bewies seine schlechte Angewohnheit aufs Deutlichste. Während die Reichsfürsten ihre Heere nach Böhmen geführt hatten, bereit, das Land von den ketzerischen Hussiten zu befreien, hatte Sigismund in Pressburg Zeit vertan. Angeblich hatte er auf den Zuzug von ungarischen Truppen gewartet, doch geholfen hatte es ihm nicht. Die Reichsfürsten hatten mit ihren Heeren Böhmen bereits wieder verlassen, als er viel zu spät dort ankam. Seine Streitkräfte und nicht zuletzt seine Geschicklichkeit als Feldherr erwiesen sich daraufhin wieder einmal als zu schwach, um den Hussiten etwas entgegensetzen zu können.

Wie auch Köne und der alte Johann von Quitzow war Wilkin auf Befehl des Kurfürsten mit einer Truppe von Brandenburgern im Januar dabei gewesen, als der Hussitenführer Jan Žižka das königliche Heer bei Deutschbrod in die Flucht geschlagen hatte. Zu Hunderten waren die fliehenden Ritter und Knechte des Königs in der eisigen Sazawa ertrunken, zu Tausenden erschlagen oder gefangen worden.

Die Brandenburger waren auf der Hut gewesen, hatten sich rechtzeitig in die Wälder geschlagen und waren dann auf der Elbe zurück bis ins Meißner Land gelangt, wo der Kurfürst sie erleichtert wieder in Empfang genommen hatte.

Es war nicht zuletzt dem alten, mit allen Wassern gewaschenen Johann von Quitzow zu verdanken, dass ihnen die Flucht ohne Verluste gelungen war. Trotz der beleidigenden, eisigen Nichtbeachtung, mit der der alte Haudegen ihn strafte, bewunderte Wilkin dessen Gerissenheit. Es hatte wirklich einen Mann wie Friedrich gebraucht, um das nicht ohne Grund mächtige, aber räuberische Rittergeschlecht derer von Quitzow in seine Schranken zu weisen.

König Sigismund war im Gegensatz zu ihnen über Mähren nach Ungarn geflohen. Seither versuchte er seine Beziehungen zum polnisch-litauischen Hof in Krakau zu verbessern, um an Stärke zu gewinnen, verwickelte sich dabei jedoch immer mehr in ein Gewirr von Verpflichtungen, denen er unmöglich allen nachkommen konnte.

Kurfürst Friedrich hatte Wilkin gereizt vorausgesagt, dass der König am Ende wieder einmal ihm die Rolle des Schlichters übertragen würde. Für Friedrich war dies ein besonderes Ärgernis, weil er selbst sich eigentlich das uneingeschränkte Vertrauen des polnischen Großfürsten hatte erwerben wollen, um eine Ehe zwischen dessen Tochter und seinem eigenen Sohn zu vereinbaren.

Statt seine eigenen Interessen verfolgen zu können, sah er sich nun vor die Aufgabe gestellt, an unzähligen Fronten zu vermitteln. Dazu musste er sich zuvor öffentlich mit dem König versöhnen, da allgemein bekannt war, wie uneinig sie über die vergangenen Jahre geworden waren. Anschließend würde ein neuer Feldzug gegen die Hussiten gefordert werden, der vorbereitet werden musste. Es konnte zumindest nicht geduldet werden, dass die Hussiten weiterhin die Prager Burg Karlstein belagerten – sie musste unbedingt entsetzt werden. Gleichzeitig würde Friedrich in Polen verhandeln müssen.

Zu Wilkins Freude empfing der Markgraf von Meißen ihn mit einem Glückwunsch. »Friedrich ruft Euch zu sich nach Nürnberg, Wilkin. Er sagt, er bräuchte einen zuverlässigen Mann mit jungen Beinen und ein wenig Verstand in seiner Nähe. Ihr sollt außerdem Köne von Quitzow mitbringen, damit er nicht auf den Gedanken kommt, Männer zu sammeln und sich seinem Onkel anzuschließen, der unterwegs ist, um den Zwist mit den Hamburgern und Lübeckern für ihn auszutragen.«

Wilkin ging persönlich, um Köne von der neuen Anordnung des Kurfürsten in Kenntnis zu setzen, fand ihn jedoch nicht in seinem Zelt vor. Seine Genossen schickten ihn weiter bis zur Unterkunft einiger Stellmacher- und Hufschmiedfamilien. Auch dort traf er nicht Köne an, sondern dessen Schwester in Begleitung der Spielleute. Die Jungfer trug noch ihr lohfarbenes Kleid und hatte um ihre rechte Hand einen Verband geschlungen, bei dessen Anblick er sich ein wenig schämte. Es hätte möglich sein müssen, sie zu maßregeln, ohne sie zu verletzen.

Sie errötete, als sie ihn erblickte, woraus er schloss, dass auch ihr die Art ihrer ersten Begegnung peinlich war.

Mit größtmöglicher Höflichkeit verneigte er sich vor ihr. »Verzeiht meine Aufdringlichkeit, edle Jungfer. Ich habe eine Nachricht für Euren Bruder und hoffte, ihn hier anzutreffen.«

* *

Als grauen Hund in einem räudigen schwarzen Wolfsrudel hatte Köne Wilkin von Torgau bezeichnet, als er Hedwig erzählte, warum ihr kleiner Bruder Dieter bei ihm als Page diente. Zu Hedwigs Glück hatte Köne sie nicht noch einmal gefragt, warum sie Wilkin aufgesucht hatte. Er war in dem Glauben geblieben, dass es ihr darum gegangen war, »die kleine Kröte« zu sehen, wie er Dieter nannte.

Sie spürte, wie Irina einen Schritt näher zu ihr trat, zweifellos, um sie von neuen Dummheiten abzuhalten. Doch sie war ohnehin entschlossen, höflich zu sein. »Köne wird gleich zurückkehren. Er bereitet unsere Abreise vor. Wir reiten zurück nach Brandenburg. Ich soll bei unserer Tante Agnes bleiben, Köne zieht Onkel Johann nach.«

Wilkin schüttelte den Kopf. »Ich fürchte, daraus wird nichts. Zumindest nicht für Köne. Der Kurfürst ruft uns nach Nürnberg.«

Enttäuschung breitete sich in Hedwig aus. Gerade hatte sie Geschmack an der Aussicht gefunden, eine Weile mit ihrem Bruder zusammen zu sein und gemeinsam mit ihm ihrem Onkel und ihrer Tante zu begegnen. »Nun, dann ... Dann reite ich wohl allein zur Plattenburg.«

Er lächelte. »Wohl kaum. Ein Weib kann nicht so weit alleine reisen.«

Hedwig wusste mittlerweile recht genau, dass daran etwas Wahres war, aber seine Art, es auszusprechen, ärgerte sie. »Da Ihr kein Weib seid, könnt Ihr es nicht versucht haben. Warum seid Ihr Euch so gewiss? Alleine wäre ich schnell und müsste nicht auffallen. Mein Pferd ist nicht schlecht, ich würde es schaffen.«

Seine Miene wurde spöttisch. »Ein Pferd habt Ihr auch? Natürlich, wie konnte ich etwas anderes annehmen. Was ist es? Ein Streitross?«

Hedwig verschränkte ihre Arme. »Es ist mir gleichgültig, was er ist. Er wird mich dorthin bringen, wohin ich muss. Allein so gut wie in Gesellschaft.«

»Ein ER, ja? Wie konnte ich auch nur einen Moment lang annehmen, dass Ihr etwas anderes reiten würdet als einen Hengst, holde Jungfer. Dass solches für ein Weib, geschweige denn für eine Maid als unschön gilt, stört Euch wohl nicht?«

Hedwig wurde heiß vor Ärger. »Das ist zweifellos von

Männern erdacht, die es nicht ertragen, wenn ein Weib auch nur ein einziges männliches Wesen beherrscht. Nun, dann werde ich mich weiterhin damit abfinden müssen, nicht zu gefallen. Gehabt Euch wohl.« Entschlossen kehrte sie ihm den Rücken zu und zog sich in die aus Holz und Leinwand errichtete Unterkunft der Handwerker zurück, in der Köne ihr und den Spielleuten einen einigermaßen geziemenden Schlafplatz besorgt hatte. Auf einer Stange in der Ecke saß Isolde, die sich nach längerer Abwesenheit wieder bei ihr oder besser bei ihrem Hund und ihrem Pferd eingefunden hatte. Ausnahmsweise trug der Vogel eine Haube, damit er zur Ruhe kam.

Zur Ruhe kommen musste auch sie selbst. Tief atmete sie durch. Es war besser, überhaupt nicht mit Richards unausstehlichem Sohn zu sprechen, als wieder in Wut zu geraten und die falschen Dinge auszuplappern.

Irina folgte ihr, doch Adam blieb draußen auf seinem Schemel sitzen und wandte das Wort an den so unhöflich stehen gelassenen Ritter. Hedwig konnte hören, was er sagte.

»Ihr müsst ihr verzeihen, hoher Herr. Die edle Jungfer hat kein leichtes Leben geführt, war aber große Freiheit gewöhnt. Und ich muss zu ihrer Verteidigung sagen: Besäße ich ihr Ross, ich gäbe es ebenso wenig her. Der Hengst mag ein wenig klapprig wirken, und sein Trab ist hart wie bei jedem Destrier, aber seine Anlagen … Ich habe ihn im Angriffsgalopp beobachtet. Würdet Ihr ihn gern einmal sehen?«

Hedwig fuhr herum und stürmte wieder hinaus. »Adam, untersteh dich, ihm meinen Hengst schmackhaft zu machen. Er steht nicht zum Verkauf, begreif das endlich!«

Der Spielmann hob beide Hände über seinen Kopf. »Bei meiner Ehre, so habe ich es nicht gemeint. Wie könnte ich es wagen?«

Hedwig drohte ihm mit dem Zeigefinger, dann zeigte sie

auf die Reihe Pferde, die an einem gespannten Seil angebunden dastanden. Ihr Hengst hatte besonders viel Raum zur Verfügung, damit er die anderen nicht biss und schlug. Seit sie unter so vielen Menschen und Pferden waren, ließ er nur noch die an sich heran, die er bereits vorher gekannt hatte. »Da steht er, es ist der Rappe. Ihr könnt ihn ansehen, aber nicht berühren. Er mag es nicht.«

Bei allem Ärger konnte Hedwig es nicht lassen, Wilkin dabei zu beobachten, wie er neugierig zu den Pferden hinüberging. Er sah nicht nur aus wie Richard, er bewegte sich auch so. Wieder fühlte sie eine schmerzhafte und unsinnige Sehnsucht danach, ihm länger nah zu sein. Er konnte ihren alten Freund in keiner Weise ersetzen, dennoch hätte sie viel dafür gegeben, wenn er nur ein wenig freundlicher zu ihr gewesen wäre. Sie tat sich nicht so leicht mit seiner Ablehnung, wie sie vorgab.

Widerwillig schlenderte sie ihm nach. Er blieb in sicherer Entfernung von ihrem Schwarzen, betrachtete ihn aber eingehend von allen Seiten. Schließlich warf er ihr einen spöttischen Blick zu. »Eure Tiere sind wie Ihr, Jungfer. Ein wenig mehr Zucht und Pflege, und es könnte etwas Feines daraus werden. Aha, ich sehe, da kommt Euer Bruder. Erlaubt mir denn, mich zu verabschieden. Und noch meinen Dank für das Schwert, von wem es auch stammen mag. Ich werde es in Ehren halten.«

Hätte Hedwig etwas zur Hand gehabt, das sie nach ihm hätte werfen können, sie hätte es getan. Erst als er gegangen war, fiel ihr auf, dass in seinem Spott auch ein Anflug jener Freundlichkeit gelegen hatte, nach der sie sich so sehnte.

# 5

## Wilkins Brüder

Ohne Hedwig nach ihrer Meinung zu fragen, hatten die Männer sich darauf geeinigt, sie vorerst zurück in die Stadt Meißen zu schicken. Dort sollte sie im Schutz des Hofes darauf warten, dass sich ein passender Geleitzug ergab, der sie zu ihrer Tante auf die Plattenburg in der Prignitz bringen würde.

Sie beschwerte sich nicht darüber, denn Meißen war ihr in guter Erinnerung geblieben, und einen besseren Plan hatte sie ohnehin nicht. Außerdem fühlte sie sich von der Aussicht getröstet, dass Adam und Irina sie begleiten würden.

Adam war enttäuscht darüber, Kurfürst Friedrich nicht im Heerlager angetroffen zu haben, da er ihm seine Dienste als Hofsänger hatte anbieten wollen. Ihm nach Nürnberg zu folgen, wo während des Reichstages den Herrschaften ein Übermaß an Zerstreuung geboten wurde, erschien dem Spielmann sinnlos. Da war es weiser, erneut die Meißner zu unterhalten, deren Fürsten den Erzbischof von Magdeburg ebenso wenig leiden konnten wie er. Adam hatte bereits ein halbfertiges Spottlied auf seinen Gegner im Sinn, welches er mit blumigen Worten Gräfin Constantia widmen würde.

Bis kurz vor Meißen wollten Köne, Wilkin und ihr kleines Gefolge sie noch begleiten, das letzte Stück des Weges sollten sie mit zwei Männern des Meißner Burggrafen hinter sich bringen.

Die Männer legten ihre vollständigen Rüstungen an, da ihre

Reise sie entlang der Gebiete führen würde, die von den Hussiten beherrscht wurden. Sowohl Köne als auch Wilkin trugen Harnische, denen man ansah, dass sie nicht nur zum Präsentieren genutzt worden waren. Der von Köne machte mit robuster Zweckmäßigkeit wett, was ihm an Schmuck fehlte: Er war in Teilen gegen den Rost schwarz brüniert, und nichts knirschte oder schepperte, wenn er sich bewegte. Die Rüstung schien ihm nicht unbequemer zu sein als schwere Kleidung.

Wilkins Rüstung war ursprünglich prunkvoller gewesen, hatte ihren Glanz jedoch an vielen Stellen verloren und dafür Beulen gewonnen.

Hedwig selbst hatte die Reise trotz Adams und Irinas Kopfschütteln in ihrem alten grauen Wollkleid angetreten. Es war weit genug, um darin rittlings zu Pferd zu sitzen oder über einen Bach zu springen, das Tuch war haltbar, und es wirkte immer gleich grau, ob es nun schmutzig war oder nicht. Die kostbaren Roben aufs Spiel zu setzen, die Gräfin Constantia ihr geschenkt hatte, hätte sie nicht übers Herz gebracht. Auch ihre hohen Fuchsfellstiefel, die plump aussahen und für das Sommerwetter etwas zu sehr wärmten, aber Regen und Pferdeschweiß abhielten und beinah unzerstörbar waren, fand sie für den Ritt weit angebrachter als zierliche höfische Schnabelschuhe aus dünnem Leder und Samt.

Obwohl sie ihre vernünftigen Beschlüsse keinesfalls bereute, musste sie sich eingestehen, dass es sie verletzte, wie sich das Verhalten der Männer ihr gegenüber veränderte, als sie ihnen erneut in diesem ihr gewohnten Aufzug entgegentrat. Ihr Bruder Köne, der ihr am Vortag, als sie das vornehme Kleid einer Adligen trug, so höflich begegnet war, dass sogar das eine oder andere freundliche Gespräch zustande gekommen war, beachtete sie nach einem kurzen, peinlich berührten Blick nicht mehr. Wilkin war sie an diesem Tage nicht einmal ein belustigtes Zucken seines Mundwinkels wert – er übersah sie völlig. Wie anders war es mit Cord gewesen. Er hatte sie nach ihrer anfänglichen Unstimmigkeit zwar auch nicht höflich behandelt, doch beschämend unsichtbar hatte sie sich in seiner Gegenwart nie gefühlt.

Köne bedauerte nicht, dass der Kurfürst seine Reisepläne durchkreuzt hatte. Die Aussicht, in Nürnberg König Sigismund zu begegnen, versetzte ihn in Hochstimmung.

Entsprechend leicht nahm er den Abschied von seiner auf so seltsame Weise auferstandenen Schwester. Mit förmlichen Worten vertraute er Hedwig an der Kreuzung, wo sich ihre Wege trennen sollten, den beiden Meißner Gefolgsmännern an. Er verabschiedete sich mit einem »Gott befohlen« und klang dabei, als wäre er froh, sie loszuwerden.

Wilkin empfahl sich mit einer überheblich leichten Verneigung im Sattel. Hedwig fühlte sich zu bedrückt, um sich zu ärgern. So lange hatte sie das Ziel verfolgt, diese beiden Männer zu finden, und nun gingen sie nach lächerlich kurzer Zeit von ihr, als wäre sie ihnen völlig gleichgültig. In einigen Tagen würden sie sich vielleicht schon nicht mehr an ihr Gesicht erinnern. Kaum hatten sie sich getrennt, ließen die Männer ihre Pferde antraben. Hedwig sah ihnen über die Schulter nach, während ihre eigene Reisegesellschaft in gemächlichem Schritt den Weg nach Meißen fortsetzte.

Adam ritt neben den beiden Männern vorweg und unterhielt sie mit der Fabel von dem Adler und der Schildkröte, die fliegen lernen wollte. Er flocht heitere Gesangsfetzen in seine ausgeschmückte Erzählung ein und brachte die Männer mit Leichtigkeit zum Lachen. Irina folgte ihnen mit den Maultieren am Strick. Hedwigs Schwarzer hatte es nicht eilig, sondern nutzte ihre Gedankenversunkenheit, um am Wegesrand neben Tristans witternder Nase Gras zu rupfen. Erst als die anderen eine Kurve erreichten, die sie in einem umgebenden Wäldchen außer Sicht brachte, besann der Hengst sich darauf, sie einholen zu wollen. Er fiel so plötzlich in seinen machtvollen Galopp, dass Hedwig mit ihrem Gleichgewicht zu kämpfen hatte und ihre schlecht festgeschnürte Mantelrolle zu Boden fiel. Mühsam musste sie das Pferd zügeln und dazu bringen umzukehren. Als sie abgestiegen war, riss der Schwarze sich los und lief wieder den anderen nach. Aufgeregt bellend rannte Tristan neben dem Hengst her, während Isolde, die eine Weile zuvor noch hoch am Himmel ihre Kreise gezogen hatte, dicht über den beiden flog.

Ungerührt hob Hedwig ihren Mantel auf und klopfte ihn ab, so gut es ging. Sie hatte sich daran gewöhnt, dass ihr Pferd nicht einfach zu handhaben war. Immerhin war sie nicht gestürzt, was sie als Fortschritt empfand. Das kleine Stück zu laufen, würde ihr nicht schaden, sie war gut zu Fuß. Der Wind spielte mit dem Gras der sie umgebenden Heuwiesen, als triebe er Wellen über einen See. Die Luft war weit besser, als sie es im Heerlager gewesen war oder in der Stadt sein würde, und singende Lerchen stiegen beiderseits des Weges auf. Und den Hengst hatte Adam wahrscheinlich bereits wieder eingefangen. Tief atmend genoss Hedwig den Frieden des Sommertages.

Als sie um die Biegung im Wäldchen kam, sah sie links an einigen Bäumen die Pferde angebunden. Nur der Schwarze stand frei neben den Maultieren. Irinas Tasche und ihre Gugel hingen an einem Ast, Adams zweifarbiger Hut daneben. Hatten die zwei schon wieder rasten wollen?

Worüber Hedwig sich allerdings noch mehr wunderte, war, dass ihr Hund weder bei ihrem Pferd Wache stand noch ihr entgegengekommen war. »Adam? Irina?«, rief sie, bekam aber keine Antwort.

Eine unheilvolle Vorahnung ließ sie ihren Bogen von der Schulter nehmen. Bevor sie auch zu einem Pfeil greifen konnte, traf ein aus dem Gebüsch geworfener Knüppel sie so hart am Kopf, dass sie aufschrie und auf die Knie fiel. Wimmernd griff sie mit beiden Händen nach der bereits anschwellenden Beule. Ein Paar Beine in glänzenden Diechlingen schritt in ihr Sichtfeld. Die zur Rüstung gehörende eiserne Fußbekleidung war vorn so lang und spitz geschmiedet, wie die höfische Mode es auch von weicheren Schuhen verlangte. Als der Mann mit dem Fuß ausholte, öffnete Hedwig den Mund, um zu schreien, bekam ihn jedoch von einer harten, ebenfalls gepanzerten Hand zugehalten, bevor sie einen Laut herausbrachte. Der Mann vor ihr trat nicht mit der tödlichen Spitze seines Schuhes zu, traf sie aber brutal mit dem Fuß in die Seite. Schmerz flammte weißglühend durch sie, raubte ihr den Atem und jede Orientierung.

Sie wusste nicht, wie viel Zeit vergangen war, als der Schmerz ein wenig nachließ und sie sich auf der Erde liegend wiederfand. Die Kapuze ihrer Gugel war nach vorn gerutscht und verdeckte ihre Augen. Obwohl ihr Instinkt ihr riet, sich nicht zu rühren, konnte sie es nicht ertragen, nichts zu sehen. Mit zitternder Hand streifte sie sich die Kapuze aus dem Gesicht. Ein Eisenschuh stemmte sich in ihren Rücken und presste sie unbarmherzig bäuchlings in den Dreck. Zwischen ihren Schulterblättern spürte sie die kalte, scharfe Spitze einer Waffe, die ihr Kleid durchschnitten hatte. Nun konnte sie sehen und hätte es doch lieber nicht getan. Die beiden Meißner lagen betäubt oder tot zwischen einigen Büschen auf dem Boden. Vier mit braunen Bauernmänteln verhüllte Männer zählte Hedwig, den nicht eingerechnet, der mit seinem Fuß auf ihrem Rücken stand.

Bauern waren es gewiss nicht, denn unter den Mänteln blitzten und klirrten Rüstungen, und sie sah gezogene Schwerter und Streitkolben. Der Mantel des einen hatte sich so weit geöffnet, dass ein Streifen seines Waffenrocks darunter hervorsah. Hedwig erkannte den weißen Luchs auf blauem Grund, den sie auf Wilkin von Torgaus Schild gesehen hatte.

Ebenso wenig fremd war ihr die Stimme des Mannes, der über und auf ihr stand. »Macht schneller. Wir haben noch mehr zu erledigen«, sagte Gerhardt von Schwarzburg.

Bei seinen Worten bemerkte Hedwig, dass die Aufmerksamkeit der Männer sich auf einen Punkt richtete, den sie noch immer nicht sehen konnte. Sie wandte mühevoll den Kopf und konnte einen leisen Laut des Entsetzens nicht unterdrücken. Zwei weitere Männer waren in Begriff, den übel zugerichteten Adam an einem Baum zu erhängen, ein dritter stand breitbeinig über Irina, die so verdreht und regungslos am Boden lag, als wäre sie erbarmungslos misshandelt worden.

Unwillkürlich spannte Hedwig ihre Muskeln an, um sich zu befreien. Voll Angst um Adam und verzweifelt über ihre Machtlosigkeit schrie sie. Von Schwarzburg lachte sie aus. Zu ihrer Überraschung nahm er seinen Fuß und sein Schwert von ihrem Rücken und ließ es zu, dass sie sich aufrappelte. Im selben Moment zogen die beiden Henker Adam hoch. Hedwig sprang auf und hörte ihre eigene Stimme fremdartig schrill. Bevor sie Adam zu Hilfe eilen konnte, wurde sie abermals von einem Hieb zu Boden gerissen. Ein Dutzend Schläge spürte sie, bevor sie das Bewusstsein verlor und in gnädige Dunkelheit glitt.

Das Letzte, was sie sah, war Adams verzerrtes Gesicht, während er in der Schlinge erstickte.

Hämmernde Schmerzen dröhnten in ihrem Kopf und überdeckten das Leid ihres zerschundenen Körpers, als sie wieder zu sich kam. Die Männer waren fort.

Schwankend und von Schluchzen geschüttelt, stand Irina

bei dem Baum, an dem ihr Mann hing, und sägte mit ihrem schwarzen Dolch am Seil, um ihn herunterzulassen. Zu Hedwigs Jammer stieg eine so heftige Übelkeit in ihr auf, dass sie sich übergeben musste. Hilfloser als ein Kind fühlte sie sich, als sie auf allen vieren im Gras hockte, bis das Würgen nachließ.

Unsanft stürzte Adams Leichnam zu Boden. Irina fiel neben ihm auf die Knie und schloss ihn weinend in die Arme. Als wäre nicht schlimm genug, was sie bereits sah, entdeckte Hedwig nun ihren Hund, der winselnd ein Stück hinter den beiden Meißner Männern in den Büschen lag. Sie zwang sich, auf die Füße zu kommen, und taumelte in seine Richtung.

Im Vorüberstolpern sah sie, dass einer von den Meißnern noch atmete, doch es berührte sie nicht. Sie kniete sich zu ihrem blutüberströmten Hund, der trotz seiner Not mit dem Schwanz auf den Boden klopfte, als er sie sah. Das Blut in seinem Fell stammte aus einem klaffenden Schnitt über Brust und Schulter. Zudem schien Tristan auch einen Schlag gegen den Schädel erhalten zu haben. Hedwig überlegte nicht, sondern riss ein großes Stück aus ihrem Unterkleid und versuchte, den fiependen Hund notdürftig zu verbinden. Doch ihre Hände stellten sich langsam und ungeschickt an, jede schnelle Bewegung ließ den Schmerz in ihrem Kopf anschwellen und verursachte ihr Schwindel. Schließlich gab sie auf und beschränkte sich darauf, Tristan zu streicheln. Für eine Weile gab es nichts anderes auf der Welt als den Schmerz in ihrem Kopf und den Hund, den sie streicheln musste, dann näherten sich auf der Straße galoppierende Pferde.

Hedwig hörte die Reiter halten und absteigen. Jemand rief ihren Namen. Er musste dreimal rufen, bevor sie Cords Stimme erkannte. »Hier«, sagte sie leise.

Cords Schritte brachen durch das niedrige Buschwerk, und

er ging neben ihr in die Hocke. Ohne ein Wort zu sprechen und ohne Tristans schwaches Knurren zu beachten, nahm er Hedwig das Stück von ihrem Unterkleid ab, zerriss es in Streifen und verband die Wunde des Hundes, als wäre es tatsächlich das Wichtigste, was es zu tun gab.

Erst als er das Tier versorgt hatte, wandte er sich Hedwig zu. »Wer war das?«

Völlig ruhig sah er sie mit seinen dunklen Augen an, als wäre nur etwas Gewöhnliches geschehen, etwas, das ihm jeden Tag begegnete. Seine Gefasstheit beruhigte Hedwig so weit, dass sie den ersten klaren Gedanken dachte, seit sie zu Bewusstsein gekommen war. »Gerhardt von Schwarzburg und ein Ritter, der die Farben der von Torgaus trug. Noch sechs weitere, aber die kannte ich nicht. Sie haben sich alle unter braunen Mänteln und Helmen verborgen. Cord, es tut mir so leid. Das ist meine Schuld. Wäre ich Adam und Irina doch nie begegnet. Sie wären gewiss davongekommen.«

Er zuckte mit den Schultern. »Von Schwarzburg ist ein Schwein. Er wollte den Spielmann von Anfang an hängen sehen. Du hast ihn bloß noch ein wenig wütender gemacht. Ich nehme an, er hat dich und Irina nur am Leben gelassen, weil er gesehen hat, dass jemand kam. Wir haben sie von hier querfeldein nach Osten reiten sehen. Allerdings wussten wir da noch nicht, was wir hier finden würden. Adams Pferd haben sie mitgenommen. Dein Schwarzer steht bei Irinas Stute. Hoffentlich hat er wenigstens einen von den Kerlen geschlagen und gebissen.«

Hedwig schloss die Augen und hielt sich den Kopf. »Und warum bist du hier? Wer ist bei dir?«

Er schnaubte belustigt. »Ich habe gehört, dass sie dich nach Meißen schicken wollten. Und da Gräfin Constantia zu den wenigen edlen Frauen gehört, die meine Gesellschaft schätzen, dachte ich, ich könne unser vergnügliches Beisammensein noch ein wenig verlängern. Es sind ein paar Brandenburger bei mir, die nach Hause wollen. Aber nun gibt es für mich wohl etwas Wichtigeres zu tun.«

»Was meinst du? Kannst du nicht bei uns bleiben?«

»Ich bringe euch nach Meißen. Anschließend mache ich mich auf den Weg nach Nürnberg, um Köne zu erzählen, was geschehen ist.«

Hedwig erschrak bei der Vorstellung, was daraus folgen konnte, wenn ihrem Bruder einfiel, Rache zu nehmen. »Er darf von Schwarzburg nicht herausfordern. Ich kann nichts beweisen.«

Cord lächelte bitter. »Unterschätz deinen Bruder nicht. Er lebt schon lange genug unter den Wölfen und hat dafür gesorgt, dass er nicht mehr der Geringste unter ihnen ist. Er will zurück, was euer Vater und euer Onkel an Macht und Ansehen verloren haben, und er wird sich hüten, seine Stellung durch Hitzköpfigkeit aufs Spiel zu setzen. Etwas, was du noch lernen musst, meine Kleine.«

* *

Wie sie nach Meißen gekommen war, wusste Hedwig nicht, als sie wieder erwachte. Sie lag in einem weichen Bett unter sauberen Decken, ihr Körper und ihr Kopf schmerzten, und auf einem Schafsvlies am Boden schlief ihr mit einem dicken Verband eingehüllter Hund. Erst als sie Irina bemerkte, fiel ihr ein, was geschehen war. Die Spielmannsfrau saß auf der Kante eines weiteren Bettes, hatte die Arme um sich geschlungen und schwankte vor und zurück. Ihr Blick ging in die Ferne, und sie summte leise eine von Adams Melodien.

»Es tut mir leid«, flüsterte Hedwig.

Irina kam sofort zu sich und stand auf. »Du weißt, wer ich bin? Der Bader hält für möglich, dass du nach den Schlägen nicht mehr richtig im Kopf bist. Nun, er weiß ja nicht, wie du vorher warst. Also, was ist? Kannst du mir deinen Namen sagen?«

Hedwig schossen die Tränen in die Augen. »Es tut mir so leid, Irina.«

»Was tut dir leid? Dass mein Mann seine Finger nicht von der Rosstäuscherei lassen konnte? Oder dass du von gleichem Blut bist wie diese widerlichen Kreaturen, die ihm noch zeigen mussten, wie sie ihren Willen an mir haben, bevor er starb? Oder dass dein Hund verletzt wurde? Ich sehe es so, edle Jungfer: Du lebtest, ohne die wahre Welt zu kennen, und tatest, als könntest du dich über ihre Gesetze erheben. Ich dagegen kannte die wahre Welt und habe mich ihren Gesetzen gebeugt, so gut ich es vermochte. Eingebracht hat es mir Schlimmeres als dir. Welcher von unseren Wegen war nun der bessere? Bei Gott, ich wünschte, du wärest nicht zurückgeblieben und hättest deinen Bogen bereitgehabt. Bei Gott, ich wünschte, ich selbst hätte einen Bogen geführt oder ein Schwert. Warum sind wir Frauen so schwach? Lieber hätte ich mich im Kampf umbringen lassen, als so …« Sie holte tief Luft und schwieg.

Während die Trauer um Adam und die erlittene Grausamkeit in Irina eine bittere Wut entfacht hatten, fühlte Hedwig in sich eine nie gekannte Ängstlichkeit und Schwäche. Sie war so überzeugt davon gewesen, sich selbst verteidigen und für sich sorgen zu können. Ohne dass es ihr bewusst gewesen war, hatte sie doch immer im Sinn gehabt, sich einfach in den Wald zurückzuziehen, wenn ihr die Welt draußen nicht gefiel. Nun zweifelte sie daran, ob es überhaupt einen Ort gab, an dem sie sicher war.

Aus ihrer Verzagtheit folgte, dass Hedwig sich in keiner Weise sträubte, als Gräfin Constantia eine Woche später einen Geleitzug zusammenstellen ließ, der Irina und sie auf der Elbe abwärts bis Quitzöbel und von dort zur Plattenburg bringen sollte. Cord hatte der Gräfin im kleinen Kreis ihrer Vertrauten erzählt, dass Gerhardt von Schwarzburg an dem Überfall beteiligt gewesen war. Sie glaubte ihm und Hedwig, doch ahnden konnte sie die Tat nicht. Spielleute waren rechtlos, kein Adliger konnte für ein Verbrechen an ihnen zur Rechenschaft gezogen werden. Ob es überhaupt als Verbrechen betrachtet würde, wenn ein Ritter einen fahrenden Betrüger aufhängte, war obendrein ungewiss.

Was Hedwig betraf, wäre auch ihre Stellung vor Gericht schwach gewesen. Da sie überlebt hatte, war ihr nach den gängigen Maßstäben nichts Ernstes angetan worden. Ihre flüchtigen Eindrücke von den Tätern hätten zudem niemals als Beweis dienen können. Die Gräfin hielt es daher für besser, sie möglichst rasch aus Meißen fortzuschaffen, bevor von Schwarzburg sich noch einmal an sie erinnerte.

Die Fahrt stromabwärts, mit dem breiten, flachbödigen Flusskahn, der auch die Pferde aufnehmen konnte, verlief zügig. Nur um Zoll und Maut zu zahlen, mussten die Schiffsleute und ihre Fahrgäste während der zehntägigen Reise mehrmals das Ufer aufsuchen.

Kaum zwei Stunden dauerte anschließend der Ritt zur Plattenburg, wo Agnes von Quitzow im Schutz des Bischofs von Havelberg wohnte und haushielt, während ihr Gatte wie meist in kriegerischen Angelegenheiten unterwegs war. Johann von Quitzow hatte nach seiner Begnadigung durch den Kurfürsten zwar einen großen Teil seiner Besitzungen zurückerhalten, jedoch keine einzige verteidigungsfähige Burg. Um diesen Mangel an Vertrauen zu beheben, diente er seinem neuen Herrn so ehrgeizig, wie er in früheren Zeiten gemeinsam mit seinem Bruder Dietrich eigene Ziele verfolgt hatte.

Obgleich der Bischof sonst die Burg im Sommer gern als Residenz nutzte, bestimmte bei Hedwigs Ankunft Agnes von

Quitzows Hausstand das gesamte Leben dort. Der Burgherr hatte auf Bitten des Kurfürsten hin Johann auf seinem Feldzug gegen die widerspenstigen Städte begleitet.

Die Plattenburg war weniger prächtig als die Albrechtsburg in Meißen, aber groß und wohlbefestigt. Bereits im Hof fiel Hedwig auf, wie sauber und ruhig alles war und wie geordnet die Arbeiten abliefen. Zwei junge Geistliche beaufsichtigten eine Gruppe von Knechten und Mägden, die Gerätschaften für die Heumahd auf einen Wagen luden. Einer von ihnen kam sogleich auf sie zu und wandte sich höflich an den Hauptmann des Geleitzuges.

Wenig später stand Hedwig zum ersten Mal seit gut zehn Jahren ihrer Tante Agnes gegenüber, erleichtert darüber, dass sie eines der guten Kleider Gräfin Constantias trug. Ihre Tante sah aus wie das Muster einer tugendsamen Edelfrau. Ein Schleier bedeckte ihre schmucklose Haube, und über ihren Schultern hatte sie ein Tuch festgesteckt, das den Ausschnitt ihres dunklen Kleides verkleinerte.

Sie begrüßte Hedwig und ihre Begleiter mit vor sich gefalteten Händen und einer winzigen Verneigung, ohne ein Zeichen des Erkennens und ohne sichtbare Neugier auf ihre Gäste.

Erst nachdem sie den Brief der Meißner Gräfin gelesen hatte, den der Hauptmann ihr überreichte, verlor sie flüchtig ihre Haltung. Mit feindseliger Miene hob sie den Kopf und blickte Hedwig in die Augen. Doch ihr Ärger schien sich sogleich wieder zu legen, und sie fand zu ihrer vornehmen Würde zurück. »Sei willkommen, Nichte. Wir werden noch heute einen Dankgottesdienst für deine Wiederkehr abhalten. Der Allmächtige hat dir unermessliche Gnade erwiesen. Deine Demut und Ehrfurcht müssen groß sein.«

Hedwig hatte längst keine Erwartungen mehr gehegt, was die Begrüßung durch ihre Verwandten betraf. Niemand schien sie vermisst zu haben, wie sollten sie sich da über ihre Rückkehr freuen? So nickte sie nur stumm. Über Gottesdienste wusste sie wenig, sie konnte sich nicht mehr daran erinnern. Richard hatte sie im Wald nur seine einfache Frömmigkeit gelehrt. Zum Essen, zum Sonntag, vor und nach der Jagd ein Gebet des Dankes und der Abbitte, darauf hatte er bestanden. Auch von den Sünden hatte er ihr erzählt und dass erwachsene Menschen zur Beichte gehen müssten, um sich von ihnen reinigen zu können. Dann und wann war er zum Kloster gegangen, um zu beichten. Doch die einzige Sünde, die er ihr je klar benannt hatte, war die der Falschheit. Sie war neugierig darauf, was ein echter Priester ihr über Gott und die Menschen erzählen würde.

Agnes klatschte leise in die Hände und winkte einer wartenden Magd. »Führe meine Nichte und ihre Zofe in die Kemenate, damit sie sich waschen und in Ruhe ihr Gebet sprechen können.«

Froh, Irina bei sich zu haben, die ihren unverhofften neuen Rang als Zofe widerspruchslos hinnahm, verabschiedete Hedwig sich mit einem Dank von den Männern des Geleitzuges. Sie vergalten es ihr mit einem freundlichen Nicken.

Hedwig nahm sich fest vor, zumindest so lange zu bleiben und sich mit ihrer Tante gutzustellen, bis sie ihrem Onkel begegnet war und mehr über ihre Familie erfahren hatte. Danach würde sie entscheiden, ob sie bleiben wollte.

* *

Wilkin und seine Reisegenossen waren schnelles und ausdauerndes Reiten gewöhnt. Unbelastet von einem trägen Tross und anfälligen Mitreisenden erreichten sie Nürnberg schon am neunten Tag nach ihrem Aufbruch aus Dohna.

Die Stadt befand sich in fiebriger Erwartung der Ankunft König Sigismunds. Gefolge etlicher Fürsten lagerten bereits in Zelten vor ihren Mauern, die hohen Herren selbst bewohnten zum größten Teil komfortable Unterkünfte in der Nähe der Kaiserburg oder der Frauenkirche, wo die wichtigen Zeremonien und Versammlungen des Reichstages stattfinden würden.

Wilkin war schon mehrfach in Nürnberg gewesen, da die Stadt wenn schon nicht mehr Kurfürst Friedrichs Heimat, so doch dessen Herkunftsort war. Den Titel ›Burggraf von Nürnberg‹ trug Friedrich schon weit länger als den des Kurfürsten von Brandenburg. Dass die Burggrafenburg nach kriegerischen Auseinandersetzungen mit den Wittelsbachern in Trümmern lag und Friedrich seinen hiesigen Wohnsitz auf die Cadolzburg verlegt hatte, änderte nichts daran.

Ein schneller Reiter konnte die Cadolzburg von Nürnberg aus in wenigen Stunden erreichen, und ebendies wurde Wilkins erste Aufgabe. Kurfürst Friedrich, der seiner Ansicht nach bereits zu viele Tage damit verbracht hatte, an unbehaglichen Orten auf Sigismund zu warten, hielt sich nicht in Nürnberg auf. Wilkin sollte ihn gerade rechtzeitig auf der Cadolzburg abholen, wo er mit seiner Familie weilte, damit er die Stadt kurz vor dem König erreichen konnte.

Den Zeitpunkt zu bestimmen, würde nicht schwerfallen, denn Nachrichten über Sigismunds Reisefortschritt trafen stündlich ein. Vorerst musste Wilkin daher nichts weiter tun, als sich in das Getümmel der erwartungsfrohen Versammelten zu mischen und die Ohren offen zu halten.

Köne von Quitzow dagegen hatte sich vor der Stadt im Lager der kleinen Truppe einzufinden, die der Kurfürst dort unter seiner Flagge vorhielt, um seine grundsätzliche Anwesenheit auf dem Treffen zu signalisieren.

Wilkins Herberge hatte Friedrich klug im Haus eines befreundeten Patriziers gewählt. Aus dessen oberen Fenstern konnte man die Straße beobachten, auf der Sigismund und viele andere hohe Gäste nach Nürnberg einziehen würden, wie es Könige und Kaiser seit jeher taten. Wilkin hatte das Glück, ein stattliches Gemach für den Moment nur mit Dieter teilen zu müssen, dem er sein Lager überdies auch noch in einer Vorkammer zuweisen konnte. Erst wenn der Kurfürst in der Stadt eintraf, würde es hier eng werden.

Mit der langen, harten Reise in den Knochen sehnte Wilkin sich am Abend ihrer Ankunft nach dem bequemen Bett, welches in seiner Unterkunft lockte. Nach einem frühen Essen im Wirtshaus verzichtete er daher auf weitere Zerstreuung, obwohl die warme, helle Sommernacht dazu einlud, sich zu vergnügen, so wie es die meisten Anwesenden taten. Unter gewöhnlichen Umständen hätte auf den Straßen längst Ruhe geherrscht, und die Stadttore wären geschlossen gewesen, doch nun wurde auf jedem öffentlichen Platz musiziert, getanzt und gezecht. Die Tore waren zwar bewacht, doch nur einige geschlossen, um die draußen Lagernden nicht auszusperren.

Auf seinem Weg vom Wirtshaus zur Unterkunft schnappte Wilkin die eingängige Melodie eines anzüglichen Liebesliedes auf, die ihn an die Spielleute denken ließ, mit denen Hedwig von Quitzow gereist war. Der Spielmann Adam hätte viele der Nürnberger Straßenmusikanten noch etwas lehren können.

Unwillkürlich schüttelte Wilkin den Kopf, als er sich an seine Begegnung mit Hedwig erinnerte. Was für ein merkwürdiges, wildes junges Ding sie war. Sie hatte einen Stolz gezeigt, der ihn zugleich abstieß und faszinierte. Er kannte nicht viele stolze, auffahrende Weiber von Rang. Was auch daran lag, dass er überhaupt wenige kannte. Am nächsten stand ihm Kurfürst Friedrichs Gemahlin Elisabeth, eine von Natur aus sanfte, liebenswerte Edelfrau, die ihn in seinen Lehrjahren ein wenig bemuttert hatte. Seine leibliche Mutter dagegen mochte einmal Stolz besessen haben, hütete sich jedoch davor, ihn vor ihrem Gatten oder ihren Söhnen zu zeigen. Hans von Torgau war schnell mit der Faust, wenn jemand in seiner Umgebung seine gottgegebene Stellung vergaß. Und die Stellung einer Frau war nun einmal der ihres Mannes und ihrer Söhne untergeordnet, Stolz gebührte ihr allenfalls ihrem Gesinde gegenüber.

Auch Kōnes verwahrloste Schwester würde gewiss eines Tages die nötige Demut lernen. Blieb ihr zu wünschen, dass sie dadurch nicht so bitter und mager wurde wie seine Mutter.

Vor der Tür seiner Herberge blieb er noch einmal stehen und sah aus der Ferne einem Gaukler zu, der vor dem dunklen Bogen des Stadttores mit brennenden Fackeln jonglierte. Als der Jokulator seine Vorführung unterbrach, um eine Gruppe von Männern in unansehnlichen braunen Mänteln passieren zu lassen, ging Wilkin ins Haus.

Oben in seinem Gemach angekommen, trat er ans Fenster und sah die Männer gerade noch von hinten, wie sie die Königsstraße hinaufstrebten. Er hätte ihnen vermutlich keinen weiteren Blick gewidmet, wenn er nicht in diesem Augenblick bemerkt hätte, dass Kōne von Quitzow ihnen folgte. Es war leicht zu erkennen, dass er nicht zufällig denselben Weg nahm, denn er ließ keinen Blick von der Gruppe vor ihm.

Wilkins Neugier siegte über die Müdigkeit. Flink war er wieder aus dem Haus und heftete sich in unauffälligem Abstand an Kōnes Fersen. Wie er selbst trug dieser keine Rüstung mehr und bewegte sich für einen derart großen, massigen Mann erstaunlich leichtfüßig.

Die fünf Kerle in den braunen Kapuzenmänteln trennten sich. Zwei bogen in eine Gasse ein, die anderen gingen noch ein Stück weiter bis zur Lorenzkirche und blieben dann stehen, um sich zu unterhalten. Nun, da sie Wilkin etwas Zeit gaben, sie genauer zu betrachten, wuchs in ihm der Verdacht, dass er sie kannte. Nach Haltung und Gestik konnten zwei von ihnen gut seine Brüder sein. Verwirrt überlegte er, was die beiden auf diese Misstrauen erweckende Art nach Nürnberg führte. Dabei vergaß er für eine Weile Köne, der prompt verschwunden war, als er sich wieder an ihn erinnerte.

Auch die verbliebenen drei gingen nun auseinander. Rasch entschied sich Wilkin dafür, dem zu folgen, den er nicht kannte. Ob die anderen beiden tatsächlich seine Brüder waren, würde er bald genug herausfinden. Mit wem sie sich aber so heimlich in die Stadt geschlichen hatten, ließe sich später vielleicht nicht mehr in Erfahrung bringen.

Dankbar dafür, dass er nur eine schlichte Schecke trug und nicht seine Wappenfarben, trat er kurz in den Schatten einer Eingangstreppe, bis die zwei, die er für seine Brüder hielt, linker Hand in eine Gasse abgebogen waren.

Der letzte Mann ging an der Lorenzkirche vorüber, überquerte zielstrebig die Brücke und den Marktplatz vor der Frauenkirche und schritt auf die Kaiserburg zu. Kurz vor dem steilen Anstieg zur Burg hielt er jedoch am Eingang eines prachtvollen Gebäudes, das Wilkins Einschätzung nach hochgestellten Persönlichkeiten der Stadt gehören musste.

Während der Mann darauf wartete, dass ihm die Tür geöffnet wurde, nahm er Kapuze und Helm ab und schlug den braunen Mantel über die Schultern zurück. Zu Wilkins Bedauern blieb er ihm jedoch mit dem Rücken zugewandt, sodass die Farben seines Waffenrocks nicht zu erkennen waren.

Noch bevor jemand erschien, um den Unbekannten einzulassen, hatte Wilkin sich entschieden, der Sache weiter nachzugehen. An einer schattigen Stelle mit beiden Händen gegen eine Hauswand gestützt, als sei ihm übel, verharrte er, bis der Mann sich dem Diener erklärt hatte, der ihm öffnete. Kaum hatte die Tür sich hinter ihm wieder geschlossen, eilte Wilkin zum Nachbarhaus und klopfte an.

Ein freundlich wirkender junger Dienstmann öffnete ihm. »Mein Herr?«

»Gott zum Gruß. Ich bitte die Herrschaften des Hauses für die späte Störung um Vergebung, aber ich suche den Abgesandten des Erzbischofs von Passau, und man sagte mir, ich fände ihn hier oder in jenem Nachbarhause.«

Der junge Diener schüttelte nachdenklich den Kopf. »Es tut mir leid, aber da hat man Euch falsch unterrichtet. Mein Herr hat Kaufleute aus Freiburg zu Besuch. Und unsere Nachbarn haben die Ehre, Herrn Henmann Offenburg zu beherbergen, der ein enger Vertrauter unserer Majestät König Sigismunds ist. Da gibt es selbstverständlich keine weiteren Hausgäste.«

Wilkin machte große Augen und nickte. »Da danke ich herzlich für die Auskunft. Es wäre mir unangenehm gewesen, dort zu stören. Und über den Passauer weißt du nicht zufällig etwas?«

Sein Gegenüber schüttelte bedauernd den Kopf. Wilkin zog seinen Beutel und gab dem Jungen mit einem Lächeln ein paar Heller, obwohl ihm auch diese Ausgabe sauer aufstieß. Das Geld floss ihm nur so durch die Finger. Doch der Diener verabschiedete sich sichtlich erfreut von ihm und würde sich im Inneren des Hauses gewiss nicht über die kleine Störung beschweren.

Rasch wollte nun der nächste Schritt geplant sein. Es kam ihm zupass, dass die Straße an dieser Stelle recht breit war und trotz des allmählich schwächer werdenden Lichts noch immer ein mäßiges Kommen und Gehen herrschte. Außerdem lag ein Brunnen dem Haus gegenüber, welches er im Auge behalten wollte. Er ging hinüber, beschäftigte sich langwierig damit, einen Eimer Wasser heraufzuziehen und seine Schecke abzulegen. In der Deckung der steinernen Brunnenumrandung tat er so, als müsse er Flecken aus dem Kleidungsstück waschen. Er schwankte dabei ein wenig, als sei er betrunken und darum langsam, und er unterbrach seine Tätigkeit nicht, als der ihm verdächtige Unbekannte wieder aus dem Haus kam. Aus dem Augenwinkel beobachtete Wilkin, wie dieser von einem kostbar gekleideten bärtigen Kaufmann verabschiedet wurde, der das Emblem des von König Sigismund gestifteten Drachenordens als Schulterschmuck trug. Das musste Henmann Offenburg sein.

Waffenrock und Gesicht des Verdächtigen bekam Wilkin erst zu sehen, als dieser sich zum Gehen wandte. Hastig bückte er sich, um hinter dem Brunnen möglichst unsichtbar zu werden. Es war ihm ein Rätsel, warum er Gerhardt von Schwarzburg zuvor nicht schon am Hinterkopf erkannt hatte. Wohl nur, weil die langen, blonden Haare des eitlen Widerlings unter dessen merkwürdigem braunen Mantel verborgen gewesen waren.

Was nun hatte von Schwarzburg mit einem der engsten Vertrauten des Königs zu besprechen gehabt? Vor allem, wenn er tatsächlich mit Reinhardt und Ludwig gereist war, die Wilkins Ansicht nach überhaupt nichts in Nürnberg verloren hatten. Sie alle waren Lehnsleute des Kurfürsten und sollten sich hüten, hinter dessen Rücken Verbindung zu Sigismund aufzunehmen. Jedenfalls solange bekannt war, dass das Verhältnis zwischen den beiden ehemals befreundeten Fürsten angespannt war.

Gerhardt von Schwarzburg schien es nun nicht mehr eilig zu haben. Wilkin folgte ihm in großem Abstand. Er wollte sich eher abschütteln als ertappen lassen. Als er an der Ecke einer Seitenstraße ankam und die Gasse hinunterspähte, glaubte er kurz, dass er von Schwarzburg verloren hatte. Doch dann sah er des Erzbischofs Bruder in weiter Entfernung in ein Hurenhaus eintreten und gab die Verfolgung von sich aus auf. Er fühlte sich zu müde, um noch einmal, wer wusste wie lange, auf der Straße zu warten. Zumal er danach vermutlich nichts weiter in Erfahrung bringen würde als von Schwarzburgs Unterkunft.

Einen Augenblick überlegte er noch, ob es Sinn hatte, wenn er auf die Suche nach seinen Brüdern ging. Die Erschöpfung riet ihm auch von diesem zweifelhaften Vorhaben ab. Womöglich würde er bereits am nächsten Tag wieder Stunden im Sattel zubringen müssen. Für diesen Auftrag ausgeruht zu sein war ebenso wichtig, wie an von Schwarzburgs Geheimnis herumzurätseln. Erhellender würde es ohnehin sein, ein Gespräch mit Köne von Quitzow zu führen, der ihn mit seiner Nachschleicherei erst auf die Angelegenheit gestoßen hatte.

Mittlerweile war es dunkel geworden, und die Straßen leerten sich. Hier und dort wurden Fackeln getragen, deren flackernde Flammen kleine Kreise beleuchteten und dafür die umgebenden Schatten noch dunkler und undurchsichtiger färbten. Wilkin hätte die natürliche Dunkelheit bevorzugt. Er sah nachts im Wald ohne jede Flamme besser als in einer Stadt, in der Lichter und Rauch seine Augen verwirrten.

Die Tür seiner Unterkunft war nicht verriegelt, da er die beiden Dienstleute und den müden Dieter davon entbunden hatte, sie zu bewachen. So musste er niemanden wecken. Allerdings kamen gegen die Finsternis im Inneren des ihm noch fremden Hauses auch seine guten Augen kaum an. Die Treppe hinaufzutappen und sein Gemach zu erreichen, ohne gegen Truhen, Leuchter und Besen zu stoßen oder über die Katze zu fallen, war nicht einfach.

In der stockdunklen Vorkammer, wo Dieter seine Schlafstatt hatte, orientierte er sich an dessen leisem Schnarchen, um die nächste Tür zu finden. In seinem Gemach war es durch die offenen Fensterläden heller, und er seufzte wohlig beim Anblick des Bettes im Zwielicht. Die Matratze war weich mit Wolle gefüllt. Vielleicht würde ihm am Morgen der Rücken davon schmerzen, aber auf diesem Lager einzuschlafen würde himmlisch sein.

Er warf seinen Hut auf eine an der rechten Wand stehende Truhe, nahm seinen Waffengurt ab und hängte ihn an den Bettpfosten, neben dem sein Kopf ruhen würde und an dem auch schon sein langes Schwert hing. Am Fuß des Pfostens stellte er die Stiefel ab. Um seine Kleidung zu schonen, wollte er sie gesittet auf dem Stuhl neben der Truhe ablegen. Doch er hatte sich eben erst von seiner feuchten Schecke getrennt, als ein Kribbeln im Nacken ihn vor einer Gefahr warnte. Ihm blieb gerade noch Zeit, über die Dummheit zu fluchen, mit der er seine Waffen an den Bettpfosten gehängt hatte. Wie aus dem Nichts gekommen, stand ein Mann mitten im Raum und holte mit dem Schwert zu einem Hieb aus, der auf Wilkins Hals zielte. Ein geschlossener Visierhelm verbarg sein Gesicht.

Wilkin sprang zurück, stieß gegen den Stuhl und fiel auf die Truhe. Verzweifelt nach etwas tastend, das er als Waffe verwenden konnte, bekam er eine Wasserkanne in die Finger, die neben der Truhe stand. Er warf sich zur Seite, um einem Stoß des Angreifers zu entgehen, und spürte dessen Schwertklinge seinen Wamsärmel streifen. Auf dem Boden kniend, sah er seinen Gegner das Schwert zu einem Schlag erheben, von dem dieser sichtlich glaubte, es würde der letzte sein. Diese verfrühte Siegesgewissheit machte ihn langsam und gab Wilkin seine Chance. Mit der ganzen Kraft seines Schwertarmes schmetterte er dem Mordlustigen die Zinnkanne gegen die ungeschützte Kniescheibe.

Der Mann stieß einen dumpfen Schmerzlaut aus und strauchelte rückwärts, war jedoch nicht so sehr aus der Fassung gebracht, dass Wilkin hoffen konnte, an ihm vorbei an seinen Schwertgurt zu gelangen. Immerhin hatte er Zeit gewonnen, um auf die Füße zu kommen und einen Holzstuhl zu ergreifen. Er fasste ihn an den Stuhlbeinen und schwang ihn wie eine große Keule, um seinen Gegner mit der Lehne zu treffen.

Dieser hatte nun begriffen, dass er sein Ziel nicht ganz so einfach erreichen würde. Geschickt wich der Mann aus und sprang vor, als der Schwung des Stuhls Wilkin herumriss und ihm eine Blöße gab. Anstatt den Schwung zu bremsen und neu auszuholen, legte Wilkin unwillkürlich mehr Kraft in die gleiche Richtung und drehte sich blitzschnell um die eigene Achse, sodass es zu einem krachenden Zusammenprall zwischen Schwert und Stuhl kam, der den Angreifer wieder zurückwarf, den Stuhl jedoch zertrümmerte.

Lieber Herrgott, Allmächtiger Herr, lass mich an mein Schwert kommen, flehte Wilkin lautlos.

Der Kerl täuschte einen Stoß auf Wilkins Herz an, tat es aber so nach dem Lehrbuch, dass Wilkin wusste, er würde ihn in einen Querschlag verwandeln, wenn er selbst versuchte, zur Seite auszuweichen. Vielen Jahren Lehrzeit und etlichen Stunden echter Gefahr verdankte er es, dass er nicht denken musste, um die richtige Erwiderung darauf zu wissen. Er unterlief blitzschnell den Stoß und rammte dem Kerl seinen Kopf in den Magen. Dieser Gegenschlag schmerzte seinen Kopf, der auf ein unter Tuch verborgenes Kettenhemd traf, mehr als den Kerl, ermöglichte es Wilkin aber, dessen Schwerthand zu ergreifen. Sein Triumph dauerte nur kurz. Bevor er mit der zweiten Hand zupacken konnte, hatte sein Gegner sich mit einer Drehung wieder befreit. Wilkin fluchte. Was glaubte er auch – dass er es wieder mit einem Weib zu tun hatte? … Gedanken glommen wie Funken in seinem Kopf auf. Ein Weib? Das alte Schwert! Eingewickelt in sein Deckenbündel lag es ungefähr dort, wo vorher auch die Zinnkanne gestanden hatte.

Wilkin nutzte das Zögern des Kerls, das er dessen Schreck über den Griff nach seiner Hand verdankte. Er machte einen Satz zur Wand und hob das Deckenbündel auf. Mit der Linken hielt er es wie einen Schild, während die Rechte das alte

Schwert aus der Scheide in seinem Inneren zog. Er wartete nicht auf einen neuen Angriff, sondern ging mit der Schnelligkeit auf den Gegner los, die seine Feinde an ihm fürchteten. Eisen traf mit grellem Ton auf Eisen. Schon nach dem ersten Schlagabtausch sah er, wie der andere unsicher wurde. Wilkin ließ ihm keine Zeit, sich zu besinnen, sondern hetzte ihn von einer jämmerlichen Abwehr in die nächste, bis er die Flucht ergriff und von Wilkin gejagt aus der Tür stürzte.

Auch der verhinderte Mörder hatte seine Schwierigkeiten mit der Dunkelheit im Haus, nahm jedoch keine Rücksicht. Mit Poltern und Klirren warf er Wilkin alles in den Weg, woran er stieß. Ein scharfer Schmerz in seinem Fußballen ließ Wilkin innehalten und zur Vernunft kommen. Er konnte nicht ohne Rüstung und mit bloßen Füßen jemanden verfolgen, der ihn umbringen wollte und womöglich in der Stadt Verbündete besaß. Für den Augenblick konnte er froh sein, dass er davongekommen war.

Er hörte unten die Haustür gegen die Wand donnern und hieb wütend mit dem Schwert auf das Geländer der Treppe. »Was für ein Dreck«, murmelte er, während er mit der freien Hand vorsichtig das spitze Ding aus seinem Fuß zog, worauf er getreten war. Er konnte erfühlen, dass es keine Scherbe war, die zufällig vor seinen Füßen gelandet war, sondern einer von den vierzackigen, eisernen Krähenfüßen, die gelegentlich ausgestreut wurden, um feindliche Fußsoldaten zu behindern. Der Mordbruder war gut vorbereitet gewesen. Seufzend fand Wilkin sich damit ab, dass er die Dienstleute, von wo auch immer sie sich versteckt haben mochten, herbeirufen musste, damit er doch noch Licht bekam.

Vorsichtig tastete er sich zur Treppe und rief nach den beiden. Es dauerte etliche Zeit, bis die vom Schlaf zerzauste Magd mit einer brennenden Talglampe in der Hand ängstlich aus der Küche spähte.

Ebenso lange dauerte es, bis Wilkin bewusst wurde, wem er es an diesem Abend verdankte, noch am Leben zu sein. Seine Hände um den Knauf des alten Schwertes gefaltet, sprach er ein inniges Dankgebet an einen Gott, der ihm mit so viel Voraussicht eine ungewöhnliche Botin geschickt hatte, um ihn zu retten. *Ich möchte dich trotz allem bitten, das Schwert gut zu behandeln,* hatte sie gesagt. Hätte er sich rechtzeitig an die Waffe erinnert, wenn die Jungfer an jenem Tag nicht mit ihm gekämpft hätte? Mit einem eigenartigen Gefühl schicksalhafter Verbundenheit hob Wilkin die Klinge und küsste sie. Oh ja, er würde dieses Schwert in Ehren halten. Und sollte er der Jungfer von Quitzow jemals wieder begegnen, dann wollte er ihr, bei Gott, mit mehr Achtung entgegentreten als bei ihrem vergangenen Treffen.

* *

Cord hatte den Weg von Meißen, wo er die zerschundenen Frauen Gräfin Constantias Schutz anvertraut hatte, nach Nürnberg allein hinter sich gebracht. Dabei hatte er so viel Zeit aufgeholt, dass er beinah gleichzeitig mit von Schwarzburg und den Brüdern von Torgau eingetroffen war. Nachdem er Köne im Lager vor der Stadt gefunden und ihm berichtet hatte, war er nur noch an Essen und Schlafen interessiert.

Köne hingegen hatte sich sofort auf den Weg gemacht, um herauszufinden, was die Bande als Nächstes im Schilde führte. Wiedergekommen war er erst spät in der Nacht, als Cord längst in seine Decke gewickelt im Zelt auf dem Boden lag. Der Schlaf hatte Cord ausnahmsweise im Stich gelassen. Er dachte an Köne und seine Schwester, an die alte Freundschaft zwischen ihrem und seinem eigenen Vater, die allen Widrigkeiten zum Trotz bis zu Dietrich von Quitzows Tod gedauert hatte. Nun, da er auch Könes Schwester kannte, verstand er mehr denn je, warum. Es lagen ein sturer Wille und ein

Feuer in dieser Sippe, die man nur bewundern konnte. Allerdings machte er nicht einen Augenblick lang den Fehler, sich als Könes Freund zu betrachten, der in seinem Ehrgeiz aufzusteigen keine echte Verbrüderung kannte. Schon gar nicht mit einem Bastard wie ihm.

Cords Gedanken schweiften weiter zu der Versammlung von Reichsfürsten, auf der es wieder einmal um den König und seinen erfolglosen Krieg gegen die böhmischen Ketzer gehen würde, der ihn für die einen allmählich zum Gespött machte, während er bei den anderen in Verdacht geriet, heimlich selbst ein Hussit zu sein. Dabei war unschwer zu erkennen, dass ein Krieg nicht zu gewinnen war, wenn die eigene Seite nur halbherzig teilnahm, weil jeder lieber auf dem eigenen Hof kehrte.

Allein Kurfürst Friedrich, dem niemand vorwerfen konnte, sich nicht für die Feldzüge in Böhmen stark gemacht zu haben, wurde von etlichen Seiten bedrängt. Hier im Süden war er in den Zwist mit Ludwig von Bayern verwickelt, in Brandenburg bedrohten aufmüpfige Nachbarn und Städte seine Rechte und Grenzen, und der kaum noch zu verhindernde große Krieg zwischen Polen und dem Deutschen Orden forderte ebenfalls seine Aufmerksamkeit.

Cord hegte dem Kurfürsten gegenüber ähnliche Gefühle wie gegen Köne. Bewunderung und Misstrauen hielten sich die Waage. Nicht, dass er dem Kurfürsten je so nahe gekommen war wie Letzterem. Er hatte es nie versucht.

Der Bastard hatte nicht genug Ehrgeiz, um sich den hohen Herren aufzudrängen. Oder um das Recht einzufordern, neben einer Hedwig von Quitzow sitzen zu dürfen, und sei sie auch noch so verwildert. Im Nachhinein ärgerte ihn, dass er sich das Recht nicht genommen hatte, und seine Wut machte ihn nachdenklich.

Es hatte ihn ursprünglich nicht nach Nürnberg gezogen. Er

hatte bloß nach Saarmund zurückkehren wollen, wo er einen bescheidenen, aber sicheren Platz im Hause seines Onkels einnahm. Doch nun, da ihn das Schicksal zu diesem Tummelplatz der höchsten Fürsten des Landes geführt hatte, fragte er sich, ob sich hier nicht eine Möglichkeit finden ließe, sein Glück zu machen. Ein Glück, das groß genug sein würde, um ihn vergessen zu lassen, dass er ein Bastard war.

Er war ein brauchbarer Kämpfer, das hatte er als Söldner im Krieg gegen die Franzosen bewiesen, und er war frei. Es musste genug mächtige Herren geben, in deren Dienste er treten konnte.

Als er am nächsten Morgen Köne nach den Ergebnissen seiner nächtlichen Nachforschungen fragte, wusste Cord bereits, dass er eine Weile in Nürnberg bleiben würde.

Hedwigs wütender Bruder hatte sich, während er die Männer in ihren braunen Mänteln verfolgte, den schwächsten von ihnen ausgesucht und war diesem auf den Fersen geblieben, nachdem die Gruppe auseinandergegangen war. Im Hinterhof einer Schenke hatte er ihm aufgelauert und ihn zum Sprechen gebracht. Cord war sich beinah sicher, dass der Mann diese Befragung nicht überlebt hatte.

»Die jämmerliche kleine Ratte war ein Reisiger derer von Torgau«, hatte Köne gemeint. »Einer von der Sorte, die schnell redet, wenn man sie kitzelt. Er hat den Überfall auf meine Schwester und die Spielleute gestanden. Außerdem weiß ich nun, was die anderen Schindknechte vorhaben. Sie bieten Sigismund heimlich ihre Dienste gegen unseren Kurfürsten an. Friedrich will seinen Sohn mit der polnischen Prinzessin verheiraten und verhandelt schon mit ihrem Vater. Der Pole hat keine Söhne, was hieße, die polnische Krone wäre für das Haus Hohenzollern greifbar. Hans von Torgau und der verehrte Erzbischof von Schwarzburg wollen diesen Plan hintertreiben. Kann's ihnen nicht verdenken, wenn sie

Friedrich nicht noch mächtiger sehen wollen. Hab selbst die Nase voll von ihm. Sobald der König in Nürnberg ist, trete ich in seine Dienste. Er zahlt schlecht, deshalb braucht er immer Männer. Mir ist der Sold gleich, solange er mich aufsteigen lässt. Habe ich erst die rechte Achtung, sorge ich schon selbst für mein Vermögen.«

Flüchtig dachte Cord daran, Köne zu bitten, beim König für ihn mitzusprechen, damit er ebenfalls Sigismund dienen konnte, dann besann er sich. Ihm war der Sold nicht gleichgültig, denn im Gegensatz zu Köne hatte er keinen Onkel, der ihm seinen Besitz vererben würde. Von dem geplanten Verrat an Kurfürst Friedrich zu wissen, gab ihm außerdem ein Werkzeug in die Hand, um dessen Gunst zu erringen. Gleich damit herausplatzen würde er nicht, dazu war das Bündnis zwischen den Beschuldigten und dem Kurfürsten zu alt. Aber wenn er die Verbrecher im Auge behielt, würde sich schon eine Gelegenheit bieten, sie zu entlarven. Und auch Köne würde ihm am Ende nicht gram sein, wenn er seine ärgsten Feinde ans Messer lieferte.

Er nickte. »Ich denke darüber nach, mich dem Kurfürsten als Gefolgsmann anzubieten.«

Köne lachte tief und schlug ihm auf die Schulter. »Weiß zwar nicht, was das soll, aber wenn du glaubst, dass er dir zuhört, mein Alter, dann geh hin und mach deinen Bückling. Und wenn er dich lange genug angesehen hat, als wärest du ein Frosch, der ihm in den Weg gehüpft ist, dann kommst du wieder her, und wir trinken einen zusammen.«

Am nächsten Abend, als Cord dem Kurfürsten tatsächlich gegenüberstand, musste er an Könes Worte denken. Wie einen Frosch sah Friedrich ihn an, allerdings wie einen, auf den er gerade getreten war.

»Gefolgsmann? So. Nun, ich habe … Wilkin, kennst du den Mann?«, sagte der Kurfürst.

»Ja, mein Herr«, sagte Wilkin von Torgau, der dem Kurfürsten folgte wie dessen Schatten.

»Dann entscheide du über sein Ansinnen, ich habe jetzt keine Zeit.« Damit wandte der hohe Herr sich von dem Frosch ab und widmete sich wichtigeren Geschäften.

Cord sah Wilkin in die Augen und verneigte sich noch einmal in formvollendeter Demut. Hans von Torgaus Erbe war an die zehn Jahre jünger als er und entschied nun über seine Zukunft. Was für eine Wendung des Schicksals, dass er damit unwissentlich auch seine eigene bestimmte. Wilkin galt im Vergleich mit seiner Sippe als aus der Art geschlagen ehrenhaft, doch auch sein Ansehen würde leiden, wenn sein Vater und seine Brüder des Verrats an ihrem Lehnsherren überführt wurden. Das war bedauerlich für ihn, doch Cord hatte keinen Grund, sich ihm verpflichtet zu fühlen.

Wilkin zog spöttisch die Brauen hoch. »Hast du einen anständigen Harnisch oder nur deine rostige Brustplatte?«

Cord zuckte mit den Schultern. »Was taugt der blankste Harnisch, wenn der Mann darin sich nicht zu bewegen weiß? Ich habe schon manchem Ritter meinen Dolch in einen Schlitz seines Panzers gesteckt, da hatte der noch nicht bemerkt, dass mir die Eisenbeine fehlen.«

Wilkin lachte und hielt ihm die Hand hin. »Dann sei willkommen in der Leibwache des Kurfürsten, Bastard von Putlitz. Dass du ein Pferd hast und ein Schwert führen kannst, weiß ich. Über deine schäbige Rüstung hängen wir einen schönen Wappenrock.«

Verblüfft darüber, wie leicht Wilkin es ihm machte, schlug Cord ein. War dieser junge Ritter wirklich so ohne Falsch, wie man sagte? Dann wäre seine Freundlichkeit echt, und Cord konnte nicht anders, als ihn dafür zu mogen.

## 6

# Agnes von Quitzow

Auf den Feldern im Umland der Plattenburg war das goldgelbe Getreide abgeerntet. Das Wetter konnte nicht besser sein, es war endlich einmal wieder ein gutes Erntejahr gewesen. Die Sonne hatte auch jetzt im Spätsommer noch Macht und heizte die roten Backsteine der Burgmauern auf.

Pater Conradus war der älteste Geistliche, der auf der Plattenburg lebte, und aus ebendiesem Grunde Hedwigs Beichtvater. Der weißhaarige Mann war so geduldig wie streng. Unermüdlich erklärte er ihr, was sie zu beichten habe, wenn sie wieder einmal nicht wusste, was sie sagen sollte. Streng maß er ihr Bußen zu, da sie in seinen Augen viel Nachholbedarf hatte. Sie bemühte sich wacker, ihn und ihre Tante nicht zu enttäuschen, doch vieles von dem, was der Geistliche ihr predigte, blieb ihr unverständlich. Bald schien zudem ihr Leben überwiegend aus Gebet und strafendem Verzicht zu bestehen. Hinzu kamen Arbeiten, die ihr zu Beginn nicht zuwider waren, es aber wurden, weil jeder Augenblick Muße damit gefüllt werden musste.

So befahl ihre Tante, ihr dabei zu helfen, ein Altartuch zu besticken, überließ ihr jedoch nur endlos erscheinende Flächen derselben Farbe. Während sie stickten, las zu allem Überdruss Agnes' Beichtvater Pater Matthäus aus seinem Gebetbuch vor, sodass Gespräche sich verboten. Hätte er wenigstens Bibelgeschichten erzählt, wäre Hedwig weniger verzweifelt, denn die hörte sie gern. Wehmütig erinnerte sie sich auch daran, wie sie mit Richard immer wieder die paar Seiten von »Tristan und Isolde« gelesen hatte, die er besessen hatte. Es war der erste Teil der Geschichte gewesen, bis dahin, wo der verirrte Tristan am Hofe seines Onkels Marke aufgenommen worden war, nachdem er dessen Jägern gezeigt hatte, wie man am würdevollsten einen erlegten Hirsch zerteilte.

Hedwig liebte die Verse des großen Dichters Gottfried, doch was Isolde mit der Geschichte zu tun hatte, hatte sie nie herausgefunden. Richard hatte es ihr nicht verraten, sondern nur mit den Schultern gezuckt. »Das ist der schlechte Teil. Ich habe ihn fortgeworfen.«

Auch früher schon hatte Hedwig die Geschichte stumm weitergesponnen, wenn sie sich langweilte. Nun, über den unzähligen Nadelstichen mit mattgrüner oder lohgelber Seide sitzend, griff sie auf ihren heimlichen Zeitvertreib zurück. Ihre Isolde war eine starke Frau, in der Waffenkunst keinem Mann unterlegen, und eine meisterhafte Schützin. Sie zog Seite an Seite mit Tristan aus, um seine Feinde zu besiegen. Noch stärker und vor allem erbarmungsloser kämpfte ihre Isolde nun, als sie es in Hedwigs Kindertagen getan hatte.

Hedwig selbst hingegen war stiller und zurückhaltender als je zuvor. Sie beobachtete ihre Tante, die nie ein lautes Wort sprach, nie einen schnellen Schritt ging, deren Kleidung nie befleckt war und die sich stets in wenigen Räumen der Burg oder im Kräutergarten aufhielt. Agnes war wohl bald fünfzig Jahre alt, hielt sich aber noch aufrecht. Sie sprach nie über sich, sondern nur über die Allmacht Gottes, Jesus, Maria, den ketzerischen Frevel der elenden Hussiten, ihre Erleichterung darüber, dass die schlimme Zeit des Schismas für die heilige Kirche endlich vorüber war und es mit Martin wieder nur einen einzigen wahren Papst gab. Selbst über die Haushaltsangelegenheiten der Burg verlor sie kaum ein Wort, obwohl sie dem Haushalt unangefochten vorstand.

Hedwig hatte sich bereits von Cord erklären lassen, was es mit den Hussiten auf sich hatte. Er hatte ihr erzählt, dass der böhmische Adel die Herrschaft des reichen Klerus und der Deutschen, die in allen wichtigen Ämtern saßen, satthätte und Sigismund nicht zum König wolle. Der Irrglaube, den Jan Hus erfunden habe, und Sigismunds Mitwirkung an der Hinrichtung ihres ketzerischen Landsmannes wäre ihnen gerade recht gekommen, um sich gegen alles aufzulehnen, was mit Sigismund und der Kirche zu tun hätte. Der Glaube sei eine wichtige Sache, aber Hedwig solle sich merken, dass es Fürsten meistens um Macht und Reichtum ginge, wenn sie kämpften. So hatte es bei Cord geklungen.

Aus dem Mund ihrer Tante hörte sich alles ganz anders an. Sie betrachtete die Hussitenaufstände als Werk des Teufels. Hus, der verbrannte Knecht des Bösen, hatte den böhmischen Christen die Sinne verwirrt und sie alle zu tollwütigen Ketzern gemacht. Ihre Lehren verspotteten die heilige Kirche und damit den Allmächtigen. Und ihr kriegerischer Wahn bedrohte alle Rechtgläubigen und den wahren Glauben selbst. Agnes sprach, als lauerten die Hussiten bereits darauf, sie persönlich zu berauben, und sie betete mit ihrem Beichtvater täglich dafür, dass Sigismund und Kurfürst Friedrich sich als stark erweisen und den Irrglauben der Hussiten ausrotten mochten.

Hedwig fragte nach, worin der Irrglaube genau bestand, und Pater Conradus hielt ihr darauf eine hitzige Rede. Zum einen forderten die Hussiten, dass auch Laien erlaubt sein solle, zu predigen, da das Wort der Bibel allein Gottes Wahrheit kündete und keiner Vermittlung durch besonders geweihte Personen bedürfe. Es schien Hedwig auf der Hand zu liegen, dass der Pater als Diener der Kirche gegen diese Forderung wüten musste, weil sie seine eigene Stellung in der Welt zum Wanken brachte, doch wohlweislich behielt sie diese Ansicht für sich. Warum die Hussiten damit unrecht hatten, konnte ihr der Pater nicht verständlich darlegen. Immerhin hatte Richard sie an der heiligen Schrift ihr Latein gelehrt, ihr die Worte übersetzt und auch gedeutet. Seine Erklärungen hatten dem nicht widersprochen, was sie nun von den Patres erfuhr.

Die Hussiten gingen noch weiter und bestritten auch die Unfehlbarkeit des Papstes. Hedwig nickte demutsvoll, während sie der Empörung des Paters darüber lauschte, und behielt dennoch auch in dieser Frage stillschweigend ihre Vorbehalte. Es erschien ihr nicht so abwegig, dass Menschen nach all den Jahren des Schismas, während dem sich am Ende sogar drei Päpste um Macht und Ehre schlugen, bezweifelten, dass der Papst allein der unfehlbare Vermittler zwischen dem Allmächtigen und der Welt sei. Und wenn man einmal so weit gekommen war, den Dienern der Kirche ihre besondere Nähe zu Gott abzusprechen, dann war es folgerichtig zu verlangen, dass der heilige Wein, Christi Blut, nicht nur ihnen, sondern allen wahren Gläubigen gereicht werden solle. Und so war denn auch der »Laienkelch« eines der Hauptanliegen der böhmischen Ketzer.

Warum man dies nicht zulassen dürfe, konnte Pater Conradus Hedwig einleuchtend erklären. Im Andrang des Pöbels auf das Abendmahl könne nicht mehr sichergestellt werden, dass der Kelch mit dem zu Christi Blut geweihten Wein nicht beschmutzt und geschändet würde. Und sich mit solcher Sünde zu belasten, könne weder den Priestern noch den Gläubigen zugemutet werden, die damit in Berührung kämen. Da schade es der Seele weniger, wenn sich der Gläubige mit dem gewöhnlichen Wein begnüge, der dazu diente, die Hostie herunterzuspülen, die doch ebenso Christi Leib verkörpere wie der geweihte Wein.

Da Hedwig das Abendmahl, welches sie in ihrem früheren Leben nie erhalten hatte, auch in der einfachen Form als feierlich empfand, konnte sie in diesem Fall auch innerlich überzeugt zustimmen.

In vielen anderen Fragen blieb sie verwirrt und verstand oft nicht, was in ihrer Tante vorging.

Agnes hatte ihr einige von ihren eigenen Kleidern überlassen, weil sie die von Gräfin Constantia zu anstößig fand. Wie Pater Conradus nannte sie die weiten, seitlichen Ausschnitte der Bliauts, durch die das Unterkleid zur Geltung kam, »Höllenfenster«. Hedwig tat es leid um die schönen Gewänder, und sie wusste nicht, was anstößig daran sein sollte, ein Unterkleid zu zeigen, das so aufwendig und gut geschneidert war, dass sie es auch als einziges Kleid hätte tragen mögen. Doch auch hierin beugte sie sich ihrer Tante. Ebenso ließ sie sich auf deren Anweisung hin an jedem Morgen von Irina die Haare streng aus dem Gesicht ziehen, Stirn und Schläfen sogar ein wenig ausrasieren und eine steife, ausladende weiße Haube aufsetzen, über die ein Schleier gelegt wurde. So geziemte es sich für eine Jungfer von edler Geburt, sagte man ihr.

Das Einzige, worin sie sich nicht fügte, waren ihre Aufenthalte im Freien. Wäre es nach ihrer Tante gegangen, hätte auch sie die Räume der Burg nie verlassen, doch sie bestand darauf, wenigstens täglich in Irinas Begleitung nach ihren Tieren zu sehen. Diese Ausflüge dienten auch dazu, ihrem langsam genesenden Hund Auslauf zu verschaffen.

Isolde war bei den Beizvögeln des Bischofs untergebracht und erinnerte sie in der Art, wie sie unter ihrer Haube und an den Füßen gefesselt still abwartend dasaß, an sie selbst. Doch der Falkner des Bischofs war ein fähiger, pflichtbewusster Mann und sorgte gut für seine kostbaren Schützlinge, daher hatte ihr Habicht im Grunde so wenig zu leiden wie sie.

Leiden musste auch ihr Schwarzer nicht, der es ihrer Vermutung nach in seinem ganzen Leben noch nie so gut gehabt hatte. Obwohl er gegen andere Pferde und gegen die meisten

Knechte ein unverträgliches Scheusal war, erhielt er die beste Pflege und begann nach drei Wochen tatsächlich mehr den edlen Rössern des Stalles zu ähneln.

Zu dieser Zeit wagte es zum ersten Mal einer der jungen Pferdeknechte, die der Schwarze an sich heranließ, Hedwig anzusprechen, als sie neben dem Hengst stand und ihm die Mähne kraulte.

Das von Pickeln entstellte Gesicht des rothaarigen jungen Mannes glühte vor Verlegenheit, als er sich gegen sie verneigte und sich dabei seinen Hut an die Brust presste. »Ich bitte um Vergebung, Herrin. Euer Pferd hat sich gut herausgemacht. Er müsste nun bewegt werden. Wünscht Ihr, dass ihn jemand … dass ich vielleicht …? Oder wünscht Ihr ihn selbst zu … Doch nicht …?«

In Hedwig erwachte die Sehnsucht nach einem Ritt über das Land um die Burg. »Er ist mein Pferd. Ich reite ihn selbst. Allerdings wäre ich dir dankbar, wenn du mich begleiten und mir den Weg zeigen würdest, damit ich mich nicht verirre. Irina, kommst du auch mit?«

Irina stieß den bitteren Laut aus, der seit Adams Tod von ihr oft zu hören war. »Sei dir gewiss, dass es deiner Tante nicht gefallen wird, wenn du ausreitest und ich dich begleite. Noch mehr allerdings würde ich ihr missfallen, wenn ich dich aus den Augen ließe. Was bleibt mir also übrig?«

Hedwig schüttelte den Kopf. »Dann wünsche ich, dass du hierbleibst. Ich werde es meiner Tante erklären.«

Sie wechselte in ihrem Gemach rasch ihr Kleid und achtete sorgsam darauf, niemandem zu begegnen, als sie wieder hinaus zu den Ställen lief. Irina wartete mit verschränkten Armen und melancholischer Miene, der noch immer leicht zu ermüdende Tristan lag ihr zu Füßen.

»Wir bleiben nicht lange fort«, versuchte Hedwig sie aufzuheitern, während der Rothaarige, den der Stallmeister gewöhnlich Hüx rief, ihr schon den Schwarzen auf den Hof führte. Hüx sah inzwischen so aus, als bereute er es, sie angesprochen zu haben. Immerhin hatte er Verstand genug bewiesen, den Stallmeister um Unterstützung zu bitten, damit er nicht allein mit der wilden Jungfer ausreiten musste, dachte Hedwig spöttisch, war aber auch ein wenig dankbar. Sie hatte den Verdacht, dass ihre Tante sich über ihren Ausflug noch stärker empören würde, wenn sie dabei mit einem jungen Knecht allein war.

Beide Männer ritten ruhige Stuten, was sicher dem Misstrauen gegen ihren garstigen Hengst zu verdanken war.

Tatsächlich war der Schwarze unruhiger als sonst, trat zur Seite, als sie aufsteigen wollte, und tat so, als würde er sie jeden Moment beißen, bis Hedwig wütend sein Ohr packte und ihn laut als dummen, verlausten Klepper beschimpfte. Das schien ihn daran zu erinnern, wer sie war und was sie von ihm erwartete. Dennoch hatte er keine Geduld und trabte ungebeten an, kaum dass sie im Sattel saß. Hedwig entgingen die besorgten Blicke nicht, die die Männer auf sie warfen, als sie ihre Stuten antrieben, um ihr zu folgen. Doch sie fühlte sich köstlich frei und froh, endlich wieder auf dem Pferd zu sitzen und die hohen Mauern hinter sich zu lassen, und sei es auch nur für kurze Zeit. Sie waren kaum aus dem Tor, da ließ sie dem Schwarzen die Zügel, und er sprang mit Wonne in seinen stampfenden Angriffsgalopp, der die Erde unter ihm beben ließ. Wie schon oft zuvor versuchte Hedwig, sich vorzustellen, sie trüge eine fünfzig Pfund schwere Rüstung und hielte eine Lanze, um einen anderen Reiter vom Pferd zu stoßen. Sie fand es jedoch häufig so schwierig, sich selbst im Sattel zu halten, dass ihr unerklärlich blieb, wie die Männer solche Taten vollbrachten.

Der Schwarze war munter und ausgeruht, daher hatten sie ein gutes Stück Weg zurückgelegt, als er von sich aus wieder in Trab fiel und Hedwig ihn zu einem bequemen Schritt zügelte. Die Freude an der Geschwindigkeit hatte ihr Gesicht zum Glühen gebracht. Froh klopfte sie ihrem Pferd den Hals und sah sich nach den beiden Knechten um, die dicht hinter ihr geblieben waren.

Der Stallmeister grinste so breit, dass sie sehen konnte, wo ihm ein Eckzahn fehlte. »Ein Prachtkerl, Herrin. Könnte alles niederrennen, wenn er müsste. Wir füttern ihn noch heraus und bringen ihn in Form, dann könnt Ihr ihn dem Bischof verkaufen und werdet reich dabei.«

Hedwig schüttelte den Kopf. »Ich verkaufe ihn nicht. Er ist das Geschenk eines guten Freundes und bleibt bei mir als mein Reitpferd.«

Die Miene des Stallmeisters wurde ernst. »Dann verzeiht mir meine unbedachte Rede. Aber, wenn Ihr mir noch ein Wort erlauben würdet ... Nur zu Eurem Besten?«

»Solange du mir nicht sagst, dass es sich für mich nicht geziemt, einen Hengst zu reiten, darfst du sprechen.«

Er nickte. »Zu urteilen, was sich für Euch geziemt, steht mir nicht zu. Aber wisst Ihr, es gibt ja mehr als einen Grund, warum man Jungfern nicht gern solche Hengste reiten lässt. Ihr seid nicht sehr stark und, mit Verlaub, nehmt es mir nicht übel, aber wenn Ihr mit dem schwarzen Tiuvel nicht in Gefahr geraten wollt, dann müsst Ihr besser reiten lernen. Dem muss ja nur mal ein eigener Einfall in den Kopf steigen, dann setzt er Euch ab.«

Hedwig lachte. »Das hat er schon mehr als einmal getan, der Tiuvel. Falls du mir zeigen kannst, wie ich oben bleibe, werde ich es mit Vergnügen lernen.«

Nun lächelte der Stallmeister wieder. »Dazu können wir kommen, Jungfer von Quitzow. Und so, dass Euer Onkel stolz auf Euch sein wird, wenn er heimkehrt und Euch sieht. Er kann eine Frau leiden, die sich gut auf dem Pferd hält.«

»Auch, wenn das Pferd ein Hengst ist?«, fragte Hedwig spöttisch.

Er zuckte mit den Schultern. »Wisst Ihr, wenn man mich fragte … Hätte eine Jungfer einen ganzen Stall voll braver Pferde zur Auswahl und suchte sich ausgerechnet diesen Kerl hier aus, würde ich es nicht gutheißen. Wenn das Schicksal Euch aber gerade dieses eine Ross beschert hat, dann soll es wohl etwas bedeuten, und ich verstehe, wenn Ihr das Beste daraus machen wollt. Vielleicht wird Euer Onkel das auch so sehen.«

Hedwig seufzte. »Das wage ich nicht zu hoffen. Aber es ändert nichts. Wann fangen wir an?«

Der Stallmeister verschwendete keine Zeit, sondern nahm sie umgehend in die Lehre. Sein erster Schritt war, sie nun doch mit Hüx die Pferde tauschen zu lassen. Es hätte keinen Sinn, sie auf dem Hengst Dinge zu lehren, die dieser selbst noch nicht beherrschte, sagte er. Hüx solle ihm beibringen, was sie zuvor auf der braven Stute lernen würde, erst danach sollten sie es zusammen versuchen.

Während sie aufmerksam den Anweisungen des Stallmeisters folgte, war Hedwig zum ersten Mal seit ihrer Ankunft auf der Plattenburg glücklich. Endlich verlangte ein Mal jemand nicht von ihr, dass sie alles hinter sich ließ, was zu ihr gehörte, sondern half ihr sogar, es zu verbessern.

Doch ihr Glück endete bereits, als sie sich bei ihrer Rückkehr im Burghof vom Rücken der geliehenen Stute schwang. Eilig kam Irina ihr entgegen. »Da hast du es! Dein Hund ist beinah toll geworden, als du fortgeritten bist, ich musste ihn anbinden. Und deine Tante ist entrüstet. Nicht dass sie es laut gesagt hätte, aber du hättest sie sehen sollen. Sie erschien in eigener Person in der Tür zum Hof, um mich zu fragen, ob es wahr sei, was die Magd ihr zugetragen habe.«

Hedwig rollte mit den Augen und schüttelte den Rock ihres alten grauen Kleides zurecht, das ihr wieder einmal gute Dienste geleistet hatte. »Was hat sie ihr denn zugetragen?«

»Dass du dich mit den Stallknechten unterhältst und, du weißt schon, das furchtbare Tier reitest.«

»Der Stallmeister sagt, der Schwarze sei ein Prachtkerl, auch wenn er ihn Tiuvel nennt, was ich sehr passend finde. Er wird mir beibringen, besser zu reiten, damit ich ihn in der Gewalt habe.«

Irina schüttelte den Kopf. »Darauf würde ich nicht wetten. Das wird deine Tante ihm austreiben. Sie will dich sogleich sprechen.«

Hedwig sah mit einem Blick, dass Agnes ihre Verfehlung bereits mit Pater Conradus und Pater Matthäus besprochen hatte, als sie die Kemenate betrat. Es war, als trete sie vor ein dreiköpfiges Strafgericht, um ihr Urteil zu hören.

Aufrecht wie eine Säule stand ihre Tante zwischen den beiden Priestern und hob das Kinn so hoch, dass sie von oben auf Hedwig herabzublicken schien. »Ich bin es meinem Gemahl und deiner verstorbenen Mutter schuldig, an dir nachzuholen, was sie versäumen musste. Du hast von mir und deinen Lehrern bisher nur Nachsicht erfahren, weil du den Wert christlicher Milde spüren solltest. Wir hofften, es wäre uns gelungen, dich auf den rechten Weg zu geleiten, und ließen dir vertrauensvoll einige Freiheit. Heute hast du mir bewiesen, dass du allzu gefährdet bist, in deine zuchtlose Verwahrlosung und Gottlosigkeit zurückzufallen. Daher spreche ich dir nun eine Warnung aus. Betrittst du noch einmal die Ställe, wirst du zehn Schläge mit der Rute erhalten. Verlässt du noch einmal ohne meine Erlaubnis die Burg, werden es zwanzig. Es dient deinem Schutz und deinem Besten. Du kannst nun gehen.« Sie wandte sich ab und winkte Hedwig mit der Hand davon, als sei sie eine Dienerin.

Zorn wallte in Hedwig auf, sie begann zu zittern. »Wenn du es wagtest, Hand an mich zu legen, würde ich mich mit Waffen wehren. Ich lasse mich weder von dir schlagen, Tante, noch von einem deiner Diener. Ich bin nicht eine deiner Leibeigenen.«

Ihre Tante starrte sie mit kalten Augen an. »Das Unkraut wurzelt noch tiefer in dir, als ich befürchtet hatte. Lass dir gesagt sein, dass ich, indem ich deinen Vormund vertrete, jedes Recht habe, dich züchtigen zu lassen. Du wirst lernen zu gehorchen.«

»Ich gehorche, wenn es mir sinnvoll erscheint. Deine Vormundschaft bedeutet mir nichts. Du wirst mich nicht züchtigen.«

»So? Nun, nehmen wir an, es gelingt uns nicht, dir die Prügel zu geben, die du verdienst. Dann sei erneut gewarnt: Zur Strafe dafür lasse ich deinen Hund und das unsägliche Pferd töten. Die Prügel erhält der Stallknecht, der dir Handlanger in deinem Ungehorsam war, während du hinter Schloss und Riegel deine Gebete sprechen wirst.«

Hedwig fühlte ihre Knie schwach werden, so grauste es sie vor dem wahren Gesicht ihrer Tante, das sich ihr nun enthüllte. »Das würdest du tun?«

»So halte ich es seit eh und je. Ich hatte schon größere Häuser als dieses vor dem Satan zu bewahren, der durch Ungehorsam und Sittenlosigkeit spricht.«

Hedwig musterte ihre harten Gesichtszüge und senkte dann benommen den Blick. Auch ihre Mutter war eine strenge Frau gewesen und hatte mit fester Hand für Ordnung gesorgt. Ihr hatte Hedwig es nie lange nachgetragen, wenn sie einmal Schläge bekommen hatte, da sie sich von ihr dennoch geliebt fühlte. Nun fragte sie sich, ob andere ihre Mutter in solchen Momenten ähnlich gehasst hatten, wie sie jetzt ihre Tante und deren geistliche Begleiter hasste. Sie hatte sich fügen wollen, doch die Art, wie ihre Tante ankündigte, sie mit allen Mitteln brechen und ihrer Freiheit berauben zu wollen, ja sogar wagte zu bedrohen, was ihr lieb war, ließ einen Quell des Zorns in ihr aufbrechen, der ihr bisher unbekannt gewesen war. Er sorgte nicht für kurze, heiße Wut und eine unbedachte Tat, sondern für Eiseskälte und Ruhe in ihr.

Ihre Hände mochten noch zittern, als sie sprach, doch ihre Stimme klang ungerührt. »Ich bin an diesen Ort gekommen, um meinem Onkel zu begegnen, nicht, um mich euch zu unterwerfen. Sei gewiss, dass ich einen Weg fände, mich zu rächen, wenn du etwas anrührtest, an dem mir liegt. Und sei es nur das Wohlergehen der Stallknechte. Meine Wildheit, die du so verachtest, verschafft mir gegen euch den Vorteil, dass ich weiß, wie man einem geifernden Wolf die Kehle durchschneidet. Ich wollte gern Frieden mit dir halten, aber einsperren lasse ich mich von niemandem.«

Ihre Tante war bleich und presste die Lippen so sehr zusammen, dass ihr Mund nur noch ein Spalt zu sein schien. »Dietrichs verfluchtes Blut. Gottloser Stolz. Dich werde ich lehren …«, stieß sie hervor.

Hedwig war in Gedanken bereits dabei, ihre Bündel zu schnüren und die Burg zu verlassen. Abermals war sie gescheitert, es gab keinen Grund zu bleiben. Selbst die Gefahren des langen Rückweges nach Zootzen, die Ungewissheit über ihr Ziel und der nahe Winter erschienen ihr weniger abschreckend als die Vorstellung zu bleiben.

Hätte ihre Tante weitergesprochen, wäre sie wohl gegangen, doch bevor es so weit kam, führte ein Dienstmann einen Boten zu ihnen herein. Er brachte die Nachricht, dass Johann von Quitzow nach einer verlorenen Schlacht gegen die Truppen der rebellierenden Städte Hamburg und Lübeck leicht verletzt nach Lauenburg geflohen war. Die Lauenburger jedoch hätten ihn ausgeliefert, weswegen er in Hamburg darauf hätte warten müssen, dass der Kurfürst ihn auslöste. Zu seinem Glück sei das Lösegeld früher als erwartet eingetroffen. Er befände sich so gut wie auf dem Heimweg. In wenigen Tagen könne man ihn erwarten.

Diese Neuigkeiten raubten Agnes die Sprache und ließen sie ihre unwürdige Nichte vergessen. Hedwig nutzte die Gelegenheit und entfloh der Kemenate.

Ihr Entschluss abzureisen kam ins Wanken. Nur noch wenige Tage, dann würde sie ihren Onkel kennenlernen können. Wahrscheinlich war er nicht freundlicher als die Verwandten, denen sie bisher begegnet war, doch dann hätte sie zumindest Richards Wunsch erfüllt und konnte sich guten Gewissens von ihrer Familie fernhalten.

In ihrem Gemach wartete Irina auf sie. »Wie ist es gegangen? Was hat sie gesagt?«

Hedwig gab ihr die Auseinandersetzung mit Agnes Wort für Wort wieder und berichtete auch von ihrem Plan, die Burg zu verlassen.

Irina schwieg lange, dann seufzte sie. »Und was wird aus mir? Ich kann nicht bis ans Ende unserer Tage mit dir im Wald leben, Hedwig. Hier werden sie mich ohne dich auch nicht behalten wollen. Wo soll ich hin? In Meißen hätte ich es aushalten können, aber mit von Schwarzburg und seinen Spießgesellen im Nacken …« Sie schauderte.

»Aber du kannst so wundervolle Dinge. Wird es nicht Spielleute geben, die dich aufnehmen wollen? Kennst du niemanden?«

»Doch. Nur müsste ich sie erst finden. Ich habe zwei ältere Schwestern, die mit den Fahrenden ziehen, aber seit Adam mich geheiratet hat, habe ich sie nicht mehr gesehen. Ich blieb bei ihm in Magdeburg, und dahin kamen die anderen nie wieder. Sie haben nur Nachricht geschickt, als unsere Eltern starben.«

»Würdest du denn gern mit ihnen ziehen?«

Irina schüttelte den Kopf. »Hätte ich eine Wahl, würde ich es nicht. Ich war Adam dankbar, weil er etwas Besseres aus mir gemacht hat als eine Fahrende. Sein Vater ist ein Soldritter des Erzbischofs, kein Spielmann, wusstest du das? Aber Adam hat nie Ruhe gegeben und jedes Mal davon gesprochen, wie frei doch die Fahrenden wären, wenn ihm etwas am Hof nicht passte. Der Dummkopf hat nie auf die Vernunft gehört, soviel ich auch dagegen anredete. Nun hat er sie, die Freiheit der Fahrenden, wie viele andere vor ihm.«

»Du meinst, es wäre auch besser für mich, zu bleiben und wie eine Gefangene zu leben?«

»Ich meine, dass du noch an deinem Stolz zu schlucken haben wirst, ganz gleich, was du tust. Und mich wirst du mit hineinziehen. Meine einzige Hoffnung ist, dass du bleibst, bis dein Onkel eintrifft, und dass er besser ist, als du glaubst.«

Hedwig nickte. »Dann werde ich also warten. Aber wenn ich am Ende entscheide, dass ich gehen muss, wirst du mich begleiten, und wir suchen gemeinsam einen Platz für dich. Bist du damit einverstanden?«

»Zeigst du mir, wie man mit einem Bogen schießt?«

»Wenn du es wünschst.«

Irina lächelte spöttisch. »Wie man einem Wolf die Kehle durchschneidet?«

Hedwig lachte. »Kein böser Wolf wird mehr vor uns sicher sein.«

»Dann ist es abgemacht.«

Seit der Nachricht von Johanns baldiger Ankunft schien ihre Tante vorübergehend vergessen zu haben, dass Hedwig existierte. Hedwig tat ihr Möglichstes, sie nicht daran zu erinnern, beobachtete sie jedoch scharf. Voller Misstrauen war sie dazu übergegangen, wieder jederzeit ihre beiden Dolche und ihren Bogen bei sich zu tragen. Selbst bei den Mahlzeiten lehnten Bogen und Pfeiltasche in ihrer Nähe an der Wand.

Ihren Hund ließ sie nicht mehr aus den Augen, und mit ihrem Schwarzen, den sie nur noch liebevoll Tiuvel nannte, hätte sie es gern ebenso gemacht. Da sie jedoch davor zurückschreckte, in der Nähe der Knechte im Stall zu schlafen, schloss sie nur einen Pakt mit Hüx, der ihr hoch und heilig gelobte, sie sofort zu holen, wenn jemand dem Hengst ein Haar krümmen wollte.

Ihre Tante aber hatte offensichtlich andere Sorgen. Hedwig hätte erwartet, dass Agnes einen freudigen oder wenigstens würdigen Empfang für ihren Gatten vorbereiten würde, doch die Vorbereitungen gingen nicht über das Schlachten eines Rindes hinaus. Im Gegenteil schien Agnes von Stunde zu Stunde untätiger zu werden und sich tiefer in ihre Gebete zu versenken. Am sechsten Tage schließlich verschwand sie morgens in die Kapelle und zeigte sich nicht mehr.

Die Stimmung der restlichen Burgbewohner war dagegen lebhafter als sonst, wenn auch angespannt.

»Man würde sich freuen, dass Graf Johann kommt«, erklärte der Stallmeister Hedwig. »Aber mit seiner Laune wird es nicht zum Besten stehen, wenn er gerade eine Schlacht verloren hat und freigekauft werden musste.«

Hedwig ließ sich von ihm zeigen, wie Hüx auf dem Hof vor dem Stall ihren Tiuvel nur mit den Schenkeln lenkte und dabei die Arme bewegte, als hielte er Schwert und Lanze. Nur zwei Tage hatte der Junge gebraucht, dem Hengst diese Zeichen begreiflich zu machen. Er schwärmte davon, wie verständig das Tier sei.

Hedwig ergriff Neid auf Hüx, der zwei Jahre jünger war als sie und ihr doch weit voraus. »Ich möchte es auch versuchen.«

Der Stallmeister verneigte sich höflich gegen sie und nickte. »Wie Ihr wünscht. Aber nur hier auf dem Hof.«

Um mit ihrem alten Kleid nicht unnötig Aufsehen und Anstoß zu erregen, vor allem für den Fall, dass ihr Onkel eintraf, trug Hedwig inzwischen eines der schlichteren Kleider aus Meißen, welches ebenfalls weit genug war, um darin im Sattel sitzen zu können. Das Unterkleid war aus lindgrünem Leinen, der Bliaut darüber in dunklerem Grün gehalten und mit bescheidenen silbernen Stickereien abgesetzt. Statt der empfindlichen weißen Flügelhaube trug sie über ihrem fest aufgesteckten Haar ein grünes Netz mit einem weißen Schleier darüber, von dem sie hoffte, das es dem Anstand Genüge tat. Hohe, weiche Lederstiefel, deren Schäfte sie mit Nesteln an einem Hüftgurt unter ihrem Kleid befestigen konnte, hatte sie sich vom Stallmeister besorgen lassen, so wie auch einfache Sporen, von denen er meinte, sie würden ihr helfen. Eine einfache Bruch trug sie seit jeher als Unterzeug, wenn sie ritt, auch wenn sie sonst darauf verzichtete wie die meisten Frauen.

Hüx hielt den Rappen, während sie aufstieg, und führte sie die erste Runde auf dem Hof. Unter der Anleitung des Stallmeisters übte sie noch einmal die Hilfen. Sie war begeistert, wie gut es ging, als sie es schließlich allein versuchte. Die Zügel ruhten auf Tiuvels Hals, und dennoch brachte sie ihn dazu hinzugehen, wohin sie wollte, zu halten oder eine langsame Kehrtwende auszuführen.

Der Stallmeister beobachtete sie gemeinsam mit Hüx von der Mitte des Hofes aus. »Ihr lernt so schnell wie das Tier.«

Sie lachte und sah über die Schulter zu den Männern. »Was für ein großzügiges Lob.«

Hüx hatte sie mit großen Augen angestarrt und senkte nun eilig den Blick, wieder einmal kirschrot im Gesicht, seine Pickel noch leuchtender als der Rest. Hedwig hatte den Stallmeister gefragt, warum er den Jungen Hüx nannte, obwohl er Hinz hieß. Hüx bedeutete in seiner Mundart Kröte, was ihr sehr unfreundlich erschienen war. Doch der Stallmeister meinte, er hätte den Jungen einmal mit der Geschichte von der schönen Jungfer getröstet, die mit einem Kuss aus einer Kröte einen schönen Jüngling gemacht hatte. Deshalb war der Junge mit dem Spottnamen einverstanden, zumal es an die zehn Heinrichs oder Hinzens auf der Burg gab, die auseinandergehalten werden mussten. Hedwig hoffte in diesem Augenblick nur, dass Hüx nicht gerade von ihr als der Jungfer träumte, die ihn küssen würde.

Ihre Unaufmerksamkeit rächte sich sofort. Von außerhalb der Burgmauern erklang fernes Wiehern, der Schwarze blieb stocksteif stehen, reckte den Hals, stellte die Ohren auf, dann schüttelte er den Kopf, sodass ihm die Zügel in den Nacken rutschten, und trabte an. Hedwig versuchte, ihn mit ihrem Gewicht zum Halten zu bringen, und tatsächlich wurde er langsamer, doch dann bemerkte er, dass Hüx herbeilief, um Hedwig zu helfen, und trabte auf das offene Burgtor los. Sie hörte den Stallmeister hinter ihr Hüx anschreien, war aber damit beschäftigt, nach den Zügeln zu fischen, die durch die Bewegung wieder nähergerutscht waren. Als wüsste er, was sie vorhatte, schlug Tiuvel noch einmal mit dem Kopf, sodass die Zügel ihm für sie unerreichbar über eines seiner Ohren fielen, und galoppierte an. Wie Donnerhall klang es, als er durch das Tor und über die Brücke preschte, denselben Weg entlang wie bei ihrem letzten Ausflug. Bei allem Ärger musste Hedwig darüber lachen, wie dünn die Schicht der gelernten guten Sitten bei dem Hengst war. Froh darüber, dass sein Ungestüm sie mittlerweile nicht mehr aus dem Sattel warf, griff sie in seine Mähne und genoss den Ritt. Als er ein wenig müde zu werden schien, brachte sie ihn sogar ohne die Zügel dazu, vor dem Wald auf einer gemähten Wiese einen Bogen zu schlagen, der sie zurück zur Burg führen sollte.

Ihre Erleichterung darüber währte nur kurz. Wieder hörte

der Hengst Artgenossen wiehern, dieses Mal aus dem Wald ganz in ihrer Nähe. Starr blieb er stehen, riss den Kopf hoch und erwiderte das Wiehern mit einem herausfordernden, schallenden Ruf. Hedwig reagierte blitzschnell, stemmte sich in den Bügeln hoch und erwischte die Zügel. Zu triumphieren hatte sie allerdings keinen Grund, denn in dem, was nun folgte, bewirkte sie auch mit den Zügeln wenig. Der Schwarze ging ihr erneut durch und raste auf eine Gruppe von Reitern zu, die soeben aus dem Wald erschien, angeführt von einem gerüsteten Ritter, der selbst einen mächtigen braunen Hengst ritt.

Hedwig benötigte all ihre Reitkunst, um im Sattel zu bleiben, als ihr Schwarzer kurz vor dem anderen Hengst bremste, stieg und dabei Laute ausstieß, die sie eher an einen brünftigen Hirsch erinnerten als an ein Pferd. Die naheliegende Vermutung, dass der bärtige Ritter auf dem Braunen ihr Onkel war, bestätigte sich, als sie aus der Nähe entdeckte, dass sein linkes Augenlid eingefallen war und geschlossen blieb. Nun wurde sie doch wütend auf Tiuvel. Seinetwegen würde sie auch diese Begegnung auf die schlechtestmögliche Art beginnen. Mit harter Hand riss sie ihn zur Seite herum und setzte ihr Gewicht ein, um ihn wieder auf seine vier Füße herunterzubringen. Er bockte, doch sie ließ sich nicht beirren, sondern kämpfte, um dieses Mal ihren Willen gegen seinen durchzusetzen.

Als er endlich ein Stück von der Reitergruppe entfernt auf der Wiese stillstand, keuchten sie beide. Betreten hob Hedwig den Kopf und stellte fest, dass die rund zwanzig Reiter auf dem Weg stillstanden und sie verblüfft anstarrten. Unwillkürlich richtete sie sich im Sattel auf und erwiderte die Blicke mit einem Nicken, von dem sie hoffte, dass es huldvoll wirkte.

»Alle Wetter. Und ich dachte, mich überrascht nichts mehr«, sagte der Ritter auf dem braunen Hengst.

Hedwig atmete tief durch. »Ich bitte um Vergebung. Das Ross und ich sind noch etwas ungeübt.«

»Nun, das kommt wohl, weil das Ross Eure Augen nicht sehen kann, während Ihr auf seinem Rücken sitzt. Sonst würde es Euch gewiss jeden Wunsch daraus ablesen. Was macht eine Jungfer wie Ihr so allein hier am …« Er unterbrach sich, zog seine Brauen zusammen und trieb sein Pferd näher an das von Hedwig. Sie spürte, wie sie errötete, als er sie nun erneut mit seinem verbliebenen Auge musterte, und sie wich seinem Blick aus.

»Sieh mich mal an«, befahl er.

Scheu gehorchte sie und sah ihm mit brennenden Wangen ins Gesicht, an dessen Züge sie sich nur schwach erinnerte. Doch bereits damals, als er gelegentlich mit ihrem Vater nach Friesack gekommen war, hatte er nur ein Auge gehabt, und sie erkannte die Art wieder, wie er deshalb seinen Kopf neigte.

Fassungslosigkeit zeichnete sich in seiner Miene ab, er öffnete den Mund, um zu sprechen, und schloss ihn wieder.

Gerade wollte Hedwig die peinliche Stille brechen, da fing er sich. »Hedwig?«, fragte er, so voller Schmerz und Hoffnung, dass ihr die Tränen kamen und sie nur nicken konnte.

»Woher, in drei Teufels Namen, bist du gekommen? Wer hatte dich …? Warum bist du nicht …? Wie lange …?«

Hedwig hätte ihm gern alle Fragen beantwortet, doch gerade jetzt beschlossen beide Hengste endgültig, dass sie etwas miteinander auszutragen hatten, und fingen an zu scharren.

»Verflucht«, brüllte ihr Onkel und lachte laut. »Sie ist meine Nichte! Wenn du eine von Quitzow bist, dann zeig mir, wie schnell du in der alten Burg sein kannst!«

Er ließ die Zügel schießen und gab seinem Braunen die Sporen. Hedwig musste nichts tun, Tiuvel nahm die Herausforderung ohne ihre Zustimmung an. Sie konnte sich nur nach vorn unter den Wind ducken, der ihr ins Gesicht blies, und ihn rennen lassen, wie so oft. Schemenhaft sah sie, wie der Stallmeister und Hüx mit ihren Stuten auswichen, als sie auf dem Weg auf sie zuschossen.

Einen Augenblick lang bangte Hedwig um ihr Leben, als die Hengste Seite an Seite über die Brücke und durch das Tor auf den Burghof rasten. Mit schlitternden Hufen kamen sie zum Stehen, nur um sich sogleich einander mit angelegten Ohren zuzuwenden. Rasch saß Johann ab, ließ den Braunen los und scheuchte ihn von Tiuvel fort. »Halt einer die Pferde«, brüllte er dabei über den Hof. Mit einem strahlenden Lächeln trat er auf Hedwig zu, streckte ihr die Arme entgegen und hob sie vom Pferd, als sei sie ein kleines Kind. Er war ein ebenso großer und starker Mann wie ihr Bruder Köne, und das Alter schien ihn noch nicht geschwächt zu haben.

»Meine Nichte«, sagte er, drückte sie an sich und drehte sich mit ihr im Kreis. »Und ich wollte mich nur noch besaufen. Da war der Allmächtige wieder mal davor. Du musst mir alles erzählen. Alles! Herrgott, bist du eine schöne Maid! Und einen Mut hat sie wie ihre Mutter. Reitet ein Streitross! Komm, Kind, wir lassen uns ein Festmahl auffahren, wie es die Welt noch nicht gesehen hat. Kommt endlich einer und hält die Pferde!«

Gerade rechtzeitig, bevor die Hengste sich auf ihre gegenseitige Abneigung besannen, trafen der Stallmeister und Hüx ein und sorgten für Ordnung. Ängstlich dienerte der Stallmeister vor Johann von Quitzow, nachdem er den Braunen eingefangen hatte, doch dieser winkte ihn nur gut gelaunt zum Stall. Hüx, der Hedwig Tiuvel abnahm, bekam von Johann einen Schlag auf die Schulter. »Na, Hüx, immer noch ungeküsst?«, sagte er und lachte herzhaft.

Zu Hedwigs Erstaunen lachte der Junge mit. »Wird schon noch werden, Herr.«

»Will ich meinen«, erwiderte Johann, hakte Hedwig unter und zog sie in Richtung der Halle. »Wo ist deine Tante? Fleißig am Beten? Na, lassen wir sie. Du bist doch wohl hoffentlich nicht so, was? Nichts gegen Frömmigkeit, und Lob sei dem Allmächtigen allezeit, aber was zu viel ist, ist ... Hat sie wenigstens schlachten lassen? Meinen Hirsch muss ich mir ja immer selber jagen. Gleich morgen. Gehst du auch jagen? Deine Mutter war immer dafür zu haben, nun ja, als sie jung war zumal. Gleich morgen gehen wir beide auf die Jagd, Hedwig. Die Wildschweine grinsen ja schon frech zwischen den Bäumen hindurch. Das wird eine Freude. Und ich wollte mich nur noch besaufen! Was für eine Gnade. Du musst mir alles erzählen.«

Benommen schritt Hedwig neben ihrem aufgeregten Onkel in die Halle. Es schien ihr schon, als wolle er sie nie wieder loslassen und mit in sein Gemach nehmen, da erinnerte er sich an die guten Sitten und verabschiedete sich von ihr, bis er sich umgezogen hätte. Nicht ohne ihr zuvor noch einen Kuss zu geben und sie ein weiteres Mal an sich zu drücken.

Sprachlos blieb sie in der Halle zurück, betrachtete die mit Heiligenbildnissen bestickten Wandteppiche und konnte ihr Glück nicht fassen. Sollte es tatsächlich doch einen Menschen geben, der sie vermisst hatte und sich über ihre Rückkehr freute? Und sollte es womöglich jemand sein, den sie selbst in ihr Herz schließen konnte? Sie wagte es noch nicht zu glauben, dennoch schien die Welt auf einmal heller geworden zu sein.

Bis tief in die Nacht unterhielt sich ihr Onkel mit ihr und sprach dabei weit mehr als sie, entlockte ihr aber neugierig die ganze Geschichte ihrer Kindheit und der darauf folgenden Reise. Gebannt lauschte er den Schilderungen ihrer gefahrvollen Erlebnisse, lachte, entrüstete sich und bewunderte ihren Mut. Sogar Irina ließ er zu Wort kommen und drückte ihr sein Beileid zum Verlust ihres Gatten aus. Als sie schließlich, lange nach den meisten anderen Burgbewohnern, schlafen gingen, kam es Hedwig vor, als sei sie noch nie in ihrem ganzen Leben so froh gewesen.

Ihre Seligkeit währte, bis ihre Tante am nächsten Morgen ihr Gemach betrat und sie wachrüttelte. »Pfui! Ich habe gewusst, dass es so kommt und er alles zunichtemacht. Du hast die Messe versäumt. Lass dir gesagt sein, dass dein Onkel um sein Seelenheil schon genug bangen muss. Ich lasse nicht zu, dass ihr beide euch in eurem Irrweg bestärkt. Steh auf und tue in der Kapelle kniend Buße für deinen Hochmut und deine Versäumnis.«

Hedwig fühlte sich nicht, als müsse sie Buße tun, aber es tat ihr leid, dass sie verschlafen und Agnes damit Grund zu neuen Vorwürfen gegeben hatte. Sie war daher bereit, eine Stunde in der Kapelle zu verbringen, zumal sie Gott von Herzen für das Erscheinen ihres Onkels danken wollte.

Um ihre Tante zu beschwichtigen, legte sie eines der sittsamen Gewänder an, die diese bevorzugte. Sie überlegte sogar, ihren Bogen zurückzulassen, doch Irina wollte davon nichts wissen und trug ihn für sie.

Sie mussten die Halle durchqueren, um die Kapelle von dort aus durch eine Seitentür oder vom Hof aus zu erreichen. Johann von Quitzow saß bereits an der Tafel, um die sie auch am Abend gesessen hatten, und trank Bier. Agnes stand mit verschränkten Armen ihm gegenüber und sprach auf ihn ein, verstummte jedoch, als sie Hedwig und Irina bemerkte.

Johann lächelte und winkte sie zu sich. »Hedwig, mein Mädchen, komm her. Der Koch hat süße Kräpflein gebacken, für die es sich lohnen würde, jedes Fasten zu brechen. Ich habe mir Zwang angetan, um dir etwas übrig zu lassen. Außerdem haben wir nun ernsthaft zu reden, so will es deine Tante. Setz dich her, hier neben mich.«

»Das hat Zeit, bis sie ihre Gebete gesprochen hat«, fuhr Agnes dazwischen.

Johann seufzte kopfschüttelnd. »Der Herrgott hatte sie schon bald achtzehn Jahre lang für sich, Agnes. Ich habe sie erst seit gestern. Er wird es mir verzeihen, wenn sie wegen mir ein Stündchen später beten geht.«

Hedwigs Tante krampfte die Finger immer stärker um ihre Oberarme. »Es geht nicht immer nur um dich. Ich habe versucht, es dir zu erklären. Sie ist ein gottloses und zuchtloses Geschöpf. Allen guten Willen habe ich gezeigt, um zu handeln, als sei es nicht ihr Verschulden, und sie mit Milde auf den Weg der Tugend zu führen, den ich selbst in meiner Verblendung erst viel zu spät eingeschlagen habe. Kannst du nicht einsehen, dass es unsere Pflicht ist, sie nun streng zu erziehen und ihre Seele vor der Verdammnis zu retten, die uns droht? Und was ist mit ihrem Ansehen? Würde dein Bruder wollen, dass sie als eine von der Welt verachtete niedrige Metze und Wilde lebt?«

Hedwig wurde heiß vor Ärger über die Verachtung ihrer Tante, und sie holte Luft, um sich zu verteidigen, doch ihr Onkel schlug ihre Schlacht besser, als sie es gekonnt hätte.

Er schlug mit der Faust auf den Tisch. »Weib, du ärgerst mich. Ich habe dem Mädchen zugehört, und lass dir gesagt sein: Gerade ihre Zuchtlosigkeit lässt sie in ihrem Herzen sittsamer sein, als du es in ihrem Alter warst. Ihr Vater hätte vor allem gewünscht, dass sie ihrer Mutter ähnlich wird, und er hätte seine Freude an ihr gehabt. Eine Frau von hohem Geblüt darf Stolz und einen eigenen Willen besitzen. Und wenn sie es wünscht, einen Hengst zu reiten, dann hat darüber niemand zu urteilen, der geringeren Standes ist als sie. Und wenn sie Waffen tragen will, dann soll sie es tun. Manches Weib hat schon in einer Schlacht gekämpft, auch wenn ich das meiner Nichte nicht wünsche.«

Agnes ballte die Fäuste und beugte sich ein wenig über den Tisch und zu ihm herab. »Was für ein Heuchler du bist,

Johann! Du weißt genau, was gerade Männer wie deine Kumpane von solchen Weibern halten. Kein einziger nähme eine solche zur Gattin. Was ist damit, hast du daran auch gedacht? Du bist alt und wirst sie bald allein lassen mit ihren stolzen, abstoßenden Eigenheiten. Was soll sie dann tun, wenn kein Mann sie will? Glaubst du etwa, ihr eigensüchtiger Bruder wird für sie sorgen? Du musst sie verheiraten, und ich schwöre dir, auf diese Weise wirst du keinen Gemahl für sie finden, der ihrem Geblüt nur annähernd gebührt.«

Empört stieß Hedwig die Luft aus. »Meine Mutter hat mich zehn Jahre lang erzogen, und danach hatte ich einen aufrechten und tugendhaften Lehrer. Ich bin nicht gottlos und nicht wild. Wenn du mich so siehst, Tante, dann liegt es daran, dass du nichts anderes sehen willst. Ich wüsste schon, mich zu benehmen, wenn ein Mann daherkäme, der so anständig wäre, dass ich ihn zum Gemahl nehmen wollte. Bisher bin ich keinem begegnet, sondern nur solchen, bei denen ich froh war, dass ich eine Waffe zu führen weiß.«

»Na, na«, beschwichtigte ihr Onkel sie. »Es gibt auch andere, Kind. Und zumindest darin hat deine Tante recht. So einen wollen wir für dich finden. Ich habe nicht viel zu hinterlassen, und das wenige habe ich Köne versprochen, denn was der Kurfürst eurem Vater abgenommen hat, gibt er nicht wieder heraus. Es war ein Glück, dass eure Schwester damals schon versprochen und die Mitgift bereits übergeben war, denn zu jener Zeit war auch ich dank Friedrich besitzlos. Margarete lässt nie von sich hören, also wird sie wohl zufrieden sein. Dich werden wir ebenso gut unterbringen. Deine Mitgift werde ich schon zusammenscharren.«

Hedwig schüttelte den Kopf. »Würde ich heiraten, müsste ich gleich wieder von hier fort, oder nicht? Ich würde lieber eine Weile bei dir bleiben, wenn das möglich wäre.«

Er lächelte. »Und mit mir auf die Jagd reiten, so wie wir es heute tun werden. Genug der Zänkereien. Ich will sehen, wie du mit deinem Habicht auf die Beize gehst, das ist heute weiß Gott wichtiger als die Gattenwahl. Und du wirst mir zeigen, ob du so schießen kannst, wie deine musikalische Freundin behauptet.« Mit einer angedeuteten Verneigung lud er Irina und Hedwig erneut ein, sich zu setzen. Seine Gemahlin presste ihre Lippen zusammen und blähte verachtungsvoll ihre Nüstern, gab aber ihre Widerrede auf und verließ die Halle.

Hedwig blickte ihr nach und seufzte unwillkürlich vor Erleichterung, doch ihr Onkel hob warnend den Zeigefinger. »Das war noch nicht ihr letztes Wort zu der Sache. Und du solltest nicht zu schnell über sie urteilen, denn vieles, was sie sagt, ist bedenkenswert. Ich bin früher gut mit ihr ausgekommen. Hm. Ist lange her, aber ...«

Wie Johann von Quitzow vorausgesagt hatte, verfocht seine Gemahlin ihre Ansichten über Hedwigs Erziehung noch lange. Ihre verbissene Entschlossenheit blieb nicht völlig fruchtlos. Auch wenn ihr Onkel sie oft in Schutz nahm, lernte Hedwig, sich so tugendhaft und fromm zu benehmen, dass sie Agnes immer wieder beschwichtigen konnte.

Dennoch ließ ihre Tante in ihren Bemühungen erst an dem Tage nach, als einer der Gefolgsmänner des Bischofs bei Johann um Hedwig anhielt. Der Freier war nur wenig jünger als ihr Onkel und hingerissen davon, dass sie mit gleicher Anmut einen Hirsch erlegen wie einen langsamen Reigen tanzen konnte.

Denn auch Tanzen hatte sie dank der Zuwendung ihres Onkels geübt, so wie die höhere Kunst des Reitens und das Schießen vom Pferderücken aus. Sogar einige grundlegende Kenntnisse über den Gebrauch der verschiedenen Waffen im Kampf hatte er sie gelehrt.

Johann lehnte das Ansinnen ihres ersten Freiers herzlich,

aber entschieden ab, bevor Hedwig auch nur beginnen konnte, sich Sorgen zu machen. Doch sie spürte sehr wohl, dass der Antrag ihn ebenso nachdenklich stimmte wie ihre Tante, die sich allmählich aus der Verantwortung für Hedwigs Zukunft durch das wachsende Interesse möglicher Ehemänner entlassen fühlte.

Noch ein halbes Jahr lang schwieg ihr Onkel dazu und ließ sie weiter mit ihm leben und lernen wie bisher. Dann schlug er eines Tages den Sohn eines seiner Männer mit der Faust nieder, weil dieser Hedwig eine Weile recht aufdringlich mit seinen Aufmerksamkeiten verfolgt hatte.

Am selben Abend verkündete er Hedwig, dass es nun Zeit sei, sich ernsthaft über einen Gatten für sie Gedanken zu machen.

»Wir müssen uns umhören, wer auf der Suche nach einer Gemahlin ist, und überlegen, auf welche Weise uns die Verbindung nützen kann. Da es mir verwehrt geblieben ist, eigene Kinder verheiraten zu dürfen, ist diese Sache für mich so neu wie für dich. Gewiss ist, dass es nicht an dir liegt, wenn einer dich nicht will, denn du kannst es an Schönheit und Umgänglichkeit mit allen aufnehmen. Deine Mitgift allerdings ist mäßig, und unser Name mag manchen Dummkopf abschrecken, der glaubt, wir wären noch bei Friedrich in Ungnade. Wir müssen einen finden, der es besser weiß und mit dem auch dein Bruder ein Bündnis eingehen würde.«

Hedwig schüttelte den Kopf. »Ist die Hauptsache nicht, dass ich mich mit meinem Gatten vertrage?«

»Ja, ja. Aber all die anderen Dinge sind wichtiger, als du glaubst. Ein zu schwacher Mann, mit dem sich Köne nicht verbrüdern will oder der gar unseren alten Feinden unterworfen ist, wird dir kein sicheres und gutes Leben bieten können. Hinzu kommt, dass der Kurfürst ein Mitreden hat, wenn ich dich verheirate. Bei allem Vertrauen zu mir wird er sicherstellen wollen, dass ich nicht auf diese Weise Männer unter meiner Fahne sammle, die sich eines Tages gegen ihn wenden.«

»Ich dachte, er wüsste, dass du das nicht tun wirst.«

Johann lächelte und tätschelte ihren Arm. »Auch ein guter Anführer bestimmt nicht immer selbst das Ziel, Hedwig. Der Kurfürst weiß, dass es genug Ritter in Brandenburg gibt, die auf eine Gelegenheit warten, sich gegen ihn zu erheben. Und er weiß, dass mein Name sie anziehen würde und sie es vielleicht verstünden, mich zu benutzen. Deshalb muss alles, was ich unternehme, in seinem Namen und mit seiner Einwilligung geschehen. Damit kann ich mich abfinden, weil er ein fähiger Mann ist. Das hat er uns gründlich bewiesen, nicht wahr?« Er lachte, hob den Becher und richtete seinen Blick zur Decke.

Hedwig wusste, dass der letzte Satz nicht ihr, sondern ihrem toten Vater galt. Die wilden Brüder hatten einander geschätzt, und es war nicht zuletzt dem eigensinnigen Widerstand von Hedwigs Vater zu verdanken, dass Johann seine Ehre und seinen Besitz von Kurfürst Friedrich zurückerhalten hatte. Noch als Geächteter hatte Dietrich dem Kurfürsten so viele Scherereien gemacht, dass dieser schließlich einlenkte und zumindest mit dem gefangenen Johann seinen Frieden machte.

## 7

# In Friedrichs Diensten

Als Wilkin von Torgau Cord, den Bastard von Putlitz, vor den Toren Nürnbergs in die kurfürstliche Leibwache aufgenommen hatte, war es nicht reine Freundlichkeit gewesen, die ihn dazu bewegte. Es hatte viel mehr damit zu tun, dass Cord Hedwig von Quitzow auf der Suche nach ihrer Familie begleitet und beschützt hatte. Cords Ansuchen beim Kurfürsten erschien Wilkin wie ein deutlicher Wink der Vorsehung. Da er überzeugt war, Hedwig sein Leben zu verdanken, fühlte er sich auch ihrem Beschützer verpflichtet.

Tatsächlich bereute er die Entscheidung nicht. Cord bewährte sich auf verschiedene Weise auf seinem Posten. Er gewann die Gunst des Kurfürsten, als er ihn während eines Aufenthalts in Regensburg bei einem Scharmützel mit hussitischen Schmugglern schützte. Der Kurfürst hatte Regensburg in Absprache mit dem in Ungarn weilenden Sigismund besucht, um den Stadtrat dazu zu bringen, sich endlich an das Handelsverbot mit Böhmen zu halten.

Auf den Hinweis eines Bürgers hin hatte er kurzentschlossen einen Vergeltungsschlag gegen eine nahe der Stadt lagernde Schmugglerbande mit seiner diplomatischen Mission verbinden wollen. Doch selbst hier, außerhalb Böhmens, erwiesen sich die Unterstützer der hussitischen Bewegung als unerwartet schlagkräftig und kampferprobt. Die Schmuggler waren gegen die kleine, bestens ausgerüstete Gefolgschaft des Kurfürsten nur wenig in der Überzahl, ihre Rüstungen waren schlecht, und sie waren unberitten. Doch sie handhabten ihre Waffen, die Kreuzungen aus Dreschflegeln und Streitkolben glichen, mit Gewandtheit und Kraft. Fünf von ihnen taten sich in bewundernswertem Einklang zusammen und brachten das Pferd des Kurfürsten zu Fall.

Wilkin sah es, war jedoch selbst in einer bedrängten Lage, die ihm all seine Aufmerksamkeit abverlangte. Es war Cord allein zu verdanken, dass die Halunken den Kurfürsten nicht als Geisel nehmen konnten. Der Bastard von Putlitz hatte seine eigene Art zu kämpfen. Er schwang statt des Schwertes eine schwere, mit Eisendornen bewehrte Kriegskeule, gegen die kein Helm Schutz bot. Auf seine Weise war er ebenso flink wie Wilkin, der sich im Getümmel des Fußvolkes behaupten konnte, weil er sein Ross rasend schnelle Wendungen vollführen und Gegner niedertrampeln ließ.

Das Ergebnis des Scharmützels waren drei tote und fünf verletzte kurfürstliche Gefolgsmänner sowie neunzehn tote Schmuggler. Zudem war es ihnen gelungen, einen Hussiten und einen Regensburger Händler gefangen zu nehmen, die in der Stadt öffentlich enthauptet wurden. Kurfürst Friedrich hätte gern mehr Gefangene zu diesem Zweck in die Stadt gebracht, hielt aber auch die Enthauptung der Toten und die Ausstellung ihrer Köpfe für ein wirksames Mittel, um die Kaufleute der Stadt zur Einhaltung des Handelsverbotes zu bekehren.

Später hatte Friedrich Wilkin dafür gelobt, dass er die Weitsicht besessen hatte, Cord anzustellen. Dem Bastard selbst gab er Geld, damit er eine neue Rüstung erstünde.

Wilkin hätte ihm sagen können, dass Cord diesem Vorschlag nicht folgen würde. Er liebte sein altes Kettenhemd und den mattschwarzen Brust- und Rückenharnisch, den er trug, seit er ausgewachsen war. Sogar Spötter, die sich über die Rostflecken daran lustig machten, konnten ihn nicht umstimmen. »Bis dieses Ding durchgerostet ist, bin ich längst an meinem ehrwürdigen Alter gestorben«, pflegte er zu erwidern. Immerhin kaufte er sich auf Wilkins inständiges Bitten hin einen neuen Helm und bessere Handschuhe.

Cords furchtlose Dienste für den Kurfürsten waren nicht der einzige Grund, warum Wilkin ihn nicht mehr missen mochte. Er hatte nie zuvor jemanden gekannt, der so genussvoll jeder Kurzweil nachging, die ein Mann sich gönnen konnte, und dennoch nie seine Vernunft verlor.

Wann immer ihn die Lust überkam zu würfeln, würfelte er und scharte eine Runde gut gelaunter Spieler um sich. Stets jedoch fand er den rechten Moment und den richtigen Tonfall, um das Spiel zu beenden, bevor es ernsten Streit gab oder er zu viel verlor. Er trank, bis er sang; doch nie, bis er nicht mehr aufrecht gehen konnte. Wenn ihm nach Weibern war, ging er mit einer Hure in jedem Arm zu Bett, dennoch gelang es niemals einer, ihn zu bestehlen. Und waren die Nachtstunden während solcher Kurzweil auch noch so weit vorangeschritten, immer genügte kaltes Wasser, um Cord so wach und klar denkend aufs Pferd steigen zu lassen, als hätte er acht Stunden geschlafen und danach seine Morgengebete gesprochen. »Schlaf wird überschätzt«, sagte er, wenn sich jemand darüber wunderte.

⁂

Nachdem Wilkin das erste Jahr in Cords Gesellschaft verbracht hatte, neigte er dazu, ihm darin zuzustimmen, wenn er auch oft genug eine von dessen Vergnügungen ausließ, um für sein eigenes Seelenheil zu sorgen. Im Gegensatz zu Cord konnte er in der Kirche besser nachdenken als in der Schenke oder gar im Hurenhaus.

So unterschiedlich sie in dieser Hinsicht waren, war dennoch eine Freundschaft zwischen ihnen entstanden, von der nur sie beide wussten, wie tief sie reichte.

Denn bereits wenige Monate nach dem Reichstag von Nürnberg hatte Cord Wilkin einen unschätzbaren Gefallen getan.

Wilkin hatte die Hintergründe jener merkwürdigen Geschehnisse in Nürnberg nicht aufklären können. Er wusste weder, wer ihn überfallen hatte, noch, was seine Brüder mit von Schwarzburg zusammen ausgeheckt hatten. Köne von Quitzow leugnete, dass er den Männern in den braunen Mänteln gefolgt war. Wilkin glaubte ihm nicht; umso weniger, da man am folgenden Tag einen Toten im Hinterhofabtritt einer Spelunke fand, dem sein Mörder den Kopf bis zum Genickbruch auf dem Hals verdreht hatte. Die Leiche war in einen braunen Mantel gehüllt und erst bei hellem Tageslicht einer Schankmagd aufgefallen, die Nachttöpfe ausleeren wollte.

Es war eine enorme Kraft nötig, um einen erwachsenen Mann auf diese Art um sein Leben zu bringen, und eine gewisse Kunstfertigkeit. Köne besaß beides, wie Wilkin wusste, und ebenso die Gerissenheit, sich nach einer solchen Tat nicht erwischen zu lassen.

Nur wenig später warf Köne, der Erbe der Brüder von Quitzow, sich König Sigismund zu Füßen, der ihm gnädig gestattete, in seine Dienste zu treten. Seit jenen Tagen hatte Wilkin nichts mehr von ihm gesehen.

Seine eigenen Brüder hingegen, deren Anwesenheit in der Stadt ihn so überrascht hatte, sah er beinahe jeden Tag. Sie waren mit einem Bittbrief ihres Vaters vor dem Kurfürsten erschienen, in dem der seinen Lehnsherren darum ersuchte, einen von ihnen mit den Arbeiten eines Kämmerers vertraut zu machen und den anderen ein wenig in die Bearbeitung von Rechtsangelegenheiten einzuführen.

Da Hans von Torgau ihm einst maßgeblich von Nutzen

gewesen war, als er sich der großen Aufgabe angenommen hatte, die Machtverhältnisse in der Mark Brandenburg neu zu ordnen, schlug der Kurfürst ihm diesen Wunsch nicht ab. Stattdessen betraute er Wilkin damit, Reinhardt und Ludwig unauffällig zu überwachen. »So wie ich es sehe, ist es für dich ja ohnehin angeraten, sie im Auge zu behalten, nicht wahr? Mach deine Sache bloß gut. Ich wäre erzürnt, wenn ich dich an einen Familienzwist verlöre.«

Zwar wäre es Wilkin lieber gewesen, seine Brüder auf einem aussichtslosen Osmanenkreuzzug jenseits von Nikopolis zu wissen, doch wenn sie schon im selben Land weilten wie er, hatte Friedrich wieder einmal nicht unrecht. Es war besser, sie ständig vor Augen zu haben, als nicht zu wissen, mit wem sie sich zusammenrotteten, um ihm zu schaden.

Dennoch strengte ihre Anwesenheit Wilkin an, schon allein, weil er mit niemandem sonst in des Kurfürsten näherem Umfeld einen so eisigen Umgangston pflegte wie mit ihnen.

Bei aller Wachsamkeit entging es ihm dennoch, als sein Bruder Ludwig sich des Verrats gegen ihren Lehnsherrn schuldig machte. Es war Cord, der die Sache rechtzeitig durchschaute und eingriff. Wilkins Mitwirkung daran war bloß zufällig.

Eigentlich war er auf der Suche nach Dieter gewesen. Seit der Nacht in Nürnberg, als Wilkin in der Dunkelheit mit dem alten Schwert gegen den Mordknecht gefochten hatte, war sein Misstrauen gegen den Jungen gewachsen. Als er Dieter nach dem Vorfall gefragt hatte, ob er zu fest geschlafen hätte, um den Eindringling zu bemerken, hatte der nur abfällig das Gesicht verzogen und mit den Schultern gezuckt, als würde ihn die Sache nichts angehen.

Solche Zeichen von Gleichgültigkeit oder gar Verschlagenheit an ihm hatten sich gemehrt, deshalb wurde Wilkin stets unruhig, wenn Dieter sich nicht an die üblichen Zeiten hielt.

Er war also an jenem Abend vor zwei Jahren noch einmal in die Stallungen der Cadolzburg gegangen, in der Hoffnung, den inzwischen Fünfzehnjährigen dort bei den Pferden zu finden. Statt seines jungen Knappen hatte er Cord entdeckt. Dieser war dabei, einen Herold zusammenzuschlagen, der auf der Burg zu Gast gewesen war. Auf Wilkins Frage hin hielt sein Freund inne, ließ den Mann jedoch nicht los. Mit der freien Hand hob er ein mit einem Siegel versehenes Schriftstück vom Boden auf und warf es Wilkin vor die Füße.

»Da! Du kannst doch lesen. Das kommt mir gerade recht. Sieh mal nach, was drinsteht.«

»Bist du verrückt? Das ist Friedrichs Siegel. Ich werde es nicht öffnen.«

»Wenn ich richtig liege, dann ist das Siegel alles, was unser Fürst mit dem Brief zu tun hat. Los, zerbrich es.«

Wilkin hatte Cord bereits genug vertraut, um ihm zu glauben, und er hatte gut daran getan. Der Brief war an den polnischen König Władysław II. Jagiełło gerichtet und setzte diesen in Kenntnis, dass Kurfürst Friedrich von den Verlobungsplänen zwischen dessen Tochter Hedwig und seinem zweitgeborenen Sohn Friedrich Abstand nahm. Der Verfasser des Schreibens erwähnte als Grund für den Gesinnungswandel so ungeschickt eine für Friedrich angeblich lohnendere Allianz, wie der kluge Kurfürst es niemals getan hätte. Wilkin war sogleich sicher, dass Friedrich nicht der Urheber des Briefes war.

Als solchen verriet der blutig geprügelte Herold bald Wilkins Bruder Ludwig, der Zugang zu Friedrichs Schreibutensilien hatte. Und als Krönung benannte er Dieter als Laufburschen der Verschwörung.

Nach dieser Offenbarung schlug Cord den Mann bewusstlos und sah Wilkin lange Zeit schweigend in die Augen. Sie wussten beide, was es nach sich ziehen würde, wenn der Verrat öffentlich bekannt wurde. Ludwig wäre auf abschreckende Weise hingerichtet und Dieter zumindest entehrend bestraft worden. Beides zusammengenommen hätte das Ende für Wilkins Vorzugsstellung beim Kurfürsten bedeutet, auch wenn dieser ihm die Sache persönlich möglicherweise nicht vorgeworfen hätte. Cord hingegen hätte sich mit seinem geistesgegenwärtigen Eingreifen erhebliche Vorteile bei ihrem Herrn verschaffen können. Wilkin spürte, wie ihnen beiden dieselben Gedanken kamen, während sie sich ansahen.

Schließlich schüttelte Cord den Kopf, als beantwortete er sich selbst eine Frage. »Der Plan war lächerlich. Der Pole hätte das ohnehin nicht geglaubt«, sagte er und wies mit dem Kopf auf den regungslosen Herold. »Besser, wir schaffen ihn weg und machen keinen Wind um die Sache.«

»Was ist mit Dieter?«

»Versohl ihm den Arsch. Das ist dein Recht. Ich halte ihn dir fest. Wird es uns am Ende danken, der kleine Mistkäfer.«

In der Tat hatte Wilkin den damals dreizehnjährigen Dieter für seinen Anteil an dem geplanten Verrat gezüchtigt. Gedankt hatte der es ihm jedoch nicht. Eher schien es den Jungen endgültig zu seinem Feind gemacht zu haben, und Wilkin sehnte sich nach dem Tag, an dem er ihn endlich loswerden würde.

Noch war es nicht so weit. Der jüngste Auftrag, den der Kurfürst ihm und Cord erteilt hatte, schloss Dieter mit ein.

Kurz nach dem Vorfall mit dem Brief hatten Kurfürst Friedrich und Władysław II. Jagiełło sich auf eine Verlobung ihrer Kinder geeinigt, und der junge Friedrich war nach Krakau an den polnischen Hof gebracht worden, um dort, in seiner zukünftigen Heimat, seine Erziehung und Ausbildung zu vollenden.

Nun, zwei Jahre später, hatte der Kurfürst einen entscheidenden politischen Schritt für seinen erstgeborenen Sohn Johann in die Wege geleitet. Er überließ dem Neunzehnjährigen die brandenburgische Markgrafenwürde und setzte ihn als Verwalter des Landes ein. Zu den Huldigungsfeierlichkeiten wurde jeder Brandenburger von Rang und Namen erwartet, und der Kurfürst wollte unbedingt, dass auch Jung-Friedrich anwesend war. Wilkin und Cord sollten ihn in Krakau abholen und nach Berlin begleiten, wo sein Bruder die Huldigungen entgegennehmen würde.

Dieter sollte dem drei Jahre jüngeren Friedrich in den drei bis vier Reisewochen als Gefährte Gesellschaft leisten. Wilkin ahnte, dass die beiden Jungen sich nicht viel zu sagen haben würden, fand es aber auch aus anderen Gründen nützlich, Dieter mitzunehmen.

Letztendlich war es dann er selbst, der sich mit Jung-Friedrich die Zeit vertrieb. Er kannte den nun Zwölfjährigen von klein auf und war früher dessen Idol gewesen. Mittlerweile hatte der Junge bedeutsamere Vorbilder, doch ein wenig Bewunderung hegte er noch immer für Wilkin, der seinerseits über die hohe Bildung und die ausgeprägten Ansichten des Kleinen staunte. So plauderten sie über weite Strecken des langen Weges hinweg, während Dieter stumm hinter ihnen ritt und Cord mit ihrer Begleitung von acht Männern argwöhnisch die Umgebung im Auge behielt.

Je näher sie Berlin kamen, desto häufiger kreisten die Gespräche um das große Turnier, das die Huldigungsfeierlichkeiten begleiten würde. Wilkin gehörte nicht zu den Besten in der Disziplin des Tjosts, bei dem zwei Reiter mit Lanzen gegeneinander antraten, aber auch nie zu den Ersten, die ausschieden. Er hatte seinen Spaß an dem Nervenkitzel, konnte es aber nicht mit denen aufnehmen, die diese besondere Art des Wettkampfes zu ihrem Lebenszweck gemacht hatten. Besser schnitt er im Kolbenturnier ab, bei dem mit stumpfen Waffen nach der Helmzier des Gegners gejagt wurde. Hier kamen ihm seine Schnelligkeit und Erfahrung im echten Kampf zupass. Er hätte gern einmal gesehen, wie Cord sich im Turnier behauptet hätte, doch seinem Freund blieb die Teilnahme wegen seiner fehlenden Ritterwürde verwehrt.

Cord schlug sich vom Tage ihrer Abreise aus Krakau an mit steigendem Unwohlsein herum, und das hatte nichts mit dem letzten Krauteintopf zu tun, den er dort gegessen hatte. Von Anfang an hatte er nicht verstanden, warum der Kurfürst seinen jungen Sohn, dem er eine so wichtige politische Stellung verschafft hatte, der gefährlichen langen Reise durch Polen und Brandenburg aussetzte. Für gewöhnlich war Cord gern unterwegs, doch dieses Mal sehnte er die Ankunft in Berlin herbei. Gleichzeitig fühlte er sich nach all den Tagen voller Anspannung und Ereignislosigkeit immer unbehaglicher, je näher sie Berlin kamen. Er konnte sich nicht von dem Verdacht befreien, dass noch etwas geschehen musste. Die Gelegenheit, Jung-Friedrich zu beseitigen, um das Geschlecht derer von Zollern vom polnischen Thron fernzuhalten, erschien ihm zu verlockend für deren Feinde.

In den Wäldern zwischen Lübbenau und Teupitz wurden seine Vorahnungen so stark, dass jeder knackende Zweig und jeder aufgestörte Vogel ihn beunruhigten. Die Straße schnitt sich allmählich tiefer in die umgebenden sandigen Erhebungen ein, es wurde schwieriger, die Umgebung zu überblicken. Er sah, dass auch Wilkin, der sich während der Reise unermüdlich mit Jung-Friedrich beschäftigt hatte, nicht arglos war. Immer häufiger wandte sein Freund den Kopf, wenn sich im Gesträuch zwischen den entfernter stehenden Bäumen rechts und links des Weges etwas regte.

Cord war noch immer erstaunt darüber, wie sehr er Wilkin

von Torgau ins Herz geschlossen hatte. Er konnte verstehen, dass Jung-Friedrich ihn bewunderte, denn auch er selbst tat es insgeheim. Sein Leben lang hatte er es mit Rittern zu tun gehabt, die ihm nicht ehrenhafter als beliebige Bauern vorgekommen waren, oder mit Fürsten, die ihre Ehre besonders hoch hielten und im Verborgenen die verworfensten Falschheiten verbrachen. Wilkin jedoch schien ihm beinah dem Lied eines Dichters entsprungen, so ehrlich und aufrecht hielt er sich an die ritterlichen Tugenden. Gelegentlich war es nicht einfach, deshalb nicht die Geduld mit ihm zu verlieren, aber oft genug stellte Cord fest, dass er Wilkin dankbar war, weil dieser ihm vor Augen hielt, dass Ehrenhaftigkeit nicht nur ein leeres Ideal war. Sein Beschützerinstinkt Wilkin gegenüber war beinah so stark wie der für den ihnen anvertrauten Jungen. Es war ein Glück zu wissen, dass Wilkin bei aller Tugend im Kampf keine falschen Skrupel kannte, sondern es verstand, sich zu verteidigen.

Wilkin und der Junge ritten als zweites von sechs Paaren, Dieter und er selbst hinter ihnen. In seinem ungewohnt nervösen Zustand war es Cord sehr recht, dass Dieter so ausdauernd schwieg. Wäre es nach ihm gegangen, hätten alle schweigen müssen, damit er ungestört die Geräusche des Waldes deuten konnte. Stattdessen begann nun einer der Männer hinter ihm zu singen. Der Pfälzer hatte eine gute Stimme und kannte unterhaltsame Lieder, wie er bereits so manchen Abend am Feuer bewiesen hatte. An gewöhnlichen Tagen hätte Cord ihn mit Freude gewähren lassen, doch nicht an diesem. »Wilkin, sag ihm, er soll still sein«, entfuhr es ihm.

Zu seiner Erleichterung zögerte sein Freund nicht, wie es manch anderer schon deshalb getan hätte, weil ein Bastard ihm nichts zu sagen hatte.

»Ruhe dahinten! Ohren auf!«, befahl Wilkin scharf.

In der daraufhin plötzlich eintretenden Stille war es für

einen Augenblick nur zu gut zu hören, dass die Geräusche abseits des Weges nicht von Vögeln oder einem aufgeschreckten Reh stammten.

Wilkin wechselte einen raschen Blick mit Cord, während sie beide schon ihre Waffen zogen. »Wenn ich ›Wolf‹ rufe, galoppieren wir an, als wäre uns der Teufel auf den Fersen. Bleibt auf dem Weg. Sag es nach hinten durch.«

Jung-Friedrich zog mit leuchtenden Augen sein eigenes Schwert und sah sich im Wald um. »Was ist denn? Werden wir angegriffen?«

»Steckt das Schwert wieder ein und tut, als wäre nichts. Wenn ich es sage, dann treibt Euer Ross an, aber bleibt bei Cord«, sagte Wilkin.

»Aber wir werden doch nicht weglaufen. Wer es wagt, uns zu überfallen, soll etwas erleben«, empörte sich der Junge.

Wilkin schüttelte den Kopf. »Ihr werdet früh genug kämpfen. Cord, ich zähle darauf, dass du unseren Schützling in die vernünftige Richtung aus dem Getümmel schaffst.«

»Aber …«, setzte Jung-Friedrich erneut an.

Cord trieb sein Pferd zwischen ihn und Wilkin und hob den Finger an seine Lippen. »Verderbt uns den Augenblick nicht, junger Herr. Wir haben uns den ganzen Weg darauf gefreut, Euch ein Mal richtig beschützen zu dürfen. Macht, was er sagt, und steckt das Schwert weg, ich bitte Euch.«

Verdutzt schob der Junge langsam das Schwert wieder in die Scheide und sah ihn mit großen Augen an, bis Cord ihn mit einer Geste aufforderte, wieder nach vorn zu sehen.

»Wolf!«, schrie Wilkin, und die Geschehnisse überstürzten sich.

Als hätte er ein Rennen gestartet, trieben die Angehörigen der Reisegesellschaft ihre Rösser an und ließen sie den tief in die alten Dünen eingeschnittenen Waldweg entlangpreschen. Über ihnen verriet das Krachen von Ästen und Gewirbel fliehender Vögel, dass ihre Verfolger überrumpelt waren und sich ebenfalls beeilten.

Cord hatte bei Wilkins Ruf nach den Zügeln von Jung-Friedrichs Ross gegriffen und dafür gesorgt, dass der Junge bei ihm blieb, während die anderen sie überholten. Als der Letzte vorüber war, brachte er gewaltsam ihre Pferde zum Stehen und Wenden. Ein kurzes Stück folgte er dem Weg zurück, bis sie eine Stelle erreichten, wo die Pferde die Böschung erklimmen und den Weg verlassen konnten. Oben auf dem Dünenkamm suchte er nach Spuren der Verfolger, sah jedoch, dass sie auf halber Höhe der Erhebung wie erwartet dem vorwärtsgaloppierenden Teil der Gruppe auf den Fersen waren.

»Was nun?«, flüsterte der Junge ihm zu.

Wieder hielt Cord sich den Finger an die Lippen und forderte ihn auf, ihm zu folgen.

Behutsam bewegten sie sich durch den steigungs- und gefällereichen Wald weiter vom Weg fort. Nachdem Jung-Friedrich einmal begriffen hatte, worum es ging, verhielt er sich äußerst verständig, was Cord für ihn einnahm. Er brauchte seine volle Aufmerksamkeit, um den Himmelsrichtungen folgend die richtige Stelle zu finden, wo sie wieder auf die Straße nach Teupitz zurückstoßen konnten. Schließlich half ihm das Geschrei von kämpfenden Männern dabei und das Geklirr ihrer Waffen.

Gezielt ließ er die Stelle des Kampfes hinter sich und strebte weiter durch den Wald, bis er zwischen den Bäumen hindurch den frei daliegenden Weg sah.

»Sobald wir unten sind, lassen wir die Pferde bis Teupitz laufen«, sagte er leise zu Jung-Friedrich.

Dessen seltsamer, großäugiger Blick hätte ihn warnen sollen, doch er hielt ihn schlicht für ein Zeichen von Aufregung und Angst. Erst als das Pferd des Jungen kurz vor seinem auf die Straße zurücksprang, musste er einsehen, dass er seinen Schützling falsch eingeschätzt hatte.

Jung-Friedrich zog sein Schwert. »Für Zollern«, schrie der zwölfjährige Knabe, riss sein Pferd herum und trieb es schneller in Richtung des Kampfes, als Cord ihn erwischen konnte.

»Jesus verdammt«, stieß er hervor und ritt hinter dem Jungen her, nur noch in der Hoffnung, das Schlimmste verhindern zu können.

Die Angreifer waren voll gerüstet und gut bewaffnet, jedoch nur zum Teil beritten und vor allem nicht zu erkennen. Ihre Rüstungen waren schlichte Ware ohne besondere Merkmale, und die geschlossenen Helme taten das ihre, um die Männer darin zu verbergen.

Bisher war niemand zu Boden gegangen, doch das war im Gedränge auf dem engen Hohlweg nur eine Frage der Zeit.

Wilkin hatte zwei Reiter gegen sich, und wie so oft verdankte er es dem geschmeidigen Umgang mit seinem Pferd, dass er sich noch behaupten konnte. Er tat sein Bestes, um Dieter zu schützen, der abgestiegen war und hinter ihm die Böschung erklomm. Offenbar war der Junge das Ziel mehrerer Angreifer, die ihn möglicherweise mit dem Sohn des Kurfürsten verwechselten.

Wilkin zu Hilfe zu eilen, wagte Cord nicht, denn Jung-Friedrich griff mit seinem kurzen Hauschwert den ersten Unberittenen von der Seite an, der ihm vor die Nase geriet. Immerhin lenkte er ihn damit von dessen bisherigem Gegner ab, sodass dieser den Feind mit einem Schlag und einem Hebelwurf auf den Rücken legen und töten konnte.

Cord hielt derweil mit seiner Keule einen der Reiter davon ab, sich mit einer Lanze auf den Jungen zu stürzen. Für eine Weile musste er sich ganz diesem einen Feind widmen, der seine Lanze fallen ließ und ein langes Schwert zog, um ihn zu stellen. Zu Cords Glück war der Mann ein schlechter Reiter und konnte sich für seine Stöße und Schläge nie in die beste Position bringen. Es gelang Cord, unter seinen Schwertarm zu tauchen, ihn aus dem Gleichgewicht zu bringen und mit einem Keulenschlag aus dem Sattel zu werfen.

Der Kampf hatte ihn ein gutes Stück von seinem Schützling entfernt. Ein wenig außer Atem sah er sich nach ihm um. Jung-Friedrich war kurz davor, den Halt im Sattel zu verlieren. Einer der Kerle hing in den Zügeln seines Pferdes und drehte es so, dass der Junge sich gegen das Schwert eines weiteren Reiters kaum noch wehren konnte. Auch ohne diese Einmischung hätte Jung-Friedrich sich gegen den Älteren nicht lange halten können. Dennoch flammte Cords Wut auf, als er sah, wie der Junge gezwungen wurde, dem Angreifer seinen Rücken zuzuwenden und sich damit auszuliefern wie ein Schlachttier. Es war nicht misszuverstehen, dass die Verbrecher den Kleinen umbringen wollten.

»Hurensohn!«, brüllte er und tat das Einzige, was ihm aus der Entfernung übrigblieb. Er zielte mit seiner Keule auf den Kopf des Reiters und warf sie, während er sein Pferd antrieb, um an die Seite des Jungen zu gelangen. Die Keule traf mit einem metallischen Knall und stach mit einem ihrer Eisendornen durch den Visierschlitz in das Gesicht des Feindes, wie dessen Schrei bewies. Größeren Schaden richtete sie jedoch offenbar nicht an, denn der verletzte Wegelagerer erwischte sie mit der linken Hand, bevor sie herabfallen konnte, und war daher doppelt bewaffnet, als Cord mit ihm zusammenprallte.

Das kurze Schwert, welches Cord als ungeliebte zweite Waffe trug, setzte ihn diesem Gegner gegenüber deutlich in Nachteil. Sobald er mit dem Schwert des anderen anband, bedrohte der ihn mit der Keule. Blitzschnell entschlossen duckte er sich, um beiden Waffen zu entgehen, schwang sich von seinem Pferd, sprang das Ross des anderen an und trieb ihm sein Schwert mit aller Kraft in die Brust unter dem Halsansatz. Das Tier nahm sein Schwert mit sich, als es taumelte und schließlich mit seinem Reiter stürzte. Cord zog seinen Dolch und machte einen Satz auf den kurzzeitig Wehrlosen zu, sah jedoch gleichzeitig, dass auch Wilkin mitsamt seinem Pferd umgerissen worden war und sich nun in derselben gefährlichen Lage befand wie sein eigenes Opfer.

Im Vorüberstürmen entwand er dem seine Keule und rannte, wie er selten gerannt war, um sich zwischen seinen Freund und die Klinge des Feindes zu werfen. Mit solcher Wucht hieb er seine Keule auf dessen behelmten Schädel, dass dieser in die Knie ging und dann geradewegs auf das Gesicht fiel wie ein mit dem Hammer betäubter Ochse. Cord reichte Wilkin, dessen Pferd sich bereits wieder aufgerappelt hatte, die Hand und zog ihn auf die Beine.

Um einen Dank abzuwarten, blieb keine Zeit. Abermals musste Cord laufen, um Jung-Friedrich aus der Klemme zu helfen. Der Junge focht nun mit einem Unberittenen, der ihm bis zur Brust reichte, obwohl er nur auf eigenen Beinen stand. Der Riese hatte ihn gegen die Wand des Hohlweges so in die Enge getrieben, dass Jung-Friedrich alle Vorteile, die sein Pferd ihm bot, zu vergessen schien. Er brauchte sämtliche Kraft, um den Schlägen zu widerstehen, die der Große austeilte. Cord trat dem Mann die Beine unter dem Leib fort, bevor dieser ihn bemerkte, und hieb ihm anschließend die Keule aufs Haupt.

Auf einen Warnschrei des Jungen hin fuhr er herum, um sich dem nächsten Angreifer entgegenzustellen, wurde dieses Mal jedoch von Wilkin davor bewahrt, der es auf schwer erklärliche Weise wieder auf sein Pferd geschafft hatte.

In kürzester Zeit wendete sich nun das Blatt, und die Wegelagerer begannen zu fliehen. Einer von denen, die kein eigenes Pferd hatten, schwang sich auf das von Cord. Mit einem Schrei der Entrüstung setzte er dem Räuber nach und erreichte die Höhe von dessen Steigbügel. Bevor er ihn jedoch berühren konnte, hallte ein klirrendes Dröhnen in seinen Ohren wider, und ihm wurde schwarz vor Augen. Als er wieder klar sehen konnte, hockte er auf den Knien, und sein Ross galoppierte weit außer Reichweite mit dem fremden Reiter auf dem Rücken um die Kurve des Hohlweges davon.

Neben ihm erschienen die Beinschienen von Wilkins Rüstung in seinem Blickfeld. »Cord, mein Alter, alles heil an dir?«

Cord schob mit Mühe das verbeulte Visier seines Helmes hoch und spuckte aus. »Verdammter neuer Helm. Ich kann nie sehen, was hinter mir ist.«

Wilkin bückte sich zu ihm herab, um ihm die Hand zu reichen, und schnaubte belustigt. »Nicht auszudenken, wie gut du kämpfen würdest, wenn du auch noch nach hinten sehen könntest. Ich bin dir dankbar, dass du meine Haut gerettet hast, versteh mich nicht falsch. Aber warum, zur Hölle, hast du den Jungen nicht weggebracht, so wie es abgesprochen war?«

»Lieber einen Sack Flöhe hüten als Weiber oder Kinder. Nächstes Mal versuch es selbst, Wilkin. Eine Blut weinende Madonna ist nichts gegen das Wunder, das du dann erlebst. Man glaubt immer, sie müssten so denken, wie man selbst es tut. Aber so ist es nicht. Du gehst nach links, und sie gehen selbstverständlich nach rechts.« Ächzend ließ er sich aufhelfen und stützte sich auf Wilkin, bis er merkte, dass dieser selbst nicht sicher stand, sondern sein Gewicht nur auf einem Bein trug. »Was ist mit deinem Bein?«

Wilkin schüttelte den Kopf. »Nichts gebrochen, nur lahm. Konnte nicht verhindern, dass das Pferd darauffiel.«

»Verflucht. Damit stünde wohl fest, wer weiterreiten darf und wer laufen muss. Eigentlich wollte ich deine Dankbarkeit ausnutzen und deinen Gaul beanspruchen. Bist du sicher, dass du den Schmerz nicht bloß vortäuschst?«

Wilkin lachte und schlug ihm auf die Schulter. »Wenn du

darauf bestehst, lasse ich dich reiten und hinke dir bis Teupitz hinterher, lieber Freund.«

Jung-Friedrich näherte sich, noch immer im Sattel und mit gezücktem Schwert. Neben ihnen hielt er, stieg ab und drückte Cord die Zügel seines Pferdes in die Hand. »Ich werde laufen, mein Herr. Das habe ich verdient. Es beschämt mich, wie schlecht ich mich geschlagen habe. Wäret Ihr nicht gewesen, dann …«

Cord winkte ab. »Ach was. Prachtvoll habt Ihr Euch geschlagen. Es ging nicht nach Plan, aber was soll's? Ihr lebt, und am Ende stand ein Sieg.«

Mitfühlend klopfte auch Wilkin dem Zwölfjährigen den Oberarm. »Cord hat recht. Ihr hättet gehorsamer sein können, aber für einen jungen Mann Eures Alters habt Ihr Euch gut gehalten. Und laufen wird ohnehin keiner von uns. Das war nur ein Scherz. Wir haben zwei Verluste, wenn ich es richtig sehe. Die Pferde sind schon eingefangen. Einer von unseren Männern wird mit den Toten zurückbleiben, bis wir aus dem nächsten Dorf einen Karren schicken. Sogar Dieter ist noch beritten, obwohl er schnell aus dem Sattel war. Bleibt also sogar ein Gaul, um den Gefangenen mitzunehmen, den du gemacht hast, Cord.«

Erstaunt sah Cord ihn an. »Habe ich einen Gefangenen gemacht?«

»In der Tat. Seit du ihn gefällt hast, ist er ohne Bewusstsein, aber er atmet.«

Jung-Friedrich räusperte sich und nahm umständlich seinen Helm ab. »Cord, mein Vater wird gewiss zufrieden mit Euch sein. Und natürlich wird Euch Euer Ross würdig ersetzt. Wenn es nach mir geht, jedenfalls.«

Das Letzte fügte der Junge ein wenig hastig hinzu, als wäre er keinesfalls sicher, dass sein Vater seine großmütige Zusage unterstützen würde.

Cord lächelte, obgleich er Jung-Friedrich seine Zweifel nachfühlen konnte. »Ist schon recht. Euer Vater wird wissen, was richtig ist.«

⁂

Kurfürst Friedrich residierte nicht auf der Spree-Insel vor den Mauern Cöllns, wo sein Sohn Johann plante, seine Burg zu bauen, und wo die wichtigsten Gäste untergebracht waren. Stattdessen hatte er seine prächtigen Zelte auf dem weitläufigen Lagerplatz aufgeschlagen, den Cöllns Schwesterstadt Berlin auf ihrer Seite der Spree zur Verfügung stellte.

Wilkin begleitete Jung-Friedrich nach ihrer Ankunft zu dessen Vater und wurde Zeuge, als er ihm berichtete, was sich auf ihrer Reise zugetragen hatte. Ob es an Wilkins Anwesenheit lag oder am ehrlichen Naturell des Jungen: Er verhehlte seinen Fehler nicht und sprach die Wahrheit. Statt sich zu verteidigen, bat er seinen Vater um Verzeihung dafür, dass er sich leichtfertig in Gefahr gebracht hatte. Der schwieg zu der Verfehlung seines Sohnes, was den Knaben ebenso zu bedrücken schien, wie harte Worte es vielleicht getan hätten.

Wilkin wusste, dass es andere Fürsten gab, die nun ihn und die Männer des Geleitzuges beschuldigt hätten, den ihnen erteilten Auftrag schlecht erfüllt zu haben. Kurfürst Friedrich dagegen sprach ihm durch ein kurzes Nicken seinen Dank aus und begann sogleich Fragen zu stellen, um einen Hinweis auf die Urheber des Überfalls zu finden. Er war hocherfreut, als er von Cords Gefangenem erfuhr, und ordnete dessen Befragung für den kommenden Tag an.

Als der Kurfürst wenig später Wilkin aus seinem Zelt entließ, wagte Jung-Friedrich trotz seiner Beschämung noch einmal das Wort zu ergreifen. »Vergebt mir, Vater, aber ich muss Euch noch um etwas bitten. Cord – Ihr wisst, der Bastard des Kaspar Gans zu Putlitz – Er … Ich versprach … Er hat sein

Ross eingebüßt, weil er mir half. Werdet Ihr ihm Ersatz verschaffen?«

Der Kurfürst blickte aus dem Zelteingang über die dicht bevölkerten Wiesen und schwieg eine Weile, als hätte er den Jungen nicht gehört, dann wandte er sich an Wilkin. »Glaubst du, mein junger Herr von Torgau, dass dein Freund es zu schätzen und sich geziemend zu verhalten wüsste, wenn man ihn zum Ritter schlüge? Mich dünkt, der edle Teil seiner Abstammung bewährt sich in ihm. Selbstverständlich würde es im Vorfelde gewisser Klärungen bedürfen. Ich setze daher dein Stillschweigen voraus.«

Wilkins Herz schlug schneller vor Freude. Nichts wünschte er Cord mehr als die verdiente Gnade, endlich den Makel seiner unehrlichen Geburt auf diese Weise hinter sich lassen zu dürfen. »Er wäre hocherfreut und wüsste die Würde so gut zu tragen wie mancher von höherem Stande.«

Der Kurfürst nickte bedächtig, dann verzog er ein wenig seinen Mundwinkel und sah seinen Sohn an. »Der Mann bekommt sein Pferd, Friedrich. Nun geh und wasch dich, bevor du deine Mutter und deine Geschwister begrüßt. Du bist schwarz im Gesicht. Später erzählst du mir von Polen. Begleite ihn, Wilkin.«

Froh hinkte Wilkin mit dem erleichterten Jung-Friedrich aus dem Zelt. Am liebsten wäre er geradewegs zu Cord gegangen, um ihm von seinem Glück zu berichten, doch dazu war es in der Tat zu früh. Sollten mächtige Männer Einwände gegen dessen Schwertleite äußern, würde der Kurfürst seinen Entschluss vermutlich ändern, und die Enttäuschung wäre schmerzhaft.

Jung-Friedrich schien ganz in Gedanken versunken zu sein und schwieg ausnahmsweise, sodass Wilkin seine Blicke ungestört schweifen lassen konnte. Er stolperte mit seinem schmerzenden Bein ungeschickt über eine Unebenheit im zerstampften Erdboden, als er in einiger Entfernung Johann von

Quitzow entdeckte. An seiner Seite schritt eine junge Frau, so schön wie eine Lichtgestalt. Er ahnte, wer sie war, konnte es jedoch nicht glauben. Diese Ausstrahlung von Anmut und Demut, ja, reiner Weiblichkeit, wollte nicht zu seiner Erinnerung an Hedwig von Quitzow passen. Die Jungfer neben Johann trug ein hellblau schimmerndes Damastgewand mit höchst sündhaften Höllenfenstern, üppiger Schleppe und ebenso verwerflichen, weiten Hängeärmeln. Ein Netz mit zartem Schleier bedeckte ihr geflochtenes Haar. Sie musste den Vergleich mit keinem Edelfräulein scheuen, dem er je begegnet war. Wenn sie ihre Sitten so sehr verfeinert hatte wie ihr Äußeres, dann würden sich auf diesem Turnier die ledigen Ritter um ein Zeichen von ihr drängen. Wenn es nach ihm ging, würde er ihnen zuvorkommen und der Erste sein, der sie darum bat. Er bedauerte nur, dass er wieder einmal zu abgebrannt war, um ihr ein Geschenk zu kaufen, als Dank für ihren geheimnisvollen Botendienst.

Doch höchstwahrscheinlich würde sie gar nicht mit ihm sprechen wollen, so, wie er sie damals behandelt hatte.

»Eine schöne Jungfer«, bemerkte Jung-Friedrich neben ihm und machte ihm damit bewusst, dass er beinah stehen geblieben war, um Hedwig anzustarren.

Er räusperte sich. »Zweifellos.«

Neugierig musterte der Junge ihn. »Habt Ihr eigentlich eine Braut, Wilkin?«

»Nein. Noch nicht.«

»Warum? Ihr seid so viel älter als ich, und ich bin schon seit drei Jahren verlobt. Euer Vater ist doch auch kein unbedeutender Mann. Will er Euch nicht gut verheiratet sehen?«

»Ich nehme an, dass mein Vater keine passende Braut für mich gefunden hat. Er sprach noch nie mit mir darüber.«

»Ach so. Und wollt Ihr Euch nicht selbst darum kümmern? Es kann angenehm sein, glaubt mir. Ich mag meine

Anverlobte. Hedwig ist sehr freundlich und hübsch anzusehen. Und es macht mich stolz, wenn sie neben mir in die Kirche geht oder einen Saal betritt.«

Es verwirrte Wilkin, dass Jung-Friedrich von Hedwig sprach, bis ihm einfiel, dass die polnische Prinzessin denselben Namen trug. »Die Schöne dort heißt ebenfalls Hedwig, Friedrich. Ist das nicht ein lustiger Zufall?«

Jung-Friedrich schüttelte lächelnd den Kopf. »Nein, Wilkin. Ich bin sicher, das ist ein Zeichen. Kommt sie vielleicht als Braut für Euch infrage?«

Wilkin lachte. »Bedauerlicherweise wohl nicht. Nun lasst uns eine Gelegenheit zum Waschen finden, bevor Eure Mutter ärgerlich über die Verzögerung wird. Sie erwartet Euch gewiss sehnlichst.«

* *

Cord war bester Stimmung, seit es nicht mehr seine Aufgabe war, auf den jungen Helden aufzupassen, der möglicherweise der nächste polnische König werden würde, falls das kleine Brüderchen seiner Braut nicht das Mannesalter erreichte. Vor Berlin angekommen, machte er im Handumdrehen das Zelt seines Vaters ausfindig. Bei seinem Eintreffen spielte dieser eben mit Cords zehnjährigem Halbbruder Achim Armdrücken.

Cord war seinem spät geborenen Halbbruder ebenso wie seinem Vater Kaspar seit drei Jahren nicht begegnet, doch der Kleine erinnerte sich sofort an ihn. »Cord ist da«, schrie er, schnappte sich ein Holzschwert und stürmte auf ihn zu. Mit einem gezielten Griff entwand Cord dem Knaben das Spielzeug, hob ihn hoch, warf ihn über seine Schulter und gab ihm einen Klaps auf den Hosenboden.

Lachend und schreiend versuchte sein Fang sich loszustrampeln, bis Cord ihn unsanft fallen ließ.

Er hatte es Achim nie nachgetragen, dass er die Stelle einnahm, die er selbst gern eingenommen hätte. Der Kleine war Kaspars legitimer Sohn aus zweiter Ehe und damit dessen Erbe. Als er geboren worden war, hätte Cord neidisch sein können, doch es hatte für ihn längst keinen Zweifel mehr daran gegeben, dass sein Vater ihm selbst diesen Rang niemals zu verschaffen beabsichtigte. Sein Stolz bewahrte ihn davor, Achim mit unnützer Missgunst zu behandeln. Was ihn an diesem Tag allerdings betroffen machte, als Achim sich an ihn hängte, als hätte er ihn vermisst, war die plötzliche Erkenntnis, dass er selbst schon einen Sohn in diesem Alter hätte haben können.

»Herr vom weichen Moos der grünen Lichtung, willkommen«, begrüßte sein Vater ihn mit seinem üblichen Spott.

Ebenso spöttisch verneigte Cord sich gegen ihn. »Voller Vorfreude darauf, deinem neuen Landesherrn zu huldigen?«, fragte er und klemmte sich Achim, der nicht aufhörte, an ihm herumzuzerren, unter den Arm.

Kaspar nickte. »Es wird doch Zeit, dass einmal wieder etwas Unordnung ins Land einkehrt, mein Junge. Weißt du, wie sie Johann von Hohenzollern nennen? Den Alchimisten. Es scheint, er vertut seine Zeit mit dem Zusammenbrauen geheimnisvoller Suppen. Wie lange, glaubst du, wird dieser grüne Knabe die Brandenburger Dickschädel damit in Schach halten? Du Kammerdiener musst doch am besten wissen, wie der Kurfürst darüber denkt. Meint er, sein Abkömmling wird die Nase oft genug aus seiner Suppenküche herausstrecken?«

»Ich kann dir nur sagen, dass dem Fürsten die Lust vergangen ist, sich selbst mit euch Dickschädeln herumzuschlagen. Er hat genug zu tun, auch ohne täglich die Fehden der Brandenburger zu schlichten.«

»Du zählst dich also nicht zu uns?«

»Damit habe nicht ich angefangen, sondern du.«

»Werde nicht aufsässig. Nur weil du dich bei Friedrich eingeschmeichelt hast, bist du noch nicht so mächtig, dass du mit mir streiten könntest. Ich habe dich ernährt, als du noch zu nichts nütze warst, oder nicht? Also beweis mir Respekt und Dankbarkeit, und sag mir, was sich zwischen Friedrich und König Sigismund tut. Manche glauben, es wäre ratsam, bald Partei für den einen oder den anderen zu ergreifen. Was meinst du?«

Cord seufzte und stellte Achim endgültig wieder auf die Füße. »Mir fiele das Reden leichter, wenn du dich herabließest, mich auch heute noch zu ernähren, und mir neben einem Sitzplatz Hühnchen, Brot und Bier anbötest. Immerhin habe ich wieder einmal zu feiern, dass ich noch lebe.«

»Ist das wahr? Dann will ich nicht so sein. Setz dich her und greif zu. Aber stopf dir das Maul nicht so voll, dass du nicht mehr sprechen kannst.«

Augenrollend nahm Cord neben seinem Vater Platz und ließ sich von ihm einen Tonkrug voll Bier reichen. Nach einem ersten tiefen Zug lehnte er sich erleichtert gegen die Polster seines Stuhls. »Also höre: Friedrich ist bei aller Unzufriedenheit mit der Art, wie Sigismund seine Kräfte zersplittert, und trotz aller Unhöflichkeit, mit der unser König ihn in den vergangenen Jahren behandelt hat, bereit, ihn weiterhin zu unterstützen. Sigismund ist wild entschlossen, einen Triumphzug nach Rom anzuführen und sich zum Kaiser krönen zu lassen. Und das, obwohl er zurzeit in Ungarn festsitzt, weil er zur einen Seite die Türken und zur anderen die Hussiten nicht aus den Augen lassen kann. Friedrich hätte allen Grund, ihn dort sitzenzulassen, sammelt aber unermüdlich Bewaffnete und Geld für Sigismunds Pläne. Er rauft sich die Haare dabei, aber er tut es. Und ich will dir sagen: Hätte ich das, was Sigismund in einer Woche unnötig vergeudet, ich fühlte mich als reicher Mann. Ihm Geld zu geben, ist, wie eine Schaufel Erde in die Elbe zu schippen, um eine Furt zu schaffen.«

Kaspar wiegte sein Haupt und faltete die Hände über seinem Schmerbauch. »Ja, ja. In gewisser Hinsicht ist er ein Narr. Wer würde das leugnen? Aber Friedrich und der Allmächtige haben ihn zu unserem König gemacht, und sie werden sich etwas dabei gedacht haben. Immerhin hat er doch in der elenden Angelegenheit mit den überzähligen Päpsten einiges bewirkt. Es hätte mich gewundert, wenn Friedrich sich jetzt gegen ihn stellte. Du bestätigst mir also meine Annahme. Und wie es aussieht, wird Sigismund seinerseits es nicht wagen, sich gegen unseren fleißigen Kurfürsten zu wenden, weil er sonst bald seinen großen, hohen Hut zum Betteln benutzen könnte. Hast du ihn einmal gesehen mit diesem Hut und seinem gewaltigen Bart? Wäre er nicht ein König, würden die Leute vielleicht lachen, so jedoch ahmen sie ihn nach. Nichts gegen einen Bart, der macht das Leben leichter. Aber so ein Hut ... Ha! Da lob ich mir meine Zaddelgugel und den alten Helm.«

»Köne von Quitzow ist bei Sigismund in Diensten. Hast du von ihm gehört?«

»Er soll sich schon mit den Türken geschlagen haben, mehr weiß ich nicht. Bei der Huldigung wird er nicht erscheinen und ist entschuldigt. Aber du wirst staunen, wenn du siehst, wen Johann statt seiner spröden Betschwester Agnes hierher mitgebracht hat. Ich hatte schon im vergangenen Jahr das Vergnügen, ihr zu begegnen, und ich sage dir, wenn ich jung und ledig wäre, ich würde der edlen Jungfer den Hof machen, koste es, was es wolle. Feuer hat sie! Da würde einem nicht langweilig, das kannst du mir glauben.«

Cord musste lächeln, weil er fühlte, wie sein Herz einen kleinen Satz machte. Die Aussicht, Hedwig von Quitzow wiederzusehen, versetzte ihn in eine beschwingte Stimmung.

Nicht, dass er sich etwas von ihr erhoffte, aber er hatte nie aufgehört, an sie zu denken, seit er sie in Meißen zurückgelassen hatte. Die Erinnerung an jenen Tag stieß ihn darauf, dass es ihretwegen auch Grund zur Sorge gab. Gerhardt von Schwarzburg und Wilkins Brüder würden die Geschichte so wenig vergessen haben wie er selbst. »Die Drachenmaid ist hier? Dann lege ich meine Rüstung besser keinen Moment ab. Entweder wird sie einen ihrer scharfen kleinen Pfeile auf mich richten und ihren Hund auf mich hetzen, oder ihre Feinde werden etwas Ähnliches tun.«

»Ja. Sie erwähnte, dass sie dir gewogen ist. Schade für dich, dass Johann sie nicht mit einem Bastard verheiraten wird, sonst hättest du vielleicht Aussichten bei ihr.«

»Unsinn. Sie ist mir als einem Freund gewogen, sonst nichts«, gab Cord zurück, wurde aber von einem Gefühl ergriffen, das er seit frühester Jugend nicht mehr erlebt hatte. Er hatte den Verdacht, dass er errötete, und überspielte seine Verwirrung damit, seinen Becher zum Mund zu führen. »Hast du den einen oder anderen von Schwarzburg schon hier gesehen? Oder die Torgauer?«

»Der Erzbuschklepper hält links vom Stadttor Hof. Gerhardt stolzierte ebenfalls dort herum, als ich den Turnierplatz besichtigte. Was die Torgauer betrifft, müsstest du es doch besser wissen als ich. Warst du nicht mit einem von ihnen unterwegs?«

»Ja, aber mit dem weißen Lamm der Herde. Wilkin ist der Letzte, der erfährt, was seine Sippe im Schilde führt. Weiß der Teufel, warum sein Vater ihm nicht den Rücken deckt. Wilkin sagt, es wäre immer so gewesen. Als wäre es dem Alten lieber, wenn einer von seinen jüngeren Söhnen sein Erbe würde. Oder meinst du, er hetzt sie alle gegeneinander, damit der Stärkste siege? Soll ja auch schon vorgekommen sein.«

»Gut, dass ich keine Brüder habe«, meldete auf einmal

Achim sich zu Wort, der so still in einem Winkel gesessen hatte, dass sie ihn nicht mehr bemerkt hatten.

Mit einem tiefen, bösen Knurren erhob Cord sich und wandte sich drohend dem Kleinen zu. »Nimm dich in Acht. Ein wenig dein Bruder bin ich schon, du Wicht.«

Lachend sprang Achim auf und wich rückwärts zum Zeltausgang zurück. »Aber du erwischst mich nie, du große Schnecke von einem Bastard.«

Cord stieß ein Wutgebrüll aus und jagte seinen unverschämten Halbbruder aus dem Zelt, um das nächste herum, zwischen Pferden hindurch, über einen abgestellten Karren hinweg und unter aufgehängten Schweinehälften hindurch, bis der Knabe sich keuchend und kichernd ins feuchte Gras fallen ließ und sich ergab. Kaum weniger außer Atem, stellte Cord sich breitbeinig und mit eingestemmten Armen über ihn. »Du hast wohl zu lange keine Prügel bezogen, du lahmes Gänschen von einem Herrn Gans zu Putlitz. Ein Mädchen liefe ja schneller als du.«

Achim fuhr hoch. »Das ist nicht wahr.«

»Doch. Ganz gewiss. Ich wüsste mindestens eines.«

»Nie. Welche?«

»Weißt du, wo Johann von Quitzow lagert? Zeig es mir, dann zeige ich dir vielleicht die Jungfer.«

»Ach, du meinst Hedwig? Die kenne ich schon. Aber sie ist kein Mädchen. Sie ist alt. Was gibst du mir, wenn ich dir zeige, wo Johann lagert?«

Cord lachte über die schnelle Auffassungsgabe des Knaben. »Ich bin ein armer Söldner, kein Fürst. Daher kann ich dir höchstens die Prügel erlassen, die du eigentlich verdienst.«

»Na gut. Weil du es bist und weil Vater immer sagt, ich solle Respekt vor dir haben. Ich helfe dir.«

Cord sah Hedwig schon von Weitem. Sie trug ein wunderbares hellblaues Gewand, hatte es jedoch geschürzt, um nicht auf den Saum zu treten, und beugte sich über den Huf eines Pferdes, den ein rothaariger Pferdeknecht hochhielt, um ihr etwas daran zu zeigen. Ein Stück weiter entlang des langen Anbindeseils entdeckte er ihren unsäglichen schwarzen Hengst, dessen Erscheinung ihn verblüffte. Eine makellos dichte Mähne, glänzendes Fell und ausgewogene Muskulatur ließen ihn beinah aussehen wie ein anderes Tier. Unter gewöhnlichen Umständen hätte er sich vielleicht zuerst den Rappen näher angesehen, doch er konnte es nicht abwarten, Hedwig zu begrüßen. Er wollte schon nach ihr rufen, da hob sie den Kopf und entdeckte ihn. Juchzend wirbelte sie herum und kam ihm entgegengelaufen, ihr Lächeln so strahlend, dass er eine merkwürdige kleine Schwäche in seinen Knien fühlte. Am liebsten hätte er die Arme ausgebreitet, um sie aufzufangen, doch das hätte in dieser Umgebung alle Grenzen des Anstands überschritten.

Sie teilte seine Bedenken nicht. Mit vollem Schwung warf sie sich an seinen Hals und umarmte ihn kräftig, wenn auch viel zu kurz. »Cord! Ist das schön, dich zu sehen!«

Er hatte sich erstaunlicherweise nicht mehr daran erinnern können, welche Farbe ihre Augen hatten. Von nun an würde er es nie wieder vergessen. Sie waren grün. Und sie beschleunigten seinen Herzschlag so sehr, dass er zwei Atemzüge lang nichts anderes tun konnte, als zu grinsen.

*

Hedwig hatte gehofft, dass sie Cord während der Huldigungstage treffen würde, und sie hatte sich darauf gefreut. Wie glücklich es sie aber schließlich machen würde, ihn zu sehen, hatte sie sich nicht ausgemalt.

Er hatte sich nicht verändert, trug noch immer seine schäbige schwarze Rüstung ohne Beinröhren, wenn auch nun ein schmutziger, ärmelloser Rock in Schwarz und Silber – den Farben des Kurfürsten – den größten Teil des Eisens verdeckte. Sein dunkles, volles Haar war zerzaust, die Bartstoppeln in seinem sonnengegerbten Gesicht Tage alt, und die kleinen Falten um seine Augen zeugten davon, wie gern er noch immer lachte.

Offenbar freute er sich ebenfalls, sie zu sehen, obwohl sie ihn mit ihrer unbedachten Umarmung sichtlich überrumpelt hatte. Hastig wich sie so weit von ihm zurück, wie es der Anstand gebot, konnte aber nicht aufhören, ihn anzulächeln.

Er hängte beide Daumen in seinen Gürtel und stand so breitbeinig vor ihr, als wolle er sie herausfordern, wie er es auf ihrer Reise so oft getan hatte. »Ich sehe, du hast wieder deinen Klepper dabei. Ich habe meinen Grauen gerade gestern verloren. Bricht mir nicht das Herz, er hatte einen Hals wie ein Hirsch. Aber nun stehe ich ganz ohne da. Willst du mir den Schwarzen verkaufen? Von dem Geld könntest du dir einen hübschen weißen Zelter anschaffen und reiten wie die Gemahlin unseres Kurfürsten. Sie lässt beide Beine zur einen Seite hängen. Sehr sparsam, denn für ihre Gewänder braucht sie nur halb so viel Tuch wie du für deine, Drachenmaid.«

Hedwig erkannte am Funkeln in seinen Augen, wie er es genoss, sie aufzuziehen, und sie ließ sich mit Freude darauf ein. »Ehe ich meinen schwarzen Tiuvel aus Sparsamkeit gegen einen Zelter eintauschte, trüge ich lieber Beinlinge wie ein Mann. Obgleich mir das sehr zuwider wäre. Ich verstehe nicht, wie die Männer sich dareinfinden können, so unbedeckt einherzugehen.«

»Was ist an Männern schon dran, das es wert wäre, verborgen zu werden? Die meisten haben Beine wie verbeulte Sicheln.«

»Nicht alle.«

»Oh. Du siehst sie dir an? Schäme dich.«

»Was bleibt mir anderes übrig? Wohin ich auch gehe und blicke, immer steht ihr Männer mir im Weg.«

Er lachte und sah kopfschüttelnd zum Himmel. »Du hast dich nicht verändert. Deine fromme Tante scheint an dir versagt zu haben. Und ich weiß noch immer nicht, ob mir das leidtun oder mich freuen sollte. Was hat der Hufschmied dir da gezeigt? Habt ihr ein krankes Pferd?«

»Das ist eins von unseren Packpferden. Es hat sich ein Stück von einem alten Messer eingetreten, kannst du dir das vorstellen? Warum lassen die Leute so etwas herumliegen?«

Er nickte. »Ein Ärgernis. Sag, ist das nicht Irinas Stute? Ist sie also auch hier? Lebt sie mit dir bei deinem Onkel?«

»Mein Onkel mag Irinas Harfenspiel und würde sie ungern gehen lassen, selbst wenn sie das wollte. Möchtest du mitkommen und die beiden begrüßen? Sie waren eben noch im Zelt. Tristan ist auch dort. Ich musste ihn anbinden, weil die vielen Menschen ihn verrückt machen. Er ist sehr misstrauisch geworden und beißt schneller zu als damals. Vor allem Männer kann er nicht leiden.«

»Dann passt er ja noch immer zu dir.«

Hedwig lachte und wollte ihn gerade auffordern, ihr zum Zelt zu folgen, als sie einen weiteren alten Bekannten sah, der geradewegs auf sie zukam. Mit einer geschmeidigen Bewegung zog sie ihren geschürzten Rocksaum aus dem Gürtel, den sie in der Freude über Cords Ankunft vergessen hatte, und strich sich das Gewand glatt. In hoheitsvoller Haltung wartete sie sodann darauf, dass Wilkin von Torgau sich näherte. Wie Cord trug er das von Reisestaub verschmutzte Schwarz und Silber des Kurfürsten, darunter jedoch die silbern glänzende Ausstattung eines Ritters in all ihrer Pracht. Nur der Helm fehlte ihm, er hatte ihn durch eine Filzkappe ersetzt. Außerdem hinkte er ein wenig.

Auch Wilkin hatte Hedwig zu sehen erwartet, und sie hatte sich für diesen Fall einiges vorgenommen. Er sollte in ihr die tugendhafteste aller edlen Jungfern erblicken, so vollendet in Äußerem und Gebaren, wie er es an Frauen bewunderte. Doch wenn er sich dieses Mal liebenswürdig gegen sie zeigen wollte, würde sie ihn kühl zurückweisen.

Die geplante Haltung einzunehmen, gelang ihr, aber der Vorsatz, ihn kühl zu behandeln, kam ins Wanken, sobald sie sein Gesicht aus der Nähe sah. Sie hatte zu ihrem Kummer und auch zu ihrer Beschämung über die Jahre die Züge ihres Ziehvaters aus dem Gedächtnis verloren. Wilkins Anblick ließ sie wieder erscheinen. Sie wusste schnell, dass sie es nicht über sich bringen würde, unnötig unfreundlich zu ihm zu sein, wenn er es nicht zuerst war.

Er verneigte sich vorbildlich vor ihr und legte die linke Hand auf seinen Schwertknauf, während er mit der rechten sanft gestikulierte. Da Hedwig den Blick gesenkt hielt, fiel ihr schnell auf, dass er Richards altes Schwert trug. Überrascht sah sie auf und stellte fest, dass er sie mit einem ganz anderen Ausdruck betrachtete als drei Jahre zuvor.

»Jungfer von Quitzow, ich weiß, dass es vermessen von mir ist, auf Eure Gunst zu hoffen, nachdem ich mich bei unserem letzten Zusammentreffen nicht höflich gegen Euch benommen habe. Doch gestattet mir zumindest, mich bei Euch zu bedanken. Ihr habt mir damals in einer Nacht in Nürnberg das Leben gerettet. Hätte ich nicht Euer Schwert gehabt, wäre es mir schlecht ergangen.«

Sprachlos starrte Hedwig ihn an. Spottete er über sie? Oder konnte wirklich eine höhere Macht Richard dabei geholfen haben, auf diese Weise seinen Sohn zu schützen?

Cord entband sie vorerst von einer Antwort. »Welches Schwert? Warum ...?«

»Das Schwert meines Ziehvaters«, sagte Hedwig schnell.

»Er gab es mir bei seinem Tod und bat mich, es Wilkin zu bringen. Das habe ich getan.«

Staunend sah Cord ihr in die Augen. »Bist du deshalb in sein Zelt gegangen? Das war gar nicht wegen deines Bruders?«

Ihre Wangen wurden heiß und ihre Handflächen feucht vor Scham. Sie hatte damals tatsächlich nicht ganz begriffen, wie ungeheuerlich sie sich verhalten hatte. Verlegen schüttelte sie den Kopf. »Ich wusste überhaupt nicht, dass Dieter bei ihm war.«

Cord wandte sich Wilkin zu. »Du hast mir nie davon erzählt.«

»Was hätte ich erzählen sollen? Du treibst immer deinen Spott mit Wundern. Und für mich war es eines. Ich gestehe, dass ich anfänglich selbst nicht wusste, was ich von der Sache halten sollte. Heute weiß ich, dass ich tot wäre, wenn Hedwig mir nicht zur rechten Zeit dieses Schwert gegeben hätte«, sagte er und lächelte sie so verehrungsvoll an, dass ihr noch heißer wurde.

Die Begegnung mit ihm verlief wieder einmal völlig anders, als sie es sich vorgestellt hatte. »Ich freue mich, dass es so gekommen ist, aber es ist nicht mein Verdienst. Wäre ich nicht gewesen, wäre der Allmächtige Euch wohl auf andere Weise zu Hilfe gekommen.«

»Ich wage, Euch zu widersprechen, und behaupte, dass es einen besonderen Sinn hatte, dass die Fügung mir gerade Euch sandte. Vielleicht wollte der Himmel mir meine Verblendung beweisen, die mich ein vorschnelles, überhebliches Urteil über Euch fällen ließ. Ich bin untröstlich darüber und weiß, dass ich auf Eure Vergebung nicht hoffen darf. Dabei wäre ich heute überglücklich, wenn ich mich rühmen dürfte, ein Zeichen Eurer Gunst ins Turnier zu führen.«

Wieder verneigte er sich und schaffte es damit, Hedwig in

heillose Verwirrung zu stürzen. Schlimmer wurde es noch dadurch, dass Cord sich nun auf einmal seltsam verhielt. Er wich plötzlich einen Schritt von ihr zurück und starrte Wilkin an, als sähe er ihn zum ersten Mal. Wilkin schien es nicht zu bemerken, er sah ihr gebannt ins Gesicht. Benommen schüttelte sie den Kopf. »Mich hat noch nie jemand um ein Zeichen meiner Gunst gebeten. Ich weiß gar nicht …«

Cord schien sich wieder zu fangen und lachte trocken. »Ich habe mich schon immer gefragt, ob alle edlen Frauen an den Vortagen der Turniere jederzeit ein Tüchlein im Ärmel mit sich führen, das sie hervorziehen können, wenn der Ritter ihrer Wahl sie darum bittet.«

Klang er verärgert, oder bildete sie sich das nur ein? Hedwig überspielte ihre Verlegenheit mit einem Lächeln. »Ich habe so etwas jedenfalls nicht in meinem Ärmel. Und außerdem muss ich zuerst meinen Onkel fragen, bevor ich …«

»Das kannst du gleich tun. Da kommt er«, unterbrach Cord sie und zeigte auf Johann und Irina, die sich ihnen eilig näherten. Irina hatte sich äußerlich verändert. Die farbenprächtigen Gewänder, die sie als Spielweib getragen hatte, waren unauffälliger Kleidung gewichen, und in ihren Gesichtszügen spiegelten sich Leid und eine leise Bitterkeit wider, die sie seit Adams gewaltsamem Tod nicht verlassen hatten. Dennoch hielt Hedwig die zierliche Irina mit ihrem glänzenden dunklen Haar und ihren weichen Zügen für schön. Sie war sicher, dass Irina jederzeit hätte wieder heiraten können, wenn sie es gewollt hätte.

Als Wilkin der beiden ansichtig wurde, wiederholte sich bei ihm das gleiche Spiel, das Hedwig zuvor bei Cord beobachtet hatte. Er wich einen Schritt von ihr zurück, und seine Miene verschloss sich. In seinem Fall fiel es ihr leicht, dies zu deuten. Ihr Onkel hegte eine tiefsitzende Abscheu gegen Wilkins angeblichen Vater. Hans von Torgau hatte damals vor elf Jahren in Friedrichs großem Feldzug gegen die von Quitzows und ihre Verbündeten verräterisch die Seite gewechselt und sein Wissen über die Schwächen ihrer Burgen und Verteidigungsstrategien preisgegeben. Außerdem wusste Johann von dem Anteil, den Wilkins Brüder wahrscheinlich an dem Überfall auf sie und die Spielleute gehabt hatten.

Auch wenn Johann widerwillig gelten ließ, dass Wilkin aus der Art geschlagen zu sein schien, und sogar anerkannte, dass der junge Ritter beachtliche Fähigkeiten besaß, mochte er nicht mit ihm befreundet sein. Entsprechend mürrisch fiel sein Gruß aus, als Wilkin sich vor ihm verneigte. »Was gibt es hier? Was soll der Auflauf? Haben wir etwas zu verschenken, von dem ich nichts weiß, Hedwig?«

Sein Tonfall war schärfer als üblich, was sie daran erinnerte, dass sie nach Ansicht vieler gar nicht mit den beiden Männern allein hätte dastehen dürfen. »Cord kam, um sich nach Irinas und meinem Befinden zu erkundigen, Onkel. Und der Herr Wilkin …«

»Wilkin suchte mich, um mir auszurichten, welche neuen Aufträge unser Kurfürst uns erteilt«, mischte Cord sich ein.

Wilkin räusperte sich. »So ist es. Und dabei habe ich die Gelegenheit genutzt, Eurer Nichte meine Verehrung auszudrücken. Wir haben in Dohna bereits flüchtig Bekanntschaft geschlossen.«

»Flüchtig«, bestätigte Hedwig und genoss nun doch ein wenig, wie Wilkin sich ihrem Onkel gegenüber wand. »Der Herr Wilkin von Torgau zeigte sich an meinem Pferd interessiert und erkannte mit großem Sachverstand dessen ausgezeichnete Veranlagung.«

Irina, die einen Schritt hinter Hedwigs Onkel zurückgeblieben war, schnaubte belustigt, woraufhin Cord sich erheitert gegen sie verneigte, um sie zu begrüßen.

Johann von Quitzow lüpfte seinen neuen Hut mit Pelzrand, strich sich die Haare nach hinten und setzte ihn wieder auf. »Sei es, wie es will. Ihr werdet dennoch Verständnis dafür haben, dass es mir nicht passt, wenn ihr euch hier an mein Mündel heranmacht. Das gilt für den einen wie den anderen. Wenn du etwas mit mir zu reden hast, Cord, dann bist du zum Essen willkommen. Falls nicht, weißt du ja nun, was du wissen wolltest, und kannst dich davonscheren. Ich bin sicher, wir laufen uns alle noch oft genug über den Weg, bevor wir wieder abreisen.«

Hedwig verstand ihren Onkel, doch so schnell wollte sie sich auf keinen Fall wieder von Cord verabschieden. »Natürlich wird er zum Essen kommen. Nicht wahr, Cord? Ich möchte hören, was du in Diensten unseres Kurfürsten erlebt hast.«

Cord lächelte sie an und wirkte nun beinah so glücklich wie im ersten Augenblick ihrer Begegnung. »Diese Einladung nehme ich mit Freude an. In der Hoffnung, dass dein Hund mich nicht beißen wird.«

Johann ließ ein unzufriedenes Grollen hören, widersprach aber nicht, sondern wedelte nur mit der Hand, um die jüngeren Männer zu verscheuchen wie Fliegen.

Wilkin verabschiedete sich schweigend mit einer weiteren Verneigung. Seine Miene war bedrückt, und der letzte Blick, den er Hedwig widmete, erschien ihr so traurig, dass die Grobheit ihres Onkels ihr leidtat.

»So ruppig hättest du nicht mit ihnen sein müssen«, sagte sie, nachdem die beiden gegangen waren.

Ihr Onkel stieß einen verächtlichen Laut aus. »So wie sie dich angesehen haben, hätte ich noch weit gröber mit ihnen sein sollen. Es stand ihnen ins Gesicht geschrieben, was sie von dir wollen. Eine Frechheit, dir hier so aufzulauern.«

»Sie haben mir nicht aufgelauert. Und Cord ist ein Freund, Onkel. Ist es nicht selbstverständlich, dass er mich besucht? Ich schätze ihn und habe mich gefreut, ihn zu sehen.«

»Das hast du ja weiß Gott deutlich gezeigt. Aber ich warne dich, Mädchen: Bastard hin oder her, er kommt nach seinem Vater. Und Kaspar hatte eine Art mit den Weibern, die jeden klugen Vater dazu brachte, seine Töchter im Turm einzuschließen, wenn er nahte. Was nicht heißt, dass er ein schlechter Kerl ist. Wenn Cord dich heiraten könnte und es nur nach mir ginge, würde ich es vielleicht in Erwägung ziehen. Aber er kann es nicht, und Friedrich würde es ohnedies nicht erlauben, darauf verwette ich meine Stiefel.«

»Wer spricht davon, dass ich Cord heiraten will oder er mich? Daran habe ich nie ...«

Irina betrachtete sie kopfschüttelnd. »Du bist eine solche Unschuld, Hedwig! Cord ist ein guter Mann, aber er ist ein Mann wie andere. Er hat dich heute nicht mehr angesehen wie das wilde Kind, mit dem er sich vor Jahren herumgebalgt hat. Und dieser Wilkin ... Mit dem ist offenbar ein noch gewaltigerer Wandel vor sich gegangen.«

Darin allerdings musste Hedwig ihr zustimmen. Sie staunte noch immer über Wilkins Offenbarungen. »Er hat sich ein Zeichen meiner Gunst gewünscht, um es ins Turnier zu tragen. Ich habe gesagt, ich müsste erst meinen Onkel fragen. Was haltet ihr davon?«

Ihr Onkel zuckte mit den Schultern. »Daran ist im Grunde nichts Verwerfliches. Ich habe selbst früher zwei- oder dreimal edle Frauen darum gebeten. Es war zu erwarten, dass du gefragt wirst. Nur wäre es mir lieber, wenn du dein Tüchlein nicht ausgerechnet einem von Torgau überließest.«

»Ich glaube, er wollte mir mit seiner Frage nur eine Gefälligkeit erweisen. Er ist damals nicht höflich zu mir gewesen, und das tut ihm nun leid.«

»Umso weniger verdient er es, dass du ihm die Freundlichkeit erweist. Warte ab und such dir einen von denen aus, die noch kommen werden«, sagte ihr Onkel.

Die Vorstellung, dass noch mehr Männer sie auf diese Art in Verlegenheit bringen würden, ließ Hedwig wünschen, sie hätte es schon hinter sich. »Ein Jammer, dass Cord mich nicht gefragt hat. Ich hätte nicht gezögert, ganz gleich, was ihr von ihm denkt. Er hat mich zwar oft geärgert, aber ich bin mir sicher, dass er mir wohlgesonnen ist.«

Ihr Onkel lachte höhnisch. »Tja – aber da niemand es bisher für angebracht hielt, ihn zum Ritter zu schlagen, könnte der Bastard dein Zeichen höchstens in einen Bauernringkampf oder ins Pfahlklettern führen. Und darin wäre er vielleicht noch nicht einmal gut. Hach! Wenn wir mit der Suche nach deinem zukünftigen Gemahl schon etwas weiter wären, müssten wir uns gar nicht über diese Sache unterhalten. Es ärgert mich, dass ich erst morgen mit Friedrich sprechen kann.« Damit drehte er sich um und ging zum Zelt zurück, als wäre er tatsächlich nur herausgekommen, um die jungen Männer zu verjagen. Irina blieb zurück und sah sie fragend an. Sie wusste, wie unwohl Hedwig sich mit dem Gedanken an eine Heirat fühlte. Ihr Onkel hatte ihr bei allem, was ihm heilig war, versprochen, dass sie das letzte Wort bei der Wahl ihres Gatten haben würde. Dennoch machte ihr der Gedanke an die Ehe Sorgen, denn die Männer, die sie bisher kennengelernt hatte, schienen ihr sämtlich ungeeignet, um ein ganzes Leben mit ihnen zu verbringen.

Nur einmal hatte es einen Burgmannensohn gegeben, von dem sie eine Weile den Blick nicht lassen konnte. Ihn zu sehen oder ihm nahe zu sein, hatte ihr ein aufregendes Kribbeln verschafft. Doch das hatte sich gelegt, nachdem sie einige Male mit ihm gesprochen hatte. Seine Stimme und seine Aussprache waren ihr unangenehm gewesen, und auf die langweiligen Dinge, die er über das Leben auf der Burg äußerte, hatte sie nichts zu erwidern gewusst. Was zweifellos gut so war, denn er wäre nicht als Gatte für sie infrage gekommen, wenn sie sich darin nach dem Willen ihres Onkels richten wollte.

Wilkins Anblick brachte ihr Herz ebenfalls dazu, schneller zu schlagen, doch sie konnte nicht feststellen, ob das an etwas anderem lag als an seiner Ähnlichkeit mit Richard. Es war auch gleichgültig, denn in seinem Fall spielte es ebenfalls keine Rolle, ob er ihr gefiel.

Ebenso wenig offenbar bei Cord, dessen Erscheinung fast gegensätzlich zu Wilkins war, doch auf ihre Art anziehend auf sie wirkte, obwohl er an die zehn Jahre älter war. Allerdings konnte sie sich von einer Ehe mit Cord am wenigsten vorstellen, wie sie ausgesehen hätte. Sie kannte ihn nicht anders als unverschämt, laut, lustig und vor allem unterwegs. Ihn würde seine Gemahlin kaum zu Gesicht bekommen, wenn sie nicht bereit war, dasselbe unstete und unbehagliche Leben zu führen wie er. Hedwig hätte es nicht abwegig gefunden, das zu tun, nahm jedoch an, dass Cord selbst keinen Wert darauf gelegt hätte, ein Eheweib bei sich zu haben. Ohnehin war diese Überlegung müßig, denn er dachte gewiss nicht im Traum daran, ihr eine Ehe anzutragen.

»Sieh mich nicht so an, Irina! Du und Onkel Johann, ihr tut, als wolle jeder Mann, der mir nur ein Mal zulächelt, mich heiraten oder meine Tugend antasten. Ich glaube nicht daran«, sagte sie.

Irina strich ihr liebevoll mit den Fingerspitzen über den Arm. »Ich glaube, dein Onkel kennt die Art der Männer besser als du oder ich, und er weiß nur zu gut, wie ein nettes Lächeln einem Mädchen den Kopf verdrehen kann. Du solltest vorsichtig sein.«

»Du klingst bald wie Tante Agnes«, warf Hedwig ihr vor.

Rückwärtsgehend lächelte Irina ihr zu. »Und ich nehme an, auch sie weiß genau, warum eine Jungfer die Männer fürchten sollte. Ich gehe wieder ins Zelt. Kommst du mit?«

Hedwig schüttelte den Kopf und ließ sie ziehen. Wie unsinnig die Sorge war, dass sie sich verführen lassen würde! Es gab zweifellos mehr Gründe, die Männer zu fürchten, die sie niemals anlächeln würden. Nach ihrer Ankunft auf dem Lagerplatz bei Berlin hatte sie als Erstes ihren Onkel gedrängt herauszufinden, ob Gerhardt von Schwarzburg und Wilkins Brüder anwesend waren. Da sie keine Möglichkeit sah, diese Männer zur Rechenschaft zu ziehen, wollte sie ihnen am liebsten nicht begegnen. Auch deshalb hielt sie sich mit Irina vorwiegend nahe bei ihrem Zelt auf und bewegte sich sonst nur in Begleitung ihres Onkels auf dem weit ausgedehnten Lagerplatz der Huldigungsgäste.

Obgleich Hedwig sich in großen Menschenmengen nicht wohlfühlte und ihre Furcht vor den Männern, die sie überfallen hatten, allgegenwärtig war, freute sie sich auf die kommenden Tage. Sie war neugierig darauf, den Kurfürsten und seinen Sohn Johann, den zukünftigen Markgrafen von Brandenburg, zu sehen, und sie fieberte den Wettkämpfen des großen Turniers entgegen. Sie hatte auf der Plattenburg den Männern bei ihren Waffenübungen zugesehen, und dank der Erklärungen ihres Onkels genug Sachverstand gewonnen, um beurteilen zu können, ob ein Kämpfer seine Sache gut machte. Auch sie selbst hatte sich mit dem Schwert versuchen dürfen, doch damit hatte ihr Onkel sie im Grunde nur daran erinnern wollen, dass sie mit der schweren Waffe gegen die Körperkraft der Männer nicht bestehen konnte. Stattdessen hatte er sie und auch Irina gelehrt, ihren Umgang mit dem langen Dolch zu verfeinern, um auch Männern beikommen zu können, die mit einem Schwert bewaffnet waren.

Ihre Tante erfuhr in der Regel von diesen Übungen nichts. Manchmal vermutete Hedwig, dass ihr Onkel auch deshalb so viel Freude an ihren Lehrstunden hatte, weil sie den Wünschen seiner Gattin widersprachen.

Hedwigs tägliche Beschäftigung mit ihrem Bogen hingegen hatte Johann vor Agnes damit gerechtfertigt, dass auch andere Edelfrauen sich mit dieser Fertigkeit vergnügten und stärkten.

Tatsächlich sollte es während der Huldigungstage neben dem großen Bogenturnier der Männer ein kleines der Edelfrauen geben. Hedwig war erfreut gewesen, als sie davon hörte, und hatte gehofft, dass sie dort vielleicht Frauen begegnen würde, die ihr ein wenig ähnelten.

Doch ihr Onkel hatte sie nur mit seinem verbliebenen Auge merkwürdig angesehen und den Kopf geschüttelt. »Ich weiß nicht, ob die eine oder andere von ihnen dir ähnelt, Kätzchen. Aber ich kann dir sagen, dass sie jedenfalls nicht schießen wie du.«

Umso gespannter war Hedwig nun auf das Ereignis. Sie hatte ihre beiden besten Bögen dabei und einen Satz Pfeile mit schmalen Spitzen, die sich für das Schießen auf Strohscheiben besser eigneten als ihre üblichen scharfen, dreieckigen Jagdspitzen. Sie schonten die Scheiben und ließen sich leichter wieder entfernen.

Ihre besten Bögen waren nicht mehr jene, die sie aus dem Zootzener Wald mitgebracht hatte. Als diese nach den vielen Jahren des Gebrauchs begonnen hatten, Schwächen zu zeigen, war ihr Onkel mit ihr zwei Tage weit zu einem besonders guten Bogner gereist und hatte ihr zwei neue bauen lassen. Beide waren aus Eibenholz, der eine ganz gerade gewachsen, der andere mit einigen Knoten und Krümmungen, die der Bogner jedoch so kunstvoll eingearbeitet hatte, dass sie den Bogen nicht schwächten, sondern ihn in Hedwigs Augen noch schöner machten. Gekonnt aus den richtigen Lagen von Splint- und Kernholz gewählt, schimmerten die geölten und polierten Bögen in den zwei verschiedenen Honigfarbtönen der Eibe. Die Spitzen waren mit Nocken aus dunklem

Rinderhorn versehen, die das weiche Holz vor der scharf einschneidenden Sehne schützten und diese sicher an ihrem Platz hielten. Hedwig liebte es, über das glatte, warme Holz der eleganten Waffen zu streichen, die ihr bald so vertraut waren, als wären sie ein Teil von ihr.

Sie ließ zwar nichts auf die alten Bogen kommen, die Richard ihr gebaut hatte, doch für sich wusste sie, dass die neuen sie bei Weitem an Wurfkraft und Schnelligkeit übertrafen, ohne ihr wesentlich mehr Kraft abzuverlangen. Sie waren länger gebaut, jedoch nicht so lang, dass sie auf dem Pferderücken oder in einem Jagdversteck zu unhandlich geworden wären, und sie ließen sich angenehm weich ziehen.

Irina hatte eine Weile ebenfalls fleißig mit dem Bogen geübt, doch nachgelassen, als es nach den raschen Anfangsfortschritten nicht mehr so recht voranging.

Nachdenklich ließ Hedwig ihren Blick zu den großen Anlagen vor den Mauern Berlins schweifen, die der neue Markgraf dort für die unterschiedlichen Wettkämpfe des Turniers hatte vorbereiten lassen. Bevor ihre Neugier auf das Bogenturnier gestillt werden würde, musste sie sich noch gedulden, denn es fand erst nach den Huldigungen des Klerus und der Lehnsritter statt, die für den nächsten Tag angesetzt waren.

## ⁂ 8 ⁂

# Huldigungen

Da das Wetter trocken und windstill war und eine große Zahl Zuschauer erwünscht, fanden die Huldigungszeremonien im Freien statt. Nur der anschließende gemeinsame Gottesdienst des neuen Lehnsherren mit seinen Gefolgsleuten sollte in der Berliner Nikolaikirche gehalten werden und sich auf die wichtigsten Teilnehmer beschränken.

Der Brandenburger Klerus huldigte Markgraf Johann zuerst, und zwar auf Knien. Mehr bekam Hedwig von diesem Teil der Feierlichkeit nicht zu sehen, denn sie traf zu spät ein, um einen guten Platz zum Zuschauen zu ergattern. Es hatte ungeheuer lange gedauert, ihrem aufgeregten Onkel alles so recht zu machen, dass sie das Zelt verlassen konnten.

Er war sonst weder ein eitler Mann noch furchtsam, aber die Aussicht, unter den Augen sämtlicher reicher und mächtiger Brandenburger, von denen einige zu seinen ärgsten Feinden gehörten, vortreten und sich präsentieren zu müssen, machten ihn zu beidem.

Bereits im Vorfeld der Reise hatte er keinen Aufwand gescheut, um sich für seinen Auftritt zu wappnen. Die kostbarste Kleidung und die prunkvollste Rüstung waren beschafft worden, die er sich hatte leisten können, ganz zu schweigen von dem Satz silberner Teller, die er seinem neuen Lehnsherrn als Geschenk überreichen wollte. Jedes Stück der Ausstattung war in Leinen und Wolle eingeschlagen gewesen, um auf der fünftägigen Reise nicht zu verschmutzen oder zerkratzt zu werden, und musste noch einmal sorgsam nachgesehen werden, bevor er es anlegte.

Dem Ankleiden vorausgegangen war der für ihn völlig unübliche morgendliche Besuch eines Badezeltes, wo er sich vor dem Bad seinen Zehntagebart hatte abnehmen lassen. Der Bader hatte ihm mit seinem Messer eine kleine Verletzung an einer schwierig zu rasierenden Stelle zwischen seinen Halsfalten zugefügt, die trotz ihrer Winzigkeit immer wieder blutete und ihn damit annähernd zur Raserei trieb, weil er keine Blutflecken auf seiner teuren Kleidung zulassen wollte. Und als nach viel Tupfen, Zupfen und Beschwichtigen von Hedwigs Seite endlich ein brandenburgischer Ritter in allem Prunk vor ihr stand, fehlte auf einmal die Lehnsurkunde, die so gut und geheim verwahrt worden war, dass niemandem mehr einfiel, wo. Als Irina sie schließlich zusammengerollt in einer alten Schwertscheide fand, hatte die Huldigung längst begonnen.

Trotz aller Aufregung, die ihr Onkel gezeigt hatte, solange sie noch unter sich gewesen waren, schritt er so würdevoll und erhaben mit ihnen zum Huldigungsort, dass er wirkte, als hätte er nie vorgehabt, pünktlich dort zu erscheinen.

Zu Hedwigs Erleichterung war das Gedränge so gewaltig, dass es nicht sonderlich auffiel, wann sie ankamen. Und ihr Onkel verstand es, sich allein unauffällig weiter nach vorn zu arbeiten, wo Kaspar Gans zu Putlitz ihm einen Platz an seiner Seite schuf. Hedwig hingegen blieb mit Irina in den äußeren Kreisen der vornehmen Zuschauer zurück, atmete auf und musste ein wenig lachen, weil sie auf einmal feststellte, wie sehr sie ihren Onkel gerade für seine Schwächen liebte und wie leicht sie seine Schwächen in sich selbst wiederfand. Furcht machte sie ebenso wütend und missgelaunt wie ihn. Und seine Angst vor diesem Auftritt konnte sie ihm nicht verdenken. Jeder, der in Brandenburg Rang und Namen hatte, stand an diesem Tag auf den niedrigen Tribünen um die Teppiche herum, auf denen die Lehnsleute vor den Markgrafen ziehen würden. Johann saß auf einem erhöhten Podest unter einem großen Baldachin und wartete darauf, dass sie ihm ihre Eide leisteten. Jeder der Anwesenden hatte zuvor alles getan, um die anderen an Pracht möglichst auszustechen. Die Luft schien zu schwirren von Edelsteingefunkel, Silber- und Goldglanz und dem Schimmern, Wogen und Wehen farbenprächtiger erlesener Tuche.

Auch Hedwig fühlte sich unter diesen Umständen nicht frei von Eitelkeit. Sie war froh, dass ihr Onkel darauf bestanden hatte, sie für diesen Anlass ebenfalls mit neuen Gewändern zu versehen. Ihr Kleid war an diesem Tag farblich passend zu seinem Gewand gewählt. Während er kräftiges Rot und Grün trug, passend zum roten Wolf und den grünen Bäumen im Wappen derer von Quitzow, waren die Farben bei ihr zarter gehalten, doch im gleichen Ton. Sogar die ausladende grüne, bestickte Wulsthaube, die sie an gewöhnlichen Tagen als zu unbequem abgelehnt hätte, verlieh ihr nun das Gefühl, aus der sie umgebenden Gesellschaft zumindest nicht durch Ärmlichkeit herauszustechen.

Derselben Ansicht war Cord, der sich auf rätselhafte Weise an ihrer Seite einfand, als hätte er wie ein Vogel über der Menge geschwebt, um sie zu entdecken. »Du kannst es mit den Schönsten aufnehmen«, flüsterte er ihr zu, um gleich darauf nach vorn zu sehen und sich den Anschein zu geben, er stünde nur zufällig in ihrer Nähe.

Sie hatten am Vorabend mit einer kleinen Gruppe ausgewählter Gäste fröhliche gemeinsame Stunden verlebt. Cord hatte sich bestens mit ihrem Onkel unterhalten, und er hatte es verstanden, mit ihr ein Gespräch zu führen, ohne dass jemand daran hätte Anstoß nehmen können. Auch er trug nun ausnahmsweise bessere Kleidung als sonst, war jedoch schon durch seinen geringeren Stand davon befreit, mit den höheren Edlen wetteifern zu müssen. Hedwig wusste, dass er nicht immer glücklich über die Rolle war, die sein Vater ihm durch die Umstände seiner Geburt zugeschrieben hatte, doch zweifellos kostete er es ebenso aus, dass er in manchen Dingen größere Freiheit genoss als der Erbsohn eines Adelsgeschlechts.

Sie hatte Wilkin noch nicht entdeckt, doch sie war sicher, dass er als ältester Sohn Hans von Torgaus und enger Vertrauter des Kurfürsten an diesem Tag in ein Netz von Pflichten eingebunden war, von denen ein prächtiger Aufzug die geringste war.

Als die Huldigungen der Lehnsritter begannen, vergaß Hedwig Cord und all die anderen um sie her. Sie stellte sich auf die Zehenspitzen, um zu sehen, wie sich die Männer ihrem Rang nach gruppierten und zu einem Zug aufstellten. Mehrere Herolde waren damit beschäftigt, den Vorgang unauffällig zu unterstützen und regelnd einzugreifen, wo sich Teilnehmer über die Reihenfolge ihres Auftretens nicht ganz im Klaren waren.

Bald hatten alle ihren Platz gefunden, und schon trat die erste Reihe zur Zeremonie des Handganges an und vor den Schatzmeister und Schreiber des neuen Markgrafen Johann, um ihm alte Lehnsurkunden auszuhändigen, die hinfällig wurden. Der Markgraf selbst blieb in seinem Sessel sitzen und blickte huldvoll, während sein Schatzmeister die zukünftigen Vasallen fragte, ob sie Lehnstreue schwören wollten.

Gemeinsam schworen die Befragten auf die Evangelien, von diesem Augenblick an dem durchlauchten Markgrafen Johann treu zu sein und ihm gegen alle und ganz und gar ihren Eid zu halten, in gutem Glauben und ohne Falsch. Anschließend traten sie nacheinander vor den Markgrafen. Dieser umschloss zuerst ihre Hände mit seinen, dann reichte er ihnen einen kunstvoll aus Silber geschmiedeten, belaubten

Zweig als Symbol für ihr Lehen und die lange im Voraus ausgehandelten Rechte, die er ihnen bestätigte oder verlieh. Einen Augenblick lang hielten sie diesen Zweig fest, um ihn dann zurückzugeben.

Rechts hinter dem Markgrafen saßen seine Eltern – Kurfürst Friedrich und seine Gemahlin Elisabeth, links seine Geschwister Jung-Friedrich und Albrecht, Elisabeth, Caecilie und Magdalena. Das Bild, das die fürstliche Familie abgab, verlieh der Zeremonie einen noch prunkvolleren Rahmen.

Hedwigs gespannte Aufmerksamkeit hielt an, bis ihr Onkel an der Reihe gewesen war, der gemeinsam mit Kaspar Gans und drei weiteren alten Bekannten vortrat, denen Hedwig bereits früher begegnet war. Kaspar war der erste von ihnen, der den Zweig erhielt, und sie sah sich kurz nach Cord um, weil sie neugierig war, wie er diesen bedeutungsvollen Moment empfinden mochte. Er fing ihren Blick auf und zwinkerte ihr zu, besonders berührt schien er nicht zu sein.

Kurz darauf hatte auch ihr Onkel seinem neuen Landesherrn gehuldigt und entfernte sich mit seinen Genossen zur Seite hin vom Sitz des Markgrafen. Aufatmend winkte sie Cord zu und schlüpfte, gefolgt von Irina, durch die Gruppen von Zuschauern hindurch, um sich ihrem Onkel wieder anzuschließen. Sie hatte nur Augen für ihr Ziel und bemerkte nicht, wer ihr im Weg stand, bevor sie ihn anstieß.

Gerhardt von Schwarzburg drehte sich gereizt zu ihr um, verbeugte sich dann jedoch galant und wich ihr aus. Hedwigs Herz machte einen Satz, und sie beeilte sich weiterzugehen. Hatte er sie erkannt? Unwillkürlich sah sie sich nach ihm um und ertappte ihn dabei, wie er ihr nachstierte. Seine Miene wurde eisig. Spätestens in diesem Moment hatte er sich an sie erinnert, das war ihm anzusehen.

Sie fluchte stumm, so unflätig, wie ihr Onkel es oft tat, und wandte hastig ihren Blick ab. Von Schwarzburg sagte etwas zu seinem Begleiter, so viel sah sie noch. Der Mann trug unter seinem Hut einen Verband, der sein linkes Auge verdeckte, und seine Verletzung schien noch frisch zu sein, denn es schimmerte rot durch die Leinenbinde.

Irina hatte ihren Feind offenbar rechtzeitig bemerkt und einen anderen Weg genommen, sie war nicht mehr hinter ihr. Mit der Furcht im Nacken drängte Hedwig sich nun umso hastiger bis zu ihrem Onkel durch.

Er legte lachend einen Arm um ihre Schultern. »Das wäre überstanden, mein Mädchen. Bis zur Messe ist noch Zeit. Kaspar lädt uns zu einem kleinen Untertrunk, da sagen wir nicht nein, nicht wahr? – Was ist mit dir? Ist dir jemand zu nahe getreten? Du machst ja ein Gesicht …«

Hedwig lehnte sich an ihn und seufzte kopfschüttelnd. »Ich habe gerade Gerhardt von Schwarzburg umgelaufen. Wie konnte ich so blind sein? Nun hat er sich an mich erinnert.«

Ihr Onkel schob sie auf Armeslänge von sich und musterte sie einäugig mit finster zusammengezogenen Brauen. »Was hat er getan? Hat er etwas zu dir gesagt? Bei Gott, ich wünschte, wir hätten etwas gegen ihn in der Hand. Ich würde einen Gerichtskampf fordern. Wo ist er?«

Hedwig wies zu der Stelle, wo von Schwarzburg noch immer stand und sich mit seinen Begleitern unterhielt. »Er hat nichts gesagt. Nur etwas zu dem Mann mit der Augenbinde. Wer ist das, kennst du ihn?«

»Reinhardt von Torgau. Der nächstjüngere Bruder deines Verehrers. Da leistet ein Halunke dem anderen Gesellschaft. Wüsste gern, wer ihm so ins Gesicht geschlagen hat. Der verdiente einen Hochruf.«

Aus der Menge erschien nun Cord mit Irina, die sich an seinem Ellbogen festhielt und die Schultern hochzog, als könne sie sich auf diese Art unsichtbar machen. Cord schob sie sanft auf Hedwig und ihren Onkel zu und wandte sich sogleich von ihnen ab. Er blickte zu von Schwarzburg und Wilkins Bruder hinüber, bis sein Vater, der ebenfalls noch in ihrer Nähe stand, ihn scharf anrief. »Cord! Was stehst du da und gaffst? Hast du keine Kammerdienerpflichten?«

»Leibwache«, stellte Hedwig unwillkürlich richtig, obwohl sie den Verdacht hegte, dass Kaspar Gans sehr wohl darüber im Bilde war, was sein Bastard für den Kurfürsten tat.

Cord drehte sich zwar um, beachtete jedoch weder Kaspars noch ihre Bemerkung. Seine Miene war ernst und besorgt, als er sich eilig gegen sie verbeugte. »Ich muss gehen, verzeiht. Hedwig ...« Er sah ihr eindringlich in die Augen. »Nehmt euch in Acht. Von Schwarzburg leistet sich nicht noch einmal den Fehler, eine von euch beiden am Leben zu lassen.«

Johann von Quitzow stieß einen verachtungsvollen Laut aus. »Er soll mir den Gefallen tun und etwas versuchen. Ich wäre dankbar für die Gelegenheit, ihm an die Gurgel zu gehen. Aber mach dir keine Sorgen, Junge. Den Frauen wird nichts geschehen.«

Mit langen Schritten stürzte Cord sich zurück ins Gedränge und war im Nu darin verschwunden.

Hedwig hakte Irina unter und strich ihr tröstend über den Arm. »Ich will meinen Bogen holen, bevor wir zum Essen gehen. Es wird aussehen, als wolle ich später am Wettschießen teilnehmen.«

Irina stöhnte gequält. »Ich dachte, ich würde diese Männer töten können, wenn ich sie wiedersehe, Hedwig. Aber ich habe viel größere Angst vor ihnen, als ich glaubte, und bin nicht mehr sicher, ob ich es kann.«

Hedwigs Onkel drohte ihr mit seinem Zeigefinger. »Was soll das Gerede? Davon will ich nichts mehr hören. Es ist nicht Eure Sache, mit diesen Männern etwas auszutragen. Ihr seid nicht mehr allein auf der Welt. Wenn sie sich herauswagen aus ihrer Deckung, dann warte ich schon auf sie. Ich freue mich darauf. Was, Kaspar? Wäre dir nicht auch danach, einen von Schwarzburg zusammenzuhauen?«

Kaspar Gans hatte sich neugierig zu ihnen gesellt, zuckte nun allerdings mit den Schultern. »Das käme doch sehr darauf an, mein alter Freund. Die Zeiten, in denen ich so etwas bedenkenlos getan hätte, sind vorüber. Unser Herr Kurfürst reagiert dieser Tage gereizt auf Zwischenfälle, die nach Fehde riechen, und sein Sohn wird es wohl ähnlich betrachten. Man überlegt es sich lieber zweimal, bevor man die Hand gegen einen brandenburgischen Ritter erhebt.«

»Würdest du etwa eher die Frauen zu Schaden kommen lassen?«, fragte Johann.

»Was denkst du von mir? Ich will nur sagen, dass es derzeit klüger ist, Händel zu vermeiden. Die Frauen sollen sich rarmachen und niemanden anstacheln, dann wird es schon friedlich bleiben.«

Kaspars Worte machten Hedwig wütend, doch sie wagte nicht zu widersprechen. Sowenig sie einsah, dass Irina und sie sich verstecken sollten, obwohl sie doch diejenigen waren, denen Unrecht geschehen war, so klar war ihr auch, dass Kaspars Worte etwas Wahres enthielten. Hätte sie Gerhardt von Schwarzburg nicht von ihrer ersten Begegnung an durch ihr Verhalten und ihr Äußeres gereizt, hätte er die Jagd auf Adam und Irina vielleicht früher aufgegeben und Adam nicht ermordet. Außerdem hätte der Mann sich heute gar nicht mehr an sie erinnert, und sie hätte ihn nicht fürchten müssen.

* *

Wilkin hatte die Ehre, während der Huldigungszeremonie wenige Schritte hinter dem Kurfürsten und seiner Frau neben den Stühlen von Jung-Friedrich und seinem ein Jahr jüngeren Bruder Albrecht stehen zu dürfen, um für die Sicherheit der Familie zu sorgen. So sah er das hochmütige, ovale

Gesicht seines Vaters von vorn, als dieser seinen Eid sprach. Als unbeachteter Beobachter hatte er reichlich Zeit, eine Bestandsaufnahme vom Zustand seines alten Herrn zu machen. Er hatte sich über die vergangenen Jahre einen vorstehenden Wanst zugelegt, von dem Wilkin sich nicht vorstellen konnte, dass er noch unter eine Rüstung passte, es sei denn, der Schmied hätte ihr die tief heruntergezogene spitzbäuchige Form verpasst, die man gelegentlich sah und die so lächerlich plump wirkte.

An diesem Tag trug sein Vater keine Rüstung. Die kostbaren Tuche einer dunkelblauen Tunika und des Waffenrocks in den blau-weiß-goldgelben Wappenfarben derer von Torgau bedeckten ihn – beides nagelneu, man erkannte es an den leuchtenden Farben, die noch wenig Licht und Wasser gesehen hatten. Wilkin war heilfroh, dass der Kurfürst ihm zu diesem Anlass einen neuen Waffenrock im kurfürstlichen Schwarz und Silber spendiert hatte, denn für einen neuen in den eigenen Farben hätte er eine Samtdecke versetzen müssen, die Gräfin Elisabeth ihm im Herbst geschenkt hatte. Er hätte seinen Vater um Geld bitten können, doch er hatte zu oft aushalten müssen, wie seine jüngeren Brüder volle Beutel zugesteckt bekamen, während er leer ausging. Sein Stolz ließ nicht mehr zu, bei ihm zu betteln, und hätte ihm das Geld auch hundertmal zugestanden.

Pelzbesätze schmückten die Tunika seines Vaters und seine turbanartige Kopfbedeckung. Auch das gute, feste Tuch seiner Ausstattung schien stärker zu wärmen, als das sonnige Spätsommerwetter es erforderte, denn ihm glänzten Schweißtropfen im Gesicht, wie er dort in einer Reihe mit vier anderen der besseren Lehnsritter vor Johann von Brandenburgs Schatzmeister stand.

Unwillkürlich zog Wilkin seinen Bauch ein, obwohl er es nicht nötig hatte. Eines Tages würde er selbst vor einem

Markgrafen oder Kurfürsten stehen und ihm als Vasall huldigen. Gesetzt den Fall, dass er den Tod seines Vaters noch erlebte. Würde er dem Alten dann ähnlicher sehen als jetzt? Er hoffte nicht. Sein jüngster Bruder Ludwig dagegen würde vermutlich seines Vaters Ebenbild werden.

Sein Vater gab den Silberzweig zurück und trat ab. Reihe für Reihe traten mehr oder weniger mächtige Männer vor, und die Zeit begann sich zu dehnen. Als Wilkin Johann von Quitzow entdeckte, schweiften seine Gedanken zu Hedwig ab. Sein Herz schlug dabei schneller. So unangebracht es war, fühlte er sich ein wenig verliebt in sie. Sie war reizend errötet, als er sie angesprochen hatte, und sie wies auf einmal viele Eigenschaften einer verehrungswürdigen adligen Jungfrau auf: Schüchternheit, Anmut, liebliche Gesichtszüge und edlen Geschmack. Mochte es ihr an Demut oder Frömmigkeit vielleicht auch ein wenig mangeln, so war es ihr doch gelungen, etwas in ihm zu berühren. Es war bedauerlich, dass ihr Onkel sich so schnell gegen ihn gestellt hatte, sonst hätte er sie wohl noch ein- oder zweimal sprechen können. Sie hatte ihm nicht so heftige Ablehnung entgegengebracht, wie er erwartet hatte.

Eine Weile nachdem auch Hedwigs Onkel den Silberzweig an den neuen Markgrafen zurückgegeben hatte, entstand am hinteren Rand des Baldachins, unter dem sie sich aufhielten, eine leichte Unruhe. Wilkin entfernte sich unauffällig von seinem Platz an Jung-Friedrichs Seite und fand im Zentrum der Unruhe Cord vor, der von den für diesen Anlass als Ehrenwache ausgewählten Söhnen des höheren Adels nicht durchgelassen wurde. Mit sichtlicher Erleichterung winkte sein Freund ihn heran.

Es musste sich um eine dringende Angelegenheit handeln, denn sonst hätte Cord nie diesen ungünstigen Zeitpunkt gewählt, um ihn aufzusuchen. Ahnungsvoll ließ Wilkin sich von ihm nah heranziehen, sodass Cord ihm unhörbar für die Umstehenden ins Ohr sprechen konnte. »Schlechte Neuigkeiten. Ich habe deinen Bruder Reinhardt gesehen und könnte wetten, dass er es ist, den ich bei dem Überfall im Gesicht verletzt habe. Er steckte mit Gerhardt von Schwarzburg zusammen, als ich ihn sah. Mach dich auf das Schlimmste gefasst. Spätestens wenn Friedrich heute Abend den Gefangenen befragt, wird die Sache auffliegen. Trotzdem muss ich dich um einen Gefallen bitten. Von Schwarzburg und deine Brüder sind eine Gefahr für Hedwig von Quitzow und ihre Zofe. Ich kann dir jetzt nicht erklären, warum. Aber mir ist mehr als unwohl, wenn ich daran denke, dass ihr Onkel nachher in die Kirche gehen und sie ohne echten Schutz lassen wird. Und ich soll am Seiteneingang der Kirche bleiben. Kannst du vielleicht die Kurfürstin ersuchen, dass sie die Frauen so lange zu sich einlädt?«

Wilkin war kurzfristig sprachlos, wusste aber, dass er unabhängig davon, was er gehört hatte, schnellstens an seinen Platz zurückkehren musste. Die jüngste Dummheit seiner Brüder hatte eine Reichweite, die er so rasch nicht ermessen konnte. »Blutiger Jesus«, murmelte er.

»Wirst du es tun? Ich bitte dich. Über den Rest sprechen wir später.«

Cord schien es ebenfalls eilig zu haben, daher stimmte Wilkin nur stumm zu. Sein Freund schlug ihm mitfühlend auf die Schulter, und sie trennten sich hastig.

»War das Cord?«, flüsterte Jung-Friedrich, als er wieder Stellung neben dessen Stuhl bezogen hatte. Wilkin nickte kurz, legte dann jedoch den Finger auf die Lippen, um jede weitere Frage zu unterbinden.

Er hatte den Tag so lange näherkommen sehen, an dem seine Brüder ihren entscheidenden Fehler machen würden, und wusste doch noch immer nicht, welche Auswirkungen das für ihn haben würde. Immer in der Hoffnung, dass die persönliche Wertschätzung, die der Kurfürst für ihn hegte, gegen den Verrat seiner Familie bestehen konnte, hatte er ihm unbeirrt treu gedient. Doch es war schwer vorstellbar, dass Friedrich den Bruder eines Mannes, der versucht hatte, seinen Sohn zu ermorden, als Vertrauten und Hauptmann seiner Leibwache behielt. Selbst wenn Friedrich ihm sein Vertrauen nicht entzöge, wäre das misstrauische und spöttische Geraune, das es um die Angelegenheit geben würde, ihm vermutlich lästig.

Wilkin musste sich also darauf gefasst machen, dass sein Leben sich in Kürze auf eine Weise verändern würde, die er nicht lenken konnte. Ein Gefühl, das er hasste und dem er lieber zuvorkommen sollte, indem er von sich aus um seinen Abschied bat. Ohnehin durfte er an den Aufruhr gar nicht denken, der losbrechen würde, wenn mindestens Reinhardt öffentlich als Mittäter des Überfalls entlarvt wurde. Es bestand die Gefahr, dass er sich übergab, wenn er sich den beschämenden Prozess ausmalte, der geführt werden musste. Lieber hätte er in einer abgeschiedenen Wüste im fernen Orient gedurstet, als diese hochpeinliche Sache miterleben zu müssen. Er würde für lange Zeit niemandem mehr in die Augen sehen können.

So eifrig er auch von Kindheit an geübt hatte, sich nicht als Teil seiner Familie zu fühlen, gab es dafür Grenzen. Um seinen Bruder tat es ihm nicht leid, doch einen Rest Ehre für den Namen, den er trug, hätte er gern gewahrt gesehen.

Ganz in seine unangenehmen Gedanken verstrickt, wäre ihm Cords merkwürdige Bitte beinahe entfallen. Erst als die Zeremonie des Handgangs zu Ende ging, das Kurfürstenpaar sich erhob und Elisabeth, die für ihr Alter und die vielfache Mutterschaft noch immer eine anziehende Frau war, den versammelten Adligen liebenswürdig zuwinkte, fiel ihm wieder ein, dass er ein Anliegen an sie hatte.

Tatsächlich war er einer der wenigen, die sich in dieser Lage überhaupt an sie wenden konnten. Im für sie knappen Zeitplan der Huldigungstage kam ein Bittsteller nur unter außergewöhnlichen Umständen an sie heran.

Er musste nicht an ihr fürsorgliches Wesen appellieren, um ihre Zusage zu erhalten. Sie war so überrascht und erfreut darüber, dass er ihr gegenüber ein weibliches Wesen erwähnte, dass allein die Neugier sie dazu getrieben hätte, die Jungfer einzuladen. Kurfürstin Elisabeth, die ihn über die letzten zehn Jahre beobachtet hatte, als wäre sie seine Mutter, fand es besorgniserregend, dass sein Vater sich so wenig um eine Braut für ihn bemühte. Sie war der Ansicht, dass es für ihn an der Zeit war, die Sache selbst in die Hand zu nehmen. Dass seine Bitte keinesfalls einen solchen Hintergrund hatte, versicherte er ihr vergeblich, zumal er nicht leugnen konnte, dass Hedwig ihm gefiel.

* *

Ein Page überbrachte Hedwig Fürstin Elisabeths Nachricht und erschreckte sie damit mehr, als die plötzliche Begegnung mit einem wütenden Keiler es gekonnt hätte. Ihr Onkel dagegen hielt die Einladung für die Reaktion des Kurfürsten auf seine Ankündigung, sie verheiraten zu wollen, und war zufrieden. Er meinte, dass Friedrich es seiner Gemahlin übertragen haben müsse, Überlegungen dazu anzustellen.

So begleitete Johann Hedwig und Irina am Nachmittag kurz vor Beginn der Huldigungsmesse zum Zeltpalast des Kurfürsten und gab sie in Fürstin Elisabeths Obhut.

Aus Platzgründen versammelten sich außer der Gemahlin des neuen Markgrafen nur die Männer zur Messe in der Kirche, die dem Markgrafen in Person gehuldigt hatten oder die ihm und seinem Vater gegenüber eine besondere Stellung innehatten. Weitere Andachten fanden jedoch außerhalb der

Kirche statt, so auch für die Frauen und einige ältere Herren im großen Zelt des Kurfürsten.

Deshalb beschränkte sich Hedwigs Begegnung mit Fürstin Elisabeth vorerst auf eine kurze Begrüßung. Erst nach dem feierlichen Gottesdienst holte ein Page sie aus den hinteren Reihen der Anwesenden ab und brachte sie in das kleinere Nebenzelt der Fürstin, welches diese mit ihren drei jüngsten Töchtern bewohnte. Das älteste der Mädchen war achtzehn, nur drei Jahre jünger als Hedwig, das kleinste jedoch erst fünf Jahre alt und spielte mit seiner Amme in einer gemütlich eingerichteten Ecke des Zeltes Fingerspiele.

Hedwig und Irina waren nicht die einzigen Gäste, dennoch erwies Elisabeth Hedwig die Ehre, ihr einen Sitzplatz an ihrer Seite zuzuweisen. Irina, die Hedwigs Bogen behütete, durfte sich in einem Vorraum zu den Zofen des kurfürstlichen Hofes gesellen.

Hedwig fühlte sich so krank vor Aufregung, dass ihr nicht ein einziger Satz einfiel, den sie zur Kurfürstin hätte sagen können. Dieses Mal war sie dankbar für die Regeln des guten Benehmens, die ihr verboten, das Wort ungefragt an die höhergestellte Frau zu richten.

Diese war noch eine Weile von ihr abgelenkt, weil sie ihre Bediensteten antrieb, die nun ausschließlich weiblichen Gäste mit Süßmost und kleinen Pasteten zu versorgen. Das Gebäck schmeckte nach Honig und orientalischen Gewürzen, und der Genuss lenkte Hedwig von ihrer Aufregung ab. Etwas so Gutes hatte sie selten gegessen, denn in der Küche ihrer Tante ging es bescheidener zu. Zu ihrem Entsetzen sprach die Kurfürstin sie ausgerechnet jetzt an, wo sie den Mund voll köstlicher Pastete hatte. Sie spürte, wie sie flammend errötete.

»Jungfer Hedwig, ich erkenne, warum Ihr unserem lieben Wilkin aufgefallen seid. Euer Onkel muss sehr stolz auf Euch sein, Ihr seid ein reizender Anblick. Diese grüne Haube ist entzückend und Euer Kleid geschmackvoll. Sicher hat Eure Tante Euch bei der Auswahl geholfen?«

Vor Schreck hatte Hedwig aufgehört zu kauen und nun doppelte Mühe, die Pastete herunterzubringen. Ihre Tante ihr geholfen? Durfte sie gestehen, dass ihr Onkel mit ihr ein Rennen bis nach Quitzöbel geritten war, weil dort eine weltlich gesonnene Witwe lebte, mit der er offenbar einst eine enge Bekanntschaft gehegt hatte? Diese Frau hatte die Schneider angewiesen, welche Kleider ihr angepasst werden sollten. Sie schluckte gequält und schüttelte den Kopf. »Meine Tante ist sehr fromm und möchte sich mit weltlichen Eitelkeiten nicht mehr beschäftigen. Mein Onkel hat eine andere Beraterin für mich gefunden.«

Elisabeth lachte und neigte sich ihr verschwörerisch zu. »Nun, um diese Beraterin werden dich gewiss bereits einige Frauen beneiden. Sag mir, hat dein Onkel schon Heiratspläne für dich? Du wirst mir verzeihen, wenn ich so offen spreche, aber du scheinst mir alt genug zu sein. Ich kann mir natürlich denken, dass die ungewöhnlichen Umstände deines jungen Lebens ihn dazu bewogen haben, dich länger bei sich zu behalten. Aber sicher wünschst du dir doch etwas anderes, oder nicht?«

Hedwig fiel von einer Verlegenheit in die nächste. Fürstin Elisabeth klang nicht, als wüsste sie, dass ihr Onkel die Frage ihrer Heirat bereits beim Kurfürsten angesprochen hatte. »Mein Onkel möchte über die Wahl meines Gatten im Einvernehmen mit dem erlauchten Herrn Kurfürsten beschließen. Soweit ich weiß, gibt es dabei Umstände zu erwägen, die nicht nur uns allein betreffen.«

Zu Hedwigs Verwunderung hatte die Kurfürstin keine Bedenken, mit vollem Mund zu reden. Sie biss eine halbe Pastete auf einmal ab und sprach nuschelig daran vorbei, sogar Krümel hingen ihr im Mundwinkel. »Ach, du meinst die leidigen Verstrickungen der brandenburgischen Hitzköpfe. Da hat dein Onkel allerdings recht. Friedrich wird mitreden wollen, wenn er glaubt, dass eure Gattenwahl der Ruhe in Brandenburg nicht förderlich ist. Aber gibt es denn schon Anwärter?«

Hedwig schüttelte den Kopf. »Mein Onkel wollte sich zuerst mit Eurem Gemahl beraten.«

Die zweite Hälfte der Pastete verschwand in Gräfin Elisabeths Mund. Hedwig beobachtete fasziniert, wie die edle Frau sich mit dem Daumen die Mundwinkel auswischte und die Krümel an ihrem Kleid abstreifte. »Mich deucht, das zäumt das Ross von hinten auf, aber die Männer werden schon wissen, was sie tun. Nur frage ich mich ... Wie steht es mit Wilkin von Torgau? Gefällt er dir? Er ist unbeweibt und so ein aufrechter und braver junger Ritter, wie man ihn sich nur wünschen kann. Und immerhin der Erbe seines Vaters, mithin ein wohlhabender Mann und dennoch von bescheidener Wesensart. Ich habe ihn seit seinem zehnten Lebensjahr aufwachsen sehen und schätze ihn wie meine eigenen Söhne. Er hat unserem Hause nie etwas anderes als Ehre bereitet. Friedrich schenkt ihm ein hohes Maß an Vertrauen. Man weiß, wie viel das bei ihm bedeutet, wenn man ihn kennt. Mein Gemahl ist ein ausgesprochen vorsichtiger Mensch und verlässt sich am liebsten nur auf sich selbst. Wenn du wüsstest, wie viele Worte es mich gekostet hat, ihn dazu zu bringen, unserem Johann hier in Brandenburg ... Aber ich schweife ab. Wilkin steht hoch in der Gunst meines Gemahls, und das aus gutem Grund. Einen treueren und, nebenbei bemerkt, auch einen ansehnlicheren jungen Menschen findet man nicht leicht. Aber gewiss bist du davon längst überzeugt, denn du bist ihm ja bereits begegnet. Er spricht voller Bewunderung von dir, liebes Kind. Und auch das ist von großer Bedeutung, denn er ist nicht wie manche, die den Kopf immer dorthin wenden, wo ein Rock raschelt, falls du schon verstehst, was ich damit meine, aber das tust du gewiss, nicht wahr? So jung bist du ja nicht mehr. Also, ich schwöre dir, es ist noch nicht vorgekommen, dass eine Jungfer solchen Eindruck auf ihn gemacht hat. Was ist, warum isst du gar nicht? Magst du Kardamom und Zimmet nicht? Ich weiß, die Gewürze des Orients sind nicht jedermanns Sache, aber ich liebe sie. Soll ich dir etwas anderes holen lassen?«

Gräfin Elisabeths Wortschwall machte Hedwig benommen vor Verwirrung. Wilkin hatte von ihr geschwärmt? War sie deshalb bei der Fürstin zu Gast? Sie flüchtete sich in das einzig Handfeste, das Gräfin Elisabeth sie gefragt hatte, und hob den Rest ihrer Pastete an die Lippen. »Oh, doch, ich mag diese Gewürze, sie sind köstlich. Ich wollte meinen Genuss nur ein wenig verlängern.« Hastig biss sie ab, um nichts weiter sagen zu müssen.

Die Kurfürstin ließ erneut ihr warmes glucksendes Lachen hören. »Ach, Unsinn, Kind. Greif zu. In dieser Sache lasse ich mir keine Sparsamkeit vorschreiben. Friedrich kann das zwar nicht leiden, aber das liegt nur daran, dass er nichts Süßes mag. Er braucht stattdessen seine eingelegten Salzgurken. Wie übrigens auch dein Wilkin. Scheußlich, aber gönnen wir es ihnen.«

Hedwigs Widerspruchsgeist siegte über ihre Verwirrung. »Ihr dürft ihn nicht meinen Wilkin nennen, Durchlaucht. Wir sind uns nur zweimal begegnet, und ich hatte nicht den Eindruck, dass er mich mag. Besonders nicht beim ersten Mal.«

Die Kurfürstin ließ sich ein weiteres Pastetchen reichen und winkte ab. »Die Männer verhalten sich oft unverständlich. Manche zeigen gerade, wenn ihnen etwas gut gefällt, zuerst die größte Gleichgültigkeit. So, als müssten sie sich und allen anderen beweisen, dass sie sich nicht von ihren zarten Vorlieben lenken lassen. Das sollte dich nicht täuschen. Was ist aber nun deine Ansicht? Ist unser Wilkin nicht ein ansehnlicher Junge? So gerade gewachsen und schlank. Mit solchen Beinen muss ein Mann die kurzen Wämser nicht scheuen, die unsere Jugend in jüngster Zeit so gern zu den engen Beinlingen trägt. Er muss es von seiner mütterlichen Seite geerbt haben, von der väterlichen gewiss nicht. Sein Vater ist ein … Aber schweigen wir dazu. Der Sohn übertrifft ihn im besten Sinne. Nun sprich doch, was meinst du zu ihm?«

Mittlerweile hatte die peinliche Situation Hedwig so erhitzt, dass sie feuchte Handflächen bekommen hatte und sich an die frische Luft wünschte. Was hielt sie von Wilkin? Was durfte sie sagen, da Elisabeth ihn so hoch schätzte? Nun, ansehnlich war er gewiss, aber … Sei aufrichtig, mahnte Richards Stimme sie. »Er ist ein schöner Mensch und gewiss tugendhaft, wenn Ihr es sagt. Aber ich wünsche mir von meinem zukünftigen Gemahl etwas mehr als das. Ich glaube, dass gegenseitige Achtung ein …«

Gräfin Elisabeth klatschte begeistert in die Hände. »Habe ich es doch gewusst. Ein erfahrener Frauenblick erkennt sogleich, wenn zwei junge Leute gut zusammenpassen. Nun, selbstverständlich kann ich nichts versprechen, aber ich bin zuversichtlich, dass sich da etwas machen lässt. Was hast du für den heutigen Abend im Sinn, liebes Kind? Caecilie, meine Zweitälteste, vergnügt sich gelegentlich ein wenig mit dem Bogen und wird heute am Preisschießen teilnehmen. Wir werden zusehen. Willst du dich nicht zu uns gesellen? Oder langweilt dich das? Aber das wäre unwichtig, denn wir werden uns in jedem Fall gut unterhalten.«

Hedwig war entsetzt bei dem Gedanken, auch noch den Abend in einem Gespräch mit der Kurfürstin verbringen zu müssen, das offenbar nur zu Missverständnissen führte. Sie lächelte gequält. »Ich schieße selbst gern mit dem Bogen und dachte daran, ebenfalls teilzunehmen, Eure Durchlaucht.«

Entzückt rief Gräfin Elisabeth daraufhin die vierzehnjährige Caecilie heran und platzierte sie zu Hedwigs anderer Seite. Einen Augenblick verhielt die Unterhaltung bei der aufregenden Kurzweil des abendlichen Bogenturniers, doch als Hedwig eben Hoffnung schöpfte, sich endlich über einen unverfänglichen Gegenstand austauschen zu können, von dem sie etwas verstand, glitt das Interesse der edlen Frauen zurück zu Kleidern und jungen Männern. Auch für die noch unverheirateten Fürstentöchter wurde längst eifrig die Suche nach einem geeigneten Ehegatten betrieben und noch eifriger und vor allem in kleinsten Einzelheiten besprochen.

Als nach endlos lang erscheinender Zeit endlich ihr Onkel angemeldet wurde, der sie abholen wollte, war Hedwig so erleichtert wie erschöpft. Doch wenigstens machte ihre Gastgeberin einen zufriedenen Eindruck und verabschiedete sie so herzlich, dass sie hoffen durfte, sich nicht falsch benommen zu haben.

Ihr Onkel war noch berauscht von der prunkvollen Huldigungsmesse, die nicht nur ihn durch ihre Feierlichkeit zu heimlichen Tränen gerührt hatte. Er erzählte andächtig vom Glanz des Kirchenschmucks und den erhabenen Stimmen und Worten der Geistlichen. Hedwig konnte heraushören, dass er den nun besiegelten Eid, den er Kurfürst Friedrichs Sohn Johann geleistet hatte, ernster nahm, als sie es zuvor vermutet hätte.

## 9

# Der goldene Schleier

Nach all den süßen Pasteten am Nachmittag hätte Hedwig auch dann nicht zu Abend essen können, wenn sie wegen des bevorstehenden Wettschießens weniger aufgeregt gewesen wäre. Sie bereute, dass sie ihre Teilnahme angekündigt hatte, konnte jedoch ohne guten Grund nicht zurücktreten.

Auch ihr Onkel war nicht glücklich bei dem Gedanken, sie teilnehmen zu lassen. »Dieses Preisschießen ist ein Spiel, bei dem die Frauen hübsch aussehen wollen. Also sei so freundlich und schieß nicht, als ginge es um das Schießen.«

Hedwig verstand erst, was er meinte, als sie sich dem Turnierplatz näherten, auf dem sich entlang der Schießlinie bereits Grüppchen von edlen Frauen tummelten. Die meisten von ihnen trugen wundervolle Gewänder mit langen Schleppen, weiten Ärmeln und ausladenden, mit Schleiern behängten Kopfbedeckungen. Pagen hielten ihre Pfeile in den Händen, um sie ihnen zuzureichen, oder standen bereit, um die kleinen Armbrüste wieder zu spannen, nachdem die Frauen sie abgeschossen hatten. Junge Zofen wichen ihren Herrinnen nicht von der Seite, um nötigenfalls die Tuchfluten der weiten Gewänder zu bändigen, wenn sie die Bewegungen ihrer Trägerinnen gar zu sehr hemmten.

Auch Hedwigs Kleid besaß weite Schleppärmel, die jedoch wie bei all ihren neuen Gewändern schon von der Schulter an geschlitzt waren und wenn nötig ihre Arme in den eng anliegenden Unterärmeln völlig frei ließen. Ein Page fehlte ihr, doch Irina begleitete sie und wollte ihr die Tasche mit ihren Pfeilen halten.

Sie sah sich nach der Kurfürstin um und entdeckte sie auf einer Tribüne. Neben ihr stand, mit ihr ins Gespräch vertieft, Wilkin von Torgau. Bei seinem Anblick stürmte eine überwältigende Mischung von Gefühlen auf sie ein. Ihre geschmeichelte Eitelkeit jagte sich mit Scham, Furcht und Unsicherheit. Hatte die Kurfürstin die Wahrheit darüber gesagt, wie er von ihr sprach? Würde er noch einmal versuchen, sich mit ihr zu unterhalten? Wie sollte sie ihm dann begegnen? Ihrem Onkel hatte sie wohlweislich nichts weiter von den Anspielungen der Kurfürstin erzählt. Sähe er sie mit Wilkin zusammen, würde er wieder einschreiten.

»Was ist denn nur mit dir? Hast du Angst, vor Zuschauern zu schießen? Das hast du doch schon häufig getan«, sagte Irina.

Hedwig zwang sich zu einem Lächeln. »Nicht auf solche kunstvollen Zielscheiben.« Die hinteren Stützen der Scheibenständer trugen silbern glänzende Zweige mit einzelnen Blättern, ähnlich dem Silberzweig der Huldigungszeremonie. Die Scheiben selbst waren mit Schwänen bemalt, die sich dem Betrachter mit ausgebreiteten Flügeln zuwandten, deren Häupter mit Kronen bekränzt waren und die in ihren Schnäbeln Pfeile trugen. Große rote Herzen prangten auf ihren Brüsten und sollten offensichtlich das innere Ziel darstellen. Die Einzelheiten waren gut zu erkennen, denn noch standen die Scheiben in nur fünfzehn Schritt Entfernung. Hedwig nahm an, dass sie weiter nach hinten getragen werden würden, wenn das Schießen begann.

Ein Herold, gekleidet mi-parti in Schwarz-Silber und hellem Violett, betrat, begleitet von vier jüngeren Helfern, die Fläche zwischen Schießlinie und Scheiben und stieß in seine Schalmei, woraufhin einige Trompeter rechts und links neben der Fürstinnentribüne Antwort gaben. Nach dem Verstummen der Fanfare verbeugte sich der Herold in drei Richtungen vor den zum Turnier angetretenen Edelfrauen, während seine Begleiter sich hinter ihm aufstellten.

»Dem bewundernden Auge der Zuschauer zuliebe zum Wettstreite angetreten sind hier die vornehmsten Schönen der Lande unseres von Gott gesegneten Herrn, des neuen Markgrafen Johann von Brandenburg. Heller strahlt uns der Abend denn der Tag, da sich zu unserer Erbauung diese Frauen edlen Geblüts bereitgefunden, sich in der hohen Kunst des Bogenschießens zu messen. Mögen ihre Pfeile Flügel tragen und sich durch ihren schönen Flug als der Schönheit der Schützinnen würdig erweisen.«

Gelächter und Beifall belohnten ihn für seine Schmeichelei, und mit drei weiteren Verbeugungen trat er ab. Die vier jungen Helfer, deren Kleidung mehr von dem hellen Violett bestimmt wurde als vom kurfürstlichen Schwarz-Silber, begaben sich zu den Grüppchen von Schützinnen und deren Anhang, teilten sie den Zielscheiben zu und erklärten die Regeln.

In einer Runde sollten von jeder Schützin der Gruppe sechs Pfeile auf dieselbe Scheibe geschossen werden. Der Pfeil, der nach der Runde am weitesten vom roten Herz des Schwans entfernt in der Scheibe steckte, schied aus. Pfeile, die neben der Scheibe landeten, wurden ebenfalls entfernt, und für die Schützin, die auf diese eine oder andere Weise ihre sechs Pfeile verloren hatte, war das Turnier beendet.

Fünf Teilnehmerinnen versammelten sich vor jeder Scheibe, und Hedwig wurde auf Caecilias eifriges Winken hin deren Gruppe zugeteilt. Alle bis auf eine der Frauen dort, die gemeinsam mit ihrer Tochter antrat, waren jünger als sie.

Entgegen ihrer Erwartung wurde die Entfernung der Zielscheiben nicht verändert. Neugierig betrachtete sie die Bögen und Pfeile ihrer Gegnerinnen, die es an Pracht mit deren

Kleidern aufnehmen konnten. Alles war bemalt, beschnitzt, farbenfroh umwickelt und verziert. Ihre eigene Ausrüstung war im Vergleich dazu unscheinbar.

Die Helfer des Herolds waren noch damit beschäftigt, die anderen Frauen gleichmäßig auf die Scheiben zu verteilen, als sich zu Hedwigs Unbehagen Wilkin ihrer Gruppe näherte. Caecilia begrüßte ihn fröhlich, doch er nickte ihr nur freundlich zu und wandte sich sogleich mit einer Verbeugung an Hedwig. »Unsere erlauchte Herrin, die Kurfürstin, wies mich an, Euch dieses Zeichen ihrer Zuneigung zu überreichen.« Er bot ihr mit beiden Händen ein Samtkissen dar, auf dem sechs kostbare Pfeile lagen, mit grünen und roten Ringen und Eichenlaub aus Blattgold verziert. Selbst die Federn leuchteten in einem eigenartig hellen Grünton. So hübsch wie sie waren, hätte Hedwig es dennoch bei Weitem vorgezogen, mit ihren eigenen schlichten und erprobten Pfeilen zu schießen, die bloß ihr Initial als kleines Brandzeichen auf dem geölten Espenholz trugen. Doch sie vermutete, dass es eine grobe Unhöflichkeit gewesen wäre, das Geschenk auf solche Art zurückzuweisen.

Sie knickste flüchtig und mied Wilkins Blick. »Richtet ihr meinen ergebensten Dank aus.«

Er räusperte sich und hielt das Kissen mit den Pfeilen etwas näher zu ihr. Verwirrt fragte sie sich, ob sie das Kissen oder nur die Pfeile nehmen sollte. Sie griff nach den Pfeilen, während er offenbar davon ausging, dass sie das Kissen nehmen würde. Ihr vereintes Ungeschick hatte zur Folge, dass die Hälfte der Pfeile zu Boden fiel.

Erschrocken bückten sie sich gleichzeitig und stießen dabei auch noch mit den Schultern zusammen. Wilkin lachte und schüttelte mit allen Zeichen von Verlegenheit den Kopf. »Mir scheint, meine Tage als Page liegen schon zu lange zurück. Verzeiht mir, jeder kleine Knabe hätte diesen Auftrag mit mehr Anmut ausgeführt.«

Erst jetzt blickte Hedwig ihm ins Gesicht. Noch immer nahm sie seine Ähnlichkeit mit ihrem Ziehvater wahr, und dennoch wirkte er auf einmal ganz anders auf sie. Ihr Herz schlug heftig, doch seine freundlichen Worte machten sie so froh, dass sie ebenfalls lachen musste. »Pfeile, die das Fallen nicht vertragen, hätten lieber etwas anderes als Pfeile werden sollen. Es hat ihnen gewiss nicht geschadet. Konnte man vorher mit ihnen treffen, wird man es weiterhin können.«

Lächelnd sah sie ihm in die Augen, und von einem Atemzug zum nächsten spürte sie, wie ein geheimnisvolles Einvernehmen zwischen ihnen entstand. Sie konnte spüren, dass ihn ihre Gegenwart ebenso verwirrte, wie seine es mit ihr tat. Er war ein wenig heiser, als er weitersprach. »In Wahrheit braucht Ihr ohnehin keine Pfeile, um zu treffen. Sagt, habt Ihr nicht beschlossen, Mitleid mit mir zu haben und mir die ersehnte Antwort auf meine frühere Frage zu schenken? Werdet Ihr mich mit Eurem Zeichen ins Turnier ziehen lassen? Meine Dankbarkeit für Eure Gnade würde mich zu einem besseren Menschen machen. Rührt Euch das nicht?«

Hedwig war sicher, dass er scherzte, doch seine Miene war ernst. Ohnehin haftete ihm an diesem Tag ein Hauch von Kummer und Schwermut an, der sie beunruhigte. *Sieh nach, ob es ihm gutgeht*, hatte Richard gesagt. »Ich muss Euch ehrlich gestehen, dass mein Onkel mir davon abriet.«

Er nickte. »Euer Onkel ist mir nicht gewogen, was ich bedaure, denn ich hege großen Respekt für ihn. Dann muss ich also ungetröstet von dannen ziehen. Aber ich verstehe ihn. An seiner Stelle würde ich Euch auch besser hüten als jedes andere Juwel.«

Er verneigte sich, um sich zu verabschieden, und Hedwig konnte die Vorstellung nicht aushalten, dass sie nun vielleicht die letzte Gelegenheit vertan hatte, mit ihm Freundschaft zu schließen. »Mein Onkel riet mir ab, aber er verbot es nicht. Und er hat keine schlechte Meinung von Euch. Ein Unglück ist nur, dass ich noch immer kein Tüchlein im Ärmel trage, welches ich Euch überlassen könnte.«

Sein feines Lächeln glich dem von Richard. »Wenn Ihr das Schießen gewinnt, wird Euch die Kurfürstin einen golddurchwirkten Schleier überreichen.«

Hedwig strahlte ihn an. »Nun gut, dann machen wir es so. Gewinne ich, sollt Ihr den Schleier als Zeichen erhalten. Gewinne ich nicht, haben wir beide Pech.«

Er lächelte breiter. »Damit habe ich einen weiteren Grund, in diesem Wettstreit Euer überzeugtester Unterstützer zu sein. Ich wünsche uns beiden Glück.«

Lachend knickste Hedwig vor ihm, und er ging, mit dem leeren grünen Samtkissen unter dem Arm und einem rührenden kleinen Schwanken, als hätte er vor Aufregung die Richtung vergessen, in welcher er die Kurfürstin wiederfinden würde.

Hedwig fühlte sich erhitzt und zittrig, und sie kämpfte bereits mit der Erkenntnis, etwas besonders Dummes getan zu haben. Doch noch lag alles in ihrer Hand, denn zu verlieren war leicht möglich, und in dem Fall hatte sie sich Wilkin gegenüber zu nichts verpflichtet.

Irina allerdings, die alles so schweigend beobachtet hatte, wie es einer braven Zofe zukam, musterte sie mit einem Blick, der besagte, dass ihre Dummheit jenseits aller Hoffnung wäre. Diese stille Missbilligung ihrer Freundin brachte Hedwig zu der Erkenntnis, dass ihr in der Tat nichts anderes übrigblieb, als zu verlieren. Einzig ihre alte, verhängnisvolle Unbedachtheit hatte sie dazu gebracht, einem von ihrem Onkel deutlich abgelehnten Ritter ausgerechnet eine Siegestrophäe als Zeichen ihrer Gunst zu versprechen. Hätte sie ihm heimlich ein Stück vom Saum ihres Unterkleides abgerissen, wäre es vernünftiger gewesen, denn dann hätten weniger Leute erfahren, von wem es stammte.

»Unser Wilkin ist ja ganz rot geworden, als er dich angesehen hat«, sagte Caecilia und kicherte.

Hedwig schüttelte den Kopf und reichte Irina ihre neuen Pfeile. »Wohl, weil wir uns beide so ungeschickt angestellt haben. Vier Pfeile dürfen wir zur Probe schießen. Wer wird anfangen?«

Noch immer kichernd, stellte Caecilia sich auf, ließ sich einen von ihren himmelblau beringten Pfeilen reichen, nockte ihn mit spitzen Fingern so umständlich ein, als würde sie eine Nadel einfädeln, und schoss in einer Haltung, die Hedwig in helles Erstaunen versetzte. Gerade vor dem Ziel stehend, zog das Kurfürstentöchterlein die Bogensehne bis zu ihrer Brust, legte den Kopf schief, um am Pfeil entlang dorthin zu sehen, wohin sie treffen wollte, ließ los und verfehlte. Sprachlos sah Hedwig zu, wie sie diese Prozedur viermal wiederholte. Es erschien ihr wie ein Wunder, dass tatsächlich zwei der Schüsse die Zielscheibe trafen und mit Beifall belohnt wurden.

Der Stil der zweiten Jungfer ähnelte dem von Caecilia, nur der von Mutter und Tochter war grundsätzlich derselbe, den auch Hedwig von Richard erlernt hatte. Die in ein Jagdkleid gewandete ältere Frau brachte denn auch ihre vier Pfeile alle auf dem Schwan unter, ihre Tochter immerhin drei.

Hedwig wartete bis zuletzt und rang mit sich, wie sie sich verhalten sollte. *Schieß nicht, als ob es darum ginge,* hatte ihr Onkel gesagt, und gewinnen durfte sie ohnehin nicht. Es war daher das Einfachste, sich stümperhaft anzustellen, beschloss sie. Doch als sie vortrat, spürte sie schon bei der geschmeidigen Bewegung, mit der ihr Bogen sich wie von selbst in die Hand fügte, dass sie schießen würde, wie sie immer schoss. Sie konnte den Willen, das Ziel zu treffen, nicht unterdrücken. Die aufregende Gier nach einem guten Schuss durchflutete sie wie der Drang zu atmen, sobald sie Bogen und Pfeil in Händen hielt.

Die Entfernung der Scheiben war lächerlich, sie wusste, dass es ihr leichtfallen würde, sechs Pfeile innerhalb des roten Herzens unterzubringen. Wenigstens mit den Probepfeilen wollte sie es versuchen, schließlich zählten sie nicht, und so schießen, dass sie verlor, konnte sie auch später noch.

Ihre Selbstsicherheit erhielt einen Schlag, als ihr erster Pfeil nicht nur das Herz, sondern die Scheibe verfehlte und weit dahinter flach im gemähten Gras verschwand. Sie hatte geahnt, dass die fremden Pfeile nicht gut zu ihrem Bogen passen würden, doch dass es so schlimm war, hätte sie nicht vermutet. Wichen die Pfeile weit nach rechts ab, lag es daran, dass ihr Holz zu weich war. Das ließ sich ausgleichen, indem sie entsprechend weiter nach links zielte. Aufmerksam berichtigte sie ihren Fehler auf diese Art beim nächsten Schuss, nur um entsetzt sehen zu müssen, wie sie die Scheibe dieses Mal auf der linken Seite bloß streifte. Mit dem nächsten ging es ihr nicht besser, erst der letzte traf eine Flügelspitze des Schwans.

Der Ärger beschleunigte ihren Puls, und Irinas erstaunte Miene machte es nicht besser. Zu allem Überfluss lachte Caecilia hell und arglos. »Ich denke, es steht wohl schon fest, wer von unserer kleinen Versammlung heute gewinnt. Gräfin von Holzendorf, wir können uns alle ein Beispiel an Euch nehmen.«

Hedwig fragte sich, wie sie sich hatte einbilden können, dass es ihr nichts ausmachen würde, schlecht zu schießen und zu verlieren. Sie war bereits entschlossen, mit ihren eigenen Pfeilen weiterzumachen und wenigstens sich selbst zu beweisen, dass es nicht an ihr lag, wenn sie nicht traf.

Doch Irina schien zu erraten, was in ihr vorging. Sie ließ sich von dem Helfer, der die verschossenen Pfeile eingesammelt hatte, den offenbar ohne Liebe zur Schießkunst angefertigten Satz ungleicher Pfeile aushändigen und gab Hedwig durch Gesten überdeutlich zu verstehen, dass sie bei diesen bleiben musste.

Die anderen Frauen änderten an ihrer Ausrüstung und ihrer Art zu schießen ebenfalls nichts, und soweit Hedwig es verfolgen konnte, schlugen sich die Teilnehmerinnen an den anderen Scheiben ähnlich. Kein unbeteiligter Zuschauer hätte erklären können, warum das Publikum dennoch immer wieder in Beifall ausbrach.

Kurz bevor sie wieder an der Reihe war, warf sie einen Blick zur Tribüne empor und fragte sich, ob man von dort aus überhaupt erkennen konnte, wie die Schützinnen trafen. Einen Augenblick später war jeder Rest Gelassenheit, den sie noch gehabt hatte, dahin.

Links neben der seitlichen Tribünenwand standen Gerhardt von Schwarzburg und Wilkins Bruder Reinhardt mit seinem Kopfverband zwischen einigen anderen Männern. Ohne jeden Zweifel beobachteten sie Hedwig und ihre Gruppe, und sie schienen sich köstlich mit spöttischen Bemerkungen zu vergnügen.

Mit einem Ruck wandte Hedwig sich ab, ihr Herz hämmerte. Wie konnten sich diese widerlichen Kerle erdreisten, vor ihren Augen über sie zu spotten? Wütend streckte sie Irina die Hand entgegen, um ihre Pfeile in Empfang zu nehmen, und erschrak. Auch Irina hatte die Männer neben der Tribüne entdeckt und schien davon so betroffen, dass sie in ihrer Bewegung erstarrt war. Mit großen Augen sah sie gebannt hinüber, Angst spiegelte sich in ihrer Miene.

»Du bist an der Reihe, Hedwig. Komm schon, vielleicht geht es diesmal besser. Du darfst dich nicht so ärgern, wenn du nicht triffst, sonst bekommst du bald hässliche Falten im Gesicht. Das sagt mein Bruder immer«, zwitscherte Caecilia und weckte damit Irina aus ihrer Erstarrung. Rasch gab sie Hedwig die Pfeile.

Hin- und hergerissen zwischen schwelendem Ärger, Wut und Mitgefühl für Irina, verfehlte Hedwig mit dem ersten Pfeil wieder die Scheibe und kam dadurch zu sich. Von nun an bog sie vor jedem Schuss den Pfeil ein wenig in der Hand und begutachtete, was sie von ihm zu erwarten hatte. Immerhin landeten auf diese Weise zwei auf dem Schwan, ein weiterer wenigstens auf der Scheibe und nur die letzten beiden erneut daneben. Dennoch beschwichtigte sie dieses Ergebnis in keiner Weise, und Caecilias süßes, mitleidiges »Na siehst du, das war doch schon besser« rieb ihre Nerven wie rauer Sand. Mit dem Schwung der Gereiztheit fuhr sie herum und sah als Erstes Irina, die aufrecht, aber hochrot und mit Tränen in den Augen hasserfüllt zu den Verbrechern hinüberblickte. Diese stellten ein betont höhnisches Lachen zur Schau und zeigten mit Fingern auf sie.

Es war, als schlüge ein Blitz in Hedwigs Verstand ein. Sie riss Irina den Köcher mit ihren alten Pfeilen aus der Hand und streifte ihn über, während sie bereits mit langen Schritten und wehendem Kleid auf die spottenden Mörder und Vergewaltiger zumarschierte.

Statt sich davonzumachen, stemmte von Schwarzburg die Fäuste in die Seiten und erwartete sie breitbeinig dastehend, während sich Wilkins Bruder mit herausfordernder Gleichgültigkeit an die Tribünenwand lehnte und schmierig grinste. Hedwig sah von Schwarzburgs schöne, lange, blonde Haare über seinen Kragen fallen und erinnerte sich daran, wie es gewesen war, seinen Stiefel auf ihrem Rücken zu spüren und dabei ihre Freunde leiden zu sehen.

Ohne innezuhalten, zog sie den ersten Pfeil und schoss. Einen Wimpernschlag lang herrschte völliges Schweigen auf dem Platz, als würde die Menge geschlossen einatmen, dann breitete sich Tumult aus. Hedwig hörte es wie aus weiter Ferne. Von Schwarzburg stand ebenso sprachlos da wie Reinhardt von Torgau. Der Pfeil steckte zwischen ihnen im Holz der Tribünenwand, exakt dort, wohin Hedwig gezielt hatte. Ohne zu zögern, legte Hedwig den nächsten Pfeil auf und schoss, diesmal nah an Reinhardts anderem Ohr vorbei.

Die umstehenden Männer sprangen in alle Richtungen davon, doch von Schwarzburg wurde von Hedwigs drittem Pfeil gebremst, bevor er daran denken konnte zu fliehen. Scharf vor seiner Brust entlang flog das Geschoss und schlug mit einem Knall ins Holz ein. Entsetzt riss er die Arme hoch, um seinen Kopf zu schützen, und bewegte sich sonst nicht mehr, ebenso wenig wie Wilkins Bruder, der sie mit offenem Mund angaffte.

Mit dem vierten Pfeil auf dem Bogen ging sie noch zwei Schritte weiter, dann blieb sie stehen und zielte sorgfältiger. Ein Dutzend Pfeile ließ sie auf ihre Opfer los, und sie hätte auch noch die letzten vier aus ihrer Tasche verschossen, wenn sich nicht ein starker Männerarm warm um ihre Schulter gelegt hätte, während gleichzeitig eine Hand sanft, aber bestimmt in ihren Bogen griff und ihn senkte. »Es reicht, Drachenmaid. Sie haben sich längst in die Hosen gepisst, sieh sie dir an.«

Hedwig holte tief Luft, es klang wie ein Schluchzen. »Dieser stinkende Unrat wagt es, hierherzukommen und sich über uns lustig zu machen. Cord, es war anstrengend, sie nicht zu töten.«

»Das kann ich dir nachfühlen. Aber für jetzt ist es genug. Ich verspreche dir, dass sie zahlen werden, und zwar bald.« Der tröstliche Klang seiner Stimme beruhigte Hedwig so weit, dass sie den Pfeil, den sie bereits in der Hand hielt, zurück in die Tasche steckte.

Im Laufschritt eilte Wilkin von Torgau mit einem Dienstmann der Kurfürstin von der Vorderseite der Tribüne herbei. »Was, um Himmels willen ... Cord, warum hast du mir nicht ...«

»Besser, wir bringen sie weg«, erwiderte Cord.

Hedwig sah sich nach den Schützinnen um, die sie mit aufgerissenen Augen beobachteten und mit sich überschlagenden Stimmen ihre Aufregung zum Ausdruck brachten. Irina stand stumm bei ihnen, setzte sich jedoch in Bewegung, als Hedwigs Blick den ihren traf.

Zu fünft verließen sie auf Cords und Wilkins Drängen hin eilig den Turnierplatz, ohne Hedwigs Opfer, denen sich deren Freunde langsam wieder näherten, noch einmal zur Kenntnis zu nehmen. Einen von der Kurfürstin ihnen nachgesandten Pagen schickte Wilkin mit der Nachricht zu ihr zurück, dass Hedwig sich später erklären würde und vorerst um Verzeihung für die Unterbrechung des Wettstreits bäte.

Auf dem Weg zum Zelt ihres Onkels, zwischen den drei Männern, die sie umgaben wie eine schützende Mauer, ergriff Hedwig Irinas Hand. »Ich könnte sie töten, Irina. Ich war mir nicht ganz sicher, aber nun weiß ich, dass ich es kann.«

»Mein Gott«, murmelte Wilkin und legte seine Hand auf die Schulter der schweigenden Irina, um ihre Schritte noch zu beschleunigen. »Was ist zwischen euch vorgefallen? Warum hat mir niemand etwas davon gesagt?«

Cord zuckte mit den Schultern. »Was wäre dadurch gewonnen gewesen? War es nicht schwer genug für dich in den letzten Jahren?«

Hedwig hatte sich zuvor keine Gedanken darüber gemacht, ob Wilkin wusste, was seine Brüder gemeinsam mit von Schwarzburg ihr und vor allem Irina angetan hatten. Nun allerdings war sie froh, dass er es nicht gewusst hatte.

Je näher sie ihrem Zelt kamen, desto klarer wurde ihr, dass ihre Unbeherrschtheit sie wieder einmal zu einer Tat getrieben hatte, deren Ausmaß vermutlich das all ihrer bisherigen Fehler übertraf. Seufzend legte sie die Hand auf ihre heiße Stirn. »Was soll ich nun tun? Am liebsten möchte ich gleich fort. Kann ich das, oder würde ich damit alles noch schlimmer machen?«

Zu ihrer Verwunderung lachte Wilkin auf, klang jedoch eher verzweifelt als heiter. »Dieselbe Frage stelle ich mir schon den ganzen Tag. Cord, sag du es uns. Was sollen wir tun? Warten, bis das Unheil über uns hereinbricht, oder fliehen?«

Cord hielt ihnen den Zeltvorhang auf und warf ihm mit gefurchter Stirn einen tadelnden Blick zu. »Du hast dir nichts zuschulden kommen lassen und musst nichts weiter tun, als dein gewohnt gerades Rückgrat zeigen. Hedwig dagegen muss den Kopf einziehen und sollte sich nicht blicken lassen, bis ich erledigt habe, was vor mir liegt. Wenn es geht wie geplant, dann steht dein Bruder schon morgen vor seinem weltlichen Richter, Wilkin. Kannst du hier bei den Frauen bleiben? Dann gehe ich zurück und gebe acht, dass mir die Sache nicht aus der Hand gerät.«

Hedwig hielt Cord fest, bevor er gehen konnte. »Vor seinem Richter? Was bedeutet das? Hat er noch etwas anderes verbrochen? Und was ist mit von Schwarzburg?«

Sanft löste er ihre Hand von seinem Ärmel. »Lass es dir von Wilkin erklären. Und tu ein einziges Mal, was ich dir sage: Bleib hier und zeig dich nicht. Ich werde deinen Onkel herschicken, wenn ich ihn finde. Mit etwas Glück bringe ich dir morgen auch deine Pfeile zurück. Falls du bis dahin brav warst.« Er grinste sie kurz so spöttisch an, wie er es früher oft getan hatte.

Sie lächelte mühsam, um ihm zu danken. »Scher dich weg.«

Hedwigs Erwartung, im Zelt erst einmal aufatmen zu können, wurde sogleich zunichtegemacht.

Ein junger Knappe saß dort, sein Gesicht schuldbewusst.

Es war zu erkennen, dass er sich am Inhalt der Truhen zu schaffen gemacht hatte.

Wilkin, der eben noch dem kurfürstlichen Dienstmann bedeutet hatte, draußen Wache zu stehen, griff nach der Mittelstange, die das Zelt stützte, als müsse er sich festhalten. »Dieter? Was zum Teufel machst du hier? Ich hatte dir gesagt, dass du bei den Pferden bleiben sollst.«

Dieter schluckte und sah keinem von ihnen in die Augen. »Mit meiner Zeit bei Euch wird es bald vorbei sein. Ich wollte von meinem Onkel hören, ob er einen besseren Platz für mich weiß.«

Hedwig hängte ihren Bogen an seine Stelle am Zeltgestänge, ohne ihn abzuspannen. »Und dazu wühlst du in seinen Truhen? Ist das der klügste Anfang für so ein Gespräch? Warum glaubst du, dass du nicht bis zu deiner Schwertleite bei Wilkin bleiben wirst? So wäre es doch das Beste.«

Dieter schnaubte verächtlich und warf mit einer heftigen Bewegung einen Handschuh zurück in die offene Truhe. »Was verstünde so ein Weib wie du wohl davon?«

Bevor Hedwig etwas darauf erwidern konnte, hatte Wilkin einen Schritt auf den hockenden Fünfzehnjährigen zu gemacht und ihm mit der flachen Hand einen Schlag gegen den Hinterkopf gegeben. »So sprichst du nicht mit einer Edelfrau, und sei sie auch deine Schwester.«

Dieter sprang auf und floh aus seiner Reichweite. »Schwester? Eine Schande ist sie. Mir wäre lieber, sie wäre nie wieder aufgetaucht. Ich hasse sie.« Damit stürmte er aus dem Zelt, das Anliegen an seinen Onkel offensichtlich vergessen.

Hedwig setzte sich auf eine der verschlossenen Truhen und vergrub den Kopf in ihren Händen. Irina verließ das Zelt durch den hinteren Ausgang in Richtung der Gesindeunterkunft, kehrte jedoch gleich darauf mit vier biergefüllten Tonkrügen zurück. Hedwig und Wilkin nahmen die ihren dankend an. Einen reichte Irina dem Mann hinaus, der Wache stand, dann setzte sie sich neben Hedwig und sank in sich zusammen. »Auch wenn es nicht klug war, was du getan hast, so muss ich dir danken. Es tat so gut zu sehen, wie viel Angst die Kerle hatten. Ich hoffe, dass ich mir die Erinnerung an diesen Anblick für immer bewahren kann.«

Wilkin stand ratlos wirkend vor ihnen, den einen Daumen in seinen Schwertgurt gehängt, in der anderen Hand den Bierkrug. Hedwig richtete sich wieder auf und sah ihm in die Augen. »Ich möchte Euch nicht beleidigen, aber Euer Bruder und Gerhardt von Schwarzburg haben Schlimmeres verdient als nur Angst.«

Verlegen rieb er sich mit der freien Hand den Nacken und vergaß seine Förmlichkeit. »Wem sagst du das? Wenn ich nicht wüsste, dass du später darunter gelitten hättest, dann würde ich mir wünschen, du hättest meinen Bruder tödlich getroffen. Wenn Cord Erfolg hat, wird morgen ganz Brandenburg wissen, dass Reinhardt ein Verräter der übelsten Art ist. Glaub mir, ich würde den kommenden Tag lieber nicht hier erleben.«

Er wirkte so traurig und müde, dass Hedwigs eigene Sorgen in den Hintergrund rückten. »Es muss furchtbar sein, davon zu wissen und nichts tun zu können. Wenigstens musst du nicht fürchten, dass der Kurfürst dir seine Gunst entzieht. Gräfin Elisabeth hat mir erst heute eindringlich geschildert, wie hoch er dich schätzt.«

Wilkin verzog die Mundwinkel zu einem kümmerlichen Lächeln. »Darauf bin ich stolz. Dennoch halte ich es für unwahrscheinlich, dass er mich behandeln wird, als hätte ich nichts mit der Angelegenheit zu tun. Ich kann seine Entscheidung nicht voraussehen.«

»Nun verstehe ich völlig, warum du so bedrückt bist. Sich alldem aufrecht zu stellen, halte ich für sehr mutig. Hast du tatsächlich auch weiterhin vor, übermorgen im Turnier anzutreten?«

Er zuckte mit den Schultern. »Solange man es mir nicht untersagt oder mich vorher fortschickt, werde ich mich nicht davor drücken. Das wäre sonst, als würde ich eingestehen, dass meine Ehre Schaden genommen hat.«

Mehr denn je sah Hedwig Richard in ihm, dem seine Ehre wegen der Ränke einer verlogenen Frau durch Hedwigs eigenen Vater abgesprochen worden war. Richard hatte das so sehr getroffen, dass er sein ganzes vorheriges Leben dafür aufgegeben und sich dem Angesicht der Welt entzogen hatte.

War es nun nicht ihre Pflicht, seinem Sohn in seiner unverdienten Stunde der Schande beizustehen? Kurzentschlossen stand sie auf, verscheuchte auch Irina von der Truhe, auf der sie gesessen hatten, und öffnete deren Deckel. »Da ich das Spiel um den goldenen Schleier auf so unbedachte Weise aufgegeben habe, fürchte ich zwar, dass du auf ein Zeichen von mir keinen Wert mehr legst. Dennoch möchte ich dir einen Ersatz anbieten.« Sie drehte sich zu ihm um und hielt ihm den hellblauen Schleier eines ihrer Haarnetze entgegen.

Er rührte sich nicht. Nur sein Blick wanderte langsam vom Schleier in ihrer Hand zu ihren Augen. »Es war nicht recht von mir, dich darum zu bedrängen, obwohl ich wusste, was morgen geschehen wird. Wenn ich ehrlich bin, glaubte ich allerdings, du würdest mir ohnehin nichts geben. Dein Onkel …«

Hedwig zog ihre Hand zurück und lachte, als würde es ihr nichts ausmachen. »Du willst es also nicht. Das verstehe ich. Du musst es nicht erklären. Aber du solltest schon glauben, dass ich dir den goldenen Schleier überlassen hätte. Ich halte, was ich verspreche.«

Sein Lächeln wurde breiter, und er trat ein wenig auf sie zu. »Vergleiche ich deine ersten Schüsse mit denen, die du auf meinen Bruder und von Schwarzburg zieltest, hege ich dennoch Zweifel, ob du die Absicht hattest zu gewinnen.«

Hedwig fühlte, wie sie errötete und nicht nur ihr Ärger über die schlechten Schüsse wiederkehrte, sondern auch die Scham über ihr Vorhaben, absichtlich zu verlieren. »Das waren die Pfeile. Die unsinnigen Prunkstücke muss ein blinder Schuster gebaut haben. Aber ich möchte dich nicht belügen. Ich war erschrocken über mein eigenes Versprechen und dachte kurz, dass es wohl vernünftiger wäre zu verlieren.«

»Aber du hast es dir anders überlegt.«

Noch immer sah er ihr in die Augen. Es fiel ihr schwer, seinem Blick nicht auszuweichen, und auf einmal bekam sie kein Wort mehr heraus.

Er streckte ihr stumm die Hand hin, und sie gab ihm den Schleier. Im Hintergrund ließ Irina einen halb erstickten Laut des Unbehagens hören, doch das hielt Hedwigs Herz nicht davon ab, glücklicher zu schlagen.

»Und es wird dir nicht leidtun, gleichgültig, was morgen geschieht?«, fragte er.

Hedwig holte tief Luft. »Das wird es nicht. Ich wünsche dir das Beste, und das darf jeder sehen. Umso besser, wenn die Leute bemerken, dass ich zwar deinen Bruder hasse, aber nicht dich.«

»Wer auch immer dich zu mir gesandt hat, er hat einen Engel gesandt. Wirst du mir eines Tages verraten, wer dein Ziehvater war und warum er sich mir verbunden fühlte?«

Hedwig lächelte. »Es reicht doch, dass er es tat. Du kanntest ihn nicht, sein Name wird für dich nichts bedeuten. Und ihm wäre es lieber, wenn ich schwiege.«

Nun senkte Wilkin seinen Blick, betrachtete ihren Schleier und legte ihn behutsam in die Tasche, die an seinem Gürtel hing. Ausnahmsweise trug er keine Rüstung. »Mich dauert aber, dass er mir nur das Schwert zum Behalten schickte und nicht den Engel. Lebte er noch, würde ich gern mit ihm ein Gespräch darüber führen.«

Seine Verwegenheit überrumpelte Hedwig so sehr, dass ihr der Atem geraubt war. Hilflos wandte sie sich ab und tat, als müsse sie den Inhalt der Truhe ordnen, um sie wieder schließen zu können. »Du weißt nicht genug über mich, um so denken zu dürfen.«

»Was hat solches Empfinden mit dem Denken zu tun? Hast du nie die Geschichte von Tristan und Isolde gehört?«

Überrascht drehte Hedwig sich um und starrte ihn an. »Tristan und ... Diese Geschichte habe ich ...« Nie zu Ende gehört, wollte sie sagen, doch eine plötzliche Erkenntnis hinderte sie daran. Hastig sah sie sich im Zelt um. »Wo ist eigentlich mein Hund? Irina, hast du Tristan gesehen?«

Noch bevor Irina antworten konnte, hatte Hedwig die Zeltbahn zur Seite geschlagen, die das Haupt- vom Nebenzelt trennte, in dem sie mit Irina schlief. Die Form, die sich unter der Decke auf ihrem Lager abzeichnete, ließ an einen schlafenden Menschen denken. Hedwig jedoch fühlte einen anderen unheilvollen Verdacht. Vorsichtig näherte sie sich und zog vom Fußende des Bettes her die Decke zurück. Ihr Hund lag mit seltsam angezogenen Beinen auf der Seite und regte sich nicht mehr. Das Blut aus seiner durchschnittenen Kehle war tief in die Decken unter ihm eingesickert.

Fassungslos betrachtete Hedwig die leblosen Augen ihres Tieres, zu entsetzt, um ihren Verlust zu begreifen. Wer? Wer hatte das Zelt betreten und ihren gegen Fremde stets argwöhnischen Hund getötet, ohne dass einer aus dem Gesinde es bemerkt hatte? Dieter? Hasste ihr junger Bruder sie so heftig?

Irina betrat hinter ihr das Nebenzelt. »Hedwig? Was ist?«

Ihr kleiner Schrei rief Wilkin zu ihnen herein, der aufstöhnte, als sein Blick auf ihr Bett fiel.

Hedwig schüttelte den Kopf, um ihre Benommenheit loszuwerden. »Jemand hat meinen Hund umgebracht«, hörte sie sich mit unsicherer Stimme sagen. »Wer hat das getan?«

Irina kniete sich neben das Bett und zog die Decke wieder über Tristan. Wie schlafwandelnd ging Hedwig zurück ins Hauptzelt, die Arme um den Leib geschlungen.

Wilkin blieb an ihrer Seite und sah sie besorgt an. »Er wusste jedenfalls, dass du und dein Onkel nicht hier sein würden.«

»Würde Dieter so etwas tun?«, fragte sie.

Er nickte zögerlich. »Leider wäre das möglich. Wir haben beide mit unseren jüngeren Brüdern nicht viel Glück, fürchte ich. Allerdings glaube ich nicht, dass Dieter es war. Hätte er diese Sache verbrochen, wäre er wohl nicht geblieben, um auch noch frech in den Truhen zu wühlen.«

Hedwigs Gedanken flossen nur zäh, doch sie klammerte sich ans Denken. »Es sei denn, er hätte geglaubt, dass wir überhaupt nicht zurückkehren werden.«

»Dann hätte er Tristan nicht auf diese scheußliche Weise in dein Bett gelegt. Du solltest ihn dort finden«, wandte Wilkin ein.

»Vielleicht dachte er, ich würde allein kommen?«

»Dann hätte er genau wissen müssen, dass dein Onkel aufgehalten werden würde. Wo ist er, weißt du das?« Er legte die Hand an die Zeltklappe des Ausgangs und spähte hinaus.

Im Zustand ihrer eigenartigen Betäubung wirkte er auf Hedwig tröstlich überlegen und tatkräftig. »Er wollte eine Weile dem Wettschießen zusehen und später noch versuchen, mit dem Kurfürsten zu sprechen. Meinst du, man hat ihm eine Falle gestellt?«

»Möglicherweise.«

»Wir müssen gehen und ihn suchen.«

Hedwig wäre froh gewesen, das Zelt verlassen zu können, um ihrem Onkel zu Hilfe zu eilen, wenn sie nicht Cords

Stimme im Ohr gehabt hätte, der sie gebeten hatte zu bleiben. Auch Wilkin stellte sich ihr entschieden in den Weg. »Dein Onkel ist ein gerissener alter Kämpe, und er hat Freunde. Er wird sich nicht leicht fangen lassen. Wir bleiben hier und warten, bis er kommt. Wenn etwas Ungewöhnliches geschieht, wird Cord uns schon Bescheid geben.«

»Du solltest beim Gesinde fragen, ob jemand etwas bemerkt hat«, sagte Irina, die mit verweinten Augen am Durchgang zum Nebenzelt erschien.

Es stellte sich heraus, dass der Koch und die Küchenmagd Dieter im Zelt allein gelassen hatten, nachdem er ihnen glaubhaft gemacht hatte, Johanns Neffe zu sein. Der Hund war angebunden gewesen und hatte den Gast angeknurrt, doch bald Ruhe gegeben, wohl weil er in Begleitung ihm vertrauter Menschen eintrat. Sie kamen zu dem Schluss, dass Dieter Tristan zuerst mit giftigem Futter betäubt oder getötet haben musste, um ihm dann auf Hedwigs Bett die Kehle durchzuschneiden.

Wilkin ärgerte sich lautstark darüber, dass er seinen missratenen Knappen so unbedarft hatte laufen lassen. Er war sicher, dass der Junge inzwischen über alle Berge war, um in einem sicheren Versteck abzuwarten, welche Lage sich für ihn ergeben würde, nachdem die Intrigen und Ereignisse der Huldigungstage ihre Folgen offenbart hatten.

Hedwig sah, wie sehr es an Wilkin fraß, dass auch noch sein Knappe endgültig seinen schlechten Charakter offen zeigte und ihn damit beschämte. Obwohl Dieter ihr völlig fremd war und sie nun sogar Grund hatte, ihn zu hassen, schämte auch sie sich für ihn.

Umso größer wurde ihr Mitgefühl für Wilkin, der ebenfalls die Schande seines eigenen Bruders würde ertragen müssen. Sie wollte tun, was in ihrer Macht lag, um es ihm zu erleichtern.

Doch gerade als sie sich als Gastgeberin erweisen wollte und ihn bat, im Sessel ihres Onkels Platz zu nehmen, ließ der Schutzwall sie im Stich, den sie um ihre Gefühle errichtet hatte. Auf einmal konnte sie nur noch an Tristan denken, an die Gemeinheit, die ihm angetan worden war, und daran, wie sehr sie ihn vermissen würde.

Sie hatte Wilkin nach Dieter befragen wollen, doch es endete damit, dass sie weinend an seiner Seite saß und ihm von ihrem Hund erzählte, von seiner Zeit als Welpe, seiner Treue und Klugheit bei der Jagd.

Irina hatte ihre Harfe gestimmt und zupfte leise und traurig die Saiten.

Die abendlichen Schatten waren bereits lang und schwarz, als endlich ihr Onkel kam. Er stürmte herein wie ein wütender Bulle, schmetterte Hedwig ihre verschossenen Pfeile vor die Füße, fasste Wilkin, der aufgesprungen war, am Arm und stieß ihn zum Ausgang. »Hinaus!«

Hedwig hatte schon früher erlebt, wie Johann außer sich geraten konnte, wenn etwas ihn gereizt hatte. Sie wusste es eigentlich besser, als sich in seine Reichweite zu begeben, wollte ihn aber nicht gewähren lassen. Entschlossen stellte sie sich ihm in den Weg. »Wilkin hat mir geholfen, lass ihn!«

Ohne auch nur einen Augenblick innezuhalten, holte ihr Onkel aus und schlug sie so ins Gesicht, dass ihr der Kopf zur Seite flog.

Der Schmerz verwandelte sich in flammenden Zorn, sobald sie ihn spürte. Sie hörte noch Irinas Aufschrei und Wilkins »Halt!«, dann ging sie mit geballten Fäusten auf ihren Onkel los. Als er sie festhielt, krallte sie ihre Fingernägel in sein Gesicht und stieß mit dem Knie nach ihm, bis er fluchte.

Wilkin umfasste ihre Handgelenke und zog sie von ihrem Onkel weg, während Irina sich an dessen Arm hängte und auf ihn einredete.

Ein paar Atemzüge lang sträubte Hedwig sich mit zu Klauen gekrümmten Händen gegen Wilkins Griff, um sich wieder auf ihren Onkel zu werfen, dann drang seine Stimme zu ihr durch, die wieder und wieder ihren Namen sagte. Sie entspannte sich ein wenig, und er nahm sie behutsam in die Arme.

Das Gefühl, so warm und sanft gehalten zu werden, hatte sie nicht mehr gehabt, seit Richard sie in ihrem geliebten Wald zum letzten Mal tröstend umarmt hatte. Auf einmal brach der Kummer ihres ganzen Lebens über sie herein. Sie lehnte sich an Wilkin und kämpfte dagegen an, sich in Schluchzen aufzulösen.

»Der Hund?«, hörte sie ihren Onkel Irina fragen, seine Stimme klang ernüchtert. Irina führte ihn ins Nebenzelt und kehrte kurz darauf mit ihm zurück. Wilkin versuchte halbherzig, sie ein wenig von sich zu schieben, doch sie wollte ihren kleinen Moment der Geborgenheit noch nicht aufgeben und verharrte.

»Lass sie los, Mann«, sagte ihr Onkel mit rauer, doch ruhiger Stimme und setzte sich mit einem schweren Seufzer in seinen Stuhl.

Sanft wiederholte Wilkin seine Bemühung, und nun ließ sie es zu. Sie richtete sich gerade auf, wischte sich mit dem Ärmel über die Augen und zeigte mit dem Finger auf ihren Onkel. »Und um dich habe ich mir Sorgen gemacht, du …«

Mit erneut finsterer Miene schlug er sich auf den Oberschenkel. »Was erwartest du denn? Ich habe eine Unterredung mit dem verd… mit …« – erbost zeigte er auf Wilkin, »… mit seinem Patron, unserem Herrn Kurfürsten, in der er mir mitteilt, dass er bereits einen Gatten für dich vorgesehen hat und dass er, nein, weder mir noch dir deshalb ein einziges Stück unseres alten Besitzes zur Mitgift zurückgeben wird, was durchaus damit zu tun hat, dass dein sturer Bruder sich eigenmächtig König Sigismund angedient hat. Dann gehe ich über den Platz und laufe blind in einen Kreis jener verfluchten kurfürstlichen Stiefellecker der ersten Stunde hinein, die mich umkreisen wie räudige Köter und mir damit schmeicheln, dass ich ein zahnloser alter Löwe wäre, der bald verhungern und im Schlamm verwesen würde. Ich will schon dreinschlagen, da kommt unser wackerer Putlitzer Bastard angerannt, packt mich beim Arm und hält mich davon ab, den Kerlen zu geben, was Ratten gebührt. Als Nächstes erzählt er mir, dass meine Nichte sich vor den Augen aller aufgeführt hat wie eine Irrsinnige. Nicht, dass er das gesagt hätte, er nahm dich noch in Schutz! Nein, aber den ganzen Weg hierher raunte man es sich um mich herum zu. So betrete ich mein Zelt, und was sehe ich? Die holde, irrsinnige Jungfer sitzt halb auf dem Schoß bei dem Mann, von dem ich ihr befohlen hatte, sich fernzuhalten. Der Knabe, dessen Vater mich mit seinen Freunden eben noch verspottet hat!«

Hedwig holte Luft und sprach gleichzeitig mit Wilkin.

»Ich habe nicht …«

»Wir haben nicht …«

Johann von Quitzow verbot ihnen mit einer Handbewegung das Wort. »Ich will das nicht hören. Es ist ohnehin gleichgültig. Und das ist das Schlimmste! Ihr könnt ebenso gut heute Nacht im selben Bett schlafen. Warum nicht? Wenn der Kurfürst seinen Willen bekommt – und wie üblich wird er ihn bekommen –, dann heiratet ihr sowieso, noch bevor wir abreisen. Also nur zu. Macht es euch bequem. Ich gestehe allerdings, dass ich gehofft hatte, du würdest es ihm nicht ganz so leicht machen, meine liebe Nichte.«

*Liebe. Nichte.* Er spuckte die Wörter aus, als würde er Hedwig plötzlich verabscheuen, und traf sie damit beinah so hart wie mit dem Schlag, von dem ihre Wange brannte und pochte.

Heftig riss sie sich ihre längst verrutschte Haube herunter und schleuderte sie ihm vor die Füße, wo sie auf ihren Pfeilen landete. »Und das alles ist nun meine Schuld, ja? Dein Zwist mit Friedrich, Könes Eigensinn, die Boshaftigkeit von Männern, die eigentlich ehrenhafte Ritter sein sollten? Und auch, dass mein eigener verdorbener kleiner Bruder meinen Hund umbringt? Und ich bin schuld, weil ich Pfeile abgeschossen, die Verbrecher damit aber noch nicht einmal verletzt habe? Wir haben hier in aller Ehrbarkeit gesessen und gehofft, dass du dich nicht reizen lässt und nicht in die Falle gehst, die wir ahnten. Es klingt aber nicht so, als wäre es dein Verdienst, dass du dem entgangen bist. Was wirfst du mir also vor? Dass ich nicht still geduldet habe, wie man mich verspottet?«

Er sackte ein wenig in sich zusammen, lehnte sich zurück und seufzte noch einmal. »Du hast recht. Du hast nur getan, was man von dir erwarten muss, wenn man dir sagt, du sollst die Männer nicht anstacheln. Du bist deines Vaters Tochter, ich hätte es wissen müssen.«

Hedwig hatte ihn zwar gehört, als er von des Kurfürsten Plänen für ihre Heirat gesprochen hatte, doch die Bedeutung seiner Worte drang erst zu ihr, als sie einen Blick auf Wilkin warf. Er stand da wie vom Donner gerührt und starrte ihren Onkel an. Zaghaft streckte sie die Hand nach ihm aus, wie um ihn beschwichtigend zu berühren, tat es jedoch nicht. »Die Sache mit der Heirat hat er gewiss nur übertrieben. Warum sollte der Kurfürst das auf einmal beschließen und weder dich noch mich nach unserer Ansicht dazu fragen?«

Gedankenversunken sah er sie an. »Elisabeth! Wenn die Kurfürstin sich etwas in den Kopf gesetzt hat ... Ich hätte es gleich begreifen sollen, als sie mich so merkwürdig auf dich ansprach und mich mit den Pfeilen zu dir schickte. Gnädiger Himmel, was für eine Lage.« Erschöpft schloss er die Augen und schüttelte den Kopf.

Ehe Hedwig sich über ihre eigenen Gefühle klarwerden konnte, war das Temperament ihres Onkels bereits wieder hochgekocht. »Was soll das heißen? Ich habe dich eben mit ihr gesehen. Wenn das nicht bedeuten sollte, dass du sie heiraten willst, dann kannst du dich auf eine gesalzene Tracht Prügel gefasst machen.«

Wilkin nahm abwehrend beide Hände hoch. »Nein, nein. Ich will ja. Aber die Umstände sind mehr als peinlich. So habe ich es mir nicht gewünscht. So ziemt es sich nicht. Ich ...«

Er war errötet wie ein Knabe, und Hedwig spürte, wie sie es ihm nachtat. »Es ist heute nicht der richtige Tag, so etwas zu entscheiden«, sagte sie schnell.

Hastig nickte Wilkin. »Natürlich. Niemand kann von dir erwarten ... Morgen! Oder ...«

Johann lachte höhnisch. »Dreht und windet euch ruhig noch eine Weile. Aber lasst euch gesagt sein: Der Kurfürst hat es beschlossen. Und was der Kurfürst beschließt, das geschieht.«

## 10

# Hochzeit

Der nächste Tag begann mit der Huldigung der brandenburgischen Städte. Nicht nur den Abgesandten der Stadträte fiel auf, dass die Plätze des Kurfürsten und seiner Gemahlin den ganzen Vormittag über leer blieben. Man rätselte schon, ob der hohe Herr auf diese Weise sein Missfallen mit den immer wieder unbequem widerspenstigen Städten ausdrückte. Doch bald sprach sich herum, dass unvorhergesehene schwerwiegende Zwischenfälle für die Abwesenheit des Fürstenpaares verantwortlich waren.

Die Zeremonie nahm dennoch ihren Lauf, da man ja dem Sohn und nicht dem Vater huldigte. Allenfalls waren die Blicke, mit denen der junge Markgraf beobachtet wurde, etwas unverfrorener direkt, etwas offener berechnend oder nachdenklich, wenn auch nie genug, um als tadelhaft zu gelten.

Cord gehörte zu dem kleinen Kreis derer, die wussten, womit der Kurfürst sich befasste, und er durfte es aus nächster Nähe miterleben. Obwohl er zu den Hauptbeteiligten gehörte und für seine Rolle in der Angelegenheit bereits hohe Anerkennung geerntet hatte, wäre er an diesem Vormittag lieber weit fort gewesen. Das lag daran, dass er dem Kurfürsten gegenüber neben dem Angeklagten stand und Wilkin betrachten musste, der wie üblich seine Position schräg hinter Friedrich eingenommen hatte.

Mit versteinerten Zügen verfolgte der junge Ritter, wie sein

Bruder Reinhardt durch seinen Fürsten zum Tode durch Enthauptung verurteilt wurde.

Der Verräter war Cord am Vorabend ohne Schwierigkeiten in die Falle gegangen. Eine zu diesem Zweck angeworbene Hure hatte Reinhardt geschickt eingeredet, dass es besser war, seinen im Kerker der Stadt gefangenen Mordkumpan umzubringen, bevor dieser ihn verraten konnte. Cord hatte dafür gesorgt, dass es ihm leicht gemacht wurde, in dessen Zelle vorzudringen, um dort im Dunkeln einen Mordversuch an einem scheinbar schlafenden Mann vorzunehmen, der dem Gefangenen allenfalls in Größe und Statur ähnelte.

Der gefangene Verbrecher selbst indes hatte die Folgen seines hochnotpeinlichen Verhörs nicht überlebt und nur wenig Nützliches ausgesagt. Bestätigt hatte er allerdings, dass der Überfall dem Leben Jung-Friedrichs gegolten hatte. Dies, zusammengenommen mit Reinhardts Eindringen in den Kerker und der Verletzung in seinem Gesicht, hatte ausgereicht, sein Schicksal zu besiegeln.

Zu seinem Bedauern hatte Cord es nicht geschafft, auch Gerhardt von Schwarzburg eine Beteiligung an der Sache nachzuweisen. Er war sicher, dass der widerliche blonde Bruder des Erzbischofs mitschuldig war, hatte ihn aber bei dem Überfall nicht erkannt.

Reinhardt von Torgau nahm das Urteil nicht schweigend hin. Er leugnete, log, lamentierte und flehte. Er appellierte an eine Verpflichtung des Kurfürsten gegenüber dem ihm stets treu gewesenen Geschlecht derer von Torgau.

Cord glaubte, dass es nur diese Verpflichtung war, die den Kurfürsten anhielt, Reinhardt überhaupt noch sprechen zu lassen. Doch als dieser sich auf den Weg der letzten Hoffnung begab und einen Gerichtskampf forderte statt der Hinrichtung, schüttelte Friedrich den Kopf und beendete das Trauerspiel. Cord war um Wilkins willen erleichtert, als der

Kurfürst bekanntgab, dass die Enthauptung nicht zum öffentlichen Spektakel werden solle, um die Huldigungszeremonien nicht zu stören. So wohnte nur eine angemessene Zahl ausgewählter Zeugen der Vollstreckung des Urteils bei, Cord und Wilkin unter ihnen.

Den Kurfürsten zu schmähen, wagte Reinhardt auch angesichts des Richtschwertes nicht, wohl wissend, dass ihm qualvollere Todesarten blühen könnten. Seinen Bruder Wilkin allerdings verfluchte der Verräter. Wilkin zeigte auch daraufhin keine Regung. Cord hingegen war froh über diese Flüche des Verurteilten, denn sie bewiesen den Zeugen, dass die Brüder nicht im Einvernehmen standen.

Schlimm genug war es für Wilkin trotzdem. Während der gesamten Prozedur und auch danach richtete niemand ein Wort an ihn, nicht einmal der Kurfürst. Cord war der Einzige, der sich ihm näherte, unsicher, wie er begrüßt werden würde.

Wilkin enttäuschte ihn nicht, sondern erwiderte seinen Blick ohne Vorwurf. So standen sie kurz darauf am Rande des Richtplatzes, unweit einer Lache noch nassen Blutes, und bekräftigten ihre Freundschaft vor aller Augen mit einem Handschlag. Cord musste sich nicht umsehen, um zu wissen, wie viele sich darüber wundern würden, dass der junge Ritter von Torgau sich mit dem Bastard verbrüderte, der seine Familie in die Schande gezogen hatte. So gern sie es vielleicht sahen, dass Wilkin nichts mit Reinhardts Verrat zu tun hatte, so wenig würden sie verstehen, dass er den Ankläger nicht wenigstens mit Missachtung strafte, zumal er von niedrigerem Stande war.

Um nicht noch mehr Aufsehen zu erregen, verabschiedete Cord sich bald von Wilkin und machte sich auf den Weg zu Hedwig und Irina, denen er Bericht erstatten wollte. Auf halber Strecke wurde er von seinem kleinen Halbbruder Achim abgefangen und bei ihrem Vater zum Mittagsmahl eingeladen.

Daran, dass Kaspar ihn mit ungewöhnlicher Hochachtung behandelte, erkannte er, dass Gerüchte über ihn im Umlauf sein mussten. Welche Folgen das Ganze für ihn haben würde, begann er jedoch erst zu ahnen, als sein Vater ihm abschätzend einige seiner eigenen besten Kleidungsstücke anhielt und ihm die passenden schenkte. »Da kommt etwas Großes auf dich zu«, sagte er auf Cords Frage hin voller Genugtuung.

Umso eiliger bekam Cord es nun, die beiden Frauen aufzusuchen, bevor etwa ein Bote ihn mit neuen Anweisungen erreichte. Mit klopfendem Herzen hetzte er über die zertrampelten Wiesen und stellte sich vor, wie der Kurfürst ihn ehrte. Er verspottete sich selbst, als er sich dabei erwischte, auf diese Art zu träumen wie ein Knabe. Als wäre seine Gleichgültigkeit solchen Ehren gegenüber all die Jahre nur Heuchelei gewesen, sehnte er sich nun nach dieser Anerkennung. Wie stolz sein Vater auf ihn sein würde, war ihm zu seiner Überraschung bereits deutlich geworden. Was würde Hedwig zu dem sagen, was er erreicht hatte? Vielleicht würde ein einziges Mal ein wenig Bewunderung in ihren frechen grünen Augen aufleuchten. Es hätte ihm Spaß gemacht, mit ihr über seine neue Stellung in der Welt zu scherzen. Immerhin war sie die einzige Edelfrau, die ihn nie herablassend behandelt hatte, nur weil er ein Bastard war. Aber er wollte sich bescheiden und schon zufrieden sein, wenn sie sich ein wenig besser fühlte, weil Reinhardt von Torgau nicht mehr lebte. Dankbarkeit von ihr wollte er allerdings gern annehmen. Denn so giftig, wie sie wirkte, wenn sie böse war, so liebreizend konnte sie sein, wenn sie freundlich gestimmt war.

Er hoffte, dass sie den Ärger nicht zu schwer nahm, den sie sich gewiss mit ihrem aufsehenerregenden Wutanfall eingehandelt hatte. Prachtvoll hatte sie ausgesehen, wie sie in ihrem schönen Gewand die Pfeile auf die Verbrecher fliegen ließ, als erlegte sie Hasen. Gerade weil er von Schwarzburg nicht zu fassen bekommen hatte, freute er sich im Nachhinein über ihre kleine Rache, und war sie auch noch so unvernünftig gewesen. Der Anblick von Gerhardt von Schwarzburgs angstverzerrtem Gesicht war sogar die Gefahr wert, dass der sich rächte.

Ja, seine Drachenmaid war wunderbar. Cord wusste längst, wie froh er war, dass keine Tante und kein Onkel sie grundlegend hatten zähmen können.

Johann von Quitzow saß im Eingang seines Zeltes in der Sonne und trank, als Cord eintraf, ging aber mit ihm hinein zu den Frauen. Gespannt hörten sie ihm zu, bis er alles erzählt hatte, und auch das ersehnte bewundernde Leuchten in Hedwigs Augen stellte sich ein.

»Das hast du großartig gemacht«, sagte sie und drückte ihm warm die Hand.

»Das Beste war, als ich deine Pfeile aus der Tribünenwand zog und der alte Herold zu mir sagte: ›Nun, irrsinnig ist sie gewiss, aber den goldenen Schleier hätte sie verdient. Oder machen wir lieber einen goldenen Strick daraus, um sie irgendwo festzubinden?‹«, erzählte Cord und genoss ihr Lachen.

Erneut fiel ihm der Bluterguss an ihrer Wange auf, und er ärgerte sich darüber. Doch er erwähnte ihn nicht, denn es war unschwer zu erraten, wie sie dazu gekommen war, wenn er sich daran erinnerte, in welcher Verfassung ihr Onkel am Vorabend zu seinem Zelt gestürmt war. Und er hätte seine Drachenmaid schlecht gekannt, wenn er nicht die tiefen Kratzer in Johanns Gesicht ebenso leicht hätte erklären können. Auch jetzt schienen die beiden nicht völlig ausgesöhnt zu sein, aber vielleicht lag es nur daran, dass sie nach den aufwühlenden Ereignissen schlechter Stimmung waren.

»Wird der Kurfürst dich belohnen?«, fragte Hedwig, und der Gedanke daran schien sie zu freuen.

»Wahrscheinlich wird er mir mit blumigen Lobesworten ein Beutelchen Münzen überreichen und mich wieder einmal ermahnen, mir eine neue Rüstung zuzulegen. Magst du kommen und zusehen? Ich kaufe dir dann zwei Dutzend Schwanenfedern. Wer weiß, wie viele Löcher du beim nächsten Mal in die Luft um deine Opfer herum schießen musst, bis sie sich vor Angst nassmachen. Wir wollen doch nicht, dass dir die Pfeile ausgehen.«

Die Frauen lachten beide, doch Johann schnaubte verärgert. »Rede ihr nicht noch zu, du Blödbarz. Erwische ich sie noch einmal bei so etwas, dann …« Er widmete Hedwig einen drohenden Blick, den sie genauso finster erwiderte.

Cord ergriff rasch die Bierkanne und schenkte dem alten Kämpen nach. »Das kommt nur, weil du die Gesichter von den Kerlen nicht gesehen hast, als es rechts und links von ihnen zischte. Glaub mir, etwas Komischeres hast du selten gesehen. Und wenn Hedwig gestern die Irre war, so wird sie morgen, wenn alle von Reinhardts Verrat erfahren haben, als Heldin gefeiert werden.«

Beim Abschied gab Hedwig ihm einen Kuss auf die Wange. Gewiss war es ein keuscher Kuss, doch er vermutete, dass dies dennoch der schönste Teil seiner Belohnung gewesen sein würde. Mit beschwingten Schritten ging er zu seiner Unterkunft zurück, wo er bereits von einem Boten des Kurfürsten erwartet wurde.

* *

Am späten Nachmittag trat Hedwig mit einem flauen Gefühl im Magen vor Gräfin Elisabeth, machte einen Kniefall und bat die Fürstin um Verzeihung für ihr unbeherrschtes Verhalten am Vortag. Doch Cord behielt recht. Elisabeth winkte ab und ließ sie aufstehen. »Kind, wer könnte dir den Zorn auf diesen Verräter nicht nachfühlen? Hätte ich gestern schon gewusst, was ich heute weiß ... vielleicht wäre ich von der Tribüne gestiegen und hätte dich gebeten, mich auch einmal schießen zu lassen.«

Die anwesende Gesellschaft lachte laut über ihren gnädigen Scherz, und somit war Hedwig wieder in Ehren aufgenommen. Die Kluft, die sich zwischen ihr und den anderen Edelfrauen aufgetan hatte, konnte dies allerdings nicht überbrücken. Ebenfalls ungeklärt blieb die Frage, wie Gerhardt von Schwarzburg auf Hedwigs Beleidigung reagiert hatte oder noch reagieren würde. Er wurde nicht erwähnt, und sie wagte nicht, sich nach ihm zu erkundigen. Auch Cord hatte ihr nichts über ihn sagen können.

Ihr Besuch bei der Kurfürstin währte dieses Mal nicht lange, denn bald breitete sich unter den anwesenden Frauen und wenigen Herren Aufbruchsstimmung aus. Der neue Markgraf hatte zu einer kleinen abendlichen Jagd geladen, um die von den langen Zeremonien ermatteten Gemüter aufzumuntern.

Hedwig hätte sich der Jagdgesellschaft von sich aus nicht angeschlossen, doch die Kurfürstin ließ ihr auch hierin keine Wahl. »Du reitest natürlich mit, Kind. Fürchten musst du dich nicht, denn dein Wilkin hat sich schon ganz darauf eingestellt, unterwegs nicht von deiner Seite zu weichen. Und dass dir das Jagen liegt, hat dein Onkel meinem Gatten längst verraten. Du kannst dich also nicht herausreden. Übrigens tust du nicht nur dir, sondern auch Wilkin einen Gefallen, wenn du gerade heute seine und unsere Gesellschaft nicht scheust.« Für ihren letzten Satz beugte sie sich verschwörerisch zu Hedwigs Ohr und sprach so leise, dass die Umstehenden sie nicht verstanden.

Nachdem Hedwig mit der widerwilligen Erlaubnis ihres inzwischen stark betrunkenen Onkels zu den anderen Jagdgästen gestoßen war, stellte sie schnell fest, dass Hüx sie vor ihrem Aufbruch zu Recht gewarnt hatte: Tiuvel, der seit drei Tagen stand und sich langweilte, konnte beim besten Willen nicht so langsam gehen wie die lammfrommen Zelter der anderen Frauen. Sie war froh, als Wilkin sich zu ihr gesellte und ihr damit ermöglichte, der Frauengruppe voranzureiten.

Zu ihrem Glück beherrschte sie ihr Ross mittlerweile so gut, dass sie es von schlimmeren Ausbrüchen abhalten konnte. Sie spürte, wie gern Tiuvel die weit vor ihnen reitenden Jäger eingeholt hätte, um in vorderster Reihe zu galoppieren, und sie konnte es ihm nachfühlen. Sie beide hätten jeden Hirsch zur Strecke bringen können, das wusste sie aus Erfahrung.

Doch darum ging es an diesem Tag nicht, daher zügelte sie ihren Schwarzen und achtete darauf, sich Wilkin sichtbar freundlich zu widmen. Er wirkte rührend verlegen, doch glücklich über ihre Aufmerksamkeit. Bei Einbruch der Dunkelheit brachte er sie zu Pferd zurück zum Zelt ihres Onkels. Durch die warme Luft der windstillen Nacht drang fröhliche Musik zu ihnen, die Gaukler bei ihren Kunststücken begleitete und Menschen zum Tanz einlud. Die Klänge ließen Hedwig wehmütig an Adams schöne Stimme und seine lustigen und gefühlvollen Lieder zurückdenken. Irina hatte schon den Wunsch geäußert, die angereisten Spielleute zu treffen, um Erkundigungen nach ihrer Familie einzuholen. In der Aufregung der vergangenen Tage war das Vorhaben in Vergessenheit geraten.

Wilkin half Hedwig abzusteigen, während Hüx, der sie in Empfang genommen hatte, beide Tiere hielt. Wilkin benahm sich noch immer schweigsamer als bei ihrem vorherigen Treffen, was Hedwig ihm nicht verdenken konnte. Sie wusste selbst nicht, wie sie die ungeheuerliche Angelegenheit ihrer angeblich schon beschlossenen Heirat hätte zur Sprache bringen sollen, obwohl sie viel darüber nachgedacht hatte. Nachdem sich ihre anfängliche Verblüfftheit gelegt hatte, war sie zu der Überzeugung gekommen, dass es eine folgerichtige Fügung des Schicksals war, wenn sie Wilkin heiratete. Sie würde sich nicht dagegen wehren, zumal seine neue Art, sie zuvorkommend, sanft und voller Achtung zu behandeln, ihr guttat und ihr ein Leben mit ihm vorstellbar erscheinen ließ.

»Du hast mir mein Leid an diesem Tag gelindert. Ich danke dir dafür«, sagte er, als er sich zum Abschied verbeugte.

Sie lächelte. »Es machte mich glücklich, wenn mir das gelungen wäre, aber ich glaube, ich hatte den größeren Nutzen von deiner Gesellschaft.«

Forschend musterte er ihr Gesicht, als überlegte er, ob sie es ernst meinte. »Bedeutet das, ich darf darauf hoffen, dass du mich morgen nicht in Ungnade fortschicken wirst, wenn ich meinen Mut zusammengenommen habe und komme, um … Um jene Frage zu stellen, die mir andere auf so grobe Weise vorausgetragen haben?«

Hedwigs Hände begannen zu zittern. »Ich würde mir wünschen, dass du sie nicht nur wegen der anderen stellst.«

»Sondern weil es mein innigstes Begehren ist, dass jede Fremdheit zwischen uns vergeht. Ich bin überzeugt davon, dass der Himmel dich mir sandte. Beim ersten Mal war ich zu verblendet, um es zu verstehen. Ein zweites Mal werde ich denselben Fehler nicht machen. Aber ich will deine Antwort nicht heute Abend, nach diesem unglückseligen Tag.«

Damit verbeugte er sich eilig und ging, als fürchte er sich davor, dass sie ihm doch gleich antworten könnte.

Hedwig fand ihren Onkel in seinem Zelt auf dem Rücken liegend vor, es roch süßlich schwer nach seinem Rausch.

Er schnarchte so laut, dass sie in der Dunkelheit des Nebenzeltes zuerst nicht bemerkte, dass mit Irina etwas nicht stimmte. Ihre Freundin atmete gequält, als gäbe sie sich Mühe, nicht laut zu schluchzen. Zusammengekauert lag sie auf ihrem Lager und hatte sich die Decke über den Kopf gezogen.

Hedwig versuchte herauszufinden, was hinter Irinas Kummer steckte, wurde jedoch von ihr abgewiesen. Schließlich ging sie zu Bett, unfähig, zwischen Schluchzen, ferner Musik, Schnarchen, ihren wirren Gedanken und den Bildern des Tages in den Schlaf zu finden, und doch zu erschöpft, um sich noch rühren zu können. Erst kurz vor Sonnenaufgang schlief sie eine Weile, nur um beim ersten Vogelgesang mit rasendem Herzen wieder aufzuschrecken und von denselben Gedanken heimgesucht zu werden, die sie in den Schlaf begleitet hatten. Die jubilierende Melodie einer Lerche ließ sie kurz bei den schönen Bildern verweilen, vor allem bei dem hoffnungsvollen Ausdruck in Wilkins Gesicht, als er ihr seinen Wunsch gestand, um sie zu freien.

Ihr erster wacher Blick galt gleich darauf Irina, und kein noch so hell klingender Lerchenjubel konnte ihr die Freude zurückrufen. Ihre Freundin setzte sich auf, schlug ihre Decke zurück und erhob sich mit den mühevollen Bewegungen einer gebrechlichen alten Frau. Sie trug noch ihr Kleid vom Vortag, nur war eine seitliche Naht des Mieders aufgerissen und der Rock voller Flecken. Eine noch deutlichere Sprache sprachen die Würgemale an ihrem Hals, Irinas gebeugte Haltung und die Hand, die sie auf ihren Leib presste.

Entsetzt sprang Hedwig auf und legte ihr die Hand auf die Schulter. »Irina, was …?«

Ihre Freundin wandte sich mit einem Ruck von ihr ab. »Nichts. Nichts ist geschehen. Lass mich in Ruhe.«

* *

Cord hatte die Nacht gemeinsam mit drei gut ein Dutzend Jahre jüngeren Männern schweigend in einer Seitenkapelle der Nikolaikirche verbracht. Abwechselnd knieten, standen oder lagen sie auf ihren Bäuchen vor dem Altar, dem Gebrauch folgend, den sie alle von Kindheit an aus den

Erzählungen älterer Ritter kannten. Einer langen Zwiesprache mit Gott sollte diese Nacht dienen, die Teil der traditionellen Schwertleite war.

Vielleicht hätte Cord tatsächlich beten können, wenn er allein gewesen wäre. Die Anwesenheit der drei Knaben – denn mehr waren sie in seinen Augen nicht – lenkte seine Gedanken jedoch immer wieder in andere Richtungen. Mit jeder Geste und jedem Blick schienen die drei ihm zu verstehen zu geben, dass sie ihm großmütig seine ungewöhnliche Ehrung gönnten. Ein Großmut, der laut beschrie, wie erhaben diese Söhne lang vermählter adliger Eltern sich über ihn fühlten und wie ausgeschlossen es war, dass sie ihn je als Ihresgleichen betrachten würden, und schlüge ihn der Markgraf drei Mal zum Ritter.

Statt sich in ein friedliebendes Gebet zu versenken, verbrachte er daher die erste Zeit damit, sich in aller Stille auszumalen, mit wie viel Leichtigkeit er jeden dieser grünen Jungen in allem schlagen konnte, auf das sie vermutlich besonders stolz waren.

Später trug er erneut den inneren Zwist mit seinem Vater aus. Nun, als erwachsener Mann, verstand er, dass Kaspar nicht genug an Cords kleinadliger, doch besitzloser Mutter gehangen hatte, um für eine Heirat mit ihr auch noch Ungelegenheiten in Kauf zu nehmen und die Aussicht auf eine gewinnbringendere Ehe aufzugeben. Dennoch fühlte Cord noch immer die Kränkung des Kindes, das viele Jahre lang geglaubt hatte, es läge an ihm, dass der Vater ihn nicht voll anerkannte.

Je weiter die Nacht voranschritt, desto gründlicher überdachte er sein Leben, und hin und wieder wechselte er darüber sogar ein Wort mit dem Allmächtigen. Immerhin hatte auch dieser seinen höheren Zielen einen Sohn geopfert. In aller Demut teilte Cord ihm mit, dass er, sollte ihm zu

Lebzeiten noch vergönnt sein, einen Sohn heranwachsen zu sehen, diesem Beispiel auf keinen Fall folgen wolle.

Seit ihn beim Anblick seines kleinen Halbbruders die Erkenntnis überfallen hatte, dass er sich aus unerklärlichen Gründen und gegen alle Vernunft einen eigenen Sohn wünschte, hatte ihn dieser Gedanke nicht mehr ganz losgelassen. Und da für ihn mit dem Wunsch nach einem Sohn untrennbar der nach einem Eheweib verbunden war, begann er unweigerlich von der Jungfer zu träumen, die ihn gegenwärtig am meisten beschäftigte. Ein müßiger Traum, fand er und erlaubte sich dennoch, seine kleine Drachenmaid in Gedanken zu umarmen und sie weit ausdauernder und in größerem Einvernehmen zu küssen, als er es bei ihrer allerersten Begegnung getan hatte.

Nach der langen schlaflosen Nacht, deren Strapazen er mit weniger Ächzen überstand als die drei edlen Junker, hatte er sich dem heiligen Ort zum Trotz in eine solche Leidenschaft hineingeträumt, dass er überlegte, wie er gefahrlos herausfinden konnte, ob es nicht doch eine kleine Aussicht für ihn gab, Hedwig von Quitzow zu gewinnen.

Er war überzeugt, dass er es nicht einen einzigen Tag bereuen würde, falls sie ihn nehmen wollte. Es würde ihm nie langweilig mit ihr werden, und sie würde prächtig lebhafte und bildschöne Kinder auf die Welt bringen, die er vergöttern konnte.

Je länger er darüber nachdachte, desto mehr betrachtete er seine Schwertleite nicht mehr nur als überwältigende Ehrung, sondern auch als Mittel zum Zweck. Denn zweifellos würde Hedwigs Onkel einem freienden Ritter des Markgrafen von Brandenburg mehr Gehör schenken als Kaspars Bastard.

Trotz aller Entschlossenheit verlor Cord sein Vorhaben für Stunden aus dem Sinn, nachdem er feierlich aus der Stille der Kapelle geführt worden war. Helfer kleideten ihn langwierig ein, so prunkvoll, wie es mit überwiegend zusammengeliehenen Stücken eben möglich war. Das rot-weiße Wams und die seidenen Beinlinge seines Vaters legte er dankbar an, in dem zufriedenen Gefühl, über Nacht endgültig seinen inneren Frieden mit dem alten Herrn gemacht zu haben. Wahrhaft gerührt war er über Wilkins Leihgabe. Dessen spiegelblankes silber-goldenes Stechzeug, die Rüstung, die der Teilnahme am Tjost vorbehalten war, passte Cord zwar so schlecht, dass er damit niemals hätte kämpfen können, doch gut genug, um eine eindrucksvolle Erscheinung abzugeben.

Die Zeremonie des Ritterschlages selbst übertraf anschließend all seine Erwartungen. Es war Markgraf Johann, der ihn zum Ritter schlug und ihm unerwartet ein auskömmliches Lehen nahe Kyritz verlieh, aber Kurfürst Friedrich schenkte ihm das Schwert dazu. Keines wie das von Wilkin, mit dem dieser sich nie ganz wohlgefühlt hatte, sondern einen schlichten Augsburger Zweihänder, den Cord am liebsten nicht wieder aus der Hand gelassen hätte, so gut lag er darin, und so deutlich sprach das Schimmern der Klinge von hoher Schmiedekunst. Von diesem Moment an umfing und bewegte ihn die Feierlichkeit des Anlasses viel mehr, als er es für möglich gehalten hatte. Als der Geistliche ihn gemeinsam mit den anderen drei frischgebackenen Rittern segnete, musste er Tränen unterdrücken, was ihm nie zuvor geschehen war.

Seine Gefühle der ganzen Welt gegenüber waren danach so viel freundlicher, dass er sogar den drei Jungrittern mit ehrlicher Herzlichkeit seine Gratulation aussprechen konnte.

Nach der Schwertleite verlieh der Markgraf weitere neue Lehen an frische oder besonders verdiente Gefolgsmänner. Auch noch im Anschluss daran hielt die würdevolle Stimmung an, denn zum ersten Mal seit Beginn der Huldigungstage trug der junge Johann von Brandenburg den Versammelten in eigener Person eine Rede vor. Es ging in der Hauptsache wieder einmal um die hussitischen Ketzer.

Die Hussiten hatten ein Jahr zuvor ihren legendären Anführer Žižka verloren, folgten jedoch nun mit allen – zwischenzeitlich zerstrittenen – Untergruppen einem Mann namens Andreas Prokop. Und dieser Prokop hatte offenbar eine neue Sicht auf den Glaubenskrieg. Hatten sich die Hussiten zuvor meist innerhalb der böhmischen Grenzen gehalten und gegen Angriffe von außen verteidigt, überfielen sie nun mit zunehmender Häufigkeit die umliegenden Länder und führten regelrechte Eroberungsfeldzüge. Vor allem gegen die ihnen feindlich gesonnenen Deutschen ließen sie dabei Grausamkeit und Zerstörungswut walten.

Markgraf Johann erinnerte an die Bedeutung der ihm kurz zuvor geschworenen Lehnstreue und rief alle anwesenden waffenfähigen Männer auf, sich mit größtmöglicher Kraft dem Kampf gegen die dreisten, vom Bösen selbst beschützten Ketzer zu widmen.

Cord musste nicht lange darüber nachdenken, was er tun würde. Wenn der Kurfürst und dessen Sohn willens waren, ihn ziehen zu lassen, wollte er zu denen gehören, die Prokop und seine Hussiten zurückschlugen. Umso dringender, als es ihm nun nicht mehr nur um sein Leben ging, sondern auch um die Sicherheit der Familie, die er gründen wollte.

* *

Es war Wilkin ein Rätsel, wie es sein konnte, dass eine Kleinigkeit wie der Händedruck, ein Blick und die richtigen Worte einer Frau das Antlitz der Welt derart verändern konnten.

Am Tag nach der eiligen Hinrichtung seines Bruders erfuhren die Anwesenden nach und nach, was sich abgespielt hatte. Er erkannte die Eingeweihten daran, dass sie auf einmal vorsichtig Abstand von ihm hielten, abwartend, wie die Sache sein

Verhältnis zum kurfürstlichen Haus beeinflussen würde. Die Freunde seines Vaters schnitten ihn oder warfen ihm verachtungsvolle Blicke zu. Er konnte sich vorstellen, wohin sie ihn wünschten. Seinem Vater selbst war er seit dem Ereignis noch nicht begegnet, auch seinem Bruder Ludwig nicht. Die Situation hätte ihn maßlos bedrücken sollen. Doch um sich besser zu fühlen, musste er nur an Hedwig denken, wie sie am Abend nach der Jagd in ihrem schönen Gewand vor ihm gestanden, errötend zu Boden gesehen und ihm anmutig die Hand zum Abschied gereicht hatte. Scheu und zerbrechlich hatte sie gewirkt, so wie sie in ihrem Inneren in Wahrheit sein musste.

Es war an diesem Tag nicht nur sein Stolz, der es ihm leicht machte, sich aufrecht zu halten, sondern auch die Vorstellung, dass sie ihm zusah.

Noch immer hatte er seinen Platz nah beim Kurfürsten inne, und von hier aus wurde er Zeuge, wie Cord seinen Ritterschlag erhielt. Es hatte nie jemanden gegeben, für den er sich über diese Ehre mehr gefreut hätte. Auch dieses Ereignis trug dazu bei, ihn seine Last weniger spüren zu lassen.

Im Anschluss an Johanns Rede bat der Kurfürst Wilkin schließlich zu dem Gespräch unter vier Augen, das er längst erwartet hatte. Zu seinem Erstaunen wollte Friedrich jedoch nicht einmal der Form halber, dass er sich erneut für seinen Bruder und seine Familie entschuldigte. Energisch winkte er ab. »Wir haben dafür jetzt keine Zeit. Du hast dich wie üblich gut gehalten. Dennoch habe ich beschlossen, dich vorerst aus meinem Gefolge zu entlassen. Solange die Leute dich an meiner Seite sehen, wird die Unruhe anhalten. Die Partei deines Vaters ist empört, und meine Getreuen können nicht anders, als dir zu misstrauen.«

Bevor die Kälte sich in Wilkin niederlassen konnte, die er bei diesen Worten fühlte, fuhr der Kurfürst bereits fort und schilderte ihm die Pläne, die er mit ihm hatte.

Seine Ahnung, dass ihm eine gewaltige Herausforderung bevorstand, bestätigte sich. Nicht alles, was der Kurfürst von ihm erwartete, war ihm angenehm, doch da die Heirat mit Hedwig von Quitzow dazugehörte, war er zufrieden. Diese Wendung schien ihm ein Zeichen dafür zu sein, dass sein Schicksal von nun an unter einem guten Stern stand.

»Du wirst Johann von Quitzows Nichte heiraten, damit die verdammten alten Brandenburger nicht glauben, der Verrat deines Bruders könnte das Zeichen für einen neuen Aufruhr gewesen sein. Eure Heirat wird zeigen, dass das zukünftige Haus von Torgau und die von mir gezähmten von Quitzow mir unverändert treu verbunden sind.«

Der Auftrag, den Wilkin gleich nach seiner Hochzeit ausführen sollte, bezeugte Friedrichs ungebrochenes Vertrauen zu ihm besser, als alle Worte es gekonnt hätten.

Gemeinsam mit Cord sollte er zuerst Jung-Friedrich nach Krakau zurückgeleiten, danach allein von dort, das kriegszerrüttete Böhmen in weitem Bogen umgehend, nach Ofen in Ungarn weiterreisen, wo König Sigismund sich aufhielt. Der Kurfürst hatte wieder einmal sein Bestes getan und unter anderem bei den brandenburgischen Edlen eine beträchtliche Geldsumme zusammengebracht, die dem stets bis über beide Ohren verschuldeten Sigismund überbracht werden musste. Offiziell würde Friedrich einen Geldboten von Regensburg die Donau hinab nach Ofen schicken, wenn er mit seinem Gefolge zurück in seine Nürnberger Heimat zog. Die Wahrscheinlichkeit, dass Wilkin in aller Heimlichkeit auf dem anderen Weg sein Ziel ungehindert erreichte, war auf diese Art wesentlich größer.

Nachdem er Sigismund mit dem Geld erfreut hatte, sollte Wilkin sich am Königshof beliebt machen, um für Friedrich zu kundschaften. Der Kurfürst benötigte Berichte aus vertrauenswürdiger erster Hand, um sich ein wahrheitsgetreues Bild von Sigismunds Plänen, seiner Stimmung und seinem Zustand machen zu können. War der König tatsächlich damit beschäftigt, gegen die Türken auf der einen und die Hussiten auf der anderen Seite vorzugehen, oder saß er nur in Ofen und ließ es sich unter diesem Vorwand gutgehen? Intrigierte er noch immer am polnischen Hof, um Friedrichs Vorhaben dort zu unterwandern? War es ihm mit seinen Plänen für den Romzug und die Kaiserkrönung ernst, oder träumte er nur davon und prahlte?

Nebenbei sollte Wilkin versuchen herauszufinden, wie der König zum Erzbischof von Magdeburg, Günther von Schwarzburg, stand und was dieser gegen das Haus des Kurfürsten im Schilde führte. Dass Wilkins eigene Familie mit dem Erzbischof im Bunde war, konnte Wilkin hierbei sowohl zum Vorteil gereichen als auch zum Verhängnis werden, je nachdem, wie geschickt er sich anstellte.

Einfach war die Aufgabe gewiss nicht zu lösen, doch sie erschien ihm anziehender, als monatelang an der Seite des Kurfürsten bleiben und Anfeindungen von dessen Freunden ertragen zu müssen.

»Aber was wird aus Hedwig?«, fragte er.

Der Kurfürst zuckte mit den Schultern. »Sie ist jung und meines Wissens nicht sonderlich zart. Wenn du nicht weißt, wo du sie unterbringen willst, frag Elisabeth, ob sie bei ihr bleiben kann. Sie kehrt bald auf die Cadolzburg zurück. Oder du nimmst sie eben mit. Da du womöglich lange fortbleibst, ist das nicht das Schlechteste, das weiß ich aus Erfahrung. Immer kann man die Frauen nicht um sich haben, aber mit einem Eheweib, welches stets nur in der Ferne weilt, zeugt man keine Nachkommen, so viel ist sicher. Entscheide also selbst.«

Auf dem Weg zu Hedwig entdeckte Wilkin Cord, der von Bekannten umgeben war, die sich offenbar anschickten, ihn ausgiebig zu feiern. Sein Freund winkte ihm zu und rief ihn, doch er wehrte ab. »Ich komme nach! Habe vorher noch eine Sache zu tun.«

Aufrecht stellte er sich sodann Johann von Quitzow, der vor dem Zelt saß und seinen Katzenjammer vom Vorabend bereits halb ertränkt hatte, obwohl es gerade erst Mittag war. Der gebeugte alte Recke nickte mit finsterer Miene sein Anliegen ab und ließ ihn passieren.

Hedwig hatte ihn vor dem Zelt sprechen hören und erwartete ihn mit vor sich verschränkten Händen und in einem frischen, grünen Gewand. Sie zitterte ein wenig und hielt den Blick gesenkt, während er die Sätze sprach, an denen er seit Stunden feilte. Sie sagte Ja, und er küsste sie keusch und sanft auf die Lippen, um ihr zu beweisen, dass er niemals wieder so grob mit ihr umgehen würde wie bei ihrer ersten Begegnung.

Bald darauf ließ er sie wieder allein, denn der Kurfürst hatte festgelegt, dass ihre Hochzeit zum Zeichen für die unruhigen Brandenburger schon am Ende der Huldigungswoche stattfinden sollte. Es galt daher für sie beide, bei den Vorbereitungen keine Zeit zu verlieren, zumal er seine übrigen Verpflichtungen nicht ganz vernachlässigen konnte.

Sein erster Schritt sollte es sein, Cord endlich von seinen Heiratsplänen zu erzählen, nachdem er ihn zu seiner Schwertleite beglückwünscht hatte. Sein Freund war neben Gräfin Elisabeth der einzige Mensch, von dem er glaubte, dass er sich ehrlich für ihn freuen würde. Und gewiss verstand Cord seine Glückseligkeit, da er Hedwig kannte und schätzte.

Es war angenehm für ihn, dass Cords Freundeskreis aus einfacheren Männern bestand, denen die Geschehnisse um seine und die kurfürstliche Familie weniger bedeuteten als dem höheren Stand. Die Runde verstummte zwar kurz, als er eintraf, nahm das heitere Gespräch jedoch wieder auf, als Cord ihn mit offenen Armen begrüßte.

Der Ritterschlag hatte eine überraschend tiefgehende Wirkung auf seinen sonst bodenständigen Freund gehabt. Wilkin hatte früher nie bemerkt, dass Cord sich über die ketzerischen Hussiten mehr als nötig den Kopf zerbrochen hätte, doch auf einmal war er entschlossen, Markgraf Johanns Aufruf zu folgen und sich nach besten Kräften in den Kampf gegen Prokop und seine Anhänger zu werfen. Die Aufregung in der Runde schlug bei der Unterhaltung darüber so hoch, dass Wilkin sich gezwungen sah, Cord erst einmal von dem Auftrag des Kurfürsten zu erzählen, der zuvor noch zu erledigen war. Cord fluchte zuerst, lachte aber dann und hielt eine liebevoll spöttische kleine Lobrede auf seinen Dienstherrn, nach der er sein neues Schwert herumzeigen musste und die Krüge in lauter und fröhlicher werdender Stimmung wieder und wieder gehoben wurden.

Wilkin kam schnell zu dem Schluss, dass dies nicht der richtige Zeitpunkt war, um über seine bevorstehende Hochzeit zu sprechen. Cord hatte eine Feier verdient, die nur ihm und seinem Erfolg galt.

Eine Stunde später musste er sich verabschieden, um sich für den Tjost zu rüsten, mit dem Cord trotz seiner jungen Ritterwürde nichts zu tun hatte. Wilkin hatte sich im Vorfeld eines Wettstreits noch nie so wenig mit seiner Teilnahme daran beschäftigt wie an diesem Tage. Da Dieter noch nicht wieder aufgetaucht war und er ihn ohnehin nicht mehr als seinen Knappen betrachtete, fehlte ihm nun zu allem Überfluss eine helfende Hand. Gewöhnlich hätte es ihm nichts ausgemacht, deshalb jemanden anzusprechen, doch unter den gegebenen Umständen fiel es ihm schwer.

Zu seiner Überraschung und Freude wartete bei seiner Unterkunft ein von Hedwig gesandter Pferdeknecht. Dem jungen Mann mit dem seltsamen Namen Hüx waren nicht nur die Handgriffe geläufig, mit denen eine Rüstung angelegt wurde, sondern er war auch ein so guter Reiter, dass Wilkin ihm nach kurzer Beobachtung ohne Bedenken sein Ross anvertraute.

Während Hüx allmählich das Pferd aufwärmte, ging er selbst zum Herold, um sicherzustellen, dass mit seiner Meldung alles in Ordnung war. Auf dem Rückweg nahm er einen Umweg zwischen Zelten hindurch, um eine sumpfige Stelle in der Wiese zu vermeiden, und sah sich jäh seinem Vater gegenüber, der offensichtlich dasselbe aus der anderen Richtung kommend versucht hatte. Es war die Begegnung, die er seit der Hinrichtung am meisten gefürchtet hatte.

Sie blieben beide stehen, als seien sie gegen eine unsichtbare Wand gelaufen. Dann hob Hans von Torgau langsam seine Hand und zeigte mit ausgestrecktem Zeigefinger auf Wilkin. »Du! Geh mir aus den Augen, du wandelnde Schande! Lass dir gesagt sein: Was auch immer dir noch Gutes von mir zukommen wird, es gründet nicht auf meinem freien Willen. Du bist nicht mein Sohn. Sobald ich diesen Ort verlassen kann, gehe ich und töte deine Mutter dafür, dass sie dich auf die Welt gebracht hat!«

Ehe Wilkin etwas erwidern konnte, drängte sein vor Zorn zitternder Vater sich an ihm vorbei und gab ihm dabei einen Stoß, sodass er das Gleichgewicht verlor und sich an der nächsten Zeltwand abstützen musste. Er spürte, wie im Zelt etwas umstürzte, hörte es scheppern und eine Männerstimme auf ihn schimpfen, konnte sich jedoch nicht vom Fleck rühren. Trotz aller Abneigung, die er im Laufe seines Lebens von seinem Vater erfahren hatte, überwältigte ihn der Hass, den der nun auf ihn schleuderte. *Töte ich deine Mutter dafür, dass …* War das eine nur dahingesagte Drohung? *Nicht mein Sohn.* Eine Kränkung, mit der sein Vater ihn so tief wie möglich hatte treffen wollen? Oder glaubte er das wahrhaftig? Unvorstellbar. Allein deshalb, weil sein Vater kein Mann war, der einen Knaben als seinen Ältesten aufgezogen hätte, von dem er annahm, dass es nicht sein eigener war. Nein, sein Vater mochte an diesem Tage mehr denn je wünschen, dass es so war, doch mehr steckte nicht dahinter.

Wie üblich konnte er trotz aller Gewohnheit das elende Gefühl nicht gleich wieder abschütteln, das sein Vater ihm stets bescherte. Erst als er den Platz erreichte, wo die Pferde abgeritten wurden, und Hedwig an dessen Rand erblickte, die Hüx zusah und sich dabei mit ihm unterhielt, verflog der Druck in seiner Brust. Er ging zu ihr, verbeugte sich und freute sich an ihren bewundernden Worten, mit denen sie sein Stechzeug und die sauberen Gänge seines Rosses würdigte.

In dem Augenblick jedoch, als er in die Schranken ritt, kehrte der dumpfe Schmerz der Kränkung nicht nur zurück, sondern brach zu einer offenen Wunde auf. Statt des angekündigten Gegners erblickte er am anderen Ende der Bahn seinen gerüsteten Vater.

Wie er sich geirrt hatte, als er glaubte, dass der Alte nicht mehr in einen Harnisch passte! Wilkin wusste, dass er selbst beim Tjost nicht zu den Besten gehörte, und nahm es für gewöhnlich mit dem nötigen Humor, wenn er auf dem Boden landete. Immerhin war er ausgezeichnet geübt darin zu stürzen, und er verletzte sich kaum einmal dabei. Als er nun hörte, wie ein gewaltiges Raunen unter den Zuschauern ausbrach, während sie nach und nach erkannten, wer die Ritter waren, die sich zu Pferd gegenüberstanden, packte ihn jedoch kalter Zorn. Ums Verrecken wollte er seinem Vater nicht die Genugtuung gönnen, ihn in den Staub zu stoßen. Es gab eine Grenze für die Erniedrigung, die er von ihm erdulden konnte, und die würde er ihm an diesem Tag aufzeigen.

Er ließ seinen Fuchs, dessen geschmückte Decke so wie sein Waffenrock das kurfürstliche Schwarz-Silber in Kombination mit den blau-weißen Farben derer von Torgau zeigte, steigen und zeigte seinem Vater die Faust. Dessen Hass strahlte von ihm aus wie die Hitze von der Hölle. Sie ergriffen beide die ihnen gereichten Lanzen, ohne den Helfern einen Blick zu gönnen.

Mit ungewöhnlich geschärften Sinnen roch Wilkin den feuchten Sand der Bahn, hörte das Klacken seiner Lanze auf den Rüsthaken an seinem Harnisch und sah die leuchtend farbigen Gewänder der Zuschauer auf den Tribünen, bevor er sein Visier herunterklappte.

Der erste Zusammenprall warf keinen von ihnen aus dem Sattel, die beiden hohlen hölzernen Lanzen brachen krachend. Sein Vater war einst ein guter Turnierkämpfer gewesen, er hatte einen festen Sitz und konnte den Stößen das nötige Körpergewicht entgegensetzen. Dieses Gewicht fehlte Wilkin, dafür bewegte er sich geschmeidiger. Kühle Berechnung ersetzte seinen Zorn.

Beim zweiten Anlauf traf und brach Wilkins Lanze abermals, doch dem Stoß seines Vaters entging er durch eine flinke Drehung seines Oberkörpers. Beide überstanden sie die Runde beritten. Wilkin hatte den Alten keuchen hören, als er ihn traf, und seine Entschlossenheit zu siegen wurde noch gnadenloser.

Bei der dritten Runde schwankte sein Vater, weil er damit gerechnet hatte, dass Wilkin wieder ausweichen würde, was er dieses Mal nicht tat. Er setzte seine ganze Kraft ein, um den Stoß aufzufangen und gegen seinen Vater wirken zu lassen und gleichzeitig seine eigene Lanze genau auf die Stelle der Schulter zu platzieren, auf die sie gehörte. Das Erste gelang ihm bestens, das Zweite nicht ganz, doch sein Vater musste um sein Gleichgewicht kämpfen.

Jede Unbeherrschtheit hatte Wilkin verlassen, er plante die nächste Runde bereits mit klarem Kopf, während er noch zurückritt. Im Gegensatz zu ihm warf sein Vater den Rest seiner

Lanze nach den beistehenden Helfern, als wären sie verantwortlich für seinen Misserfolg.

Neben der Wut sah Wilkin Verunsicherung in den Bewegungen des Alten, was ihn zufrieden machte. Er wusste, dass es reichte, noch einen guten Treffer zu landen, ohne selbst getroffen zu werden, um nach Punkten zu siegen, doch das war ihm nicht genug. Dieses eine Mal wollte er sich für all die Feindseligkeiten der Vergangenheit rächen. Und dafür, dass sein Vater seine Brüder zum Verrat am Kurfürsten ermutigt und ihn damit in die verfluchte gegenwärtige Lage gebracht hatte. Und zuletzt wollte er den Alten dafür bestrafen, dass er die Bosheit besaß, ihn hier vor allen demütigen zu wollen. Viele der Zuschauer, die über die Hintergründe von Reinhardts Verrat nichts Genaues wussten, würden mit seinem Vater fühlen. Der arme Mann hatte auf grauenhafte Weise einen Sohn verloren und brachte offenbar seinen Ältesten damit in Verbindung. Wer konnte ihm verdenken, wenn er aus Kummer und Verbitterung ein ungewöhnliches Mittel wählte, um diesen zurechtzuweisen?

Nein, Wilkin wollte keinen Sieg nach Punkten. Er wollte seinen Vater aus dem Sattel werfen.

Der Helfer reichte ihm seine vierte Lanze, er legte sie in den Haken ein und sprach stumm eine kurze Bitte zum Himmel. *Lass ihn stürzen, wenn ich im Recht bin.*

Er wich nicht aus, drehte sich nicht, empfing den machtvollen Stoß seines Vaters, sodass der Schmerz ihm durch und durch ging, und platzierte seine Lanze, wie es nicht besser möglich gewesen wäre. Splitterndes, fliegendes Holz nahm ihm die Sicht auf das Ergebnis seines Treffers. Erst beinahe am Ende der Bahn sah er sich um und triumphierte beim Anblick seines am Boden liegenden Erzeugers.

Eilig stieg er ab und ging zu Fuß zurück zu ihm. Sein Vater war schon dabei, sich aufzurappeln, stöhnend und so stockend kurzatmig, dass Wilkin daraus schloss, wie eng das eiserne Stechzeug dem Alten doch sitzen musste.

Wilkin war sich nicht sicher, warum er zurückgegangen war. Seine Wut verflog und machte einer inneren Fassungslosigkeit Platz. Er hatte seinen Vater vor aller Augen besiegt und gedemütigt. Gleichgültig, wie ihr Zusammentreffen auf andere wirkte, würde der Alte ihm diese Niederlage niemals verzeihen. Wilkin war ein wenig übel von der Mischung aus Triumph, Grauen und Reue, die er nun fühlte. Er hatte sich endgültig aufgelehnt, und die Kluft zwischen ihnen würde nie wieder zu überbrücken sein. »Es tut mir leid. Ich wünschte, es stünde anders zwischen uns«, sagte er.

»Winsel den Mond an«, gab sein Vater gepresst zurück.

Obwohl es sinnlos erschien, trieb Wilkin etwas dazu weiterzusprechen. »Ich werde heiraten. Und meine Söhne werden den Namen von Torgau tragen. Ich habe das so wenig gewählt wie du, doch so ist es. Du kannst wünschen, dass ich nicht von deinem Blut wäre, und du kannst mich schmähen. Aber mein Recht lasse ich mir von dir nicht nehmen.«

Wilkin gewann im Tjost an diesem Tag nicht noch einmal, doch er verlor nach Punkten, ohne zu stürzen. Und als er spät am Abend im ersten großen Kolbenkampfgetümmel ein silbernes Blatt gewann, gleich denen am Huldigungszweig, es zu Hedwig trug und ihr schenkte, ergriff der Kurfürst selbst das Wort und verkündete ihre Verlobung.

Eine Weile standen sie Hand in Hand und empfingen Applaus, von dem sie beide glaubten, dass er mehr dem Respekt vor dem Kurfürsten als der Freude über ihre Verbindung entsprang. Zwischen zwei Fingern der freien Hand hielt Hedwig das silberne Blatt an seinem Stiel. Vor Verlegenheit war sie reizend errötet, und sie hob den Blick stets nur kurz.

Mittlerweile war Wilkin so überwältigt von ihr, dass ihm jede ihrer Gesten wunderbar erschien und seine Sehnsucht, von ihr berührt zu werden, steigerte. Darüber hinauszugehen gestattete er sich auch in Gedanken nicht, denn der Gedanke, sie im Fleische zu erkennen, kam ihm vor wie eine Entweihung.

*

Es war bereits dunkel, als Hedwig mit Irina und Hüx vom Turnierplatz zum Zelt zurückkehrte. Im ersten Augenblick glaubte sie, ihr Onkel säße auf dem Hocker vor dem Zelt und würde sie erwarten, dann hörte sie dessen Schnarchen von drinnen und erkannte in der schwarzen Silhouette Cord. Sie hatte in der Aufregung des Tages keine Gelegenheit gefunden, ihn aufzusuchen, um ihn zu beglückwünschen. Nun freute sie sich, dass er sich die Mühe gemacht hatte, zu ihr zu kommen, obgleich sein Tag noch weit anstrengender gewesen sein musste als ihrer. Mit ein paar Worten schickte sie ihre müden Gefährten zu Bett, bevor sie ihn umarmte und ihm einen Kuss auf die Wange gab. Zu ihrem Erstaunen drückte er sie dieses Mal so fest an sich, dass sie nicht mehr atmen konnte. Ebenso plötzlich ließ er sie los und trat einen Schritt zurück. »Du heiratest Wilkin«, sagte er, und seine Stimme klang merkwürdig flach.

In Hedwig stieg ein ungutes Gefühl auf, eine Woge dumpfer, böser Vorahnungen überkam sie. Eben noch hatte sie dem Mann, den sie für ihren Freund hielt, ihren freudigen Glückwunsch aussprechen wollen, nun fühlte sie sich, als müsse sie sich vor ihm rechtfertigen. Schlimmer noch, als zweifle sie auf einmal selbst und müsse sich vor ihrem Gewissen rechtfertigen. Gleichzeitig ergriff sie ein Trotz, der sie von beidem abhielt. »Ja«, sagte sie, als würde es keine Zweifel geben.

Er sah sie auf eine so durchdringende Art an, dass ihr die Tränen in die Augen traten. Sie schluckte und hoffte, dass ihre Verwirrung ihm in der Dunkelheit verborgen blieb.

»Und du glaubst, du wirst mit ihm ein gutes und glückliches Leben führen?«, fragte er, beinah unhörbar.

»Warum nicht?«, flüsterte sie.

Er stieß die Luft aus, als gäbe er eine schwierige Anstrengung auf. »Ja. Warum nicht? Schlaf gut, meine kleine ... Schlaf gut.«

Damit wandte er sich zum Gehen. Schmerz durchzuckte sie. »Warte. Ich wollte dir ... Habe ich dir etwas getan?«

In einem Schwung drehte er sich wieder zu ihr um, zog sie an sich und küsste sie, genau so lange, wie ihre Überraschung währte. »Ja. Das hast du. Aber du hast keine Schuld daran. Hör zu, Drachenmaid: Ich bin dein Freund. Hast du jemals Sorgen, dann komm zu mir.«

Ein weiteres Mal drehte er sich nicht nach ihr um, sondern ging und ließ sie in dem aufgelösten Zustand stehen, in den er sie gebracht hatte. Ein Freund? Küsste so ein Freund? Ihre Knie waren weich, und ihr war heiß. Es war, als hätte er in ihrer Seele eine Glut zum Aufflammen gebracht. Was hatte er gewollt? Warum hatte er sie so verwirrt? Was hatte sie ihm getan? War er nur verletzt, weil sie nicht zu ihm gekommen war, um seinen neuen Stand mit ihm zu feiern? Oder war es, was sie dumpf ahnte, aber weder glauben konnte noch wollte? Sie erinnerte sich an die Warnung ihres Onkels. Er kommt nach seinem Vater. Und Kaspar hatte eine Art, mit den Weibern ... Betrachtete Cord sie tatsächlich auf diese Art? Ihr wurde noch heißer, sie spürte ein Ziehen in sich, das auf beschämende Weise aus Lust und Sehnsucht bestand.

Eilig floh sie ins Zelt und in ihr Bett, um den sündigen, unrechten Gedanken zu entgehen. Sie würde Wilkin heiraten. So war es beschlossen und richtig. Alle Zeichen besagten, dass der Allmächtige ihr Schicksal so gefügt hatte, dass sie zusammenkamen. Er hatte sie zu Richard geführt, Richard hatte sie zu Wilkin geschickt und ihm damit das Leben gerettet, der Kurfürst hielt ihre Verbindung für vorteilhaft, und Wilkin hatte sich in sie verliebt. Deutlicher hätte das Schicksal nicht sprechen können. Die Lust eines Kusses war dagegen eine flüchtige Verirrung, nicht mehr.

Dennoch war es diese Lust, die sie spürte, als sie in den Schlaf glitt, und nicht das leise Glück, das sie fühlte, wenn sie Wilkins Hand hielt.

Im Wirbel der nächsten Tage hatte Hedwig keine Zeit mehr zu zweifeln. Gräfin Elisabeth nahm die Vorbereitung der Hochzeit in die Hand, und sie war darin sehr bewandert. Es fehlte an nichts, als Hedwig mit Wilkin vor den Altar trat – nicht am aufwendig bestickten Kleid, am seidenen Hemd, an Schmuck, Bischof, Festmahl und schon gar nicht an verliebten Blicken ihres zukünftigen Gemahls.

Sogar ein Gast hatte den Weg zu ihnen gefunden, mit dem sie nicht gerechnet hatten. Wilkins Mutter war auf seine Nachricht hin rechtzeitig zur Trauung aus Steglitz angereist.

So gespannt, wie Hedwig darauf war, sie kennenzulernen, bekam sie dazu dennoch keine Gelegenheit, bis sie sich beim Mittagsmahl gegenübersaßen. Der Platz neben Margot von Torgau blieb leer, denn Wilkins Vater war zwar als teilnahmsloser Zuschauer bei der Trauungszeremonie zugegen gewesen, hatte sich nach deren Ende aber nicht wieder blicken lassen.

Wilkins Mutter hatte die gealterte Haut und die silbernen Strähnen in ihrem braunen Haar, die zu ihrem fortgeschrittenen Alter passten. Doch ihre großen blauen Augen, die in der Farbe denen von Wilkin und Richard ähnelten, hatten einen unschuldig kindlichen Ausdruck, der sie verletzlich wirken ließ. In eigenartigem Widerspruch dazu stand es, dass ihre Nase offensichtlich einmal gebrochen worden und entstellend schief verheilt war. Hedwig gab sich Mühe, sie nicht anzustarren, doch es gelang ihr nicht ganz. Dies war die Frau, die durch ihre Lügen Richards Leben zerstört hatte – die

Frau, die ihrem Gemahl einen Erstgeborenen untergeschoben hatte, der nicht der seine war und den er, vielleicht aus einer Ahnung heraus, nicht liebte. Wie hatte sie das den beiden Männern und ihrem Sohn antun können?

Trotz aller Vorbehalte konnte Hedwig ihr Gesicht mit den ängstlich wirkenden Augen nicht betrachten, ohne leises Mitleid zu empfinden. Wer konnte sagen, ob diese Frau ihre Lügen nicht schon vielfach bereut hatte? Und immerhin hatte sie ihrem Gatten getrotzt, um an der Vermählung ihres Ältesten teilzunehmen, wenn sie sich Wilkin gegenüber auch verhielt, als sei er ein Fremder. Margot musterte ihn, als fände sie ihn eher furchteinflößend als liebenswert. Doch wie sollte eine Frau auch für einen erwachsenen Sohn empfinden, den sie seit seinen frühen Kinderjahren kaum jemals zu Gesicht bekommen hatte?

Margot in die Augen zu sehen gelang Hedwig nicht ein einziges Mal. Die ältere Frau blickte stets fort, an ihr vorbei oder durch sie hindurch. Nach einer Weile gab Hedwig auf und vergaß anschließend beinah, dass sie dasaß. Zumal auch Wilkin nach dem ersten höflichen Wortwechsel nicht mehr mit seiner Mutter sprach. Ihn schien das nicht zu bedrücken, als sei er es nicht anders gewöhnt. Wie anders hatte Hedwig die Begegnungen zwischen ihrer Mutter und dem damals bereits erwachsenen Köne in Erinnerung. Es war ihr entfallen gewesen, wie offen ihr Bruder seine Liebe und Verehrung für ihrer beider Mutter stets gezeigt hatte.

Mit Wehmut stellte sie sich vor, wie anders ihre Hochzeit sich für sie angefühlt hätte, wären ihre Eltern um sie gewesen. Doch sie mahnte sich, nicht undankbar zu sein. Wenigstens ihr Onkel hatte sich an diesem Tag zusammengenommen, nicht zu viel getrunken und sich ehrlich bemüht, wohlwollend und freundlich aufzutreten. Noch erleichterter war sie darüber, dass auch Cord sich nach ihrem verstörenden abendlichen Gespräch zwar rargemacht, doch unverfänglich verhalten hatte. Er saß mit Kaspar Gans und ihrem Onkel zusammen und unterhielt sich ausgelassen mit ihnen. Immer ausgelassener, als die Zeit voranschritt, so wie auch die Gäste in unmittelbarer Nähe des Brautpaares. Hedwig hatte inzwischen so viel Wein getrunken, dass sie fürchtete, ihr würde schwindlig werden, wenn sie aufstand. Zu ihrem Glück konnte sie sich jedoch an Wilkins Arm festhalten, als man schließlich verlangte, dass sie sich erhoben. Sie wurden mit einem lauten, anstößigen Lied verabschiedet, von dem Hedwig nur die Hälfte verstand, dann führten die Älteste von Gräfin Elisabeths Zofen, deren Gatte, eine noch ältere Magd und ein Priester sie von der Tafel unter freiem Himmel in das Zelt, in dem ihr Hochzeitsbett stand. Der Priester segnete das Bett und sie beide und bezog Stellung vor dem Eingang, den Blick nach draußen gewandt. Elisabeths Zofe half Hedwig beim Auskleiden, bis sie entblößt dastand, ihr Gatte tat das Gleiche für Wilkin. Danach schlugen sie gemeinsam für das entkleidete Brautpaar die Decke zurück. Hedwig schwankte so sehr auf ihren Füßen, dass sie froh war, nicht länger stehen zu müssen. Zwar schien sich das Zelt um sie zu drehen, als sie lag, doch musste sie nun nicht mehr fürchten zu stürzen.

Sie spürte Wilkins nackte Haut an ihrer Seite, dann wurde sie zugedeckt. Ihre Zeugen begaben sich vor das Zelt an die Seite des Priesters. Nur die alte Magd blieb zurück, setzte sich unaufgeregt auf einen Schemel und stützte das Kinn auf ihre Hand.

In einem Moment war Hedwig noch mit ihrem Schwindelgefühl beschäftigt, im nächsten brachte Wilkins streichelnde Hand ihr eine neue Art von Benommenheit. Seine Finger hatten so harte Schwielen wie die ihrer eigenen rechten Hand, mit der sie die Sehne ihres Bogens zog. Doch seine Berührungen waren behutsam. Was er danach tat, verblüffte sie, doch es missfiel ihr nicht.

Er fand einen glimmenden Funken Lust in ihr und brachte ihn zum Aufflammen. Ihr Kopf wollte sich wundern, als er sich in sie drängte, doch ihr Körper wusste, dass es richtig und gut war, wie er zu ihr kam. Sie umarmte ihn und vergaß, auf den Schmerz zu warten, vor dem die Kurfürstin sie gewarnt hatte. Erst als Wilkin sich wieder neben sie sinken ließ und sie ein wenig zu sich kam, fiel ihr auf, dass ihr nichts wehgetan hatte.

Bevor sie weiter darüber nachdenken konnte, was geschehen war und wie sie es empfunden hatte, trat die Magd an ihre Seite und streckte die Hand nach dem Laken aus. Sie mussten sich nicht erheben, die alte Frau hatte sichtlich Erfahrung darin, das Laken unter einem Brautpaar hervorzuzaubern. Sie bewerkstelligte es mit einem mütterlichen Lächeln, sodass auch sie beide verlegen lachten.

Hedwig fühlte sich noch immer schwindlig, dennoch sah sie zufällig, was die Magd blitzschnell heimlich tat, und traute ihren Augen kaum. Das Laken hatte einen kaum wahrnehmbaren roten Fleck gehabt wie von einem einzigen Tropfen Blut, als es aus dem Bett kam. Nachdem die Magd ihre verstohlene Handbewegung ausgeführt hatte und es weit ausbreitete, um es den beiden anderen Zeugen zu übergeben, prangte darauf ein Blutfleck, als hätte sich jemand böse mit dem Messer geschnitten. Verschwörerisch blinzelte sie Hedwig zu, die nur stumm staunen konnte.

Einen Augenblick später hatten die Zeugen sie allein gelassen, und Hedwig saß ratlos neben Wilkin im Bett, der sich erschöpft neben ihr ausgestreckt hatte.

Er berührte sacht ihren Rücken. »Sei mir nicht gram, ich bitte dich. Wir müssen das nicht oft tun, wenn du es nicht magst.«

Rechts und links neben ihrem Bett standen hohe eiserne

Leuchter, die mit brennenden Wachskerzen bestückt waren, ein Luxus, den sie ebenfalls der Zuwendung des kurfürstlichen Paares verdankten. Im flackernden Licht der beiden Kerzen nahm Hedwig sich zum ersten Mal an diesem Tag Zeit, ihren Gemahl zu betrachten. Nackt, mit zerzaustem Haar und entspannter Miene, wirkte er jung wie ein Knabe. Sein hellbraunes Haar war fein und weich, nicht nur sein Haupthaar. Es war erstaunlich, dass in seinem schlanken Körper nicht weniger Kraft steckte als in dem vieler massiger Männer.

Sie hätte ihn gern berührt, wagte es aber nicht, weil sie ihm nicht lästig sein wollte. Ihr wurde bewusst, dass sie auf seine Frage hin zu lange geschwiegen hatte. Ihm gram sein? »Ich bin dir nicht gram. Mir ist nur schwindlig. Alles ging so schnell.« Alles, sagte sie und meinte alles, was über die Huldigungstage geschehen war, die völlig neue Wendung ihres Schicksals. Unpassend wie es war, stand ihr für einen Augenblick überdeutlich Cords lachendes bärtiges Gesicht vor Augen. Als sie mit Wilkin die Festtafel verlassen hatte, war er auf einmal nicht mehr zu sehen gewesen.

»Es tut mir leid. Ich war … Es war wegen der Zeugen … Sie … Komm, leg dich zu mir. Ich glaube, du frierst.« Sie gehorchte, und er zog sie an sich. »Wirst du mit mir nach Ofen an König Sigismunds Hof gehen?«, murmelte er.

Mit einem Schlag wurde ihr klar, dass sie ihren Gemahl nicht kannte. Sie konnte nicht im Geringsten einschätzen, was er sich wünschte. Wollte er, dass sie ihn begleitete oder nicht? Wie sollte sie in diesem Augenblick wissen, was sie selbst wollte? »Wie es dir lieber ist«, murmelte sie zurück.

Er seufzte wohlig und zog sie noch enger an sich. »Gut«, sagte er nur, und wenig später war er eingeschlafen, während sie noch lange wach lag und, im Kreislauf ihrer wirren Gedanken und Sorgen gefangen, die ungewohnte, süße Berührung mit ihm genoss.

## 11

# Drachen und Wölfe

In dem Geleitzug, der Jung-Friedrich an den Hof von Krakau zurückbrachte, gab es einige Mitreisende, die Hedwig nicht erwartet hatte. Zum einen war es Irina, die darauf bestanden hatte, bei ihr zu bleiben. Ihre Freundin hatte nie ein Wort über das verloren, was ihr in der Nacht zugestoßen war, als Hedwig mit Wilkin und der kurfürstlichen Gesellschaft zur Jagd geritten war. Doch ihr Wesen hatte sich verändert. Sie verhielt sich noch in sich gekehrter und verbitterter als in den ersten Wochen nach Adams Tod, schlief schlecht und war schreckhaft. Mit Männern sprach sie freiwillig kein Wort mehr, nicht einmal mit Hedwigs Onkel, zu dem sie vorher ein freundliches Verhältnis gehabt hatte.

Zum Zweiten wurden sie auf Veranlassung ihres Onkels von Hüx begleitet. Johann war der Ansicht, dass zumindest ein eigener Pferdeknecht zur standesgemäßen Reisebegleitung seiner Nichte nötig wäre.

Am überraschendsten jedoch war, dass der Kurfürst sie gezwungen hatte, Dieter mitzunehmen, der am Tag nach der Hochzeit aufgegriffen worden war. Friedrich hatte Wilkin befohlen, seinen jungen Schwager eines Verbrechens zu überführen und ihn verurteilen zu lassen oder ihn in Krakau Cord anzuvertrauen, damit dieser ihn mit in den Kampf gegen die Hussiten nahm.

Als sie aufbrachen, trug Dieter die Spuren der Prügel am Leib, die er von Johann von Quitzow allein dafür bezogen hatte, dass er sich feige versteckt hatte. Den Hund getötet zu haben, leugnete der Junge, obwohl es für ihn mit einem Geständnis kaum schlimmer hätte kommen können. Hedwig hatte kein Mitleid mit ihm, sie hätte ihn am liebsten selbst geprügelt. Ihn auf der Reise dabeihaben zu müssen, empfand sie als eine Gemeinheit des Kurfürsten – die erste, die sie ihm persönlich hätte vorwerfen können, wenn sie von dem Krieg absah, den er einst gegen ihre Familie geführt hatte. Andererseits war Dieter nun einmal ihr Bruder, und der Kurfürst durfte mit Recht erwarten, dass sie und ihr Gemahl die Verantwortung für ihn trugen.

Hedwigs eigener Abschied von ihrem Onkel war weniger traurig, als er es noch einen Monat zuvor gewesen wäre. Ihre handgreifliche Auseinandersetzung und seine Unzufriedenheit mit ihrer Heirat hatten ihr Verhältnis getrübt. Er sprach ihr beim Abschied seine besten Wünsche aus und umarmte sie, doch sie konnte seine unterschwellige Enttäuschung spüren. Sie begriff, dass er sich mit diesem Abschied auch innerlich von ihr abwandte, und war ihrerseits enttäuscht von ihm.

Umso reuloser wandte sie sich dem zu, was vor ihr lag. Sie war unsicher, was es bedeuten würde, an Sigismunds Hof zu leben, und sie wusste nicht, welche Aufgabe Wilkin dort erfüllen sollte oder wie lange sie bleiben würden. Doch auf die Reise nach Krakau und weiter nach Ofen und darauf, den König aus der Nähe zu sehen, freute sie sich.

Hätte in der Reisegesellschaft nicht eine solche Angespanntheit geherrscht, dann hätte sie es genossen, unterwegs zu sein. Die Spätsommertage waren noch immer mild, und sie war endlich wieder frei von den engen Regeln der höfischen Sitten. Mit jeder Stunde des Weges spürte sie mehr, wie gut es ihr tat, vom Atem des Waldes umgeben zu sein.

Da ihre Gefährten meist schwiegen, konnte sie dem Rauschen des Laubs und den Lauten der Vögel zuhören. Voll

Trauer dachte sie an ihren Hund und ihren Habicht, die sie nun beide verloren hatte. Sie hatte darüber nachgedacht, Isolde aus der Plattenburg holen zu lassen, dann jedoch darauf verzichtet, weil sie nicht wusste, ob es auf der Reise nicht zu lästig würde, einen Vogel bei sich zu haben.

Der einzige Reisende, der einen völlig unbesorgten und fröhlichen Eindruck machte, war Jung-Friedrich. Er ritt neben Wilkin und schwatzte endlos mit ihm über die Ereignisse der Huldigung und seine Vorfreude auf die Heimkehr nach Krakau zu seiner Verlobten und seinen zukünftigen Schwiegereltern.

Cord hielt sich mit einem weiteren kurfürstlichen Dienstmann stets dicht hinter den beiden, was Hedwig Gelegenheit gab, ihn zu beobachten, da ihr und Hüx' Platz noch zwei Reihen hinter ihm war. Verstohlen verglich sie ihn mit Wilkin. Seine breitere Statur, die nachlässigere Haltung, die keinesfalls bedeutete, dass er unaufmerksamer war. Schon am ersten Tag der Reise hatte er das Rasieren aufgegeben und sah nun, am dritten, wieder so wüst aus, wie Hedwig ihn aus ihrer ersten gemeinsamen Zeit in Erinnerung hatte, als er sich nichts dabei gedacht hatte, ihr einen Klaps auf den Hintern zu geben wie einem Pferd, wenn sie ihm nicht schnell genug aus dem Weg ging. Nun behandelte er sie mit der untadelhaften Höflichkeit, die er auch der Tochter des Kurfürsten entgegengebracht hätte. Einer Frau, die ihm gleichgültig war.

Drei Tage waren sie unterwegs gewesen, zwei Nächte, die sie in einem kleinen Zelt in den Armen ihres Gatten verbracht hatte. Diese Zeit hatte Hedwig genug über Lust und Liebe gelehrt, um sie verstehen zu lassen, was sich zwischen Cord und ihr verändert hatte. Sie betrachtete ihn zum ersten Mal in dem Wissen, was er ihr als Mann hätte sein können. Er betrachtete sie zum ersten Mal als Frau, die zu berühren für ihn auf ewig ausgeschlossen war. Hedwig war ehrlich genug zu sich selbst, um zu erkennen, dass sie ihn nicht weniger liebte als Wilkin, auch wenn sie diesem all ihre Liebe schuldete. Erfahren würden beide davon niemals, schwor sie sich.

✤ ✤

Cord hatte gedacht, dass die gereizte Spannung, die er auf dem Weg von Krakau nach Berlin gefühlt hatte, nicht zu überbieten war, doch er hatte sich geirrt. Seit dem Aufbruch der Reisegesellschaft waren seine Sinne aufs Äußerste angespannt. Er lauschte nicht nur auf jeden falschen Laut aus den Tiefen des Waldes und hielt Ausschau nach verdächtigen Schatten – er spürte auch noch den bedrohlich bösen Groll des fünfzehnjährigen Missetäters, der hinter ihm ritt und den er sich gern selbst noch einmal vorgeknöpft hätte. Hinzu kam Wilkins halb glücksverblödete, halb sorgenvolle Zerfahrenheit. Und auf die Spitze getrieben wurde Cords Gereiztheit davon, dass er sich in jedem Augenblick bewusst war, dass Hedwig in seiner Nähe war. Er hatte geglaubt, seine Gefühle für sie in gewöhnliche Bahnen zurücklenken zu können, bis er von ihrer gemeinsamen Reise erfahren hatte. Seitdem fühlte er sich so ausgeglichen wie ein hungriger Kater im Käfig. Er ritt, lauschte und spähte in den Wald und kämpfte unaufhörlich mit dem Drang, sich nach ihr umzusehen. Und dieser Zustand war noch harmlos gegen das, was mit ihm geschah, wenn sie abends mit Wilkin ins Zelt schlüpfte.

Seine Vernunft kam nicht gegen die unsinnige Wut an, die dann in ihm aufflammte. Warum hatte es so kommen müssen? Immer neue Dinge fielen ihm ein, die er hätte tun können, um diese Fügung zu verhindern, und er hasste sich dafür, dass er so dachte. Er wollte Wilkin nichts Schlechtes wünschen.

An diesem Abend schlugen sie kein Lager im Wald auf, sondern ließen sich in einem Dorf von Bauern beherbergen. Nachdem das anfängliche Misstrauen der Dorfbewohner gegen den Trupp bewaffneter Reiter sich gelegt hatte, wurde es ein angenehmer Abend. Sie bekamen zu frischem Brot Lamm und Hammel im Überfluss gereicht, was unüblich für ein einfaches Dorf war. Erst als die Bauern bei Anbruch der Dunkelheit zusätzliche Wachen mit Fackeln zu ihren Schafherden hinausschickten, erfuhr Cord, dass sie das großzügige Fleischmahl einem Überfall auf die Herden verdankten, bei dem mehrere Tiere so verletzt worden waren, dass man sie hatte schlachten müssen.

»Wölfe«, schimpfte eine faltige Alte. »Immer Wölfe. Vergiften muss man sie. Alle vergiften, bevor sie die Kinder holen.«

Eine jüngere Frau, die ihm einen Krug mit dünnem Bier über die Tafel hinwegreichte, schüttelte den Kopf. »Hinner sagt, es sind wilde Hunde. Drei große. Die sind schlimmer als Wölfe. Seit Wochen kommen sie immer wieder. Ich habe Angst, aus dem Dorf zu gehen. Vielleicht haben sie die Hundswut.«

Jung-Friedrich lutschte sorgfältig seinen mit Bratfett verschmierten Zeigefinger ab und zog überheblich die Brauen nach oben. »Das kommt davon, wenn die Leute ihren Hofhunden nicht das Wildern austreiben. Warum bringen eure Männer sie nicht zur Strecke? Es kann doch nicht so schwer sein, drei Hunde zu erlegen.«

Die junge Frau wurde rot, zog die Schultern hoch und schwieg. Cord sah aus dem Augenwinkel, wie Hedwig, die ihm schräg gegenübersaß, sich aufrichtete. »Der Grundherr zwingt sie, ihren Hofhunden schon als Welpen die Beine zu brechen, damit sie nicht hetzen und wildern können. Es ist schwierig für sie, Wölfe oder wilde Hunde abzuhalten oder aufzuspüren, wenn sie selbst keine gesunden Hunde haben.«

Nun war es an Jung-Friedrich zu erröten. »So. Und woher kommen dann diese wilden Hunde, wenn es keine entlaufenen Hofhunde sind? Was sind das für rätselhafte Tiere?«

»Bracken, Herr. Hinner sagt, es sind Bracken«, sagte die junge Frau leise, ohne ihren Blick zu heben.

Cord schnaubte halb belustigt, halb angewidert. Hunden die Beine brechen zu lassen, ekelte ihn an, deshalb konnte er eine gewisse Häme nicht leugnen. »Also können wir davon ausgehen, dass der Grundherr selbst nicht auf seine Hunde aufgepasst hat. Da sind ihm seine kostbaren Bracken in den Wald entwischt und verwildert. Und nun fürchten sich die Leute womöglich auch noch, sie zu töten, weil sie dem Herrn gehören.«

Die Frau hob erschrocken den Kopf und sah ihn an. »Das hat Hinner nicht gesagt, Herr.«

Cord schüttelte spöttisch den Kopf. »Nein, das habe nur ich gesagt.«

»Wenn wir die Hunde sehen, töten wir sie«, sagte Hedwig. Er hörte, wie verärgert sie über die Sache war, und fühlte ebenso. Eine neue Woge von Zuneigung für sie überkam ihn.

Wilkin nickte mit gleichgültiger Miene. »Wenn wir sie sehen. Aber wir können unsere Reise nicht unterbrechen, um Hunde oder Wölfe zu jagen.«

»Das wäre zweifellos unsinnig«, stimmte Jung-Friedrich zu.

Nun tat Cord doch, was er seit Tagen vermied, und sah Hedwig in die Augen. Das erregte Funkeln darin verriet ihm, dass sie womöglich aufspringen, ihren Bogen ergreifen und in den Wald marschieren würde, um Hunde zu erlegen. Unwillkürlich hob er die Hand und warnte sie wortlos mit ausgestrecktem Zeigefinger, so wie er es früher getan hätte. Stumm fochten sie mit ihren Blicken einen hitzigen Kampf aus, der nur endete, weil Jung-Friedrich sich erhob. »Ich wünsche jedenfalls, nun zu Bett zu gehen und morgen sehr früh weiterzureisen.«

Wilkin stand ebenfalls auf und verbeugte sich vor Hedwig, damit sie ihn zu Bett begleitete. Sie zögerte nur einen Atemzug lang, bevor sie sich erhob und mit ihm ging.

Die Eifersucht traf Cord wie ein Keulenschlag. Er wünschte Wilkin zur Hölle, wünschte Hedwig hinterher. Warum hatte sie sich so leicht damit angefreundet zu heiraten? Wie hatte es geschehen können, dass Wilkin so rasch in ihrer Gunst aufstieg? Er hasste sie beide. Und liebte sie. Und hätte sich gern betrunken, wenn es mit dem dünnen Bier der Bauern möglich gewesen wäre.

»Armer Cord«, sagte Irina leise.

Er hatte sie vorher nicht sehen können, als Hedwig noch an ihrem Platz gesessen hatte. Dass sie nach ihrem langen Schweigen wieder mit ihm sprach, war überraschend, konnte ihn aber nicht von seinem brennenden Leid ablenken. Sein Verstand war völlig gefesselt davon, seinen Freund, dessen Eheweib und sich selbst zu verfluchen.

Irina zuckte mit den Schultern und verließ die Tafel, kehrte allerdings kurz darauf zurück, in den Händen einen Weinschlauch, den sie wer weiß wo aufgetrieben hatte.

Schweigend setzte sie sich neben ihn und füllte zwei Krüge, schweigend tranken sie, und schweigend teilten sie später heimlich ihr in einem Schafstall verborgenes Lager. Halb betrunken liebte Cord Irina, als sei sie eine andere, und noch etwas betrunkener liebte sie ihn, als sei er ein anderer, längst von ihr Gerissener. Sie wussten es beide voneinander und fühlten sich gerade deshalb für diese eine Nacht getröstet.

* *

Hedwig hatte vom ersten Tag der Reise an wieder stets ihren Bogen und den Köcher griffbereit über dem Rücken getragen. Als sie am Morgen das Dorf verließen, rechnete sie damit, ihn an diesem Tag zu benutzen. Gespannt hielt sie Ausschau nach den wildernden Hunden.

Sie waren seit etwa einer Stunde unterwegs, da hörte sie fremde Geräusche im Wald, so leise und weit entfernt, dass wohl nur ihre geübten Ohren sie wahrnahmen, denn die Mitreisenden setzten unbeirrt ihren Weg fort. Hedwig jedoch hatte gerade auf diese Geräusche so sehr gelauert, dass sie nicht zögerte. Sie schwang ihren Bogen von der Schulter, griff vier Pfeile aus ihrer Tasche und trieb Tiuvel mit einem anfeuernden Schnalzen in den Wald. Von ihr einhändig gelenkt, galoppierte er auf das Knurren und Winseln zu, das sie gehört hatte. Die Männer riefen ihr vom Weg aus nach, doch sie ließ sich nicht beirren. Ihr Pferd war den lichten Hudewald gewöhnt, in dem sie sich befanden, und kam schnell voran. Nah einer alten Eiche, unter der drei große, zottige Jagdhunde sich zähnefletschend um den Kadaver einer frisch gerissenen Hirschkuh stritten, kam Tiuvel schlitternd zum Stehen und scheute zurück. Seine erschrockene Bewegung war schuld daran, dass Hedwig ihren ersten Schuss verriss. Der Pfeil streifte den Hund, der sich ihr als erster zugewandt hatte, riss ihm das Fell auf, ließ ihn zusammenzucken und aufjaulen. Rasch legte sie den nächsten Pfeil auf, doch im nächsten Augenblick sprangen alle drei Bracken Tiuvel an, als hätten sie sich in einer geheimen Sprache dazu verabredet. Mit Jaulen oder Bellen waren die wütenden Laute der angreifenden Hunde nicht zu beschreiben, die ihr nun in den Ohren gellten. Ihr Pferd, das noch kurz zuvor vielleicht seinem Fluchttrieb nachgegeben hätte, besann sich auf seine kriegerische Abstammung, legte die Ohren an und wehrte sich mit Hufen und gebleckten Zähnen gegen die Meute.

Trotz ihres schwankenden Sitzes traf Hedwig mit dem zweiten Pfeil einen der Hunde so genau ins Herz, dass er sich überschlug und liegen blieb. Ehe sie jedoch auch nur versuchen konnte, einen weiteren Schuss abzugeben, verlor sie das Gleichgewicht und ließ sich fallen, um nicht unfreiwillig schlimmer zu stürzen. Ohne auf den Schmerz des Aufpralls zu achten, hob sie ihren Bogen und einen der beiden Pfeile auf, die sie im Fallen von sich gestoßen hatte. Nur knapp entging sie dem Hinterhuf des tobenden, von den Hunden rasend schnell umkreisten Rosses, indem sie sich auf die Knie warf. Sie zielte so ruhig wie möglich und zitterte doch. Ihr Treffer war schlecht, der Pfeil steckte im Schulterblatt des Hundes, der zwar fiel, sich aber wieder aufraffte. Erst ein Huftritt schmetterte ihn endgültig zu Boden.

Der letzte Hund sprang an Tiuvel hoch, biss zu und hing dann so fest an dem wütenden Hengst, dass er von diesem herumgeschleudert wurde. Hedwig zog ihr Messer und lief um ihr Pferd herum, um den Hund zu erreichen. Zu ihrer Erleichterung hatte die Bracke sich nur in Tiuvels Wappendecke verbissen. Flink setzte sie nach vorn, stieß dem Hund ihr Messer zwischen die Rippen und machte einen Sprung zurück, um nicht von ihrem Pferd verletzt zu werden.

Die Bracke ließ von Tiuvel ab, hatte aber noch genug Leben in sich, um sie anzuspringen. Es gelang dem Tier, sie umzuwerfen, doch bevor sie erneut ihr Messer benutzen musste, blitzte ein Kriegskolben auf. Ein Hieb tötete den Hund, und eine Männerhand riss ihn von ihr fort.

Über ihr stand Cord und streckte ihr seine Hand entgegen, um ihr aufzuhelfen. Er lachte und schlug ihr auf die Schulter, als sie auf die Beine gekommen war, als hätte er für den Moment vergessen, dass sich die Dinge zwischen ihnen geändert hatten. »Gute Arbeit. Lass uns deinen Klepper einfangen.«

Tiuvel allerdings hatte vorerst nicht die Absicht, sich einfangen zu lassen, sondern trabte mit einem Ausdruck, als wäre er empört darüber, dass man ihn mit diesem Kampf behelligt hatte, zurück in Richtung ihrer Reisegesellschaft.

Hedwig seufzte, klopfte sich den Schmutz und das Laub von ihrem Kleid und wischte sinnlos über die Blutflecken. »Er hat noch immer ein schlechtes Benehmen.«

»Aber er macht seinem Namen Ehre und kämpft wie der Teufel.« Cord führte sein Pferd zu ihr, stieg auf und zog sie dann mit Schwung zu sich herauf, sodass sie im Seitsitz hinter ihm ihren Platz fand. Nachdem sie Bogen und Tasche zurechtgerückt hatte, legte sie die Arme um ihn, um sich festzuhalten. Auf einmal hörten sie beide auf zu atmen, als würde ihnen gleichzeitig bewusst, dass sie erneut an etwas rührten, das nicht sein durfte. Cord atmete als Erster aus. Er legte seine linke Hand auf ihren Arm, der ihn umschlang. »Sei's drum«, flüsterte er, so leise, dass sie wusste, er hatte es nicht zu ihr gesagt, und trieb das Pferd an.

Sie tat, als hätte sie es nicht gehört und als bemerkte sie seine Hand nicht, obwohl sie die Berührung im ganzen Leib fühlte. Sie konnte sich nicht dagegen wehren, sich vorzustellen, wie es wäre, mit ihm zu tun, was sie mit Wilkin des Nachts tat, und die Vorstellung war wie eine Flamme – anziehend, erregend und zerstörerisch. Was sie mit Wilkin erlebte, war dagegen sanfte Sommerwärme.

Als die anderen in Sicht kamen und sie sehen konnte, wie besorgt und aufgebracht Wilkin wirkte, der Tiuvel eingefangen hatte, entzog sie Cord ihren Arm und ließ sich zu Boden gleiten.

»Ist alles in Ordnung? Der verdammte Gaul. Wir müssen dir endlich ein richtiges Pferd kaufen, mein Engel. Warum ist er dir durchgegangen?«

Cord lachte spöttisch. »Wie kommst du darauf, dass er ihr durchgegangen ist? Die beiden haben sich in bestem Einvernehmen in die Schlacht gestürzt. Du solltest lernen, ernst zu nehmen, was deine Gemahlin sagt, Wilkin. Sie und ihr Ross haben die wildernden Hunde getötet, so wie sie es angekündigt hatte.«

Wilkin wandte sich ihr mit entsetzter Miene zu. »Was? Bist du verrückt? Wie kannst du so leichtsinnig sein? Das ist keine Aufgabe für ein Weib.«

Hedwig ordnete ihre losen Haarsträhnen ein wenig und ging zu ihrem Pferd. »Ich war nicht leichtsinnig, denn ich hatte Waffen. Außerdem war ich sicher, dass einer von euch mir folgen würde.«

Wilkins Züge wurden hart – ein Anblick, der ihr noch fremd war und den sie nicht mochte. »Und du denkst dir nichts dabei, mich vor die Wahl zu stellen, ob ich dir nachjagen oder meine eigentliche Aufgabe erfüllen will? Es hätte eine Falle sein können.«

Sie hatte begonnen, Tiuvel nach Bisswunden abzusuchen, hielt nun aber betroffen inne. Er hatte recht, sie war nicht rücksichtsvoll gewesen. Auf der anderen Seite hatte sie nicht das Gefühl gehabt, dass jemand außer Cord bereit gewesen wäre, sie zu unterstützen, wenn sie darum gebeten hätte.

Sie kämpfte mit ihrem Stolz, um ihn um Verzeihung zu bitten, doch bevor sie sich überwunden hatte, mischte Cord sich ein. »Sie hatte keine Hilfe nötig. Wäre ich ihr nicht gefolgt, hätte sie bloß zu Fuß zurückkehren müssen. Aber wer weiß, vielleicht hätte Tiuvel dann sogar noch auf sie gewartet.«

Wilkin stieg ab, riss Tiuvel einen losen Fetzen der zerrissenen Wappendecke ab und warf ihn auf den Boden. Dann bedeutete er Hedwig mit der Hand, sich von ihm beim Aufsteigen helfen zu lassen. »Darum geht es nicht. Nur weil sie heute Glück hatte, heißt es nicht, dass es beim nächsten Mal wieder so sein wird.« Er ließ die Hand auf ihrem Bein liegen, als sie im Sattel saß, und sah zu ihr auf. »Sei so freundlich, dergleichen nicht wieder zu tun.«

Seine blauen Augen, die die von Richard hätten sein können, baten sie inniger darum als seine Stimme, und ihr Trotz schmolz dahin. »Ich werde in Zukunft bedachtsamer handeln«, sagte sie.

Er lächelte dankbar, und sein Blick war so anbetungsvoll, dass sie sich dafür schämte, nicht ebenso starke Hingabe zu fühlen wie er. Unwillkürlich beugte sie sich zu ihm herab und strich ihm zärtlich über die Wange.

Die Ordnung des Zuges wurde wiederhergestellt, wobei Hedwig neugierige oder missfällige Blicke auf sich ruhen fühlte. Erneut hatte sie gegen ungeschriebene Gesetze verstoßen. Das Blut auf ihrem Kleid und an ihren Händen zeugte davon. Doch so leid es ihr tat, dass sie Wilkin Sorgen gemacht hatte, so laut jubelte sie innerlich über ihren Sieg, als sie nun zur Ruhe kam. Diese Hunde würden den Dörflern kein Schaf mehr reißen, und keine Bäuerin musste mehr aus Angst vor ihnen den Wald meiden.

Es war, als hätte Cord ihren stummen Jubel gespürt, denn zum ersten Mal, seit sie unterwegs waren, blickte er sich im Sattel zu ihr um und sah ihr in die Augen. Unfähig, ihren Übermut zu bremsen, zeigte sie ihm verstohlen ihre im Triumph geballte Faust. Kopfschüttelnd, aber lächelnd wandte er sich wieder nach vorn.

»Ich glaube, es war richtig, was Ihr getan habt«, sagte Hüx neben ihr leise, in seinem entschuldigenden Tonfall. »Und wenn der Herr Cord nicht so schnell hinter Euch hergeritten wäre, dann hätte ich das gemacht. Obwohl ich ja eigentlich weiß, dass Ihr mit diesem Ross gegen ein paar dumme Köter keine Hilfe braucht. Aber ich hätte es mir gern angesehen.«

Hedwig musste lachen und klopfte Tiuvel den Hals. »Ein ganzes Wolfsrudel wäre kein Gegner für ihn.«

* *

Sie erreichten Krakau ohne ernste Zwischenfälle und brachten Jung-Friedrich wohlbehalten an den polnischen Königshof zurück. Obgleich Jung-Friedrich unterwegs umgänglich und gesprächig mit seiner Begleitung gewesen war, vergaß er seine Reisegefährten, sobald er im Innenhof der Krakauer Burg abgesessen war. Er begann sogleich, eine Mischung aus Polnisch und Latein zu sprechen, aus der Hedwig nur gelegentlich ein lateinisches Wort heraushörte und verstand.

Sie überlegte noch, ob sie Tiuvel dem fremden Pferdeknecht anvertrauen konnte, der sie in Empfang genommen hatte, da war Jung-Friedrich schon ins Innere des Wohngebäudes verschwunden.

Zehn Tage verbrachten sie am polnischen Hof und sahen ihren Schützling nur noch aus der Ferne, im Kreis seiner Verlobten und ihres Gefolges. Zehn Tage hatten es eigentlich nicht werden sollen, doch nach den geplanten sechs beschloss der Herbst, dass seine Zeit gekommen war, und vertrieb mit schweren Stürmen und Regen den Sommer. An eine Weiterreise war vorerst nicht zu denken. Hedwig, die sich unter den Burgbewohnern, deren Sprache sie nicht verstand, fremd und nur geduldet fühlte, war froh, Irina und Hüx bei sich zu haben. Wilkin, der ausgezeichnet Latein sprach, bemühte sich zwar, Zeit mit ihr zu verbringen, wollte sich aber auch den polnischen Höflingen seines Ranges widmen.

Cord hingegen hatte mit Dieter und dem größten Teil des brandenburgischen Geleitzuges Krakau bereits am dritten Tag nach ihrer Ankunft wieder verlassen. Als die Stürme losbrachen, wurde Hedwig bewusst, dass sie sich um ihn sorgte. Sie schalt sich dafür. Nachdem sie sich über all die Jahre hinweg nicht um ihn gesorgt hatte, war es lächerlich, sich nun Gedanken darüber zu machen, ob er in einem Unwetter zu Schaden kommen würde. Wie sollte es in der kommenden Zeit werden, wenn er in den Krieg zog? Sie würde es nicht so bald erfahren, wenn ihm etwas zustieß, und musste sich damit abfinden, dass ihr keine Sorge um ihn zustand. Ihre Liebe und Sorge mussten ihrem Gatten gehören. Sie durfte sich glücklich schätzen, dass Wilkin sie so bereitwillig auf seine Reise mitgenommen hatte und sie nicht unter Ungewissheit leiden musste, was ihn betraf. Tatsächlich war sie nicht nur deshalb gern bei ihm. Sie war von Tag zu Tag stolzer, seine Gemahlin zu sein. Er war so gewandt darin, sich bei Hof zu bewegen, und machte dabei einen so schmucken Eindruck, dass sie ihn nur bewundern konnte. Und wenn sie sich am Abend in einem der kleinen Nebensäle auf den Strohmatten und Kissen unter eine gemeinsame Decke legten, dann war sie umso stolzer, weil er keinen Hehl daraus machte, wie sehr er gerade sie verehrte und begehrte. Er staunte rührend darüber, dass sie es genoss, mit ihm zu liegen, doch gleichzeitig schien er ein wenig bedrückt davon.

Sie wagte es, ihn danach zu fragen, als sie ihn wieder einmal ermattet in den Armen hielt.

Er schwieg eine Weile, dann küsste er ihre Wange und ihre Lippen. »Der Mann soll sich in der Liebe zu seiner Gemahlin mäßigen und ihr nicht häufiger beiwohnen als nötig. Wollust bleibt auch in der Ehe eine Sünde, in die ich dich hineinziehe, weil du dich mir nicht verweigern sollst. Ich müsste es fertigbringen, mich zu mäßigen.«

Für Hedwig hatte die Idee von Sünde und Verdammnis erst in jener Zeit eine klare Gestalt gewonnen, als sie ihre Tante Agnes und deren Pater kennengelernt hatte. Vielleicht war ihre geistliche Erziehung wirklich ein wenig zu spät gekommen, denn sie konnte es nie lassen, sich über die Gebote zu wundern, die angeblich vom Allmächtigen aufgestellt worden waren. Wenn er es wollte, dass seine Geschöpfe sich mehrten, und es mit Lust verbunden hatte – warum betrachtete er diese Lust als Sünde? Und was war für das Weib wichtiger: dem Manne gehorsam zu sein oder die Sünde zu meiden? Hedwig maßte sich nicht an, Gottes Beweggründe verstehen zu können, dennoch weckte die Sache ihren Trotz. Wenn sie eines Tages von ihrem ewigen Richter ihre Sünden aufgezählt bekam, so wollte sie um eine Erklärung bitten.

Sie streichelte ihrem Gemahl den Nacken und lächelte ihn an. »Sorge dich nicht, mein Lieber. Unser Herrgott gebietet Eheleuten ›so oft wie nötig‹, damit sie selbst entscheiden. Solange wir uns einig sind, was nötig ist, sündigen wir nicht.«

Wilkin schnaubte belustigt. »Nein, ich fürchte, so einfach ist es nicht. Es obliegt dem Manne, seine Gelüste zu bezwingen.«

Mit den Fingerkuppen strich sie sacht über die kurzen, hellen Bartstoppeln seiner Wangen. »Aber nicht, dass du so maßvoll wirst, dass ich mich am Ende beklagen muss.«

Er senkte den Kopf und schmiegte sein Gesicht in die Beuge zwischen ihrer Schulter und ihrem Hals, sodass seine Stoppeln sie dort kitzelten. Eine Antwort gab er ihr nicht, aber sie konnte am Beben seines Brustkorbes spüren, dass er lachte.

Sie liebte ihn für dieses stumme Lachen, obwohl ihr wieder einmal bewusst wurde, wie wenig sie ihn kannte.

Als der Sturm sich legte und die Sonne sich noch einmal gegen die kommende kalte Zeit aufbäumte, erlebte Hedwig Wilkin zum ersten Mal zauderhaft. Immer wieder ging er an diesem Tag hinaus und betrachtete prüfend den Himmel, befragte sogar Hüx und die drei Waffenknechte des Kurfürsten, die sie außer diesem begleiten sollten, nach ihrer Meinung über das Wetter. Hedwig fragte er nicht, obgleich sie eine Ansicht gehabt hätte. Ihrem Gefühl nach war der Wetterumschwung trügerisch. Andererseits wusste sie, dass ihnen noch eine weite Reise bevorstand, die nicht einfacher werden würde, je näher der Winter rückte.

Wilkin befahl ohne Hedwigs Zutun, dass sie am folgenden Tag aufbrechen würden, wenn er auch nicht sonderlich glücklich damit zu sein schien.

Hedwig machte sich weniger Gedanken als er. Sie war es lange gewöhnt gewesen, sich jeder Witterung zu stellen. Ihr Kleidersack war gefüllt mit warmen Mänteln und Röcken, und sie hatte dafür gesorgt, dass auch Irina und Hüx gut ausgerüstet waren.

## 12

# Abseits aller Wege

Zu acht machten sie sich auf den Weg. Mit vier schwer beladenen Packpferden und vier Ersatzpferden bildeten sie schon eine Reisegesellschaft, die nicht zu übersehen war. Wilkin hatte entsprechend die kurfürstlichen Knechte und Hüx zu großer Wachsamkeit gemahnt und für den Fall, dass Wegelagerer einen Überfall versuchen sollten, Anweisungen erteilt. Allein die Pferde und Kleider, die sie mit sich führten, wären für solche Räuber ein lohnender Fang gewesen.

Hedwig fürchtete sie so wenig wie das Wetter. Sie hatte ihre Waffen griffbereit und ließ die Aufmerksamkeit nie sinken. Noch einmal würde sie sich nicht von einer Verbrecherbande überrumpeln lassen, wie es ihr bei Adams Tod geschehen war.

In der neuen Richtung, die sie einschlugen, schienen ihr die Wälder dichter und dunkler zu werden als auf dem Weg von Brandenburg nach Krakau. Drei Wochen mussten sie rechnen, bis sie Ofen erreichen würden, und dazu müssten die Bedingungen ausgezeichnet sein. Stießen sie auf Schwierigkeiten, konnte die Reise leicht einen Monat oder länger dauern, etwa die gleiche Zeit, die sie von Berlin nach Krakau benötigt hatten. Immerhin hatte Wilkin sich einen älteren Polen empfehlen lassen, der recht gut Deutsch sprach und ihnen als Führer diente.

An den ersten vier Tagen hätten sie ihn eigentlich nicht gebraucht, weil die Straße deutlich zu erkennen war und es keine bedenklichen Abzweigungen gab. Eine von vielen Zollstellen zeigte an, dass sie die Grenze nach Ungarn überschritten. Vor ihnen lag der Weg über die Tatra, wie ihr Führer erklärte. Die Landschaft veränderte sich stark. Hedwig hatte die Gebirgszüge auf dem Weg nach Krakau an klaren Tagen bereits aus der Ferne bewundert. Sie hatte sich gefreut, als Wilkin ihr sagte, dass sie die Berge bald ganz aus der Nähe sehen würde. Nachdem sie jedoch drei Tage bei grauem Himmel durch stetigen Regen geritten war und die Kälte gespürt hatte, die zunahm, je höher ihr Weg sie in das Gebirge hineinführte, konnte sie sich für die Schönheiten der karger und schroffer werdenden Gegend immer weniger begeistern.

Wilkin, Irina und zwei der Knechte litten seit dem Tag nach ihrem Aufbruch unter einem Schnupfen, der Hedwig noch verschonte, ihr aber Sorgen bereitete. Solche kleinen Erkältungen konnten zu einem großen Übel anwachsen, wie sie sich schmerzhaft erinnerte, vor allem, wenn man sich nie aufwärmen konnte.

Bisher hatten sie nach jeder Tagesreise Unterkunft gefunden, doch das würde laut ihres Führers nicht so bleiben. Sie würden sich bald mit dem Schutz zufriedengeben müssen, den notdürftig errichtete Zelte ihnen bieten konnten.

Früher als erwartet war es bereits am nächsten Abend so weit. Neben einem kürzlich abgebrannten Gasthaus, das ihre Herberge hätte sein sollen, schlugen sie ihr Lager im Freien auf. Von Haus und Stall war nur ein Gewirr schwarzer Trümmer übrig, doch immerhin konnten sie den Brunnen benutzen und die Pferde auf einer Koppel unterbringen, auf der noch Gras wuchs und deren Zaun einigermaßen heil war.

Es hätte also schlimmer sein können. Dennoch dachte Hedwig später, dass dieser Abend der Beginn einer Pechsträhne gewesen war. Sie hatten gerade eine schöne Feuerstelle aufgebaut, da verhinderte ein schwerer Regenguss, dass sie das Feuer entzünden konnten. Wilkin klagte nicht, doch Hedwig sah ihm an, dass er sich nach den wärmenden Flammen und einem heißen Essen gesehnt hatte. Die spärliche Wärme ihrer Umarmung auf dem gemeinsamen Lager unter der kleinen, zwischen Büschen gespannten Zeltbahn konnte nicht verhindern, dass er am Morgen anfing zu husten. Irina, die zu Hedwigs Seite im selben Zelt schlief, hatte sich mit einem beginnenden Husten schon in der Nacht herumgequält.

Nicht nur die angeschlagene Gesundheit ihrer Gefährten machte Hedwig Sorgen, sondern auch das merkwürdige, halb heimliche Gespräch, welches Wilkin vor dem Aufbruch an diesem Morgen mir ihrem wegeskundigen Polen führte. Sie verstand nicht, worüber sie sprachen, doch der Mann schien nicht mit dem einverstanden zu sein, was Wilkin sagte. Aus dem Tonfall, den Mienen und Gesten der beiden las Hedwig ab, dass Wilkin dem Führer Geld bot, was diesen beschwichtigte. Kurz darauf kam ihr Gatte zu ihr, um sich von ihr barbieren zu lassen. Sie hatte hartnäckig darauf bestehen müssen, dass er ihre Hilfe hierbei annahm, denn er hatte ihr diese Tätigkeit nicht zumuten wollen. Doch sie hatte Richard regelmäßig seinen Bart gestutzt und wusste, dass dieser es genossen hatte.

»Worüber habt ihr gesprochen?«, fragte sie.

Er zuckte mit den Schultern und lächelte flüchtig auf die beschwichtigende Art, die ihr bedeuten sollte, dass es sie nicht kümmern musste. »Ich habe erfahren, dass es einen Weg gibt, der für uns sicherer ist als der kürzeste. Der Pole ist nicht glücklich, weil er es gern bequem hat. Ich dagegen lege keinen Wert darauf, eine Straße zu benutzen, an der Räuber nur warten müssen, bis der nächste Fang daherkommt. Um die Sicherheit von Reisenden ist es in Ungarn noch schlechter bestellt als in Brandenburg, habe ich mir sagen lassen. Niemand wacht über die Wege.«

Hedwig legte ihm ein Tuch um und seifte sein Gesicht ein.

Sie hatte den Bogen schnell herausbekommen und empfand es als Herausforderung, seine Haut so glatt zu scheren, wie er es schätzte, ohne ihn zu verletzen. »Aber so ein lohnender Fang sind wir doch nun auch wieder nicht. Immerhin sind wir alle gut bewaffnet«, wandte sie ein.

»Hmmm«, machte er, offensichtlich zufrieden damit, dass ihn Seife und Messer davon enthoben, noch einmal den Mund öffnen zu müssen. Ob sein Laut Zustimmung oder Zweifel bedeutete, vermochte Hedwig nicht zu sagen. Auch später nahmen sie das Gespräch nicht wieder auf, da bei aller Übung, die sie darin mittlerweile hatten, die morgendlichen Aufbruchsvorbereitungen ihre Aufmerksamkeit beanspruchten.

Hedwigs Hungergefühl nach musste es um die Mittagszeit sein, als der Führer ohne ersichtlichen Grund anhielt, um sich noch einmal mit Wilkin zu besprechen. Kurz darauf trieb der Mann sein Pferd das steinige Gefälle der Wegböschung hinab auf ein abgeerntetes Kornfeld. Wilkin bedeutete ihnen, dem Mann zu folgen, und wartete selbst auf der Straße, bis alle Pferde den kleinen Abstieg gemeistert hatten. Sobald er seinen Platz hinter dem Führer wieder eingenommen hatte, trieb er sie zur Eile an, um außer Sichtweite der Straße zu gelangen.

Nun spürte Hedwig deutliches Unbehagen über den Plan der Männer. Sie hielt es zwar nicht für grundsätzlich dumm, von der gängigen Strecke abzuweichen, doch in einem unbekannten Land die Straße zu verlassen, barg ebenfalls Gefahren. Misstrauisch musterte sie den Polen. Er ritt voran, wo für sie kein Hinweis auf einen Pfad zu erkennen war, bewegte sich aber so zielstrebig, dass es keinen Grund gab, an seiner Ortskenntnis zu zweifeln. Dennoch fühlte sie sich nicht wohl, und auch dem Rest der Reisegesellschaft war die Verunsicherung anzumerken. Alle waren wortkarg und blickten sich häufig um, als wäre es nun wahrscheinlicher geworden, dass sie überfallen wurden. Auch Hedwig musterte ihre Umgebung. Aus ihrer jahrelangen Erfahrung als Waldläuferin heraus prägte sie sich für den Fall, dass sie zurückfinden musste, den Weg ein. In den heimischen Wäldern war ihr das gewöhnlich hervorragend gelungen, doch in dieser fremdartigen, kargen und steinigen Gegend ahnte sie bald, dass sie scheitern würde. Zudem war der Himmel so bleigrau, dass nie der Stand der Sonne zu erkennen war, und die diesige Luft verhinderte jeden Blick in die Ferne.

Schon nach der ersten Tagesreise abseits der Straße war sie nicht mehr zuversichtlich, dass sie sich zurechtfinden würde, und sie wusste, dass es den anderen nicht anders ging. Sie waren ihrem Führer auf Gedeih und Verderb ausgeliefert – ein Gefühl, das Hedwig verabscheute. Es besserte ihre Laune nicht, dass nicht nur Wilkin und Irina inzwischen jämmerlich husteten, sondern auch noch zwei der kurfürstlichen Männer anfingen zu schniefen. Einer von ihnen, ein breitschultriger Kerl namens Thomas, von dem sie angenommen hätte, dass ihn nichts umwerfen könnte, fieberte sogar und kauerte sich abends zitternd und seufzend in Decken gehüllt ans Feuer.

Im Zootzener Wald bei Friesack hätte Hedwig einen Aufguss aus Spitzwegerich und Weidenrinde gemacht und den Kranken angeboten, doch hier entdeckte sie weder die eine noch die andere Pflanze.

Da es nicht regnete, dafür aber schneidend kalt geworden war, errichteten sie für die Nacht zwei Feuer. Zum ersten Mal seit ihrer Hochzeit teilten Hedwig und Wilkin nicht das Lager, sondern schliefen getrennt wie alle anderen, so nah bei der Glut, wie es erträglich war. Am nächsten Morgen stellte Hedwig insgeheim fest, dass sie trotz der Unruhe ihrer Gefährten auf diese Weise besser geschlafen hatte als seit Langem.

Die nächsten Stunden ließen sie dafür besonders dankbar sein, denn es stellte sich heraus, dass Thomas zwar noch Kraft genug hatte zu reiten, aber überfordert damit war, die beiden Packpferde zu führen, um die er sich bisher gekümmert hatte. Sie übernahm seine Aufgabe, obwohl Wilkin darüber nicht glücklich war. Auch Tiuvel war vorerst erbost über die Veränderung und verhielt sich bockig, bis Hedwig die Handpferde mit Irina und Hüx tauschte.

Sie war sicher, dass Wilkin ihr diese Arbeit nicht überlassen hätte, wenn er selbst gesund gewesen wäre. Ihr war es jedoch in jedem Falle lieber, wenn er von den zusätzlichen Tieren frei blieb. Nur so war er beweglich genug, sich möglichen Angreifern sofort zu stellen.

Es wurde der bis dahin schlimmste Reisetag. Der Regen setzte wieder ein und wandelte sich im Laufe der Stunden zu nassem Schnee. Er fiel aus dunklen Wolken, die so tief an den Berghängen hingen, als könnte man sie berühren, und die zäh stillstanden, als wären sie nicht flüchtig wie gewöhnliche Wolken.

Der Weg stieg an und führte sie in diese Wolken hinein, bis sie von ihnen umgeben waren wie von eisigem Nebel. Unbeirrbar ritt der Pole voran, in ein enges Tal, dessen Anblick Hedwig Schauer über den Rücken jagte. Weit konnte sie nicht sehen, doch was sie sah, wirkte gefährlich. Geröll und abgestürzte Bäume zeugten davon, dass hier vor Kurzem ein Teil des steilen Hanges abgerutscht war und die Passage durch die Schlucht verengt hatte. Nun galten die ängstlichen Blicke der Gemeinschaft nicht mehr Räubern, sondern den bedrohlichen Flanken der Berge.

Die Pferde waren unruhig, sie zuckten beim Geräusch rollender Kiesel und dem Echo ihres eigenen Schnaubens, das im Wolkendunst seltsam gedämpft und verändert klang.

Zu Hedwigs Erleichterung verließen sie die Schlucht, bevor es Zeit wurde, das Nachtlager aufzuschlagen. Im Schutz einiger Felsen gelang es ihnen, Feuer zu entfachen, obwohl der mit Schneeflocken durchsetzte Nieselregen nie ganz aufhörte.

Erschöpfung und Kälte machten die Reisenden langsam und ungeschickt. Hedwig hatte den Eindruck, dass außer ihr und dem Polen alle am Ende ihrer Kräfte waren. »Wir brauchen morgen eine Unterkunft«, sagte sie zu ihrem Führer.

Er war dabei, den restlichen Rotwein aus seinem eigenen Schlauch in die eiserne, dreibeinige Grape zu gießen, die sie in den Händen hielt. Ihren Anteil Wein, einige Nelken und eine Handvoll kleingeschnittener Datteln hatte sie bereits hineingegeben, um den Lebensgeistern ihrer Begleiter ein wenig aufzuhelfen.

Der Pole äußerte missmutig einen ihr unverständlichen, polnischen Satz, lächelte sie danach aufgesetzt höflich an und radebrechte auf Deutsch: »Der Herr wollte nicht auf mich hören. Nun siehst du.«

Sie stellte die Grape in die Glut am Rande des Feuers und wandte sich ihm wieder zu. »Können wir kein Dorf erreichen? Auch wenn es ein kleiner Umweg wäre. Ich hielte es wirklich für klüger, die Reise für eine Weile zu unterbrechen.«

»Vielleicht ist ein Dorf, da ein paar Stunden ab vom Weg im Westen. Du fragst deinen Mann, dann gehen wir dahin.«

Sie nickte und sah zu Wilkin hinüber, der es gerade mit Irinas Hilfe geschafft hatte, ihr Zeltdach zwischen den Felsen aufzuspannen. Irina setzte sich sogleich darunter auf einen Stein und sank hustend in sich zusammen, während Wilkin sich keuchend gegen den Fels lehnte. Sein Atem rasselte, und seine Augen glänzten ungesund. Hedwig vermutete, dass ihm Schweiß auf der Stirn stand, doch nasse Gesichter hatten sie von der ständigen Feuchtigkeit alle. Sie trat vor ihn und strich über seinen Arm, dort, wo der Kettenärmel seiner leichten Rüstung endete, die er unterwegs nur zum Schlafen ablegte. »Wenn wir morgen einen kleinen Umweg machen, können wir ein Dorf erreichen. Ich denke, das sollten wir tun.«

Er schnaubte verärgert und schlug mit der flachen Hand gegen den Felsen. »Das ist schlecht. Es wird uns nichts anderes übrigbleiben, wenn das Wetter sich über Nacht nicht bessert. Aber es ist schlecht. Ich hätte euch Frauen nicht mitnehmen dürfen. Die Männer müssen Entbehrungen aushalten können. Aber ihr ... Es tut mir leid, mein Engel. Du solltest in sauberen Gewändern am Feuer einer Halle sitzen, freundliche Gesellschaft und gute Mahlzeiten genießen und dich schönem Zierwerk widmen. Es war meine Eigensucht, die dich in dieses Elend geführt hat.«

Sie schüttelte den Kopf, ein wenig belustigt, weil er ihr Freude am Anfertigen von Zierwerk unterstellte. Eine Fülle praktischer Fertigkeiten beherrschte sie, und vermutlich hätte sie auch die feinen Nadelarbeiten meistern können, die er wohl im Sinn hatte. Bisher hatte sie es allerdings schnell wieder aufgegeben, wann immer sie es versucht hatte. »Ich glaube, du solltest mit deiner heiseren Stimme nicht so viel sprechen. Du hast mich nicht aus Eigennutz mitgenommen, sondern weil ich zu dir gehöre. Lass uns dieses Dorf aufsuchen und einige Tage dort verbringen. Wir können es auch dann noch vor dem Winter nach Ofen schaffen.«

Er hustete und brauchte eine Weile, sich wieder zu fangen. »Wenn das hier nicht der Winter ist, was ist es dann? Ich wusste nicht, dass dieses Land so kalt ist.«

Der Plan, Unterschlupf im nächstgelegenen Dorf zu suchen, wurde von allen dankbar aufgenommen. Als der Pole jedoch von der bisherigen Richtung abwich und ihnen auf einem schmalen Pfad vorausritt, der entlang einer Klamm höher in die Berge führte, erwachten erneut Zweifel, ob sie das Richtige taten. Der Bach, der in der Klamm rauschend und weiß schäumend von Stufe zu Stufe dem Tal zusprang, wurde zu ihrer Linken immer kleiner; der Steilhang, der zu ihm abfiel, immer schwindelerregender. Weil nicht genug Platz für zwei Pferde nebeneinander war, hatte sie auch die Handpferde so zusammenbinden müssen, dass alle hintereinander gehen konnten. Die sechzehn Tiere zogen sich auf diese Art zu einer so langen Kolonne auseinander, dass Anfang und Ende sich nicht mehr direkt verständigen konnten.

Hedwigs Herz schlug schneller, je tiefer der Abgrund neben ihr wurde. Beflissen blickte sie geradeaus oder empor und versuchte, die Gedanken an all die Dinge zu verbannen, die nicht passieren durften. Kein Pferd durfte scheuen oder stolpern. Umkehren wäre ebenfalls umständlich und gefährlich gewesen. Sie war heilfroh, dass ihr trittsicherer und nervenstarker Tiuvel sich inzwischen gut mit den Handpferden abgefunden hatte, die ihm auf den Hufen folgten. Dennoch überlegte sie nach einer Weile, ob es nicht klüger wäre, wenn sie zu Fuß gingen, um nicht mit hinabgerissen zu werden, falls ein Pferd stürzte. Sie hätte es vorgeschlagen, wenn Wilkin in Hörweite gewesen wäre, doch er ritt vorn, gleich hinter dem Polen. Hinter ihnen kam einer der Knechte mit zwei Handpferden und dann Irina mit einem. Hedwig hätte laut rufen müssen, damit Wilkin sie verstand, zumal die Klamm vom Rauschen des Wassers erfüllt war.

An diesem Getöse lag es auch, dass sie nicht gleich begriff, was wenig später vor ihr geschah. Sie sah, wie Irinas Pferd anhielt und abrupt rückwärtsging, sodass es mit dem Hinterteil in das Packpferd drängte. Dieses wiederum versuchte auszuweichen, geriet haarsträubend nah an den Abgrund und kam gleichzeitig Tiuvel zu nahe. Der Schwarze ließ sich glücklicherweise nicht rückwärtstreiben, sondern legte die Ohren an und streckte den Hals aus, um zu beißen, wovon Hedwig ihn gerade noch abhalten konnte.

Irina hatte inzwischen ihre gehorsame Stute zum Stehen gebracht. Hedwig suchte nach dem Grund der Aufregung, sobald die unmittelbare Gefahr für Irina und sie abgewendet war. Zu ihrem maßlosen Entsetzen sah sie eine kleine Lawine aus Geröll und totem Gesträuch, Pferd und Mensch in die Tiefe rasen und im Wasser des Baches aufschlagen.

Sie schrie Wilkins Namen, bevor sie es selbst bemerkte. Auf keinem der Pferde vor ihr konnte sie ihn entdecken.

Irina blickte mit aufgerissenen Augen in die Tiefe, während ihr Pferd begann, unruhig zu werden. Sofort wieder im Bann der nahen Todesgefahr, kam Hedwig zurück auf das Naheliegende: »Absteigen! Irina! Absteigen!«

Benommen blickte ihre Freundin sich zu ihr um, gehorchte aber und stieg wie sie selbst zur Bergseite hin vom Pferd. Hedwig wechselte einen Blick mit Hüx, der hinter ihr ritt, und auch die Knechte folgten daraufhin ihrem Beispiel.

Sie band Tiuvel mit dem Zügel an einen verkrüppelten Strauch und befahl ihm scharf stehen zu bleiben. Dann presste sie sich zwischen Berghang und Pferden hindurch zu Irina, die sich mit geschlossenen Augen und leichenblassem Gesicht gegen den Fels schmiegte, ihre linke Hand krampfhaft um die Zügel ihrer Stute geschlossen.

»Ich sehe nach, was passiert ist«, sagte Hedwig und schlüpfte an ihrer Freundin vorbei, die zur Antwort bloß leise stöhnte.

Vor ihr standen weitere, zitternde Pferde, die wussten, dass sie weder vor noch zurück konnten, dann der Knecht, der aufmerksam nach vorn spähte, doch noch immer sah Hedwig Wilkin nicht. Die Angst um ihn trieb sie vorwärts. Ihre rechte Hand streckte sie unwillkürlich in Richtung des aufsteigenden Steilhanges aus. Endlich stieß sie auf Wilkin. Er hielt mit seiner rechten Hand Zweige eines kleinen Blaubeerstrauches umfasst. Hedwig erkannte darin ihr eigenes Bedürfnis nach Halt wieder, jeder Zweig war ihr recht, und sei er noch so ungeeignet.

Einige Schritte vor Wilkin war ein zwanzig Schritt langer Teil des Weges abgerutscht und hatte ihren Führer mit seinem Pferd in die Tiefe gerissen. Angesichts der Tragödie und der nun sichtbaren Gefahr, die ihnen allen drohte, verflog ihr Glücksgefühl darüber, Wilkin zu sehen, sogleich wieder. Sie konnte nur noch daran denken, dass sie das feindselige Gebirge so schnell wie möglich verlassen wollte. »Sollen wir umkehren, oder können wir weiter voran?«, fragte sie.

Ihr Gatte blickte sie über die Schulter an, und sie erschrak. Seine Augen glänzten hochfiebrig, und er zitterte beinah so wie die erschrockenen Pferde. »Es ist gerade noch breit genug, um weiterzugehen. Wenn ich nur wüsste, wie der Rest des Weges aussieht.«

Hedwig trat einen Schritt vor und betrachtete jede Elle der frischen Abbruchkante. Der Pfad war durch das Unglück zwar schmaler geworden, aber sie hatten bereits einige noch engere Stellen passiert. Außerdem fand Hedwig es unerträglich, daran zu denken, was es bedeuten würde umzukehren: die Pferde zu wenden, die schwierige Strecke noch einmal bewältigen zu müssen und dann dennoch keine Hoffnung auf eine Unterkunft zu haben, ja, nicht einmal sicher den Weg zu wissen, den sie einschlagen mussten, um überhaupt ein Ziel zu erreichen. Schlimm war andererseits auch die Vorstellung, sich an der Absturzstelle vorbeizuwagen und hinter der nächsten Kurve feststellen zu müssen, dass der Pfad nicht weiterführte. »Ich gehe nachsehen«, sagte sie und war schon an Wilkin vorüber und am Beginn des Abbruchs, ehe sie viel darüber nachdenken konnte, was sie tat.

»Hedwig!« Wilkin klang entsetzt.

Sie winkte ihm beschwichtigend zu, ohne sich zu ihm umzudrehen. »Keine Sorge. Ich bin leicht. Es wird nichts geschehen.« Sie blickte geradeaus, ging zügig und wiederholte den Satz stumm für sich. Es wird nichts geschehen. Es ist nicht anders, als auf einem schmalen Pfad durch die moorigen Stellen im Zootzener Wald zu gehen. Du würdest niemals hinunterfallen.

Dennoch blieb ihr rechter Arm ausgestreckt, als bestünde ihr Körper darauf, sein Gewicht vorsorglich ein wenig zur gefahrlosen Seite zu verlagern. Obwohl sie nicht den Boden vor ihren Füßen betrachtete, nahm sie den Zustand des Pfades wahr. Sie konnte keine Risse oder frischen Verschiebungen entdecken, es bestand also Hoffnung, dass der Absturz alles mit sich genommen hatte, was brüchig gewesen war. Hinter ihr sagte Wilkin etwas, das sie nicht verstand, doch sie wollte sich nicht umdrehen.

Erst als sie den unbeschädigten Teil des Pfades erreicht hatte, blickte sie zurück. Angespannt stand Wilkin da und sah zu ihr herüber, seine Miene fassungslos und möglicherweise wütend, aber das konnte sie nicht genau erkennen und wollte es auch nicht. Entschlossen setzte sie ihren Weg fort. Hinter der nächsten Kurve wies nichts darauf hin, dass es gefährlicher wurde als vor dem Unglück. Es schien allmählich leicht bergab zu gehen, doch das Wegstück, das sie überblicken konnte, war zu kurz, um sicher zu wissen, ob sie sich darin nicht täuschte. Daher ging sie noch weiter, bis der Ausblick sie erleichtert aufjauchzen ließ. Stetig und nicht zu steil schlängelte sich der Pfad von nun an hinunter in die Klamm, deren Ende bereits sichtbar war. Der Abstieg würde hart genug werden, doch vor Einbruch der Dunkelheit zu schaffen sein.

Froh kehrte sie um und geriet etwas aus dem Gleichgewicht, als Steinchen unter ihrem Fuß ins Rollen kamen. Der kleine Schreck bewirkte nicht mehr, als sie daran zu erinnern, dass sie vorsichtig bleiben musste. Sie hätte ihn sogleich wieder vergessen, wenn nicht gerade in diesem Augenblick Wilkin um die Kurve gekommen wäre. Er bewegte sich mit vollendeter Sicherheit, hatte es offensichtlich nicht einmal mehr nötig, den Arm zum Berg hin zu strecken, so wie sie. Nur war sein Gang nicht so leicht und federnd wie sonst, was Hedwig seiner Krankheit zuschrieb. »Ich wollte gerade zurückkommen. Es ist alles in Ordnung. Da hinter der Kurve …«

Er erreichte sie, umfasste schmerzhaft fest ihren Arm und sah ihr mit einem Blick in die Augen, der sie frösteln ließ. »Tu so etwas nie wieder. Nie!«

Hätte er es liebevoll gesagt oder besorgt, so wie nach der Sache mit den wildernden Hunden, wie sein Vater es früher getan hatte, wenn sie etwas Dummes anstellte, dann hätte Hedwig ihn um Verzeihung gebeten. Doch dieses Mal klang er wütend und herrisch. Hedwig sah ihn nicht länger an, sondern folgte mit dem Blick einem großen Raubvogel, der neben ihnen über der Klamm dahinflog, und beneidete das Tier. Hier oben mit Wilkin zu streiten, was das Letzte, was sie wollte, doch ihr Stolz befahl ihr zu widersprechen. Sie holte tief Luft.

»Ich habe vielleicht noch nicht viel Zeit in den Bergen verbracht, aber ich bin die Leichteste von uns allen und war daher am wenigsten in Gefahr. Du hättest bei den anderen bleiben und auf mich warten sollen.«

»Ich hätte …?« Seine fieberglänzenden Augen weiteten sich, und sein Griff um ihren Arm wurde noch schmerzhafter. »Du bist so unbedacht wie ein Kind. Tust, was dir in den Sinn kommt. Deine Leichtfertigkeit kann nicht nur dich in Gefahr bringen, sondern uns alle. Du hast dein Pferd allein gelassen, ich musste meines allein lassen, um dir zu folgen. Wenn etwas geschieht …«

Mit einem Ruck entwand Hedwig ihm ihren Arm. »Du tust mir weh. Und du vergeudest Zeit. Unsere Pferde würden längst nicht mehr allein dastehen, wenn du mir nicht so überflüssig gefolgt wärest.« Rasch ging sie an ihm vorbei und eilte den Pfad zurück, ohne den Arm auszustrecken, den Abgrund in ihrer Wut vergessend. Als böte ihr die Lage keinen Schrecken mehr, drängte sie sich zwischen Pferden und Berg hindurch nach hinten. »Alles in Ordnung. Es geht gleich weiter. Ich rufe, wenn ich so weit bin«, sagte sie dem Knecht, doch bei Irina verharrte sie. Ihre Freundin stand genauso da wie zuvor, die Augen geschlossen. »Es wird besser, Irina. Der Abstieg beginnt gleich. Bald sind wir im Tal.«

Irina wimmerte leise und öffnete mit sichtlicher Mühe die Augen. »Ich kann mich nicht bewegen. Ich kann keinen Schritt weiter.«

Hedwig strich ihr über den Arm. »Aber gewiss kannst du. Gerade du musst keine Angst haben. Niemand bewegt sich so sicher und geschickt wie du. Du kannst auf einem Seil tanzen.«

Irina schüttelte den Kopf und schloss die Augen wieder. »Sprich nicht davon. Das ist etwas ganz anderes. Glaub mir, ich kann meine Beine nicht bewegen.«

»Aber ... lieber Herr im Himmel, was ... Willst du weiterreiten? Ich denke, es wäre besser, es nicht zu tun, aber ...«

»Ich kann gar nichts. Ich werde die Augen nie wieder öffnen.«

Hedwig betrachtete ungläubig die kleine Frau, deren Gewandtheit und Leichtfüßigkeit sie stets bewundert hatte, und seufzte schließlich. »Also gut. Warte, ich komme gleich wieder.«

Ihr Schwarzer begrüßte sie mit dem freundlichen, dumpfen Brummen, das er Freunden vorbehielt. Sie klopfte ihm den Hals und ging weiter nach hinten, zu Hüx. Nachdem sie auch diesen beruhigt hatte, erklärte sie ihm Irinas Zwangslage. »Ich werde sie reiten lassen und ihr Pferd führen. Der Schwarze wird allein gehen und die beiden Handpferde mitbringen, wenn ich ihn von vorne rufe. An die anderen anbinden will ich ihn lieber nicht.«

Hüx nickte zuversichtlich. »Wenn er nicht geht, helfe ich von hinten nach. Aber er wird. Kennt ja seine Herrin.«

Hedwig lächelte ihm dankbar zu, und wenig später hatte sie mit gutem Zureden Irina auf ihre Stute geholfen, wo sie mit geschlossenen Augen kauerte und sich festklammerte, als säße sie zum ersten Mal auf einem Pferd. Hedwig selbst fühlte sich zu Fuß nun weit wohler als bei dem Ritt bergan. Aus dem neuen Blickwinkel fiel es ihr leichter, nicht nach unten in die Klamm zu sehen, und sie empfand es als weniger beängstigend, sich auf ihre eigenen Beine zu verlassen als auf die eines Pferdes, und sei es auch so trittsicher wie Tiuvel. Der Schwarze folgte tatsächlich auch ohne Führung brav und unerschütterlich.

Die Länge der verbleibenden Strecke ins Tal hatte sie richtig geschätzt. Es dunkelte, als sie den Berg hinter sich ließen, und ihnen blieb gerade noch Zeit, ihr Lager am nächsten halbwegs geeigneten Ort aufzuschlagen.

Bei aller Erschöpfung fühlte sich Hedwig geradezu rauschhaft munter, während es den meisten ihrer Begleiter sichtlich schwerfiel, sich noch auf den Beinen zu halten und sich auch nur um das Nötigste zu kümmern. Sie sorgte dafür, dass jeder vor der Nacht wenigstens noch ein Stück hartes Brot, Käse und Schinken bekam. Dann ging sie Hüx zur Hand, der sich nach ihr am wackersten hielt, und band mit ihm die Pferde dort an, wo sie ein wenig Futter finden konnten.

Als sie zurück ans Feuer kam, lag Irina bereits schlafend daneben. Wilkin saß noch, zitterte, hustete und kämpfte darum, die Augen offen zu halten.

Nach kurzem Zögern setzte sie sich zu ihm und berührte ihn vorsichtig. »Leg dich doch nieder wie die anderen. Ich werde ohnehin nicht schlafen können. Da kann ich doch die erste Wache übernehmen. Ich wecke dann Hüx. Ihm geht es auch nicht so …«

Unwillig schüttelte er ihre Hand ab. »Mir geht es gut genug. Du wirst schon schlafen können, wenn du dich hinlegst.«

Er war so heiser, dass er seine Stimme bald ganz verlieren würde, und in Hedwig siegte die Sorge um ihn über den Ärger. »Vielleicht könnte ich schlafen, wenn du mir verzeihen und dich zu mir legen würdest. Sei mir nicht gram, Wilkin.«

Nun sah er ihr in die Augen und forschte darin nach, ob sie es ehrlich meinte. Sie gab sich Mühe, ihren Stolz so weit niederzukämpfen, dass er nichts anderes in ihrem Gesicht lesen konnte als Zuneigung und Bedauern über ihren Streit.

Endlich nickte er. »Hüx soll die erste Wache übernehmen und mich dann wecken.«

Erleichtert küsste sie ihn und ging zu Hüx, um ihm diesen Befehl mit einer winzigen Abwandlung zu übermitteln.

Als er einige Stunden später zu ihnen kam, um den Wachtposten abzugeben, musste er Hedwig nicht aus dem Schlaf reißen, weil ihre innere Uhr und die Aufregung des Tages sie bereits wieder geweckt hatten. Behutsam befreite sie sich aus Wilkins Umarmung und übernahm für die letzten Nachtstunden die Wache. Es war das erste Mal, dass sie dies tat, seit sie mit Wilkin unterwegs war. Ihm wäre es nie in den Sinn gekommen, sie oder ein anderes Weib damit zu belasten. Sie setzte sich mit ihrem Bogen auf einen Felsen, von dem aus sie sowohl die Schlafenden als auch die Pferde überblicken konnte, zog ihr wollenes Halstuch enger zu und die pelzgefütterte Kapuze über die Ohren. Die dunstige Wolkendecke, von der sie in den vorhergegangenen Tagen ständig umgeben gewesen waren, hatte sich etwas gelichtet und ließ schwaches Mondlicht ins Tal sickern.

Hedwig blickte schaudernd den Lauf des Baches hinauf in die Klamm. Sie hatten bisher kein Wort über ihren toten polnischen Führer gesprochen, der dort, nicht allzu weit entfernt von ihnen, mit seinem Pferd halb im Wasser lag. Es gab keine Möglichkeit für sie, seinen Körper zu bergen. Der Bach mit seinen zahllosen Fällen war nicht schiffbar, und einen Weg entlang des Ufers gab es nicht. So unschön die Erkenntnis war, dass der Mann kein christliches Begräbnis erhalten würde, bevor die Strömung seine Überreste aus der Klamm heraustrug, beschäftigte Hedwig dennoch mehr, was sein Tod für den Verlauf des kommenden Tages bedeutete. Sie hoffte von Herzen, dass sie das Dorf auch ohne Führer finden würden. Jede weitere Stunde in der Kälte war für die Kranken eine Stunde zu viel.

Die winterlich blasse aufgehende Sonne machte sich zuerst dort bemerkbar, wo das Tal sich weitete. Wenigstens wusste sie damit, dass sie sich nach Osten bewegten. Um nach Ofen zu gelangen, hätten sie nach Süden ziehen müssen, doch darum machte sie sich keine Sorgen. Das Wichtigste war, hilfreiche Menschen zu finden.

Der Gedanke daran, wie langsam sie gemeinsam vorankamen, ließ sie schon im Voraus ungeduldig werden. Am liebsten wäre sie mit Tiuvel auf Kundschaft geritten, sobald es hell genug war. Einen Augenblick lang spielte sie mit dem Gedanken, Hüx statt Wilkin zu wecken und es einfach zu tun. Sie war schnell und würde das Dorf rasch finden, wenn es in der Nähe war. Vielleicht wäre sie zurück, bevor die anderen zum Aufbruch bereit waren.

Wilkin allerdings würde außer sich sein, wenn er erwachte und von ihrer erneuten Eigenmächtigkeit erfuhr. Kurz wallte ihr Ärger wieder auf, aber ihre Sorge um ihn blieb stärker. Sie würde noch mit ihm über ihren Streit sprechen, doch das musste warten, bis er gesund und sie alle in Sicherheit waren. Seufzend verließ sie den Wachfelsen und rüttelte sanft ihren Gatten wach.

»Wir müssen weiter«, waren seine ersten Worte. Es kam ihr vor, als spräche er im Traum. Er war heiß, schien sie gar nicht zu sehen, und sein Husten klang mittlerweile flach und dennoch quälend. Erst als er sich mit ihrer Hilfe aufgesetzt hatte, kam er ganz zu sich. »Ich war nie krank. Es tut mir leid«, flüsterte er.

»Alle sind krank. Es muss dir nicht leidtun. Wir werden heute das Dorf erreichen, dann könnt ihr ausruhen.«

»Falls wir es finden.«

»Natürlich finden wir es. Kannst du allein aufstehen? Dann beginne ich mit dem Packen.«

Er nickte zwar, blieb aber noch eine ganze Weile sitzen, während sie mit mehr oder weniger Mühe alle anderen auf die Beine brachte, die Ladungen für die Packpferde vorbereitete und schließlich mit Hüx und dem gesündesten der Knechte die Reitpferde sattelte.

Obwohl die Sonne höher stieg und ihr auch durch die Arbeit hätte wärmer werden sollen, hatte sie den Eindruck, dass es kälter wurde. Die Erinnerung an die nassen Schneeflocken vom Vortag trieb sie noch stärker zur Eile. Heilfroh war sie, als endlich alle auf ihren Pferden saßen und sie an Wilkins Seite vorausritt. Schon bald bedeckte sich der Himmel wieder, Wind kam auf, und es begann zu schneien. Lange Zeit trieben ihnen nur einzelne Schneeflocken entgegen, doch als sie die erste Weggabelung erreichten, behinderte der Schnee schon so sehr ihre Sicht, dass Hedwig sich mit ihrem Vorschlag hervorwagte.

»Lass mich die eine Richtung erkunden, während ihr langsam in der anderen weiterzieht, Wilkin. Wenn ich das Dorf in der Nähe finde, kann ich euch holen.«

Wilkin saß gebeugt und wirkte, als könne er jeden Augenblick ohnmächtig aus dem Sattel stürzen. Doch sogar seine

Heiserkeit konnte nicht verschleiern, wie entschieden er über ihren Plan dachte. »Auf keinen Fall.«

»Aber ...«

»Du bleibst bei uns.«

Hedwig schluckte ihre Widerworte herunter, um ihn nicht weiter aufzuregen. »Also gut. Welchen Weg nehmen wir?«

Er deutete nach links, und ihr Zug setzte sich wieder in Bewegung.

Etliche Zeit später war Hedwig sicher, dass sie den falschen Weg genommen hatten, denn er verengte sich allmählich abermals zu einem schmalen, steinigen Pfad und führte immer steiler bergauf. Gerade wollte sie Wilkin vorsichtig darauf hinweisen, da hielt er an und seufzte.

»Richte Hüx aus, dass er kundschaften und dieses Dorf finden soll. Wir reiten ein Stück zurück bis zu der Wiese und rasten eine Weile.«

»Wilkin, ich bin schneller als Hüx. Und er ist euch eine größere Hilfe mit den Pferden und dem Lager. Warum ...«

»Wirst du es ihm jetzt bitte sagen, oder muss ich es selbst tun?«

Wortlos machte sie ihre Handpferde los, gab ihm das Seil, wendete Tiuvel und begab sich an Hüx' Seite. »Wilkin will, dass wir umkehren und eine Weile rasten. Dies scheint nicht der richtige Weg zu sein. Ich reite zurück und versuche, das Dorf in der anderen Richtung zu finden.«

Hüx' Kopf war gegen die Kälte mit Schal und Gugel so umwickelt, dass nur seine Augen und seine Nase heraussahen. Das reichte jedoch aus, um seinen Zweifel erkennen zu können. »Soll ich Euch nicht lieber begleiten?«

»Das wäre gewiss besser, aber ich glaube, dass du hier dringender gebraucht wirst. Sieh zu, dass du die Pferde zusammenhältst und den Kranken etwas Ruhe verschaffst. Ich bin bald wieder hier.«

Er nickte, beugte sich zu ihr herüber und klopfte Tiuvel den Hals. »Er wird Euch schon sicher wiederbringen. Viel Glück.«

Hedwig wartete nicht länger, sondern trieb ihren Schwarzen an. Nachdem sie sich von den anderen getrennt hatte, ließ sie ihn galoppieren, wie es ihm angenehm war, und er ging so sicher, dass er nicht ein einziges Mal stolperte. Schnell hatten sie die Weggabelung erreicht. Ein weiteres Mal musste sie sich kurz darauf für eine von zwei Richtungen entscheiden. Sie folgte ihrem Instinkt, ohne innezuhalten, und nach einer Weile stieß sie auf Schafhürden, Ställe und baufällige Scheuern. Bevor sie jedoch das Dorf erreichte, das sie in der Nähe ahnte, aber noch nicht sehen konnte, traten ihr ein Stück voraus Menschen in den Weg. Fünf winterlich vermummte bäuerliche Gestalten mit Forken und Äxten in den Händen versperrten ihr den Durchgang, sodass sie Tiuvel bereits in sicherem Abstand von ihnen zügelte. Sie hätte sich weniger Sorgen gemacht, wenn nicht einer der Bauern einen schussbereiten Bogen gehalten hätte.

Bei aller Vorsicht hätte sie etwas dafür gegeben, sich diese Waffe einmal genauer ansehen zu dürfen. Der Bogen war nur halb so lang wie ihr eigener und auf seltsame Weise geschwungen. Sie erinnerte sich schwach daran, dass der Bogenbauer ihres Onkels ihr einmal von solchen kurzen Bögen erzählt hatte, die bei den Reitervölkern des Ostens üblich waren.

Langsam streckte sie den Leuten ihre leeren Hände entgegen, um zu zeigen, dass sie unbewaffnet war. »Hilfe. Wir brauchen Hilfe«, sagte sie.

Die Gestalt mit dem Bogen kam einige Schritte näher und musterte sie scharf. *»Egy asszony«*, sagte sie, und dann äußerte sie noch einige Sätze im selben Kauderwelsch. Hedwig verstand nichts, stellte jedoch verblüfft fest, dass es sich um ein Weib handelte, das ihr da entgegengetreten war.

Zu ihrer Erleichterung senkten alle die Waffen, als hätten die Worte der Frau sie beruhigt. Ohne dem Frieden ganz zu trauen, stieg sie vom Pferd und ging mit Tiuvel am Zügel auf die Fremde zu. Auch aus der Nähe musste sie genau hinsehen, um in ihr eine Frau zu erkennen, denn sie trug keinen Rock, sondern merkwürdig weite, pludrige Beinkleider unter einem langen Wams und dicken Jacken. Auch ihr Kopf war gegen die Kälte verhüllt, sodass kaum etwas frei blieb. Ihre Augen waren von auffallend schönem, goldenem Braun, ihre Brauen schwarz.

»Hilfe?«, fragte die Frau. »Was Hilfe?«

Obgleich sich herausstellte, dass sie einige deutsche Worte beherrschte, konnte Hedwig ihr nicht erklären, was ihr Anliegen war. Immerhin gelang es ihnen, ihre Namen auszutauschen, was Hedwig Hoffnung gab.

Schließlich zog sie Borbála, die sich auch Bori nannte, hinter sich aufs Pferd, um sie mit zu ihren Reisegenossen zu nehmen und ihr zu verdeutlichen, worum es ging.

Die Bauern, die auf dem Weg zum Dorf zurückblieben, hatten sich als alte Leute und halbwüchsige Knaben entpuppt, die Bori nun besorgte Worte nachriefen, deren Bedeutung Hedwig sich denken konnte.

Bori hielt sich mit dem einen Arm um Hedwigs Taille fest und winkte mit der anderen Hand, in der sie ihren fremdartigen Bogen hielt, ab. Offenbar war sie es gewohnt, ihre eigenen Entscheidungen zu treffen, was Hedwig gefiel. Weniger Geschmack fand sie an dem Geruch, der von ihrer neuen Bekannten ausging. Sie stank wie eine schmutzige Ziege. Allerdings wollte Hedwig sich nicht dafür verbürgen, dass ihr eigener Geruch nach der tagelangen Reise wesentlich angenehmer zu ertragen war. Sie hütete sich, deshalb abfällig über Borbála zu urteilen.

Irina, die am Rande des Lagers auf und ab gegangen war,

sah sie zuerst und rief es den anderen zu, bevor sie ihr entgegengelaufen kam. Hedwig war froh, dass sich der Zustand ihrer Freundin trotz der schlimmen Lage gebessert hatte. Sie hustete zwar, war aber dem Fieber bisher entgangen. Ihre kleine Freude schwand dahin, als Irina flüchtig Bori musterte und dann zu ihr aufblickte. »Hoffentlich hast du Hilfe gefunden. Deinem Gatten geht es schlecht und Thomas noch schlechter. Es ist ein Wunder, wenn wir sie wieder auf ihre Pferde bekommen. Wenn sie noch eine Nacht hier draußen bleiben müssen, glaube ich nicht …«

Hedwig duldete nicht einmal für einen Augenblick den Gedanken, dass die Rettung zu spät kommen könnte. Ohne zu zögern und auch ohne weitere Erklärungsversuche Borbála gegenüber nahm sie die Befehlsgewalt an sich und sorgte dafür, dass alle sich wieder in Bewegung setzten.

## 13

# Im Drachental

Bori ritt ohne Zaum eines der leichter bepackten Handpferde, das Hüx führte, während vor ihr nun Wilkin in Tiuvels Sattel saß. Tatsächlich verlor er mehrfach die Besinnung, bevor sie Boris Dorf erreichten, und nur ihre Anwesenheit verhinderte, dass er stürzte.

Im Dorf rührte sich bei ihrer Ankunft nichts. Zuerst führte Hedwig es auf das immer dichter werdende Schneetreiben zurück, dass niemand sich blicken ließ. Doch als sie die sieben Holzhäuser betrachtete, aus denen die Ansiedlung bestand, überkam sie eine ungute Ahnung. Nur aus einem einzigen Dach stieg Rauch.

Bori führte sie zum größten der anderen Häuser, dessen Türrahmen mit einer geschnitzten Rose verziert war, und wies darauf, als lüde sie sie ein, es in Besitz zu nehmen. Ihre Freundlichkeit hatte sich merklich abgekühlt, seit sie Hedwigs Gefährten zu Gesicht bekommen hatte, was Hedwig ihr nicht verdenken konnte. Mitgefühl hatte sie allerdings nicht. Im Gegenteil war sie bereit, zu Waffengewalt zu greifen, um sich die notwendige Unterstützung für sich und ihre Gefährten zu verschaffen.

Mit Hüx' Hilfe brachte sie zuerst Wilkin in das leerstehende große Holzhaus, dann den kranken Thomas. Auch der zweite Knecht schaffte es nur noch taumelnd, sich einen Schlafplatz zu suchen und sich dort in eine Decke zu wickeln. Hedwig hatte draußen an der Hauswand einen kleinen Stapel Brennholz bemerkt und beauftragte den letzten arbeitsfähigen Knecht damit, es hereinzuholen. Irina übertrug sie es, ein Feuer auf der niedrigen, offenen Herdstelle zu entfachen, die sich mitten im ungeteilten, einzigen Raum des Hauses befand, und sich um Wilkin zu kümmern.

Alles andere erledigte sie Hand in Hand mit Hüx, dem die Erschöpfung ins Gesicht geschrieben stand, der aber ebenso eisern entschlossen durchhielt wie sie. Die wertvollsten Pferde brachten sie im Stall beim Haus unter, die restlichen sieben im nächstgelegenen. Bei dieser Unternehmung bestätigte sich Hedwigs Ahnung: Bis auf das eine bewohnte Haus und den dazugehörigen Stall war das Dorf verlassen. Flüchtige Blicke in die Gebäude zeigten ihnen, dass es darin nur spärliche Überreste von Einrichtung, Brennholz und altem Heu gab. Hedwigs ungutes Gefühl verstärkte sich. Unter gewöhnlichen Umständen wäre es ihr erstes Anliegen gewesen herauszufinden, was die Dorfbewohner vertrieben hatte, doch dazu fehlten ihr Zeit, Kraft und nicht zuletzt die nötige Sprachkenntnis.

Nachdem sie den Pferden Heu hingeworfen und das Gepäck ins Haus geschafft hatten, befahl sie Hüx, sich auszuruhen. Sie wollte auf keinen Fall, dass auch er noch krank wurde. Er schlief ein, kaum dass er sich hingelegt hatte.

Selbst hatte sie sich noch nicht schlafen legen wollen, doch als sie die Wärme des Feuers spürte, das Irina erfolgreich angefacht hatte, kam die lange verdrängte Müdigkeit mit Macht über sie, und sie musste sich eine Weile an den Herd hocken.

Nun war es Irina, die ihre Stärke bewies. Sie hatte inzwischen den Kranken Bettstätten hergerichtet, die im Vergleich zu denen der vergangenen Tage geradezu behaglich waren, auch wenn es sich nur um Decken und Schafsfelle auf nacktem Boden handelte. Irina reichte Hedwig einen Becher Wasser und ein Stück Schinken. »Geh zu Bett. Ich kann noch einige Stunden wach bleiben und wecke dich dann. Für heute hast du genug getan.«

Hedwig lächelte ihr dankbar zu. »Was ist mit Wilkin?«

Irina zuckte mit den Schultern. »Du kannst nichts anderes für ihn tun als ich. Ich werde ihm feuchte Wickel machen, um das Fieber zu senken.«

Schläfrig gab Hedwig ihr recht und begnügte sich damit, ihren sich unruhig wälzenden Gatten auf seine heißen, trockenen Lippen zu küssen, bevor sie sich in seiner Nähe niederlegte und im Geheul und Geklapper des ums Haus tobenden zunehmenden Schneesturms einschlief.

Wilkin überstand die Nacht, doch zu ihrer aller Entsetzen starb während Hedwigs Wache in den frühen Morgenstunden Thomas. Er hörte so überraschend auf zu atmen, als hätte ein Hauch des Sturms, der zwischen den Bohlen der Wände den Weg hereingefunden hatte, ihm sein Lebenslicht ausgeblasen. Hedwigs Sorge um Wilkin und die beiden anderen kranken Knechte stieg daraufhin ins Unermessliche. Die ganze Reise schien ihr auf einmal verflucht zu sein. Insgeheim fragte sie sich, ob Hans von Torgau sich besonders auf die Macht böser Flüche verstand und seinem Ältesten das Schlimmste gewünscht hatte.

Als sie Wilkins fiebriges Gesicht betrachtete und darauf wartete, dass er erwachte, erkannte sie allerdings, dass ihre Schwarzseherei und ihr Grusel vor dem verödeten Dorf ihren Ursprung in ihrer Erinnerung haben mochten. Allzu sehr ähnelte der kranke Wilkin in dieser einsamen Gegend dem sterbenden Richard im Wald. Wilkins Husten brachte ihr das Leid zurück, das sie gefühlt hatte, als sie seinen leiblichen Vater hatte begraben müssen. Einmal mehr ging ihr die Frage durch den Sinn, ob sie ihrem Gatten hätte erzählen sollen, wessen Sohn er in Wahrheit war. Sie hatte es aufschieben wollen, bis sie ihn besser kannte. Inzwischen bekam sie jedoch immer stärker den Eindruck, dass sie ihn damit nur belasten würde. Sein Ehrgefühl hätte von ihm verlangt, das Geheimnis zu offenbaren. Doch selbst wenn er sich zu der Entscheidung durchringen würde zu schweigen, hätte er vermutlich mit der Schande einer unehelichen Geburt nicht gut leben können. Für ihn hätte diese dunkle Wahrheit Hans von Torgau gewissermaßen das Recht gegeben, ihn zu hassen und zu schmähen. Er zog Kraft aus dem ungerechten Verhalten seines vermeintlichen Vaters.

Nein, sie wollte die Wahrheit noch eine Weile für sich behalten. Vielleicht konnte sie es ihm später einmal erzählen, wenn Hans von Torgau alt oder tot war und keine Rolle mehr spielte.

Falls es dieses »Später« noch geben würde. Sorgenvoll beobachtete sie, ob sich seine Brust hob und senkte. Seit Thomas' Tod prüfte sie immer wieder, ob Wilkin noch am Leben war. Als er schließlich die Augen aufschlug, war sie unendlich erleichtert, obwohl es bei seinem Zustand wenig bedeutete.

»Ich muss dir etwas sagen«, flüsterte er.

Es lief ihr kalt den Rücken herunter. Sie würde es nicht ertragen können, von ihm etwas zu hören, das klang wie das Geständnis eines Sterbenden. Dennoch war sie es ihm schuldig zuzuhören. Widerwillig, aber gehorsam neigte sie sich ihm zu.

»Es tut mir leid. Ich habe Fehler gemacht. Wir hätten auf dem geraden Weg bleiben sollen. Ich hätte dich nicht in diese Gefahr bringen dürfen.«

Hedwig berührte mit dem Finger seine Lippen, um ihn zum Schweigen zu bringen. »Du hast es gut gemeint. Niemand konnte wissen, was …«

»Hör mir zu. Du musst etwas wissen, wenn … Du musst etwas für mich tun, wenn ich sterbe. Ich hätte …«

Hedwig sprang auf und schüttelte den Kopf. »Ich will das nicht hören. Du wirst nicht sterben. Du bist jung und stark und wirst dieses verdammte Fieber überleben. Ich werde für Feuer sorgen, für Suppe und Fleisch, für Kräutersud, für alles, was du brauchst. Wir werden hierbleiben, bis du gesund bist. Es gibt keinen Grund, vom Sterben zu sprechen.«

Er streckte die Hand nach ihr aus, um sie zurückzuholen. »Hedwig«, flüsterte er, wie auch sein Vater es getan hätte: mahnend, bittend und trotz seiner Schwäche ein wenig verärgert. Durch das Flüstern unterschieden sich die beiden nicht einmal mehr im Klang der Stimme.

Irina trat zu ihr und legte ihr sanft eine Hand auf den Rücken. »Hör ihm zu, Hedwig.«

»Nein.« Abrupt drehte Hedwig sich um und verließ mit langen Schritten das Haus. Richard hatte sie nicht zu seinem Sohn geschickt, und sie hatte diesen Sohn nicht gefunden, damit sie ihm nun ebenfalls beim Sterben zusah. Sie stapfte durch die flachen Schneewehen und den leichten Schneefall zu dem bewohnten Haus, das dem ihren gegenüberstand, und pochte an die Tür.

Auch hier zeugten schöne Schnitzereien und durchbrochene Leisten am Vordach davon, dass das Gebäude einst mit Liebe und Geschick errichtet worden war. Abermals fragte sie sich, warum die Leute fortgegangen waren.

Borbála öffnete ihr die Tür, in der Hand ein langes Messer. Hinter ihr meckerten drei Ziegen, die zu erwarten schienen, dass jemand Futter brachte, wenn die Tür sich öffnete. Sie besaßen einen Verschlag in der Ecke des Hauses, in einer anderen war ein Ziegenbock an einem Strick angebunden, was den Gestank in der Behausung endgültig erklärte. Die Bewohner des Hauses schienen ihn nicht wahrzunehmen, sie saßen auffallend ruhig zusammen, als wären sie alle erschöpft. Nur ein verkrüppelter Junge, dessen rechter

Arm wie verdorrt aussah, zeigte leise Neugier auf die Besucherin.

Es dauerte lange, bis Hedwig Bori mit einem Mienenspiel und Gesten, die kein Gaukler hätte übertriebener ausführen können, verständlich gemacht hatte, dass sie Kräuter für fiebersenkenden und hustenstillenden Sud brauchte. Bori sagte es einer alten Frau, die beim Herd saß und so gebrechlich wirkte wie eine Hundertjährige. Die Alte holte ein Säckchen, das an einem Dachbalken gehangen hatte, und zog kleinere Beutel daraus hervor. Einzeln öffnete sie sie, roch am Inhalt und reichte schließlich drei von ihnen Hedwig. Hedwig bat auch um Essen, doch da zeigte Bori ihr ihre leeren Hände und zuckte mit den Schultern, sogar dann noch, als Hedwig ihr klargemacht hatte, dass sie dafür bezahlen wollte.

Da Hedwig sah, in welcher Gemeinschaft Bori lebte, konnte sie sich vorstellen, warum sie keine Nahrung hergeben wollte. Es schien, als seien nur die Steinalten und die kränklichen Halbwüchsigen im Dorf zurückgeblieben. Vermutlich war Bori diejenige, die für diese Leute sorgte. Hedwig dachte an ihr eigenes Haus voller Kranker und hätte Bori gern die Hand gereicht, doch das hätte diese vermutlich nicht verstanden. »Ich gehe jagen. Und wir teilen«, sagte sie daher und schoss mit einem unsichtbaren Bogen einen unsichtbaren Hasen.

Bori sah sie überrascht und zweifelnd an. »Jagen? Auch ich kann jagen«, sagte sie auf deutsch.

Ein Pochen an der Tür unterbrach ihr Gespräch. Hüx kam herein und schüttelte den Schnee aus seinem roten Haar. »Ist alles in Ordnung, edle Frau? Ich wollte nach den Pferden sehen und nach Heu und war ein wenig in Sorge, weil Ihr ...« Sein Blick fiel auf Bori, die er zum ersten Mal ohne ihre winterliche Vermummung sah.

Die Bäuerin war stattlich – in Hedwigs Alter, aber größer und breitschultriger als diese, auf Augenhöhe mit ihrem jungen Stallknecht. Ihr glänzendes, dickes schwarzes Haar trug sie in zwei lange Zöpfe geflochten, und obwohl sie nicht besser roch als am Vortag, schien sie nicht sonderlich schmutzig zu sein. Ihr Gesicht war breit, gebräunt und ebenmäßig genug, um reizvoll zu sein. Ob es daran lag oder an ihren üppigen Brüsten, vermochte Hedwig nicht zu deuten, jedenfalls war Hüx so von Bori angetan, dass es ihm offensichtlich die Sprache verschlug. Gebannt starrte er sie an, und Bori blickte zu Hedwigs Belustigung stolz zurück, ohne mit der Wimper zu zucken.

»Es ist alles in Ordnung, Hüx. Ich werde bald mit Bori auf die Jagd gehen, damit wir Fleisch in die Suppe bekommen. So lange musst du hier auf alles achtgeben. Wir haben viele Schutzbedürftige hier und wenige, die sie zu schützen in der Lage sind.«

Nach ihrer Rückkehr in das Haus mit der geschnitzten Rose setzte sie schweigend den Sud für die Kranken auf.

Missbilligend sah Irina sie an. »Wie kannst du so von ihm gehen? Er ist sterbenskrank und sorgt sich dabei noch um dich, und du rennst einfach weg. Bist du so hartherzig?«, wisperte sie.

Hedwig sah ihr trotzig in die Augen. »Ich will nicht, dass er mit dem Leben abschließt.«

Irina zog unwillig die Brauen zusammen. »Willst du das aus Liebe zu ihm oder aus Liebe zu dir selbst? Liebtest du ihn wirklich, würdest du …«

»Hedwig«, sagte Wilkin von seinem Lager aus, und diesmal flüsterte er nicht, sondern er befahl, wenn auch heiser.

Sie zögerte nicht zu gehorchen, so viel hatte Irina mit ihren Worten bewirkt. Zärtlich küsste sie ihrem Gatten die Wange, als sie sich neben ihn setzte. »Du musst bei mir bleiben«, hauchte sie ihm ins Ohr. »Versteh das. Ich kann dich nicht verlieren. Nicht auch dich noch.«

Er lächelte schwach, das erste Lächeln, das sie von ihm sah, seit sie vom geraden Weg abgewichen waren. »Ich werde deinen Sud trinken und schlafen, und es wird sicher wieder gut werden, mein Engel. Dennoch muss ich dir etwas sagen. Ich hätte es längst tun sollen. Friedrich hat mir Geld für König Sigismund mitgegeben, das er unbedingt erhalten muss. Es ist in meinen Satteltaschen. Bring es dem König, wenn ich es nicht kann. Aber schweig darüber. Man kann niemandem trauen, wenn es um Reichtümer geht.«

Auf einmal ergab ihre Reise für Hedwig einen anderen Sinn. Obwohl sie nicht glaubte, dass es für sie viel verändert hätte, wenn sie früher von dem gefährlichen Botendienst gewusst hätte, fühlte sie sich ein wenig betrogen. Nacht für Nacht hatte sie mit ihrem Gatten das Innigste geteilt, was sie sich vorstellen konnte, und die ganze Zeit über hatte er, den sie für so ehrlich hielt, dieses Geheimnis vor ihr gehütet. Womöglich hätte sie niemals davon erfahren, wenn unterwegs nichts vorgefallen wäre, und sie fragte sich, wie viele Dinge er noch vor ihr verbarg.

Doch dann fiel ihr ein, dass gerade sie kein Recht hatte, so zu empfinden, da sie selbst Geheimnisse vor ihm hütete. »Der König wird sein Geld erhalten, sei beruhigt«, sagte sie und erhob sich wieder, um herauszufinden, in welchem Zustand die beiden kranken Knechte waren. Auch um etwas zu essen wollte sie sich kümmern und nach Hüx und den Pferden sehen.

»Hedwig.« Dieses Mal klang Wilkin schwach und bittend.

»Ja? Brauchst du etwas?«

Wieder streckte er matt die Hand nach ihr aus, diese Geste, bei der sich ihr Herz zusammenzog, weil sie ihn und Richard gleichzeitig sah. »Kannst du ein wenig bleiben?«

Betroffen spürte sie, wie ihr die Tränen in die Augen schossen. Wenn du ihn liebtest … Auf einmal fühlte sie sich leer und erschöpft. Mit einem ungewollten Seufzen ließ sie sich neben ihm nieder.

»Es tut mir leid«, flüsterte er und schloss die Augen.

Sie umfasste mit beiden Händen seine Hand und legte sie sich in den Schoß. »Ja. Mir tut es auch leid.«

*Bist du so hartherzig?* War sie das? Lag es ihr wirklich mehr, für ein Pferd zu sorgen als für ihren Mann? Richard hatte sie zur Aufrichtigkeit erzogen, und sie konnte auch zu sich selbst ehrlich sein und erkennen, dass sie es nicht mochte, Kranke zu pflegen. Wenn ihr nichts anderes übrigblieb, dann konnte sie es, doch sie wäre jederzeit lieber einen Tag lang durch knietiefen Schlamm gestapft, um ein paar Vögel für die Krankenkost zu schießen, als einem Kranken seine Suppe einzuflößen. Sie schämte sich dafür, doch sie konnte seit Richards Tod das Elend anderer nicht gut aus der Nähe ertragen.

Hätte sie gewusst, wie viele solcher Nächte ihr noch bevorstanden, wäre sie vielleicht verzweifelt. Während draußen Schnee fiel, Stürme tobten und der Winter auf diese Art unaufhaltsam die Pfade über das Gebirge unpassierbar machte, genasen die beiden Knechte Karl und Laban von ihrem Fieber, doch Wilkin blieb in den Klauen der Krankheit. Zu Hedwigs Kummer schwankte sein Zustand so, wie sie es auch bei Richard gesehen hatte. Auf gute Tage, an denen er aufstehen konnte, folgten schlimme Rückschläge.

Immerhin war sie dieses Mal nicht allein. Irina erholte sich völlig und übernahm die meisten häuslichen Arbeiten. Hüx, Karl und Laban konnte sie ihre Versorgung mit Brennholz und die Sorge für die Tiere und deren Futter übertragen. Auf diese Weise konnte sie selbst sich Bori anschließen, wenn diese auf die Jagd ging. Die ungewöhnliche junge Bäuerin war vor allem eine geschickte Fallenstellerin und Hedwig in der Pirschjagd unterlegen, doch sie kannte die Eigenheiten des

Gebirgswildes, jeden Wechsel, die Futterplätze und die Wasserstellen. Es herrschte kein Überfluss an Wild, und die Tiere waren scheu. An manchen Tagen mussten die beiden Frauen weite Strecken zurücklegen, um Beute zu machen. Jedem fehlgegangenen Pfeil spürten sie mit scharfem Blick anhand der kleinen Schleifstellen und Löcher in der Schneedecke nach, damit ihnen die kostbaren Geschosse nicht ausgingen. Dennoch verloren sie viele, und noch dazu trugen sie Frostbeulen an den Fingern davon.

Trotzdem gelang es ihnen gemeinsam, die Menschen im Dorf vor dem bittersten Hunger zu bewahren. Ob sie damit gegen das Gesetz eines Grundherrn verstießen, wusste Hedwig nicht; sie sah darüber hinweg. Jeder Lehnsmann König Sigismunds musste ihnen nachsehen, wenn sie sich in dieser Notlage selbst halfen. Sie spürte, dass Bori nicht so unbefangen jagte wie sie, doch falls es zum Streit mit einem Grundbesitzer kam, wollte sie die Bäuerin in Schutz nehmen.

Auch nach Wochen war allerdings weder ein Grundherr noch sonst ein Mensch im Tal erschienen. Hedwig versuchte herauszufinden, warum das so war, doch entweder verstand Bori nicht, oder sie wollte nicht verstehen. Erst als sie auf einem Jagdausflug in ein Unwetter gerieten und Bori sie überraschend in einen Unterschlupf führte, wie sie ihn nie zuvor gesehen hatte, kam sie der Sache auf die Spur.

Durch einen Spalt im Fels betraten sie eine Höhle, die so tief in den Berg hineinreichte, dass ihr Ende in völliger Dunkelheit lag. Bori kannte diesen Ort offensichtlich gut. Mit wenigen Handgriffen hatte sie eine Pechfackel aus einem Winkel genommen und mit Feuerstein und Zunder, die sie stets bei sich trugen, entzündet.

*»Most megmutatom neked a sárkány barlangját«*, sagte sie und winkte Hedwig, ihr zu folgen. Mit klopfendem Her-

zen stieg Hedwig hinter Bori in die Tiefe und bestaunte im flackernden Licht der Fackel einen Palast aus bräunlichem Gestein. Zähne, Säulen, Kronen und Vorhänge schienen aus dem Fels gewachsen und machten Hedwig sprachlos vor Ehrfurcht. Schließlich blieb Bori stehen und zeigte auf eine weitere Höhle, in der ähnliche Gebilde weiß schimmerten und glänzten.

»*Ott már jég van. Odáig nem megyünk. Itt élt a sárkány*«, sagte sie. ›*Sárkány*‹ sagte sie nun zum zweiten Mal, und Hedwig hatte es schon verstanden, bevor Bori sich bückte und etwas vom Boden aufhob. Es war ein riesiger Schädel, so monströs und fremdartig, dass es nur eine Erklärung gab. Bori hatte sie in die ehemalige Behausung eines Drachen geführt. Verdutzt ließ Hedwig sich von ihr den Schädel in die Hände drücken und betrachtete ihn.

»Wegen Furcht sind sie gegangen. Furcht vor ihm und seinen bösen Männern«, sagte Bori auf Deutsch.

»Aber der Drache ist tot. Wer sind die bösen Männer?« Neugierig musterte Hedwig ihre Begleiterin, doch diese zuckte nur mit den Schultern, nahm ihr den Schädel aus der Hand und legte ihn zurück auf den kleinen Knochenhaufen am Boden. »*A sárkány soha nem hal meg*. Der Drache stirbt nie«, sagte sie.

Am selben Tag erfuhr Hedwig, dass einer ihrer Reisegefährten längst mehr über Borbála und die Dorfbewohner wusste als sie. Bei ihrer späten Rückkehr, nach dem heftigsten Toben des Unwetters, kam Hüx ihnen entgegen, und seine Erleichterung galt eindeutig ebenso sehr Bori wie ihr, wenn nicht sogar mehr. Er nahm ihr den von Hedwig erlegten Rehbock ab, obgleich sie ihn mit Leichtigkeit über den Schultern zu tragen schien. Hedwig hatte ihr unterwegs angeboten, sich mit der Last abzuwechseln, doch sie hatte gelacht und abgewehrt.

»Beim nächsten Mal gehe ich mit«, sagte Hüx, so entschlossen wie ungehalten. Auch daraufhin lachte Bori, was Hedwig ahnen ließ, dass sie viel mehr verstand, als sie ihr gegenüber zugab.

An diesem Tag erhielt Hüx, nachdem er den Dorfbewohnern ihren Teil Fleisch gebracht und dafür auffallend lange gebraucht hatte, von diesen drei goldbraune geräucherte Käselaibe. »*Ostipok*«, sagte er und überreichte sie Hedwig.

Seine Stimme klang ein wenig belegt, deshalb musterte sie ihn besorgt. Seine geröteten Wangen und der Glanz seiner Augen ließen sie befürchten, dass auch er nun krank wurde. »Fühlst du dich nicht wohl?«, fragte sie.

Er sah sie an und lächelte auf einmal strahlend. »Doch. Ging mir nie besser, edle Herrin. Und Bori sagt … sie sagt, es gäbe eine Scheune weiter hinten im Tal, etwas versteckt, in der Heu liegt. Eine Weile können wir es also hier aushalten. Wenn auch …«

Hedwig nickte und winkte ab. »Wenn wir auch nicht alle Pferde hier über den Winter bringen können, ich weiß. Bori muss dich mögen, wenn sie dir das mit dem Heu verraten hat. Mit mir spricht sie kaum.«

»Oh. Nein, nein. Sie mag Euch. Aber sie kennt ihren Stand. Und den Euren. Sie sorgt sich, weil der Grundherr durch uns von ihr erfahren könnte, und sie hätte es lieber, wenn er es nicht täte.«

»Aber warum?«

»Sie ist nicht unfrei, aber sie stammt aus einem Dorf von Leibeigenen in der Zips und ist ohne Erlaubnis von dort fortgegangen. Käme es heraus, würde sie zurückgebracht und leibeigen gemacht. Als freie Bäuerin müsste sie Abgaben leisten, die sie nicht aufbringen könnte. Außerdem würde sie für die Jagd bestraft, wenn man sie und Euch erwischte. Niemand würde dann noch für die Leute hier sorgen.«

»Das hat sie dir alles erzählt? So gut spricht sie unsere Sprache? Dann hat sie mich sehr gut getäuscht.«

»Sie hat es von den deutschen Bergleuten in der Zips gelernt, wo sie unter Tage gearbeitet hat, bis sie es nicht mehr aushielt. Aber ganz verständlich spricht sie nicht. Es hat lange gedauert, bis ich das alles herausbekommen hatte.«

»Und hast du auch erfahren, wo die anderen Dorfbewohner hingegangen sind? Sie meinte, sie hätten sich vor einem Drachen gefürchtet.«

»Das Leben hier war schwierig für sie geworden. Die Abgaben wurden immer höher bemessen. Dann fand eines Tages einer der jungen Bauern in den Bergen den Drachenschädel und brachte ihn mit ins Dorf. Die älteren Leute schlugen die Hände über den Köpfen zusammen und sagten, das wäre ein böses Omen dafür, dass der große Drache, der auf dem Land sitzt, es noch schlimmer treiben und sie alle zugrunde richten würde. Da haben sie ihre paar Sachen zusammengepackt und sind davongezogen.«

»Was soll das für ein Drache sein? Und wo sind sie hin?«

Hüx druckste herum, zuckte mit den Schultern und sah sich im Haus um, als suchte er eine Aufgabe, in die er sich rasch flüchten konnte.

»Nun sag schon. So schlimm kann es doch nicht sein«, drängte Hedwig ihn.

»Es ist besser, wenn Ihr es nicht wisst, edle Frau.«

Er hängte das edle Frau an, um ihr einen Fingerzeig auf die Grenze zwischen ihnen zu geben, wie sie wohl merkte. Es verletzte sie ein wenig, dass er auf dem Standesunterschied beharrte und nicht mehr Vertrauen zu ihr hatte. Zufriedengeben konnte sie sich mit der Auskunft nicht. »Ich werde es für mich behalten, aber ich will es wissen, Hüx.«

Mit sichtlichem Unbehagen ergab Hüx sich in sein Schicksal, sprach aber sehr viel leiser als zuvor. »König Sigismund ist der Drache, Herrin. Und das Ziel der Leute war Böhmen. Sie sind gegangen, um sich den Hussiten anzuschließen. Seid barmherzig, ich bitte Euch.«

Unwillkürlich warf Hedwig einen Blick auf Wilkin, der auf der anderen Seite des Raumes neben dem Herd schlief. Auch sie sprach nun nur noch sehr leise. »Du hast recht, Hüx. Das behalten wir besser für uns.«

Es vergingen noch einige Tage, bevor eine weitere Entdeckung Hedwig erschütterte. In einer der kalten, doch sonnigen Stunden des Dezember sah sie Irina zum Bach gehen, um Wasser zu holen, beschloss, ihr zu helfen, und folgte ihr in einigem Abstand. Sinnend stand ihre Freundin am Ufer des Wasserlaufs und blickte zu den Berggipfeln. Beide Hände hatte sie auf ihren Bauch gelegt, der so deutlich gewölbt war, dass Hedwig nicht begriff, wie sie das in den vergangenen Wochen hatte übersehen können. Irina wurde ihrer gewahr, wandte sich zu ihr um und verzog schmerzlich das Gesicht. »Oh. Hast du es nun endlich bemerkt?«

»Endlich? Warum hast du es mir nicht gesagt? Wann ist das geschehen? Wer ist der Vater?«

Irina seufzte müde. »Darum habe ich es dir nicht gesagt. Wegen all dieser Fragen. Was sollte ich dir erzählen? Ich habe gehofft, es wäre nicht wahr. Der Vater ist nicht mein Gatte, wie du wohl weißt. All die Jahre mit Adam hätte ich gern ein Kind gehabt, habe aber nie eines empfangen. Und nun dies. Ich muss unserem Herrgott sehr missfallen, dass er mich so straft.«

Hedwig wusste, dass sie ihre Freundin hätte trösten sollen, war jedoch zu fassungslos. »Sag mir bitte, wer der Vater ist. Er darf dich nicht …«

Mit einem wütenden Funkeln in den Augen wandte Irina sich ihr zu. »Was darf er nicht? Alles dürfen sie, die Männer. Solange sie sich nur an denen vergehen, die geringeren Standes sind. Ein fahrendes Weib hat keine Rechte. Das wusste schon meine Mutter so gut wie meine Schwestern.«

Jäh verstand Hedwig, und gleichzeitig durchfuhr eisige Angst sie. »War es an dem Huldigungsabend, als ich mit zur Jagd geritten bin? Irina, es war doch nicht mein Onkel?«

Ihre Freundin schüttelte den Kopf. »Nein. Dein Onkel ist anständiger als sein Ruf. Es gibt zwei Möglichkeiten. Entweder war es der noch lebende Bruder deines Gatten – die Hölle möge ihn auf ewig verschlingen –, oder es war Cord.«

Hedwig wich von ihr zurück. »Nein.« Mehr brachte sie nicht hervor, ihr Verstand war gelähmt. Cord?

Irina sah ihr kühl in die Augen. »Welche Möglichkeit erschüttert dich mehr? Fragst du mich, so hoffe ich von Herzen, dass Cord der Vater ist. Er hat mir keine Gewalt angetan, und ein Kind von ihm wäre nicht grässlich, wenn ich die Schande überlebe, es ledig zur Welt zu bringen. Denn heiraten wird er mich so wenig wie der verfluchte von Torgau. Nicht, dass ich mir den als Gatten wünschte. Ich würde ihn vergiften.«

Hedwig sah Cords lachendes Gesicht vor sich, spürte wieder seinen Kuss, seine Hand auf ihrem Arm. Verwirrt schloss sie die Augen und fühlte dem Schmerz nach. Es war schlimm genug, dass er Irina in diese Lage gebracht hatte. Doch seine Tat verletzte sie weit darüber hinaus, als hätte er ihr die Treue gebrochen. Dabei war er ihr durch nichts verpflichtet, wie sie sehr wohl wusste. Sie hatte einen anderen geheiratet. »Cord. Wann hast du mit ihm …?«

Ihre Worte kamen stockend heraus, und ihr Gesicht musste wie ein offenes Buch sein, denn Irina schnaubte abfällig. »Es war ein einziges Mal. Wir waren beide traurig. Und er hat dabei an dich gedacht, falls es das ist, worüber du nachdenkst.« Brüsk ließ sie Hedwig stehen und ging zum Haus, die Hände wieder auf ihren Bauch gelegt, als hätte sie von nun an nicht mehr vor, ihre Schwangerschaft zu verbergen.

Hedwig hingegen blieb noch lange stehen und betrachtete das hämische Glitzern der schroffen, weißen Winterberge, die sie umgaben.

*

Seit es Wilkin besser ging, hatte er begonnen, die verstreichenden Tage mit Kohlestrichen an einer Wand zu markieren. Er hatte sich damit abgefunden, dass seine falschen Entscheidungen sie alle dazu verdammt hatten, in einer verwunschenen Einöde den größten Teil des Winters zu verbringen. Um über die Folgen nachzudenken, die das für ihn haben würde, fehlte ihm die Kraft. Vorerst war er dankbar für jeden Tag, an dem sein Fieber ihn verschonte und er einigermaßen frei atmen konnte. Es war, als wolle das Schicksal ihn eindringlich lehren, was Beschämung bedeutete. Als hätte er seine Lektion nicht spätestens bei der Hinrichtung seines Bruders gelernt, warf es ihn gleich wieder zu Boden.

Seine Krankheit und die Umstände, die damit zusammenhingen, gehörten zu dem Bedrückendsten, was er jemals erlebt hatte. Solange er unverheiratet gewesen war, war ihm nie etwas Ähnliches zugestoßen. Und gerade jetzt, wo er die Verantwortung für seine Frau trug, wurde er schwach wie ein Knabe und musste zusehen, wie sie auf ihre unbedachte Art das Heft in die Hand nahm, so gut sie es vermochte. Er war sicher, dass sie sich nur deshalb wieder so roh und unweiblich verhielt, weil er ihr nicht der Mann war, der er hätte sein sollen. Sie hätte es niemals nötig haben dürfen zu jagen, um zu essen, oder allein auf Kundschaft zu reiten. Wie sollte sie ihn respektieren können, wenn er sie nicht vor solcher Männerarbeit bewahrte?

Er musste sich schnellstens erholen und sie an Sigismunds Hof bringen. Dort würde sie wieder die anmutige Edelfrau sein dürfen, zu der ihre Geburt sie bestimmt hatte, und kein gegen die Kälte in Felle und Lumpen gehülltes Weib, das lästerlich fluchte, weil ein Messer zu stumpf war, um einen Hasen abzubalgen.

Nicht dass sie nicht dennoch begehrenswert gewesen wäre. Während alle um sie her kränkelten, matt und übellaunig waren, strahlte sie Gesundheit und Zuversicht aus. Einzig nachdem herausgekommen war, dass ihre Irina zu Fall gekommen war, hatte sie sich einige Tage verstört verhalten, was er ihr nachfühlen konnte. Er war über diese Neuigkeit ebenfalls noch nicht mit sich im Reinen. Die Frauen hatten ihm nicht verraten wollen, wer der Vater war, doch früher oder später würde die Wahrheit schon ans Licht kommen. Vorerst versuchte er, den wachsenden Bauch zu übersehen, und dachte höchstens über die nächstliegende Frage nach: Wie sollte die am Ende des Winters hochschwangere Frau die anstrengende Weiterreise nach Ofen überstehen?

Im Laufe der nächsten Wochen kreisten Wilkins Gedanken so wie die aller anderen allerdings nur noch darum, wie sie den Winter überleben sollten. Sehr bald entschieden sie, die drei schlechtesten Pferde zu töten, um Futter zu sparen und Fleisch zu gewinnen. Sie machten Vorräte von geschlagenem Holz im nahen Wald ausfindig und durchsuchten die leerstehenden Gebäude nach Krumen von Essbarem und Dingen, mit denen sie sich die Zeit vertreiben konnten. Viel fanden sie nicht, doch immerhin ein altes Bankbrett, auf das Wilkin mit Ruß und einem kreidigen weißen Stein die Dreieckszacken für das Feld eines Wurfzabelspiels zeichnete. Mit geschnitzten Spielsteinen und den Würfeln eines der Knechte lehrte er Hedwig die Regeln. Zu seinem Glück begeisterte sie sich für das Spiel, und sie verbrachten gemeinsam viele Stunden damit.

Immer offener machte derweil Hüx Borbála den Hof. Wenn es nicht längst darüber hinausging, was sie zusammen taten, so wie Wilkin es vermutete. Der junge Pferdeknecht wirkte auf einmal reif und zufrieden und ließ sich einen Bart stehen, der von hinzugewonnener Männlichkeit zeugte.

Auch Wilkin gewann seinen männlichen Stolz nach und nach zurück. Als der Taumonat begann, begleitete er die Frauen auf der Jagd und war wieder stark genug, die Beute zum Dorf zu tragen. Am Ende des Monats war der Schnee im Tal geschmolzen und das Wetter beständig sonnig. Wilkin ritt mit Karl und Laban zu den Pässen, musste aber enttäuscht umkehren. Seine Ungeduld wuchs, doch der Ostermond kam, bevor die Wege endlich passierbar waren und sie aufbrechen konnten.

Zu dieser Zeit konnte keine Rede mehr davon sein, dass Irina sie begleiten würde. Sie war die Erste, die es für besser hielt zurückzubleiben.

»Dann bleibe ich auch«, sagte Hedwig, wie Wilkin es nicht anders von ihr erwartet hatte. Er wusste, dass es ihr grausam erscheinen musste, wenn sie Irina allein ließen, aber den Weg ohne Hedwig anzutreten, war für ihn ausgeschlossen.

»Ich glaube, Hüx wird nichts dagegen einzuwenden haben, bei Irina zu bleiben. Wir werden bei der ersten Gelegenheit Unterstützung hierherschicken. Und im Juni, wenn das Kind wahrscheinlich auf der Welt ist, lassen wir sie zu uns nach Ofen holen. Oder dorthin, wo wir dann sind.«

Seine Gemahlin war nicht zufrieden damit, es stand deutlich in ihrem Gesicht zu lesen. Erneut kränkte es ihn, dass sein Wunsch für sie nicht über allem anderen stand, aber auch, dass sie überhaupt in Erwägung zog, ihn allein ziehen zu lassen.

»Aber … Das gefällt mir nicht«, sagte sie.

Sanft drehte er sie so, dass sie ihm in die Augen sah, und umarmte sie. »Und mir gefiele nicht, ohne dich zu gehen.

Ich möchte dich in meiner Nähe haben, und das an einem Ort, der deinem Stand gebührt. Willst du mir diese Freude rauben?«

»Nein, gewiss nicht. Aber …«

Er schüttelte traurig den Kopf. *»Aber.* Es gibt kein Wort, das ich häufiger von dir höre. Ich kann verstehen, dass du meine Entscheidungen anzweifelst. Ich habe Fehler gemacht. Doch in dieser Sache bin ich völlig sicher. Es ist das einzig Richtige, wenn du mit mir kommst. Wir gehören zusammen, Hedwig. Ich will nicht ohne dich sein.« Liebevoll strich er über ihr anrührend feines, hellblondes Haar und streichelte ihr Gesicht. Sie teilte längst wieder sein Lager, und so widerspenstig sie sich sonst oft zeigte – nachts in seinen Armen war sie anschmiegsam und zärtlich. Sie daran zu erinnern, schien der beste Weg zu ihrer Einsicht zu sein; er spürte, wie sie innerlich nachgab.

»Du hast recht. Hüx und Borbála können auf Irina achtgeben.«

## 14

# Das Versteck der Hussiten

Es dauerte einen Monat, bis sie Ofen erreichten, und auch dieser Teil ihrer Reise verlief durch das unstete Frühjahrswetter nicht reibungslos, verschonte sie jedoch mit weiteren ernsten Unglücksfällen. Sosehr Wilkin sich danach sehnte, Hedwig endlich die Anstrengungen ersparen zu können, war er doch ein ums andere Mal erleichtert, dass sie so genügsam und belastbar war. Er wusste, dass es Frauen gab, mit denen er nicht einmal die einfachen Teile der Reise gemeistert hätte.

Trotz dieser Einsicht fühlte er sich vor allem ihretwegen unwohl, als sie sich den Toren der königlichen Residenzstadt näherten, die eindrucksvoll auf ihrem Berg über der mächtigen Donau thronte. Er hoffte, dass seine Gemahlin sich rechtzeitig daran erinnern würde, wie eine Edelfrau sich in vornehmer Gesellschaft geziemend benahm. Ihr Kleid hatte sie immerhin bei ihrer letzten Rast gewechselt, und ihr Haar war bedeckt, doch ihren Bogen abzuspannen und auf das Gepäck zu schnüren weigerte sie sich strikt. Wie üblich trug sie ihn und den Pfeilköcher über dem Rücken.

Seine Hoffnung, dass sie sich unauffällig verhalten möge, war schon zunichtegemacht, als sie im Innenhof der Ofener Burg von den Pferden gestiegen waren und sie darauf bestand, ihren Tiuvel selbst in einen der Ställe zu bringen und zu versorgen. Nachdem sie im Winter insgesamt fünf ihrer Pferde hatten schlachten müssen und es ihnen nur mit großer Not gelungen war, ausreichend Futter für die verbliebenen Tiere aufzutreiben, hing sie noch besorgter an ihrem verrückten schwarzen Ross als zuvor.

Manchmal glaubte er, sie liebte das Tier mehr als ihn. Dabei war auch er froh, dass seine Pferde ihm bis auf eines erhalten geblieben waren, schon allein, weil er sie nicht so bald hätte ersetzen können. Nach der gewaltigen Verzögerung, mit der er Sigismund sein Geld brachte, würde dieser kaum geneigt sein, ihm eine Belohnung für seinen Dienst zuzusprechen.

Obwohl es vermutlich auf eine Stunde mehr oder weniger nun nicht mehr angekommen wäre, konnte er seine Ungeduld kaum bezwingen. Sobald er sichergestellt hatte, dass Hedwig höfische Bedienstete zur Verfügung standen, die ihr halfen, sich zurechtzufinden, beeilte er sich, dem König seine Ankunft melden zu lassen.

Er musste nicht lange warten, bis er vorgelassen wurde, wenn auch zunächst nicht zum König, sondern zu Konrad von Weinsberg, dessen Schatzmeister.

»Die Nachrichten, die wir erhielten, brachten uns dazu, Euch und das Geld verloren zu geben, Wilkin von Torgau. Die kurfürstliche Gesandtschaft, die den Weg über die Donau genommen hat, ist schon vor Monaten eingetroffen. Ist Euch bekannt, dass zudem Euer Bruder Ludwig sich hier in Ofen aufhält? Er ist Euch mit seinen Männern auf dem geraden Wege von Krakau nach Ofen gefolgt, um Eure Begleitung zu verstärken, und war bestürzt, als er Euch weder unterwegs fand noch hier antraf. Wie ist das zu erklären?«

Wilkin durchfuhr eine Welle der Erleichterung. Wenn Ludwig ihm mit bewaffneten Männern gefolgt war, dann gewiss nicht, weil er ihm hatte beistehen wollen. Es schien, als hätte er bei allem Ungemach, das dadurch entstanden war, doch recht damit gehabt, vom geraden Weg abzuweichen. »Ich bitte Eure Durchlaucht und seine Majestät König Sigismund kniefällig um Vergebung für die Verspätung. Eine Verkettung widriger Umstände hat meine Reise behindert. Ich wusste nicht, dass mein Bruder Kenntnis von meinem Auftrag und meiner Reiseroute hatte und plante, mir zu folgen. Andernfalls hätte ich ihm die geeignete Nachricht hinterlassen. Doch wie Ihr seht, war seine Hilfe unnötig. Die größte Bedrohung unterwegs waren die Unbilden des Winterwetters. Ich war mit meiner Begleitung monatelang in einem Tal eingeschlossen.«

»Dann müsst Ihr vom geraden Weg abgewichen sein.«

»In der Tat. Ich hatte Grund, einen Überfall zu erwarten, und wollte diese Gefahr umgehen. Leider ist mein Führer verunglückt, sodass ich mich danach mit wenig zuverlässigen Auskünften einheimischer Bauern behelfen musste, was nicht zuletzt sprachlich schwierig war.«

»Ich verstehe, ich verstehe. Ein grausames Kauderwelsch, welches das Volk hier spricht, nicht wahr? Ohnehin ein jämmerliches Volk. Faul und aufsässig. Gäbe es nicht den Erzbergbau und die deutschen Bergleute, dann wäre aus diesem Land kaum etwas herauszuholen.«

»Nun, darüber steht mir kein Urteil zu. Ich war allerdings erstaunt darüber, ein Dorf so verödet zu finden wie jenes, in dem wir den Winter verbrachten. Nur einige Alte und Krüppel waren zurückgeblieben.«

Von Weinsberg wurde hellhörig, seine Augen verengten sich, seine Lippen wurden schmal. »Ach? Und wo, sagt Ihr, liegt dieses Dorf?«

Wilkin beschrieb ihm das Tal und den Weg dorthin, so gut er konnte, und erfuhr durch die Nachfragen des Schatzmeisters, wie nahe sie im Winter der böhmischen Grenze gewesen waren. »Das ganze Dorf wird zu den verfluchten Hussiten übergelaufen sein. Die Pest möge sie alle holen. Und die magyarischen Edlen gleich mit, aber das nur unter uns.

Stecken doch insgeheim mit den Hussiten unter einer Decke. Wie könnte es sonst ein Grundherr zulassen, dass ihm seine leibeigenen Bauern im Dutzend weglaufen? Einfangen müsste man sie und die Hälfte von ihnen auspeitschen und aufhängen. Aber uns fehlen die Männer, um uns auch darum noch zu kümmern. Dabei ist der Schaden erheblich, der uns durch verödete Dörfer entsteht.«

»Ich habe die Order, Euch meine Kräfte zur Verfügung zu stellen, bin aber mit den Eigenheiten des Landes nicht ausreichend vertraut. Ich wollte seine Majestät allerdings darum bitten, eine kleine Abordnung in besagtes Tal zu schicken, da ich die Zofe meiner Gemahlin dort zurücklassen musste. Sie war in einem fortgeschrittenen Zustand guter Hoffnung und konnte nicht mehr reisen.«

»Ah. Ist es Euer Kind? Oder warum wollt Ihr solchen Aufwand treiben? Eine neue Zofe findet sich hier leichter als ein halbes Dutzend waffenfähiger Männer, die man auf solch eine nebensächliche Reise schicken könnte. Sigismund wird von allen Seiten bedrängt, und die kümmerliche Unterstützung, die er von den deutschen Fürsten erhält, ist nicht der Rede wert. Kurfürst Friedrich stellt selbstverständlich eine löbliche Ausnahme dar. Wenn auch ... Aber das führt für den Augenblick zu weit. Kurz gesagt, für Euer Anliegen sind die Aussichten schlecht. Ich würde an Eurer Stelle seine Majestät gar nicht damit behelligen.«

* *

Hedwig ließ sich von Wilkin erklären, warum es nicht möglich war, sogleich jemanden zurück in das Drachenhöhlental zu schicken, um Irina und Hüx beizustehen. Sie verstand die Gründe, konnte aber dennoch nicht fassen, dass er sich damit abfand. »Du wirst doch drei oder vier Männer finden und anwerben können, die mit Karl oder Laban einen Wagen und eine Hebamme ins Tal bringen können. Das Wetter ist gut, sie würden nur halb so lange brauchen, wie wir gebraucht haben.«

Sie saßen sich in einer der großen Fensternischen im Obergeschoss der Burg gegenüber. Wilkin blickte mit verschlossener Miene hinaus auf eine von Arbeitern wimmelnde Baustelle. Als Auswuchs der Burgmauer entstand hier eine gewaltige runde Bastion. Auf dem gesamten Burggelände wurde gebaut und ausgebessert. »Anwerben bedeutet, dass ich die Leute bezahlen müsste, Hedwig. Ich habe von Friedrich gerade genug Geld bekommen, um die Reise und die Knechte zu bezahlen. Bevor ich weiß, welche Kosten mich hier erwarten, kann ich keine Männer anwerben, die jederzeit drei bessere Angebote von reicheren Herren annehmen können.«

Hedwig beugte sich auf der steinernen Bank vor und berührte seine Hand. »Aber es wird doch ein paar ehrenhafte Männer geben, die es tun, um einer Frau in Not zu Hilfe zu eilen.«

Er schüttelte unwillig den Kopf. »Irina ist keine Frau von Stand. Und sie ist ... Nun, du willst nicht, dass zu viel Aufmerksamkeit auf die Frage gelenkt wird, wer der Vater ihres Kindes ist, nicht wahr? Es könnte öffentlich werden, dass sie bereits länger als ein Jahr Witwe ist.«

Hedwig hätte ihm gern entgegnet, dass Irina keine Schuld an ihrer Schande trug, doch da sie es nicht aufrichtig tun konnte, ohne ihm von beiden möglichen Vätern und den Umständen der Zeugung zu erzählen, schwieg sie. Sie konnte ihm weder sagen, dass es das Kind seines verworfenen Bruders Ludwig war, solange sie alle sich an König Sigismunds Hof befanden, noch brachte sie es über sich, Cord in diesem Zusammenhang überhaupt zu erwähnen.

Ludwig, der es meisterhaft verstand, ihr und Wilkin gegenüber eine gleichgültige Höflichkeit zu heucheln, ekelte sie maßlos an. Er war füllig, sein ovales, rasiertes Gesicht glänzte stets fettig. Obgleich er vier Jahre jünger war als Wilkin, verfügte er über eine größere Barschaft und ließ das bei jeder Gelegenheit sehen. Selbst wenn Hedwig das Ausmaß seiner Verdorbenheit nicht gekannt hätte, hätte sie ihn nicht gemocht. So aber war seine Anwesenheit die Krönung einer ohnehin für sie unangenehmen Lage.

Sie spürte, wie wichtig es für Wilkin war, dass sie bei Hof einen vorteilhaften Eindruck machte. Deshalb hatte sie sich rasch all den Prozeduren unterzogen, die aus ihr eine untadelhafte und ansehnliche Edelfrau machten. Ihre Stirn war ausrasiert, ihre blonden Augenbrauen zu feinen Strichen gezupft, ihre Hauben und Schleier saßen jederzeit makellos, und ihre feinen Gewänder, die auf der Reise in den Packtaschen und Bündeln ein wenig gelitten hatten, waren aufgefrischt worden. Sie bewegte sich gemessenen Schrittes durch die gewaltige Burg, sprach leise, besuchte die Messen, verbrachte nur die nötigste Zeit bei ihrem Pferd und ließ den Bogen in dem kleinen Saal, den sie mit einigen anderen Gästen teilten. Kurz – sie bemühte sich, Wilkin in jeder Hinsicht zur Zierde zu gereichen, damit er sich eine angemessene Stellung in Sigismunds Hofstaat verschaffen konnte. Leicht fiel es ihr nicht, und umso schwerer, da sich die anderen Frauen in der Umgebung als abweisende Geschöpfe erwiesen, die mit nichts anderem beschäftigt zu sein schienen, als an ihren Standesgenossen herumzumäkeln und sich selbst in den Vordergrund zu stellen. Königin Barbara, deren Ehe mit Sigismund nicht die glücklichste war, weilte nicht in Ofen, sondern in Bayern.

Den größten Teil ihrer Zeit blieben die Frauen in der Kemenate unter sich. Nur Geistliche hatten stets Zutritt zum Frauengemach, die anderen Herren mussten sich an gewisse Zeiten halten. Kamen sie dann – und das taten sie zumeist im Dutzend –, achteten besonders die älteren Frauen streng darauf, dass die jüngeren auf ihren Plätzen sitzen –, die Herren aber stehen blieben. Sogar in den raren Fällen, wenn der König selbst sie beehrte, gab es davon keine Ausnahme.

So unterhielt man sich dann gemeinsam, bis die Zeit der Herren um war und sie von der ranghöchsten Edelfrau, die in Ermangelung der Königin als Burgherrin auftrat, hinausgewiesen wurden. Hedwig wusste bei diesen Gelegenheiten selten etwas zu sagen, beinah war ihr, als spräche die Hofgesellschaft hier eine weitere ihr fremde Sprache. Oft schienen zwischen den Worten geheime Bedeutungen verborgen, die nur sie allein nicht verstand, wenn sie nach dem Lachen oder den Unmutsäußerungen der anderen urteilte.

»Wie könnt' ein zartes, hübsches Mädchen mein Herz heilsamer schmücken?«, fragte einer der Herren, und die Frauen lachten laut, mit roten Gesichtern, während die Herren schmunzelten.

»Der Wolkensteiner sagt den bösen Frauen giftige Schwänze nach«, platzte eine der jüngeren Frauen heraus, woraufhin eher die Herren lachten.

»Der Dichter hat so viel Sorgen ums Gift wie seine Majestät selbst«, war die Entgegnung.

Dies nahm die Burgherrin ernst. »Stimmt es, dass Sigismund sich ein neues Silbergeschirr bestellt hat, das mit Natternzungen besetzt ist, die ihm Gift anzeigen sollen, wenn da welches ist?«

»Aber gewiss. Seine Majestät hat großes Vertrauen in solche Wunderwerke.«

Nachdem die Herren gegangen waren, besprachen die Frauen deren Benehmen, Beinlinge und Waden.

Hedwig machte lächelnd gute Miene zu allem und gab sich große Mühe, die schwierigen Regeln zu begreifen und zu befolgen, die es in dieser Gesellschaft gab. Sie versuchte, sich daran zu erinnern, wie es in ihrer Kindheit auf Friesack zugegangen war, und kam zu dem Schluss, dass ihre Mutter sich nur selten mit den anderen Frauen abgesondert hatte. Wie ein Paradies erschien ihr die kleine Burg im Nachhinein, und sie wünschte sich sehnlichst, eines Tages mit Wilkin auf diese Art leben zu können.

Sie hatte gehofft, dass sie wenigstens Köne in Ofen antreffen würde. Noch immer hätte sie sich darüber gefreut, ihren Bruder besser kennenzulernen. Doch Köne befand sich mit einem Kundschaftertrupp in der Walachei, um die Bewegungen des osmanischen Heeres im Auge zu behalten. Etliche Male waren am Hof schon Nachrichten von Kämpfen eingetroffen, in die er mit seinen Männern verwickelt gewesen war.

So blieb Hedwig in der folgenden Zeit weitgehend allein und hatte Muße im Überfluss, um Irina und Hüx zu vermissen und sich um Irina zu sorgen. Ihr Gemahl tat sein Bestes, in Sigismunds Gefolge Fuß zu fassen, was zumeist bedeutete, dass er noch lange mit den königlichen Rittern aufblieb, wenn sie zu Bett ging.

Oft lag sie dann wach auf dem mit Leinen und Brokat bedeckten Lager aus Stroh und Fellen, welches sie nicht bequemer fand als ihre Schlafstätten auf der Reise, wenn es auch kostbarer aussah. Flöhe und Wanzen gab es womöglich mehr darin. Besonders wenn sie so wachlag, dachte sie an Irina und fühlte sich schuldig. Sie stellte sich vor, wie ihre Freundin unter ärmlichsten Bedingungen ein Kind zur Welt bringen musste. Viel wusste sie nicht darüber, wie eine Geburt ablief, aber einiges hatte sie doch aufgeschnappt.

Zwei Wochen lang hegte sie noch die Hoffnung, dass Wilkin eine Möglichkeit finden würde, Männer und vielleicht eine Hebamme zu entsenden, doch König Sigismund erwies sich ihm gegenüber bei aller Freundlichkeit finanziell nicht als großzügig. Seine Geste der Dankbarkeit für das erfolgreich überbrachte Geld bestand darin, Wilkin einen mit dem königlichen Wappen bestickten Wandbehang zu überreichen. Sie blieben daher überwiegend auf ihre eigenen Mittel angewiesen.

Drei Mal noch fragte Hedwig Wilkin, ob er eine Möglichkeit gefunden hätte, Irina und Hüx zu helfen. Von Mal zu Mal verneinte er missmutiger, bis ihr schließlich die Geduld versagte. »Dann kehre ich jetzt selbst zurück«, sagte sie und schnürte in Gedanken bereits ihr Gepäck zusammen.

»Das wirst du nicht. Mein Auftrag hier ist noch nicht ausgeführt.«

»Du kannst bleiben. Ich gehe.«

Sanft, aber bestimmt nahm er ihren Ellbogen, lenkte sie aus ihrer Unterkunft in der kleinen Halle hinaus und so lange durch die kühlen, langen Gänge, bis er einen menschenleeren Winkel gefunden hatte. Vor einer unbemannten Schießscharte, die durch den Ausbau der Burg überflüssig geworden war, wandte er sich Hedwig mit erhobenem Zeigefinger zu. »Du musst ein für alle Mal verstehen, dass du große Entscheidungen nicht mehr eigenmächtig und allein triffst. Du bringst dich damit nicht nur in Gefahr und zwingst mich, gegen mein besseres Wissen zu handeln, sondern du beschämst mich auch vor den Leuten. Muss ich dich wirklich daran erinnern, dass du mir bei unserer Eheschließung Gehorsam gelobt hast?«

Nicht zum ersten Mal stellte Hedwig fest, dass sie dieses Gelöbnis mit wenig Bedacht gesprochen hatte. Sie hätte es womöglich nicht getan, hätte sie geglaubt, dass Wilkin sich jemals ernsthaft darauf berufen würde. Wie üblich ließ ihre Zunge sich vom Zorn lenken, bevor sie weiter nachdenken konnte. »Da wird dir nur übrigbleiben, mir rasch deine Erlaubnis zu geben, bevor ich dir ungehorsam sein und dich beschämen muss. Ich werde nicht hier warten und Edelleuten bei ihren höfischen Spielen zusehen, während meine Freundin und ein guter Gefährte vielleicht hungern und leiden.«

»Sie werden längst Hilfe gefunden haben, Hedwig. Du siehst es zu schwarz. In Wahrheit fühlst du dich hier nur ein wenig fremd und würdest gern davor fliehen, anstatt deinen Platz zu finden und dich einzurichten. Wenn dir etwas an meinem Wohl und unserer Zukunft liegt, wirst du Einsicht zeigen. Ich kann jetzt nicht fort, und du wirst auf keinen Fall etwas allein unternehmen. Hast du das verstanden?«

Hedwig schlug mit der Faust gegen die raue, steinerne Wand, spürte den Aufprall und Wilkins angewiderten Blick gleichermaßen schmerzhaft. »Wie kannst du so überzeugt davon sein, dass du Recht hast? Wenn den beiden etwas geschieht, werde ich es mir nie verzeihen, sie im Stich gelassen zu haben.«

»Wir haben sie nicht im Stich gelassen, sondern in einem sicheren Tal. Hüx und seine Borbála sind nicht völlig dumm. Sie werden dafür sorgen, dass niemand hungert. Es ging den ganzen Winter über gut, warum sollte es nun anders sein?«

*Weil ich nicht mehr dort bin,* dachte Hedwig, sprach es jedoch nicht aus. Bei vier von fünf Jagderfolgen war es ihr Pfeil gewesen, der die Beute zur Strecke gebracht hatte. Sie wusste zu gut, wie ihre rege Jagd in dem langen Winter das Wild scheu und vorsichtig gemacht hatte. Die im Dorf Zurückgebliebenen würden auf die Milch und das Fleisch der kostbaren Ziegen angewiesen sein, wenn es ihnen nicht gelang, sich Vorräte aus den Nachbarorten zu beschaffen.

Ihr Gesicht musste deutlich ihre Gefühle verraten haben. Wilkin strich ihr mit ausgestreckten Fingern behutsam über ihre Wange. »Es wird sich schon noch eine Gelegenheit bieten, die beiden zu holen. Hab einfach Geduld. Du musst dich hier eingewöhnen und zur Ruhe kommen. Versuch das! Sei mein Engel. Weißt du nicht, wie sehr man dich bereits bewundert? Sogar Sigismund hat dich bemerkt und mich gefragt, woher du Schönheit stammst. Kannst du dir vorstellen, wie stolz mich das macht?«

Sie musste es sich nicht vorstellen, denn sie sah es am Glanz seiner Augen. Sein Stolz auf sie hätte sie beglücken sollen, und in gewisser Weise tat er es. Gleichzeitig erkannte sie, wie sehr sie sich immer weiter würde anstrengen und verstellen müssen, um die Frau zu sein, auf die er auf diese Weise würde stolz sein können. Sie warf es ihm nicht vor. Es war passend, dass er in einer Frau Reinheit, Anmut, Demut und die gepflegte Pracht ihres gemeinsamen Standes liebte, da er selbst die männlichen Tugenden so sehr verkörperte, dass die meisten anderen Ritter neidisch sein mussten. Auch sie hörte gern anerkennende Bemerkungen über ihn. Der Unterschied war allerdings, dass Wilkin seiner Natur folgte und sie ihrer nicht.

Sie sah ihm in die Augen, von ruhiger Entschlossenheit erfüllt. »Noch sieben Tage. Wenn sich bis dahin nichts ergeben hat, dann breche ich auf.«

Mit verletzter Miene wich er von ihr zurück. Seine Lippen wurden zu einem schmalen Strich. »Es gab schon Männer, die ihre Gemahlinnen wegen solcher Unbotmäßigkeit eingesperrt haben. Willst du mich zu so einem Mann machen?«

»Ich flehe zum Himmel, dass du nicht so ein Mann bist, noch es wirst. Ich habe hohe Achtung vor dir, und ich möchte sie nicht verlieren. Zeig den Großmut, der dir so zu eigen ist, und lass mich mit deiner Erlaubnis gehen, damit wir beide unserem Gewissen folgen und unsere Achtung füreinander bewahren können.«

Er seufzte und nickte zögerlich. »Ich will dich gewiss nicht einsperren. Und etwas anderes bliebe mir wohl kaum übrig, wenn mein Bitten dich nicht rührt. Dass du viel Achtung vor mir hast, glaube ich allerdings nicht. Mir scheint, die habe ich längst verloren. Und ich kann es dir nicht verdenken. Der Teufel wollte, dass ich gleich am Anfang unseres Bundes so darin versagte, dich zu beschützen. Umso tiefer trifft mich, dass du es mir nun so schwermachst. Wenn du wirklich gehst, dann muss ich dir folgen, wie kannst du etwas anderes glauben? Wie sollte ich ertragen, hier beschämt zu warten, während meine Gemahlin ... meine Geliebte ... Das ist zu hart von dir, Hedwig.«

Gegen seine Wut hatte sie sich gewappnet, doch nun wurde sie weich. »Mir wird nichts zustoßen. Ich bin schnell und kenne den Weg. Wenn dort im Tal niemand leidet, kehre ich allein zurück, und alles ist gut.«

»Du reitest nicht ohne mich. Es wird mir schon einfallen, wie ich es Sigismund erkläre.«

**

Am Tag nach Hedwigs und Wilkins Streit beschloss König Sigismund, seinen Untertanen mit seinem persönlichen Erscheinen in der Walachei ein Zeichen zu setzen. Die ungarischen Landesfürsten äußerten zunehmend ihre Unzufriedenheit mit der ihrer Ansicht nach zu schwachen Aufmerksamkeit, die ihr König der Bedrohung durch die Osmanen schenkte. Den Spähtrupps, die er an der walachischen Grenze unterhielt, warfen sie vor, eine ähnlich große Plage zu sein wie die Heiden selbst.

Mit größter Selbstverständlichkeit zählte Sigismund Wilkin zu der Gemeinschaft seiner Ritter, die ihn auf diesem kleinen Heereszug begleiten würden. Wilkin war hochzufrieden darüber, Hedwig jedoch sprachlos. Es war keine Rede davon, dass sie oder eine andere Frau die Ritter begleiten würden; und obwohl sie stets gewusst hatte, dass der Tag kommen würde, an dem seine Pflichten ihn von ihr fortführen würden, klangen ihr nun doch die Sätze wie Spott in den Ohren nach, die er vor so kurzer Zeit gesprochen hatte, als sie ihn allein aus dem Tal hätte fortreiten lassen. *Wir gehören zusammen, Hedwig. Ich will nicht ohne dich sein.*

Noch vor Ablauf der siebentägigen Frist, die Hedwig ihm gesetzt hatte, brach Wilkin mit Sigismund auf. Sie stand im Hof der Burg und verabschiedete ihn würdevoll, so wie es die anderen Edelfrauen mit ihren Gatten oder Söhnen taten. Ihr Stolz auf ihn mischte sich mit Wehmut. An ihm war kein Anzeichen der Schwäche mehr zu entdecken, die ihn im Winter in ihren Fängen gehalten hatte. Er gehörte zu den ansehnlichsten Rittern des Gefolges, und sie wusste, dass seine Fähigkeiten seinem Äußeren mehr als entsprachen. Auch die heimlichen Blicke, mit denen andere Frauen ihn musterten, entgingen ihr nicht.

Hätte sie Irina und Hüx zur Seite gehabt, hätte sie den Moment vielleicht sogar ein wenig genießen können, denn große Angst hatte sie um ihren Gemahl nicht. Sie wusste, dass er sich schon in gefahrvolleren Unternehmungen behauptet hatte. So aber winkte sie ihm in der Gewissheit nach, dass sie im Begriff war, ihn zu täuschen und so sehr zu verärgern, dass er ihr vielleicht nicht verzeihen würde. Bewusst hatte sie ihn nicht an den Ablauf der sieben Tage erinnert, bevor er sie verließ. Doch sobald die Ritter außer Sicht waren, begann sie mit ihren eigenen Reisevorbereitungen.

Nach kurzer Überlegung hatte Hedwig es verworfen, sich einen Begleiter zu suchen. Sie war zuversichtlich, dass sie den Weg finden würde, und sie wusste, dass sie allein wendiger war und sich besser verstecken konnte. Sorgsam, doch unauffällig packte sie das Nötigste zusammen. Viel durfte es nicht sein, da sie kein Handpferd mitnehmen wollte, dennoch vergaß sie nicht, ein wenig weiches Leinen einzupacken, das ihr für die Versorgung eines Säuglings nützlich erschien.

Nach einer schlaflosen Nacht erhob sie sich noch vor dem

ersten Hahnenschrei und schlich mit ihrem Reisegepäck aus der Burg in die Ställe. Tiuvel schnappte ungnädig nach ihr, als sie ihn so früh aufstörte, doch er tat es nur, um ihr seine Meinung kundzutun, nicht, um sie zu treffen.

Wenig später, als sie glücklich die misstrauische Torwache hinter sich gelassen hatte, der Hedwig beinah wahrheitsgemäß erklärte, dass sie Freunden entgegenreiten wolle, die sich angekündigt hätten, war ihr Ross mit ihr ausgesöhnt und kostete die Freiheit aus, die sie ihm ließ.

Vorerst nahm sie den geraden Weg und blieb auf der Straße, mied jedoch die Gesellschaft anderer Reisender, indem sie an ihnen vorüberjagte, als sei sie ein Bote mit eiligem Auftrag. Sie war sicher, dass die meisten von ihnen sie erst als Weib erkannten, wenn sie sie hinter sich gelassen hatte. Die Nächte verbrachte sie in den Wäldern. Wenn es möglich war, schlief sie auf Bäumen, nie tief, doch ausreichend, um bei Kräften zu bleiben.

Zwei Wolfsrudel sah sie aus der Ferne, doch es waren satte Sommerwölfe, die um diese Zeit leichtere Beute fanden als ein starkes großes Pferd und einen Menschen. Bärenspuren versetzten sie eines Abends in Unruhe und ließen sie ihren Lagerplatz wechseln, doch mehr als die Abdrücke seiner Tatzen und die zerschlissene Rinde eines Baumes bekam sie von dem Raubtier nicht zu sehen.

Nach alter Gewohnheit wilderte sie, doch brauchte sie nicht viel. Das Wetter war trocken und warm, und jede Stunde war ihr bewusst, wie leicht das Reisen im Sommer war, wenn sie nur für sich allein zu sorgen hatte. In der Hälfte der Zeit, die sie der Weg mit Wilkin in die Gegenrichtung gekostet hatte, erreichte sie das Tal.

Niemand stellte sich ihr dieses Mal entgegen oder begrüßte sie, kein Tier ließ sich sehen oder hören. Die Tür des Hauses mit der Rose stand weit offen, und es war vollkommen leer.

Alles, was sie darin während des Winters zusammengetragen hatten, war verschwunden, so wie die Menschen. Dasselbe Bild bot sich ihr in Borbálas Haus. Keine Ziege, kein Schemel, kein Mensch – nur der Schädel eines Drachen, der mitten auf der Herdstelle lag.

Die Nacht, die Hedwig gemeinsam mit ihrem Pferd in dem verlassenen Haus verbrachte, das ihr über Monate ein Heim gewesen war, wurde zu der bis dahin unheimlichsten ihrer Reise. Solange sie ein Ziel gehabt hatte, hatte sie sich nicht gefürchtet, doch nun hielt nichts mehr ihre wilde Vorstellungskraft davon ab, ihr die schrecklichsten Bilder von dem zu malen, was ihren Freunden und den letzten Dorfbewohnern widerfahren war. Was hatte der Drachenschädel zu bedeuten? Wer hatte ihn erneut aus der Höhle ins Dorf getragen?

Jeder Laut ließ sie in der Dunkelheit aufschrecken, als hätte sie nicht zuvor nächtelang Käuzchen, Marder und Luchsrufe gehört.

Müde und sorgenvoll ging sie am Morgen in Borbálas Haus, um sich noch einmal umzusehen. Tiuvel folgte ihr mittlerweile wie ein Hund, auch in das Haus hinein. Sie ließ ihn gewähren, weil er sie damit über das plötzliche Gefühl von Einsamkeit hinwegtröstete. Bis jetzt hatte sie zwar befürchtet, aber nicht geglaubt, dass sie Irina und Hüx verlieren könnte. Nun schien es ihr, als hätte sie ihr Alleinsein auf der Reise nur deshalb genießen können, weil sie geglaubt hatte, am Ende ihre Freunde anzutreffen. Nachdenklich blickte sie auf den Schädel, der mit seinen leeren, schwarzen Augenhöhlen zur Tür starrte, während Tiuvel ungezogen ihre Nachgiebigkeit ausnutzte und an den Schnitzereien eines Holzpfeilers nagte, als könne er draußen kein Futter finden.

Ratlos hob Hedwig den Schädel auf. Darunter entdeckte sie in einem Nest aus Herdasche eine ihrer eigenen Pfeilspitzen. Am matten Glanz des schwarzen Eisens war zu erkennen, dass jemand sie sorgsam poliert und eingefettet hatte. Wie der Schädel zur Tür gestarrt hatte, so zeigte auch die Pfeilspitze dorthin. Sie zweifelte nicht länger daran, dass es sich hier um ein Zeichen handelte, das ihr galt. Bori und die anderen hatten das Dorf verlassen, und das vermutlich aus freien Stücken, da sie Zeit gehabt hatten, sich diese seltsame Botschaft für sie auszudenken.

Wenn es Bori gewesen war, die den Drachenschädel aus der Höhle geholt hatte, damit sie ihn fand, konnte es nur bedeuten, dass sie mit den anderen ebenfalls nach Osten zu den Hussiten gezogen war wie die früheren Dorfbewohner. Den Grund dafür konnten der Schädel und die Pfeilspitze Hedwig allerdings nicht verraten. Eine Weile stand sie nur da, kraulte ihrem Pferd die Mähne und hielt die Pfeilspitze in der geschlossenen Faust. Es mochte sein, dass Hüx sich entschlossen hatte, bei Bori zu bleiben. Dass aber Irina in ihrem Zustand, gleichgültig ob kurz vor oder nach der Geburt ihres Kindes, zu den Hussiten hatte überlaufen wollen, konnte Hedwig nicht glauben. Gewiss hatte sie sich ihnen nur angeschlossen, weil sie auf Hilfe vergeblich gewartet hatte und ihr nichts anderes übriggeblieben war.

Gründlich wog Hedwig ab, wie gefährlich und wie aussichtsreich es ihr erschien, in diesem fremden Land auf die Suche nach ihrer Freundin zu gehen. Doch gerade weil die Gefahr groß und die Aussichten auf Erfolg klein wirkten, widerstrebte es ihr, nach Ofen zurückzukehren, ohne einen Versuch zu unternehmen. War sie einmal wieder mit Wilkin vereint, würde sie vermutlich niemals wieder die Gelegenheit erhalten und ewig mit der Ungewissheit leben müssen, ob es ihr nicht doch gelungen wäre, Irina zu finden. Zehn Tage wollte sie sich geben. Wenn sie bis dahin keine Spur von den Gesuchten entdeckt hatte, würde sie aufgeben.

Nach Westen musste ihr Weg sie führen, so viel wusste sie.

Zu Beginn machte das Gebirge es ihr leicht, denn es kam nur der Pass aus dem Tal infrage, über den sie beim ersten Mal gekommen waren. Sie erkannte die Stelle wieder, an der ihr Führer abgestürzt war, und führte Tiuvel daran vorüber, ohne hinabzublicken. In Boris Gesellschaft war sie inzwischen so viele noch haarsträubendere Bergpfade gestiegen und geklettert, dass sie keine Angst vor der Höhe mehr fühlte. Doch sie liebte das Gebirge nicht und hätte es jederzeit freudig gegen die Wälder der brandenburgischen Ebenen eingetauscht.

Den Steinadler, der auch dieses Mal wieder neben ihr über der Klamm dahinzog, bewunderte sie dennoch. Auch die Gemsen begeisterten sie, die sie gelegentlich an schroffen, entlegenen Stellen erspähte, von denen sie sich nicht erklären konnte, wie die Tiere sie erreicht hatten. Die abweisenden Felsen mit ihrem kargen, niedrigen Bewuchs aus Polstersegge fand sie dagegen ungastlich, auch wenn sich gelegentlich rosa blühendes Leimkraut und Steinbrech unter die Pflanzen mischten. Selbst die schönen, doch eiskalten Seen, über die sich oft unerwartet dichter Nebel herabsenkte, hätte sie gern hinter sich gelassen.

Der lange Weg über den Pass bestimmte den ersten Tag ihrer Suche. Wie beim ersten Mal konnte sie sich nur noch einen notdürftigen Lagerplatz suchen, als sie die Klamm am anderen Ende verließ, und sie stellte fest, dass die neuen Stiefel, die sie für gut gehalten hatte, bereits begannen, sich aufzulösen, was den Zustand ihrer schmerzenden Füße erklärte. Trotz ihrer Müdigkeit flickte sie noch am Abend die Nähte und dankte wieder einmal Richard dafür, dass sie für diese grobe Nadelarbeit gerüstet war und wusste, was sie zu tun hatte.

Ihre Gedanken schweiften von ihm zu Wilkin, während sie Stich auf Stich die beschädigten Nähte nachzog und verstärkte. Wie hätte es Richard berührt, wenn er gesehen hätte, dass das Weib, zu dem sie dank seiner Fürsorge herangewachsen war, seinem Sohn oft so sehr missfiel? Auf Wilkin wäre er stolz gewesen, da gab es für sie keinen Zweifel. Auf wessen Seite hätte Richard in einem Zwist wie ihrem letzten also gestanden? Hätte auch er von ihr erwartet, untätig zu bleiben? Sie erinnerte sich, wie er darauf bestanden hatte, dass sie sich geziemend kleidete und pflegte, so gut es unter den einfachen Umständen möglich war. Er hatte es nicht gemocht, wenn sie laut war, und sie wusste nicht, wie er es aufgenommen hätte, wenn sie ihm oft widersprochen hätte. Gewiss wäre es ihm lieber gewesen, wenn sie im Schutz ihrer Familie weibliche Tugenden erlernt hätte. Auf der anderen Seite hatte er Frauen verabscheut, die zwar nicht offen ihre eigene Ansicht vertraten, dafür aber Intrigen sponnen und logen, um ihre Ziele zu erreichen. Und er hatte Hedwig alle Fertigkeiten gelehrt, die sie beherrschte und die nicht nur ihr, sondern auch seinem Sohn das Leben gerettet hatten. Vielleicht hätte er nicht von Herzen gutgeheißen, was sie tat, doch er hätte ihr verziehen.

In den nächsten Tagen begann sie, die Menschen zu suchen, statt sie zu meiden. Mit Händen und Füßen, auf Deutsch, durchmischt mit Latein und Brocken von Ungarisch, die sie mittlerweile aufgeschnappt hatte, erkundigte sie sich nach dem Verbleib der Reisenden, unter denen ein junger Mann mit roten Haaren, eine Hochschwangere oder Frau mit einem Neugeborenen und eine starke Schwarzhaarige mit weiten Hosen waren. Gleich am ersten Tag hatte sie damit Glück. Zwei Schafhirten, die auf hohen dreibeinigen Sitzen bei ihrer Herde thronten, zeigten ihr die Richtung und erwiesen sich von ihrer Erscheinung weniger verblüfft, als sie es erwartet hatte. Ihr Pferd weckte die Neugier der Männer stärker als sie selbst, was Hedwig dazu bewog, ihre Wehrhaftigkeit zu betonen, indem sie auffällig das lange Messer an ihrem Gürtel und ihren Bogen sehen ließ.

In der Folge wurde es schwieriger. Sie näherte sich der in einem Tal gelegenen Stadt Martin, doch den wenigen Hinweisen nach, die sie erhalten hatte, waren ihre Freunde nicht dorthin unterwegs gewesen. So mied auch sie die Stadt und folgte weiter den raren Spuren. Sie traf jedoch immer weniger Menschen, an die sie sich heranwagte, und fragte meist vergeblich.

Am neunten Tag hatte ihr Weg sie wieder höher ins Gebirge geführt, und sie fühlte sich entmutigt und erschöpft, da auch ihre Vorräte zur Neige gingen. Sie wäre bereit gewesen aufzugeben, wenn die Vorstellung, umzukehren und den ganzen Weg allein noch einmal bewältigen zu müssen, sie nicht abgestoßen hätte. So verwarf sie ihren Vorsatz, am elften Tag umzukehren, und hielt sich weiterhin westlich.

Am zwölften Tag ihrer Suche, als sie von einigen Stellen ihres Pfades bereits den Rand des Gebirges und die angrenzende Ebene hatte erspähen können, wurde sie schließlich gefunden. Ihr Pferd bemerkte vor ihr, dass sie beobachtet wurden. Nervös spielte Tiuvel mit den Ohren und schielte zu den Felsen oberhalb ihres Weges hinauf. Hedwig vermutete dort Raubzeug, wie einen Luchs oder Bären, nahm den Bogen von der Schulter und legte einen Pfeil auf. Gleich darauf erklang jedoch die Stimme eines Jungen, der sie auf Slowakisch anrief. Was die Worte bedeuteten, wusste sie nicht, doch sie kannte die Stimme aus ihrer Zeit im Tal. Mit freudig klopfendem Herzen wartete sie, bis der Halbwüchsige mit dem verkrüppelten Arm zwischen den Felsen sichtbar wurde und, durch seine Behinderung gebremst, langsam zu ihr herabkletterte. Er begrüßte sie mit einem Kopfnicken, ohne ihr Lächeln zu erwidern, und bedeutete ihr durch Gesten, ihm zu folgen.

Zuerst führte er sie in ein zu drei Seiten abgeschlossenes Tal, dessen vierte Seite mit einem rohen Zaun abgesperrt war. Vier Pferde standen darin im Schatten eines Felsüberhanges und kraulten sich das Fell, unter ihnen Irinas Schimmelstute und der braune Wallach, den Hedwigs Onkel Hüx überlassen hatte. Glücklich sattelte sie ihren Schwarzen ab und ließ ihn zu den anderen, bevor sie sich wieder dem wartenden Knaben zuwandte. Dessen Miene war noch immer seltsam ausdruckslos und feindselig, anders, als sie es von ihm in Erinnerung hatte. Im Winter hatte er zwar auch nie froh gewirkt, doch umgänglich und durchaus dankbar für den Beitrag, den sie zur Versorgung aller leistete. Nicht zum ersten Mal ärgerte sie sich, dass sie seine Sprache nicht sprach. Ihre wenigen Worte hatte sie von Bori gelernt, und mittlerweile hatte sie herausgefunden, dass Boris Ungarisch nicht dasselbe war wie das Slowakisch der anderen Dorfbewohner. Deshalb stieg sie dem Jungen nun wortlos nach, obgleich sie ihn gern so vieles gefragt hätte.

Nach langwieriger und mühsamer Kletterei erreichten sie den Eingang zu einer Höhle. Auf einem anderen Weg musste der Ort einfacher zugänglich sein, denn auf einem breiten Sims in der Nähe stand ein Erntewagen, den Hedwig aus den Beschreibungen einiger Ritter und Kriegsknechte als einen Heereswagen der Hussiten kannte. Schwere Bretter und Bohlen verstärkten den hohen Aufbau und ließen sich auch unter dem Wagen anbringen, um Feinde davon abzuhalten, unter den Wagen hindurch in das Innere der legendären hussitischen Wagenburgen zu kriechen. Allzu wilde Krieger erwartete sie in der Höhle dennoch nicht. Die Wache bestand aus der einäugigen Hundertjährigen, die ihr ebenfalls aus dem Dorf bekannt war. Die Alte nickte ihr ausdruckslos und schweigend zu, sodass Hedwig mit aufwallender Sorge an ihr vorüber in die Höhle schritt. Der Gestank von ungewaschenen Menschen, schmutzigen Kinderwindeln und Fäulnis schlug ihr entgegen. Kurz musste sie die Augen schließen, um sich an die Dunkelheit zu gewöhnen, dann sah sie Irina.

Ihre Freundin lag schlafend auf Fellen und Lumpen, neben ihr in einem Korb der Säugling. Nicht dieses Kind, sondern ein anderes begann nun zu schreien, und Hedwig sah sich um. In einem anderen Teil der Höhle saß eine weitere junge Mutter, die ihr unzufriedenes Kind soeben an ihrer Brust zum Schweigen brachte. Eine ältere, hochschwangere Frau half ihr dabei, den Säugling anzulegen. Außer dem alten Mann aus dem Dorf sah Hedwig alle hier versammelt, die sie von dort kannte. Darüber hinaus noch ein Dutzend Alte und Kranke mehr. Hüx oder Bori waren zu ihrem Bedauern nicht unter den Leuten. Niemand zeigte Überraschung über ihre Ankunft, was ihr verriet, dass man sie wohl schon früher beobachtet und angekündigt hatte. Desgleichen näherte sich niemand, als sie nun leise an Irinas Lager trat und sich zu ihr setzte.

Von dem eingewickelten Säugling war nur das winzige, etwas verkniffen wirkende Gesicht zu sehen. Hedwig hatte in ihrem Leben bisher kaum mit so kleinen Kindern zu tun gehabt und stets angenommen, es wäre früh genug, sich mit ihnen zu beschäftigen, wenn sie selbst welche bekam. Doch als sie nun in das Körbchen blickte und das Kind seine Augen aufschlug und sie ansah, berührte es sie. Gern hätte sie es aufgenommen und ein wenig von seinen Hüllen befreit, um es genauer zu betrachten. Keinen Gedanken verschwendete sie mehr daran, ob Cord sein Vater war oder der abscheuliche Ludwig von Torgau. Es war Irinas Kind, und es war wunderschön mit seinen großen, ruhigen blauen Augen.

Irina seufzte, drehte sich im Schlaf und wandte sich gleich wieder stöhnend zurück. Sie wirkte zarter und zerbrechlicher denn je. Das Kind verzog die Lippen und stieß einen unzufriedenen Laut aus.

»Irina?«, fragte Hedwig leise.

Als Irina ihr das Gesicht zuwandte und sie ansah, überfiel

Hedwig mit einem Schlag die grauenvolle Erkenntnis, dass ihre Freundin nicht dalag, weil sie sich ausruhte. Das Licht reichte nicht aus, um genau zu erkennen, welche Farbe ihre Lippen oder das Weiß ihrer Augen angenommen hatten, doch Hedwig hatte inzwischen lange genug an den Betten fiebernder Kranker gesessen, um zu erkennen, wie schlimm es um Irina stand.

»Endlich kommst du«, flüsterte ihre Freundin.

Hedwig ergriff ihre Hand und drückte sie. »Ich wollte früher kommen. Aber der Weg war weit.«

»Sie heißt Juliana. Das hätte Adam gefallen. Er wäre stolz auf sie gewesen. Ein Lied hätte er für sie erfunden. Hast du sie dir angesehen?« Irinas Stimme war so schwach und gebrochen, dass Hedwig sich zu ihr beugen musste, um die Worte zu verstehen.

»Ja«, erwiderte sie, »sie ist wunderschön. Irina, wie geht es dir? Möchtest du etwas trinken oder ...«

»Ich weiß nicht, wo meine Harfe ist. Das ist nicht gut. Wie soll ich uns denn ernähren, wenn ich nicht Harfe spielen kann? Weißt du, wo sie ist?«

»Gewiss ist sie in deinem Gepäck. Aber du musst euch nicht ernähren. Ich nehme euch mit nach Ofen. Dort wird es euch gutgehen.«

»Kannst du sie mir geben?«

»Deine Harfe?«

»Nein. Meine Tochter. Adams Tochter.«

*Adams Tochter.* Sie sagte es in so bestimmtem Tonfall, als müsste sie deutlich machen, dass sie keinen Widerspruch duldete – nicht einmal von sich selbst. Und im Grunde war Hedwig froh, dass Irina einen Weg gefunden hatte, sich die Last ihrer ungewollten Mutterschaft ein wenig leichter zu machen. War es Adams Kind, musste sie sich nicht fragen, ob sie es lieben konnte.

Unbeholfen hob Hedwig die kleine Juliana aus ihrem Körbchen und legte sie in Irinas Armbeuge. Ihre Freundin entspannte sich sichtlich und schloss die Augen, unternahm aber nichts, als ihre Tochter immer lauter ihren Unmut äußerte. Bevor Hedwig sich entschließen konnte, etwas für die Kleine zu tun, trat die zweite junge Mutter aus dem hinteren Teil der Höhle heran, hob sie auf und legte sie an ihre Brust, so wie sie es kurz zuvor mit ihrem eigenen Kind getan hatte. Irina ließ es ohne Widerstand zu, und Hedwig begriff, dass es schon eine Weile so gehen musste.

»Was kann man tun?«, fragte sie die Frau, zuerst auf Deutsch, dann auf Ungarisch.

Doch die schüttelte nur den Kopf. »*Semmit.* Nichts.«

Kindbettfieber. Hedwig kannte das Schreckgespenst aller gebärenden Frauen so gut wie jede andere. Noch während Hedwigs Gefühle sich gegen die Wahrheit aufzubäumen begannen, krampfte Irina sich stöhnend zusammen. Die anderen Frauen seufzten, einer der mageren kleinen Knaben hielt sich die Ohren zu.

Wenig später verstand Hedwig, warum. Irina litt entsetzlich, und es gab in der Tat nichts, was jemand dagegen tun konnte. Sie versuchte, ihr wenigstens Trost zu spenden, doch nichts, was sie tat, schien auch nur in Irinas Bewusstsein zu dringen. Bald fühlte sie sich so zermürbt von der Qual ihrer Freundin, dass sie gern die Flucht ergriffen hätte, und ihr kamen die Tränen.

Erst als sie sich für einen Moment abwandte, bemerkte sie ein älteres Paar, welches hinter ihr die Höhle betreten hatte. Beide nahmen geflochtene Kiepen von ihren Rücken und stellten sie auf den Boden, ohne sie dabei aus den Augen zu lassen. Sie waren beide hager und zerlumpt, der Mann hatte schütteres, graues Haar, einen ebenso schütteren kurzen Bart in seinem pockennarbigen Gesicht und eine mit fleckigen Lappen verbundene Verletzung an einem Arm. Sein Weib blieb gebeugt, auch nachdem sie ihre Last abgesetzt hatte, und bewegte sich hinkend mithilfe eines Krückstocks. Sie kam zu Hedwig herüber und beugte sich forschend über Irina. »Wär gut, wenn's bald vorbei wär. Geht schon Tage so. Ist nicht barmherzig, der Dämon, der die Weiber im Kindbett frisst.«

Hedwig holte mit einem Schluchzen Atem. »Gibt es keine Hoffnung?«

Die Hinkende zuckte mit den Schultern. »Hab noch keine wieder aufstehen sehen, die es so hatte wie diese.«

»Aber es wäre möglich?«

»Woher soll ich das wissen? Unser allmächtiger Herrgott allein weiß so was. Borbála hat gesagt, dass du vielleicht kommen wirst. Hast du dir etwas zu essen mitgebracht? Ich will es hoffen.«

Nach Essen war Hedwig nicht mehr zumute. Lächerlich, dass die Frau gerade jetzt daran dachte. »Borbála? Wo ist sie? Und was ist mit meinem … mit ihrem Freund, dem Rothaarigen? Kennst du ihn?«

»Sie sind mit den anderen, die gesund genug waren, zu unserem heiligen Heer gezogen. Ihr, die ihr Krieger Gottes seid … Da hatte die da noch einen dicken Bauch.«

»Seid ihr also alle Hussiten?«

»Jan Hus hat die Wahrheit verkündet, an die wir glauben, und dafür haben eure hohen Herren ihn umgebracht. Und als damals der deutsche Henker in Kuttenberg es müde wurde, Hus' Anhänger zu henken, da warf man sie hinab in die Silberminen, um sie zu morden. Da wollen wir zu ihren Ehren wohl auch Hussiten heißen. Borbála und ihr junger Kerl sind aber mit den anderen zu denen gezogen, die sich Taboriten nennen, nach dem Berge Tabor, wo die ersten Christen vom wahren Glauben erleuchtet wurden. Keine Bischöfe und Erzdiakone brauchten sie damals, die sich an den Gläubigen mästen und selbst keine Gottesfurcht kennen. Und so brauchen auch wir solche Zwischenhändler nicht. Das Reich Christi auf Erden naht. Und wir helfen, es zu errichten.«

»Und fürchtest du nie, dass ihr auf einem Irrwege seid? All das Blutvergießen ...«

»Wie Blutegel sitzen die Kirchenmänner auf dem Volk und saugen es aus, die deutschen allen voran. Wir wollen den wahren Glauben in Würde leben, ohne dieses Pack, das uns beraubt und erniedrigt.« Mit Abscheu stieß sie die letzten Worte hervor, bevor sie sich abwandte.

Wütend und traurig darüber, dass auch ihr treuer Hüx offenbar so sehr für den Glaubenskrieg entbrannt war, dass er Irina allein gelassen hatte, kämpfte Hedwig mit den Tränen. Beschämt über ihr eigenes Versagen verbannte sie den Wunsch, vom Krankenlager zu fliehen. Sie wollte ihrer Freundin nicht mehr von der Seite weichen.

Drei Tage blieb sie diesem Vorsatz treu, dann starb Irina, ohne noch einmal ganz zu Bewusstsein gekommen zu sein, und Hedwig taumelte aus der Höhle ins Licht. Sie weinte, doch nicht, weil der Tod ihren Kummer verstärkt hatte, sondern weil sie erleichtert war. Mehr als ein Mal hatte sie daran gedacht, das Leid ihrer Freundin zu verkürzen und ihren Tod zu beschleunigen, es aber nicht über sich gebracht, weil der letzte Funke Hoffnung in ihr noch nicht erloschen war. Die Sünde, so gewaltig sie auch gewesen wäre, hätte sie nicht gefürchtet. Ein Gott, der solche Qual erlaubte, versprach ihr ohnehin kein gerechter Richter zu sein. Ihm gefallen zu wollen, schien ihr nicht mehr der Mühe wert.

Die Erleichterung war bei allen Bewohnern der Höhle spürbar. Die hinkende Hussitin, die nur Schäferin genannt wurde, ging sogar so weit, Hedwig ein Stück Zwiebel und einen Rest Buchweizenbrei zu bringen, als sie weinend draußen auf den Felsen saß und die grau verhangenen Berggipfel anstarrte.

»Nu hat sie's geschafft. Nu ist sie auf dem Weg zu Gottes Gnade«, sagte die Schäferin.

Hedwig ließ sich die Holzschüssel und die Zwiebel in die Hände drücken, ohne die Absicht zu essen. Doch der Geruch des Gemüses ließ ihr das Wasser im Munde zusammenlaufen, und unwillkürlich griff sie nach dem Löffel, der neben einem Messer an ihrem Gürtel hing.

Die Schäferin nickte zufrieden. »So ist es recht. Du hast einen langen Heimweg.«

Heimweg? Hedwig hielt beim Kauen des faden Buchweizens inne. Wo war ihr Heim? War sie nicht ebenso entwurzelt wie die verlassenen Gebrechlichen in der Höhle? Tiefe Sehnsucht nach Brandenburg ergriff sie, nach Friesack, der Burg ihrer Eltern und ihrem geliebten Zootzener Wald. Sie dachte an den Weg nach Ofen, zu Wilkin, der vielleicht so wütend auf sie war, dass er sie verstoßen würde, und an Sigismunds Hofstaat, in dem sie sich so unwohl fühlte. Sich den Weg zu ersparen und nicht zurückzukehren, erschien ihr verlockend. Doch damit hätte sie Wilkin großes Unrecht angetan. Sie war ihm schuldig, sich anzuhören, ob er ihr verzeihen wollte oder nicht.

Die Schäferin räusperte sich und spuckte aus, den Hang hinab. »Mara sagt, wenn du das Kind mitnimmst, dann brauchst du sie. Und sie würde mitgehen, wenn du versprichst, für sie zu sorgen. Ihr Mann ist tot, und das Leben ihres Kindes ist ihr wichtiger als der Glaube.«

Hedwig war entsetzt über sich selbst. Irinas winzige Tochter hatte sie in den vorangegangenen Tagen völlig vergessen und nicht überlegt, was mit ihr geschehen sollte. Es kam nicht infrage, sie zurückzulassen. Ihre Ratlosigkeit und ihr Selbstmitleid verflogen. Um der kleinen Juliana willen musste sie nach Ofen. An Wilkins Seite würde es ihr gelingen, sich Ansehen und einen Hausstand zu verschaffen, in dessen Sicherheit Irinas Tochter aufwachsen konnte.

»Hol Mara heraus. Du musst mir helfen, mit ihr zu sprechen«, sagte sie. Die Schäferin schlug ihr auf die Schulter wie ein Bauer dem anderen und tat, wie Hedwig befohlen hatte.

## 15

# Heldenlohn

Sigismunds Reise in die Walachei war von rein symbolischer Bedeutung und kostete dennoch zwei Ritter seines Gefolges das Leben.

Seit acht Jahre zuvor der mächtige walachische Fürst Mircea gestorben war, litt das Land unter einer raschen Folge schlechter Herrscher. Die Osmanen lauerten jenseits der Donau auf den Tag, an dem sie in einem großen Vorstoß die Walachei ihrem Reich einverleiben konnten. Unermüdlich erprobten sie mit kleineren Trupps, ob der Tag bereits gekommen war.

Doch Sigismund hatte mehr dagegen unternommen, als ihm die ungarischen Fürsten unterstellten. Immer wieder schickte er Ritter, die sich auf der Suche nach Ruhm in seine Dienste stellten, in das Grenzgebiet. Mit allen Mitteln sollten sie den Osmanen Respekt einflößen, wenn schon ihre schiere Zahl nicht ausreichte, das zu tun.

Hedwigs Bruder Köne gehörte zu denen, die es schon eine Weile in der öden, oft verheerten Gegend aushielten. Mit einer kleinen Gefolgschaft von rund zwanzig Mann tat er, wozu die mit den türkischen Taktiken vertrauten Verbündeten Vlad und Hunyadi König Sigismund geraten hatten: Sie kämpften niederträchtig, überfielen Spähtrupps aus dem Hinterhalt und metzelten sie nieder. Ohne sich je offen zu zeigen oder zum Kampf herauszufordern, wie es die Ehre wahrer Ritter verlangt hätte, schmückten sie das walachische Ufer der Donau mit den aufgespießten Köpfen osmanischer Späher, gut sichtbar für deren Genossen am Gegenufer.

Wilkin verabscheute die Heimtücke, die mit dieser Vorgehensweise verbunden war, wenn er auch deren Wirksamkeit anerkennen musste.

Köne hingegen schien völlig in seinem Element zu sein, er vergeudete offensichtlich keinen Gedanken an mangelnde Ritterlichkeit. Er betrachtete die Osmanen nicht als Gegner, die Anstand verdienten, sondern als Heiden, die nicht höher standen als Tiere.

Wenn Wilkin allerdings den verwahrlosten wilden Trupp betrachtete, der Köne unterstand, und ihn mit den Osmanen verglich, die er bisher zu Gesicht bekommen hatte, fand er, dass es eher die Christen denn die Heiden waren, die Tieren ähnelten. Er hütete sich, diese Ansicht auszusprechen, denn er wusste so gut wie König Sigismund, dass es zurzeit nur ein paar skrupellose und tatkräftige Männer wie Köne und dessen Gefährten waren, die als Wall zwischen den feindlichen Osmanen und Sigismunds ungarischem Königreich standen. Dem König fehlte es an allem, was nötig gewesen wäre, um ein Heer zusammenzubringen, welches die Gegner entscheidend hätte zurückwerfen und langfristig abschrecken können. Alles, was er tun konnte, war, sich einige Tage Zeit zu nehmen, um den ungarischen Teil der Donau hinabzufahren und dann demonstrativ an der Grenze entlangzuparadieren – unweit von Nikopolis, wo er in jungen Jahren eine seiner verheerendsten Niederlagen gegen die Osmanen erlitten hatte. Gelegentlich wunderte Wilkin sich darüber, wie der so oft geschlagene König es anstellte, stets wohlgemut zu bleiben und seine großen Hoffnungen nicht zu verlieren.

Tatsächlich provozierte sein Auftritt die osmanischen Beobachter auf der anderen Seite des Flusses so sehr, dass sich einer ihrer Anführer zum Angriff entschloss und die Donau im Rücken des königlichen Gefolges überquerte. Vielleicht wäre es den Heiden auf diese Weise gelungen, sie zu überrumpeln, wenn Köne den Angriff nicht vorausgeahnt und den König gewarnt hätte.

Das Gefecht, das sich daraufhin am Flussufer entspann, wurde trotz der Warnung und der zahlenmäßigen Überlegenheit der königlichen Seite nicht schnell entschieden. Die Osmanen fochten wild. Sie waren schnell und beherrschten ihre Pferde besser als viele der christlichen Ritter.

Nicht besser als Wilkin allerdings, dem dies wieder einmal zum Vorteil gereichte. Mit einer rasanten Wendung auf der Hinterhand ließ er seinen Gegner ins Leere laufen, um ihn anschließend von der unerwarteten Seite mit dem Schwert unter seinem Turban im Nacken zu treffen. Die Schärfe seiner Klinge durchdrang den Kettenpanzer des Osmanen nicht, doch die schiere Wucht des Schlages brach ihm das Genick.

Während Wilkin einen neuen Widersacher suchte, sah er Köne in seiner dunklen Rüstung, der sein langes Schwert mit solchem Eifer und solcher Kraft führte, dass die Osmanen ihn mieden. Trotz all der Geschichten, die Wilkin über die alten unberechenbaren und waghalsigen von Quitzowschen Ritter kannte, wurde ihm erst jetzt klar, dass deren Wildheit wohl dem ganzen Geschlecht anhaftete. Es war nicht schwierig, sich den alten Johann oder dessen verstorbenen Bruder Dietrich an Können Stelle vorzustellen. Entsetzlich, wie er es fand, erkannte er auch Hedwig in dem von innerem Feuer erfüllten Krieger und sogar den elenden jungen Dieter. Sie alle würden ihre Ziele unerbittlich bis über jede Grenze der Vernunft hinaus verfolgen.

Die Gedanken, so schnell sie ihm auch durch den Sinn flogen, lenkten ihn zu lange von seinen Gegnern ab, was sich sogleich rächte. Zwei der Osmanen nahmen ihn in die Zange. Ihre krummen Säbel beide mit seinem Schwert zu parieren, war nicht möglich. Er ließ die Klinge des einen auf die Schulter seiner Rüstung prallen, bedacht darauf, dass sie dem Spalt zum Hals nicht nahe kam. Gegen den anderen Angreifer täuschte er einen Hieb an, warf sich jedoch dabei herum, ergriff dessen Schwerthand und löste den Krummsäbel mit einem brutalen Hebel aus seinem Griff. Heftig drang inzwischen der erste Osmane von der anderen Seite auf ihn ein, sodass er sich umdrehen und sich ihm stellen musste.

Nur einen Augenblick später hatten sich seine Schwierigkeiten halbiert. Köne war ihm zu Hilfe gekommen und hatte dem entwaffneten Osmanen ohne Zögern den Kopf halb vom Rumpf geschlagen. Das Gefecht dauerte danach nicht mehr lange, doch gerade in dieser kurzen letzten Zeit ließen der junge Neffe von Hunyadi und ein Leibritter des Königs ihr Leben. Ihr Tod riss Lücken in den persönlichen Schutzwall Sigismunds, die Wilkin und Köne schleunigst schlossen.

Derart erlebten sie einen ruhmreichen Tag, denn der König betrachtete es als geboten, sie in den höchsten Tönen zu loben. In einer pompösen Zeremonie der Anerkennung schenkte er ihnen jeweils die Hälfte eines seiner Fingerringe und sprach davon, wie wunderbar sie sich in der Schlacht ergänzt hätten, wofür die beiden Hälften symbolisch stünden.

Wilkin mochte nicht damit hadern, ahnte aber, dass es Sigismund weniger um eine symbolische Bedeutung ging als darum, dass er sich kostspielige Belohnungen weniger denn je leisten konnte. Wenigstens knüpfte Sigismund an seine Anerkennung die Einladung, dass Wilkin mit seiner Gemahlin länger bei Hof verweilen und das königliche Gefolge dadurch bereichern möge. Diese Einladung enthob Wilkin davon, für alle Kosten des täglichen Bedarfs selbst aufkommen zu müssen, da Günstlinge in der Regel an der gemeinsamen Tafel speisten und ihre Tiere in den königlichen Stallungen unterbringen durften. Auch die Dienste verschiedener Handwerker würde er nun in Anspruch nehmen können, ohne jedes Mal das volle Entgelt zahlen zu müssen.

Für Köne spielten solche Überlegungen keine Rolle. Er strebte nicht an, seinen Posten an der ungarischen Grenze zu verlassen. Dass Wilkin ihn über ihre neue verwandtschaftliche Beziehung aufklärte und berichtete, dass Hedwig in Ofen weilte, änderte daran nichts.

»*Wenn einer von deiner Sippe mir ans Bein pinkeln will, bringe ich ihn um*«, hatte Köne gesagt. »*Benimm du dich weiter anständig, dann kann ich damit leben, dass du mein Schwager bist.*«

Nach dem Befinden seiner Schwester hatte er sich nicht erkundigt, nicht einmal der Form halber. Er schien davon auszugehen, dass es ihr gutging, und das reichte ihm. Seine Aufmerksamkeit galt ganz dem Kampf gegen die Osmanen. Diese Aufgabe machte ihm offensichtlich so viel Freude, als sei sie ein aufregendes Spiel.

Wilkin konnte sehen, wie König Sigismund Köne für seinen draufgängerischen Eifer liebte, und er war sicher, dass sich diese Gunst eines Tages für Hedwigs Bruder auszahlen würde. Wenn es ihm denn gelang, sein Spiel lange genug zu überleben.

Da Wilkin den gesamten Abend nach der Schlacht Köne vor Augen hatte, dachte er viel an Hedwig. Ihr unweibliches Durchsetzungsvermögen erschien ihm nun in einem anderen Licht. Nicht, dass er ihren Starrsinn deshalb besser hätte leiden können, aber er begriff, worin er wurzelte, und gab ihr weniger die Schuld daran als bisher. Je länger er allerdings über sie nachdachte, desto unwohler wurde ihm. Die Ahnung, dass sie mit der Reise zu Irina nicht auf ihn gewartet haben würde, wuchs beinah schon zur Gewissheit an.

Zum ersten Mal in seinem Leben wünschte er das Ende einer Mission herbei. Er konnte die Vorstellung nicht ertragen, dass Hedwig sich in Gefahr brachte, während er nicht in der Lage war, ihr zu Hilfe zu eilen. Wie sehr beneidete er die Männer, die sich darauf verlassen konnten, dass ihre Gemahlinnen ihr schützendes Heim nicht verließen.

Ludwig von Torgau stand im Schatten eines Bootsschuppens am Ufer der Donau und beobachtete heimlich drei junge Wäscherinnen. Sie standen im knietiefen Wasser und hatten ihre Röcke so hoch geschürzt, dass es wirkte, als trügen sie nur kurze Bruchen. Er sah, wie die helle Haut ihrer nackten Oberschenkel sich im Wasser spiegelte. Besonders die eine hatte es ihm angetan. Klein und zierlich war sie und strahlte eine reizende Unsicherheit aus, als wüsste sie, wie Schläge sich anfühlten, und fürchte sie.

Nachdem er sie eines Tages zufällig am Fluss entdeckt hatte, war er etliche Male hierhergeschlichen, um sie zu betrachten. Inzwischen hatte er auch herausgefunden, wo sie lebte und welche Wege sie gelegentlich allein ging.

Sie im Auge zu behalten, war ein anregender Zeitvertreib, ohne den er sich in Ofen gelangweilt hätte, jetzt, wo Sigismund nicht in der Stadt weilte. Und mit ihm Wilkin, dessentwegen er den weiten Weg hierher auf sich genommen hatte.

Er hegte gemischte Gefühle zu Wilkins Abwesenheit.

Der Auftrag seines Vaters war eindeutig gewesen, als er ihn Wilkin auf den Weg nach Krakau und Ofen nachschickte. Der alte Fuchs hatte rasch geschlussfolgert, dass der Kurfürst Wilkin als Geldboten einsetzte. Ludwig hatte ihn beseitigen, das Geld selbst zum König bringen und nach besten Kräften einen Vorteil daraus schlagen sollen. Wäre er mit seinen Männern tatsächlich unterwegs auf Wilkins kleine Reisegesellschaft gestoßen, hätte er keine Skrupel gefühlt, sie zu überfallen. Es hätte sich wohl so einrichten lassen, dass er Wilkin nicht gerade selbst hätte töten müssen. Nicht, dass ihm etwas an dem steifen Kurfürstenliebling lag, mit seinem entsetzlichen Tugend-Gehabe, seiner ewig sauber glänzenden Rüstung. Wenn sein Bruder, an den er ungern als Bruder dachte, sich auszog, um mit seiner Schwimmkunst zu prahlen, dann faltete er seine Kleidung und legte sie nieder, als wäre er eine Kammerzofe. Das hatte dieser Laffe bereits als Knabe getan; und es erschien Ludwig, als täte Wilkin alles im Leben so – auf eine abstoßend perfekte, brave Art, die ihm bei jedem Dienstherrn höchste Gunst eintrug.

Nicht aber bei ihrem Vater. Ludwig musste beinah laut auflachen, als er daran dachte, wie der Alte vor Wut gebrodelt hatte, nachdem Wilkin ihn auf dem Huldigungsturnier in den Staub geworfen hatte. Diese Niederlage hatte seinen Rachedurst stärker geweckt, als Wilkins Mitschuld an Reinhardts Überführung und Hinrichtung es gekonnt hatte.

Die Wäscherinnen kamen ans Ufer, um sich auszuruhen. Ein Moment, den er besonders schätzte, denn sie ließen ihre Röcke nicht herab, sondern setzten sich und trockneten die nassen Beine in der Sonne. Zumindest, wenn sie sich unbeobachtet wähnten. Der Anblick der im Gras ausgestreckten nackten Beine seiner Favoritin bestärkte ihn jedes Mal mehr in seinem Willen, sich bald mehr von ihr zu holen als diesen erregenden heimlichen Moment.

Was Reinhardts Tod anging, hatte auch er Wilkin zuerst dafür gehasst, denn er war seinem nächstälteren Bruder durch viele Gemeinsamkeiten verbunden gewesen. Schnell jedoch hatte er begriffen, was die neue Lage für ihn selbst bedeutete.

»Komm nicht wieder zu mir, solange Wilkin noch lebt«, hatte der Alte zu ihm gesagt. Was hieß, dass sein Vater sich nun ihn, und nur ihn, als seinen Erben wünschte. Da halfen Wilkin all seine perfekten Tugenden nichts, was ihm recht geschah.

Nur leider war aus dem für den Hinweg geplanten Überfall eben nichts geworden, und in der Stadt stellte sich so ein Mord viel schwieriger dar.

Reinhardt hatte einige Jahre zuvor aus eigenem Antrieb in Nürnberg bereits einmal einen Mörder gedungen, der Wilkin aus dem Weg räumen sollte. Doch der hatte versagt. Ludwig hatte sich bisher dagegen entschieden, es auf die gleiche Art zu versuchen. Gedungene Mörder mussten gut bezahlt werden, waren nicht unbedingt erfolgreich, wie die Erfahrung gezeigt hatte, und sie konnten als Mitwisser lästig werden.

Wilkin in der nahen Umgebung von Stadt und Burg selbst anzugreifen, wagte er nicht, denn bedauerlicherweise gehörten auch Wachsamkeit und Kampfstärke zu dessen verdammten Tugenden. Ein Fehlschlag wäre nicht unwahrscheinlich, der daraus folgende Aufruhr unsäglich gewesen.

Nein, die Sache musste geschickter angegangen werden. Nach Möglichkeit so, dass er selbst seine Hände dabei nicht in Wilkins Blut tauchte. Denn vor Gott war immerhin Bruder gleich Bruder, auch wenn er sich noch so fremdartig verhielt. Und sich von der Sünde des Brudermords freizukaufen, war gewiss höchst kostspielig.

Gift wäre gut gewesen, doch damit fehlte ihm die Erfahrung, und Auskünfte dazu einzuholen, erforderte Geduld und Fingerspitzengefühl. Er war damit noch nicht weit gekommen.

Er hätte etwas dafür gegeben, Gerhardt von Schwarzburg bei sich zu haben. Der hegte einen so tiefen Hass auf Wilkins abscheuliches Weib, dass er vielleicht allein dafür schon bereit gewesen wäre, beide umzubringen. Ludwig erinnerte sich daran, mit welcher Wonne Gerhardt berichtet hatte, wie er in von Quitzows Zelt den Hund getötet und ins Bett der garstigen Hornisse gelegt hatte. Und das war noch gewesen, bevor sie ihn vor den Augen der ganzen brandenburgischen

Adelswelt als Übungszielscheibe benutzt hatte. Trotz aller Abscheu gegen das Weib schmunzelte Ludwig bei der Erinnerung daran. Er war noch immer erleichtert, dass er nicht dabeigestanden hatte.

Nein, Gerhardt von Schwarzburg würde nicht zögern, die beiden zu töten, auch deshalb, weil er Wilkin die Schuld daran gab, dass der sorgsam geplante Anschlag auf den jungen Friedrich misslungen war.

Doch von Schwarzburg war nicht in Ofen, also musste er sich etwas einfallen lassen und sich zur Not überwinden, den Dolch eigenhändig zu führen. Falls Wilkin denn zurückkehrte. Immerhin bestand eine kleine Aussicht, dass ein Osmane die unangenehme Sache für ihn übernahm.

Was Wilkins Weib betraf, so war sie kurz nach Sigismunds Gefolge aus Ofen verschwunden. Wohin, wusste der Teufel.

Als die Wäscherinnen wieder ins Wasser stiegen, verließ Ludwig vorsichtig sein Versteck und ging zurück zu seiner Unterkunft, wo seine sechs Männer sich die Zeit mit unmäßigem Zechen vertrieben. Er schloss sich ihnen an und fühlte sich bald so angenehm betäubt, dass er seine Schwierigkeiten vergaß und nur noch überlegte, wie lange er sich mit der kleinen Wäscherin noch Zeit lassen wollte. Selbst als zum wiederholten Male in der Wirtsstube die Nachricht verkündet wurde, dass des Königs Wiederkehr für den nächsten Tag erwartet wurde, regte ihn das nicht auf.

Umso nervöser allerdings war er, als er sich am folgenden Tag spät von seinem Lager erhob und feststellte, dass die königliche Vorhut bereits angekommen war.

Einige Stunden später musste er zu seiner Enttäuschung feststellen, dass Wilkin noch lebte. Und gegen Abend blieb ihm nichts anderes übrig, als seinem Bruder Hals über Kopf ohne seine betrunkenen Gefährten allein und heimlich aus der Stadt zu folgen. Er konnte nur vermuten, dass es etwas mit Wilkins verschwundenem Eheweib zu tun hatte, dass dieser schon so bald wieder aufbrach.

⁂

Aus der Walachei zurück in Ofen musste Wilkin nicht weiter gehen als bis in die Ställe, um herauszufinden, dass seine Gemahlin in der Tat die Burg bereits kurz nach ihm verlassen hatte. Die Pferdeknechte wussten genau, seit wann ihr garstiges schwarzes Ross fehlte. Seinen Ärger verheimlichend, tat Wilkin so, als hätte sie in vollem Einvernehmen mit ihm gehandelt, um in seiner mangelnden Autorität als Ehemann nicht bloßgestellt zu sein.

Aussichtslos wie es erschien, blieb ihm keine andere Wahl, als sich auf die Suche nach Hedwig zu begeben. Untätig abzuwarten war ausgeschlossen. Seine Sorge um sie mischte sich mit seiner Wut über ihre Eigenmächtigkeit und trieb ihn voran. Bereits während er sein Reisegepäck in Ordnung brachte, alles wieder sorgsam faltete, was er benötigte, und sich neu mit Vorräten ausstattete, schwankte er von einem Moment zum anderen zwischen dem Wunsch, sein Weib übers Knie zu legen und ihr eine lange Strafpredigt zu halten, und dem Wunsch, sie unversehrt in die Arme zu schließen. Ebenso wenig konnte er sich entscheiden, ob er wollte, dass sie ihm kurz vor der Stadt fröhlich und gesund entgegenkam, oder ob er sie lieber aus einer großen Gefahr erretten würde, auf dass sie endlich einsah, wie sehr sie ihn brauchte und wie viel klüger es war, wenn sie auf ihn hörte.

⁂

Mit zwei Säuglingen durch das Gebirge zu reisen, war mühsam, doch zu Hedwigs Erleichterung nicht ganz so schwierig, wie sie es sich vorgestellt hatte.

Mara trug ihren eigenen Sohn Imre vor ihre Brust gebunden, und Hedwig tat mit Irinas Tochter das Gleiche. Sie mussten häufig rasten, weil Mara schnell ermüdete, da sie zum einen zwei Kinder stillte, ohne selbst besonders wohlgenährt zu sein, und zum anderen das Reiten nicht gewöhnt war. Die Kinder waren still und zufrieden, solange die Pferde in Bewegung blieben. Sie schrien häufiger während der Nachtruhe als unterwegs.

Immer ließen sie sich jedoch durch Mara beruhigen, die beide mit so unendlicher Geduld an ihre Brüste legte, dass Hedwig nur staunen konnte.

Sprechen konnte sie mit der jungen Mutter nicht. Nicht nur wegen ihrer verschiedenen Sprachen, sondern weil Mara sich scheu in sich und ihr Tun als Mutter und Amme zurückgezogen hatte. Sie war jünger als Hedwig und gewiss ein hübsches Mädchen gewesen, bevor Not und Kummer sie gebeugt, in Lumpen gehüllt und dreier Zähne beraubt hatten. Hedwig schwor sich, dass sie alles tun würde, um ihr ein besseres Leben zu ermöglichen, falls sie Ofen je erreichten und sie Wilkin bewegen konnte, sie alle aufzunehmen.

Juliana, von Hedwig bald Juli genannt, wirkte anfänglich zart, nahm zu Hedwigs Erleichterung jedoch rasch an Gewicht zu. Sie hatte das kleine Bündel ins Herz geschlossen und wäre jederzeit bereit gewesen, es mit ihrem Leben zu beschützen. Dennoch wünschte Hedwig nach drei Wochen, dass die Reise vorbei sein möge. Sie sehnte sich nach dem Tag, an dem sie den meistens nassen Säugling nicht mehr ständig herumtragen musste. Zudem war es zu einer anstrengenden Aufgabe geworden, für ausreichende Verpflegung zu sorgen. Mara durfte weder hungern noch dürsten, damit ihre Milch nicht versiegte.

So kam es, dass sie oft ganze Tage rasteten, damit Hedwig in Ruhe jagen oder den Weg in ein Dorf wagen konnte, wo sie sparsam ihre letzten Münzen für Lebensmittel eintauschte. Sie ging stets bewaffnet, ließ Tiuvel jedoch bei Mara zurück, um weniger Aufsehen zu erregen. Mara nutzte die Zeit, um die Windeln der Kinder zu waschen und zu trocknen.

Hedwig schätzte, dass sie noch eine Woche von der Ankunft in Ofen trennte, als ihr Geld schließlich vollends verbraucht war. Es blieb ihr nichts anderes übrig, als das nächste Gasthaus aufzusuchen, wo sie ihren Mantel gegen etwas mehr eintauschen konnte, als ihr ein einfacher Bauer dafür zu geben in der Lage war. Wenn sie unter Menschen ging, verhielt sie sich äußerst vorsichtig. Sie achtete darauf, dass ihr Haar bedeckt war, hielt den Blick gesenkt und versuchte unscheinbar zu wirken. Es war schlimm genug, dass sie durch ihre mangelnden Sprachkenntnisse auffiel, wenn sie auch die wichtigsten Sätze mittlerweile auf Ungarisch beherrschte. *Jó napot.* Guten Tag. – *Nekem kell kenyér és tej.* Ich brauche Brot und Milch. – *Mennyibe kerül?* Wie viel? – *Merre van dél?* Wo ist Süden? – *Melyik a következő város?* Welches ist die nächste Stadt? – *Nekem kell víz.* Ich brauche Wasser.

So hielt sie auch dieses Mal dem Wirt der »Silbernen Au« ihren ausgebürsteten Mantel unter die Nase. »*Mennyibe kerül?*«

An seiner Aussprache erkannte sie, dass auch für ihn das Ungarische keine Muttersprache war. »Deutsch?«, fragte sie zaghaft.

Misstrauisch musterte er sie. »Ja, deutsch. Was bist du für eine? Zu wem gehörst du? Zu dem Ritter, der gestern hier war? Er hat nach einer Frau wie dir gefragt.«

Fahrig zog Hedwig sich ihr Kopftuch fester übers Haar. »Wie mir? Was soll das heißen?«

»Schäbig gekleidet, einen Bogen tragend. Grüne Augen.«

»Hat er seinen Namen genannt? Wohin ist er geritten?«

Der Wirt schnaubte verächtlich. »Hat mich nicht damit beehrt, mir seinen Namen zu nennen. Aber er käm' heute wieder, hat er gesagt. Wir beide haben noch ein Geschäft ganz eigener Art abzuschließen.«

Seine Stimme hatte einen drohenden Unterton, der Hedwig vermuten ließ, dass es sich nicht um ein einvernehmliches Geschäft handelte. Verwirrt fragte sich Hedwig, ob der unbekannte Ritter Wilkin sein konnte. Was hätte er mit dem grollenden Wirt zu schaffen? Sie nickte und bemühte sich, unbeteiligt zu wirken. »Mich sucht er gewiss nicht. Ich reise mit Verwandten nach Ofen. Wir haben nichts mehr zu essen und kein Geld, deshalb wollte ich fragen, ob Ihr mir meinen Mantel abkaufen wollt. Es ist ein gutes Stück. Vielleicht wird Euer Weib sich darüber freuen, oder Ihr verkauft ihn weiter.«

An der Art, wie er den Mantel mit glitzernden Augen betrachtete, konnte sie erkennen, dass er ein gutes Geschäft witterte, obwohl er sonst gleichgültig tat. Er bot ihr einen Preis, sie schüttelte den Kopf, er bot etwas mehr, sie nickte.

Zufrieden schniefte er und bat sie zu warten, bis er das Geld sowie etwas Brot und Schinken geholt hätte. Sie hörte, wie er in der Küche, die hinten an den Schankraum anschloss, mit einer mürrischen Frau sprach.

Der Schankraum war leer bis auf zwei ältere Männer, die sich in einer Ecke mit ernsten Gesichtern auf Ungarisch unterhielten und die als Kaufleute zu erkennen waren. Das Wirtshaus hatte ein zweites Geschoss, in dem Schlafräume liegen mussten, es mochte also noch mehr Gäste geben als diese.

Während der Wirt wieder auf sie zukam, überlegte Hedwig hastig, ob sie versuchen sollte, von ihm mehr über den Ritter zu erfragen. Doch der Mann war ihr zu unangenehm. Sie wollte nicht mehr Zeit in seiner Gegenwart zubringen als nötig. Es würde ihr auf anderem Wege gelingen, mehr herauszufinden.

So verabschiedete sie sich in dem gleichen, demütigen Tonfall, in dem sie auch ihr Anliegen vorgebracht hatte, und entfernte sich eilig von der Schenke. Wie auf dem Hinweg schlug sie einen Bogen, um an ihr Ziel zu gelangen, und überquerte dabei auf einer kleinen Holzbrücke einen Bach, der hinter dem Stall des Gasthauses floss.

In der Nähe ließ eine mächtige Trauerweide ihre Zweige von der Böschung aus über das Wasser hängen. Hedwig bemerkte mit geübtem Auge, wie gut sich der Baum als Versteck eignete. Von dort oben aus würde sie alles überblicken können, was sich auf der Straße vor dem Wirtshaus tat. Kehrte der Ritter zurück, würde sie ihn sehen.

Flink vergewisserte sie sich, dass niemand sie beobachtete, dann stieg sie in die Krone der Weide und suchte sich einen bequemen Platz, auf dem sie ausharren konnte.

Am Kommen und Gehen, das auf der Straße herrschte, war zu erkennen, dass Ofen nicht mehr fern war. Kaufleute mit ihren Ketten von bepackten Maultieren und bewaffneten Reitern zu ihrem Schutz zogen vorüber. Einige Vaganten in Mönchskutten bewegten sich gemeinsam mit zwei Wanderern, die Kiepen auf dem Rücken trugen, gemächlich und ins Gespräch vertieft von der Stadt fort. Eine kleine Schafherde wurde in Richtung Ofen die Straße entlanggetrieben, umtobt von zwei aufgeregten Hütehunden. Ein geschlossener Reisewagen, von vier Rittern und einigen Knechten begleitet, folgte wenig später.

Nur wenige Reisende aber kehrten ein. Es musste also noch ein weiteres Gasthaus geben, das sich vor der Nacht erreichen ließ.

Der sich wandelnde Stand der Sonne verriet Hedwig, wie die Zeit verstrich, während sie in ihrem Versteck lauerte. Ein wenig döste und träumte sie, ein wenig gab sie sich sorgenvollen Gedanken hin. Was, wenn es Wilkin war, der sie suchte? Sie glaubte, dass er zu gut war, um sie zu bestrafen, aber ganz sicher war sie sich nicht. Wütend musste er sein. Wie würde er es in seiner Wut aufnehmen, dass sie zwei Säuglinge und eine hussitische Amme mitbrachte, für die er aufkommen sollte? Ihr schlug das Herz heftig bei dem Gedanken daran, ihm wieder gegenüberzustehen. Bei aller Sorge fühlte sie in ihrer Reisemüdigkeit und nach der langen Anspannung die Sehnsucht, dass er es tatsächlich sein möge. Sie erträumte sich, wie er ihr alles verzieh, sie in die Arme schloss und ihr half, die Kinder und Mara das letzte Stück des Weges nach Ofen zu bringen, in ein Heim, das sie sich dort einrichten würden.

Als endlich ein Mann vor der Schenke vom Pferd stieg, der an der Rüstung, die unter seinem grauen Kapuzenmantel hervorsah, als Ritter zu erkennen war, erstarb diese Hoffnung in ihr. Es war nicht Wilkin. Sobald sie die Enttäuschung überwunden hatte, stellte sie jedoch fest, dass ihr der Mann dennoch bekannt vorkam. Es mochte nur die Art sein, wie er die Kapuze über das Gesicht gezogen trug. Oder der unnötig harte Ruck, den er seinem Pferd mit den Zügeln im Maul versetzte, als es nicht ganz still stand, nachdem er abgestiegen war. Jedenfalls musste sie an Ludwig von Torgau denken. Gespannt beugte sie sich vor, um eine freiere Sicht zu haben, doch der Klang seiner Stimme befreite sie im nächsten Moment von jedem Zweifel. Er rief laut nach dem Wirt, sprach dann aber zu leise mit diesem, als dass Hedwig ein Wort hätte verstehen können.

Aufgeregt ärgerte sie sich, dass sie den beiden nicht nah genug war, um zu lauschen, und schauderte zugleich, weil sie auf keinen Fall von Ludwig bemerkt werden wollte. War er der Ritter, der nach ihr gefragt hatte? Wie um diese Vermutung zu bestätigen, wies der Wirt in ihre Richtung.

Entsetzt erstarrte sie, doch die Männer bemerkten sie nicht, sondern führten ihr Gespräch weiter. Sie zog sich behutsam weiter ins dichte Laub der Weidenkrone zurück. Was konnte Ludwig von ihr wollen? Oder ging es ihm am Ende nicht um sie, sondern um eine andere Frau?

Als er sich nun von dem Wirt trennte und wieder sein Pferd bestieg, hielt Hedwig den Atem an. Noch einmal wies der Wirt in ihre Richtung, und Ludwig folgte seinem Hinweis. Gleich darauf näherte er sich der Brücke. Hedwig konnte sehen, dass seinem Pferd das schmale Holzgerüst mit dem rauschenden Wasser darunter unheimlich war. Auch dem Reiter war dies bewusst, sodass er dem Tier vorsorglich die Sporen gab. Der Erfolg war, dass es die Brücke mit drei gewaltigen, polternden Sätzen überwand und auf der anderen Seite nur mühsam zu zügeln war. Wütend hieb Ludwig ihm erneut strafend die Sporen in die Seiten und ließ es dann galoppieren.

Für den Augenblick erleichtert, blickte Hedwig ihm nach, nur um kurz darauf mit Grauen festzustellen, dass er den Weg zu dem kleinen Waldstück einschlug, in dem Mara und sie ihr Lager aufgeschlagen hatten.

Beinah fiel sie aus dem Baum, so eilig hatte sie es nun. Ohne einen Gedanken an Ziemlichkeit zu verschwenden, schürzte sie ihr Kleid, dann rannte sie los, wie sie seit Jahren nicht gerannt war.

* *

Wilkin war entschlossen, den Wirt umzubringen, falls der ihn noch einmal auf seine widerwärtige Art angrinsen würde. Er hatte einen ganzen Tag mit dieser Sache vergeudet und wenig erreicht. Deshalb würde er dem habgierigen Abtrittputzer von einem Wirt nun ein letztes, angemessenes Angebot machen und ihm danach die blanke Klinge zeigen, wenn er nicht einwilligte.

Es war eine erbärmliche Geschichte, in die er sich da hatte hineinziehen lassen, aber seine Ehre hatte ihm keine Wahl gelassen. Ein alter Ritter namens Eckhart war nach vier Wochen Siechtum im Gasthaus »Zur silbernen Au« gestorben. Nur für eine Woche davon war das Hab und Gut des verarmten alten Mannes nach Ansicht des Wirtes ausreichende Bezahlung gewesen. Und selbst das nur dann, wenn man den Toten bloß in seinem schäbigen Hemd begraben hätte.

In seiner hinterhältigen Schlauheit hatte nun der Wirt den Leichnam seines ehemaligen Gastes noch im Haus behalten und sich mit seiner Klage an den nächsten Ritter gewandt, der des Weges kam – und das war Wilkin.

Es war wohlbekannt, dass jeder echte christliche Ritter es als seine Pflicht betrachtete, einem verstorbenen Standesgenossen ein christliches und ehrenhaftes Begräbnis zu ermöglichen. Auch wenn dies bedeutete, dass er zuvor dessen Schulden bezahlen musste, damit der Gläubiger die Leiche nicht auf dem Schindanger verscharren ließ.

Nun hätte Wilkin willig seine Pflicht getan und die Sache schnell bereinigt, wenn sein Geldbeutel nicht, wie meistens, erschreckend mager gewesen wäre. Umso erschreckender, da er noch nicht einmal wusste, wie lange seine Reise dauern würde.

Er hatte entsprechend den Wirt um einen Aufschub gebeten und war – mit so viel Würde, wie er dabei bewahren konnte – zum Wohle der Seele des Toten betteln gegangen. Bei allen Rittern, die er im Umkreis ausfindig machen konnte, hatte er sein Glück versucht und einen Beitrag erbeten. Ein Dutzend hatte er getroffen, doch die Hälfte von ihnen hatte ihm das edelmütige Anliegen nicht geglaubt und den Beutel stecken lassen.

Zwar hätte er für diese Beleidigung von ihnen Genugtuung fordern können, doch da er schon zu Beginn seines Vorhabens zu dem Schluss gekommen war, dass er selbst auch eher zu denen gehört hätte, die dem Bittsteller keinen Glauben schenkten, hatte er sich in Demut geübt und auf die sinnlose Anstrengung verzichtet.

Die Summe, die er zusammengebracht hatte, betrug etwas mehr als die Hälfte des vom Wirt geforderten Betrags. Er konnte nur hoffen, dass nicht das Begräbnis noch zusätzliche Kosten verursachen würde.

Zu seinem eigenen Glück grinste der Wirt nicht, als er das Geld von Wilkin in Empfang nahm. Er wog die Münzen in der Hand, zählte sie, ließ sie zurück in den Beutel klimpern und schob sinnend seine dicke Unterlippe vor.

Ungeduldig griff Wilkin nach der Lehne eines Stuhls. »Was ist? Reicht es aus?«

»Mein Herr, ich weiß, Ihr habt getan, was in Eurer Macht stand. Und daher will ich mich zufriedengeben, obwohl es zu meinem Schaden ist. Ich frage mich nur, ob Ihr Euren eigenen Beutel noch ein wenig weiter öffnen würdet, wenn ich Euch etwas erzählen würde, das Eure früheren Fragen betrifft und das allgemein für Euch von Nutzen sein könnte.«

Wilkin hielt es für mehr als unwahrscheinlich, dass sein gerissenes Gegenüber während seiner Abwesenheit etwas Neues erfahren hatte, das für ihn von Belang war. Gewiss wollte der Elende nur herausfinden, wie viel bei ihm noch zu holen war.

Kühl sah er dem Wirt in die Augen. »Bringt den Toten herunter und schickt Euren Knecht, dass er ihn mit dem Wagen zur Kirche bringe. Ich werde ihm nachreiten und mit dem Priester das Nötigste bereden.«

Der Wirt zog seine vorgestülpte Unterlippe ein und verkniff verärgert das Gesicht. »Sehr wohl.«

Wenig später ließ Wilkin sein Pferd langsam hinter dem rumpelnden Ochsenwagen hertrotten, auf dem Ritter Eckhart zur letzten Ruhe fuhr. Zumindest bis der Knecht sich auf dem Bock zum fünften Mal nach ihm umgedreht hatte, mit so demütigem Lächeln, als wolle er unbedingt angesprochen werden. Wilkins Ungarisch war inzwischen gut genug, um ein einfaches Gespräch führen zu können, und da vielleicht die Möglichkeit bestand, hier unentgeltlich etwas Nützliches zu erfahren, trieb er schließlich sein Pferd nach vorn, um neben dem Bock zu reiten.

Der wagenlenkende Knecht lächelte und nickte Wilkin mehrmals unterwürfig zu.

»Was gibt es denn? Hast du mir etwas zu sagen?«, erkundigte Wilkin sich auf Ungarisch.

Wieder folgte emsiges Nicken, bevor der junge Mann sprach. »Hat heute ein fremder Ritter nach Euch gefragt, hoher Herr. Habe es von der Küche aus gehört. Und er sagte, Ihr solltet nicht wissen, dass er gefragt hätte. Und dafür hat er gezahlt. Und dann hat der Wirt ihm von dem Weib erzählt, das heute da war und das so aussieht wie das, nach dem Ihr gefragt habt. Danach ist er den Weg geritten, den das Weib gegangen ist. Schenkt Ihr mir ein paar Münzen dafür?«

Wilkin entfuhr ein so lästerlicher Fluch, dass er froh sein musste, von dem Knecht nicht verstanden zu werden.

* *

Obwohl Hedwig so schnell lief, wie sie konnte, verschwand das galoppierende Pferd mit Ludwig von Torgau rasch außer Sicht und erreichte den Waldrand lange vor ihr. Ihre Seiten stachen, und die Lunge brannte ihr, als sie etwas abseits des ausgetretenen Fußpfades zwischen Holunderbüschen und Brombeerranken hindurch in den Wald stob.

Ohne innezuhalten, hetzte sie auf einer Abkürzung durch den lichten Hudewald, dann durch dichteres Unterholz. Ein Stück vor ihrem Lagerplatz wurde sie langsamer und vorsichtiger. Zwischen den Geräuschen des Waldes war ihr eigener keuchender Atem das Lauteste – bis ein schriller Frauenschrei erklang, der jäh wieder erstickte. Mit der Schnelligkeit eines Gedankens nahm Hedwig den Bogen von der Schulter und einen Pfeil aus ihrem Köcher, bevor sie erneut losrannte.

Ludwig von Torgau presste die leise wimmernde Mara gegen einen Baum und hielt ihr ein Messer an den Hals. Ein Stück entfernt tobte Tiuvel aufgebracht und zerrte an seinem Anbindeseil, um dem Grauschimmelhengst des Ritters beizukommen, während die beiden Säuglinge gefährlich nah bei den stampfenden Hufen des Grauen auf dem Boden lagen, dessen Zügel über einen Ast geworfen waren.

Hedwig hatte vor zu drohen und ihren Schwager durch einen Zuruf von Mara abzubringen, doch dieses Mal hatte sie sich nicht genügend unter Kontrolle. Ihre Hände zitterten, und statt den Bogen im Auszug zu halten, löste sie unabsichtlich den Pfeil.

Sie traf Ludwig von Torgau an der wohl tödlichsten Stelle links im Rücken, auf der Höhe des Herzens, und ihr Pfeil durchdrang seine leichte Reiserüstung auf die kurze Entfernung mühelos. Ludwig wurde durch den Aufprall nach vorn gestoßen und verletzte Mara dabei mit dem Messer am Hals.

Von seinem Blut war noch nichts zu entdecken, doch Hedwig sah, wie Maras Hals und Brust sich plötzlich rot färbten. Die Amme sank zu Boden, während ihr Angreifer noch auf den Füßen stand. Er drehte sich zu ihr um und sah sie mit einem Blick an, der Verwunderung ausdrückte. Dann sackte er wortlos in sich zusammen.

Hedwig blieb keine Zeit, ihren Schrecken zu bewältigen, denn nun schrie eines der Kinder los wie am Spieß, weil der fremde Hengst es tatsächlich getreten hatte. Das Pferd scheute im selben Augenblick zurück, wie Hedwig vorstürzte. Um Haaresbreite hätte das Tier sie niedergetrampelt, doch sie schaffte es an ihm vorüber, riss die Kinder an sich und wich mit ihnen aus.

Inzwischen hatte Tiuvel sich losgerissen und ging auf seinen im Grunde unschuldigen Widerpart los, als hätten alle Dämonen der Hölle sich auf einmal den Lagerplatz der Frauen als Festwiese ausgesucht. Hedwig ließ die kämpfenden Pferde Pferde sein und hastete mit ihrer kostbaren und schreienden Last zu Mara, die bereits wieder zu sich kam. Die Amme blutete so stark, dass ihre Wunde nicht genau zu erkennen war. Da Ludwig sich nicht mehr regte, wagte Hedwig es, die Kinder wieder nah bei ihrer Seite abzulegen, um Mara helfen zu können. Angstvoll riss sie sich ihr Kopftuch herunter und presste es dorthin, wo sie die Quelle des Blutes vermutete.

Mara schlug die Augen auf, sah sie und begann zu weinen. Auch die Säuglinge schrien nun immer lauter.

*»Nem akarok meghalni«,* wiederholte Mara immer wieder.

*Ich will nicht sterben.* So viel verstand Hedwig. »Du stirbst nicht«, sagte sie, mit weit mehr Überzeugung, als sie fühlte. In Wahrheit hatte sie zum ersten Mal seit ihrem Aufbruch aus dem Zootzener Wald das Gefühl, dass sie sich rettungslos übernommen hatte.

Sie hatte unwillentlich einen Mann getötet, was schon schlimm genug gewesen wäre, ganz gleich, ob er es verdient hatte. Doch dazu hatte sie nun zu wenig Hände, um sich um drei hilflose Geschöpfe gleichzeitig zu kümmern. Ihre einzige Unterstützung war ein verrücktes Pferd, welches soeben erfolgreich den fremden Hengst vertrieben hatte und nun hin- und hertrabend und mit dem Kopf schlagend seinen Sieg feierte.

Hedwig nahm Maras Hand und legte sie auf das bereits blutgetränkte Tuch. »Halt das ganz fest und drück darauf.«

Anschließend hob sie zuerst den kleinen Imre auf, küsste ihn, tastete ihn eilig ab und tat dann dasselbe mit Juli. Ihr spitzer und schriller werdender Schrei zeigte ihr, dass sie diejenige war, die der Pferdehuf getroffen hatte. Bei der Vorstellung, was der Tritt angerichtet haben konnte oder hätte anrichten können, überlief es Hedwig eiskalt. Hastig wickelte sie die Kleine aus und fand eine große, blaurote Schwellung an ihrem rechten Bein.

Wie ein Fausthieb in den Magen traf Hedwig die Einsicht, wie sehr sie versagt hatte. Es war ihr nicht nur misslungen, Irinas Tochter zu beschützen, sie war allein schuld an dem ganzen Unglück. Was auch immer Ludwig von Torgau gewollt hatte, es war ihm gewiss nicht um Mara und die Kinder gegangen. Wer wusste schon, ob er sich nicht sogar freundlich verhalten hätte, wenn sie ihm gesagt hätte, dass Juli möglicherweise seine Tochter war. Nun würde er es nie erfahren, so wie Juli ihm niemals begegnen würde, und auch daran trug sie die Schuld. Gebrochen beugte Hedwig sich über das untröstlich vor Schmerzen schreiende winzige Mädchen und wiegte es, ohne ihm helfen zu können.

Wilkin hatte vor, zur »Silbernen Au« zurückzukehren, um nun doch noch den Wirt durchzuschütteln, doch von der Straße aus sah er hinter dem Anwesen, am fernen Ende einer Wiese, ein reiterloses, gesatteltes Pferd grasen. Kurzentschlossen überquerte er daher eine kleine Brücke, die über einen Bach führte, und folgte einem Fußpfad, der ihn in die Nähe des Pferdes brachte. Aus der Nähe erkannte er den Grauschimmel verblüfft als den seines Bruders, und seine Beunruhigung wuchs. Es konnte nur einen bösartigen Grund dafür geben, dass Ludwig hier nach ihm gesucht hatte. Eilig fing er den Grauen ein und band ihn im Wald, außer Sichtweite der Straße, an einen Baum. Dann folgte er dem sichtbaren Pfad.

Er wusste, dass er auf dem richtigen Weg war, als Tiuvel ihm drohend entgegenkam. Der Schwarze lenkte ein, als er Wilkins Reisepferd erkannte, und kehrte um.

Wilkin trieb seinen Wallach an und stieß kurze Zeit später auf einen kleinen Lagerplatz, an dessen Rand Irinas Stute angebunden stand. Die Szene vor ihm war nicht geeignet, ihn zu beruhigen. Ein mit halb getrocknetem Blut bedecktes Weib saß an einen Baum gelehnt da und stillte einen Säugling, der dabei unglücklich wimmerte. Schreckensbleich starrte sie ihn mit weit aufgerissenen Augen an. Neben ihr lag zu einer Seite ein zweites Kind, zur anderen Seite Ludwig – bewusstlos oder tot.

Entsetzt blickte Wilkin sich um. Wo war Hedwig? Mit einem Schlag fühlte er nun wieder die ganze Übelkeit erregende Angst um sie. Er wollte sie zurückhaben, lebend und heil. Unwillkürlich rief er laut ihren Namen.

Seine Erleichterung kannte keine Grenzen, als sie hinter einem Baum hervortrat. Wie üblich hielt sie ihren Bogen mit aufgelegtem Pfeil, doch zitterten ihre Hände, was ganz ungewöhnlich für sie war. Sie war sichtlich gezeichnet von schrecklichen Ereignissen, ihr Gesicht erschöpft und verweint, ihre Ärmel voller Blutflecken.

Wilkin folgerte, was sich abgespielt hatte, und er war mit den Fragen um gewaltsame Todesfälle vertraut genug, um sofort zu wissen, dass Ludwigs Tod sie vor erhebliche Schwierigkeiten stellte. Doch als er vom Pferd sprang, auf Hedwig zustürmte und sie in seine Arme riss, vergaß er jede Vernunft. Umso mehr, da sie ihren Bogen fallen ließ, sich an ihn schmiegte und begann, haltlos zu schluchzen.

»Ich wollte das nicht«, stieß sie hervor. »Ich wollte ihn nicht töten. Aber er hat Mara bedroht und …«

»Schsch. Du warst es gar nicht. Hörst du?« Er küsste sie, ließ sie los und ging zu seinem toten Bruder hinüber. In Ludwigs Gesicht zu blicken, vermied er, trotz aller Abneigung gegen ihn. Dabei war es nur gekommen, wie es hatte kommen müssen. Sein ganzes Leben lang hatte er das Gefühl gehabt, dass auf der Welt nur für ihn oder seine Brüder Platz war, nicht für sie alle gemeinsam.

Er nahm dem Toten seinen Mantel und den leichten Harnisch ab, zog beides behutsam über den noch steckenden Pfeil. Anschließend suchte er sich ein Stück Leder, mit dessen Hilfe er den rutschigen Pfeilschaft greifen und zwischen den Rippen des Toten hindurch aus der Wunde ziehen konnte.

Die Angelegenheit erforderte Kraft und Geschick und wäre dennoch nicht geglückt, wenn die Pfeilspitze stärkere Widerhaken gehabt hätte. Zu ihrem Glück hatte Hedwig immer Pfeile bevorzugt, die sich leicht wieder aus der Jagdbeute oder nach Fehlschüssen aus dem Grün bergen ließen.

»Gib mir deinen Bogen und die Pfeile«, sagte er und wandte sich zu ihr um.

Sie stand, wo er sie hatte stehen lassen, und beobachtete ihn mit einer Miene, die zwischen Fassungslosigkeit und Abscheu schwankte. Ihm wurde klar, dass sie ihn noch niemals mit blutigen Händen gesehen hatte. Sie wusste nicht, wie selbstverständlich dieser Teil des Kriegshandwerks für ihn war. Möglicherweise wunderte sie sich aber auch nur darüber, dass er keine Pietät zeigte, was seinen Bruder anging.

Er sah ihr in die Augen. »Wir werden ihn zur nächsten Dorfkirche bringen, und ich werde dem Priester erklären, dass ich ihn für einen Wegelagerer hielt, der Euch Frauen angriff. Ich habe ihn erst erkannt, als ich ihn erschossen hatte. Hast du verstanden? Ich habe geschossen.«

Noch immer zitterten ihre Hände, aus ihrem unbedeckten, eingeflochtenen Haar hatten sich Strähnen gelöst, die ihr wirr ins Gesicht hingen, und ihre Augen wirkten fiebrig.

»Das wäre eine Lüge«, sagte sie leise.

Es hatte eine Zeit in Wilkins Leben gegeben, in der er weit von sich gewiesen hätte, dass er sich jemals zum Lügen herablassen würde. In jenen Jugendtagen hätte er sich gleich mit dem ersten jener Ritter geschlagen, die ihm wegen des Geldes für Eckhart nicht geglaubt hatten.

Nachdenklich senkte er den Blick zu seinem toten Bruder und beobachtete, wie große rote Waldameisen über seine noch um den blutigen Dolchgriff gekrümmte, haarige Hand wanderten. Nicht die Lüge war in dieser Sache sein Verbrechen, sondern dass er nicht schon längst etwas gegen Ludwig unternommen hatte. Er hatte es zugelassen, dass seinem Eheweib nichts anderes übrigblieb, als sich tätlich zu wehren. Wäre es möglich gewesen, er hätte sie von dieser Sünde auch vor Gott reingewaschen und den Totschlag ganz auf sich genommen.

»Es ist besser so«, sagte er.

Und ein einziges Mal hatte sie kein »Aber« für ihn, sondern nur ein müdes, vielleicht sogar ein wenig dankbares Nicken.

Sie brachten Ludwig zu dem Priester jener Kirche, in der bereits die Bestattung Ritter Eckharts vorbereitet wurde.

Wilkin schilderte in gebrochenem Ungarisch den Tod seines Bruders als tragischen Unfall, an dem sie beide nicht schuldlos waren. Er nannte Ludwig einen auffahrenden, unbeherrschten Mann, der sich von einer Unhöflichkeit der Amme zu einem Angriff auf sie hätte provozieren lassen. Er – Wilkin – hätte ihn bei seiner Rückkehr zum Lager mit einem Räuber verwechselt.

Die erschütterten Mienen der Frauen, die jeder einen Säugling trugen, und die Tatsache, dass der edle junge Ritter zuvor keine Mühe gescheut hatte, um einem Fremden zu einem christlichen Begräbnis zu verhelfen, ließ für den Priester offensichtlich alles glaubwürdig klingen. Der Geistliche nahm ihm anschließend seine falsche Beichte ab und erlegte ihm eine milde Buße auf, die der Tragik der Sache entsprach.

Wilkin bezahlte dafür nicht nur die Bestattungen der beiden Toten, sondern hinterließ auch noch eine großzügige

Spende. Er verwandte dazu den Inhalt des Geldbeutels, den Ludwig bei sich getragen hatte, und hoffte zynisch, dass Ritter Eckhart sich nicht deswegen vor Entrüstung wieder aus seinem Grab erheben würde.

Acht Tage später trafen sie in Ofen ein, und Wilkin sah sich zum Oberhaupt eines eigenen Hausstandes aufgestiegen, als es ihm gelang, auf Hedwigs Wunsch hin ein kleines Haus in der Stadt zu mieten.

Es war nicht das, was er sich für seine schöne Gemahlin gewünscht hatte. Er hätte lieber mit ihr die Annehmlichkeiten des Hofes ausgekostet. Doch er spürte, dass sie nach ihren verstörenden Erlebnissen die Ruhe des kleinen Hauses brauchte.

Und sie lohnte ihm seine Rücksichtnahme damit, dass sie ihm zum ersten Mal das sanfte, zurückhaltende, ja mütterliche Weib war, das er von Anfang an in ihr geahnt hatte. Jeden Abend liebte er es, zu ihr zurückzukehren, nachdem er den Tag in Sigismunds und des Hofes Gesellschaft verbracht hatte.

⁂

Seit dem Moment, in dem Wilkin sie gefunden und ihren Namen gerufen hatte, wusste Hedwig, dass sie in Zukunft nichts mehr gegen seinen Willen tun würde, wenn er ihr nur verzieh.

Was er dann tat, ging weit darüber hinaus, ihr nur zu verzeihen. Er rettete sie, so wie sein leiblicher Vater sie vor langer Zeit gerettet hatte, und er war ebenso gut zu ihr.

Ihm schien sich nicht einmal die Frage zu stellen, ob er auch Mara und die Kinder aufnehmen wollte. Es war selbstverständlich für ihn. Er verschaffte ihr ein Haus und eine Magd, obwohl er das Geld für Mietzins und Lohn vorerst wieder einmal leihen und einen Bittbrief an Kurfürst Friedrich schreiben musste, und er sorgte dafür, dass es ihnen an nichts fehlte.

So tief erschüttert und berührt von den Geschehnissen war Hedwig, dass sie alles tat, von dem sie glaubte, es würde ihn glücklich machen. Sie wurde häuslich, beschränkte sich auf sanfte, weibliche Tätigkeiten, ließ sich herausputzen, wenn sie ihn auf seinen Wunsch hin zu höfischen Geselligkeiten begleitete, und wartete geduldig in Ofen, wenn er Sigismund auf dessen Unternehmungen begleitete. Niemals fragte sie, ob sie je nach Brandenburg heimkehren würden. Zumal sie, bei aller Sehnsucht danach, selbst nicht wusste, was das bedeutet hätte.

Ihren Bogen beiseitezulegen fiel ihr anfangs weniger schwer, als sich von ihrem Pferd fernzuhalten. Der Bogen erinnerte sie an ihr Verbrechen und die Lüge, die darauf gefolgt war. Es war schwierig genug, die falschen Beichten auszuhalten, die sie ablegte.

Was ihr Pferd betraf, war es abermals Wilkin, der ihr half. Er fand einen liebenswürdigen Stallknecht, der mit Tiuvel zurechtkam und ihn pflegte, und schlug vor, dass sie in dessen Begleitung alle paar Tage einen Ausritt machen solle, damit der Hengst an sie gewöhnt bliebe.

So war es Hedwig recht, denn immerhin hatte sie nun kleine Kinder in ihrer Obhut, und sie erwartete halb, dass es bald mehr werden würden. Denn zärtlicher und mit mehr Freude daran war Wilkin des Nachts nie zu ihr gekommen als nun.

## 16

# Die Krieger Gottes

Cords Begeisterung für den Krieg gegen die Hussiten hatte bereits nach den ersten drei Monaten seiner Beteiligung erheblich nachgelassen. Der große Feldzug, auf den alle so viel Hoffnung setzten, wurde angekündigt, festgelegt, verschoben, abgesagt, wieder angekündigt, vorbereitet, festgelegt und wieder verschoben.

In seinem anfänglichen Kampfeswillen, in dem zu seiner späteren Einsicht mehr als nur eine Unze Lebensmüdigkeit steckte, hatte er sich vom Markgraf von Meißen, Friedrich dem Streitbaren, in mehrere kleine Gefechte schicken lassen. Seit der Markgraf 1421 einen der wenigen Erfolge für die katholische Seite errungen und in der Schlacht bei Brüx die Hussiten geschlagen hatte, wurde das meißnische und sächsische Gebiet von diesen verstärkt angegriffen. Vor allem seit Prokop, der neue Anführer der Ketzer, die hussitische Taktik von der bloßen Verteidigung stärker zum Angriff verlagert hatte.

Bald verstand Cord, was die Hussiten zu so mächtigen Gegnern machte. Unter ihnen kämpften nicht nur Adlige oder Söldner, sondern Männer und Frauen des Volkes, von Uralten bis zu Blutjungen, und sie alle taten es aus Überzeugung für ihre Sache. Doch sie kamen nicht daher wie eine überzeugte Schafherde, so wie man es vielleicht hätte erwarten können. Sie hatten von Beginn des Krieges an kluge Anführer gefunden, die das Beste aus ihren einfachen Fertigkeiten gemacht hatten, allen voran den legendären Jan Žižka, der sein Heer sogar dann noch in die Schlacht geführt hatte, als er bereits auf beiden Augen erblindet war. Prokop und seinen Vorgängern war es gelungen, den Bauern, Schustern und Schmieden strategische Regeln einzubläuen und sie Mut, Stolz, Erbarmungslosigkeit und das Singen furchteinflößender Hymnen zu lehren. Sie hatten ihnen gezeigt, dass es möglich war, aus Dreschflegeln Kriegskeulen zu machen, und dass eine ungerüstete böhmische Wäscherin einen deutschen Kriegsknecht besiegen konnte, solange sie nur den wilden Willen dazu besaß.

Die Hussiten marschierten ohne Zögern, und sie bewegten sich mit ihren Wagenzügen und leicht oder gar nicht gerüsteten Reitern unfassbar schnell. Noch schneller gelang es ihnen, aus einem Zug eine Wagenburg aufzustellen, an der die zauderhafteren Ritter der deutschen Lande sich regelmäßig die Zähne ausbissen. So sie denn überhaupt versuchten zuzubeißen und sich nicht von dannen machten, sobald sie das »Ihr, die Ihr Krieger Gottes seid …« von Prokops Heer aus der Ferne erklingen hörten.

Cord scheute den Kampf nicht, doch er war auch keiner, der sich allein dem Gegner entgegenstellte, wenn sein Anführer und alle um ihn herum begannen, in die andere Richtung zu rennen, als hätten sie Mühe, es noch bis zum Abtritt zu schaffen. Dermaßen sinnlos wollte er sein Leben nicht verlieren. Also floh er mit ihnen, auch wenn das hieß, erneut die Wutausbrüche der beschämten und enttäuschten Heeresführer aushalten zu müssen.

Bei all diesen – meist wenig glorreichen – Kriegsabenteuern war Dieter von Quitzow bei ihm geblieben.

Das lag nicht daran, dass der Junge eine plötzliche Zuneigung zu ihm gefasst hatte. Vielmehr war es einem nachdrücklichen Versprechen zu verdanken, das Cord ihm zu Anfang ihrer Reise unweit von Krakau gegeben hatte. Eine einzige schändliche Tat, ein einziger Ungehorsam, hatte Cord ihn gewarnt, und er würde ihn in jedem Versteck finden und entmannen.

Er war nach seinem Abschied von Hedwig und durch das üble Wetter, was eben über sie hereingebrochen war, in der richtigen Stimmung für eine solche Drohung gewesen.

Dieter hatte ihn mit verkniffenen Lippen und hervortretenden Kiefermuskeln angehört. Cord hatte vorgehabt, am Ende seiner Ansprache zumindest ein Nicken einzufordern, doch auch dieser von Quitzow verstand es, ihn zu überraschen. Der Sechzehnjährige sah ihn mit eiskaltem Blick in die Augen. »Ich bin es gewöhnt, dass man mich hasst. Aber den verfluchten Köter habe ich trotzdem nicht getötet.«

Zu dieser Vermutung war Cord längst selbst gelangt, doch milderte das seine Abneigung gegen Dieter nicht. »Stell dir vor, das glaube ich dir sogar. Doch es ändert nicht das Geringste.« Er zog seinen treuen, bereits etwas schartigen Dolch und zeigte ihn Dieter. »Es ist ganz einfach zu merken: Du machst mich böse – ich kastriere dich. Glaub mir, daran bist du nicht gewöhnt.«

Er wusste, dass er überzeugend geklungen hatte, denn es war ihm mit seiner Drohung durch und durch ernst gewesen. Dieter hatte es begriffen und sich zu Herzen genommen. Er benahm sich in der Folge weiterhin kalt und abweisend, aber untadelhaft, was in erster Linie bedeutete, dass er genau das tat, was Cord ihm befahl. Nach einer Weile hatte er damit zwar nicht Cords Vertrauen, aber doch seinen Respekt erworben. Wilkin hatte den Jungen trotz aller Unstimmigkeiten vernünftig ausgebildet, und das zeigte sich nun. Gleich in seinem ersten Gefecht schlug Dieter sich an Cords Seite erfolgreich, und Cord war sich nicht zu schade, ihm dafür in schlichten Worten seine Anerkennung auszusprechen. Zum ersten Mal, seit er den Jungen kannte, sah er bei diesem Anlass so etwas wie Lebensfreude in seiner sonst meist regungslosen Miene aufleuchten.

Ebendieses kleine Gefecht im Grenzgebiet zwischen Meißen und Böhmen, unweit von Aussig, brachte Cord gleichfalls große Anerkennung ein, wenn auch eher zufällig. Sie waren unter Burggraf Heinrich von Hartenstein und Meißen, dem Bruder von Gräfin Constantia, geritten. Kurz nach dem Zusammenstoß mit den Hussiten erhielt dieser eine Nachricht, die ihn dringend nach Meißen rief. Kurzerhand beförderte er Cord zum Oberhaupt seiner Truppe und verabschiedete sich mit den Worten: »Die Ketzer führen etwas im Schilde, ich fühle es in den Knochen. Sei wachsam, mein Alter.«

Der Burggraf hätte ihn nicht darauf hinweisen müssen, dass etwas in der Luft lag. Es war zu deutlich gewesen, wie rasch der kleine Hussitentrupp, den sie bekämpft hatten, sich zurückzog, ohne wirklich geschlagen zu sein. Es hatte so sehr nach einer Falle ausgesehen, dass der Burggraf auf jede Verfolgung verzichtet hatte. Nicht zuletzt die spöttischen Mienen der hussitischen Reiter hatten zu seinem Verdacht beigetragen.

Als am nächsten Tag in wilder Jagd ein Bote bei ihnen hielt, um ihnen zuzurufen, dass gewaltige Scharen von Ketzern auf Aussig zumarschieren würden und die Stadt Hilfe bräuchte, hatte Cord seine Erklärung für die bösen Vorahnungen.

Es gab nun zwei Möglichkeiten: Er konnte mit seinen Männern nach Aussig eilen, um die Besatzung der Stadtbefestigung zu verstärken – auf die Gefahr hin, dort durch die Belagerer eingeschlossen zu werden. Oder er konnte sich in Richtung Meißen zurückziehen, um dort auf das katholische Heer zu warten, das hoffentlich aus allen Landen zum Entsatz Aussigs herbeiströmen würde.

Er war sich bewusst, dass es höchst fraglich war, ob ein solches Heer sich überhaupt zusammenfinden würde, und noch fraglicher, ob dies schnell geschehen würde. Darauf zu warten, hätte wahrscheinlich bedeutet, lange untätig zu bleiben. In der von Belagerung bedrohten Stadt hingegen würden jede Hand und jede Waffe gebraucht werden. Zumal wenn die helfenden Hände Vorräte mitbrachten.

Rasch rief Cord sich die Weiden voll grasender Rinder ins Gedächtnis, die er in den vorangegangenen Tagen gesehen hatte, und überschlug die Zeit, die es brauchen würde, um die Tiere nach Aussig zu treiben. Es schien gewagt, aber möglich. »Wir stehlen Rinder und bringen sie nach Aussig«, verkündete er den auf seine Anweisungen wartenden Recken. »Und dann machen wir es uns da bequem und essen täglich Spießbraten. Auf geht's.«

Alle wussten, worum es in Wahrheit ging, doch sie lachten. Und keiner von ihnen stellte auch nur für einen Moment infrage, dass er es war, der sie anführte. Woraufhin Cord vollends überzeugt davon war, dass er zumindest ein einziges Mal in diesem Krieg im Begriff war, das Richtige zu tun.

Sie schafften es mit einer kleinen Herde beschlagnahmter Rinder in die Stadt, bevor die Hussiten ihnen den Weg versperren konnten. Die Bürger von Aussig hießen sie dankbar willkommen.

Bereits zwei Tage später war die Stadt vom feindlichen Heer eingeschlossen und stand unter Beschuss.

Die Verteidiger wehrten sich erbittert. Sie kämpften mit einer Zähigkeit, die Cord beschämte. Denn ihre Zuversicht zogen die Handwerker, Kaufleute und Hausfrauen, die da immer neue Munition auf die Mauern schafften, Brände löschten, in aller Hast wieder aufbauten, was zerschossen war, die selbst schossen und Wache hielten, ohne Schlaf und Nahrung schufteten und litten, aus der Hoffnung auf ein

Entsatzheer. Obwohl auch Cord darauf hoffte und nie etwas Gegenteiliges laut ausgesprochen hätte, zweifelte er stark daran, dass dieses Heer ihnen rasche Befreiung bringen würde, wenn es denn eintraf.

Wenn er eine Runde über die Stadtmauer ging und an verschiedenen Stellen einen Blick durch die Schießscharten hinaus riskierte, auf die nahe Elbe, auf deren Uferfelsen zahlreiche Feuer brannten, und auf die sanft geschwungenen Ebenen zur anderen Seite, dann sah er eine mächtige und wohlorganisierte Menge entschlossener Krieger, die einem kleinen Aufmarsch von Rittern wieder einmal nicht weichen würden.

Er befand sich zum ersten Mal in einer belagerten Stadt, und bald stellte er zu seiner Überraschung fest, dass er sich deren Bewohnern verbunden fühlte. Obgleich er zuvor bei allem Pflichtbewusstsein seiner eigenen Seite gegenüber keinen tiefgehenden Hass auf die Hussiten gehegt hatte, verabscheute er sie nun für die Angst und die Not, in die sie die einfachen, braven Bürger versetzten. Viele Male war er auch deshalb derjenige, der eine Gruppe mutiger Männer für einen kleinen Ausfall sammelte, um die dreistesten Trupps der feindlichen Sappeure davon abzuhalten, ihre Schanzgräben in idealer Schussweite zur Stadtmauer anzulegen.

Dieter begleitete ihn auch bei diesen Ritten jedes Mal. Zunehmend wurde deutlich, wie der junge Mann aufblühte, wenn er Blut vergießen durfte. Cord widerte diese Begeisterung ein wenig an, doch im Grunde waren in Lagen wie der gegenwärtigen gerade solche Männer von besonderem Nutzen, daher ließ er Dieter seinen Widerwillen nicht spüren.

Sechs Männer verlor er bei den Ausfällen, etliche mehr wurden verletzt, doch er erreichte stets sein Ziel und trug so dazu bei, dass die Stadt sich halten konnte. Bald erkannten ihn die Bürger und grüßten ihn mit Hochachtung, was abermals ein neues Gefühl für ihn war. Es war seine noch frische Zugehörigkeit zum Ritterstand, die ihn in die Lage versetzt hatte, eine Anführerrolle einzunehmen, ohne auf Widerspruch zu stoßen. Er gestand sich jedoch ein, dass er es früher möglicherweise gar nicht versucht hätte.

Eine Weile dachte er darüber nach, welche Beschränkungen die Menschen sich selbst und ihren Fähigkeiten auferlegten, weil sie die Grenzen ihres eigenen Standes hinnahmen, ohne sie zu hinterfragen. Mit den Hussiten vor Augen, bei denen sich diese Grenzen stark verwischt hatten und die er gerade deshalb für so erfolgreich hielt, kam er zu dem Schluss, dass auf diese Art gewaltige Kräfte vergeudet wurden.

Vier Wochen nach Beginn der Belagerung, zwei Tage nachdem das letzte Rind geschlachtet worden war, welches Cord und seine Männer in die Stadt getrieben hatten, kam Bewegung in die Belagerer. Da keine Nachrichten von außen zu ihnen drangen, wussten die Verteidiger nicht, was genau vor sich ging. Doch alle Beobachtungen wiesen darauf hin, dass die Hussiten sich einem herannahenden Gegner zuwandten.

Das Entsatzheer musste heranmarschieren. Aufregung und erster Jubel breiteten sich in Aussig aus. Cord lauerte auf der Mauer auf den richtigen Moment für einen großen Ausfall, mit dem die Verteidiger ihre Retter unterstützen konnten, doch noch schienen die Belagerer nicht ernstlich unter Druck zu stehen.

Hoffnung und Freude legten sich im Laufe des Tages, während die Hussiten triumphierend die Leichname erschlagener sächsischer und meißnischer Ritter in Sichtweite der Stadt schleiften, um sie dort zu enthaupten und die Häupter auf Pfähle zu stecken.

So grausam diese Geste wirkte, so klug und wirkungsvoll war sie auch. Statt einen selbstmörderischen Ausfall vorzubereiten, begannen die Eingeschlossenen langsam, sich mit ihrer bevorstehenden Niederlage auseinanderzusetzen.

Eine große Gruppe von deutschen Bürgern und die Ritter und Waffenknechte, die die Stadt verteidigt hatten, sahen mit dem Fall der Stadt dem sicheren Tod oder zumindest furchtbaren Qualen entgegen.

Auch Cord nahm für seine Männer und sich das Schlimmste an. Daher schlug er am Abend denen, die sich am heftigsten bedroht fühlten, eine gemeinsam organisierte Flucht vor.

Im Dunkel der Nacht schlüpften sie in Richtung Elbe aus der Stadt, fochten sich den Weg zum Ufer frei und eroberten die vor Anker liegenden Schiffe. Einige der Flüchtenden setzten schräg über den Fluss, weil sie hoffen durften, beim Herren der Burg Schreckenstein Schutz zu finden, die auf den Uferfelsen auf der gegenüberliegenden Seite thronte. Der Rest wollte den hussitischen Belagerungsringen in der Dunkelheit mit den Schiffen stromabwärts entkommen.

Cord entschied sich für sich und diejenigen, die ihm folgen wollten, gegen beide Möglichkeiten. Nicht nur, dass der Burgherr von Schreckenstein ihm höchst zuwider war, weil man ihm nachsagte, seine Tochter hätte sich von den Felsen gestürzt, nachdem er ihren Geliebten im Burgturm hatte verhungern lassen. Cord wollte außerdem sehen, ob es Sinn hatte, noch zu dem Entsatzheer zu stoßen. Um den zurückgebliebenen Bewohnern der Stadt zu helfen, hätte er sich ohne zu zögern in die Schlacht geworfen.

Während also die besetzten Schiffe im Mondlicht schnell in die Strömung der Elbe glitten und hoffentlich ihren Weg in sichere meißnische Lande nahmen, jagte Cord mit Dieter und siebzehn weiteren kampfeslustigen Männern in halsbrecherischer Geschwindigkeit zwischen den Hussiten hindurch.

Der Ausbruch wurde ihnen leichter gemacht, als Cord vermutet hatte, denn viele der Belagerer waren offensichtlich zu beschäftigt damit, ihren Sieg über das katholische Heer zu feiern. Sie bemerkten nicht schnell genug, dass sie noch einen weiteren Fang hätten machen können.

Wie gründlich die Hussiten gesiegt hatten, wurde Cord und seinen Männern immer deutlicher, je weiter sie nach Norden vordrangen, von wo das Heer gekommen war, das sie hätte retten sollen.

Als sie auf die ersten Leichname der Schlacht stießen, hatte der Mond sich eben vor Trauer und Scham hinter düsteren Wolken versteckt, was sie zwang, langsam zu reiten.

Auf der Ebene vor ihnen bewegten sich kleine Gruppen von Menschen mit Fackeln, Menschen, die ihre Toten suchten, die den qualvoll Sterbenden das Ende erleichtern wollten oder die auf herrenlose Waffen, noch nicht geleerte Taschen oder brauchbare Kleidungsstücke aus waren. Schweigend und ohne innezuhalten, führte Cord seine Männer über das grauenhafte Schlachtfeld. Die Erschlagenen zu zählen wäre ein Unterfangen gewesen, das einen Tag lang gedauert hätte, schien es ihm. Noch mehr, als der Mond wieder hervorkam und ihm zeigte, dass auch in größerer Ferne keine Feuer oder Schemen auf Überlebende der katholischen Seite hindeuteten. Das Entsatzheer, wie groß es auch immer gewesen sein mochte, war aufgerieben. Zu bleiben hatte keinen Sinn.

Er trieb seine Männer zur Eile an, als sich ihnen drei der fackeltragenden Hussitentrupps näherten, die offenbar misstrauisch geworden waren.

Sie entkamen und behielten sowohl ihre Eile als auch ihre Schweigsamkeit bei, bis sie zwei Tage später Dresden erreichten, wo Markgräfin Katharina, die das über dreißigtausend Mann starke Heer mit bewundernswerter Tatkraft zusammengerufen hatte, bereits die ersten Nachrichten von der entsetzlichen Niederlage erhalten hatte.

Tausende waren in der Schlacht umgekommen, unter ihnen die meisten Heerführer und Adligen. Kaum ein großer Name

Meißens, Sachsens und Brandenburgs, der nicht auf der langen Liste der Toten vertreten war. Auch Cords ehemaliger Anführer Burggraf Heinrich von Meißen, der letzte Stammhalter seines Geschlechts, zählte zu ihnen. Das Massaker an den in Aussig verbliebenen Deutschen ließen die Hussiten bereits einen Tag später folgen.

Cord fragte sich, ob der Allmächtige etwas Besonderes mit ihm vorhatte, weil er ausgerechnet ihm einen Weg gewiesen hatte, auf dem es möglich gewesen war, dem Gemetzel zu entgehen, ohne seine Ehre zu verlieren.

Seine Männer hingegen hatten keine Zweifel daran, dass es seine Entscheidungen und seine Entschlossenheit gewesen waren, die ihr Leben gerettet hatten. Sie alle lobten ihn vor der niedergeschmetterten und trauernden Markgräfin Katharina und ihren verbliebenen Begleitern so hoch, dass er trotz des bösen Ausgangs der Sache eine Belohnung von ihr erhielt.

Sogar Dieters Blick auf ihn war weniger kühl als zuvor, und alle stimmten Cord zu, als er sie aufforderte, sich der Markgräfin zur Verfügung zu stellen, um das weitere Vordringen der mörderischen Ketzer in Meißner Lande zu verhindern.

* *

Es vergingen zwei Jahre. König Sigismund blieb trotz aller Schwierigkeiten in den eigenen Landen bestrebt, nach Italien aufzubrechen, um sich vom Papst zum Kaiser krönen zu lassen. Kurfürst Friedrich von Brandenburg befasste sich überwiegend mit Problemen in seiner Heimatregion im Süden Deutschlands, die ihn dazu brachten, seine Burggrafenburg in Nürnberg an die Stadt zu verkaufen. Und Cord und seine wachsende Gefolgschaft erlebten den vierten, abermals katastrophal scheiternden Kreuzzug gegen die Hussiten mit. Wacker stemmten sie sich danach weiter gegen die immer übermütigeren Angriffe der Ketzer auf katholische Städte und Burgen.

Andreas Prokop, der inzwischen höchste hussitische Anführer, der hinter den ausufernden Unternehmungen seines Heeres steckte, wurde zu einer Besessenheit für Cord. Er hätte viel darum gegeben, diesen Mann in die Hände zu bekommen, den er für schuld an der zunehmenden Gnadenlosigkeit der Heereszüge hielt. Mit Freude hätte er ihn um seinen kahlen Kopf erleichtert, doch Prokop wusste sich zu schützen, und die Überlegenheit der kriegerischen Ketzer blieb stets so groß, dass Cord in den Schlachten und Scharmützeln anderes zu tun hatte, als nach ihm zu suchen.

Er hatte weiterhin viel Glück bei seinen Kämpfen, wenn er auch immer wieder sein ganzes Geschick brauchte, um zu überleben. An seiner Seite wuchs Dieter von Quitzow zu einem ehrfurchteinflößenden Krieger heran. Mit achtzehn Jahren stach er viele ältere und erfahrenere Männer aus, was Kraft, Können, Gewandtheit und Furchtlosigkeit betraf. Seine Grausamkeit und Brutalität kannten keine Grenzen. Er war gewiss keine unterhaltsame oder sonst wie angenehme Gesellschaft, doch wenn das Fechten und Blutvergießen begann, konnte Cord sich keinen geeigneteren Begleiter vorstellen.

Dieter war sich dessen bewusst und stolz auf die Anerkennung, die er durch Cord erfuhr, was ihr Verhältnis zueinander erträglich machte.

Im Sommer 1428 kam schließlich die Stunde, in der ihre seltsame Beziehung ein besonderes Siegel erhielt.

Es hatte sie in die sumpfigen Niederungen der Lausitz verschlagen, wo sie einen, hier nur schwerfällig vorankommenden, kleinen hussitischen Wagenzug angriffen. Dieters Pferd stolperte auf dem schwierigen Untergrund und stürzte, woraufhin gleich mehrere mit Keulenflegeln bewaffnete Gegner zu ihm stürmten. Cord hielt sie ihm vom Leibe, bis der junge Recke wieder auf den Beinen war, und rettete ihm damit das Leben.

Kurz darauf traf ein langbärtiger, alter, aber unfassbar starker Mann Cord von einem Ackergaul aus mit einer Axt zuerst am Schulterstück seiner Rüstung, dann in die Seite. Die Schneide der Waffe durchtrennte den seitlichen Riemen seines Harnischs, kerbte die vordere und hintere Platte ein und riss ihm das Fleisch tief auf. Einen Augenblick lang war er von dem Schmerz so benommen, dass er sich nicht wehren konnte. Dieter erschlug den Alten rechtzeitig und rettete damit ohne jeden Zweifel im Gegenzug Cords Leben. Anschließend deckte der Junge seinen Rückzug aus dem Getümmel.

Es war die schlimmste Verwundung, die Cord bis dahin erlitten hatte. Für Wochen fesselte ihn die langwierige Genesung an eine Unterkunft, die eine besonders christlich gesonnene Burgherrin ihm gewährte. Adelheid war eine mollige, bodenständige Frau in seinem Alter, herzlich und nicht unansehnlich. Ihr Gemahl war einige Monate zuvor im Kampf gegen die Hussiten umgekommen, und sie verwaltete nun den Besitz für ihre halbwüchsigen Söhne und Töchter. Beistand hatte sie dabei von einem väterlichen Freund, der Cord zuerst misstrauisch beäugte, ihn jedoch ins Herz schloss, als er deutlich machte, dass er nicht darauf aus war, die Burgherrin zu freien.

Je länger Cord blieb, desto angenehmer hätte er es allerdings gefunden, genau ein solches Heim sein Eigen nennen zu dürfen. Er sah Adelheids wohlgeratene Kinder auf der einen Seite und Dieter auf der anderen. Mit ihm hatte er inzwischen so viel Zeit verbracht wie andere Männer mit ihren Söhnen. Nun lungerte der junge Mann in der Burg herum und wartete gelangweilt darauf, dass er ihn endlich wieder in eine Schlacht führte, damit er das Einzige tun konnte, wozu er sich geboren fühlte: töten.

So schmerzhaft wie die Wunde in seiner Seite fühlte Cord, wie ihm die Zeit verrann. Wie viele Jahre blieben ihm noch, um ein Heim, ein Weib und Kinder zu gewinnen? Wäre es nicht in der Tat gescheiter gewesen, wenn er um eine der zahlreichen adligen Witwen geworben hätte, die zwar mit den Kindern eines anderen, doch auch mit gesichertem Besitz daherkamen und froh sein würden, wenn ihnen wieder ein Mann zur Seite stand?

In ihm reifte der Entschluss, nicht sogleich wieder in den Krieg zu ziehen, wenn er sich dem Reiten wieder gewachsen fühlte, sondern zumindest für kurze Zeit nach Brandenburg zurückzukehren. Er würde seinen Vater besuchen, falls dieser dort weilte, und erstmals die bescheidenen Ländereien besichtigen, die Kurfürst Friedrich ihm vier Jahre zuvor mit dem Ritterschlag verliehen hatte. Sie wurden durch einen Vogt seines Vaters verwaltet, der ihm die Einkünfte jährlich zukommen ließ.

Da er geringe Ansprüche hatte, reichten ihm diese Einkünfte zusammen mit dem eher unregelmäßig ausgezahlten Sold von seinem jeweiligen Heerführer aus, um seinen Lebensunterhalt zu bestreiten. Darüber hinaus hatte er genug Reserven für Notfälle. Sich die nun unausweichlich fällige neue Rüstung nach Maß schmieden zu lassen konnte er ohne Umstände bezahlen.

Es dauerte bis zum Ende des Winters, bis er wieder so beweglich war, dass er es wagte, sich von seinen liebenswürdigen Gastgebern zu verabschieden.

Dieter folgte ihm, ohne Fragen zu stellen. Er schien mittlerweile zu glauben, dass Cords Weg ihn stets ins Gefecht führte, als gäbe es nichts anderes auf der Welt, das einen Mann anziehen konnte. Vielleicht ahnte Dieter aber auch, dass, wenn die Schlacht nicht Cord anzog, so doch Cord die Schlacht. Denn sie waren noch keine zwei Tage unterwegs, als sie auf einen kleinen Trupp rastender Ritter und Waffenknechte stießen.

Die Männer waren sichtlich zerschunden und erschöpft, etliche lagen in ihren vollen Rüstungen flach auf dem Rücken im Gras und schliefen, obwohl die Erde noch eiskalt war.

Cords Name war ihnen ein Begriff, als er sich ihnen vorstellte, und gleich ihre ersten Sätze galten der Frage, ob er sich ihnen anschließen wolle. Die Hussiten plünderten in Brandenburg nahe Cottbus, und sie als Brandenburger wären bereits den ganzen Weg von der meißnischen Grenze in kürzester Zeit herbeigehetzt, um ihre Heime und Familien zu schützen. Würde er sich entschließen, er wäre ihnen mit seiner Erfahrung und seinem weithin bekannten Geschick sogar als Anführer willkommen.

Cord musterte den müden Haufen junger Männer und konnte schon deshalb nicht Nein sagen, weil er um ihr Leben fürchtete.

So sah er sich an einem stürmischen, aber warmen Vorfrühlingstag eine Woche später auf brandenburgischem Boden bereits wieder einer der höllischen hussitischen Wagenburgen gegenüber, deren Anblick er so unendlich satthatte.

Durch seine eigenen Beobachtungen und Gespräche mit anderen erfahrenen Rittern hatte er inzwischen eine genaue Vorstellung davon, wie die Hussiten ihre Wagenburgen befestigten: Sobald die Wagen zu einer runden Form aufgefahren waren, wurden sie untereinander mit schweren Ketten verbunden. Breschen wurden von Kämpfern mit Pavesen gedeckt. Die passgenauen langen Bretter, die längs unter jedem Wagen befestigt waren, wurden so herabgelassen, dass die Lücke zwischen Erde und Wagenboden geschlossen war.

Bei einigen Wagen konnten die Bretterwände, die sonst neben den Seitenaufbauten hingen, halb hochgezogen und -gestemmt werden. Diese Wände schützten die Verteidiger, die auf den Wagen standen und durch kleine Schießscharten ihre Feuerwaffen und Armbrüste auf die Angreifer richteten.

Auch die Feuerwaffen gehörten zum Erfolgsgeheimnis der Hussiten. Sie verstanden sich auf deren Gebrauch in einer Weise, die kein christlicher Ritter lernte.

Bei manchen anderen Wagen hingen die Bretterwände an den Seiten herab und machten es unmöglich, die Räder zu beschädigen. Cord hatte auch schon gesehen, wie vor dem unteren Teil der Räder zusätzlich Erde aufgehäuft wurde.

An den größeren Schlachten hatten auf hussitischer Seite oft genug auch Ritter des böhmischen Adels teilgenommen. In diesem Fall fehlten sie jedoch, oder einige wenige verbargen sich im Inneren des Wagenkreises.

Cord betrachtete das hölzerne Bollwerk aus der Ferne: achtzehn Wagen, auf beinah jedem flatterte die Flagge mit dem Laienkelchmotiv im lebhaften Wind. Er vermutete, dass sie es mit einer besonders wagemutigen Abordnung der Hussiten zu tun hatten, vielleicht zweihundert Taboriten, die einen weiten Vorstoß wagten, um später dem größeren Heer Bericht zu erstatten, welch leichtes Spiel sie gehabt hatten. Zweihundert erschien nicht viel, doch zu viel, wenn man nicht mehr als vierzig Ritter und zehn Knechte dagegen aufbieten konnte.

Eine der Wagenburgseiten war wie häufig auch noch durch einen Fluss geschützt. Die Spree war im Sommer vermutlich ein kaum nennenswertes Rinnsal, durch das Frühlingshochwasser zurzeit jedoch ein beachtlicher Strom. Sie wand sich zwischen zwei sanften Hügeln hindurch in Richtung Cottbus. Die Wagenburg lag zu Füßen des diesseitigen Hügels.

Die jungen Brandenburger waren zu Cords Erleichterung weder unbedachte Heißsporne noch Feiglinge. Sie warteten müde, aber aufmerksam auf seine Entscheidungen, während er mit seinem Pferd am Zügel dastand und sich durch den Sinn gehen ließ, was er alles nicht tun würde, weil die Hussiten ohnehin darauf vorbereitet sein würden. Er musste eine Möglichkeit finden, sie zu überraschen.

Ein einsamer Reiher flog über die Wagenburg stromabwärts. Cord sah, wie einige Armbrustbolzen zu ihm emporschnellten, ihn jedoch verfehlten. Mit selbst nach so langer Zeit noch immer nicht vergangenem Schmerz schweiften seine Gedanken zu Hedwig. Sie hätte den Reiher getroffen, wie sie damals vor langer Zeit die Krähe auf von Schwarzburgs Zelt getroffen hatte. Und möglicherweise wäre seiner wilden Maid auch ein Mittel gegen die Wagenburg eingefallen.

Wie so oft fragte er sich flüchtig, wo sie sein mochte und ob sie zufrieden war, um sich diese Gedanken sogleich wieder zu verbieten. Sie gehörte nicht mehr zu seinem Leben. Seinem Leben voll Unruhe und verfluchter Hussiten. Wütend hob er einen Stein auf und warf ihn in Richtung der Wagen. Der Stein landete in einer Pfütze, das Wasser spritzte hoch.

Einen Atemzug später wusste er, was die Hussiten überraschen würde.

»Ein Staudamm«, sagte er. »Wir spülen sie heraus aus ihrer wurmigen Holzburg. Und zwar verdammt schnell.«

⁂

Nachdem sie einige widerwillige Bauern rekrutiert hatten, die ihnen mit Wagen, Gespannen und Füllmaterial dienlich sein mussten, ließ Cord die Knechte damit beginnen, in großer Eile den Fluss unterhalb des Hussitenlagers aufzustauen, gerade dort, wo der Boden rechts und links des Ufers anstieg.

Es war kaum mehr als ein Glücksspiel, da er weder viel vom Bauen noch von Flüssen verstand, doch tatsächlich trat gegen Abend die Spree, wie von ihm beabsichtigt, über die Ufer und kroch auf die Wagenburg zu.

Gespannt und zum Angriff bereit beobachtete Cord in der langsam herabsinkenden Dämmerung aus sicherer Entfernung das Geschehen. Meistens sah Dieter ihm dabei über die Schulter. Als das Wasser die Wagen beinah erreicht hatte, taten die Hussiten, was Cord sich erhofft hatte.

Schnell, doch wohlgeordnet lösten sie die Burg auf und brachten die Wagen in Fahrt. Um eine ängstliche Flucht handelte es sich dabei nicht. Laut erscholl die Hymne der Hussiten aus den heranrumpelnden Wagen und den Reihen der Marschierenden und ließ keinen Zweifel daran, dass diese Menschen aus der Not eine Tugend machten und angriffen.

Cord ließ ihnen keine Gelegenheit, sich für ihre neue Kampftechnik zu erwärmen, sondern winkte seinen jungen Rittern zum ersten Sturm, bevor die Wagen sich in Formation gebracht hatten. Sie schlugen so tödlich wie möglich an den schwächsten Stellen der Kolonne zu und wichen rasch wieder zurück, um sich neu zu sammeln.

Kurz darauf zählte keine Strategie mehr. Die Hussiten verließen ihre Wagen, um sich zu einer dröhnend singenden Rotte zusammenzuschließen und auf Cords wartende Männer zuzustürmen.

Auch wenn der erste Angriff der Ritter auf der hussitischen Seite Opfer gekostet hatte, waren es immer noch an die zweihundert wütende Gegner, die herankamen. Cord erspürte, wie dem einen oder anderen der Junker an seiner Seite das Herz in die Hose rutschte, und er wusste, dass genau dieser Moment der Angst vor den teuflischen Ketzern schon oft die Niederlage der katholischen Heere nach sich gezogen hatte. Wie aus einem Reflex heraus riss er den Arm hoch und schwang seine Kriegskeule, als würde er bereits triumphieren. »Das wird ein Fest für uns! Macht sie nieder!«, brüllte er und trieb sein Pferd an, bevor jemand auf die Idee kommen konnte zurückzuweichen.

Dieter neben ihm stieß ein hartes, lautes »Ja!« hervor, sein Pferd schnellte vor und überholte das von Cord nach den ersten Sprüngen.

Cord sah sich nicht um, aber er hörte, wie die anderen ihnen folgten. Und sie alle kämpften wie die Besessenen. Den Hussiten blieb keine Zeit, sich darauf einzustellen, dass ihre Feinde dieses eine Mal dieselbe Furchtlosigkeit und Schnelligkeit an den Tag legten wie sie selbst.

Nach kurzer Zeit hatten die jungen Ritter das Gefecht für sich entschieden. Die erschlagenen Hussiten bedeckten den Boden. Doch da die Verbliebenen keine Anzeichen dafür zeigten, kapitulieren zu wollen, blieb ihnen nichts anderes übrig, als das Gemetzel fortzusetzen und dabei auf der Hut zu bleiben.

Einer Gruppe der Ketzer war es gelungen, die Pferde auszuspannen und sich auf ihrem Wagen zu verschanzen. Sie schossen von dort aus mit Armbrüsten, richteten aber nichts aus, weil der Kampf zu wirr und schnell ablief. Es war Dieter, der sich schließlich an die Eroberung des Wagens machte. Wie wahnsinnig hieb er auf die Piken und Dreschflegel ein, die ihm über die Brüstung des Gefährtes entgegenschlugen. Cord beeilte sich, ihm zu Hilfe zu kommen, und zog noch zwei andere Männer mit sich.

Außerhalb des schützenden Ringes einer Wagenburg waren die niedrigen Schmalseiten die Schwachstellen der Kampfwagen. Als es Dieter gelang, einen der Verteidiger von hier aus mit dem Schwert zu töten, und dieser zwischen die anderen fiel, geriet deren Disziplin und Aufmerksamkeit lange genug ins Wanken, um ihren Untergang zu besiegeln. In einem Kraftakt, den Cord nicht von dem Neunzehnjährigen erwartet hatte, obwohl er ihn gut genug kannte, beugte Dieter sich blitzartig vor, packte den nächsten Verteidiger an der Weste und zog ihn mithilfe seines Pferdes über die Brüstung des Wagens.

Der Körper des Stürzenden wurde durch das plötzliche Zerren so entblößt, dass über der weiten Pluderhose ein Rücken und ein Brustansatz hervorschimmerten, die Cord von der gegenüberliegenden Seite aus als weiblich erkannte. Einen weiteren Gedanken daran zu verschwenden, hatte er keine Zeit, denn nun musste er selbst die bei den Hussiten ausgebrochene Verwirrung nutzen. Er sprang vom Pferd aus in den Wagen und sorgte mit seiner Keule dafür, dass die Kämpfer sich nicht mehr von ihrer Verwirrung erholen konnten. In kürzester Zeit hatte er mit den beiden Rittern, die ihm zum Wagen gefolgt waren, die Verteidiger ausgelöscht.

Bevor er das Gefährt wieder verlassen konnte, sah er, dass Dieter vom Pferd gestiegen war. Er stand mit hasserfüllter Miene über dem Weib, das er vom Wagen gezogen hatte, mit einem Fuß auf ihrem langen, schwarzen Zopf. Sie hob ihm die Hände entgegen, als würde sie bitten oder ihn abwehren wollen, doch er rammte ihr mit beiden Händen sein Schwert in die Brust.

Cord fühlte es wie einen Faustschlag in den Magen. Doch es wurde noch schlimmer. Dieter zog sein Schwert wieder heraus und hob es, weil er offensichtlich völlig unnötig noch einmal zustoßen wollte. Hinter ihm lief ein junger Hussit herbei, mit einem der unsäglichen Kriegsdreschflegel in den Händen. Der junge Mann hatte seinen Helm verloren, seine flammend roten Haare leuchteten weithin, und in seiner Miene stand abgrundtiefes Entsetzen. »Bori! Nein!«, schrie er.

Erst als er zum zweiten Mal sein deutsches »Nein« schrie, erkannte Cord ihn. Und im selben Augenblick wurde Hedwig von Quitzows Pferdeknecht von einem von Cords Männern niedergeritten.

Cord sprang über die Brüstung des Wagens und rannte zu Hüx' Rettung, ohne darüber nachzudenken. Dennoch kam er zu spät. Ein Schwerthieb streifte den ungeschützten Kopf und Hals des kauernden Jungen, der ohne seine Waffe weiterkroch, als könne er die längst tote Frau noch erreichen.

In rasendem Lauf schwenkte Cord die Arme und hielt laut rufend den Brandenburger davon ab, Hüx den Todesstoß zu versetzen. Bei dem Jungen angekommen, rief er dessen Namen, doch Hüx kroch nur weiter in Richtung der Toten, während sein eigenes Leben schnell aus seinem verletzten Hals strömte und den Boden unter ihm rot färbte.

Vorsichtig berührte Cord ihn an der Schulter. »Sie ist tot, Hüx. Warte, du musst … Hüx …« Wie taub kroch der junge Knecht weiter.

Inzwischen war Dieter auf das seltsame Geschehen aufmerksam geworden und kam mit seinem blutigen Schwert heran, bereit, erneut zuzuschlagen. »Kennst du den?«, fragte er Cord mit verächtlicher Miene.

Cord konnte seinen Blick nicht von Hüx lösen. Nur wenige Schritt trennten ihn noch von der Frau. »Lass ihn in Ruhe.«

Dieter spuckte auf den Boden, stützte sich auf sein Schwert und beobachtete Hüx, als wäre der ein kriechendes Tier.

Der Junge schwankte auf allen vieren, und auf einmal hatte Cord nur noch Angst, dass er sein Ziel nicht mehr erreichen könnte. Rasch ging er hinüber zu der Toten, hob sie auf, brachte sie zu Hüx und legte sie sanft neben ihm ab. Über der zerstörten Brust zog er ihre Weste zurecht, gerade bevor Hüx sein Haupt auf ebenjene Stelle bettete. »Ich hasse dich«, schluchzte er leise. »Ich hasse dich.«

Cord hatte das sichere Gefühl, dass der Junge nicht ihn damit meinte, und fühlte sich dennoch angesprochen. Er sah sich um und stellte fest, dass kein einziger Hussit mehr auf den Beinen war. Seine Ritter waren zwar nicht mehr vollzählig, hatten aber einen triumphalen Sieg errungen. Ihm schmeckte dieser Sieg auf einmal bitter.

Er konnte seine Gedanken kaum ordnen. Wie hatte es Hüx

hierher verschlagen? Hatte Hedwig etwas damit zu tun? Wen hasste Hüx? Die Frau, die er offensichtlich auch liebte? Oder Dieter?

Der Junge begann zu zucken, sein Blut floss noch immer, man sah, wie es nun stoßweise aus der Wunde pulste. Es würde nicht mehr lange dauern. Etwas in Cord lehnte sich dagegen auf – er hatte Fragen an den Sterbenden, wollte seine Antworten. Ehe er jedoch auch nur einen weiteren Atemzug nehmen konnte, trat Dieter heran, hob sein Schwert und stieß es durch Hüx' Rücken und Herz hindurch bis in den Körper des Weibes.

»Für immer vereint«, sagte er und verzog dabei so zynisch seine schmalen Lippen, dass Cord ihm dafür hätte an die Kehle gehen können.

Stattdessen wandte er sich ab, steckte seine Keule in ihre Schlaufe und ging einem der jungen Brandenburger entgegen, der ihm mit strahlendem Gesicht zu Ross sein Pferd brachte. »Was für ein Sieg, Herr Cord zu Kyritz. Das verdanken wir Euch.«

Cord überwand sich zu einem Lächeln, das er nicht fühlte. »Wir verdanken ihn Eurem Mut«, erwiderte er, stieg in den Sattel und tat, als wäre es nun das Wichtigste, den rekrutierten Bauern mitzuteilen, dass sie den Damm im Fluss wieder einreißen durften, damit das Wasser von den Wiesen abfließen könne. Dabei fand er es viel wichtiger, ihnen zu sagen, dass er sie dafür bezahlen würde, den Hussiten ein anständiges Grab zu schaufeln und sie trotz allem Zorn mit ein wenig Würde zu bestatten.

Alles, was er fühlte und tat, war von dem einen Gedanken geprägt: Wenn er annahm, dass seine Drachenmaid – das Weib, das er nie vergaß, das ihn in Gedanken oft heimsuchte, wenn er eine andere in den Armen hielt ... Wenn er annahm, dass sie Gründe gefunden hatte, zu den Hussiten überzulaufen: Würde er sie dann als seine Feindin betrachten?

Darauf wusste er die Antwort, sie war einfach. Er würde es noch weit weniger, als er es gerade mit Hüx gekonnt hatte. Darüber hinaus kam er auf die Erkenntnis zurück, die er zu Anfang seines Krieges längst gehabt hatte, die ihm aber auf dem langen Weg verloren gegangen war: Die meisten Hussiten, Ketzer oder schlimmer genannt, waren nicht anders als er selbst, mit Überzeugungen, die nur wenig von seinen eigenen abwichen, mochte die Kirche sagen, was sie wollte.

Und er hatte es satt, sie zu töten.

Er war siebenunddreißig Jahre alt und würde sein Leben ändern. Wie er es vorgehabt hatte, würde er seinen Vater aufsuchen und seine Ländereien. Danach wollte er sich erkundigen, wo Hedwig von Quitzow sich aufhielt und wie es ihr ging. Und wenn sich herausstellte, dass sie wohlbehalten und für ihn weiterhin so unerreichbar wie der Mond war, dann würde er ein anderes Weib ehelichen und sich ein Heim errichten.

Nur dieser feste Entschluss ließ ihn den Überdruss ertragen und den Abend über und den halben nächsten Tag geduldig ausharren, bis die jungen Ritter sich und ihn ausreichend gefeiert hatten und das Schlachtfeld bereinigt war.

Er dachte darüber nach, ob er Dieter loswerden konnte, indem er ihn mit den anderen schickte, die weiterziehen würden, um sich den hussitischen Eroberungs- und Plünderungszügen entgegenzuwerfen. Kurz bevor er es aussprechen wollte, fiel ihm ein, dass er damit genau das tun würde, was Kurfürst Friedrich und sein Sohn der Markgraf für gefährlich hielten. Er würde einen skrupellosen, unausgeglichenen und erschreckend starken von Quitzow mit einer Horde beeinflussbarer junger Brandenburger freilassen. Wenn er seinem Lehnsherrn gegenüber eine Pflicht hatte, dann war es sicherlich, dies zu vermeiden.

* *

Zu Cords Freude hielt Kaspar sich tatsächlich in Putlitz auf. Er war bei seiner letzten Unternehmung für seinen Lehnsherrn in der Uckermark am Bein verletzt worden und hinkte nun durch das Stadthaus, welches er im Winter anstelle der Burg mit seiner Familie bewohnte.

Der alte Herr freute sich offensichtlich, ihn zu sehen, und machte keinen Hehl daraus, dass er den Ruhm, den sein Bastard sich erworben hatte, voller Stolz genoss.

Cord bemerkte die Zeichen des Alters an ihm: die Falten, das schütter gewordene Haar und die schwach gewordene Sehkraft. Und er dachte zum ersten Mal daran, dass in nicht allzu ferner Zukunft der Tag kommen mochte, an dem sein nun fünfzehnjähriger Halbbruder Achim seine, Cords, Unterstützung brauchte, um sein Erbe zu schützen. Das empfand er als einen Grund mehr, möglichst bald in der Umgebung von Putlitz und Kyritz sesshaft zu werden.

## 17

# Das neue Leben

Juli war drei Jahre alt, hatte die weichen dunklen Haare ihrer Mutter, wie ihr immer wieder gesagt wurde, und sie hinkte ein wenig. Ihr rechtes Bein, das ihr ein Pferd gebrochen hatte, als sie noch ein Säugling gewesen war, war nicht ganz gerade wieder zusammengewachsen. Die Kinder auf der Straße riefen ihr manchmal »Krüppelchen« nach. Sie weinte dann schnell und mochte deshalb nicht mit den anderen spielen.

Sie hatte einmal einen Freund gehabt, Imre, den Sohn ihrer Amme Mara. Doch der war krank geworden und gestorben. Mara war immer noch sehr traurig deswegen. Juli war auch traurig, doch eigentlich konnte sie sich an Imre schon nicht mehr richtig erinnern.

Und außerdem hatte sie ja ihre Hedwig, und mit der konnte sie am allerbesten spielen. Juli fand, dass Hedwig die schönste Edelfrau war, die es gab. Das sagte auch ihr Ehemann Wilkin. »Die Schönste von Pressburg« nannte er sie.

Wilkin war nicht oft bei ihnen. Er war ein Ritter des Königs und reiste mit ihm überallhin. Erst wenn der König nach Italien zöge, um sich vom Papst zum Kaiser krönen zu lassen, dann wollte Wilkin Hedwig, Juli und Mara mitnehmen, das hatte er gesagt.

Aber immer, wenn es aussah, als ginge es bald los, kam wieder etwas dazwischen. Juli war es gleich. Es gefiel ihr gut in Pressburg. Hedwig nahm sie mit in die Burg, wenn sie zu ihren Pferden ging, und Roman, der Junge, der dort auf dem Dachboden über dem Stall der Hundemeute schlief, ließ sie dann mit den jungen Welpen spielen. Manchmal durfte sie aber auch vor Hedwig in Tiuvels Sattel sitzen und sie auf einem Ausritt begleiten. An anderen Tagen besuchten sie gemeinsam die Edelfrauen des Hofstaates. Juli wusste, dass Hedwig das nicht gern tat. Aber sie selbst mochte es, wenn Hedwig sie beide von Mara besonders schön machen ließ, sie sah sich gern die Kostbarkeiten bei Hof an, und sie freute sich darauf, dass die Frauen ihr süße Leckereien zusteckten. Wilkin sagte, in Italien würde es noch prächtigere Dinge zu sehen geben, aber sie wollte lieber bei Roman und den kleinen Hunden bleiben.

Heute regnete es schlimm, der Himmel war düster, es blitzte und donnerte. Deshalb ging Hedwig nicht zur Burg. Stattdessen spielten sie im Haus ein Spiel, das sie sonst nur spielten, wenn es ganz dunkel war.

Juli versteckte sich im Haus, das sie dann »Wald« nannten, und Hedwig suchte sie, wenn sie laut bis dreißig gezählt hatte. Ein Licht durfte sie dabei nicht anzünden.

Es war köstlich gruselig, in einer dunklen Ecke zu hocken und Hedwig in der Finsternis herumwandern, schnaufen und knurren zu hören, als wäre sie ein wildes Tier im nächtlichen Wald. Juli musste jedes Mal gleichzeitig lachen und kreischen, wenn Hedwig sie fand.

Dieses Mal hatte sie einen besonders klugen Einfall gehabt. Sie stand auf einer kleinen Truhe nahe der Eingangstür, wo an Wandhaken die Mäntel hingen. Dort hatte sie sich hinter Hedwigs langen Umhang gekuschelt. Das war ein feines Versteck, denn es roch gut nach Hedwigs Haut, nach Pferd und Wald, und hinter dem dicken Tuch klangen alle Geräusche gedämpft, sodass sie ein bisschen kichern konnte, ohne dass Hedwig sie gleich hören würde.

Bis dreißig hatte sie gezählt, nun knurrte sie böse und tappte los. Juli hielt sich die Hand vor den Mund, um nicht herauszuprusten.

Doch auf einmal ging die Haustür auf, und Mara wehte mit dem Unwetterwind herein. Juli linste durch die Mäntel und sah, dass ihre Amme beide Hände voll hatte, sie war einkaufen gewesen. Sie fing an zu schimpfen, weil es so dunkel im Haus war. Vor Nässe tropfend, stolperte sie über den finsteren Flur in die Küche und ließ die Haustür offen stehen. Juli hörte Hedwig über Maras Schimpfen lachen und biss sich vergnügt in den Fingerknöchel, damit sie sich nicht verriet. Mara kam zurück und hängte ihren nassen Umhang neben den von Hedwig, ohne zu bemerken, dass Juli sich hier versteckt hatte. Es half alles nichts, nun musste sie kichern. Doch im selben Augenblick schrie Mara erschrocken auf und hörte sie nicht.

»Hilfe«, schrie Mara auf Ungarisch und lief davon, in die Küche. Juli sah einen fremden Mann das Haus betreten und hörte, wie Hedwig aus der Stube herbeigelaufen kam. Ängstlich drückte Juli sich an die Wand und hielt den Atem an. Genau vor ihr blieb Hedwig stehen, in der Hand das kleine Beil, das immer neben dem Ofen stand, für den Fall, dass einmal ein Stück Holz zu groß für die Öffnung war.

Der Fremde hob beide Hände und lachte. »Selbst in der Finsternis erkenne ich dich. Schlag mich nicht, ich bin ein Freund.«

Hedwig starrte den Mann an, dann ließ sie ihre Waffe fallen, stürzte vorwärts und fiel ihm um den Hals. »Cord«, sagte sie und klang dabei ganz anders als sonst.

Der Fremde nahm sie in die Arme und drückte sie so fest an seinen Brustpanzer, dass sie »Au« sagte, aber dann lachten sie beide. Er nahm Hedwigs Gesicht zwischen seine Hände, und sie standen auf dem dunklen Flur und sahen sich in die Augen, ohne ein Wort zu sagen. Juli kam das sehr seltsam vor, und sie fühlte sich nicht gut dabei, heimlich zuzusehen –

aber aus dem Versteck hervorzukommen, traute sie sich nun auch nicht mehr.

Der Mann schloss mit einer Hand die Tür hinter sich, ohne Hedwig mit der anderen loszulassen. Das Allermerkwürdigste tat jetzt Hedwig. Sie küsste den Mann auf den Mund. Nur kurz, aber es sah aus, als hätte sie damit eine Art Spiel mit ihm begonnen. Er küsste sie zurück, auch nur kurz. Dann küsste sie ihn länger, dann war wieder er an der Reihe, und dann schienen sie gar nicht wieder damit aufhören zu wollen. Sie mussten sich neben Juli an der Wand abstützen, sonst wären sie wohl umgefallen. Das konnte sie nun doch nicht mehr aushalten.

Juli warf den Umhang zur Seite und sprang von der Truhe. »Du hast mich nicht gefunden, ätsch!«, rief sie und musste lachen, weil Hedwig zusammenschrak und auch anfing zu lachen.

Sie machte sich von dem Fremden los und strich ihre Röcke glatt. »Ich habe ja gar nicht mehr gesucht, du Grashüpfer. Ich musste unseren Gast begrüßen. Juli, das ist Cord, ein alter Freund. Er wird gewiss heute mit uns essen. Oder wirst du das nicht?« Sie wandte sich dem Mann zu, aber der sah neugierig Juli an. Das war ihr so unangenehm, dass sie sich hinter Hedwigs Röcken verbarg. Hatte er gemerkt, dass sie so hässlich hinkte?

»Ist das deine Tochter?«, fragte er.

Hedwig schüttelte den Kopf. »Nein. Sie ist … Sie ist mein Ziehkind. Wilkin und ich … Wir haben noch keine Kinder. Er ist viel unterwegs, und …«

Cord schnaubte, als würde er Hedwig auslachen. »Erklärst du mir gerade, warum du keine Kinder hast? Was soll ich sagen? Ich habe doch selbst keine. Nicht einmal ein Eheweib oder so eine hübsche, kleine Ziehtochter. Und ich bin viel älter als du. Lehrst du sie, mit dem Bogen umzugehen?«

Juli atmete erleichtert auf. Er schien sie nicht garstig zu finden. »Mädchen sollen nicht mit dem Bogen schießen«, sagte sie und biss sich gleich darauf auf die Lippe, weil ihr einfiel, dass sie gar nicht gefragt worden war. Und Wilkin sagte immer, sie dürfe nicht zu fremden Erwachsenen sprechen, ohne von ihnen gefragt worden zu sein.

Aber Hedwigs Freund Cord nahm ihr auch das nicht übel. »Warum denn nicht?«, fragte er, als wäre er ein bisschen dumm.

»Es ist nicht schön, wenn Mädchen mit Waffen spielen«, erklärte sie ihm geduldig.

Hedwig hatte geglaubt, sich in ihrem neuen Leben gut eingerichtet zu haben. Auch um Julis willen hatte sie zurückgelassen, was in das Dasein einer untadelhaften Edelfrau nicht hineinpasste. Doch der Glaube an ihre Weisheit war wie weggefegt, als sie in die Augen ihres Freundes blickte, der auf Julis Worte hin spöttisch die Lippen verzog. Ihr Herz hämmerte noch von ihren Küssen – Küsse, so verboten, als hätte sie nie begonnen, ihr neues, untadelhaftes Leben zu führen. Sie wusste nicht, wie es hatte geschehen können, dass sie ihn nach all den Jahren begrüßte, als sei er ihr Gatte und Geliebter. Es war, als hätte er mit ihrer Haustür auch die Tür zu der Kammer aufgestoßen, in der sie einen großen Teil ihrer Seele verborgen hielt.

»Bist du am Ende doch zahm geworden, Drachenmaid?«, fragte er.

Flüchtig wollte sie ihm schnippisch antworten, doch die Freude, ihn zu sehen, war zu überwältigend, die Zeit zu kostbar für auch nur die kleinste Unfreundlichkeit. »Ich habe mir große Mühe gegeben. Juli soll es leichter haben, ihren Platz zu finden, als ich es hatte.«

Und noch habe, dachte sie. Ein warnender Instinkt hielt sie davon ab, es auszusprechen. Cord hatte ihr in kürzester Zeit mitgeteilt, dass er noch immer ledig war und dass er sie noch immer begehrte. Es war besser, wenn er nicht erfuhr, dass sie nicht zufrieden war. Sie erwartete, dass er sie weiter aufzog, doch er nickte nur und betrachtete Juli, obwohl er im Halbdunkel des Flurs sicher nicht viel erkennen konnte.

Ihr Puls raste vor Sorge darüber, was er vielleicht entdecken würde, wenn er das Kind genauer ansah. Hedwig war vor langer Zeit zu dem Schluss gekommen, dass er Julis Vater sein musste. Nicht, weil sie so große äußere Ähnlichkeit zwischen den beiden festgestellt hatte, sondern weil Juli ein wunderbares Kind war und sie zu ihrer Erleichterung nie die kleinste Spur eines Ludwig von Torgau in ihr gefunden hatte. Cord von seiner wahrscheinlichen Vaterschaft in Kenntnis zu setzen hatte sie allerdings verworfen.

»Komm mit in die Küche. Du bist nass«, sagte sie.

Mara hatte sich inzwischen von ihrem Schreck erholt, kam ihnen aus der Küche entgegen und zündete die Öllampen in der Stube und auf dem Flur an. Juli lief zu ihr und erzählte ihr auf Ungarisch, dass der Gast freundlich zu ihr gewesen war.

Hedwig führte Cord in die Küche. Er ging so dicht hinter ihr, dass sie ihn auf der Haut spüren konnte. »Warum hinkt sie?«, fragte er leise, und seine Stimme war ein wenig rau.

»Ihr Bein war gebrochen, als sie noch nicht lange auf der Welt war. Es ist nicht richtig verheilt, aber das Hinken behindert sie kaum. Sie kann alles tun.«

Er brachte einen Laut hervor, der zweifelnd und spöttisch klang. »Sie könnte, meinst du. Wenn sie nicht so eine vorbildliche Ziehmutter hätte, die darauf achtet, dass sie sich geziemend benimmt.«

Vor dem schwach glimmenden Herdfeuer angekommen, wandte Hedwig sich ihm zu. »Es gab eine Zeit, da hast auch du dich daran gestört, dass ich Dinge tat, die sich für ein Weib nicht ziemen.«

Sie streckte ihm die Hände entgegen, um ihm abzunehmen, was auch immer er ablegen wollte. Doch er öffnete seinen Umhang und ließ ihn fallen, wo er stand, sein leichter Harnisch folgte rasch. Flink und tausendfach geübt waren seine Handgriffe, er war immer ohne Knappen ausgekommen.

Unwillkürlich musste sie lächeln, als sie sah, wie seine Sachen sich zu seinen Füßen häuften. In dieser Hinsicht hatte er sich nicht geändert. So wenig wie in seiner Unlust, seinen Bartwuchs im Zaum zu halten.

Sie ließ ihre Hände sinken, doch da trat er schon zu ihr, als hätte sie ihn mit ihrer Geste eingeladen, sie erneut zu umarmen. Er zog sie an sich und senkte sein Gesicht in ihr Haar, das sie nur noch im Haus je unbedeckt trug.

»Ich glaubte vielleicht, dass es mich stört. In Wahrheit habe ich es vom ersten Moment an bewundert. Von dem Augenblick an, als du dein kleines, schmales Messer in meine Achsel drücktest. Aber ich will dich nicht von deinem tugendhaften Weg abbringen. Was du tust, mag besser für euch sein.«

Sie fragte sich, wie er davon sprechen konnte, sie nicht von ihrem tugendhaften Weg abbringen zu wollen, und sie gleichzeitig an seinen warmen Leib ziehen, der ohne Harnisch eine Wirkung auf sie hatte, von der ihr die Knie weich wurden. Ihr schlechtes Gewissen sandte eine dunkle Woge durch ihr Herz und ihren Verstand. Mit Wilkin war es nie so gewesen. Sie liebte ihren Gatten und teilte das Lager zärtlich mit ihm, doch solch unerklärlich hitziges Verlangen hatte es nie gegeben.

Die Vernunft befahl ihr, Cord von sich zu weisen und ihn aus dem Haus zu schicken, doch sie brachte es nicht fertig. Nicht einmal, als nun Mara und Juli in die Küche kamen. Es war Cord, der sie losließ und Abstand von ihr nahm.

»Und nun erzähl mal, du kleine Prinzessin: Warum hast du

im dunklen Flur hinter den Mänteln gesteckt? War das ein Spiel?«, wandte er sich an Juli.

Das Kind gluckste und lächelte strahlend. Hedwig blickte gebannt von ihrer Ziehtochter zu Cord und wieder zurück. Die Haltung, die Ohren, das Lächeln – alles passte zusammen. *Sie ist deine Tochter, Cord.* Nur ein einziger Satz. Sie würde ihn nicht herausbringen, jetzt weniger denn je. Es war ihr, als hätte das alle Mauern niedergerissen, die sie so mühsam zwischen ihrem alten und ihrem neuen Leben errichtet hatte. Ebenso schwer wog jedoch, dass sich alles in ihr dagegen sträubte, seine Liebesnacht mit Irina zur Sprache zu bringen. *Er hat dabei an dich gedacht,* hatte Irina gesagt. Hedwig wollte diese Vermutung weder von ihm widersprochen noch bestätigt hören.

»Hedwig hat mich gesucht. Sonst findet sie mich immer, aber heute nicht.«

Hedwig ging zu ihr und zog sie sanft neckend an ihrem dunklen Zöpfchen. »Dafür kannst du dich bei Cord bedanken. Ich hätte dich schon noch gefunden. Und dann …« Sie knurrte wie ein Wolf. »Und dann hätte ich dich gefressen.« Sie hob ihre vergnügt aufquietschende Kleine hoch und schwang sie durch die Luft.

Als sie Juli wieder absetzte und ihr Blick den von Cord traf, hielt sie betroffen inne. In seiner Miene spiegelten sich Schmerz, Sehnsucht und Liebe. Für einen Augenblick dachte sie, er hätte alles durchschaut und wüsste längst Bescheid – über Juli, über sie und ihr Leben, das immer wieder drohte, sie zu ersticken. Ohne Juli hätte es wenig Lachen und Freude darin gegeben. Und wenn jemand etwas von der Bedeutung des Lachens verstand, dann er.

»Setz dich mit mir in die Stube und erzähl mir von dir«, sagte sie und reichte ihm die Hand. Er ergriff sie und ließ sich wortlos von ihr führen.

Sie saßen bis spät in die Nacht beisammen. Juli schlief längst tief, und Mara hielt in der Küche nur um des Anstands willen noch die Augen offen. Cord sprach von den Hussiten, seinen Kämpfen und Zweifeln. Und tatsächlich fand er in der Menge seiner schlimmen Erlebnisse die kleinen Geschichten, die sie trotz allen Schreckens zum Lachen brachten.

Nur als er zu dem Ereignis kam, das ihn nach all der Zeit zu ihr geführt hatte, versuchte er nicht, etwas zu sagen, was sie von ihren Tränen ablenken konnte. Schonungslos ihr und sich selbst gegenüber berichtete er von Hüx' und Borbálas Tod, seinem Anteil daran und dem ihres Bruders Dieter.

Sie fluchte auf Dieter, doch Cord nahm ihn in Schutz. »Glaube nicht, dass ich warme Gefühle für ihn hege, aber er ist genau das, was ein Mann sein sollte, der in diesem Krieg kämpft. Furchtlos und ohne eine weiche Stelle im Herzen. Hätte der König viele wie ihn, hätte er längst mehr siegreiche Schlachten geführt. Und was glaubst du – dass ich das Weib nicht getötet hätte, wenn sie auf mich losgegangen wäre?«

Sie schüttelte den Kopf und versteckte ihr Gesicht in ihren Händen, damit er nicht all die Gründe darin lesen konnte, aus denen sie weinte.

Er beugte sich über den Tisch und legte ihr seine warme Hand in die Halsbeuge. »Was ist aus Irina geworden?«

Sie hatte ihm eigentlich nur sagen wollen, dass Irina gestorben war. Doch ihr Vorsatz verflog, als sie seine Hand auf ihrer Haut fühlte. Sie hielt sie dort fest, wo sie lag, und begann, ihm die Wahrheit zu erzählen, bis zu dem bösen Tag, an dem sie Ludwig von Torgau umgebracht hatte. Nur was Irinas Schwangerschaft anging, log sie. Sie verriet nicht, dass sie von ihm und ihr wusste, sondern dichtete ihr ein Liebesverhältnis zu einem Knecht an. Auch über Ludwigs Verbrechen gegen Irina schwieg sie. Er sollte nicht Juli ansehen und darüber nachdenken, ob Wilkins bösartiger Bruder ihr Vater gewesen war.

»Was hatte der König dazu zu sagen, als Wilkin gestand, seinen Bruder erschossen zu haben?«, wollte er wissen.

»Der König schätzte Wilkin damals schon hoch. Er hat die Sache zu einem Unfall erklärt. Die Männer, die mit Ludwig nach Ofen gekommen waren, haben wohl nicht daran geglaubt, aber gegen das Urteil des Königs konnten sie nichts tun. Dass ich es war, die geschossen hat, darauf sind sie nicht gekommen. Sie haben Ofen kurz darauf verlassen, und wir haben sie nicht wiedergesehen.«

Cord saß zurückgelehnt ihr gegenüber, in den Händen einen Krug mit dem letzten Rest Bier. Nachdenklich musterte er ihr Gesicht, als würde er nicht klug aus dem, was er darin las. »Und seitdem hast du keinen Bogen mehr angefasst?«

Sie atmete tief durch und sah ihm in die Augen. »Wilkin hat meine Tat auf sich genommen, um mich zu schützen. Ich wollte nichts tun, um den Verdacht auf mich zu lenken. Das hätte ihn zu allen Schwierigkeiten hinzu auch noch der Lüge überführt. Und du weißt so gut wie ich, dass er solche Schande nicht verdient hätte. Er hat schon genug unter den Verfehlungen anderer gelitten.«

»Hm. Wenn du mich fragst, dann war es keine Verfehlung, Ludwig von Torgau zu erschießen.«

Sie verschränkte die Arme. »Es ist immer eine Verfehlung, einem Mann in den Rücken zu schießen, und das siehst du nicht anders als ich. Auch wenn du jetzt versuchst, mich zu beschwichtigen.«

Er stieß einen verächtlichen Laut aus und stellte den Bierkrug mit einem kleinen Knall auf den Tisch. »Sogar dein musterhafter Wilkin weiß, dass wir in der Not zumeist einen Dreck darauf geben, ob der andere uns mit dem Gesicht oder mit dem Hintern ansieht. Ich kann verstehen, dass du über diesen Schuss nicht jubelst. Aber wäre es dir besser gegangen, wenn das Aas erst eurer Amme die Kehle durchgeschnitten und sich dann zu dir umgedreht hätte? Musste erst ich kommen, um dir in ihrem Namen und dem von Irina und ihrer Tochter dafür zu danken, dass du an jenem Tag eine lockere Hand hattest?«

In der Tat hatte Hedwig niemals mit jemandem über ihre Tat gesprochen, geschweige denn, dass ihr jemand gedankt hätte. Ihre nächsten Worte sprach sie wieder einmal, ohne nachzudenken. Sie kamen auf geradem Weg aus ihrem Herzen. »Cord, ich habe dich vermisst.«

Er lächelte, sah sie aber nicht an, sondern blickte auf den Tisch. Als hätte er sie gar nicht gehört, stand er mit einem Seufzen auf und streckte sich. »Wo kann ich schlafen, ohne dass wir ins Gerede kommen? Um zum Gasthaus zurückzugehen, ist es zu spät. Es würde einen Wirbel geben, wenn ich um diese Zeit noch klopfte. Falls mich die Nachtwächter nicht vorher schon aufgriffen.«

»Ich gebe dir Kissen und Decken für die Küchenbank. Es weiß ja niemand, dass du hier bist. Du musst nur vorsichtig sein, wenn du morgen gehst.«

Als Hedwig Cord die Kissen brachte, war Mara schließlich zu Bett gegangen. Eilig richteten sie in schweigendem Einvernehmen das Lager her. Es machte Hedwig ein wenig schwindlig, wie sich ihr Leib nach ebendem sehnte, was das Gerede ihnen unterstellen würde, wenn herauskam, dass er in Abwesenheit ihres Gatten in ihrem Haus geschlafen hatte.

Alles an ihm zog sie an – seine Blicke, sein Lächeln, seine Gesten, seine Stimme, sein Geruch, seine Wärme. Und sie hatte ihn so lange entbehren müssen. Sie wusste, dass es Edelfrauen im Hofstaat gab, die ihre so oft abwesenden Gatten mehr oder weniger heimlich mit anderen Männern hintergingen. Bis zu diesem Tag war sie nie in Versuchung gewesen, dasselbe zu tun, obwohl sie in vielen Monaten die Tage an einer Hand abzählen konnte, an denen Wilkin bei ihr war.

Nie hatte ein anderer Mann ein solches Begehren in ihr erweckt wie nun Cord.

Inzwischen mied er ihren Blick. Wahrscheinlich brachte sie ihn bereits damit in Verlegenheit, dass sie noch immer um ihn war, obwohl sie ihn längst hätte allein lassen sollen. Mit einem stummen Seufzer ging sie zur Tür, wo sie sich noch einmal umdrehte, um ihm eine gute Nacht zu wünschen. Er hatte sich auf die Bank gesetzt, hielt einen seiner Stiefel in der Hand, und nun sah er ihr in die Augen. In seiner Miene stand so deutlich die Frage geschrieben, ob sie bleiben wolle, dass ihr vor Scham heiß wurde. Hatte sie so offensichtlich gezeigt, was sie fühlte?

Nun war sie es, die seinem Blick auswich und zu Boden sah. Seinen nackten Fuß zu betrachten, minderte ihre Verwirrung jedoch nicht. Es war ein schöner Fuß, schöner, als sie erwartet hätte. Doch in diesem Fall war es nicht das, was sie den Atem anhalten ließ. Sie erkannte die Form seiner Zehen. In einer kleineren, kindlichen Fassung hatte sie solche Zehen in den vergangenen drei Jahren unzählige Male gewaschen. Nicht nur deshalb, weil sie es ihr wünschte, war Juli Cords Tochter.

Diese Feststellung brachte sie ein wenig zur Vernunft. Sie wollte nicht zerbrechen, was sie sich errichtet hatte. Das war sie den drei Menschen schuldig, die sie am meisten liebte.

»Gute Nacht, Cord«, sagte sie mit vollkommen fester Stimme.

* *

Mara weckte Cord, als sie mit der ebenfalls bereits halbwachen Juli am nächsten Morgen früh in die Küche kam. Sie wandte den Blick ab, bis er sein Hemd übergezogen hatte, und sprach, über einen Morgengruß in ihrem unvollkommenen Deutsch hinaus, kein Wort zu ihm.

Auch die Kleine war kein Plappermaul wie so viele andere Kinder. Sie beobachtete ihn neugierig, während sie ihren Haferbrei aß, senkte aber schüchtern lächelnd den Blick, wenn er sie ansah. Er konnte sich an Irina kaum erinnern, glaubte aber, dass das Mädchen ihr ähnlich sah. Sie war reizend, und es war nicht zu übersehen, dass sie von den Frauen geliebt wurde. Wahrscheinlich war sie der Grund dafür, dass Hedwig nicht sonderlich traurig darüber zu sein schien, noch keine eigenen Kinder zu haben.

Er wünschte, dass er etwas gehabt hätte, das er dem Kind hätte schenken können. Doch womit machte man solchen kleinen Mädchen eine Freude? Er setzte sich ihr gegenüber an den Tisch. »Juli?«, fragte er. Sie sah ihn an, ohne den Kopf zu heben. Es war ihm ein Rätsel, wie sie gleichzeitig so strahlen und so scheu wirken konnte. Er lächelte ihr zu. »Erzähl mir doch, was du am liebsten tust. Außer mit Hedwig Verstecken zu spielen.«

Sie nickte mit vollem Mund und zog dann nachdenklich die Stirn kraus. »Am liebsten spiele ich mit den Welpen in der Burg. Und am allerliebsten reite ich mit Hedwig auf Tiuvel. Aber sie will mich nicht immer mitnehmen, nur manchmal.«

Ein Schwall von unsinniger Eifersucht durchfuhr ihn. Ritt Hedwig allein aus, wenn sie die Kleine nicht mitnahm? Oder hatte sie einen Mann, mit dem sie sich während Wilkins Abwesenheit tröstete, wie so viele andere vornehme Frauen? War es gar nicht die Treue zu ihrem Gatten, die sie in der Nacht davon abgehalten hatte, bei ihm zu bleiben? Sie hatte Lust dazu gehabt, er hatte das Verlangen in ihren Augen glänzen sehen und auf ihren Lippen blühen. Und er war bereit für ihre Lust gewesen, das wussten alle Teufel der Hölle. Wäre sie zu ihm gekommen und hätte ihn geküsst, wie sie es zur Begrüßung getan hatte, dann hätte er jeden Gedanken an ihre, Wilkins und seine eigene Ehre vergessen.

Was war er für ein räudiger Hund. Er hatte sich wünschen können, dass sie mit ihm ihre Ehe brechen würde, und war nun bereit, sie zu verachten, falls sie dasselbe mit einem anderen tat. Doch vielleicht irrte er sich ja.

Das Mädchen sah ihn weiter auf seine neugierige und schüchterne Art an.

»Wollen wir sie fragen, ob sie heute mit uns beiden ausreitet? Du darfst auch bei meinem Rappen mit in den Sattel. Was hältst du davon?«, fragte er.

Statt zu antworten, sprang Juli juchzend auf und rannte aus der Küche, so schnell es mit ihrem kleinen Hinken ging. »Hedwig! Hedwig!«

Er musste über ihren Eifer lachen und stellte wieder einmal fest, wie gern er eigene Kinder gehabt hätte. Eine Tochter, die vor Freude juchzte, weil sie einen Ausritt mit ihm machen durfte.

Wenig später kehrte Juli mit Hedwig an der Hand zurück. »Sie will. Und sie sagt, ich darf auf dem Hinweg auf Tiuvel reiten und zurück auf deinem Ross.«

»Gut. Dann machen wir es so«, sagte er. Auf einmal war seine Stimme so rau, dass er sich räuspern musste, und sein Herz schlug stärker. Hedwig hatte ihr Haar noch nicht aufgesteckt, die langen blonden Strähnen umspielten ihren Hals und fielen ihr über ihre nur von einem dünnen Unterkleid bedeckte Brust. Sie kam sichtlich gerade aus dem Bett, sah noch traumverloren aus und duftete nach Schlaf. Er erinnerte sich an ihre gemeinsamen Morgenstunden unterwegs, als er sie oft so gesehen hatte, und der Kummer stieß einen Dolch in seine Seele. Warum nur hatte er nicht zur rechten Zeit das Richtige getan? Warum hatte er sie nicht für sich gewonnen, bevor Wilkin es tat? *Ich darf es dir nicht sagen, meine Geliebte,* dachte er, *aber Gott ist mein Zeuge, wie sehr ich dich nicht nur vermisst habe, sondern mein Leben lang vermissen werde.*

Sie sah ihn so liebevoll an, als wüsste sie es, auch ohne dass er es aussprach. »Du hast jetzt also auch einen Rappen?«, fragte sie, und auch ihre Stimme klang bei aller Sanftheit heiser.

»Wenn ich die Wahl hatte, habe ich seit damals nie mehr ein anderes als ein schwarzes Pferd besessen. Ich hoffte immer, einmal auf eines zu stoßen, das ebenso viel Herz hat wie dein Tiuvel. Weißt du, dass ich dich hier nur so schnell gefunden habe, weil ich ihn in den Stallungen entdeckt habe? Die Knechte konnten mir sagen, wo du lebst.«

Sie nickte, raffte ihr Kleid ein Stück und setzte sich auf Julis Platz an den Tisch, wo Mara ihr schon eine Schale Hafergrütze bereitgestellt hatte.

Flüchtig fragte er sich, ob das ärmliche Essen, welches er bereits am Vortag bemerkt hatte, auf ihrer Vorliebe beruhte oder auf knappen Geldmitteln.

Sie tauchte den Holzlöffel in ihre Schale und sah ihn belustigt an. »Und hast du ein Pferd mit einem großen Herzen gefunden?«

Er schüttelte den Kopf, ohne den Blick von ihr zu wenden. »Von allem, was ich damals bewunderte, habe ich später stets nur einen schwachen Abglanz gefunden.«

Mit dem erhobenen Löffel hielt sie inne. Hatte sie verstanden, was er ihr andeutete?

»Wir haben schon etliche Fohlen von Tiuvel gezogen. Aus Irinas Schimmelstute. Das Geld aus dem Erlös hat uns in den schlechtesten Zeiten über Wasser gehalten. Die Käufer sind zufrieden. Warum schaffst du dir nicht eine gute Stute an, und wir ... Es wäre schön für mich zu wissen, dass du eines von Tiuvels Fohlen besitzt.«

Ihre aufflammende Begeisterung über den Einfall machte es unmöglich zu deuten, ob sie seine Worte auch auf sich und seine Gefühle für sie bezogen hatte. Vielleicht wünschte sie aber auch, nicht darauf einzugehen, und im Grunde gäbe er ihr damit recht.

»Warum nicht? Ich werde mich umsehen. Aber nicht heute. Denn heute machen wir drei einen langen Ausritt. Ich will sehen, ob du wenigstens noch zu Pferd sitzen kannst, wenn du schon so viele andere Dinge verlernt hast.«

⁂

Hedwig war seit langer Zeit nicht so glücklich gewesen wie in den Stunden, die sie mit Cord und Juli in den Feldern und Wäldern nahe dem Pressburger Burgberg verbrachte. Das Unwetter des Vortages war am frühen Morgen weitergezogen und hatte zum Abschied Bäume und Büsche mit Tropfen behängt, in denen sich funkelnd das Sonnenlicht fing. Es war warm genug für leichte Kleider, und als hätten sie sich darüber abgesprochen, war auch ihre Stimmung so leicht, als gäbe es nichts, was sie bedrücken könnte.

Juli strahlte auf ihre stille Art vor Freude, Cord war aufgeräumt und redselig, und er bedachte Hedwig dann und wann mit Blicken, die ihr ein Flattern in der Brust verschafften. Auch seine Spottlust war an diesem Tag die alte. Herausfordernd half er Juli, mit geschürztem Kleidchen auf einen Baum zu klettern, als sie am Waldrand rasteten. Als auf der Wiese ein Hase aus seiner Sasse aufsprang, stieß er Hedwig an, zielte mit einem unsichtbaren Bogen und tat, als hätte er ihn erlegt. Er wusste genau, wie sehr es ihr immer noch in den Fingern zuckte, wie sehr sie vermisste, was sie einst so gut gekonnt hatte. Aber er versuchte nicht, mit ihr darüber zu sprechen, quälte sie nicht, sondern machte sich nur auf freundliche Weise über sie lustig.

Erst am späten Nachmittag kehrten sie gemächlich zu den königlichen Stallungen zurück. Juli saß vor Cord im Sattel und war kurz davor, in seinem Arm einzuschlafen.

Hedwig musste die Stiche ihres schlechten Gewissens unterdrücken. Sie war schuld daran, dass Augenblicke wie dieser nicht alltäglich für die beiden waren und dass sie nicht wussten, was ihnen entging.

Sie vergaß ihre Gewissensbisse, als ein junger Mann vor die Stalltür trat, in dem sie erst auf den zweiten Blick ihren Bruder Dieter erkannte. Er war noch ein gutes Stück in die Höhe gewachsen, seit sie ihn das letzte Mal gesehen hatte, teilte mit allen von Quitzows die breiten Schultern, war aber schlanker als Köne. Unter den kurz geschorenen blonden Haaren blickten ihr aus einem kantigen Gesicht eiskalte Augen entgegen.

Es schauderte sie bei seinem Anblick. Auch wenn Cord in gewissem Maße recht damit haben mochte, ihn zu verteidigen, verabscheute sie, was er Bori und Hüx angetan hatte.

Für ihn allerdings schien es in keiner Weise von Belang zu sein, ob sie etwas gegen ihn haben könnte. Er musterte sie, Cord und Juli in einer Weise, die angewiderter kaum hätte sein können.

Erbost schlang sie Tiuvels Zügel um den Anbindebalken und eilte an Cords Seite, der ihr Juli vom Pferd herabreichte. Sie wollte die müde Kleine in den Stall tragen, um sie dort ins Heu zu setzen, doch Dieter wich ihr nicht aus, sondern schien sich noch breiter zu machen.

Als sie dennoch an ihm vorbeigehen wollte, spuckte er vor ihr aus und traf die Spitze ihres Stiefels. Nur für den Bruchteil eines Augenblicks blieb sie stehen, bevor sie weiter in den Stall schritt und Juli im Heu ablegte. Sie dachte keinen klaren Gedanken, als sie danach den Stallbesen ergriff und damit auf ihren Bruder losging.

Cord rief warnend ihren Namen, doch sie war nicht mehr zu bremsen. Mit aller Kraft schlug sie Dieter den Besen um die Ohren. Für einen flüchtigen Moment war er zu überrascht, um sich zu wehren, dann jedoch schnappte er mit einer Hand den Besenstiel, hielt ihn fest und schlug mit der freien Hand nach ihr. Flink wich sie aus, ließ den Besen los, trat ihm schwungvoll gegen das Knie und sprang zurück.

Er erwischte sie mit der Faust im Gesicht. Sie schrie auf und kam ins Taumeln. »Dreckige Hure«, zischte er, als er ihr nachkam und erneut mit der Faust ausholte.

Zeit zuzuschlagen hatte er nicht mehr. Cord zog ihn an der Schulter herum und versetzte ihm einen Hieb unter das Kinn, der manchen Mann gefällt hätte. Dieter jedoch brachte der eingesteckte Treffer lediglich dazu, sich seinem Gegner mit voller Aufmerksamkeit zuzuwenden.

Hedwig war mittlerweile Zeugin vieler Auseinandersetzungen zwischen Männern geworden, doch sie hatte noch nie einen Faustkampf gesehen, der mit solch roher Wut und gleichzeitig der erbarmungslosen Zielstrebigkeit von Kriegern geführt wurde, die nur deshalb noch lebten, weil sie die Kunst des Tötens perfekt beherrschten.

Sie hörte Juli ängstlich wimmern, spürte, wie die Kleine zu ihr gelaufen kam und sich an sie drängte, legte aber nur den Arm um sie und wandte nicht den Blick von der brutalen Schlägerei. Die Angst, die sie für kurze Zeit um Cord gefühlt hatte, verflog rasch. Er war Dieter überlegen, sowohl an Kraft als auch an Gewandtheit.

Bald nahm der Kampf den Anschein an, als würde ein Lehrer seinen Schüler maßregeln, wenn auch ohne jede Gnade. Sogar als Dieter bereits zu Boden gegangen war, versetzte Cord ihm noch einen ungebremsten Tritt, bevor er schwer atmend stillstand, sich über das Gesicht wischte und seinen Dolch zog. »Sie ist deine Schwester, du stinkender, kleiner Abschaum. Ich habe dir vor langer Zeit gesagt, was ich tun werde, wenn du dich nicht anständig benimmst. Ein anderer würde dich an den Haaren zu ihr schleifen und verlangen, dass du sie um Verzeihung bittest. Aber was soll sie mit einer erpressten Entschuldigung von einem Haufen Dreck wie dir?«

Dieter stöhnte und krümmte sich, wie um sich zu schützen. Cord beugte sich herab, schob sein Wams hoch und schlitzte mit seinem Dolch Dieters enges Hosenbein innen lang auf. Der schrie, rappelte sich halb auf und versuchte, sich Cord kriechend zu entziehen, der mit mörderischer Miene hinter ihm herschritt.

So zornig Hedwig auf ihren Bruder war, konnte sie doch nicht mit ansehen, wie Cord ihn umbrachte – schon um seiner selbst willen nicht.

Eilig lief sie mit Juli an der Hand zu ihm. »Lass ihn, Cord, bitte. Mach dir nicht die Hände schmutzig. Es ist gut. Vielleicht war es ein Missverständnis, oder er war nicht recht bei sich.«

Cord ging weiter. »Glaub mir, er wusste genau, was er tat. Er hat eine Abscheu gegen alle Weiber, weiß der Teufel, woher. Ich sehe das nicht zum ersten Mal bei ihm. Wenn ich ihn entmanne, befreie ich ihn nur von etwas, wofür er keine Verwendung hat.«

Mit einer Hand an seinem schmerzenden Kopf sprang Dieter auf, die andere Hand streckte er Cord abwehrend entgegen. Er blutete aus mehr Wunden als nur der zerschlagenen Nase und bot ein Bild des Jammers, doch sein Kampfgeist hatte ihn noch nicht verlassen. »Wo warst du letzte Nacht?«, fragte er. »Du bist zu ihr gegangen und danach nicht ins Gasthaus zurückgekehrt. Und Wilkin ist nicht in der Stadt. Willst du mir erzählen, dass all das hier …« – er machte eine Handbewegung, mit der er Cord, Hedwig, Juli und die Pferde einschloss, »… dass all das ehrenhaft ist? Gott weiß, dass es gute Gründe gibt, warum Weiber mich anwidern. An nichts können sie festhalten. Nicht an ihrem Besitz, nicht an ihrer Ehre. Wenn sie es versuchen, wird es nichts weiter als ein lächerliches und ekelhaftes Schauspiel. Schwach und tierhaft.«

Der gehetzte und verletzte Tonfall seiner Stimme war es, der Hedwig auf einmal den kleinen Bruder in ihm sehen ließ, den sie einmal gehabt hatte.

»Wie alt warst du, als Mutter dich weggeben musste?«, fragte sie leise. »Kannst du dich an sie erinnern?«

Erneut spiegelten seine Miene und seine Haltung schiere Verachtung. »Warum sollte ich das? Sie war ein Weib wie jedes andere. Weder kann noch will ich mich an sie erinnern.«

Hedwig nickte und fühlte ihren eigenen alten Schmerz über den Verlust der Mutter aufflackern. »Aber ich kann mich an dich erinnern. Du warst noch sehr klein, als der Kurfürst Friesack einnahm. So klein wie meine Ziehtochter hier.« Sie legte Juli, die sich noch immer verschreckt an sie drückte, die Hand auf die Schulter.

Dieter sah das Kind an, und ein kleiner Ruck schien durch ihn zu gehen. »Ziehtochter?« Sein Blick flog von Juli zu Hedwigs Gesicht, dann zu Cord und wieder zu dem Kind.

Es durchfuhr Hedwig siedend heiß. Sie glaubte zu wissen, was in seinem Kopf vorging. Er musste eine Ähnlichkeit zwischen Cord und Juli entdeckt haben. Rasch redete sie weiter, damit er nicht aussprach, was Cord nicht hören sollte.

»Cord hat mir noch gestern erzählt, dass er dich in der Schlacht für unentbehrlich hält und Achtung vor dir hat. Ich möchte glauben, dass du nicht so meintest, was du vorhin zu mir sagtest.«

Seine Züge wurden wieder hart. »Ich meinte, was ich sagte. Aber vielleicht habe ich mich geirrt. Dann würde ich um Verzeihung bitten.«

»Für den Augenblick würde ich mich damit zufriedengeben. Kannst du ihn dann gehen lassen, Cord?«

Als sie ihren Freund ansah, bemerkte sie, wie zerschunden

auch er aussah. Widerwillig schob er den Dolch in sein Futteral. »Nur, weil du mich darum bittest.«

Dieter nickte, die Lippen verkniffen, und ging mit gesenktem Kopf davon.

Hedwig hätte gern auch den Rest des Tages und den Abend mit Cord verbracht, doch sie wusste, dass Dieters Verhalten Grund genug war, kein Wagnis einzugehen. Es war vernünftiger, wenn Cord nicht noch einmal mit in ihr Haus kam. Bis zur Tür begleitete er sie allerdings, schon um es ihr abzunehmen, die erschöpfte Juli tragen zu müssen.

Wegen des Kindes sprachen sie auf dem Weg nicht über das, was geschehen war, und beim Abschied sahen sie sich nur schweigend in die Augen.

Später auf ihrem Lager war Hedwig rastlos, und das lag nicht an dem Schmerz, den die Schwellung unter dem Auge ihr verursachte. Sie konnte es nicht ändern, dass sie sich nach Cord sehnte und sich seine Berührungen erträumte. Das Ziehen in ihrem Herzen und ihrem Leib war heftig. Es kam ihr vor, als müsse er es auf seinem Schlaflager im Gasthaus spüren. Sie schalt sich verachtenswert und eine Närrin, doch ihr Herz gab nichts auf ihren Verstand.

Dachte sie an Wilkin, wurde ihr vor Schuldgefühl übel. Dennoch stellte sie sich die Frage, ob es möglich wäre, mit Cord fortzugehen, falls solch eine unerhörte Tat für ihn in Betracht kam. Doch sie konnte sich nicht vorstellen, dass er oder sie das ehrlose Leben in ewiger Heimlichkeit und Angst lange ertragen hätten, das einem derartigen Ehebruch folgen musste.

Als in der Nacht jemand ungestüm an die Haustür hämmerte, fuhr sie mit rasendem Puls aus dem Bett auf. Die unsinnige Angst, den Richter für ihre verworfenen Gedanken vor der Tür zu finden, mischte sich mit der Hoffnung, es möge Cord sein, der doch noch Herberge bei ihr suchte.

Eilig lief sie die Treppe hinab. Die gewohnte Vorsicht ließ sie das kleine Beil aus der Stube holen, bevor sie zur Tür trat. »Wer ist da?«

»Von Quitzow. Dieter von Quitzow«, kam die Antwort, so laut, dass es alle Nachbarn aus dem Schlaf reißen musste.

Hedwig zögerte kurz, öffnete dann die Tür einen Spalt weit, bereit, sie wieder zuzuschlagen. Eine Wolke von Bier- und Branntweindunst schlug ihr entgegen. Obwohl Dieter sich mit einer Hand an der Hauswand abstützte, schwankte er so stark, dass es keinen Zweifel darüber gab, wie betrunken er war. Wie er es dennoch schaffte, sofort seinen Fuß in den Türspalt zu schieben, war ihr ein Rätsel.

Sie umfasste das Beil fester. »Was willst du?«

»Er ist ein Bastard. Ein verfluchter Bastard. Ein ... Er hätte mich ... Aber der Beste. Verstehst du dummes Weib das? Ein dreckiger Hurensohn. Aber der Beste. Und du ... Was bist du? Lass mich rein. Ich bin dein Bruder. Du hast mit mir gespielt. Mit einem Ball. Weißt du noch?«

Bei aller Unfreundlichkeit klang er so mitleiderregend niedergeschlagen, dass Hedwig die warnende Stimme in ihrem Hinterkopf missachtete und ihm die Tür öffnete. Er taumelte herein, musste sich gleich wieder an der Wand festhalten, und sie hatte Mühe, ihn in der nur von einem schwachen Mondstrahl erhellten Stube zu einem Sessel zu lenken, in den er mehr fiel, als er sich setzte.

Sie blieb ihm gegenüber stehen, ohne das Beil aus der Hand zu legen. Er richtete seinen unsteten Blick auf ihre Waffe und winkte schwerfällig mit der Hand ab. »Lächerlich. Lächerlich. Weiber können nichts. Gar nichts.«

Seufzend lehnte er sich zurück, und für einen Moment sah es aus, als würde er einfach einschlafen.

»Ist das alles, was du mir sagen wolltest?«, fragte sie.

»Ja. Nein.« Wieder schwieg er und schien einzudämmern,

doch dann richtete er sich plötzlich gerade auf und zeigte drohend mit dem Finger auf sie. »Ich habe deinen verfluchten Hund nicht umgebracht. Das habe ich nicht.«

Verblüfft sah sie ihm dabei zu, wie er wieder in sich zusammensank. »Ja. Verfluchte Weiber«, murmelte er noch, bevor er tatsächlich einschlief, aus dem Sessel glitt und auf dem Boden zu liegen kam.

Im selben Augenblick klopfte es draußen erneut, wesentlich leiser dieses Mal. Nach einem misstrauischen Blick auf Dieter ging sie zur Tür. »Wer ist da?«

»Cord. Ich suche Dieter. War er hier?«

Rasch öffnete sie, zog ihn herein und schloss die Tür hinter ihm wieder. »Er ist immer noch da. Sieh ihn dir an.«

Sie zeigte ihm ihren auf dem Boden schnarchenden Bruder, auf dessen Stirn das matte Mondlicht fiel. Vorsorglich ergriff sie Cords Hand, damit er sich nicht gleich daranmachte, Dieter aus dem Haus zu zerren.

Doch er machte keine Anstalten in dieser Richtung, sondern legte seinen Arm um sie und zog sie an sich. »Es tut mir leid, dass er dich geweckt hat. Ich wollte ihn im Auge behalten, aber er ist mir entwischt, als ich kurz hinausmusste. Hat den ganzen Abend kein Wort gesagt, nur gesoffen. Was hat er von dir gewollt? Musstest du ihn niederschlagen?«

Sie schüttelte den Kopf, ein wenig belustigt darüber, wie selbstverständlich er annahm, dass sie ihren Bruder hätte niederschlagen können, wenn er sie bedroht hätte. »Er ist von allein in die Knie gegangen. Ich glaube, er wollte mir wirklich nur sagen, dass er Tristan damals nicht getötet hat.«

Er fing an, mit der Hand in ihrem Haar zu spielen, sprach aber leise weiter, als sei ihm gar nicht bewusst, was er tat. »Das hat er mir schon vor langer Zeit gesagt, und ich glaube ihm. Zu einem freundlichen Kerl macht ihn das trotzdem nicht. Mir wäre es lieber, wenn du dich nicht auf ihn einlässt. Er hätte dich heute umgebracht, ohne mit der Wimper zu zucken.«

Sie holte tief Luft. »Ja. Aber … Cord, ich hätte ihn vielleicht auch umgebracht, wenn ich es gekonnt hätte. Wilkin sagte einmal, die Unbeherrschtheit scheine ein Fluch zu sein, der allen von Quitzows im Blut liegt. Wenn ich wütend bin …«

Er ließ sie nicht weitersprechen, sondern küsste sie sanft auf die Lippen und flüsterte dann: »Du und Dieter, ihr habt nichts gemein als die Eltern. Deine Wut stammt nicht aus dem gleichen Hass, den er in sich trägt. Ich liebe deine Wut. Ich liebe deinen Eigensinn. Ich liebe die Hand, mit der du deinen sturen Hengst lenkst. Bei Gott, Hedwig, ich liebe dich. Aber jetzt werde ich deinen betrunkenen Bruder hier herausschaffen und mit ihm die Nacht in irgendeinem Stall verbringen. Und morgen werde ich aus Pressburg verschwinden und dich in Ehren hierlassen, wohin dein Gemahl zu dir zurückkehren wird. Der Himmel weiß, wie schwer mir das fällt, aber es ist das einzig Richtige.«

Noch einmal küsste er sie, dann ließ er sie los und machte sich daran, Dieter wach genug zu rütteln, um ihn auf die Beine zu bringen.

Hedwig sah ihm benommen zu, überwältigt von seinen Worten und der Wahrhaftigkeit, die in ihnen lag. Sie konnte nichts anderes tun, als ihm dabei zusehen, wie er ihren Bruder aus dem Haus schleppte und mit ihm ins Dunkel der Nacht wankte.

## 18

# Angeklagt

Hedwig sah Cord nicht noch einmal, bevor er die Stadt verließ. Er schickte ihr zum Abschied einen Boten, der ein Geschenk für Juli brachte. Es war ein zierlicher Bogen mit einer Handvoll stumpfer Pfeile, die als Spielzeug für ein kleines Kind nicht besser passen konnten. Hedwig musste lachen, während ihr die Tränen kamen. Und noch am selben Tag holte sie ihre eigenen Bögen und Pfeile von dem Dachboden, auf den sie sie verbannt hatte, wenn auch vorerst nur, um sie zu betrachten.

Wenige Tage später stellte sie zu ihrer Überraschung fest, dass Dieter in Pressburg geblieben war. Sie entdeckte ihn im Vorüberreiten in Gesellschaft einiger junger brandenburgischer Ritter am Rande des Turnierplatzes vor der Stadt.

Juli war bei ihr, und sie ritten in Begleitung des alten Pferdeknechts, dem Wilkin gelegentlich etwas Geld für diesen Dienst gab. Dieter sah sie und nickte ihr verblüffend höflich zu. So höflich blieb er, wenn sie sich in den folgenden Wochen zufällig begegneten. Gezielt näherte er sich ihr nicht noch einmal, und von seinen Plänen erfuhr sie erst, als endlich Sigismund und mit ihm Wilkin wieder nach Pressburg kamen.

Wie üblich wartete sie im Haus darauf, dass Wilkin sich aus dem Gewirr des reisenden Gefolges freimachen konnte, und wie üblich strahlte er vor Freude über seine Heimkehr, als er kam. Bei seinem Anblick fragte sie sich, wie sie auch nur einen Augenblick lang daran hatte denken können, ihn zu verlassen. Mochte es ihrer Ehe mit Wilkin auch an Leidenschaft fehlen, so waren ihre Achtung für ihn und ihre Zuneigung doch immer weiter gewachsen. Sie war sich immer bewusst, dass es nicht sein Fehler war, wenn sie sich nie vollkommen glücklich fühlte.

Es war selbstverständlich, dass sie ihn in den nächsten Tagen häufig an den Hof begleitete. In besseren Zeiten hatte Wilkin ihr eine Zofe eingestellt, wenn solche Gelegenheiten sich häuften, doch da der Mietzins für das Haus in Pressburg hoch war und Wilkins Vater ihnen nach wie vor niemals freiwillig etwas zukommen ließ, fehlte es ihnen mittlerweile immer an Geld. Glücklicherweise hatte Mara im Laufe der Jahre so viel Erfahrung darin gesammelt, Hedwig anzukleiden, dass sie sich dennoch einer angemessenen Erscheinung sicher sein konnte.

An einem dieser Abende bei Hof trat Dieter zu ihnen, begrüßte sie und seinen ehemaligen Lehrherrn formvollendet und bat Wilkin, ihn König Sigismund vorzustellen. Hedwig hatte Wilkin oberflächlich von Cords Besuch und von der Auseinandersetzung mit ihrem Bruder berichtet und ihn um Nachsicht für Dieter gebeten, daher willigte er ein.

Kurz darauf wusste sie, dass es den ruhelosen, jungen Kämpen in die Walachei zog – dorthin, wo ihrer beider Bruder Köne seit Jahren die Grenze zum osmanischen Reich verteidigte. Dieter bekam von Sigismund den Auftrag, einige Ritter des Deutschen Ordens zu begleiten, die sich auf des Königs Wunsch hin entlang des Flusses ansiedeln wollten, um Festungen zu errichten und zu bemannen.

Einige Wochen blieben Sigismund und sein Gefolge in der Stadt. Wilkin jedoch wurde von Kurfürst Friedrich auf die Cadolzburg ins Nürnberger Land gerufen, um dessen siebzehnjährigen Sohn Albrecht abzuholen und nach Pressburg zu geleiten. Hedwig wusste, dass Friedrich Wilkin aus mehr als nur diesem einen Grund sehen wollte. Ihr Gemahl versorgte den Kurfürsten noch immer regelmäßig mit wahrheitsgetreuen Berichten von Sigismunds Unternehmungen und Plänen.

Es ging dabei nicht unbedingt um Geheimnisse, aber doch um Einzelheiten, die auf anderem Wege vielleicht nicht unverfälscht an Friedrichs Ohr gedrungen wären. Die Bindung zwischen ihm und Sigismund war durch zahllose Zerwürfnisse und Versöhnungen zwar nicht feindselig, doch unzuverlässig. Nicht zuletzt auch deshalb, weil es weiterhin nicht ausgeschlossen war, dass die polnische Thronfolge über den inzwischen achtzehnjährigen Jung-Friedrich an Kurfürst Friedrichs Nachkommen fiel.

Den jungen Albrecht in Sigismunds Hofstaat einzuführen, gehörte zu den versöhnlichen Gesten, mit denen der Kurfürst sich immer wieder bemühte, Sigismunds Misstrauen gegen ihn zu beschwichtigen.

Hedwig fiel es schwer, sich darüber zu freuen, als Wilkin mit Albrecht zurückkehrte. Zu sehr bedrückte sie die endlose Folge höfischer Verpflichtungen, die Wilkin nun besonders wichtig nahm, um Albrecht zu unterstützen. Mit Bedauern hatte sie außerdem ihren Bogen nach Wilkins Heimkehr wieder auf den Dachboden zu ihrer alten Reisekleidung gelegt. Zuvor hatte Wilkin Juli mit sanftem Tadel dazu gebracht, auf ihr Spielzeug zu verzichten.

Ihre kleinen Sorgen rückten in den Hintergrund, als zu Beginn der Fastenzeit, in einer milderen Phase des Winters, Bekannte in Pressburg eintrafen, von denen sie gehofft hatte, sie nie wiedersehen zu müssen.

Wilkins Vater Hans von Torgau und Gerhardt von Schwarzburg hatten die Reise von Brandenburg ins ungarische Pressburg offensichtlich gemeinsam gemacht. Hedwig bekam eine Gänsehaut, als die beiden hintereinander den

Mittelgang der langen Thronhalle bis vor Sigismund schritten. Beide hatten sich bis auf ihre helmartig gerade geschnittenen Haare kaum verändert. Ihre blassen Wintergesichter zeigten Demut und Verehrung für den König, doch Hedwig glaubte nicht, dass die Liebe zu ihrem Herrscher sie an den Hof trieb. Es musste etwas bedeuten, dass die zwei wahrscheinlich schlimmsten Feinde, die Wilkin und sie hatten, einträchtig hier erschienen.

Die Sache beunruhigte Wilkin nicht weniger als sie. Während er sonst stets gelassen und furchtlos wirkte, sah er sich an diesem Abend auf dem Heimweg durch die Stadt häufig um, als erwarte er, dass sein Vater Mörder gedungen hatte.

»Warum sind sie hier?« Hedwig sprach die Frage erst aus, als sie ihr Haus fast erreicht hatten, obwohl sie die ganze Zeit über nichts anderes nachgedacht hatte.

Wilkin ergriff ihren Arm, damit sie an einer Stelle mit tiefem Schlamm auf den hölzernen Trippen, die sie beide über ihren empfindlichen Schuhen trugen, nicht ins Straucheln kam. »Der Erzbischof von Magdeburg und mein Vater haben sich ins Zeug gelegt und Geld gesammelt. So erfreut, wie Sigismund war, müssen sie eine beträchtliche Summe zusammengebracht haben. Da ich meinen Vater kenne, bin ich sicher, dass sie es nicht uneigennützig getan haben. Ihre Hintergedanken offenbart haben sie jedoch noch nicht.«

»Glaubst du, dass es etwas mit uns zu tun hat? Dein Vater hat zwar deinen Gruß erwidert, aber danach waren wir beide Luft für ihn. Und der ekelhafte von Schwarzburg scheint uns nicht einmal gesehen zu haben.«

Erneut sah Wilkin sich über die Schulter um, bevor er am Ende der schlimmsten Schlammsuhle ihren Ellbogen losließ und ihr stattdessen höflich seinen Arm anbot, damit sie sich festhalten konnte. »Sagen wir, ich habe wenig Hoffnung, dass es nichts mit mir zu tun hat. Und es war sehr auffällig, wie viel Mühe sich von Schwarzburg gegeben hat, dich nicht anzusehen, obwohl er jede andere Frau im Saal schamlos gemustert hat. Er hat gewiss nicht vergessen, wie du ihn damals zum Gespött gemacht hast.«

Sie blieben in der folgenden Zeit auf der Hut, konnten jedoch keine Zeichen besonderer Feindseligkeit entdecken.

Etliche Wochen später, als der Frühling sich bereits bemerkbar machte, kehrte Dieter in die Stadt zurück, um König Sigismund von den Fortschritten zu berichten, die bei der Befestigung der walachischen Grenze gemacht wurden. Und schon am Tag danach erfuhr Wilkin unter dem Siegel der Verschwiegenheit, dass Dieter den neuen Auftrag bekommen hatte, als Wegführer mit zwei weiteren Rittern des Deutschen Ordens und Gerhardt von Schwarzburg zusammen einen großen Teil der in Brandenburg aufgebrachten Gelder in die Walachei zu bringen, wo er dem Ausbau der Festungen dienen sollte.

Hedwig beschloss, die Gelegenheit zu nutzen und noch einmal zu versuchen, sich ihrem Bruder zu nähern. Sie suchte ihn in der Halle auf, um ihm für seine neue Aufgabe höflich ein gutes Gelingen zu wünschen.

Er sah ihr so kühl in die Augen wie immer, doch durch seine Züge lief eine leise Regung. Es war, als überlegte er, ob sie einer Antwort würdig war.

Zu ihrer Überraschung trat er schließlich sogar näher zu ihr. »Ich hätte diese Aufgabe nicht gewählt, doch hat man mich ja niemals gefragt, was ich wählen würde. Ich wollte an der Grenze bleiben und gegen die Osmanen kämpfen. Offenbar war ich meinem Bruder dazu nicht gut genug, er schickte mich auf Botendienste. Nun schickt man mich erneut fort, und ich gehe, denn ich werde, wie alle von Quitzow vor mir, meinem König gehorchen. Aber eines solltest du wissen: Es war von Schwarzburg, der deinen Hund getötet hat. Und ich würde auf seine Gesellschaft nur zu gern verzichten.«

Hedwig war ebenso überwältigt von dem, was er ihr sagte, wie von dem Umstand, dass er nach all seiner Ablehnung und Verstocktheit so offen zu ihr sprach.

Sie räusperte sich, um ihre Verblüffung zu verbergen. »Ich glaube nicht, dass Köne dich fortgeschickt hat, weil du ihm nicht gut genug warst.«

Dieter zuckte mit den Schultern. »Er sagte, ich sollte zuerst einen Mann von hohem Stand finden, der mich für wert genug hält, mich zum Ritter zu schlagen, bevor ich an der Seite seiner Männer kämpfen darf. Nun, ich vermute, das wird niemals geschehen.«

»Cord sagte, du hättest dir gegen die Hussiten Ruhm erworben. Warum sollte es an Sigismunds Hof nicht Edelmänner geben, die einsehen, dass du diese Ehre verdienst?«

»Cord ist nicht hier, um sich für mich einzusetzen. Und ich bin keiner, dem es gelänge, sich selbst anzupreisen. Ohnehin bedeutet mir die Ehrung nichts. Ich will nur für meinen König in die Schlacht ziehen. Aber das wird ein Weib nicht verstehen. Warum spreche ich überhaupt mit dir?«

Auf einmal sah er so aus, als würde er ihr jeden Moment wieder vor die Füße spucken, und ihre mühsam aufgebrachte Friedfertigkeit geriet ins Wanken. »Weil ich von deinem Blut bin. Sei ich auch ein Weib, ich verstehe es dennoch. Ich war immer bereit, für das zu kämpfen, was mir etwas bedeutet. Mag ich dabei auch jämmerlich und schwach gewirkt haben, wie du es allen Weibern unterstellst. Was dich in die Schlacht treibt, ist auch mir nicht fremd.«

Er schnaubte verächtlich. »Sollte es dasselbe sein, so macht dich das weit widerlicher als mich. Es gibt also keinen Grund, mich länger mit dir aufzuhalten.«

Mit einem brüsken Nicken wandte er sich von ihr ab und

verließ die Halle zügig. Hedwig ließ ihn verärgert gehen und hatte das Gefühl, sich mehr um ihn bemüht zu haben, als er es verdient hatte. Sie wollte seine Nähe kein weiteres Mal suchen.

Die Erinnerung an diesen im Zorn gefassten Entschluss kehrte zu ihr zurück wie ein schmerzhaft lautes Echo, als Gerhardt von Schwarzburg schon wenige Tage nach dem Aufbruch der vierköpfigen Reisegemeinschaft zurückkehrte. Über den Sätteln der drei reiterlosen Pferde, die er mit sich führte, lagen die Leichname der beiden Ordensritter und der ihres Bruders Dieter.

Mara kam von ihren Besorgungen nach Hause gehetzt, um es Hedwig zu erzählen, und Hedwig lief so schnell die steilen Wege zur Burg hinauf, dass sie dort im Hof ankam, als von Schwarzburg eben mit einem Strom von sichtlich erregten Schaulustigen die Tür durchschritt, die zum Thronsaal führte.

Schwer atmend von ihrem Lauf drängte Hedwig sich zu Wilkin durch, der seinen Platz weit vorn, mit guter Sicht auf Thron und König, behauptet hatte und bereits angespannt dem Begrüßungszeremoniell zwischen Sigismund und von Schwarzburg lauschte.

Gerhardt von Schwarzburg mimte überzeugend Trauer und Entrüstung, als er vor Sigismund trat und den angeblich durch die Hand eines Ordensritters getöteten Dieter des Verrats anklagte. Doch Hedwig glaubte ihm seine Betroffenheit nicht für einen einzigen Augenblick.

Von Schwarzburg sagte, der junge von Quitzow hätte sie alle drei umbringen wollen, um das Geld zu stehlen und zu seinem Bruder in die Walachei zu bringen.

Des Königs verkniffener Miene glaubte Hedwig entnehmen zu können, dass er zwar von Schwarzburgs Behauptung abwägte, diesen aber nicht unbedingt mochte.

Vielleicht konnte auch er die Kälte nicht überhören, die durch von Schwarzburgs volltönende, geheuchelte Worte hindurchklang. »Wie Eure Majestät war ich willens, dem jungen Mann Vertrauen entgegenzubringen, und wurde grausam enttäuscht. Doch als Brandenburger überrascht mich das nicht. Zu gut ist uns die räuberische Neigung derer von Quitzow noch in Erinnerung.«

Als Hedwig zum Sprechen Luft holte, ergriff Wilkin entsetzt ihren Arm, doch wieder einmal sprudelten ihre Worte hervor, ehe sie gründlich nachdenken konnte. »Ihr seid ein Lügner, von Schwarzburg!«, rief sie, laut genug, dass es auch der Letzte im Saal hörte. »Mein Bruder war unserem König so treu ergeben wie unser Vater. Sie haben niemals etwas zum Schaden des Königs getan. Ihre Händel hatten sie einzig mit Brandenburgern und mit dem Kurfürsten.«

Wilkin stöhnte leise, und sein Griff an ihrem Oberarm wurde so fest, dass sie erwartete, blaue Flecke davon zu bekommen. Sie hatte die Aufmerksamkeit aller Anwesenden gewonnen, jeder starrte sie an. Der König musterte sie mit überrascht gehobenen Augenbrauen.

Von Schwarzburg hingegen wirkte nicht überrascht, sondern beinah zufrieden, als hätte sie genau das getan, was er sich erhofft hatte. Er stellte sich so auf, dass er sie zwar ansah, aber zum ganzen Saal sprach wie zu einem Publikum. »Zu jener Zeit, als die von Quitzow noch in der Mark Brandenburg wüteten, stellte man sich zweifellos auch gegen unseren König, wenn man sich gegen seinen Kurfürsten stellte. Aber wahrscheinlich ist es neben ihrer Raublust auch eine Eigenheit derer von Quitzow, nicht erkennen zu können, was dem Wohl und Willen ihres Königs dient. Nicht, dass ich mich genötigt sähe, auf den Anwurf eines Weibes zu antworten, dessen Herkunft voller dunkler Flecken und Schäbigkeit ist. Aber mich einen Lügner zu nennen, ist für jemanden, der die

Wahrheit so sehr zu fürchten hat wie sie, eine ausnehmende Frechheit. Oder sollte sie tatsächlich nicht wissen, als wie zweifelhaft das Verhältnis ihres Gatten zum Kurfürsten heutzutage gelten muss? Wenn man mich fragte, dann sagte ich, dass ihr Gemahl so verwirrt ist, wie es ihr Bruder war, wenn es um die Frage der Treue zu unserem König geht.«

Eine heiße Woge von Furcht schwappte über Hedwig. Sie war sofort überzeugt gewesen, dass von Schwarzburgs Vorwurf gegen Dieter eine Lüge war. Doch nun begriff sie, dass hinter dieser Lüge ein größerer Plan steckte.

Sie ballte die Faust und spannte die Muskeln an, um Wilkins Griff weniger schmerzhaft zu spüren.

Nie hatte Hedwig besser gewusst, dass sie hätte schweigen sollen, und nie hatte sie sich weniger beherrschen können. Wie ein Lichtblitz leuchtete vor ihrem inneren Auge die Wahrheit über von Schwarzburg auf. Er hatte Adam ermordet, er hatte geduldet, dass die Brüder von Torgau Irina Gewalt antaten, er hatte an einem Mordkomplott gegen Jung-Friedrich teilgehabt, er hatte ihren Hund getötet und nun vermutlich nicht nur Dieter, sondern auch die beiden Ordensritter auf dem Gewissen. Und das war nur, was allein sie über ihn wusste.

»Eure Majestät …«, setzte Wilkin in beschwichtigendem Tonfall an.

»Gerhardt von Schwarzburg ist nicht nur ein Lügner, sondern auch ein Mörder«, fiel sie ihm ins Wort. »Seine Rede soll nur bewirken, dass mir kein Glauben geschenkt wird. Aber ich schwöre, mein Bruder hatte nichts anderes vor, als den Auftrag unseres Königs getreulich auszuführen. Es stinkt doch zum Himmel, dass er zwei bewährte Ritter getötet haben soll, bevor er selber starb. Ist es nicht vielmehr so, dass die beiden sterben mussten, damit keine Zeugen für Eure Tat übrigblieben, von Schwarzburg?«

Unwillkürlich war sie in ihrer Wut ein wenig vorgetreten. Wilkin zog sie langsam, aber mit aller Kraft zurück. »Halt jetzt endlich den Mund«, murmelte er ihr ins Ohr.

Gerhardt von Schwarzburg ließ ein falsches, höhnisches Lachen hören. »Und was hätte ich mit dieser Tat gewonnen? Euer Bruder hat gehandelt wie der feigste Verbrecher und zugeschlagen, als wir anderen im Schlaf lagen. Ich danke dem Herrgott, weil er seine Hand schützend über mich hielt und ich nicht der Erste war, dem der Mörder die Kehle durchschnitt.«

Hedwig fühlte, wie Wilkins Griff sich löste und er erneut Atem holte. »Eure Majestät, ich bitte um die Gnade, sprechen zu dürfen.«

Sigismund nickte kühl. »Womit du mehr Anstand beweist als dein Weib. Doch will ich zuvor lieber hören, worauf der Edle von Schwarzburg anspielte, als er deine enge Verbindung zu Kurfürst Friedrich erwähnte. Von Schwarzburg, glaubt Ihr, diesbezüglich etwas zu wissen, wovon ich nichts weiß?«

Von der Hedwig und Wilkin gegenüberliegenden Seite der Halle erklang nun eine Stimme, die Hedwigs Angst noch weiter schürte. Es war Wilkins Vater, der sich mit gemessenen Bewegungen durch die Menge in die vorderste Reihe schob. »Majestät, ich bitte ergebenst um Verzeihung dafür, dass auch ich ungefragt das Wort ergreife. Ich möchte untertänigst erbitten, diese Angelegenheit in einem passenden, engeren Kreis zu behandeln. Es bedrückt mein Herz schwer, aber auch ich habe einiges dazu zu sagen und hätte ohnehin bald um eine Audienz darob gebeten. War dies doch der zweite Grund für mich, nach Pressburg zu kommen. Die Gerüchte, die zu mir drangen, waren zu bitter, um ihnen Glauben zu schenken, doch zu meinem ungeheuren Schmerz erkannte ich hier ihre Wahrheit. Ich will Eurer Majestät gern alles berichten, was ich erfahren habe, muss Euch zur Schande meines Geschlechts jedoch bitten, meinen Sohn zuvor in sichere Verwahrung nehmen zu lassen, um seine Flucht auszuschließen.«

»Nein!« Hedwig schrie auf, musste es aber hinnehmen, dass zwei Männer aus Sigismunds Leibwache auf dessen Wink hin auf Wilkin zuschritten, sie beiseitedrängten und sich rechts und links von ihm postierten.

Halb blind vor Entsetzen stürzte sie vor und ließ sich vor Sigismunds Thron als Bittstellerin auf die Knie fallen. »Ich bitte Euch, Majestät, schenkt Hans von Torgau keinen Glauben. Er hasst seinen Sohn. Hört Wilkin vor ihm an.«

Der König seufzte ungeduldig. »Du hast nun oft genug gesprochen, ohne gefragt worden zu sein, aber du bist ein schwaches Weib und nun schon einige Jahre eine Zierde meines Hofes, daher vergebe ich dir deine begreifliche Erregung. Darüber hinaus werde ich deinen Gemahl in der Tat zuerst anhören. Aber sei dir gewiss, dass ich auch die Anschuldigungen hören werde, die man gegen ihn erhebt. Und nun geh heim, bete und warte.«

Im Bewusstsein, dass Sigismund ihr weder mehr Nachsicht noch weitere Aufmerksamkeit schenken würde, verabschiedete Hedwig sich mit aller Ehrerbietung, die sie in ihrer Aufregung meistern konnte. Der König stand bereits auf, um sich mit Wilkin, seinen Anklägern und dem angemessenen Kreis von Ratgebern in ein kleineres Gemach zurückzuziehen.

Für Hedwig wurde es zur Qual, den Mittelgang entlang durch die Menge zu gehen, um den Saal zu verlassen. Nach wie vor starrte man sie an, Edelfrauen zischelten einander Bemerkungen zu, Männer schüttelten missbilligend die Köpfe. Sie konnte sich nur so eben zurückhalten, nicht aus der Halle zu laufen.

Was sie als Nächstes zu tun hatte, wusste sie genau – beten war nur ein kleiner Teil davon. Es lag auf der Hand, dass

Hans von Torgau und Gerhardt von Schwarzburg eine Intrige zusammengebraut hatten, die Wilkin und ihr das Verderben bringen sollte. Und sie wirkten gut vorbereitet.

So rasch wie möglich musste sie einen Boten auf die Cadolzburg schicken, in der Hoffnung, dass Kurfürst Friedrich noch dort weilte. Er würde nicht nur die Sache aufklären, Wilkin reinwaschen und Sigismund ein weiteres Mal beschwichtigen müssen, sondern sicherstellen, dass die Intrige nicht auch ihm und seinen Nachkommen schadete.

Zu ihrem Unglück hatte sie allerdings kaum Geld, das sie einem Boten für die Reise geben konnte. Wenn sich keine andere Lösung fand, würde sie in aller Eile eines der Pferde versetzen müssen und beten, dass der Kurfürst ihr später die Mittel zurückzahlte, es auszulösen. Doch zuvor würde sie ihr Glück auf anderem Wege versuchen. Sie würde mit Friedrichs Sohn Albrecht reden, der sich am Pressburger Hof gut eingelebt und Freunde gewonnen hatte. Sie hatte noch nicht viel mit ihm zu tun gehabt, da der Siebzehnjährige die Gesellschaft der anderen jungen Ritter bevorzugte und sich am liebsten auf den Waffen- und Turnierplätzen aufhielt. Doch sie wusste, dass er Wilkin schon sein Leben lang kannte und schätzte. Zudem würde er selbst darüber erschüttert sein, wie gefährlich schlecht von Schwarzburg das Verhältnis zwischen seinem Vater und Sigismund dargestellt hatte. Sie hoffte, dass er selbst einen Boten senden würde.

Da er und seine jungen Bekannten nicht im Thronsaal gewesen waren, mussten sie zuvor an einem Ort geweilt haben, an dem sie von der Ankunft von Schwarzburgs nichts erfahren hatten. Waren sie außerhalb der Stadt gewesen, um zu jagen oder sich anderweitig zu vergnügen, würden sie früher oder später wieder bei den Stallungen eintreffen.

Kurzentschlossen schürzte sie ihren Rock und lief aus dem inneren Burghof hinaus, an einer verwunderten Torwache vorbei durch den Brückenturm und dann auf den ausgetretenen Pfaden hinab zu den Stallungen, die am Fuß des Burgbergs innerhalb der Befestigungsmauern lagen.

Sie kam gerade zur rechten Zeit. Eben schickten Albrecht und sein Kreis von Freunden sich an, den Weg zur Burg hinauf anzutreten. Ihren ungewöhnlich ernsten Mienen nach hatten sie bereits erfahren, dass dort etwas Beunruhigendes vor sich ging.

Hastig ließ Hedwig ihren Rock wieder herab und machte einen Knicks vor Albrecht.

»Edle Frau von Torgau?«, fragte er sowohl besorgt als auch verlegen.

Hedwig richtete sich schwer atmend auf und bemühte sich um Würde. »Mein Schwiegervater und Gerhardt von Schwarzburg bezichtigen Wilkin und meine Brüder vor dem König des Verrats. Es geht um Wilkins Verbindung zu Eurem Vater. Sie intrigieren wohlgeplant, auch gegen den Kurfürsten. Ich würde gern einen Boten zu Eurem Vater schicken, aber meine Mittel sind zu begrenzt, um das schnell zustande zu bringen. Wenn Ihr mir zustimmtet, hättet Ihr vielleicht bessere Möglichkeiten.«

Albrecht sah ihr nicht ins Gesicht, sondern über ihre Schulter dorthin, woher sie gekommen war. »Hinter Euch eilen zwei Wachen mit grimmigen Mienen heran. Entweder sind sie Euch gefolgt, oder sie haben es bereits auf mich abgesehen, um mich als Geisel festzusetzen. In jedem Fall scheint die Sache ernst zu stehen.«

Er wandte sich an zwei der Männer in seiner Begleitung. »Ihr habt die hohe Frau von Torgau gehört. Ich bitte Euch, unverzüglich zur Cadolzburg zu reisen. Der Kurfürst müsste noch dort sein. Reitet sofort, bevor Sigismund daran denkt, Boten abfangen zu lassen.«

Über alle Maßen erleichtert und beeindruckt beobachtete

Hedwig, wie die beiden auf dem Absatz kehrtmachten, ohne auch nur eine einzige Frage zu stellen, und in die Ställe zurückgingen.

»Danke«, sagte sie leise.

»Ich muss Euch danken. Möglicherweise war dies die letzte Gelegenheit, einen eigenen Boten zu senden. Achtung, da kommen sie. Lasst uns über etwas anderes sprechen, vielleicht kennen die Kerle mich nicht. Wilkin erzählte mir, Ihr hättet mit Eurem schwarzen Hengst einige schöne Zuchterfolge erzielt. Kann man die Fohlen hier irgendwo bewundern? Ich würde ...«

Hedwig hatte noch Zeit, eine unverfängliche Miene aufzusetzen, dann hatten die Wachleute sie erreicht.

»Edle Frau von Torgau, wir haben Anordnung, Euch zu Eurem Haus zu geleiten und unter Bewachung zu halten, bis die Vorwürfe gegen Euren Gemahl geklärt sind.«

Sie hielt ihre Wut im Zaum. Mit diesen Männern zu streiten war sinnlos. Wichtiger war es, sie nicht auf Albrecht und die Boten aufmerksam zu machen. »Nun, ich wollte nur nach unseren Pferden sehen, bevor ich in die Stadt hinabgehe. Aber wenn der König es so wünscht, gehen wir selbstverständlich sogleich.«

Flüchtig knickste sie vor Albrecht, bevor sie mit energischen Schritten zwischen den beiden Wachen hindurch und ihnen vorausging.

# 19

## Der Wahrheitsfinder

Anstatt die Wachen vor der Tür stehen zu lassen, bat Hedwig sie ins Haus und überließ ihnen die Stube, in der sie sitzen und sich die Zeit vertreiben konnten.

Sie gab sich große Mühe, sie nicht ahnen zu lassen, wie angespannt sie war. Von Stunde zu Stunde wartete sie furchtsamer auf Neuigkeiten aus der Burg und tat doch, als wäre nichts zu befürchten. Freundlich ließ sie die Wachleute sogar an dem Abendmahl teilhaben, das Mara aus ihren bescheidenen Vorräten zubereitet hatte, als die von ihnen ersehnte Ablösung nicht eintraf.

Erst in der Dunkelheit, als Juli schon schlief, Mara in der Küche nur deshalb noch Brotteig für den nächsten Tag knetete, um wach zu bleiben, und Hedwig mit klopfendem Herzen und in die Hand gestützter Stirn auf der Stiege zum Obergeschoss saß und nach draußen lauschte, kam die Ablösung schließlich.

Flink war Hedwig auf den Füßen und lief zur Tür, schneller, als die Wachleute in der Stube aufstehen konnten. Draußen stand Wilkin zwischen den Männern einer Eskorte, seine Hände waren gefesselt.

Für eine Weile herrschte ein großes Hallo zwischen den Wachen, Begrüßungen, Beschwerden über die verzögerte Ablösung, Scherze, Erklärungen, während Wilkin im von zwei Öllampen beleuchteten Flur stand und Hedwig so kühl ansah, als hielte er sie nicht einmal eines Vorwurfes für wert.

Hedwig war bei seinem Anblick so erleichtert und froh gewesen, dass sie ihm gern um den Hals gefallen wäre, doch seine Haltung stieß sie heftig zurück. Womit hatte sie ihn so sehr verärgert? Nur damit, dass sie im Thronsaal wieder einmal zu unbeherrscht gewesen war und sich angemaßt hatte, eigenmächtig zu sprechen?

Die beiden ersten Wachen verabschiedeten sich mit höflichen Verbeugungen von ihr und gingen, während sich vier neue in der Stube, an der Vorder- und an der Hintertür niederließen, ohne zu fragen, ob sie im Haus willkommen waren.

Immerhin löste einer von ihnen Wilkin die Handfessel. »Wir sind sicher, dass Euch Eure Ehre davon abhalten wird zu fliehen«, sagte er.

Wilkin gönnte ihm statt einer Antwort nur einen verächtlichen Laut, drehte sich um und stapfte die Treppe hinauf. Der Anspannung in seinen Schultern konnte Hedwig ansehen, wie wütend er war. Beinah noch angstvoller, als sie es den Tag über gewesen war, folgte sie ihm.

Er nahm in ihrer Schlafkammer den Platz am Fenster ein und starrte durch die kleinen, bleigefassten Scheiben nach draußen, obwohl er durch das verzerrende Glas wenig erkennen konnte. Mit der rechten Hand umfasste er das Gelenk der linken, dort, wo die Fessel eingeschnitten haben musste.

Hedwig konnte nicht warten, bis er sich besonnen hatte. »Was ist? Was haben sie gesagt? Was wird geschehen?«

Mit einem Gesichtsausdruck, wie sie ihn so gemein noch nie bei ihm gesehen hatte, wandte er sich ihr zu. »Wie kommt es, dass du nie den Mund halten kannst, wenn es dir besser anstünde, aber mir jahrelang verschweigst, was mich anginge? Wie kommt das? Gott weiß, ich habe mir Mühe gegeben, mit deiner unbedachten Art leben zu lernen, sie dann und wann sogar geschätzt, weil sie mir zumindest mit reiner Aufrichtigkeit einherzugehen schien. Nun weiß ich, dass dieser Vorzug nicht weit reichte. Sei so gut und überleg dir, ob es nicht etwas gibt, das du mir schon lange hättest sagen sollen. Vielleicht verliere ich dann den Glauben an deine Ehrlichkeit nicht ganz.«

Hedwig blieb vorerst jedes Wort in der Kehle stecken. Hatte ihm einer der böswilligen Intriganten eine Lüge eingeflüstert, die auch noch zwischen ihm und ihr Zwietracht stiften sollte? Ging es um ihr Verhältnis zu Cord? Doch wenn es sich nicht um ihn handelte, wäre es fatal gewesen, ihn jetzt auch nur zu erwähnen. Und welchen Nutzen hätte es, da doch nichts zwischen ihm und ihr geschehen war oder je geschehen würde, was eine Bedeutung für Wilkin und ihr Leben mit ihm hatte?

»Ich weiß nicht, was du meinst, Wilkin. Wer hat dir etwas über mich erzählt? Vielleicht wollen sie uns mit ihren Lügen zermürben.«

»Du bist schnell mit dem Wort ›Lügen‹ bei der Hand. Aber womöglich hatte von Schwarzburg recht, wenn er dich warnte. Er hätte sofort deine Bestrafung fordern können. Wie konntest du gleich sicher sein, dass Dieter nicht schuldig war? Wie konntest du so vorlaut … Wie …?«

Abrupt wandte er sich von ihr ab und sah wieder durch die Scheiben, eine Hand berührte das Glas, die andere war zur Faust geballt. Seine gesamte Haltung wirkte, als würde er lieber zuschlagen als reden. So hatte sie ihn nie zuvor erlebt.

»Von Schwarzburg ist bis ins Mark böse, Wilkin. Und Dieter hätte den König nicht betrogen, auch wenn er andere schlechte Eigenschaften hatte. Auch mein Vater und Onkel Johann haben bei all ihren Fehden darauf Wert gelegt, niemals den König selbst zu beleidigen oder zu missachten. Dein Vater und von Schwarzburg haben sich zusammengetan, um uns zu vernichten. Warum gerade jetzt, wüsste ich gern, kann es mir aber nicht erklären. Ich vermute, sie brauchten so lange, um zu planen, wie sie alle ihre Ziele vereinen und gleichzeitig einen tieferen Keil zwischen den Kurfürsten und Sigismund treiben können. Meinst du nicht, dass sie auch zwischen uns einen Keil treiben wollen? Sag mir doch, was du glaubst, mir vorwerfen zu müssen.«

Auf die Gefahr hin, dass er tatsächlich nach ihr schlug, ging sie zu ihm und berührte ihn zaghaft an der Schulter. Bei aller Anspannung sah er so müde und verzweifelt aus, dass sie ihn gern getröstet hätte. Doch sie hatte den Verdacht, dass gerade sie ihm den größten Kummer verursacht hatte.

Schließlich begann er zu sprechen, heiser und so tonlos, als bewegte es ihn nicht. »Mein Vater nahm mich beiseite, angeblich, um mich für meinen Verrat zu tadeln. Doch in Wahrheit teilte er mir mit, dass meine Mutter tot ist. Schon vor Monaten ist sie gestorben. Langsam und qualvoll. Er hat es mir mit Genuss geschildert. Und mit Triumph, als er mir eröffnete, dass sie ihm auf sein Drängen hin am Ende endlich gestanden hätte, welcher ehrlose Lump mein leiblicher Vater war. Sie hat gehofft, dass er ihre Qual verkürzt, wenn sie ihm sagt, was er wissen will. Was er dennoch nicht getan hat, wie er betonte. Dazu sei er ein zu guter Christ. Richard von Restorf. Dein Ziehvater Richard, nicht wahr? Du hast es all die Jahre gewusst. Warum hast du mir nichts gesagt? Wie konntest du mich so lange belügen?«

Er verharrte schweigend, ohne sie anzusehen. Betroffen zog sie ihre Hand zurück. Im Laufe der Zeit hatte sie aufgehört, darüber nachzudenken, ob sie ihm Richards Geheimnis preisgeben sollte. Zuvor hatte sie stets nur überlegt, auf welche Weise es ihn kränken würde, die Wahrheit zu erfahren. Niemals hatte sie in Betracht gezogen, wie es ihn treffen würde, dass sie nicht ehrlich zu ihm gewesen war. Und niemals hatte sie sich ausgemalt, was geschehen würde, wenn er es von anderen erfuhr. Noch dazu in einer so unglücklichen Lage wie der gegenwärtigen.

*Sieh nach, ob es ihm gutgeht, und gib ihm mein Schwert.* Das war der Auftrag gewesen, den Richard ihr gegeben hatte. Aus gutem Grund hatte er sie nicht gebeten, ihm die Wahrheit zu sagen.

»Richard wollte nicht, dass du es um jeden Preis erfährst, sondern, dass du zufrieden bist. Und ich glaubte, es würde dich unglücklich machen, davon zu wissen.«

»Ich hätte ein Recht darauf gehabt. Es war nicht deine Sache, darüber zu entscheiden. Und wenn es sonst nichts verändert hätte, es hätte mir wenigstens heute die Erniedrigung erspart, zu glotzen wie ein Schaf, während *er* es mir ins Gesicht sagt. Dass ich ein Bastard schlimmster Art bin. Ein Bastard. Dass er es immer geahnt hat. Weißt du, wie oft ich mir als Knabe gewünscht habe, nicht sein Sohn zu sein?«

Hedwig schüttelte traurig den Kopf. »Was wäre aber gewesen, wenn du es gewusst hättest? Du hast den Gemeinheiten deines … Hans von Torgaus immer widerstanden, weil du an dein Geburtsrecht geglaubt hast. Hättest du dich so aufrecht halten können, wenn du gewusst hättest, dass du ihm gegenüber im Unrecht bist? Hättest du dich von ihm losgesagt und der Welt die Wahrheit verkündet? Du sagst, es war nicht meine Sache, darüber zu entscheiden, aber ebenso wenig hatte ich das Recht, ein Geheimnis leichtfertig preiszugeben, das mir ein Mann auf dem Sterbebett anvertraut hat. Er wollte, dass ich entscheide. Das musste ich tun und die Bürde tragen, es vielleicht falsch zu machen.«

Als er ihr nun wieder in die Augen sah, hätte sie darauf verzichten können. Verächtlich und bitter verzog er den Mund. »Du versuchst, weise zu klingen, doch ich glaube, dass du in dieser wie in allen Dingen nur Macht und Eigensinn genossen hast. Du willst stets selbst lenken, nie dich lenken lassen.«

Sie spürte, wie ihr die Zornesröte ins Gesicht schoss, doch ausnahmsweise konnte sie eine bissige Erwiderung zurückhalten. Wie leicht er immer wieder vergaß, dass er nicht mehr am Leben wäre, wenn sie nicht beizeiten gelernt hätte, ihr Leben selbst zu lenken.

*Ich liebe deinen Eigensinn.* Wie hatten auf einmal Cords Worte den Weg in ihre Gedanken gefunden? Es war seltsam, aber die schmerzhafte Erinnerung an ihn half ihr, sich ihrem Gemahl gegenüber zu beherrschen. Sie musste sich nicht für das rechtfertigen, was sie war.

Mit Bedacht legte sie ihre Hände vor sich ineinander und betrachtete sie. Die dicke Hornhaut an den Fingern der Hand, mit der sie früher die Bogensehne gezogen hatte, verschwand allmählich. Weicher und blasser waren ihre Hände geworden, seit sie sicher und versorgt in den Städten lebte. Geschützt und versorgt durch Wilkin. Nie hatten Juli, Mara und sie Not gelitten, und das war sein Verdienst, ermahnte sie sich.

Sie atmete durch. »Ich glaube, wir sind beide müde und verstört und sollten nicht streiten. Wie stets tut es mir leid, dir wehgetan zu haben, auch wenn ich dir nicht in allem recht geben kann. Wäre es möglich, für heute nur noch über das zu sprechen, was sich aus der Unterredung mit Sigismund ergeben hat?«

Er stieß einen Laut aus, als hätte er sich gestoßen. »Nur noch? Das ist wirklich gut. Sprechen wir also nur noch darüber. Von Schwarzburg und mein … und der Alte haben wortreich dargelegt, dass der Kurfürst nicht nur eine Hand an der polnischen Krone hat, sondern persönliche Bündnisse mit Fürstenhäusern schmiedet, die Sigismund ablehnend gegenüberstehen. Sie haben dem König nahegelegt, Friedrich schleunigst Macht und Ämter zu entziehen und Männer wie mich, deren Treue heimlich immer mehr ihm gegolten hat als unserem von Gott erwählten König, scharf bestrafen zu lassen.

Ich hatte Sigismund vorher dargelegt, welcher Art meine Beziehung zum Kurfürsten ist und welche Nachrichten er von mir erhalten hat. Er war nicht erfreut, hat aber dennoch für mich gesprochen. Er hielte mich keines skrupellosen Verrats für fähig, sagte er. Gott segne ihn!

Daraufhin seufzte der verfluchte alte Satan zum Steinerweichen und sagte, er wünschte, es wäre so. Aber einem, der des Brudermordes fähig ist, wäre wohl alles zuzutrauen. Er hätte aus sicherer Quelle, dass ich Ludwig kaltblütig ermordet hätte, weil dieser vorhatte, meinen Verrat aufzudecken. Wie auch immer der König entscheiden würde, ihm als Vater bliebe nur, mich zu verstoßen.

Himmel! Mein ganzes Leben unter dem Schatten dieses Mannes und seiner Söhne, Hedwig! Hättest du dir nicht auch vorstellen können, dass ich froh gewesen wäre, ein Schandbastard zu sein, dafür aber frei von dieser falschen, bösen Sippe? Dass ich erleichtert gewesen wäre, nicht an der Hinrichtung meines leiblichen Bruders teilgehabt zu haben, nicht den Totschlag an meinem leiblichen Bruder zu verschleiern? Denkst du, mein Stolz auf meinen Stand wäre so viel größer als das Gefühl der Schande, zum Geschlecht derer von Torgau zu gehören?«

Seine Stimme klang mit jedem Satz heiserer und gequälter.

Hedwigs Zorn wich einem aufkeimenden Verständnis für all die Gefühle, die er nicht mit ihr geteilt hatte. Niemals hatte er zu erkennen gegeben, wie sehr er unter den Geschehnissen litt. Und nun sah sie Tränen in seinen Augen und musste sich eingestehen, dass sie wahrscheinlich doch mit ihrer Entscheidung im Unrecht gewesen war. Andererseits mochte er sich auch irren und nur vor dem Hintergrund der jüngsten Entwicklungen glauben, dass der Stand eines in schändlicher

Unzucht gezeugten mütterlichen Bastards anziehender für ihn gewesen wäre als der eines ungeliebten, aber legitimen Erstgeborenen von Torgau.

»Weder Reinhardts noch Ludwigs Tod waren deine Schuld, gleichgültig, ob sie deine Brüder waren oder nicht. Dass Brüder oder Väter und Söhne sich nicht ähneln und sich nicht lieben, kommt oft vor. Ich wusste nicht, dass dir so naheging, was geschehen ist.«

Er lachte bitter auf. »Naheging? Auch das ist ein Beispiel für deine seltsame Sicht auf unser Dasein. Gottes Wort sagt uns deutlich, wie schwer die Sünde des Brudermordes wiegt. Bei Reinhardt habe ich gebeichtet und gebüßt, für den Anteil, den ich an seinem Tod hatte. Bei Ludwig … Denke nicht, ich würde dir das vorwerfen – es ist allein mein Fehler, dass ich nicht bedachte, was es bedeuten würde, keine wahre Beichte abzulegen, sondern aus Vorsicht immer weiter an der Lüge festzuhalten. Vielleicht ist dies hier Gottes Strafe dafür, dass wir ihn durch seine Diener wieder und wieder belogen haben. Mir war die Verlogenheit der Welt immer so zuwider. Gott muss meine Überheblichkeit darin gesehen und mir Prüfungen geschickt haben, an denen ich gescheitert bin. Erst ließ ich mich zum geheimen Kundschafter machen, dann zum Beichtlügner.

Ich sollte jetzt in der Kirche auf den Knien liegen und um Vergebung für meine Sünden flehen, statt hier mit dir zu stehen und dir für deine Lügen zu zürnen.«

Hedwig fühlte sich zu müde, um ihn weiter anzuhören oder ihm auch nur eine einzige weitere Antwort zu geben. Sie hätte ihn daran erinnern können, dass die Lüge über Ludwigs Tod sein Beschluss gewesen war, dem sie ausnahmsweise so nachgiebig gefolgt war, wie er es sich von ihr wünschte. Sie hätte ihn daran erinnern können, dass auch er ihr Dinge verschwiegen hatte und jederzeit wieder verschweigen würde, wenn er es für angebracht hielt.

»Wir sollten zu Bett gehen. Es ist sehr spät«, sagte sie leise.

»Geh zu Bett«, erwiderte er. »Ich werde beten. Auch für die Seele meiner sündhaften, verlogenen Mutter.«

✧ ✧

In der Frühe erwachte Hedwig von Julis Gesang auf der Treppe. Seit einigen Monaten sang die Kleine und wurde Irina in ihrer lebhaften Gestik immer ähnlicher. Hedwig hatte sich die Frage nie zuvor gestellt, doch nach den Enthüllungen und dem Gefühlsaufruhr des Vortages fragte sie sich an diesem Morgen, ob sie Juli mehr geliebt hätte, wenn sie ihre eigene Tochter gewesen wäre. Und auf einmal fiel ihr ein, warum Hans von Torgau gerade jetzt versuchte, Wilkin zu vernichten.

Die Trauerzeit für seine Gemahlin würde bald vorüber sein. Hedwig hätte darauf gewettet, dass er plante, sich neu zu verheiraten, und dabei hoffte, noch einmal einen Sohn zu zeugen. Damit dieser zu seinem Erben und Nachfolger werden konnte, musste Wilkin aus dem Weg geschafft werden. Da die Wahrheit Hans von Torgau lächerlich hätte dastehen lassen und außerdem seinen Rachedurst nicht gestillt hätte, würde er den Bastard aus anderen Gründen verstoßen oder Schlimmeres über ihn bringen.

Sie setzte sich im Bett auf und stellte fest, dass Wilkin auf dem Boden saß und gegen die Wand gelehnt eingeschlafen war. Sie überlegte kurz, ob sie ihn wecken sollte, legte dann aber nur ihre noch warme Decke über ihn, kleidete sich leise an und schlich aus dem Raum.

Auch der Wachmann an der Vordertür schlief. Er saß auf einem Hocker und lehnte sich gegen die Tür, womit er seine Aufgabe im Schlaf erfüllte. Niemand würde an ihm vorbei aus dem Haus kommen.

Ein weiterer der Wächter war bei Mara und Juli in der Küche, als Hedwig eintrat. Er half Mara beim Feuermachen, was Hedwig für ihn einnahm. Sein Helm lag auf dem Tisch, und Juli malte mit ihrem Zeigefinger darauf herum.

»Guten Morgen«, sagte Hedwig ruhiger, als ihr zumute war.

Der Mann erwiderte ihren Gruß mit einer Verbeugung, während Mara mit kaum geöffneten Lippen *»Jó reggelt!«* nuschelte, wie sie es nur tat, wenn sie ihre Zahnlücken verbergen wollte. Unter Hedwigs Blick errötete sie, als wäre sie bei einer Heimlichkeit erwischt worden.

Verlegen ein Holzscheit in den Händen drehend, wandte sich der Wachmann an Hedwig. »Verzeiht mir die Frage, aber ist Euer Gemahl wohlauf, edle Frau? Er erschien mir in der Nacht sehr angegriffen.«

Sie sah ihm in die Augen und entdeckte keine Neugier darin, sondern nur reine Freundlichkeit und Besorgnis. Er mochte in Wilkins Alter sein, war aber schmaler gebaut. Sein Kinn ragte auffallend weit vor, und sein Haupthaar ging ihm aus, es war schon nicht mehr viel davon übrig.

»Wie ist dein Name?«, fragte sie zurück.

»Helmwart, edle Frau. Aus Pressburg gebürtig, meine Eltern sind Wirtsleute.«

»Ich danke dir für deine Freundlichkeit, Helmwart. Mein Gemahl hat sich gestern vieles anhören müssen, das ihn in seiner Ehre und seinem Herzen sehr gekränkt hat. Davon wird er sich wohl erst erholen, wenn alles aufgeklärt ist und die Lügner überführt sind.«

Er nickte nachdenklich und betrachtete sein faseriges Holzscheit, als könne er darin lesen. »Herr Wilkin ist weithin bekannt als ehrenhafter Edelmann. Und Euren Brüdern sagt man Heldentaten nach, die sie auf den Schlachtfeldern im Namen unseres Königs vollbracht haben. Und wenn Ihr mir verzeihen wollt, dass ich mir erlaube das zu sagen, edle Frau:

Sie werden doch gewusst haben, dass sie mehr gewinnen, wenn sie sich die sichere Gunst seiner Majestät erhalten. Was hätten sie von einem Diebstahl gehabt, für den sie die Vergeltung bald treffen würde? Ich glaube Gerhardt von Schwarzburg so wenig wie Ihr.

Aber was könnte einen Vater dazu bringen, seinen Sohn so zu verleumden, wie Hans von Torgau es tat? Das ist schon eine andere Sache, da kann man ins Zweifeln kommen.«

Hedwig seufzte und setzte sich neben Juli an den Küchentisch, der von der großen Molle mit Brotteig und dem Helm eingenommen wurde. Juli schmiegte sich an sie, und Hedwig legte den Arm um sie und gab ihr einen Kuss.

Helmwart lag ein sanftes Lächeln auf den Lippen, als sie ihn wieder ansah und versuchte, klare Worte zu finden, ohne zu viel zu sagen. »Hans von Torgau hat sich in seinem ältesten Sohn nie wiedererkannt und ihn dafür schon immer verabscheut. Nun sind seine anderen beiden Söhne tot und seine Gemahlin ebenfalls, wie wir erst gestern erfahren haben. Ich glaube, er wäre Wilkin gern los, um sich wieder verheiraten und auf einen neuen Erben hoffen zu können, der ihm besser zusagt.«

»Aber – vergebt mir meine Aufdringlichkeit – was ist mit dem Vorwurf des Mordes, den Euer Gemahl an seinem Bruder begangen haben soll? Man munkelt nun, es hätte eine starke Feindschaft zwischen den beiden Brüdern geherrscht. Da fragt man sich schon, ob …«

Hedwig sah ihm in die Augen, unwillkürlich hob sie die Hand, um ihre Worte zu unterstreichen. »Ich war dabei. Glaubt mir: Es war ein Unfall. Und Wilkin bedauert Ludwigs Tod, obwohl zwischen ihnen keine Freundschaft herrschte.«

Die nie versiegte Reue über ihre Tat ließ ihre Stimme schwanken, doch Helmwarts Miene blieb gutmütig. »Ich danke Euch, dass Ihr so viel Geduld mit meiner Dreistigkeit habt. Wisst Ihr, seine Majestät hat mich als Wache geschickt, weil es mir gegeben ist, Lügner zu erkennen und Wahrheiten ans Licht zu bringen. Nachdem ich Euch, Euren Gemahl und Eure Magd hier betrachtet und gehört habe, bin ich überzeugt, dass die erhobenen Anschuldigungen falsch sind. Das werde ich seiner Majestät berichten. Ich hoffe, Ihr zürnt mir nun nicht, weil Ihr in mir etwas anderes vermutet hattet, als ich bin.«

Die Freundlichkeit, die er ausstrahlte, hielt Hedwig davon ab, ihm zu zürnen, obwohl sie sich in der Tat betrogen fühlte. Sie schüttelte den Kopf und seufzte. »Es spricht zu deinen Gunsten, dass du jetzt so geradeheraus zugibst, was dein Auftrag war, und nicht einfach davonschleichst. Magst du ein Morgenmahl mit uns teilen? Ich glaube, Mara wird uns Brotfladen in der Pfanne backen. Nicht wahr, Mara?«

Mara nickte scheu und sah doch Helmwart verzückt in seine warmen Augen, als sie ihm einen kleinen Becher Bier reichte. Es wunderte Hedwig nicht, dass Helmwart dafür bekannt war, die Wahrheit ans Licht zu locken. Sie konnte nur hoffen, dass sein Wort bei Sigismund und seinen Ratgebern Gewicht hatte.

Wilkin kam den ganzen Tag über nicht herunter, sondern blieb in der Schlafkammer. Als Hedwig einmal nachsah, lag er bäuchlings im Bett, hatte seinen Kopf unter einem Kissen und seinen Armen vergraben und schien zu schlafen. Geräuschlos zog sie sich wieder zurück.

Helmwart und die anderen Wachen wurden um die Mittagszeit von Männern abgelöst, die ihre Posten ungefragt draußen vor den Türen einnahmen und keinerlei Neuigkeiten berichten konnten oder durften.

Schon im Laufe dieses einen Tages ergriff Hedwig nach und nach die Abscheu davor, eingesperrt zu sein. Während sie Juli beschäftigte und sie davon ablenkte, dass sie das Haus nicht verlassen durften, hatte sie Mühe, ihre eigene Unruhe im Griff zu behalten. Noch schlimmer wurde es am nächsten Tag, als weiterhin keine Nachricht vom Hof eintraf, Juli langsam unleidlich wurde, Mara unter Bewachung Lebensmittel einkaufen musste, ohne dafür bezahlen zu können, Wilkin noch immer nicht die Schlafkammer verließ und mit niemandem sprach. Wie ein gewaltiger Druck in ihrer Brust wuchs der Wunsch in Hedwig, ihren Bogen zu nehmen und ihr Pferd und zu fliehen, bis sie allein und frei im Wald war.

## 20

# Das Ordal

Zwei weitere Tage mussten sie alle aushalten, bis am Abend, kurz vor Einbruch der Dunkelheit, so kräftig an ihre Tür gepocht wurde, dass das Haus erbebte.

Hedwig, die in einer der oberen Kammern versucht hatte, Juli das Spinnen beizubringen, fuhr so hastig von ihrem Stuhl hoch, dass der Faden riss und die Spindel über den Boden rollte. Sie lief die Treppe hinunter und stellte fest, dass nicht einmal dieser laute Ankömmling Wilkin aus der Schlafkammer lockte. Seit er in der ersten Nacht dort auf dem Fußboden geschlafen hatte, teilte sie die Kammer nicht mehr mit ihm, sondern leistete nachts Mara und Juli in der ihren Gesellschaft, damit er das Bett für sich allein hatte.

Zu dritt standen die Wachen an der Tür, die einer von ihnen bereits geöffnet hatte, deshalb konnte Hedwig nicht gleich sehen, wer draußen stand.

Offenbar bemühten die Wachen sich, ihm klarzumachen, dass er seine Waffen ablegen sollte, wenn er ins Haus wollte. »Da! Und nun aus dem Weg!«, brüllte der Besucher ungehalten, bevor er hereinkam und die Männer beiseitedrängte, als wären sie Vieh.

»Waffen abgeben! Wovor haben sie Angst? Wilkin, du Lamm, wo bist du? Komm her und begrüß mich!«

Er wurde Hedwigs ansichtig, blieb stehen und schwieg kurz. »Ah, meine Schwester. Gott zum Gruß, Hedwig von Torgau. Wo ist dein Gemahl?«

Sprachlos bestaunte Hedwig ihren Bruder Köne. Sein Bart und seine Haare hingen ihm bis auf die Brust, seine Rüstung und seine Kleider darunter waren schmutzig und stanken, sein Helm hatte Beulen und Scharten, und eine Narbe neben seinem Auge verriet, dass er nur knapp dem Schicksal ihres einäugigen Onkels entgangen war.

»Was ist? Ist dir die Zunge am Gaumen festgewachsen? Oder sprichst du nicht mit mir, weil ich zu spät gekommen bin? Das könnte ich dir nicht verdenken, aber es ist ein verflucht weiter Weg aus der Walachei hierher. Einen Monat hat der Freund gebraucht, der mich holte. Und drei Wochen dauerte der Ritt hierher. Ich schwöre, wenn ich geahnt hätte, dass die Dreckskerle Dieter benutzen würden, hätte ich ihn nicht hierher zurückgeschickt.«

Sich an den einzigen Moment erinnernd, in dem ihr jüngerer Bruder sie seine verletzte Seele hatte ahnen lassen, fand Hedwig ihre Sprache wieder. »Warum hast du ihn zurückgeschickt? Er hat geglaubt, du hieltest ihn für nicht würdig, gemeinsam mit dir zu kämpfen.«

Köne sah sie verwundert an. »Hatte er das so verstanden? So hatte ich es nicht gemeint. Ich wollte, dass er seinen Ritterschlag noch bekommt. Und zwar nicht von einem walachischen Bauern. Verflucht sei der Tag, an dem Gerhardt von Schwarzburg das Licht der Welt erblickt hat. Was ist mit Wilkin? Kommt er, oder ist er aus dem Fenster geflohen? Der Teufel soll mich heute schon holen, wenn ich es zulasse, dass das Rabenaas von seinem alten Herrn und die Magdeburger Buschklepper noch mehr Schaden anrichten. Wilkin!«

Er brüllte so laut, dass Hedwig sich die Ohren zuhielt.

Zu ihrer Überraschung hatte er dieses Mal Erfolg. Wilkin erschien oben an der Treppe, das Hemd lose über nur halb hochgezogenen Beinlingen, den Bartwuchs von vier Tagen im hohläugigen Gesicht und die Haare zerwühlt.

»Ha!«, stieß Köne hervor. »Glänzende Erscheinung, mein Bester. Zum Kampf um deine Ehre bereit, wie ich sehe? Komm runter und biete mir Bier an und eine Schweinshaxe, dann überlegen wir, wie wir deinem Alten und dem anderen verlogenen Abschaum am schnellsten das schmierige Genick brechen.«

»Als hätte ich nicht schon genug von Quitzows im Haus«, sagte Wilkin kühl. Dennoch kam er die Treppe herab und reichte Köne die Hand, der ihm seine Äußerung offenbar nicht übelnahm, sondern wölfisch grinste und Hedwig mit dem Ellbogen anstieß, als sei sie seine Komplizin.

Wilkin ging ihnen voran in die Stube. Im Vergleich zu ihrem letzten Gespräch wirkte er auf eine unheimliche Art ruhig und gelassen, fand Hedwig. Als hätte er seine Wut ausgeschlafen, statt sie auszutoben.

Allerdings war sie ihm noch immer keinen Blick wert, und ihr wurde bewusst, für wie selbstverständlich sie seine Zuwendung gehalten hatte, die er ihr sonst auch in schwierigen Zeiten nie vorenthalten hatte. Es versetzte ihr einen schmerzhaften Stich, sich vorzustellen, dass es mit seiner Liebe zu ihr nun vollends vorbei sein könnte.

Mit einem knappen, kalten »Hinaus!« schickte er die Wachen aus der Stube, die sich eben wieder darin niederlassen wollten. Die Männer stutzten kurz, warfen einander fragende Blicke zu, gehorchten dann aber.

Wilkin setzte sich und wies auf einen Stuhl, damit Köne ebenfalls Platz nahm. Hedwig wusste, dass es ihre Aufgabe gewesen wäre, nun dafür zu sorgen, dass Essen und Trinken auf den Tisch kam, aber sie konnte sich nicht losreißen. Ohnehin wusste sie nicht, was sie hätte anbieten sollen.

Köne warf ihr einen ungeduldigen Blick zu. »Was wartest du noch? Geh in die Küche und lass auffahren. Ich hatte noch nichts, seit ich in diese verdammte Stadt kam.«

»Ich würde dir gern den Gefallen tun, aber wir haben nichts im Haus. Mara müsste erst etwas besorgen.«

Köne wedelte mit der Hand, als wolle er sie verscheuchen. »Dann schick sie los in ein Wirtshaus, damit es schnell geht. Meine Laune muss ein bisschen besänftigt werden.«

Sie nickte zögerlich. »Gut. Nur ... Wilkin, wohin soll Mara gehen? Wir haben ... Der Goldene Hahn schreibt nicht an. Hast du ...?«

Köne zog die Brauen zusammen und blickte von ihr zu Wilkin. »Was soll das heißen? Habt ihr kein Geld für etwas zu essen?«

Mit derselben ungerührten Miene wie zuvor zuckte Wilkin mit den Schultern. »Ich bin abgebrannt. Meine letzten Heller habe ich einem Pagen gegeben, der Albrecht zu mir rufen sollte. Der Knabe kam zurück und sagte, er hätte ihn nicht gefunden. Ich habe ihm das Geld dennoch gelassen, für den Fall, dass er Albrecht später noch begegnet.«

»Wann war das? Wann hattest du die Gelegenheit dazu?«, fragte Hedwig.

Wilkin streifte sie mit einem Blick, als wäre sie eine Fremde. »Nachdem Sigismund mich allein angehört hat, musste ich unter Bewachung vor der Tür warten. Ich habe den nächstbesten Knaben aufgehalten, der vorüberging, und ihm den Auftrag gegeben.«

Hedwig rief sich ihr Zusammentreffen mit Albrecht ins Gedächtnis und fand einen neuen Grund zur Sorge. »Nachdem ich den Saal verlassen hatte, bin ich auf geradem Weg zu den Ställen gegangen und habe dort mit Albrecht gesprochen. Ich war sicher, dass er sich danach auf den Weg zu Sigismund gemacht hat, um den Verlauf der Sache zu verfolgen.«

Endlich verlor Wilkin ein wenig seine Gleichgültigkeit ihr gegenüber. »Er war die ganze Zeit über weder in dem Gemach, wo der König meine Sache verhandelt hat, noch im

Saal. Du hast mit ihm gesprochen? Hast du ihm gesagt, was vorgefallen ist, und ihn gewarnt?«

»Ja. Ich habe ihn gebeten, einen Boten zu seinem Vater zu schicken, um ihn zu warnen, und ich weiß, dass er das getan hat. Er war gefasst darauf, dass Sigismund ihn als Geisel gefangen setzen lässt.«

Wilkin lehnte sich zurück und seufzte erleichtert. »Er hat einen Boten geschickt. Das ist gut. Vielleicht ist Friedrich schnell genug, um zu verhindern, dass der König ihn öffentlich des Verrats anklagt. Hätte ich nur nie zugestimmt, diese Stellung anzunehmen. Es hätte gewiss hundert Männer gegeben, die besser geeignet gewesen wären.«

Hedwig schüttelte den Kopf. »Ich glaube, der Kurfürst wusste genau, was er tat, als er dich auswählte.«

»Das will ich meinen«, mischte Köne sich ein. »Manchen anderen hätte Sigismund auf den Verdacht hin jetzt schon köpfen lassen. Um den aufrechten Wilkin von Torgau aber ist es ihm zu schade. Und wie auch nicht? Scheint der edle Ritter doch seine treuen Dienste auch noch für einen halben Topf Hirsebrei am Tag zu leisten. Oder wie verstehe ich das mit dem Abgebranntsein? Du dienst zwei Herren und hast dennoch keinen Heller in der Tasche?«

Wilkin lachte trocken. »Zwei Herren habe ich, und ein Erbsohn bin ich und besitze dennoch keinen Heller. Friedrich hat mich nie bezahlt, seit ich in des Königs Hofstaat weile. Und Sigismund – nun, wir wissen alle, dass unter seinen Rittern das Geld allenfalls im Kreis wandert und nur selten etwas hinzukommt. Wir leben von dem, was ich beim Wetten oder auf dem Turnier gewinne, erbettle oder leihe, von dem, was Tiuvels Fohlen uns eingebracht haben, und von dem, was euer Onkel uns in seinem Großmut dann und wann als Teil von Hedwigs Mitgift schickt.«

Sein zynischer Tonfall ärgerte Hedwig. »Du weißt, dass

unser Onkel selbst nicht viel hat. Und du warst damals einverstanden damit.«

Er nickte und lächelte spöttisch. »Dabei hatte ich die freie Wahl, nicht wahr? Ich wünschte nur, Friedrich würde sich an die Mitgift erinnern, die er selbst für dich hatte beisteuern wollen, ohne dass ich ihn noch ein weiteres Mal darum bitten muss. Ach, hör auf!« Mit einer Hand rieb er müde sein Gesicht, und er lächelte nicht mehr.

Hedwig ärgerte sich darüber, dass sie sich schon wieder von einer Nichtigkeit hatte reizen lassen. In all den Jahren hatten sie über Geld nie gestritten, und Wilkin hatte auch niemals jemandem so bitter vorgeworfen, ihm etwas schuldig zu bleiben. Dass er es nun tat, musste daran liegen, dass er dieselben schweren Sorgen für ihre Zukunft hegte, die auch ihr schon durch den Sinn gegangen waren. Bisher hatten sie sich über ihre ärmlichen Umstände stillschweigend damit hinweggetröstet, dass sie auf die Zeit nach Hans von Torgaus Ableben hoffen durften, wenn Wilkin erben würde. Erbte er nicht, würde sich ihre Lage wahrscheinlich nie bessern. Es sei denn, einer der hohen Herren hätte ein Einsehen und griffe ihnen beherzter unter die Arme, als es bisher geschehen war. Und danach sah es weniger aus denn je.

Mit einem Knall und Geklirr schmetterte Köne kopfschüttelnd einen prall gefüllten Geldbeutel auf den Tisch. »Schickt endlich eure Mara zum Wirt, ihr armen Knauser, bevor ich verhungere. Sie soll für morgen gleich mitkaufen, damit mir keiner nachsagt, ich hätte zugesehen, wie meine Schwester abmagert.«

Hedwig sah, wie beleidigter Stolz über Wilkins Gesicht zuckte, und fürchtete, er würde Kones Geld zurückweisen. Sie beeilte sich, den Geldbeutel vom Tisch zu nehmen. »Danke, Köne, das vergelten wir dir eines Tages.«

»Unsinn«, knurrte er. »Ich lade euch zum Essen ein. So etwas wird in unserer Sippe höchstens mit dem Gleichen vergolten. Ist ja nicht eure Entscheidung, dass wir dazu in eurem Haus bleiben.«

Was die Sache betraf, zeigte sich durch Könes Besuch zwar kein zauberischer Ausweg, doch zumindest bewirkte er, dass Wilkin seine aufrechte Haltung wiederfand.

Kein einziger von Sigismunds Rittern, mit denen Wilkin so lange Seite an Seite geritten war und gekämpft hatte, hatte Könes Mut und Frechheit bewiesen und ihn einfach in seinem Haus aufgesucht. Da die Wachleute nicht befugt waren, Auskunft zu geben, erfuhren sie erst von Köne einige Neuigkeiten. Nachdem er sich sicher gewesen war, dass er bald seine Schweinehaxe und sein Bier bekommen würde, hatte er ihnen berichtet, dass Albrecht vorerst auf ebenso milde Weise festgesetzt worden war wie Wilkin.

Alles, was Köne über ihre Angelegenheit wusste, hatte er an diesem einen Tag in der Stadt in Erfahrung gebracht, nachdem er in der vorhergehenden Nacht vor den Toren in einem Gasthaus übernachtet hatte. Sein Freund, der ihn aus der Walachei geholt hatte, war schon kurz nach Gerhardt von Schwarzburgs und Hans von Torgaus Eintreffen in Pressburg zu ihm aufgebrochen, weil er bemerkt hatte, dass die beiden im Umfeld des Hofes heimlich eine Menge merkwürdige Fragen nach den von Quitzows und nach Wilkin stellten.

Als Hedwig erfuhr, dass Köne erst seit dem Morgen in der Stadt war und sich bereits gründlich umgehört hatte, ohne sich bei Hof anzumelden, tauschte sie beunruhigt einen Blick mit Wilkin – das erste Zeichen des Einverständnisses zwischen ihnen seit Langem. Könes Ankunft würde nicht unbemerkt geblieben sein, und für einen Mann, der selbst unter Verdacht stand, ein Verräter zu sein, war es nicht das Klügste, statt den König zuerst einen angeklagten Gefangenen aufzusuchen.

»Du hättest gleich zu Sigismund gehen sollen«, sagte Hedwig.

»Nein«, erwiderte Köne. »Er wird verstehen, dass ich zuerst meinen Bruder und meine Schwester begrüßen wollte. Die Erschütterung, den einen tot und die andere als Gefangene vorzufinden, hat mich aus dem Gleichgewicht gebracht. Von so einem Betroffenen kann auch er keinen Bückling erwarten.«

Etwas an seinem Tonfall klang falsch und verriet Hedwig, dass seine Sorglosigkeit nichts mit dem Schutz zu tun hatte, den ein Trauernder oder vom Schicksal Geschlagener möglicherweise beim König genießen mochte. »Von der Lügerei habe ich wirklich genug. Was hast du in der Hand, das dich schützt?«, fragte sie.

Überrascht und gleichzeitig spöttisch sah Köne sie an. »Warum sollte ich das einem kleinen Weibchen wie dir verraten? Das Weib ist nicht dazu geschaffen, Geheimnisse zu hüten. Es sollte dir doch reichen zu wissen, dass ich mir keine Sorgen mache.«

Wilkin räusperte sich. »Nun, aber ich wüsste es auch gern. Und lass dir gesagt sein, dass du keine Ahnung davon hast, wie gut mein Weib Geheimnisse zu hüten versteht.«

Unsicher, ob er es freundlich meinte, sah Hedwig ihn an, doch er wich ihrem Blick aus.

Köne wiegte nachdenklich sein Haupt. »Wie zwei, die es so mit der Ehrlichkeit haben wie ihr, überhaupt so lange durchs Leben kommen konnten, das weiß ich nicht. Nichts für ungut, Wilkin, aber du bist schon immer als Hirsch in der Schweinerotte bekannt gewesen. Ich werde euch sagen, warum der König es nicht eilig hat, mich gefangen nehmen zu lassen. Er hat damals in Nürnberg durch seinen Familiaris Henmann Offenburg Gerhardt von Schwarzburg und den von Torgaus freie Hand gegeben, die Verbindung zwischen dem Sohn des Kurfürsten und der Polin mit allen Mitteln zu verhindern. Davon habe ich erfahren, als ich dort eine Unterredung mit einem von Torgauschen Lakaien hatte. Ich war gerade in der richtigen Stimmung, nachdem der Putlitzer Cord mir erzählt hatte, was die Bande auf dem Weg nach Nürnberg verbrochen hatte. Nun, Sigismund hätte es nicht gern, wenn die Welt erführe, was er zu tun bereit war, damit Friedrich ihm nicht über den Kopf wächst. Versteht mich nicht falsch, mein Verhältnis zu seiner Majestät ist durchaus gut, wir verstehen uns. Ich bin bescheiden und kämpfe treu für ihn, und er gewährt mir die eine oder andere Gunst. Wir sind beide zufrieden und trinken gern zusammen.«

Wilkin schüttelte mit fassungsloser Miene den Kopf. »Du hast Glück, dass du noch lebst.«

Köne lachte schallend. »Wer hat das nicht? Aber ich sage dir eins: Von mir weiß unser König genau, dass ich auf seiner Seite stehen werde, solange er mich gut behandelt, und nicht auf der des Kurfürsten. Von dir weiß er, dass du wacker wie stets in der Mitte stündest, und sollte auch die Erde aufreißen und dich verschlingen. Friedrich wusste, warum er dich als Bindeglied zum König einsetzte, das wiederhole ich dir gern noch einmal.«

Hedwig entnahm seinen Worten vor allem, dass zumindest die Anschuldigungen gegen ihre Brüder beim König nicht auf fruchtbaren Boden fallen würden und sie sich um Köne wenig Sorgen machen musste. Wilkin hingegen begriff, dass seine starke Bindung an den Kurfürsten für den König nie ein Geheimnis gewesen war. Sein Schicksal hing also davon ab, ob sich das Verhältnis zwischen den beiden hohen Fürsten ein weiteres Mal retten ließ.

Köne verließ sie spät, aber nicht so spät, dass er keine Unterkunft mehr finden würde.

Hedwig ging mit Wilkin hinauf, und sie beide zögerten vor

ihrem Schlafgemach. Wilkin hatte den Knauf der Tür schon in der Hand, als er sich Hedwig noch einmal zuwandte. »War es Zufall, dass du Albrecht bei den Ställen begegnet bist?«

»Nein, ich habe ihn dort gesucht, um ihn zu warnen. Ich hatte gehofft, dass er einen Boten zu seinem Vater schickt. Sonst hätte ich es getan.«

Er nickte und besann sich einen Augenblick. Als er sprach, sah er zu Boden. »Hedwig, ich habe ein paar harte Dinge zu dir gesagt und bedaure, wenn ich ungerecht war. Es war gut, dass du zu Albrecht gegangen bist, so wie es oft gut war, was du in der Vergangenheit getan hast. Ich weiß nicht, wie diese Sache endet. Aber für den Fall, dass ich ... dass man mich schuldig spricht und ich nicht mehr dazu komme, es wiedergutzumachen ... Ich meinte es nicht so, als ich sagte, ich hätte keine andere Wahl gehabt, als dich zu heiraten. Ich war dankbar für Friedrichs Entscheidung, mit oder ohne Mitgift. Das weißt du, oder nicht?«

Sie nickte langsam. »Die Frage ist nur, ob du es noch immer bist. Ich glaube, du hast unsere Ehe schon oft bereut.«

Müde schloss er die Augen. »Bereut habe ich nur, dass wir diese Ehe selten so geführt haben, wie ich es mir gewünscht hatte. Freundschaft, Aufrichtigkeit, Liebe, Kinder, Wohlstand. Meine törichten Träume.«

»Du sprichst, als sei es schon gewiss, dass wir vor dem Ende stehen. Aber es wird sich alles zum Guten wenden, und wir beide sind dann immer noch hier. Zumindest, wenn du mir verzeihen kannst.«

Nun sah er ihr in die Augen. »Ich bin nicht sicher, ob es möglich ist, dass wir einander alles verzeihen.«

Hedwigs Herz wurde ihr so schwer, dass sie keine Worte mehr fand, bevor er ihr zunickte, in die Kammer ging und die Tür hinter sich schloss.

* *

Am dritten Tag nach Könes Besuch erhielten Wilkin und Hedwig die Aufforderung, bei Hof zu erscheinen. Es war Helmwart, der die Nachricht früh am Morgen brachte, und er betonte, dass es bei der bevorstehenden Verhandlung nur um Dieters und Könes angeblichen Verrat und Wilkins angeblichen Mord an Ludwig gehen würde. Da er den Auftrag hatte, sie zur Burg zu begleiten, wartete der freundliche Pressburger in der Küche, während Hedwig mit vor Aufregung zitternden Fingern zuerst Wilkin beim Ankleiden half und sich dann selbst von Mara helfen ließ.

Nun erst wurde ihr bewusst, wie leicht es geschehen konnte, dass auch sie selbst als Verräterin oder Mörderin bestraft wurde und was das bedeutet hätte. Mara bliebe mit Juli allein und mittellos zurück, und kein Mensch würde sich für die beiden verantwortlich fühlen. Wie unklug es gewesen war, dass sie Cord nichts von seiner Tochter gesagt hatte. Wenn sie es recht überlegte, würde er allerdings vielleicht auch für Juli sorgen, nur weil sie ihn darum bat. Dazu musste sie das Geheimnis niemandem anvertrauen.

Mara stand hinter ihr und schloss mit Nadel und Faden die Rückennaht ihres anliegenden dunkelgrünen Unterkleides am Leib, damit es tadellos saß. Hedwig spürte, wie ihre emsigen Hände sich ein wenig langsamer bewegten, als sie ihr erklärte, dass sie Cord über Kaspar Gans zu Putlitz eine Nachricht senden und ihn um Hilfe bitten würde, falls Wilkin und sie nicht mehr in der Lage sein würden, sich um Juli zu kümmern.

»Ich werde auch für Juli sorgen«, sagte Mara mit kummervoll verzogener Miene.

»Das weiß ich ja. Aber allein wäre das schwierig für dich.«

»Ich würde heiraten«, sagte Mara, als staunte sie darüber, dass Hedwig etwas anderes annehmen konnte.

»Aber welchen Mann würdest du so schnell heiraten wollen?«, fragte Hedwig verblüfft.

»Helmwart. Er gefällt mir gut. *Kedves*. Und er kann mich auch gut leiden, das hat er gesagt.«

»Ach, Mara, das würde ich dir wirklich wünschen. Aber … Nun ja, warten wir ab. Vielleicht wird alles gar nicht so schlimm.«

⁂

Die Verhandlung wurde im Thronsaal geführt, wenn auch nur vor geladenen Zuschauern und nicht vor sämtlichen Schaulustigen des Hofes.

Die erste Angelegenheit, die zur Sprache kam, war der Tod Ludwig von Torgaus, und der Ankläger war Hans von Torgau.

Sein Sohn Ludwig wäre Wilkin bereits auf dem Weg von Brandenburg nach Ofen gefolgt, weil sie den Verdacht gehabt hätten, dass er mit dem Geld, das er seiner Majestät bringen sollte, verschwinden würde. Es wäre ein Leichtes, Zeugen dafür zu finden, wie Wilkin sich ständig überall verschulde und deshalb in großer Versuchung wäre, wenn es um Geld ginge.

Dass Wilkin nach langer Verzögerung doch noch in Ofen eintraf, hätte Ludwig freudig überrascht, doch in der Folge hätte er schnell bemerkt, dass seines Bruders Aufenthalt bei Hof unlauteren Zielen diente. Gefährten von Ludwig könnten bezeugen, dass dieser Wilkin zur Rede hätte stellen wollen. Und zwar kurz bevor der angebliche Unfall geschehen war, wenn man bei einer Pfeilwunde im Rücken denn überhaupt jemals von einem Unfall sprechen könne.

Als er die Pfeilwunde im Rücken erwähnte, ging ein leises Raunen durch den Saal, und Hedwig wechselte unwillkürlich mit Wilkin einen Blick. Hans von Torgau musste Ludwigs Grabstelle gefunden und seinen Leichnam untersucht oder zumindest den Priester der kleinen Dorfkirche befragt haben.

Seine ganze Anklage klang ausgefeilt überzeugend. Hedwig

hielt vor Bangen ihre Hände so fest zu Fäusten geballt, dass ihre Fingernägel Kerben in die Handflächen gruben. Wenn Wilkin tatsächlich des Mordes schuldig gesprochen wurde, würde sie aufstehen und die Wahrheit sagen, denn mit dieser Strafe für ihre gemeinsame Lüge würde sie nicht weiterleben wollen.

Doch gleich nachdem Hans von Torgau zu Ende gesprochen hatte, trat Helmwart vor die Berater des Königs. Er stellte sich als Mann vor, der dem König schon oft geholfen hätte, die Wahrheit herauszufinden, da er dazu reichlich Hilfsmittel besäße. Er habe die Sache gründlich betrachtet und könne mit Sicherheit sagen, dass Ludwig von Torgaus Tod ein Unfall gewesen sei.

»Der Herr Wilkin hat aus Pietät verschwiegen, dass sein Bruder Ludwig dabei war, sich an der jungen Amme seiner Ziehtochter zu vergehen, als er nach kurzer Abwesenheit in das Lager zu den schutzlosen Frauen zurückkehrte. Wilkin erkannte ihn nicht gleich, da er ihn nicht zu sehen erwartet hatte. Er hielt ihn für einen Wegelagerer, legte auf ihn an und löste den Pfeil ein wenig verfrüht. Dass dies die Wahrheit ist, haben alle meine Hilfsmittel bewiesen; auch mein Helm, der durch die Reliquien des Heiligen Martin geweiht ist und stets schwarz anläuft, wenn ihn der Atem der Lüge streift. Er ist blank wie ein Spiegel geblieben.«

Hedwig dachte daran, wie Juli mit dem Finger auf dem Helm herumgefahren war. Von »blank wie ein Spiegel« konnte danach nicht mehr die Rede gewesen sein. Die Zuhörer aber überzeugte Helmwart mehr, als Hans von Torgau es getan hatte, das war im Saal zu spüren. Und Sigismund schien nicht mehr als das Wort seines Wahrheitsfinders zu benötigen.

»So ist es denn, wie ich schon einmal bemerkte, Herr von Torgau: Der Tod Eures Jüngsten war kein Mord. Wenn ich ihn auch nach dem, was ich gerade hörte, nicht mehr für einen rein unglücklichen Zufall halte. Wilkin, du bist von dem Vorwurf freigesprochen. Fahren wir fort.«

Hedwig beobachtete, wie Hans von Torgau bleich wurde und die Zähne zusammenbiss. So leichthin abgeschmettert zu werden, hatte ihn sichtlich überraschend getroffen. Sie dankte innerlich Helmwart für seine wohlwollende Fürsprache und suchte ihn in der Menge, die dem Thron zunächst stand.

Entweder hatte er darauf gewartet, dass sie ihn ansah, oder er hatte sie die ganze Zeit über im Blick behalten. Er sah ihr in die Augen, als würde er sie bis in den tiefsten Grund ihrer Seele durchschauen.

Auf einmal ahnte sie, dass er vielleicht noch viel besser darin war, die Wahrheit aufzuspüren, als sie geglaubt hatte. Der Gedanke, wie sehr sie ihm deshalb ausgeliefert sein könnte, ängstigte sie. Ihre Miene schien es ihm zu verraten, denn er lächelte und schüttelte sanft und gutmütig den Kopf, als wolle er ihr versichern, dass sie nichts von ihm zu befürchten habe.

Erleichtert sah sie zu Boden, weniger, um ihre Gefühle vor ihm zu verbergen, als vor den anderen, die sie in diesem Moment vielleicht beobachteten.

Sie erwartete, dass als nächster Gerhardt von Schwarzburg sprechen und erneut ihre Brüder anklagen würde, doch zu ihrer Überraschung war es Köne, der sich, von ihr und Wilkin unbemerkt, ebenfalls im Saal befunden hatte. Ehrerbietig begrüßte er den König.

Obwohl er saubere Kleidung trug und sogar gekämmt zu sein schien, wirkte er im Vergleich zu den meisten Anwesenden noch immer verwildert und in der Pracht des Thronsaals fehl am Platze. Seine gewaltige Statur war dennoch eindrucksvoll und rief in Hedwig die Erinnerung an ihren einst mächtigen Vater wach.

Unwillkürlich sah Hedwig zu Hans von Torgau und Gerhardt von Schwarzburg hinüber, die Könes Erscheinung verächtlich, aber auch mit Genugtuung zur Kenntnis nahmen. Der Ausdruck der beiden änderte sich schlagartig, als Köne seinen ersten Satz ausgesprochen hatte.

»Ich bin heute hier, um den hinterhältigen Mord an meinem Bruder Dieter von Quitzow gesühnt zu sehen. Einen Monat lang bin ich geritten, weil man mich warnte, dass in Pressburg Männer Intrigen spinnen, die meinem Namen schaden könnten. Gott helfe mir, ich bin zu spät gekommen, um meinen noch jungen Bruder davor zu schützen, in das Netz der Lügner und Mörder zu geraten, und muss nun seinen Tod betrauern. Eure Majestät, ich klage Gerhardt von Schwarzburg des Mordes an.«

Aufgeregt begannen die Anwesenden zu murmeln, von einem Fuß auf den anderen zu treten und sich zu recken, um vielleicht noch eine bessere Sicht auf das Geschehen zu ergattern.

Gerhardt von Schwarzburg stieß die Umstehenden beiseite, um zu Köne zu gelangen und sich ihm gegenüberzustellen. Mit bebender Hand zeigte er auf ihn. »Du wagst es! Der Sohn eines schmutzigen Räubers und Schlächters wagt es, mich vor dem König anzuklagen, mich, dessen Geschlecht stets alle Kräfte einsetzte, um unseren von Gott auserkorenen König zu stützen! Kriech zurück in die dunklen Bauernkaten, die dir in der Walachei als angemessene Unterkunft dienen, von Quitzow! Du wirst niemals jemandem glaubhaft machen, dass ich deinen Bruder umgebracht habe.«

Köne war ein Bild der Gelassenheit. Er schnaubte verächtlich. »Den Mord an Dieter kann ich dir vielleicht nicht nachweisen. Aber es könnte sein, dass die Herren hier geneigter sind, mir zu glauben, wenn ich ihnen von einem deiner früheren Morde berichte. Erinnerst du dich daran, wie du wegen eines lächerlichen Ehrenhändels mit deinen Genossen Adam von Himmelsfels überfallen und erhängt hast, den Sohn eines

Magdeburger Ritters? Gewiss konnte man glauben, er sei in den Stand der fahrenden Spielleute herabgestiegen und rechtlos, doch sein Vater war nicht dieser Ansicht. Er hat den Mörder seines Sohnes auf dem Sterbebett verflucht, hörte ich. Und heute findet der Fluch sein Ziel, denn der Himmel hat einen Zeugen deiner Untat zur Einsicht gebracht und lässt ihn heute sprechen.«

Erschrocken glaubte Hedwig für einen flüchtigen Moment, er meinte sie, doch er zeigte auf einen Mann, der ihr fremd war.

Der Waffenknecht behauptete, an jenem Tag dabei gewesen zu sein, und seiner Schilderung nach war es wahrscheinlich so, obwohl Hedwig ihn bis zum Schluss nicht erkannte. Während er erzählte, kämpfte sie zu ihrer Scham mit den Tränen, und als sie am Ende vom König selbst gefragt wurde, ob sie den Bericht des Mannes bestätigen könne, brachte sie nur ein heiseres, aber immerhin hörbares »Ja« heraus.

Sigismund seufzte tief und sah kopfschüttelnd Gerhardt von Schwarzburg an. »Und sei es auch so, dass du diesen Adam für einen rechtlosen Spielmann hieltest und glaubtest, Vergeltung an ihm üben zu dürfen, so gereicht es dir doch zur Schande, was du einer Jungfer von Adel dadurch zugemutet hast. Was mich betrifft, achte ich Männer, die ihren Adel mit der Sangeskunst verbinden, wie es auch mein geschätzter Freund Oswald von Wolkenstein tut. Ich neige dazu, Köne von Quitzow recht zu geben und deine Tat einen Mord zu nennen. Und wahrlich lässt mich diese Geschichte an deiner ehrenhaften Gesinnung zweifeln. Daher steht nun Wort gegen Wort. Du nennst den toten Dieter von Quitzow einen Mörder und beide Brüder Verräter. Köne beschuldigt dich des Mordes. Eine Einigung ist hier schwerlich zu erwarten. Was meint Ihr, meine Herren?«

Er wandte sich an seine Räte, die sich gegen ihn verbeugten

und dann die Köpfe zusammensteckten. Endlich trat der als Gelehrter und guter Schwertkämpfer gleichermaßen bekannte Kaspar Schlick aus dem Kreis vor den König.

»Wir schlagen einen Gerichtskampf vor, Eure Majestät. Ein Ordal.«

Das Raunen im Saal wurde zu einer lauten Woge, und auch Hedwig konnte einen Laut der Überraschung nicht zurückhalten. Gerichtskämpfe waren in alten Zeiten häufig gewesen, mittlerweile wurden sie so selten als Mittel des Rechts gewählt, dass Hedwig noch nie einen miterlebt hatte. Sie wusste allerdings, dass sie in der Regel mit dem langen Schwert und ohne Rüstung ausgefochten wurden. Meistens kämpften die an dem Streit Beteiligten selbst, doch in besonderen Fällen konnten sie Stellvertreter beibringen, sogar Lohnkämpfer kamen dafür infrage.

Der König strich sich den langen Bart und sah nachdenklich zur Decke. Hedwig versuchte zu denken wie er. Sowohl Köne als auch Gerhardt von Schwarzburg wussten von seiner Skrupellosigkeit gegen Kurfürst Friedrich und konnten ihm unbequem werden. Ein Ordal würde ihn zumindest von einem der beiden befreien, ohne dass er sich öffentlich gegen ihn aussprechen musste. Sie wusste, wie er entscheiden würde, bevor er es aussprach. »So sei es. Ein Ordal wird die Sache klären. Ich denke, ihr seid geübt genug im Umgang mit der Waffe und braucht keine Stellvertreter. Euch bleibt der morgige Tag, euch vorzubereiten. Am folgenden kämpft ihr. Sprecht nun, wenn ihr berechtigte Einwände habt, oder schweigt auch später.«

»Keine Einwände«, sagte Köne, und er klang dabei so von Genugtuung erfüllt, als würde diese Lösung seinen innigsten Wunsch erfüllen.

»Keine Einwände«, sagte auch Gerhardt von Schwarzburg, doch bei ihm klang es eine Spur zu glatt, und sein Gesicht wirkte plötzlich so regungslos, als hätte er eine Maske aufgesetzt. Als er kurz nach dem König den Saal verließ, strahlte Köne triumphierend und zeigte ihm die Faust.

Hedwig konnte seine Haltung nicht teilen. Sie glaubte zwar, dass ihr Bruder seinen Gegner im Zweikampf nicht zu fürchten hatte, doch leicht würde von Schwarzburg es ihm gewiss nicht machen. Bevor Wilkin und sie von den Wachen zurück in ihr Haus geleitet wurden, trat Köne zu ihnen, um sich zu verabschieden, und sie fragte ihn, wie er so siegessicher sein könne.

Er lachte auf seine dröhnende Art. »Warte ab, Mädchen. Wie ich von Schwarzburg einschätze, werde ich den Tag des Ordals damit verbringen, ihn auf der Flucht zu jagen wie einen Hasen. Er fürchtet das Urteil Gottes, der erbärmliche, mörderische Bischofsbruder. Und er weiß, dass ich ihn mit Genuss in Stücke hauen würde.«

Trotz dieser ermutigenden Worte war Hedwig beunruhigt und fand in der Nacht keinen Schlaf. Wohlhabende Männer, die sich einem Ordal stellen mussten, suchten sich für den Tag der Vorbereitung oft einen hervorragenden Fechtlehrer, der ihnen rasch noch die erfolgversprechendsten Kniffe vermittelte. Köne hatte eine solche Maßnahme offenbar nicht in Erwägung gezogen, von Schwarzburg möglicherweise schon. Was, wenn ihr Bruder sich irrte und sein Gegner nicht schuldbewusst vor dem Kampf das Weite suchte, sondern bestens geschult antreten würde?

Ihre Unruhe trieb sie aus dem Bett, das sie noch immer mit Juli teilte statt mit ihrem Gatten. Leise schob sie die Tür zu Wilkins und ihrem Schlafgemach auf. Wilkin saß im Hemd auf der Kleidertruhe, die Ellbogen auf den Knien, den Kopf in die Hände gestützt.

»Ich kann nicht schlafen«, flüsterte sie.

Er schien nicht überrascht darüber zu sein, dass sie zu ihm kam, doch vielleicht war es nur die Müdigkeit.

»Fehlt dir das Gottvertrauen?«, fragte er leise.

Sie setzte sich ihm gegenüber aufs Bett. »Hast du es denn? Glaubst du, dass Gottes Wahrheit sich in einem solchen Kampf offenbart?«

Er nickte. »Ja, das glaube ich. Wie dein Bruder glaube ich allerdings auch, dass Gottes Wahrheit sich zumeist schon vor dem Kampf darin zeigt, wer die Flucht ergreift. Leider befürchte ich, dass mein ... dass der alte von Torgau von Schwarzburg daran hindern wird zu fliehen und es doch zum Kampf kommen wird. Deshalb sitze ich hier und bete dafür, dass der Allmächtige mit dem Ausgang des Ordals keine anderen Absichten verfolgen möge, als die Wahrheit zu zeigen.«

»Hätte von Schwarzburg Aussichten, gegen Köne zu gewinnen?«

»Nicht, wenn es mit rechten Dingen zuginge. Aber möglich ist alles.«

In angenehmer Vertrautheit schwiegen sie, jeder seinen eigenen Gedanken nachhängend. Bis Wilkin schließlich tief seufzte. »Gehst du mit mir zu Bett?«

Trotz aller Sorge und Ungewissheit durchflutete Hedwig Erleichterung. Vielleicht war zwischen ihnen doch noch nicht alles verloren. Sie nickte und schlüpfte wortlos unter die Decke. Ebenso still gesellte er sich zu ihr, begann sie auf eine Weise zu küssen und zu streicheln, die zärtlich und traurig zugleich wirkte. Wären seine Traurigkeit und ihr gemeinsames Schweigen nicht gewesen, hätte sie glauben können, er hätte ihren Zwist vergessen. Doch auch an der Art, wie er später mit der Hand auf ihrem Bauch ohne ein Wort zu ihr einschlief, erkannte sie, dass er nichts vergessen hatte.

Sie erfuhren am nächsten Tag nichts über die Zweikämpfer, hielten die Spannung jedoch besser aus als zuvor. Vorsichtig näherten sie sich einander wieder an, sprachen über nebensächliche Alltäglichkeiten, spielten, liebten sich am Abend in stummer Behutsamkeit, um sich am nächsten Morgen bei Sonnenaufgang zu erheben, gemeinsam zu beten und sich anzukleiden.

Die zur Ablösung erscheinenden Wachen brachten sie zum Burghof, wo der Kampf stattfinden sollte. Am Rande des ausgemessenen und eingezäunten Platzes wartete Köne in Begleitung einiger offensichtlich mit ihm befreundeter Männer. Von Schwarzburg war noch nicht anwesend.

Hedwig bemerkte, dass einige der Anwesenden Wilkin bereits wieder respektvoll grüßten, was sie bei den vorherigen Gelegenheiten unterlassen hatten.

Köne winkte ihnen, dem Anlass angemessen, ernst und würdevoll. Als die Glocke der Burgkapelle zur gemeinsamen Messe rief, die dem Ordal vorausgehen sollte, schickte der ebenfalls bereits anwesende Kaspar Schlick drei Männer zu von Schwarzburgs Unterkunft, um ihn holen zu lassen. Noch bevor die Messe begann, kehrten sie zurück und berichteten, dass sie ihn nicht vorgefunden hatten.

Hedwig sah den Anflug eines Lächelns auf Könes Gesicht, doch sie hatte ein zu ungutes Gefühl, um sich darüber zu freuen, dass er mit seiner Voraussage recht gehabt hatte. Nach der Messe trat Köne auf den eingegrenzten Kampfplatz und bot sich mit lauter Stimme seinem Gegner zum Kampf an. Nachdem dieser nicht erschien, führte Köne, wie es die Gebräuche vorschrieben, zwei Hiebe und einen Stich gegen den Wind. Mit dieser Geste besiegte er den Abwesenden symbolisch und bewies damit ebenso unzweifelhaft dessen Schuld, als hätte er im wirklichen Kampf gesiegt.

Gespannt suchte Hedwig Hans von Torgau in der Menge,

der zur Messe etwas zu spät gekommen war. Sein Gesicht war bleich, und er hatte dunkle Ringe unter den Augen. Wie er von Schwarzburgs Flucht empfand, war seinem ohnehin grimmigen Gesicht nicht zu entnehmen.

Kaspar Schlick sprach als gerichtlicher Stellvertreter des Königs das Urteil und erklärte Gerhardt von Schwarzburg für des Mordes überführt und geächtet.

Kurz darauf verneigte Köne sich vor ihm und bat darum, den Flüchtigen stellen zu dürfen. Doch bevor Schlick die Erlaubnis aussprechen konnte, brachte ein aufgeregter Stallknecht die Nachricht, dass er den Vermissten mit einer Dolchstichwunde im Bauch tot im Stall seines Pferdes gefunden hätte.

Hedwig spürte, wie Wilkin ihren Arm ergriff, und folgte unwillkürlich seiner Blickrichtung zu Hans von Torgau. Außer ihnen fiel es vermutlich niemandem auf, aber Wilkins unfreiwilliger Ziehvater trug seine Überraschung wesentlich zu spät zur Schau, um überzeugend zu wirken.

»Er wird es Köne vorwerfen«, flüsterte Wilkin ihr hastig zu.

Tatsächlich wirkte Hans von Torgau kurz so, als hätte er einen Schachzug für diesen Moment vorbereitet und wolle sprechen, doch dann fiel sein Blick auf jemanden, der in Schlicks Nähe stand. Daraufhin sank von Torgau in sich zusammen und schwieg mit verkniffenen Lippen.

Es war Helmwart, den er gesehen hatte und der ihn unverhohlen musterte. Welche Lüge auch immer ihm auf der Zunge gelegen haben mochte, der Anblick des Wahrheitsfinders hatte sie offenbar erstickt.

## 21

# Der letzte Dienst

Der unerwartete Ausgang des Ordals befreite Hedwig und Wilkin nicht aus ihrer Haft, wenn sich die Bedingungen auch zumindest für Hedwig etwas lockerten. Sie durfte ihr Haus mit Juli und Mara verlassen und sich innerhalb der Stadtmauern mit nur einer Wache frei bewegen. Auch hatte Köne dafür Sorge getragen, dass sie genügend Geld für ihren bescheidenen Bedarf im Beutel hatten, bevor er sich auf den Rückweg in die Walachei begeben hatte.

Soweit sie wussten, ließ König Sigismund inzwischen Nachforschungen darüber anstellen, welche Art Bündnisse Kurfürst Friedrich tatsächlich ohne seine Kenntnis und gegen seine Interessen geschlossen hatte. Die dazu auserkorenen Kundschafter hatten weite Wege zurückzulegen, sie mussten nach Mainz, Augsburg und Koblenz.

So verstrichen knapp zwei Monate – länger als Wilkin jemals an einem Ort in Hedwigs Gesellschaft verbracht hatte. Obwohl sie die Gefangenschaft beide nicht mühelos ertrugen, war es doch der erzwungenen Nähe zu verdanken, dass Wilkin sich nicht einfach von ihr abwenden konnte und sich zunehmend Gedanken über sie beide machte.

Was zwischen ihnen war, fühlte sich für sie gänzlich anders an als ihr früheres Verhältnis – nüchterner, aber auch ehrlicher. Und als Wilkin nach und nach begann, Neugier auf seinen wahren Vater zu zeigen, und zögerlich Fragen stellte, die sie mit Freude beantwortete, erschien es ihr manchmal, als wäre die ganze jammervolle Geschichte, in der sie steckten, eigentlich ein Segen für sie beide.

⁂

Am Ende des zweiten Monats erschien unangekündigt der Kurfürst mit seinem Gefolge in der Stadt.

Hedwig und Wilkin hörten es von Kindern, die die Gasse entlangtobten. »Der brandenburgische Kurfürst ist da.«

Gespannt warteten sie auf weitere Neuigkeiten, und Hedwig wagte sich nicht aus dem Haus, für den Fall, dass man sie an den Hof rufen würden.

Als sie am Abend schließlich abgeholt wurden und zwischen ihren Wachen den vertrauten Weg zur Burg hinaufgingen, war Hedwig überdeutlich bewusst, dass in kurzer Zeit über ihr weiteres Schicksal entschieden werden würde. Weder Wilkin noch sie hatten die Macht, daran etwas zu ändern.

Vertrugen König Sigismund und Kurfürst Friedrich sich ein weiteres Mal, weil der König sich darauf besann, wie wertvoll Friedrich ihm immer gewesen war, und Friedrich mit eiserner Geduld und unendlichem Pflichtbewusstsein dabei blieb, dem König zu dienen, den er selbst miterschaffen hatte, dann würde sich auch für Wilkin und sie alles zum Guten wenden.

Entzog Sigismund jedoch Friedrich endgültig seine Gunst, ließ Friedrich gar durchblicken, dass er anderen Allianzen mittlerweile mehr Wert zumaß, dann schwebte ihrer aller Leben am dünnen Seil über dem Abgrund.

Ihre Sorge wurde zerstreut, kaum dass sie den Thronsaal betraten. Der Kurfürst stand mit seinem Sohn Albrecht zur Seite würdevoll in nächster Nähe des Königs und blickte ihnen entgegen.

Sie schritten den Gang durch die Versammelten entlang bis vor den Thron, wo sie den König mit einem Kniefall und mit gesenkten Häuptern grüßten. Der Hofmeister hieß sie, sich zu erheben, woraus sie schlossen, dass Sigismund eine wohlwollende Geste gezeigt haben musste.

Einzig ein gnädiges Nicken seiner Majestät verriet ihnen anschließend, dass sie wieder in den Kreis des ehrbaren Hofstaats aufgenommen waren.

Hans von Torgau hingegen schien nicht nur den Hof, sondern auch die Stadt bereits verlassen zu haben. Er begegnete ihnen nicht mehr.

Auch in den darauffolgenden beiden Tagen blieb ihnen unklar, auf welche Weise dieses Mal die Differenzen zwischen Friedrich und dem König beigelegt worden waren, denn Friedrich war so sehr in Beratungen und vertrauliche Gespräche mit dem engen Kreis des königlichen Rates vertieft, dass er für Wilkin keine Zeit übrig hatte. Albrecht folgte seinem Vater auf Schritt und Tritt.

Am dritten Tag allerdings traf Hedwig ihn bei den Ställen, wo er auf sie zukam, als sie eben von einem Ausritt zurückgekehrt war und Tiuvel den Sattelgurt lösen wollte. Ritterlich beeilte er sich, ihr die Arbeit abzunehmen.

»Das ist doch nichts für Eure zarte Hand, edle Frau von Torgau, so tatkräftig wie Ihr auch sein mögt.« Als der zehn Jahre Jüngere hätte er mit seinen Worten leicht großspurig wirken können, doch er klang eher ein wenig verlegen, als wäre er es noch nicht gewöhnt, Edelfrauen seine Hilfe anzubieten.

Hedwig stellte fest, dass sie ihn gut leiden konnte, und fühlte sich wohl damit, sich von ihm helfen zu lassen, während seine Freunde höflich im Hintergrund warteten. »Das ist freundlich von Euch, Hochwohlgeboren«, sagte sie und lächelte ihn an.

Der junge Ritter blieb ernst. »Euch würde größere Ehre gebühren. Mein Vater hat mich dafür gelobt, dass ich so rasch einen Boten zu ihm sandte, und er bat mich, Euch seinen Dank auszurichten, falls ich vor ihm die Gelegenheit erhielte. Er ist zurzeit sehr beschäftigt.«

Hedwig kraulte Tiuvel, der seine Nüstern in ihrem Kleid vergrub und dabei misstrauisch gegen Albrecht mit den Ohren spielte, die Mähne. »Ich kann mir vorstellen, dass das Verhältnis zwischen Eurem Vater und dem König jetzt großer Aufmerksamkeit bedarf. Ich hoffe, alle Unstimmigkeiten werden bald ausgeräumt sein.«

Albrecht hatte sich von ihr abgewandt, um einen Stallknecht herbeizuwinken, der den Sattel abnehmen und forttragen sollte, und drehte sich nun überrascht wieder zu ihr um. »Oh, das sind sie längst. Das Mittel dazu war für uns kein Grund zur Freude, doch es erscheint wie ein Zeichen Gottes, dass es sich gerade zu diesem Zeitpunkt ergab. Hedwig von Polen, die Verlobte meines Bruders Friedrich, ist seit einer Weile schwer krank. Mein Vater hatte es soeben erfahren, als er meine Nachricht erhielt. Stirbt sie, ist die kleine Aussicht, die mein Bruder auf den Thron hatte, dahin. Dieser Umstand half gewaltig, Sigismund zu beschwichtigen. Als Euer angriffslustiger Schwiegervater Hans von Torgau spürte, wie die Stimmung umschlug, heuchelte er Bedauern über seinen Irrtum und nahm die Verleumdung zurück. Sigismund entließ ihn angewidert. Den Rest tat wie üblich Geld. Und das Versprechen meines Vaters, seine Majestät endlich aus vollen Kräften bei seinem Zug nach Rom zu unterstützen. Meiner Einschätzung nach wird es bis zum Aufbruch nicht mehr lange dauern, da mein Vater nun an der Planung beteiligt ist. Wie schnell die Kaiserkrönung folgen wird, bleibt abzuwarten. Der Papst und die Fürsten von Mailand und Venedig werden vielleicht zu verdutzt darüber sein, dass unser König tatsächlich erscheint. Doch ganz gleich, wie lange es noch dauert, ich werde dabei sein. Sigismunds Zug nach Rom lasse ich mir nicht entgehen.«

Doch wie stets sollte es vom Plan des Königs bis zu dessen Durchführung noch etliche Zeit dauern. Kurfürst Friedrich reiste nach einem Monat wieder ab, um die Fürsten zu einem neuerlichen Reichstag zusammenzurufen, der im November in Nürnberg stattfinden sollte. Sigismund blieb noch bis zum Ende des Sommers, um sein Gefolge und seine kleine ungarische Begleitmacht zu sammeln, damit er von Nürnberg aus gleich die große, bedeutsame Reise nach Italien antreten konnte.

Wilkin kam nach einiger Überlegung zu dem Schluss, dass es dieses Mal in der Tat ernst werden würde mit dem Zug nach Rom. Und wie es für sie beide stets festgestanden hatte, sollte Hedwig sich für diese Reise dem Tross anschließen. Da nicht absehbar war, ob sie anschließend nach Pressburg zurückkehren würden, mussten sie ihren kleinen Hausstand auflösen und ihre notwendigen Habseligkeiten zusammenpacken.

Mara wurde im Verlauf dieser Arbeit immer zaghafter und bedrückter, bis sie schließlich damit herauskam, dass sie in Pressburg bleiben wollte. Sie gestand, dass sie Helmwart den Sommer über häufig getroffen hatte und glaubte, dass er kurz davor war, ihr eine Heirat anzutragen.

Hedwig fühlte eine starke Scheu davor, Helmwart gegenüberzutreten, doch sie überwand sich Mara zuliebe und begleitete sie zu einer ihrer Verabredungen.

Helmwart entschied sich schnell, nachdem sie ihm die Lage geschildert hatte, und bat Mara um ihre Hand. Hedwig gönnte ihr das Glück und trauerte dennoch über den Abschied von ihr. Pressburg hinter sich zu lassen, traf sie dagegen nicht allzu hart. Wieder im Freien unterwegs zu sein, erschien ihr erstrebenswerter, als dauerhaft in den engen Grenzen einer Stadt zu leben.

Selbst die nun vierjährige Juli ließ sich so von der freudigen Aufbruchsstimmung anstecken, dass nur beim Abschied von Mara Tränen flossen. Das mochte allerdings auch damit zu tun haben, dass der junge Hundeknecht Roman ihr zum Abschied einen Welpen aus der königlichen Meute schenkte, die in Pressburg zurückblieb. Er hatte den jungen Hund töten sollen, weil er lahmte, seit er von einem Pferd getreten worden war. Der Junge hatte jedoch beschlossen, dass der lahmende Hund bestens zu seiner hinkenden kleinen Freundin passte.

Juli nannte den Welpen Drîbein, weil er mit seinem lahmen Hinterbein den Boden beim Laufen oft gar nicht berührte.

Es verging ein guter Monat, bevor sie mit dem langsamen Tross Ende September Nürnberg erreichten.

Auf die Vermittlung des Kurfürsten hin erhielten Hedwig, Juli und Wilkin Unterkunft in dem Stadthaus, wo Wilkin bereits einmal gewohnt hatte und überfallen worden war. Der König selbst bezog mit seinem engeren Gefolge die Kaiserburg, in der der Reichstag abgehalten werden würde.

Hedwig war es wie immer recht, dass sie nicht all ihre Zeit am Hof verbringen musste. Sie erkundete mit Juli und einer rasch eingestellten Magd die Stadt. Besonders liebten Juli und sie einen Brunnen auf dem Hauptmarkt beim Rathaus. Er sah aus wie eine prächtige Kirchturmspitze, die aus dem Boden wuchs. Sie konnten sich an seinen Figuren nicht sattsehen und ließen sich von freundlichen Nürnbergern erklären, wen jede einzelne darstellte.

Doch bevor sie sich ganz in der Stadt eingewöhnt hatte, ungefähr einen Monat vor dem Reichstag, verließ Sigismund zur Überraschung aller Nürnberg wieder und zog nach Ulm, um dort mit Städtegesandten über die Bereitstellung von bewaffneten Männern für seinen Romzug zu verhandeln. In der Annahme, dass der König auf jeden Fall beabsichtigte, rechtzeitig zum Reichstag in die Stadt zurückzukehren, ließ Wilkin Hedwig dort zurück.

So wurde sie Zeugin, wie nach und nach die großen Reichsfürsten in Nürnberg eintrafen: der kriegerische Konrad von Dhaun, Erzbischof von Mainz; Erzbischof Dietrich von Moers, der Sigismund zum König gekrönt hatte; Raban von Helmstatt mit einem schwarzen Raben im silbernen Wappen, der Erzbischof von Trier; und der Herzog von Sachsen, Friedrich der Sanftmütige genannt. Immer ungeduldiger erwartete die vornehme Gesellschaft den König, während der vereinbarte Tag näherrückte und verstrich.

Sigismund erschien nicht. Stattdessen kehrte Wilkin mit einer kleinen Abordnung zurück, die mit sichtlichem Unbehagen die Botschaft überbrachte, dass der König meinte, seine Anwesenheit sei am Bodensee erforderlicher. Er beabsichtige, das Weihnachtsfest in Konstanz zu feiern.

Als Wilkin sich auf die Einladung des Kurfürsten hin mit Hedwig und Juli auf die Cadolzburg begab, um ihm von Sigismunds Sinneswandel zu berichten, schlug dieser die Hände über dem Kopf zusammen.

»Lernt unsere geheiligte Majestät denn nie dazu!«, stieß er hervor. »Sein ganzes Leben lang versucht er schon, auf jeder Hochzeit zu tanzen. Und immer wieder verpasst er dabei die wichtigste. Wie kann er die hohen Herren so brüskieren?«

Wilkin bewahrte wie stets die Miene vollkommener Neutralität, obgleich er Hedwig gegenüber selbst über die Entscheidung des Königs geseufzt hatte. »Seine Majestät war gereizt über die kleinliche Widerspenstigkeit der Städtegesandten und seinen ausbleibenden Erfolg bei der Verhandlung mit ihnen. Fragt Ihr mich, so würde ich sagen, er wollte nicht auf dem Reichstag erscheinen ohne sichtbaren Lohn für seine Mühen. Er hofft, in Konstanz, wo man ihn höher schätzt, mehr erreichen zu können, was er den Fürsten vorweisen kann, wenn er schließlich nach Nürnberg kommt.«

»Ja – nur freilich werden sie nicht mehr hier sein, die Fürsten, wenn er schließlich kommt. Und an wem hängt es wieder einmal, sie zu beschwichtigen?« Friedrich schüttelte den Kopf und winkte ab, als wolle er sich selbst seinen Ärger verbieten. »Nun, wir werden auch dies überstehen. Berichte mir von meinem Albrecht. Hast du ihn wohlbehalten in Konstanz gelassen?«

Während Wilkin dem Kurfürsten versicherte, dass sein Sohn ihm nach wie vor bei Hof nur Ehre mache, betrat die Kurfürstin den Raum. Hedwig sah sie zum ersten Mal seit jenen Tagen kurz nach ihrer und Wilkins Hochzeit.

An Elisabeth schienen die fünf Jahre spurlos vorübergegangen zu sein. Hedwig dagegen fühlte sich, als wäre sie selbst in diesen Jahren alt geworden.

»Hedwig, meine Liebe! Seid willkommen auf der Cadolzburg. Du siehst erschöpft aus. Ich kann es dir nachfühlen. Die Reiserei ist eine elende Strafe, nicht wahr? Hat mein Gemahl euch schon mitgeteilt, dass wir hoffen, ihr werdet das Weihnachtsfest mit uns verbringen?«

Hedwig wechselte einen Blick mit Juli, die sich verschüchtert an ihrer Hand festhielt und mit großen Augen zu ihr aufschaute, dann knickste sie gemeinsam mit der Kleinen demutsvoll. »Es ist uns eine große Ehre.«

Die große Ehre, auf der Cadolzburg weilen zu dürfen, blieb ihnen bis in das neue Jahr erhalten, bis zum Beginn des Fastenmonats, als Sigismund endlich nach Nürnberg zurückkehrte, nur um erzürnt feststellen zu müssen, dass die Reichsfürsten nicht auf ihn gewartet hatten.

Erst im März konnte der Reichstag beginnen, und bereits im April war Sigismund in der Stadt wieder einmal so hoch verschuldet, dass er seine Hauskrone versetzen musste.

Hedwig lauschte den Verhandlungen der Herren nur selten, ließ sich jedoch von Wilkin erzählen, worum es an jedem Tag gegangen war. Nach kurzer Zeit wunderte es sie nicht mehr, dass es dem König selbst schwerfiel, die wichtigen Anliegen aus der gewaltigen Menge seiner Aufgaben herauszufinden: Der erneute Heereszug gegen die Hussiten, ohne den der Papst schwerlich einwilligen würde, ihn zum Kaiser zu krönen. Sein Bestreben, ein litauisches Königreich zu schaffen und seinen Favoriten Witold zu dessen König zu krönen. Sein Drachenorden und die neu in ihn berufenen Mitglieder, unter ihnen Oswald von Wolkenstein und der walachische Fürst Vlad, der gleich mahnte, dass der kurze Waffenstillstand mit den Osmanen nicht halten würde und Sigismund diese Schwierigkeit nicht vergessen dürfe. Immer wieder ging es auch um das Konzil, welches in Basel einberufen werden sollte, um über eine seit Langem geforderte Kirchenreform zu beratschlagen. Und über all diesen Angelegenheiten stand immer Sigismunds Wunsch, so bald wie möglich nach Rom aufzubrechen und dafür Unterstützung jeder Art zu gewinnen.

Wilkin war täglich am Hof und folgte den Gesprächen. Als er an einem Abend dieser langen Tage zu Hedwig heimkehrte, wirkte er besonders in sich gekehrt und beunruhigt. Es waren jedoch nicht neue politische Sorgen, die sich aufgetan hatten, so wie Hedwig es zuerst vermutete. Er war sich nicht ganz sicher, glaubte aber, im Menschengewühl auf dem Rathausplatz Hans von Torgau gesehen zu haben. »Ich wünsche den Tag herbei, an dem er zu Grabe getragen wird, damit ich endlich gewiss sein darf, dass wir uns nicht mehr vor ihm hüten müssen«, sagte er.

Doch wenn es Hans von Torgau gewesen war, den er gesehen hatte, dann blieb dieser im Verborgenen. Bald vergaßen sie Wilkins Erlebnis.

Im Mai zog der König mit Kurfürst Friedrich für weitere Verhandlungen und die Vorbereitung des Hussiten-Feldzuges nach Eger am westlichen Rande Böhmens, wo die Ketzer im Vorjahr durchgezogen waren und gewütet hatten.

Im Juli wurde das rechtgläubige Heer von den Hussiten bei Taus ein weiteres Mal vernichtend geschlagen, und die Überlebenden suchten ihr Heil in der Flucht.

Sigismund war, ebenso wie auch Wilkin, in Nürnberg, als die Nachricht von der Niederlage eintraf. Statt Entmutigung zu zeigen, legte der König nun alle Kraft in die Vorbereitung seiner Abreise nach Rom.

Gerade in dieser Zeit geschah das, worauf Hedwig und Wilkin die Hoffnung schon beinah aufgegeben hatten: Hedwig merkte, dass sie schwanger war.

Obgleich sie beide nie zugegeben hatten, dass das Ausbleiben einer Schwangerschaft sie bedrückte, bewiesen die nie da gewesene Herzlichkeit und Zärtlichkeit, mit der sie sich nun begegneten, wie erleichtert und froh sie darüber waren, endlich doch auf ein Kind hoffen zu dürfen.

Umso grausamer war es, als sie zu der Erkenntnis kamen, dass Wilkin sich dem Zug nach Rom nicht entziehen konnte, es für Hedwig unter den neuen Umständen aber unvernünftig gewesen wäre, sich auf eine so weite und gefahrvolle Reise zu begeben.

Zum ersten Mal, seit sie sich kannten, weinte Hedwig beim Abschied, als Anfang September der Tag des Aufbruchs gekommen war. Sogar Wilkin standen die Tränen in den Augen, als er sie umarmte. Es war ihnen schmerzhaft bewusst, dass er bei der Geburt seines ersten Kindes in so weiter Ferne weilen würde, dass er von dessen Ankunft erst Wochen später erfahren würde.

»Lass unseren Sohn auf den Namen Albrecht taufen«, sagte Wilkin, als er ein letztes Mal ihren Bauch berührte, der sich noch kaum wölbte. »Friedrichs Albrecht ist trotz seiner Jugend schon des Kurfürsten gescheitester Sohn. Sein Latein ist zwar jämmerlich, aber in allem anderen ist er so gewandt, dass er mich eigentlich nicht als Leibwächter bräuchte.«

Hedwig strich ihm zärtlich über die Wange. »Bewach ihn gut. Auf dein Kind werde ich achtgeben, das verspreche ich dir.«

Er nickte. »Ich wünschte dennoch, du stündest weniger allein da.«

Wie schon viel zu oft in ihrem Leben, kehrten die Worte ihres Gesprächs wie ein Echo zu Hedwig zurück, als zwei Wochen darauf ein Bote vor ihrer Tür stand und ihr, mit seiner Kappe in einer Hand, einem verhüllten Schwert in der anderen und gesenktem Haupt, eine Nachricht überbrachte.

Seine Worte klangen so abwegig und lächerlich, dass sie ihm zuerst nicht glaubte und dachte, es würde sich um einen Irrtum handeln.

Unwillkürlich legte sie eine Hand auf ihren Bauch, wie um ihr ungeborenes Kind zu beruhigen. »Unsinn. Ihr müsst das verwechseln. Wilkin von Torgau würde nicht in einem Fluss ertrinken.«

Der junge Mann sah sie mit kummervoller Miene an. »Ich fürchte doch, edle Frau. Der König und das Gefolge sind untröstlich. Euer Gemahl stürzte sich heldenhaft in die Fluten der Donau und rettete dem Sohn des Kurfürsten das Leben, der in seiner Rüstung vom Boot aus ins Wasser gefallen und schon untergegangen war. Der Fluss führt Hochwasser und viel Treibgut mit sich. Als Euer Gemahl den jungen Albrecht in einem übermenschlichen Akt der Anstrengung zum Boot zurück und in Sicherheit gebracht hatte, traf ihn ein treibender Baumstamm. Er verschwand so schnell aus unserer Sicht, dass niemand ihm zu Hilfe eilen konnte. Wir suchten einen ganzen Nachmittag und hatten die Hoffnung schon aufgegeben, als wir seinen Leichnam fanden. Wir haben ihn zurückgebracht. Er liegt in der Sebalduskirche aufgebahrt. Ich spreche Euch mein unendliches Beileid aus. Seine Majestät selbst lässt Euch ausrichten, dass seine hier verbliebenen Verwalter angewiesen sind, alles zu tun, um für Euer zukünftiges Wohl Sorge zu tragen, damit Ihr Euch darüber nicht beunruhigen müsst.«

Mit einer tiefen Verbeugung überreichte er ihr das mit dunklem Stoff verhüllte Schwertgehänge.

Benommen ergriff sie es und legte den Schwertgriff frei. Gegen alle Einsicht hoffte sie noch immer auf einen Irrtum, hoffte, dass es ein fremdes Schwert sein möge. Sie hoffte so sehr, dass sie es zuerst beinah wirklich nicht erkannte. Doch es war zweifellos Richards altes Schwert, an dessen Scheide ein Schmuckstein fehlte.

Hartnäckig beharrte eine Stimme in ihr dennoch darauf, dass es nicht sein konnte. Nicht jetzt. Wilkin war nichts geschehen, als er gegen Osmanen und Hussiten gekämpft hatte. Kein Mordanschlag seines Vaters oder seiner Brüder hatte ihn bezwungen. Und ausgerechnet nun, da sie endlich eine gemeinsame Hoffnung und Freude hatten, sollte er in einem Fluss ertrunken sein, mit dem er es in den vergangenen Jahren so oft zu tun gehabt hatte?

*Das kann doch nicht sein.*

Sie merkte erst, dass sie es laut ausgesprochen hatte, als der Bote betreten einen Schritt zurückwich und zu Boden sah. »Wilkin von Torgau war einer der tugendhaftesten jungen Ritter, die ich kannte. Kurfürst Friedrich wird für eine ehrenvolle Leichenfeier und Bestattung aufkommen, da bin ich sicher. Verzeiht mir, wenn ich nicht verweile, ich muss das königliche Gefolge wieder einholen. Wendet Euch für alles Weitere an des Königs Vertrauten hier in Nürnberg, Henmann Offenburg. Er wird Euch behilflich sein.«

Mit einer tiefen Verbeugung verabschiedete er sich und eilte davon, die Kappe noch in der Hand, den Blick zu Boden gewandt.

Hedwig stand regungslos, bis sie ihn zwischen Wasserträgern, Handwerkerweibern und einer Gruppe von Wandermönchen aus den Augen verlor. Hinter ihr kam Juli über den Flur getappt, mit ihren unregelmäßigen kleinen Schritten, und spähte an ihren Röcken vorbei auf die Straße. Sie hatte ihren Hund auf dem Arm.

»Wer war das?«, fragte sie.

Ein böser Geist, ein Alptraum, nichts, wollte Hedwig sagen, doch so, wie sie die Kleine nie belog, konnte sie auch sich selbst nicht länger belügen. »Es ist etwas Schlimmes geschehen.« Sie spürte, wie ihr die Stimme versagte. Wie ähnlich Juli und sie sich waren, dachte sie. Alle Menschen, die ihnen nahestanden, wurden ihnen genommen. Als hätte sie erst das Mitgefühl für ihre Ziehtochter gebraucht, begannen nun ihre Tränen zu fließen. »Wilkin ist gestorben.«

## 22

# Bitterer Triumph

Der bleiche Tote, der in der Sebalduskirche aufgebahrt lag, trug Wilkins Züge und hatte dennoch keine Ähnlichkeit mehr mit dem Mann, den sie so gut gekannt hatte. Mit bitterem Kummer musste Hedwig feststellen, dass trotzdem auch der Abschied von dieser Hülle noch schmerzte. Von den Händen, die sie nie mehr berühren würden, den Lippen, die sie nie mehr küssen würde.

Sie blieb an seiner Seite, als würde sie beten, und sprach in Gedanken doch kein Wort zum Allmächtigen, sondern nur zu ihrem Gemahl. Warum? Warum jetzt? Doch bald konnte sie sich die Antwort darauf so klar geben, wie Wilkin selbst sie ihr gegeben hätte. *Keinen Tod wäre ich lieber gestorben,* sagte er in ihren Gedanken: *Ich habe meinen Auftrag ehrenhaft erfüllt.*

Sie musste durch ihre Tränen hindurch lächeln und führte weiter Gespräche mit ihm, alte und neue, die noch hätten geführt werden sollen.

Hedwig wusste nicht, wie viel Zeit sie neben dem Toten in der halbrunden Nische am hinteren Ende der Kirche zugebracht hatte, doch die Glocken waren mehrfach geläutet worden. Es wurde allmählich dunkler vor den Fenstern, als drei Männer die Kirche betraten und zur Bahre kamen.

Ein vorausgehender Diener trug ein Licht und beleuchtete eilfertig Wilkins Gesicht, damit die beiden Herren es betrachten konnten.

Die Wut, die in Hedwig aufwallte, als sie den ersten Mann erkannte, hätte sie beinah zu einem der schweren Kerzenleuchter greifen lassen, um sich, damit bewaffnet, zwischen ihn und den Leichnam ihres Mannes zu werfen.

»Mein Sohn«, sagte er mit weinerlicher Stimme. »Mein lieber Sohn. Kannst du mir verzeihen?«

»Oh nein, das wird er nicht«, sagte sie mit so klarer Stimme, dass es sie selbst überraschte. »Im Gegenteil, er wird Euren Einzug in der Hölle gut vorbereiten.«

Hans von Torgau sah sie an, und seine Augen blitzten vor Triumph und Hass, doch seine Stimme heuchelte weiter Kummer. »Meine Tochter, ich weiß, wie viel Unrecht ich euch getan habe. Ich bereue meine Irrtümer und meine fehlgeleiteten Taten. Von ganzem Herzen schwöre ich, dass ich das Unrecht, das zwischen Wilkin und mir stand, an dir wiedergutmachen werde. Hab Vertrauen, ich bitte dich.«

Hedwig erwiderte seinen Blick mit einer Kälte, die aus Leid und Zorn zusammenfloss. »Wie zu einer Viper habe ich zu Euch Vertrauen. Zwischen Wilkin und Euch gab es keine Verwandtschaft. Er war wahrhaftig nicht von Eurer Art. Ihr solltet Euch schämen, hier ...«

»Nun, nun, edle Frau. Euer Schmerz lässt Euch unbedacht sprechen. Beruhigt Euch«, unterbrach der zweite Mann sie. »Wir sind uns nicht vorgestellt. Mein Name ist Henmann Offenburg, und ich genieße des Königs Vertrauen. So könnt auch Ihr mir vertrauen, wenn ich sage, dass Euer Schwiegervater voller Reue zu mir kam und mir die traurige Geschichte Eures Zerwürfnisses berichtete. Ihr müsst gerade in Eurem Zustande erschöpft sein vor Leid, aber glaubt mir, Hans von Torgau meint es gut mit Euch und seinem ungeborenen Enkel. Er wird Euch in seine treusorgende Obhut nehmen. Das Beste ist, wenn Ihr nun geht und Kraft für die Beisetzung Eures Gemahls sammelt. Es ist mir gelungen, sie schon für übermorgen in allen Ehren anzuberaumen. Mein Diener wird Euch zu Eurem Haus geleiten.«

Bei seinen Worten ergriff Hedwig ein würgendes Gefühl von Bedrohung. Um so rasch wie möglich von den beiden Männern fortzukommen, gehorchte sie sofort. Was führte Hans von Torgau im Schilde? Warum die Maskerade? Er wusste, dass ihr Kind nicht sein Enkel war, und er würde als Letztes im Sinn haben, für sie zu sorgen. Im Gegenteil hätte er froh sein müssen, sie loszuwerden.

Sie loswerden. Die Erklärung sprang hervor. Wilkins Sohn würde seinen Titel erben, wenn von Torgau das Geheimnis nicht doch noch der Welt offenbarte. Wenn er hingegen das Kind beseitigte, war er frei, einen neuen, leiblichen Sohn zu zeugen, dem er alles vererben konnte.

Ihre Wut flammte erneut auf. Sie hatte darin versagt, Richards Sohn Glück zu bringen, doch Wilkins Kind würde niemand ein Haar krümmen. Ein Heim wollte sie diesem Kind und auch Irinas Tochter schaffen, das den Angriffen aller von Torgaus der Welt standhalten würde.

Mit langen Schritten stürmte sie zu ihrem gemieteten Haus zurück, sodass der Diener mit dem Licht atemlos neben ihr herhasten musste.

Sobald er gegangen war, begann sie mit ihren Vorbereitungen, gab der Magd und einem herbeizitierten Knecht Anweisungen, packte Bündel und Körbe. Erst spät in der Nacht schlüpfte sie neben der verweinten, schlafenden Juli ins Bett und legte die Arme um sie.

Inzwischen hatte sie eine klare Vorstellung davon, wie Hans von Torgau vorgehen würde, was sie betraf. Er würde sich die Vormundschaft über sie und seinen ungeborenen angeblichen Enkel verschaffen und sie an irgendeinen Ort bringen, wo er sie nach einer Weile unauffällig verschwinden lassen konnte. Sigismunds Familiaris Henmann Offenburg, der wusste, dass des Königs Kassen stets so leer waren, dass sich der Staub darin sammelte, würde der Letzte sein, der Einspruch erhob, wenn man ihm anbot, der königlichen Verantwortung eine Last abzunehmen.

Nach einer schlaflosen Nacht erhob Hedwig sich noch vor der Zeit, die sie mit ihrer Nürnberger Magd vereinbart hatte. In der Dunkelheit zog sie sich die Reisekleidung an, die sie am Vortag bereitgelegt hatte. Anschließend weckte sie Juli und half dem von Schlaf und Trauer benommenen Kind beim Ankleiden. Der Magd blieb nur noch übrig, ihre abgelegten Kleidungsstücke in der Kammer einzusammeln und sie in eines der geschnürten Bündel zu stopfen, während Hedwig mit Juli in der Küche etwas Brot und Käse teilte.

Wenig später hörten sie Pferde auf der Straße vor dem Haus näher kommen. Der Pferdeknecht, den Hedwig dafür gewonnen hatte, sie zu begleiten, führte Tiuvel und Irinas von Tiuvel tragende Schimmelstute an der Hand und ritt Wilkins altes Reitpferd, das einzige Tier, das dieser außer den beiden nicht mit auf die Reise nach Rom genommen hatte. Hedwig fragte sich, was aus Wilkins Pferden geworden war, die rechtmäßig nun ihr gehört hätten, doch nachzuforschen hatte sie keine Zeit.

Die freundliche, tatkräftige Magd half ihnen, eilig, doch leise die Pferde zu beladen. Am Ende reichte sie Hedwig Juli in den Sattel, die unruhig überwacht hatte, dass auch ja der Deckelkorb auf dem Packsattel der Stute befestigt wurde, in dem sie den leise fiependen Drîbein für die Reise untergebracht hatten.

»Gott schütze Euch«, sagte die Magd, und Hedwig dankte ihr in dem warmen Gefühl, dass ihre Freundlichkeit nicht den zurückgelassenen Gewändern und Dingen galt, die sie ihr geschenkt hatte.

Die klappernden Hufe und das Schnauben der Pferde hallten laut in den Straßen der noch nächtlich stillen Stadt. Der Torwächter öffnete für sie zum ersten Mal an diesem Tag das Tor und schlurfte danach so träge aus dem Weg, dass der ungeduldige Tiuvel ihn beinah über den Haufen warf, als er antrabte.

Hedwig kannte den Weg zur Cadolzburg noch gut genug, und sie kamen zügig voran. Wieder und wieder ging ihr währenddessen durch den Sinn, was sie dem Kurfürsten sagen wollte. *Ihr habt mir meine Eltern genommen, meine Geschwister, mein Heim und nun meinen Mann. Gebt mir wenigstens das Heim zurück. Gebt mir Friesack.*

Bereits am frühen Vormittag erreichten sie den kurfürstlichen Wohnsitz. Die Wachen öffneten der Frau mit dem Kind vor sich im Sattel das Burgtor, ohne Fragen zu stellen, obgleich sie ihnen unbekannt war. Ebenso zuvorkommend brachte man sie auf ihre Bitte hin in den Saal, welchen Kurfürst Friedrich offenbar soeben verlassen wollte. Er war gestiefelt und gespornt und ließ sich nur von einer Magd die Nesteln seiner Ärmel an den Schultern noch einmal neu binden.

Hedwig merkte ihm an, dass er sie nicht erkannte, als sein Blick auf sie fiel, was ihren Ärger neu anfachte. Wie viel bedeutete es dem hohen Fürsten, dass ein Ritter gestorben war, um seinem ungeschickten Sohn das Leben zu retten? Verschwendete er auch nur einen einzigen Gedanken daran?

Bevor sie ansetzen konnte zu sprechen, kam Kurfürstin Elisabeth zur gegenüberliegenden Tür herein und erkannte sie sofort. Mit einem herzlichen Lächeln breitete sie die Arme aus und kam auf sie zu. »Hedwig von Torgau! Was für eine freudige Überraschung! Was führt dich zu uns?«

So schnell ihr Lächeln erschienen war, erlosch es wieder,

und sie ließ ihre Hände sinken. »Ist etwas geschehen? Friedrich? Was ist hier los?«

Der Kurfürst runzelte die Stirn. »Hedwig von Torgau, gewiss. Verzeih. Ich war abgelenkt. In der Tat eine Überraschung. Hast du ein Anliegen, edle Frau?«

»Ihr wisst es nicht.« Mit dieser Feststellung legte sich Hedwigs Zorn, so wie auch ein Teil ihrer Kraft entwich. Sie hatte nicht erwartet, dass die Nachricht von Wilkins Tod die Cadolzburg noch nicht erreicht hatte.

Das kurfürstliche Paar blickte sie nun besorgt an.

Sie musste sich zwingen zu sprechen, obwohl sie kurz zuvor noch so entschlossen gewesen war. »Wilkin ist tot. Er soll morgen in Nürnberg beigesetzt werden. Er hat Euren Albrecht vor dem Ertrinken gerettet und ist selbst dabei untergegangen. Ich dachte, Ihr wüsstet es. Mein Herr, ich brauche nun Eure Unterstützung und hoffe, dass Ihr sie mir nicht versagen werdet. Mir ist bewusst, dass meine Bitte nicht klein ist, aber –«

»Wilkin ist tot?« Es war der Kurfürst, der sprach, während seine Gemahlin nur einen Entsetzenslaut hervorbrachte. »Mein Wilkin? Der treueste, bravste Junge, den je ein Edelmann zum Ritter schlagen durfte! Wie konnte das geschehen? Wie konnte Albrecht …? Mein Gott, sie konnten beide schwimmen wie die Fische!«

»Albrecht trug seine Rüstung«, sagte Hedwig leise. »Sie hatte ihn schon hinabgezogen. Und Wilkin wurde von treibendem Holz getroffen.«

Die Kurfürstin hatte sich in einen der hölzernen Sessel sinken lassen und verbarg schluchzend ihr Gesicht in der Hand. Prompt begann auch Juli, die sich wie meist halb in Hedwigs Rockfalten verbarg, wieder zu weinen.

»Mein Kind, er war wie ein Sohn für uns«, sagte Kurfürst Friedrich.

Es war, als bliesen seine Worte in die Glut von Hedwigs Zorn. »Wie Euer Sohn? Nun, ich weiß, dass er sich Euch stärker verbunden fühlte als mancher Sohn dem Vater und Albrecht mehr als seinen Brüdern. Er war Euch gehorsam und hat stets für Euch getan, was Ihr erwartet habt, auch wenn es nicht seinem eigenen Wohl diente. Nur weil ich glaube, dass Ihr Euch dessen bewusst seid, habe ich den Mut, zu Euch zu kommen. Ich brauche Eure Hilfe gegen den Mann, der sich Wilkins Vater nennt und doch nie an ihm gehandelt hat, wie man es sich von einem Vater wünschte.

Ihr wisst, wie Hans von Torgau zu Wilkin stand. Gestern erschien er in Nürnberg an seiner Totenbahre und heuchelte Trauer. Er verlangt die Vormundschaft über mich und mein ungeborenes Kind. Würde ich mich dem beugen, ich versichere Euch, ich würde es so wenig überleben wie das Kind. Mein Gemahl hat lange unter der Bedrohung durch seine eigene Familie gelitten. Wenn Ihr die geringste Liebe und Dankbarkeit für ihn fühlt, dann sorgt dafür, dass ich unser Kind so aufziehen kann, wie es ihm gebührt. In ehrenvollem Gedenken an seinen Vater und in Sicherheit.«

Hedwigs Tränen gewannen die Oberhand, sie konnte sie nicht länger zurückhalten. Immerhin hatte sie ihre Rede vorgebracht, ohne dass ihre Stimme brach, und es gelang ihr, Haltung zu bewahren.

Der Kurfürst strich unruhig immer wieder mit einer Hand über seine bartlosen Wangen. »Hans von Torgau ist kein angenehmer Geselle und hat mir mit seinem letzten Streich erheblichen Ärger bereitet. Hätte er nicht gleichzeitig dem König Geld angeschafft, wäre er mir nicht so einfach davongekommen. Es ist mir auch bekannt, dass er Wilkin nicht zugetan war. Aber dass er dir nach dem Leben trachtet, kann ich nicht glauben. Immerhin hat er nun alle seine Kinder verloren. Wie dem auch sei, bis ich mir über seine Absichten Klarheit verschafft habe, bieten wir dir Zuflucht. Dann entscheide ich, ob es einen Grund gibt, dich nicht seiner Obhut anzuvertrauen. In meinen Augen wäre es allerdings seine Pflicht, dich aufzunehmen und für seinen Enkel zu sorgen.«

Hedwig richtete sich stolz auf und sah ihm in die Augen. »Das genügt mir nicht. Wenn mein Kind ein Sohn ist, dann ist er nicht nur der rechtmäßige Erbe Hans von Torgaus, sondern auch der Nachkomme eines anderen großen brandenburgischen Geschlechts. Ich will diesen Knaben in Brandenburg aufziehen, und da ich das unter der Vormundschaft seines heimtückischen von Torgauschen Großvaters nicht wagen kann, so will ich es auf dem Land meiner eigenen Vorfahren tun. Darum bitte ich Euch. Wenn es Euch etwas bedeutet, dass Wilkin zweien Eurer Söhne das Leben gerettet hat, dann sorgt dafür, dass ich Friesack wiederbekomme, die Burg und das Land meines Vaters, damit ich es als Erbe für Wilkins Kind bewahren kann und bis dahin ein Auskommen habe.«

Kurfürst Friedrichs erstaunte Miene wäre komisch gewesen, wenn es nicht um eine Sache gegangen wäre, mit der es Hedwig so ernst war. Bevor er sich gefangen hatte, sprach sie weiter.

»Ich bin sicher, dass Ihr nicht das Kind eines Mannes, der von so hohem Wert für Euch war, dafür büßen lassen werdet, dass seine Großväter nicht in bestem Einvernehmen mit Euch standen. Wenn Ihr mir helft und mir das Land meines Vaters als Lehen für meinen Sohn gebt, so werde ich Euch an Wilkins Stelle die Treue halten und mein Kind zur Dankbarkeit Euch und Eurem Geschlecht gegenüber erziehen.«

Der Kurfürst stieß einen Laut aus, der zwischen einem trockenen Lachen und Erschrecken lag. »Nun erkenne ich deinen bockigen Vater in dir. Und deine Frechheit gemahnt mich daran, wie mir die von Quitzows zu schaffen gemacht haben. Es hat gute Gründe, dass ich deinem Onkel nicht alles zurückgegeben habe, was ihm einst gehörte. Ich rechne jederzeit damit, dass die Brandenburger Dickschädel sich wieder unter ihm zusammenrotten und ihre Kleinkriege von Neuem beginnen.«

»Ich gelobe, dass ich mich nicht in solche Fehden verwickeln lassen würde.«

»Du bist ein schwaches Weib und verstehst nichts vom Krieg. Wie lange, glaubst du, könntest du einem Angriff standhalten, wenn dir keine wehrhaften Edelmänner zur Seite stehen? Es gibt bereits vornehme Witwen genug im Land, die auf Burgen sitzen und hoffen, dass sich ein neuer Gemahl findet, bevor die werten Nachbarn sie von ihren Besitzungen vertreiben. Und ganz abgesehen von alldem: Ich erinnere mich nicht genau an euer Friesack, die Angelegenheit liegt zu lange zurück. Aber es ist recht wahrscheinlich, dass ich die Burg damals einem anderen gegeben habe.«

»Ja. Einem Mann, der schlecht wirtschaftet und alles verkommen lässt. Das ist niemand, der Euch dabei unterstützen wird, die Summen aufzubringen, die Ihr immer wieder für des Königs oder gar bald des Kaisers leere Kassen braucht.«

»Ich soll ihn hinauswerfen lassen? Oder willst du das selbst tun? Gewaltig stark scheinst du dich ja zu fühlen. Lächerlich ist das.« Verächtlich wandte er sich von ihr ab und schritt mit hinter dem Rücken ineinandergelegten Händen zur Fensternische, um in den Burghof hinabzublicken.

»Wie kannst du nur, Friedrich!« Aufschluchzend erhob die Kurfürstin sich und drohte mit dem Zeigefinger gegen ihren Gemahl.

In der folgenden Viertelstunde war Hedwig nur noch Zeugin für den Wortschwall, mit dem Kurfürstin Elisabeth den Kurfürsten zu der Einsicht trieb, dass die Erfüllung von Hedwigs Wunsch das Mindeste war, was er Wilkins Witwe schuldig war.

Bereits am späten Nachmittag war sie in Besitz verschiedener kurfürstlich gesiegelter Briefe und Urkunden, die Friedrichs Sohn Johann, den brandenburgischen Markgrafen, anwiesen, ihr die Inbesitznahme von Friesack zu ermöglichen. Außerdem hatte Friedrich ihr Reisegeld gegeben und einen seiner alten Ritter und vier Waffenknechte bestimmt, die sie sicher an ihr Ziel geleiten und ihr für eine gewisse Zeit helfen sollten, ihre neuen Rechte durchzusetzen.

Früh am nächsten Morgen ritten sie alle gemeinsam nach Nürnberg, um an den Trauerfeierlichkeiten um Wilkins Beisetzung teilzunehmen.

Hedwig betrat mit Juli an der Hand zu Beginn der Seelenmesse hinter dem kurfürstlichen Paar die Sebalduskirche. Hans von Torgau stand weit vorn und drehte sich zu ihnen um. Er wirkte erleichtert, als er sie entdeckte. Sie verwechselte es nicht mit Freude. Wahrscheinlich hatte er geglaubt, sie wäre geflohen, was sie zweifellos getan hätte, wenn der Kurfürst nicht auf ihre Bitte eingegangen wäre.

Sie konnte noch nicht glauben, dass sie tatsächlich Erfolg gehabt hatte. Der Triumph mischte sich mit ihrer Trauer zu einem festen Klumpen, der in ihrer Kehle saß und ihr beinahe die Luft abdrückte.

Das Gespräch mit Hans von Torgau führte der Kurfürst Stunden später in ihrer Gegenwart. Schweigend hörte sie zu, wie Friedrich sich zum zukünftigen Paten ihres Kindes erklärte und Hans von Torgau mit deutlichen Worten von seiner Pflicht entband, für seinen Enkel und dessen Mutter zu sorgen.

Höflich verbeugte von Torgau sich daraufhin und dankte in Hedwigs Namen und dem seines Sohnes, was Hedwig beinahe doch noch dazu gebracht hätte, ihn mit einer beißenden Bemerkung zu bedenken.

Früh am nächsten Morgen verabschiedete sie sich in den Räumen, die Juli und sie nachts mit dem kleinen kurfürstlichen Gefolge geteilt hatten, von der weinenden Kurfürstin und Kurfürst Friedrich. Er schien peinlich berührt, ob wegen der Trauer um Wilkin, die sie alle so unterschiedlich handhabten, oder weil er die Zugeständnisse, die er ihr gemacht hatte, im Nachhinein nicht fassen konnte, vermochte sie nicht zu deuten.

Sie selbst hatte seit der Rückkehr nach Nürnberg fast alle Geschehnisse und Menschen nur wie durch einen dämpfenden Nebel wahrgenommen. Erst als sie die Stadt mit ihren Begleitern verlassen hatte, Gewirr, Lärm und Enge zurückblieben und sie frische Herbstluft atmete, kam sie zu sich. Auch der Schmerz ihrer Trauer wurde schärfer, während sie ihre Umgebung klarer sah und ihre Gedanken ordnete. Dennoch fühlte sie sich besser. Sie hatte ein Ziel.

Arglos war sie nicht. Hans von Torgau war ihr nach dem Gespräch mit dem Kurfürsten nicht mehr begegnet, doch sie bezweifelte, dass sie ihn zum letzten Mal gesehen hatte. Schützend drückte sie Juli ein wenig fester an sich. Die Kleine kuschelte sich an sie.

Der weißhaarige Ritter, den man ihr als Heinrich von Eckstein vorgestellt hatte, ritt neben ihr, die vier Waffenknechte paarweise vor und hinter ihnen, während ein Pferdeknecht am Ende des Zuges Irinas Stute und zwei weitere Packpferde führte. Ritter Heinrich hatte sich erboten, als Gegenleistung für eine Versorgung im Alter der Form halber ihr Lehnsträger zu sein, den sie als nicht waffenfähige Frau brauchte, um ein Lehen halten zu können.

Über ihre Vereinbarung hinaus hatte er noch kein Wort an sie gerichtet. Nun begann er mit tiefer Stimme zu summen, so unmelodiös, dass Hedwig nur mit Mühe ein Lied Oswald von Wolkensteins darin erkannte.

Neugierig sah Juli zu dem alten Mann hinüber. »Was ist das?«, flüsterte sie Hedwig zu.

»Ein heiteres Antlitz, rot und weiß. Von dem einäugigen Dichter Oswald.«

»Aber das geht anders«, widersprach Juli und begann hoch und klar die Melodie des Liedes zu trällern, ohne die Worte zu kennen. Ritter Heinrich hörte auf zu summen und blickte nun seinerseits zu ihnen herüber. »Eine kleine Lerche, ja? Sehr schön, sehr schön. Dann singt mal weiter, edle Jungfer, und verkürzt uns die Zeit. Es ist ja ein langer Weg zu Eurem neuen Heim.«

Juli brach das Lied ab. »Ich bin gar keine edle Jungfer. Ich bin nur ein Glückskind. Das hat Mara immer gesagt. Aber ich weiß nicht, ob das stimmt.«

»Nun, es erscheint mir, als hättest du ein glückliches Plätzchen, da im Sattel vor der edlen Frau. Es wird also wohl stimmen. Und nun mach einem alten Mann eine Freude und sing.«

Juli schmiegte sich wieder an Hedwig an. »Wilkin mochte es auch gern, wenn ich singe«, sagte sie traurig.

Hedwig küsste ihr Haar und drückte sie tröstend, während ihr selbst die Tränen kamen. Sie alle schwiegen einen Moment, dann räusperte sich Ritter Heinrich.

»Eine Stimme, die so hell und fein ist, dringt ganz gewiss bis ins Himmelreich. Und da Wilkin von Torgau als ehrenwerter Mann, der er war, schon dort sein muss, wird er dich auch dort oben hören können.«

Hedwig warf ihm einen Blick zu, doch er sah gelassen geradeaus.

Nur einen Atemzug später begann Juli zu singen – so inbrünstig wie nie zuvor.

⁂

Hedwig hatte Nürnberg Wilkin zu Ehren in der Kleidung einer trauernden Edelfrau verlassen, die sie am Tage der Beisetzung getragen hatte. Doch schon am ersten Abend tauschte sie ihr kostbares Trauerkleid gegen das alte Reisekleid ein.

Ohne die verwunderten Blicke der Männer zu beachten, spannte sie den einen ihrer beiden Bögen und übte am Rande des Lagerplatzes schießen, solange ihr noch ein wenig Tageslicht zur Verfügung stand. Sie spürte schnell, wie es sie behinderte, dass die Haut ihrer Finger weich geworden war, als sie die scharf einschneidende Sehne wieder und wieder zog. Doch auch dieser Schmerz war ihr willkommen. Bald hatte sie in die einst so vertrauten Bewegungen zurückgefunden und traf den mit Erde gefüllten, grob gewobenen Beutel, den sie als Ziel verwendete, beinah wie früher.

Juli war bereits in dem kleinen Zelt, das die Männer für sie beide errichtet hatten, eingeschlafen, als Hedwig ihren Bogen dort neben ihrem Lager ablegte, ohne ihm die Sehne abzunehmen. Drîbein, der unter den Decken an Juli gekuschelt dagelegen hatte, kroch hervor und tollte ihr auf seine Welpenart so übermütig entgegen, dass Hedwig rasch mit ihm aus dem Zelt ging, damit er seine kleine Herrin nicht wieder aufweckte.

Ritter Heinrich saß mit den anderen Männern am Feuer. Doch während die vier Waffenknechte sich unterhielten, beobachtete er Hedwig. Herausfordernd verharrte sie und erwiderte seinen Blick, ungeachtet dessen, dass Drîbein an ihrem Mantelsaum zerrte.

»Wovor fürchtet Ihr Euch so, edle Frau?«, fragte er endlich mit ernster Miene.

Sie fühlte in sich hinein und fragte sich, ob sie ihm vertrauen wollte. »Es sollte mich wundern, wenn wir unbelästigt bis ans Ziel gelangten. Ich bin ein Stachel in Hans von

Torgaus Fleisch. Er wird versuchen, mich loszuwerden«, sagte sie schließlich.

Ritter Heinrich nickte. »Unser hochwohlgeborener Kurfürst erwähnte, dass wir die Augen offen halten müssen, und das werden wir tun. Seid Ihr nur unbesorgt.«

Hedwig bückte sich und befreite ihren Mantel aus Drîbeins Fang. Sanft warf sie den jungen Hund auf den Rücken und kraulte ihm den Bauch. Aus einer Vergangenheit, die in unendlich weiter Ferne zu liegen schien, hörte sie Richards Stimme, die sie dafür tadelte, dass sie nicht strenger mit dem ungezogenen Tier war.

*Seid Ihr nur unbesorgt.* Nüchtern stellte sie fest, dass sie seit ihren Kinderjahren bei Richard gar nicht mehr wusste, wie sich das anfühlen würde. Er war der einzige Mensch gewesen, bei dem sie sich geborgen gefühlt hatte. Nun, das stimmte nicht ganz. Für kurze Zeit war es danach Cord gewesen, dem sie trotz aller Reiberei jederzeit ihr Leben anvertraut hätte. Auch diese Zeit war jedoch lange vorbei. Seit seinem Besuch in Pressburg hatte sie nichts mehr von ihm gehört.

Nein, sie war nicht unbesorgt. Zwar war das Kind, das in ihr wuchs, noch kaum mehr als ein Gedanke, doch sie fühlte einen ebenso starken Drang, es zu beschützen, wie sie ihn für Juli fühlte.

Sie richtete sich wieder auf und blickte am Feuer und den Männern vorbei in die Dunkelheit, die sich über ihre Lagerwiese gesenkt hatte. Sie wirkte durch das helle Feuer noch schwärzer, wo dessen flackernder Schein endete. Irgendwann würde Hans von Torgau in dieser Schwärze lauern. Wenn noch nicht in dieser Nacht, dann doch bald. Und sie würde darauf vorbereitet sein. Unter anderem, indem sie sich nicht an das helle Feuer setzen würde, sichtbar für jeden, der in den Schatten wartete.

Ritter Heinrich beobachtete sie noch immer. Bevor sie sich

abwandte, um zu Juli ins Zelt zu gehen, nickte sie ihm zu. »Mein Herr, ich danke Euch für Eure Freundlichkeit. Und doch wäre ich noch dankbarer, stelltet Ihr eine Wache auf.«

Er antwortete nicht, aber als sie zwischen ihren Decken lag und die Augen schloss, hörte sie ihn mit unwirscher Stimme einen der Männer auf Wache schicken.

## 23

# Die Reise nach Friesack

Einen knappen Monat würde die Reise nach Friesack dauern. Da Hedwig Juli nicht jeden Tag für so viele Stunden im Sattel vor sich haben wollte, ließ sie die Kleine zu deren Begeisterung gleich am zweiten Tag auf Irinas Stute reiten, die sie von Tiuvels Rücken aus am Zügel führte. Auch Drîbein musste lernen, längere Strecken selbst zu laufen und trotz seines Lahmens mit den Pferden Schritt zu halten. Was ihn ebenfalls begeisterte, Juli aber immer wieder in Besorgnis stürzte, bis sich alle daran gewöhnt hatten.

Ohne Zwischenfälle zogen sie durchs Nürnberger Land, machten Halt in Bayreuth, ließen das Kurfürstentum Sachsen hinter sich und erreichten schließlich am Ende der dritten Woche Wittenberg. Obgleich Hedwig gern darauf verzichtet hätte, legte sie hier eines ihrer feinen Gewänder an und begab sich in Ritter Heinrichs Gesellschaft zur Burg, um Erkundigungen einzuholen.

Um Friesack in Besitz nehmen zu können, würde sie zuerst Markgraf Johann aufsuchen und ihm den Brief seines Vaters und die Urkunden vorlegen müssen. Dazu musste sie allerdings zuvor herausfinden, wo der Markgraf von Brandenburg sich zurzeit aufhielt.

Sie hatte gehofft, er möge in der Stadt Brandenburg weilen, erfuhr jedoch zu ihrem Leidwesen, dass der Markgraf in der Uckermark, an der Grenze zu Vorpommern, mit niemals enden wollenden Besitzstreitigkeiten beschäftigt war. Es würde also genügen müssen, wenn sie in Brandenburg oder zur Not im von ihrem Weg weiter abgelegenen Berlin Johanns Vertretern ihre Angelegenheit vortrug.

Hedwig hatte seit dem Aufbruch aus Nürnberg ihre Vorsicht nicht sinken lassen. Der alte Heinrich reagierte von Tag zu Tag spöttischer darauf, hatte aber nicht mehr versäumt, jederzeit eine Wache aufzustellen. Ihr Verhältnis war höflich und nicht unfreundlich, jedoch nicht mehr als das. Hedwig ärgerte sich über die väterliche Überheblichkeit, mit der er ihre Vorsorge und ihre Art, Entbehrungen der Reise klaglos hinzunehmen, belächelte, als sei sie ein Kind, das nur spielte, in Gefahr zu sein und Härten zu kennen.

Ritter Heinrich war ein weiterer Mann in der langen Reihe derer, die den Kopf über ihren schwarzen Hengst schüttelten und ihr rieten, sich doch einen schönen Zelter zu besorgen, wie er einer Edelfrau würdig sei.

Juli jammerte zwar gelegentlich über ihr schmerzendes kleines Hinterteil, saß nun aber schon recht sicher allein im Sattel. Trotzdem war Hedwig glücklich darüber, dass sie zwei Tage in Wittenberg rasteten, sich die Stadt ansahen und Vorräte für den letzten Abschnitt ihrer Reise beschafften.

Es dauerte bis zum Abend des zweiten Tages, bis Hedwig bewusst wurde, dass sie seit ihrer Ankunft an verschiedenen Orten immer wieder denselben Mann gesehen hatte. Er war unauffällig gekleidet und nicht jedes Mal gleich, deshalb war es ihr nicht früher aufgefallen. Nur ein großes Muttermal an seiner Schläfe verriet ihn schließlich.

Als sie am nächsten Morgen zum Tor hinausritten, hielt sie vergeblich Ausschau nach dem verdächtigen Fremden.

»Heinrich, ein Mann ist uns in der Stadt nachgeschlichen. Vielleicht hat er etwas mit Hans von Torgau zu tun. Wir müssen jetzt besonders achtgeben.«

Der alte Ritter seufzte belustigt. »Ja, ja, edle Frau. Ja, ja. Das tun wir.«

Erbost stieß sie die Luft aus. »Ich weiß wohl, dass Ihr meine Sorge nicht ernst nehmt. Aber glaubt mir, wir sind noch nicht am Ziel. Und wenn ich Hans von Torgau wäre, dann suchte ich mir genau die brandenburgischen Wälder für einen Überfall aus, die nun vor uns liegen. Wenn Euch Euer eigener Hals lieb ist, dann solltet Ihr die Augen offen halten.«

Er nickte bedächtig. »Gewiss. Aber wisst Ihr, wenn ich Ihr wäre – eine edle Frau nach einem Verlust wie Eurem und mit so großen Plänen, dann wäre ich wohl auch schreckhaft und würde jeden Schatten fürchten. Ihr habt Euch eben etwas vorgenommen, was den Mut eines Mannes erfordern würde.«

Sie ballte ihre freie rechte Hand auf ihrem Oberschenkel, um ihren Ärger im Griff zu behalten. »Mir fehlt nicht der Mut eines Mannes, sondern ein Gefolge von Männern, die zu ihrem Mut Verstand und Vorsicht besitzen. Und die wissen, wann sie den Worten einer Frau besser Glauben schenken sollten.«

Erneut seufzte er, weit lauter dieses Mal. »Verzeiht. Ich wollte Euch gewiss nicht erzürnen. Aber wir sind nun schon so lange unterwegs, ohne dass etwas geschehen ist. Und ein hochstehender Mann wie der edle Herr von Torgau hat vielleicht noch andere wichtige Dinge zu tun, als Euch nach dem Leben zu trachten.«

Hedwig atmete tief durch und schwieg. Sie hatte mit dem alten Ritter bereits mehr als ein Dutzend ähnlicher sinnloser Wortgefechte geführt.

Als sie die Stadt verließen, hatte Hedwig den winselnden Drîbein in seinen Korb gesperrt, der hinter Juli auf dem Rücken der Stute befestigt war. Da sie inzwischen das offene Land erreicht hatten, wo wenig fremde Menschen und Tiere ihn verwirren konnten, hielt sie an, um ihn herauszulassen.

Bisher waren sie entlang der zu Wittenberg gehörenden Wiesen und Felder geritten, die abgeerntet in ihrem gelblichen Stoppelkleid dalagen. In der Ferne sah sie, wie der Weg in den Wald führte. Der Waldrand war licht, wo das Vieh, vor allem die Schweine, gehütet wurden, von denen gerade eine Herde hineingetrieben wurde. Doch je weiter sie sich von der Stadt und ihrem besiedelten Umland entfernten, desto dichter und wilder würde der Wald sein. Sosehr Hedwig ihn sonst liebte, so sehr scheute sie ihn an diesem Tag.

Eine Stunde verging noch, dann hatten sie den tiefen Wald erreicht, und sie wünschte von Herzen, den Weg verlassen zu können, um sich nicht länger wie eine wandelnde Zielscheibe zu fühlen für diejenigen, die hinter Bäumen und Büschen versteckt lauern mochten.

Julis Hund wurde müde, und sie setzte ihn zurück in seinen Korb. Angespannt lauschte sie in die verdächtige Stille des Waldes hinein. Sogar die Waffenknechte waren ausnahmsweise still und blickten sich um, so als sei ihnen dieser Wald unheimlicher als die früher durchquerten.

Tiuvel scheute, als Hedwig wieder aufstieg, und sie folgte wachsam seinem Blick. Zwei huschende Schatten weit weg im Unterholz ließen sie zu ihrem Bogen greifen, doch für Menschen waren sie zu klein. Leise und gleichmäßig, wie sie sich bewegten, konnten es Wölfe sein oder wieder einmal freilaufende Hunde.

»Wölfe«, sagte einer der Männer laut und voller Abscheu.

»Weiter. Über Wölfe müssen wir uns keine Gedanken machen«, sagte Hedwig.

»Ungeziefer«, erwiderte der Mann. »Ausrotten muss man die Biester.«

Hedwig zuckte mit den Schultern und richtete ihre Aufmerksamkeit wieder auf die schattigen Verstecke, die das Gehölz ringsum bot. Sie hatten noch ein gutes Stück zurückgelegt, als sie auf einen Baum stießen, der quer auf dem Weg lag und sie aufhielt.

Mit angehaltenem Atem legte Hedwig einen Pfeil auf ihren Bogen. Sie hatte sich jede Möglichkeit ausgemalt, wie sie Reisenden in diesem Wald eine Falle stellen würde, und ein umgestürzter Baum auf dem Weg gehörte zu den ersten Möglichkeiten, die ihr eingefallen waren.

»Ich muss mal«, sagte Juli.

»Nicht jetzt«, erwiderte Hedwig.

»Warum denn nicht, wo wir ohnehin schon angehalten haben?«, sagte Ritter Heinrich. »Ich würde auch gern einen dieser Bäume wässern, wenn Ihr erlaubt.«

»Ich erlaube nicht«, entgegnete Hedwig scharf. »Der versperrte Weg kann eine Falle sein.«

»Oder ein Ergebnis des jüngsten Sturms«, gab er zurück. »Ihr seht immerfort Geister. Wollt Ihr, dass Eure Kleine gleich mit einem nassen Röckchen im Sattel sitzen muss?«

»Wir reiten weiter und umgehen den Baum«, befahl Hedwig.

»Nachdem wir uns erleichtert haben«, sagte Ritter Heinrich, stieg vom Pferd, dessen Zügel er einem der anderen Männer zum Halten gab, und hob dann auch Juli aus dem Sattel.

Hedwig brach der Schweiß aus. In alle Richtungen gleichzeitig sandte sie ihre Sinne aus, und jeder Laut, jede Schwingung des Waldes schien sie zu warnen, dass etwas nicht so war, wie es sein sollte.

Juli kam vor dem Ritter aus dem lichten Unterholz zurück und wartete darauf, wieder in den Sattel gehoben zu werden. »Darf ich heute wieder die Zügel selber halten?«, fragte sie Hedwig.

»Noch nicht jetzt«, erwiderte Hedwig, ohne ihre Aufmerksamkeit von der Umgebung abzuwenden.

Der alte Ritter war noch damit beschäftigt, seinen Kettenschurz in dem Ausschnitt zurechtzuzerren, den der Brustpanzer seiner leichten Reiserüstung vorne ließ, als er zurück zu den Pferden kam und Juli hochhob. Er begann wieder mit seinem misstönenden Summen und widmete Hedwig keinen Blick, was ihre Gereiztheit noch steigerte.

Sie mussten in einer Reihe hintereinander reiten, um den liegenden Baumstamm zu umgehen. In der alten Ordnung ritten sie um die nächste Biegung, um festzustellen, dass ihnen dort abermals der Weg durch einen Haufen Gestrüpp versperrt war.

Hedwig begriff sofort, dass sie tatsächlich in die Falle gegangen waren, doch ehe sie handeln konnte, brachen die Angreifer bereits aus ihren grünen Verstecken hervor. Sie trugen leichte Rüstungen und Helme, die ihre Gesichter verbargen, und ihre Vorgehensweise ließ keinen Zweifel daran, dass sie auf Mord aus waren. Hedwig hatte keine Zeit, die Gegner zu zählen, doch sie schätzte, dass es zehn sein mussten. Ohne zu zögern, schoss sie den ersten Pfeil in die Kehle eines der Männer, die hinter dem Gestrüpphaufen gelauert hatten.

»Halt dich fest«, schrie sie Juli zu, bevor sie Tiuvel mit Irinas Stute im Gefolge auf die Lücke zutrieb, die der Fall des Erschossenen in den Ring der Angreifer gerissen hatte. Bevor sie davonkommen konnte, warf sich ihnen ein anderer ihrer Gegner mit erhobenem Schwert entgegen.

Hedwig griff in rasender Hast nach einem zweiten Pfeil und schoss, konnte Tiuvel dabei jedoch nicht mehr lenken. Er rannte den Mann nieder, den sie mit ihrem Schuss verfehlt hatte, wurde allerdings von dessen Schwert gestreift und fiel vor Schreck und Schmerz in seine schlechtesten Manieren zurück. Mit angelegten Ohren ging er durch, fand einen Weg an dem Haufen Gestrüpp vorbei und ließ Hedwig nur übrig, sich festzuklammern und außerdem Irinas Stute mitzuziehen.

Juli kreischte kurz auf, als der rasende Ritt begann, schwieg dann aber und hielt sich im Sattel.

Hedwig ließ ihren Schwarzen laufen, bis er wieder zu sich kam, dann hielt sie ihn ein wenig zurück und sah sich nach Verfolgern um. Als sie niemanden entdeckte, lenkte sie die Pferde eilig vom Weg ab und ein gutes Stück zwischen den Bäumen hindurch in den dichteren Wald, um außer Sicht zu gelangen. Besorgt wandte sie sich Juli zu, die sie mit großen Augen ansah und sich an ihrem Sattelriemen festhielt.

»Das hast du gut gemacht, meine Kleine. Ist alles in Ordnung?«

Juli atmete so heftig, als wäre sie selbst gelaufen. »Das war sehr schnell«, sagte sie. »So schnell sind wir noch nie geritten. Oh! Tiuvel blutet.«

»Ja. Juli, hör mir zu: Die Männer, die da aus den Büschen gekommen sind, sind böse. Sie dürfen uns nicht finden. Aber ich muss zurückschleichen und herausfinden, wie der Kampf ausgegangen ist. Wir werden dich hier verstecken, und du darfst dich nicht rühren, bis ich wiederkomme. So wie beim Spielen, verstehst du?«

Juli nickte mit verkniffenen Lippen, was zeigte, wie wenig ihr der Gedanke behagte. Hedwig hatte die Pferde weiter vorangetrieben, bis sie einen Baum entdeckt hatte, der ihr für ihren Zweck geeignet erschien. Es war eine alte Eiche, die noch ihr volles Laub trug und ein zum Klettern wunderbar geeignetes Geäst besaß.

Rasch hob sie Juli empor und befahl ihr, nach oben zu steigen, bis nichts mehr von ihr zu sehen war, und dort zu warten. Die Pferde band sie in einiger Entfernung an anderen Bäumen an. Der Schnitt an Tiuvels Hals blutete zwar, schien aber ungefährlich zu sein. Sie ließ ihren Mantel zurück, schürzte ihren Rock und lief mit ihrem Bogen in der Hand abseits des Weges auf den Ort zu, wo der Überfall geschehen war. Je näher sie der Stelle ihrer Einschätzung nach kam, desto vorsichtiger bewegte sie sich von Deckung zu Deckung. Sie nahm sich Zeit zu lauschen und schloss aus der Stille, dass der Kampf vorüber sein musste. Behutsam pirschte sie sich weiter an, bis sie die Wegstrecke sehen konnte.

Etliche Tote waren auf dem Erdboden zurückgeblieben, sonst niemand, nicht einmal die Pferde.

Hedwig betrat den Schauplatz des Überfalls nur zögernd und mit klopfendem Herzen, doch sie musste sich Gewissheit über die reglosen Männer verschaffen. Schnell erkannte sie, dass unter den zehn blutigen Leibern die vier Waffenknechte und der Pferdeknecht aus ihrer Begleitung waren. Ritter Heinrich jedoch fehlte.

Den fünf anderen Toten musste sie mit unterdrücktem Widerwillen die Helme abnehmen, um ihre Gesichter betrachten zu können. Einer von ihnen war der Mann mit dem Muttermal an der Schläfe, den sie in Wittenberg gesehen hatte. Hans von Torgau war nicht dabei. Da Hedwig mehr Angreifer wahrgenommen hatte als fünf, wollte sie sich nicht länger aufhalten. Rasch nahm sie von zweien der fremden Toten eine Halskette und einen Dolch an sich, auf denen Wappen abgebildet waren, die einen Hinweis auf die Herkunft ihrer Besitzer geben konnten.

Im Vorübergehen fiel ihr Blick auf ihren fehlgegangenen Pfeil, der sich im Gesträuch der von Menschenhand aufgehäuften Wegsperre verfangen hatte. Aus alter Gewohnheit stieg sie zwischen die Zweige, um ihn zu bergen.

⇝ ⇜

Juli war anfangs auf ihrem Baum noch so verdutzt und atemlos von dem großen Schrecken ihrer wilden Flucht, dass ihr gar nicht einfiel, Angst zu haben. Sie war völlig damit beschäftigt, mit einer Hand die brennenden Schrammen an ihren Schienbeinen zu untersuchen, die sie sich beim hastigen Klettern mit geschürztem Rock zugezogen hatte.

Erst als sie sich etwas beruhigte und einen gemütlichen Platz in einer Astgabel gefunden hatte, von wo sie hinabspähen konnte, wurde ihr klar, dass sie zum ersten Mal ganz allein in einem echten, ungezähmten Wald war. Hedwig hatte ihr erzählt, wie sie als Kind im Wald gelebt und gelernt hatte, wovor man sich dort fürchten musste und wovor nicht. Alle Tiere, die hier lebten, hatte sie Juli so lebendig beschrieben, dass sie jedes davon erkannt hätte. Auch deshalb wusste Juli sogleich einen Namen für das große Tier, das mit schwankendem Gang aus dem Gebüsch kam, gegenüber der Richtung, in die Hedwig gegangen war.

Witternd schwenkte der Bär seinen mächtigen braunen Schädel von rechts nach links und wieder von links nach rechts.

Die Pferde begannen, wie verrückt vor Angst an ihren Stricken zu zerren, obwohl das Raubtier von ihnen noch weit entfernt war. Juli sah, wie bei den heftigen Bewegungen wieder Blut von Tiuvels Brust tropfte.

Der Bär näherte sich gemächlich Julis Baum, und sie musste sich nicht an Hedwigs Worte erinnern, um so reglos und stumm zu bleiben, als wäre sie mit dem Eichenast verwachsen. Die Bärennase blähte sich, und ebenso blähten sich Julis Nasenflügel, als der strenge Raubtiergeruch zu ihr aufstieg. Der Bär hob den Kopf und witterte zu ihr empor, setzte sich auf die Hinterbeine und richtete sich ein wenig auf. Bären konnten gut klettern, hatte Hedwig gesagt. Juli hielt die Luft an und spürte, wie sie anfing zu zittern.

Doch da senkte das bedrohliche Tier den Kopf wieder und wandte sich stattdessen den Pferden zu. So plötzlich, dass Juli zusammenzuckte, rannte er auf den mit seinem Strick kämpfenden Tiuvel los und schlug mit der Pranke nach ihm.

Juli sah, dass er dem Hengst das Fell aufgerissen hatte, und sie wimmerte. Tiuvel allerdings schien dieser erneute Schmerz zu dem Teufel zu machen, nach dem er benannt war. Es gelang ihm endlich, sich loszureißen. Statt zu fliehen, ging er wie ein Drache auf den Bären los, warf sich herum und versetzte ihm mit den Hinterhufen einen so gewaltigen Schlag, dass er aufjaulte und ein wenig zur Seite hinkte. Tiuvel wiederholte die Attacke, brachte damit jedoch nun den Bären so in Bedrängnis, dass dieser seinerseits wieder angriff.

Von nun an wurde der Kampf von beiden Tieren mit einem erbitterten, heftigen Wahnsinn, mit schrillen Lauten, Schnauben und Brüllen geführt. Juli saß mit aufgerissenen Augen und offenem Mund da. Sie sorgte sich um Hedwigs schwarzen Hengst, doch so wie jetzt hatte sie ihn nie zuvor erlebt, und hätte sie sagen sollen, vor welchem der beiden Tiere sie sich in diesem Augenblick mehr fürchtete, hätte sie es nicht beantworten können. Endlich traf Tiuvel den Bären mit einem Schlag des Hinterhufs am Kopf, und das Raubtier fiel um.

Mit einem wimmernden Seufzer atmete Juli aus. Ihre Erleichterung hielt nur für einen Augenblick an. Tiuvel stöhnte, wie sie noch nie ein Pferd hatte stöhnen hören, brach erst vorne in die Knie und rollte dann auf die Seite.

Unsicher wartete Juli noch eine Weile und behielt ängstlich den leblosen Bären im Auge. Dann siegte ihr Mitgefühl. Sie kletterte von ihrer Eiche, hinkte eilig zu Tiuvel hinüber und plapperte die tröstenden Worte, die Hedwig auch ihr sagte, wenn sie sich verletzt hatte. Er stöhnte wieder, doch dieses Mal klang es für sie, als sei er froh, dass sie da war.

Vorsichtig umrundete sie ihn, kniete sich zu seinem Kopf und streichelte ihn zärtlich und beruhigend, während sie weiter mit ihm sprach wie mit einem kranken Kind. Sie tat es auch dann noch, als der schwarze Hengst aufgehört hatte zu atmen.

⁂

Hedwig blieb der Aufschrei in der Kehle stecken, als sie die winzige Juli neben Tiuvels großem Leib halb in einer Blutlache hocken sah. Nur wenige Schritte von ihr spielte der Wind auf eine Art im Fell eines liegenden Bären, dass nicht sicher zu sagen war, ob dieser noch atmete.

Mit gezogenem Messer stürzte Hedwig zu dem Raubtier, um festzustellen, dass sein Schädel zertrümmert war.

Ihr Herz schmerzte, noch bevor sie an Julis Seite angekommen war und sich zu ihr gekniet hatte. Schweigend streichelte sie mit dem Kind zusammen ihren Rappen, der sie fast zehn Jahre lang begleitet hatte. Dass sie in seinem letzten Augenblick nicht bei ihm gewesen war, reute sie so sehr, als sei er ein Mensch gewesen, und sie fühlte sich schuldig, weil sie ihn angebunden allein gelassen und ihm nicht gegen den Bären beigestanden hatte.

»Ich glaube, er hat mich beschützt«, sagte Juli nach langer Zeit mit leiser Stimme. »Der böse Bär hat so zu mir hochgesehen, als wollte er gleich zu mir heraufklettern.«

Hedwig drückte Juli an sich und stand mit ihr auf. »Ja, meine Kleine. Mein Tiuvel war ein Held. Er hat mir immer geholfen, und nun auch dir. Wir müssen ihn hierlassen, aber wir wollen ihn im Gedächtnis behalten, ja?«

Juli schmiegte ihr Gesicht an Hedwigs Hals. »Wie Wilkin«, murmelte sie.

Hedwig erwiderte mühsam. »Ja. Wie Wilkin.«

⁂

Da die trächtige Schimmelstute nun zusätzlich mit den Sachen bepackt war, die zuvor Tiuvel getragen hatte, konnte

Hedwig nicht mehr reiten. Dennoch legten sie am selben Tag noch ein gutes Stück Weg zurück, weil sie es nicht übers Herz brachte, in der Nähe ihres toten Pferdes zu lagern.

Ihr Zelt war mit den anderen Packpferden verloren gegangen, doch zwei Schafsfelle und warme Decken besaßen sie noch. An Hedwig gekuschelt wie üblich, mit ihrem Hund unter den Decken, schlief Juli erschöpft ein, während Hedwig kein Auge zutat, in die Flammen ihres kleinen Feuers starrte und gelegentlich eine Hand unter der Decke hervorstreckte, um das Feuer mit dem Holz zu füttern, das sie dazu bereitgelegt hatte.

In der Ferne heulten Wölfe, irgendwo brach ein leichtfüßiges Tier durchs Gesträuch, Eulen und Käuzchen ließen ihre schaurigen, doch vertrauten Rufe hören. Erst nun, da sie mit Juli allein war, kehrte ihr altes Gefühl für den Wald zurück: Vorsicht, aber keine Angst – Respekt, doch auch Geborgenheit. Sie wusste, dass der Bär nicht böse gewesen war, so wenig wie die Wölfe es waren, und dass es wahrscheinlich keinen zweiten in der Nähe gab. Zu viele Jahre hatte sie mit diesen Raubtieren in unmittelbarer Nachbarschaft gelebt, um sie jetzt zu verteufeln. Wenn sie sich den Anblick der toten Männer im Schmutz des Weges in Erinnerung rief, empfand sie es als weit größeres Wagnis, unter Menschen zu leben.

Als der Sonnenaufgang sich mit einem kalten Hauch ankündigte, legte Hedwig schließlich das letzte Holz aufs Feuer und schloss doch noch die Augen.

Drîbeins welpenhaftes »Wuff« weckte sie. Von dem jungen Hund war nur der Kopf mit umgeklappten Ohren zu sehen, den er unter den Decken hervorgeschoben hatte, um etwas zu beäugen, das offenbar sein Misstrauen erregte. Hedwig wandte nicht den Kopf, um herauszufinden, was es war. Mit einer geschmeidigen Bewegung griff sie nach ihrem Bogen und einem Pfeil, sprang auf und richtete den Bogen dahin, wohin Drîbein geblickt hatte. Ein gerüsteter, behelmter

Mann ließ sein Schwert fallen, riss die Hände hoch und erstarrte. Weil er seltsam stumm dabei blieb, ließ Hedwigs Instinkt sie herumfahren. Ein Bogenschütze legte dort im Schutz der Bäume eben auf sie an. Sie rief die ganze Kraft ihres eigenen Bogens an, und ihr Pfeil durchdrang das Kettenhemd ihres Gegners, wo Hemd und Halsschutz zusammenstießen.

»Tölpel«, stieß der andere wütend hervor. Noch ehe der von ihr getroffene Bogenschütze fiel, hatte Hedwig sich gebückt, einen zweiten Pfeil aufgehoben und aufgelegt. Doch der andere hatte ebenso schnell gehandelt und war vorgesprungen. Während Hedwig einen Schritt zurück machte und sich drehte, um auf ihn anlegen zu können, warf er ein Messer auf sie, dem sie nicht ganz ausweichen konnte. Es traf sie in die linke Brust und blieb stecken. Sie hörte sich schreien und fühlte gleichzeitig eine unbändige Wut in sich aufflammen. Etwas zu unbedacht löste sie den Pfeil, der am eisernen Schulterstück ihres Angreifers abglitt, ohne Schaden anzurichten. In rasender Hast holte sie sich den nächsten Pfeil und zielte erneut auf den Ritter, der sein Schwert wieder an sich genommen hatte und nun damit auf sie zukam. Juli war mittlerweile wach und umklammerte zusammengekauert ihren knurrenden kleinen Hund, gerade zu Hedwigs Füßen zwischen ihr und ihrem Gegner.

Hedwig beschwor abermals ihren Bogen, doch als wäre der Teufel im Spiel, prallte ihr Pfeil wieder an der Rüstung ab. Und dieses Mal bleib ihr keine Zeit, einen weiteren aufzuheben. Sie verharrte in ihrer Bewegung, als der Mann vor Juli stehen blieb, das Schwert zum Zustoßen erhoben.

Aus dieser Nähe erkannte Hedwig Hans von Torgau mit Leichtigkeit. Der eiserne Spitzbauch seines Brustpanzers barg seine Wampe, und sein Schwert hatte sie oft genug gesehen.

*Zeit gewinnen,* dachte sie und presste die freie Hand auf die schmerzende Wunde in ihrer Brust. »Sie ist die Tochter Eures Sohnes Ludwig«, sprudelte sie hervor. »Bedenkt das, wenn Ihr die Hand gegen sie erhebt. Mit ihr würdet Ihr jemanden töten, der wirklich von Eurem Blut ist.«

»Ein hinkendes Mädchen.« Er spuckte die Worte förmlich aus. »Warum sollte mich das von etwas abhalten? Aber meinetwegen darf sie auch allein hier im Wald krepieren. So lange, wie ich nur gewiss sein kann, dass ich dich getötet habe, du widerwärtiges Weib. Komm her und beug deinen Nacken für mein Schwert, dann lasse ich sie leben.«

*Ein kleines Mädchen allein im Wald,* dachte Hedwig, und ihr war, als müsse es tatsächlich so enden. Bedächtig ließ sie ihren Bogen fallen und ging um Juli herum. »Lauf weg, Juli«, sagte sie sanft.

* *

Juli zögerte nicht, als sie Hedwigs Aufforderung hörte. Sie kroch mit ihrem Hund im Arm unter den Decken hervor und rannte in die Büsche. Dort jedoch machte sie Halt, hockte sich hin und beobachtete, was auf ihrem Lagerplatz geschah.

Hedwig trat mit gebeugtem Haupt vor den gemeinen Mann mit dem Schwert. Er versetzte ihr eine Ohrfeige, von der sie ins Straucheln kam. »Das für den Ärger, den du mir gemacht hast. Und nun knie nieder.«

Es sah aus, als wolle Hedwig sich vor ihn hinknien, doch dann geschahen zwei Dinge auf einmal. Hinter dem Mann kam lautlos Ritter Heinrich angelaufen, barfuß und ohne Rüstung, aus einer Wunde in seiner Seite blutend, aber mit einem Schwert in der Hand. Hedwig riss ihre Hand hoch und schnellte mit ausgestrecktem Arm auf den Fremden zu, stieß ihm ihren silbern blitzenden Dolch durch den Schlitz, den sein Helm für die Augen ließ, und sprang zurück. Er schrie so grässlich, dass Juli sich die Ohren zuhalten musste, wobei ihr Hund sich befreite. Als der Ritter gleich darauf machtvoll mit dem Schwert auf den Hals des Mannes schlug, schloss sie auch die Augen. Gewiss hatte er ihm den Kopf abgehauen, und das wollte sie lieber nicht sehen.

Das Nächste, was geschah, war, dass sich Hedwigs vertraute Arme um sie legten, sie hochhoben und ein Stück weit forttrugen. Dort blieb Hedwig stehen und schlug ihren weiten Mantel so über Juli, dass sie davon mitgewärmt wurde. »Sieh mal, Juli, wie schön die Sonne aufgeht«, sagte sie, und ihre Stimme zitterte ein bisschen.

Juli öffnete die Augen, und wirklich leuchtete der Himmel in einem hübschen Farbspiel von Rosa und Violett. Gemeinsam blickten sie eine ganze Weile hinauf. Bis Drîbein zu ihnen getollt kam und dabei einen viel zu großen Ast mit sich zerrte, sodass Juli lachen musste. Gleichzeitig trat Ritter Heinrich zu ihnen, schwer atmend und noch immer mit nackten Füßen. Er ließ sich vor Hedwig auf beide Knie nieder und neigte kurz das Haupt, bevor er zu ihr aufblickte. »Verzeiht mir, edle Herrin, wenn Ihr könnt. Darum bitte ich Euch. Ich war ein überheblicher Narr.«

Ritter Heinrich erzählte, wie er Hans von Torgau und zwei von dessen Männern gefolgt war, als sie sich aus dem Kampf losgemacht hatten, um ihr nachzujagen. Einer der Handlanger hatte sich ihm nach kurzer Zeit zum Kampf gestellt, und es war ihm gelungen, ihn zu besiegen. Als er jedoch Hans von Torgau und den letzten der Männer beinah eingeholt hatte, wandten sich beide gegen ihn, was damit endete, dass sie ihn für tot hielten und am Boden zurückließen. Er hörte sie noch harte Worte wechseln, wie sie mit ihr umspringen wollten, wenn sie sie endlich fingen, dann verlor er das Bewusstsein. Als er erwachte, drangen seltsame Laute kämpfender Tiere aus der Tiefe des Waldes zu ihm. Weil er eines davon als

Pferd erkannte und vermutete, dass es Hedwigs Hengst sein konnte, befreite er sich unter Qualen von seiner zerschlagenen Rüstung und den zum Lauf durchs Unterholz ungeeigneten Stiefeln und schleppte sich in Richtung der Geräusche, die jedoch bald verstummten.

Nachdem er lange Zeit später die toten Tiere gefunden hatte, war er, von Erschöpfung übermannt, eingeschlafen. Erst im Morgengrauen hatte er sich wieder aufrappeln und ihrer Spur folgen können. Dabei hatte er die beiden Pferde gefunden, die Hans von Torgau und sein Gefolgsmann an einen Baum gebunden hatten.

Diesem Umstand verdankte Hedwig es, dass sie schließlich doch zu Pferd in Brandenburg ankam. Darüber hinaus war es ihnen dank ihrer Berittenheit gelungen, auch einige der anderen Pferde wieder einzufangen, sodass sie beinah mit einer kleinen Herde unterwegs waren, die Hedwig kurzerhand als ihr Eigentum betrachtete.

Ihr Aufenthalt in der Stadt Brandenburg war lang genug, um alles zu klären, was mit Hedwigs Urkunden zu tun hatte, aber auch einen Brief an Kurfürst Friedrich zu senden, in dem sie ihm von Hans von Torgaus Überfall berichtete.

Sie veranlasste, dass die Toten geborgen und bestattet wurden, und sie schickte Ritter Heinrich zu einem Bader. Die Messerwunde in ihrer eigenen Brust hatte sich glücklicherweise als schmerzhaft, aber harmlos herausgestellt und verheilte bereits. Eines der erbeuteten Pferde tauschte sie gegen ein braves Pony, das sie Juli schenkte, und gegen neue Vorräte. Zu guter Letzt warb sie sich mit Ritter Heinrichs Hilfe zwei vertrauenswürdige Waffenknechte an, die bereit waren, mit ihr nach Friesack zu ziehen.

Eine Tagesreise und eine halbe nach diesem Aufenthalt in Brandenburg trafen sie in Friesack ein.

Es war Mitte Oktober, und ihre Ankunft fiel auf die schönsten Tage des Herbstes. Die rot-goldenen Laubfarben des Waldes strahlten im Sonnenlicht, und die Luft roch würzig. Windstöße pflückten die auf ihren Fall wartenden Blätter von den Ästen und ließen sie zur Feier ihres Abschieds zu einem letzten Tanz durch die Luft wirbeln. Auf den Feldern nahe Friesack waren Bauern dabei, den Winterroggen zu säen.

Hedwig schwieg und sog das Gefühl ein, nach dem sie sich so lange gesehnt hatte: Sie war heimgekehrt. In all der Zeit ihrer Abwesenheit hatte sie sich mit den fremden Landschaften und Städten abgefunden, sie oft auch bewundert und sich eingewöhnt, doch nie hatte sie sich so zugehörig gefühlt wie hier. Und das, obgleich es hier gar kein Heim für sie gab, sondern nur die nassen Ebenen, großen Wälder und eine schlecht behandelte alte Burg, in der keine Spuren ihres lang verlorenen Zuhauses mehr zu finden sein würden.

Doch es würde ihr gelingen, sich dieses Zuhause neu zu erschaffen, die alte Burg wieder erstarken zu lassen, als Schutz für ihre Kinder und alle, die ihr zugehörig waren oder sich ihr anschließen wollten.

Sie war so durchdrungen von der Kraft und Zielstrebigkeit, mit der diese Aufgabe sie erfüllte, dass sie der Begegnung mit dem ersten Hindernis auf diesem Weg geradezu freudig entgegenblickte. Den widerlichen von Bredow loszuwerden, würde nicht reibungslos vonstattengehen, doch es würde ihr eine Genugtuung sein.

Als der kleine Zug aus drei Männern, einer Frau, einem Kind und zehn Pferden im Dorf einzog, wo die Leute sich bei ihrem Anblick erschrocken die Hüte von den Köpfen rissen und sich verneigten, erinnerte Hedwig sich daran, wie sie hier mit Adam und Irina angestarrt worden war. Damals hatten die Menschen ungehemmt gegafft, heute wagten sie nicht, den Blick zu ihr und ihren Begleitern zu erheben. Sie empfand weder das eine noch das andere als angenehm.

Nur die Kinder verhielten sich ähnlich wie beim letzten Mal. Sie konnten ihre Neugier nicht bezwingen und folgten den Ankömmlingen in respektvoller Entfernung bis zum Burgtor.

Hedwig betrachtete das Dorf und seine Bewohner genau. Alles erschien ihr noch weit ärmlicher und in erbärmlicherem Zustand als zuvor. Sie überlegte, ob es daran lag, dass sie inzwischen Prächtigeres gewöhnt war und ihr Blick sich deshalb verändert hatte. Doch dann sah sie, wie groß die jungen Birken waren, die aus den Mauerkronen der Burg wuchsen, und den Berg aus stinkendem, von Ratten wimmelndem Unrat, der sich an einer Stelle des fast leeren Burggrabens angehäuft hatte und der ihr gewiss auch früher schon aufgefallen wäre. Die Lücken in der Mauer waren nicht geschlossen worden.

Ritter Heinrich hielt sich dicht an ihrer Seite, voll gerüstet und seine Waffen bereit, sie jederzeit zu verteidigen. Nicht ein einziges Mal hatte sie seit dem Überfall noch den Eindruck gehabt, dass er etwas nicht ernst nahm, was sie sagte, und er hatte ihr geschworen, ihr so lange beizustehen, wie sie Verwendung für ihn hatte.

Im Inneren der Burg waren einige Knechte damit beschäftigt, ein totes Schwein zum Ausweiden aufzuhängen, während zwei noch lebende Tiere in der blutigen Erde neben den Pfählen wühlten. Eine Magd trug die zum Schlachten nötigen Schüsseln und Eimer herbei, sonst war kein Mensch zu sehen.

So erstaunt, als würden sonst niemals Gäste in Friesack erscheinen, hielten die Leute in ihrer Arbeit inne und wechselten schnelle, ratlose Blicke, bevor sie sich verneigten. Hedwig ritt bis vor ihre Füße und sah auf sie herunter. »Einen gesegneten Tag und gesegnete Arbeit wünsche ich euch. Ist der Herr nicht im Haus? Sonst geht und kündigt ihm an, dass Hedwig von Quitzow gekommen ist und ihn zu sprechen wünscht.«

Die Magd ließ einen hölzernen Eimer fallen und schlug die Hände zusammen, schwieg aber und riss nur ihre Augen noch weiter auf.

Einer der Knechte kratzte sich mit seinen vom Schweineblut roten Fingern am Kopf. »Ja. Das würde ich schon. Aber, bitte um Verzeihung, hohe Herrin, der hochwohlgeborene Herr Graf, er kann es nicht leiden, gestört zu werden. Er wird dann ...« Er stieß seinen Nebenmann mit dem Ellbogen an. »Geh du, Otto. Dich hat er noch nicht so oft ...«

Der Otto Genannte zog die Schultern hoch und blickte flehend zu Hedwig auf. »Ich bringe Euch gern zu ihm, Herrin, aber ... Er ist ... Er schläft. Glaube ich.«

Ritter Heinrich räusperte sich. »Der werte Herr wird hier nicht mehr lange schlafen. Du jedoch könntest hier noch lange in Freuden leben und ... Schweine schlachten, wenn du dich jetzt zusammenreißt und uns zu deinem Herrn führst, wie es sich gehört. Oder gibt es hier einen Haushofmeister, dem diese Aufgabe eher zufiele?«

Otto nickte bedächtig. »Doch. Aber der ... schläft auch. Glaube ich.«

In der Tat waren es zwei Männer, die in der Halle vor dem hell brennenden Kaminfeuer in ihren Sesseln lagen und selbst dann noch weiterschnarchten, als die drei Hunde, die sich ebenfalls hier herumdrückten, anschlugen. Es stank so durchdringend nach getrunkenem Bier, Wein, Urin und Erbrochenem, dass Hedwig kaum Luft holen konnte vor Ekel. Voll Abscheu erinnerte sie sich daran, wie Bredow hier Gerhardt von Schwarzburg bewirtet und sie beleidigt hatte. Sie ließ zuerst den zaghaften Knecht, dann ihre eigenen Begleiter versuchen, den Burgherrn und seinen Hofmeister aufzuwecken, doch mehr als ein unverständliches, halb schlafendes Gemurr der Betrunkenen hatte das nicht zur Folge. Kurzentschlossen ließ sie die beiden auf einem Brett hinaus in die Kälte tragen und übergoss sie dort eigenhändig mit Wasser.

Der Burggraf von Friesack, den Gerhardt von Schwarzburg damals Bredow genannt hatte, war ein rotnasiger, fettleibiger Kerl geworden, dem die Haare ausgingen und der sich nicht pflegte.

Als er, vom kalten Wasser geweckt, hochfuhr und vor Wut brüllte, verstand Hedwig, warum das Gesinde sich vor ihm fürchtete. Sie ließ sich von einem ihrer Waffenknechte Bogen und Pfeil zurückgeben und legte auf Bredow an, ohne die Sehne zu spannen, während Ritter Heinrich mit gezogenem Schwert neben ihr stand.

Sogar in seinem geistig umnachteten Zustand begriffen der abgesetzte Burgherr und sein Hofmeister, dass sie es nicht mit frechen Bediensteten zu tun hatten. »Was wollt Ihr? Wer seid Ihr?«, lallte der schwankende Bredow und mühte sich müßig, sein Gesicht mit seinem nassen Ärmel zu trocknen.

»Erinnert Ihr Euch nicht an mich?«, fragte Hedwig. »Ihr nanntet mich einmal Ungeziefer. Nun, wisset, das Ungeziefer ist gekommen, um Euch aus dieser Burg zu kehren. Friesack gehört nun wieder einer gebürtigen von Quitzow. Ihr könnt dagegen aufbegehren, doch ich habe Brief und Siegel von Kurfürst Friedrich von Brandenburg und werde mein Recht gegen Euch durchsetzen. Ihr wart als Burggraf bis auf Weiteres eingesetzt, mich hat der Kurfürst mit Friesack und dem Zootzener Land auf Lebenszeit und darüber hinaus im Namen des von Torgauschen Erben belehnt. Ich gebe Euch Zeit bis morgen Mittag, Eure Angelegenheiten hier zu regeln, dann verlasst Ihr mein Land. Vielleicht hat der Markgraf eine neue Aufgabe für Euch.«

Angesichts ihres Bogens und der bewaffneten Männer an

ihrer Seite schluckte Bredow seinen Zorn so mühsam herunter, dass man ihn förmlich durch seinen Hals gleiten sah. »Darüber ist noch nicht das letzte Wort gesprochen«, sagte er.

Doch zumindest mit Hedwig oder Ritter Heinrich sprach er kein Wort mehr, während er seine Besitztümer packen ließ. Noch am selben Abend verließ er Friesack.

Hedwig stand in der Toröffnung der Burgmauer, in der ein Tor hing, das keinem Angriff mehr standhalten würde, und blickte ihm nach, wie er mit seinem Hofmeister und zwei Knechten davonritt. Hinter ihr näherten sich zögerliche Schritte, und sie sah sich um. In der Frau, die mit ihrem Blick ebenfalls den vertriebenen Männern folgte, erkannte sie die Magd, die ihr zehn Jahre zuvor in der Küche Brot geschenkt hatte, obgleich sie nun viel älter und verhärmt aussah.

Sie lächelte ihr zu. »Da gehen sie hin. Ist das nicht wunderbar? Wie heißt du? Ich erinnere mich an dich. Du hast mir einst Freundlichkeit erwiesen.«

Die Magd neigte respektvoll das Haupt. »Marie ist mein Name. Ist es wirklich wahr? Seid Ihr die neue Burggräfin? Ist der alte …?« Sie schauderte ein wenig.

Hedwig sah empor zu den Zinnen, auf denen siebzehn Jahre zuvor ihr Vater gestanden hatte, als Kurfürst Friedrich seine Kanone zur Belagerung brachte. *Ich bin zurück, Vater,* dachte sie. Doch statt Triumph fühlte sie nur Trauer über den Preis für diesen Sieg. Seufzend wandte sie sich der Magd zu. »Ja, Marie. Es ist wahr. Und nun … nun räumen wir auf.«

Ritter Cord zu Kyritz hatte sich gerade zur rechten Zeit entschlossen, auf seinem Lehen nahe Putlitz sesshaft zu werden, denn kurz darauf war sein Vater tatsächlich gestorben. Wie erwartet, hatte dessen Gemahlin ihn gebeten, ihr dabei zu helfen, die Besitzungen für den sechzehnjährigen Achim zu verwalten und zu verteidigen.

Ein Jahr lang war er damit beschäftigt gewesen, den Putlitzer Nachbarn klarzumachen, dass die Grenzen auch nach Kaspars Tod dieselben blieben. Nachdem sich die Lage seit einer Weile beruhigt hatte, war Achims Mutter voller Dankbarkeit darangegangen, sich ihm erkenntlich zu zeigen, indem sie endlich eine würdige Braut für ihn suchte. Es war keine leichte Aufgabe, da er trotz seines Aufstiegs nicht zum hochgeachteten Adel gerechnet wurde und zudem nicht auffallend wohlhabend war. Und weil er sich in den Kopf gesetzt hatte, die Putlitzer Nachbarschaft nicht wieder zu verlassen, schieden solche Witwen, die einen Ehemann suchten, um die Herrschaft über die Hinterlassenschaft ihrer verstorbenen Gatten zu behaupten, als Gattinnen für ihn aus.

Doch Achims Mutter war hartnäckig, und Cord dankte ihr die Mühe, da er sich mehr denn je danach sehnte, eine Familie zu gründen. So verließ er seinen Herrensitz, den er sich in der kleinen Stadt Kyritz geschaffen hatte, sofort, als sie ihn nach Putlitz rief, weil sie eine mögliche Braut für ihn dorthin eingeladen hatte.

Die junge Ingrid stammte aus einem adligen Haus, das in ihrer Generation mit zahllosen Töchtern gestraft war, und brachte daher wenig Vermögen mit. Doch als Cord sich nach einigen Tagen vorerst wieder von ihr verabschiedete, war er verliebt genug in die hübsche, freundliche Jungfer, um sich eine Ehe mit ihr zu wünschen.

Bei der Rückkehr in sein Herrenhaus berichtete ihm sein Vogt, dass die neue Burggräfin von Friesack einen Boten gesandt habe, der sich nach seinem Aufenthalt erkundigt habe. Außerdem habe der Bote ungehörig geschwatzt und seine Befürchtung kundgetan, dass die neue Burggräfin gewiss nicht lange überdauern würde, da Bredow auf Rache für den schmählichen Verlust sinne. Er würde sich nicht damit aufhalten, ob die verbrieften Rechte der edlen Frau gültig waren oder nicht, sondern sie gewiss umbringen und die Burg wieder in Besitz nehmen.

»Und glaubst du das auch?«, fragte Cord seinen Vogt, der gewöhnlich einen recht guten Überblick über die Geschehnisse in der Umgebung hatte.

Der Vogt brummte zustimmend. »Der alte Straßenräuber wird sich nicht von einem Weib aus seinem Nest schubsen lassen, und hat er auch nur als Kuckuck darin gesessen.«

»Wer ist denn eigentlich dieses Weib?«

»Angeblich eine gebürtige von Quitzow.«

Es kostete Cord nur eine Stunde, zehn Bewaffnete zusammenzurufen, mit denen er sich in der eisigen Novemberkälte, aus der er gerade erst gekommen war, gleich wieder auf den Weg nach Friesack machte. Geritten wäre er auf jeden Fall, um zu prüfen, ob da eine Edelfrau seine Unterstützung begehrte, doch wäre es nicht um eine gebürtige von Quitzow gegangen, hätte er es gewiss um einen Tag verschoben.

Es war finster, als sie das Dorf Friesack erreichten, und es herrschte dort eine merkwürdige Menschenleere, als seien die Bewohner sämtlich ausgeflogen.

Cord kannte den unangenehmen Bredow. Er hatte sich nicht nur die Burg Friesack und ihre Ländereien schon früher angesehen, sondern auch den Zootzener Wald. Den Hinweisen nachgehend, die er aus Hedwigs Erzählungen im Sinn behalten hatte, war er auf ihren Spuren bis zu dem Waldkloster vorgedrungen, dessen uralter Abt mit ihm über den einsiedlerischen Richard gesprochen hatte, und der Geistliche hatte ihm einen roten Edelstein gezeigt, den er zum Gedenken an diesen Ritter aufbewahrte, der dem Kloster einst fast seinen gesamten Besitz vermacht hatte. Die Hütte, in der

Hedwig aufgewachsen war, hatte Cord nicht finden können. Doch es war ihm bei jedem Wildwechsel vorgekommen, als hätte er Hedwig als junges Mädchen leichtfüßig darauf entlanghuschen sehen, mit hochgeschürztem Rock und ihrem Bogen in der Hand auf Pirsch.

Zu seiner Überraschung war das Burgtor von Friesack nicht nur verschlossen, als sie es erreichten, sondern es schien auch geflickt und zum Teil erneuert worden zu sein. Auch waren die Lücken in der Burgmauer notdürftig verschlossen worden.

Im flackernden Licht ihrer Fackeln schickte er einen seiner Männer zum Anklopfen.

Gleich darauf ertönte ein »Wer da?« von den Mauerzinnen links neben dem Tor. Es war eine Frau, die da rief, und als Cord hinaufblickte, stand sie als schwarzer Schemen vor dem wenig helleren Himmel da, die neue Burggräfin von Friesack. Der Pfeil auf ihrem Bogen zielte genau auf seine Kehle.

Es war ihm, als sei er nach einer langen Reise heimgekehrt. »Guten Abend, Drachenmaid. Ich komme nicht, um deine Burg zu erobern. Mach mir lieber das Tor auf«, sagte er.

Einen Atemzug lang schwieg sie, dann senkte sie den Bogen und lachte. »Edler Herr zu Kyritz, das könnte Euch so passen. Ich habe mir geschworen, niemals wieder einen Mann durch dieses Tor hereinzulassen, der mir keinen Respekt erweist.«

»Ich habe schon gehört, dass die neue Burggräfin von Friesack den feisten Bredow hinausgeworfen hat. Aus Sorge, dass seine Rache die edle Frau in Not bringen könnte, bin ich hierhergehetzt und wollte sie retten. Hätte ich gewusst, dass du es bist, Hedwig von Torgau, wäre ich getrost zuhause am Feuer sitzen geblieben. Gegen dich hat der Dicke keine Aussicht auf den Sieg.«

Sie lachte wieder, und kein Laut der Welt hätte ihn glücklicher machen können. »Mein Bote bestellte mir, du säßest gar nicht am heimischen Feuer, sondern würdest gerade heiraten. Stimmt das nicht?«, sagte sie, und er meinte, ein kleines Schwanken in ihrer Stimme zu hören.

Heiraten? Das Bild seiner jungen Braut verblasste schlagartig vor Cords innerem Auge. »Es stimmt nur fast. Hedwig, lass mich herein, es ist kalt und zugig hier draußen. Und …«

Bevor er weitersprechen konnte, öffnete sich das Tor. Er wurde mit seinen Männern hineingewunken, hinter ihnen verriegelten zwei Knechte das Tor.

Innerhalb der Mauern wimmelte es von bewaffneten Dörflern und Vieh, als würde man mit einem Angriff rechnen.

Ein alter Ritter näherte sich ihnen, doch Cord hatte nur Aufmerksamkeit für Hedwig. Wo war sie? Auf der Mauer stand sie nicht mehr, und in der Dunkelheit konnte er sie im Menschengedränge des Burghofes nicht entdecken. Unhöflich überging er die förmliche Begrüßung des alten Kämpen. »Grüß Euch. Wohin ist die Burgherrin verschwunden? Ich hatte mich darauf gefreut, sie zu begrüßen.«

Der Ritter räusperte sich missbilligend. »Die edle Herrin hat offenbar beschlossen, dass Ihr genügend Respekt besitzt, um Euch einzulassen. Was mich betrifft, möchte ich Euch sagen, dass ich nicht zu alt bin, Euch zu fordern, wenn Ihr Euch gegen sie nur die geringste Freiheit herausnehmt. Meine Herrin ist wehrhaft, aber dennoch eine hohe Edelfrau, der jede Verehrung gebührt. Ich hoffe, Ihr seid Euch dessen bewusst.«

Cord hieb ihm leutselig auf die Schulter. »Mein Lieber, Ihr sprecht mir aus der Seele. Aber wo ist sie nun?«

**

Die Glückseligkeit, die Hedwig ergriffen hatte, als sie Cord erkannte, war einer überwältigenden Mischung aus Gefühlen gewichen. Die Freude auf seine Nähe, die Unsicherheit darüber, welche Gefühle er ihr noch entgegenbrachte, das schlechte Gewissen, weil die Trauer über Wilkins Tod ihr Glück über Cords Erscheinen nicht minderte. Vor allem aber das schlechte Gewissen, weil sie schon zwei Wochen in Friesack geweilt hatte, bevor sie sich durchgerungen hatte, sich nach ihm zu erkundigen. Es war nicht, dass sie nicht an ihn gedacht hatte, doch sie hatte nicht mit ihm zusammentreffen wollen, bevor sie in ihrem Zuhause wieder Fuß gefasst hatte. Anderenfalls hätte sie vielleicht nicht mit der Verachtung leben können, die er ihr entgegenbringen mochte, wenn sie den Schwur einlöste, den sie sich selbst geleistet hatte. Wenn sie ihn je wiedersah, hatte sie sich geschworen, dann würde sie ihm ohne Umschweife erzählen, dass Juli seine Tochter war, und seinen Zorn aushalten.

Daher stand sie nun mit Juli an der Hand in der bevölkerten, inzwischen sauberen Halle beim Feuer, als er mit Ritter Heinrich eintrat, und wartete so besorgt auf ihn, dass sie seinen Anblick nur halb genießen konnte.

Seinen Helm unter den Arm geklemmt, kam er mit strahlendem Gesicht zu ihr. Sein Blick wanderte zwischen ihr und Juli hin und her und fiel schließlich auf ihren gewölbten Leib.

Seine Miene wurde ernst. »Du bist guter Hoffnung. Wo ist Wilkin?«

Unwillkürlich legte sie ihre freie Hand auf ihren Bauch, dorthin, wo sie seit einigen Tagen ein zartes Flattern fühlte, als bewege sich das winzige Wesen schon.

»Wilkin lebt nicht mehr. Er ist mit dem König nach Rom aufgebrochen und unterwegs … Er ist ertrunken, Cord. Kannst du dir das vorstellen? In der Donau ertrunken.«

Erschüttert sah er ihr in die Augen. »Mein Gott, Hedwig, das tut mir leid. Hätte ich das gewusst, dann …«

»Er hat den Sohn von Kurfürst Friedrich gerettet.« Juli sagte es so laut und stolz, dass Hedwig sich schämte, es nicht selbst gleich erwähnt zu haben. »Und deshalb hat der Kurfürst Hedwig Friesack gegeben. Für Wilkins Sohn.« Sie tätschelte mit ihrer kleinen Hand Hedwigs Bauch.

»Das war gerecht von ihm«, antwortete Cord ihr mit ernster Stimme.

»Oh. Hedwig hat ihm gesagt, dass er das tun soll. Sie hat hier gewohnt, als sie noch klein war. Wusstest du das?«

»Ja, Prinzessin, das wusste ich. Und die Tiere im Zootzener Wald sind heute noch scheu, weil Hedwig dort gejagt hat und eine so gute Jägerin war.«

Juli kicherte, wurde aber gleich wieder ernst. »Die sind doch immer scheu. Bis auf die Bären. Ein böser Bär hat Tiuvel getötet, Cord.«

»Oh nein. Mir scheint, ihr beide habt mir viel zu erzählen. Sollen wir uns nicht zusammen ans Feuer setzen?«

Hedwig wünschte nichts sehnlicher, als sich mit ihm ans Feuer zu setzen und ihm alles zu erzählen, was sie jemals zu erzählen haben würde. Doch davor stand ihr Schwur.

»Ich muss dir zuerst etwas gestehen. Und ich könnte es dir nicht verdenken, wenn du mir danach so sehr zürnen würdest, dass du mir nicht verzeihen kannst. Cord, meine kleine Juli ist nicht das Kind eines Knechts. Sie ist Irinas und deine Tochter. Ich bitte dich tausendmal um Vergebung dafür, dass ich dir das nicht schon vor Jahren gesagt habe.«

»Was?«, fragte Juli, während Cord noch schwieg, als hätte auch er ihre Worte nicht verstanden. »Was heißt denn das?«

Cord wandte sich ihr langsam zu und betrachtete sie mit großen Augen. »Das heißt, dass ich dein Vater bin, kleines Mädchen. Ich hätte es gleich wissen können, so reizend und mutig, wie du bist.«

Juli kicherte wieder, doch Hedwig beobachtete ängstlich Cords Miene. Sie wusste, dass er freundlich genug war, um das Kind nicht seinen Ärger spüren zu lassen. Welches Urteil aber würde er über sie fällen? Auf einmal kam es ihr vor, als würde seine Verachtung für sie dasselbe bedeuten wie ewige Verdammnis, und ihr Herz zitterte vor Angst.

Er sah von Juli zu ihr, traf ihren Blick und hob verwundert seine Brauen. »Was erwartest du von mir, Drachenmaid? Du hättest es mir früher sagen sollen, da hast du recht. Aber ... Fragtest du mich, von welchem Menschen ich mein Kind lieber hätte aufziehen lassen, so fiele mir keiner ein. Schon gar nicht jetzt, wo du offenbar wieder die Alte bist und ich sicher sein kann, dass niemand unserer Juli ein Härchen krümmen wird, solange du atmest. Wenn du unbedingt sühnen willst, dann dulde mich dann und wann in eurer Nähe, damit ich meine Tochter kennenlerne. Ich wäre allerdings neugierig zu erfahren, warum du es mir nicht gesagt hast. Was hast du gefürchtet? Dass ich sie dir fortnehme?«

Hedwig war versucht zu lügen, doch ihre alte Aufrichtigkeit siegte. »Ich war jung und dumm und wollte nicht mit dir darüber sprechen, dass du mit Irina ... während ich glaubte, einen Anspruch auf dich zu haben. Töricht und eigensüchtig war ich, das weiß ich. Dass ich gefürchtet habe, mich von Juli trennen zu müssen, war der zweite Grund.«

Er trat einen Schritt näher, sah ihr tief in die Augen und sprach so leise, dass niemand sonst ihn verstehen konnte. »Der Himmel ist mein Zeuge: Du hattest einen Anspruch auf mich. Hättest du ihn damals eingelöst, dann wäre Juli dein und mein Kind. Ich war verrückt vor Sehnsucht nach dir.«

Hedwig antwortete flüsternd: »Und ich ging mit einem anderen. Was ich dir schuldig bin, ist weit mehr, als ich je wiedergutmachen könnte. Und nun stehe ich hier, erwarte Wilkins Kind und hoffe doch auf deine Freundschaft. Was bin ich für eine Närrin.«

»Ich habe Wilkin als Freund geliebt. Sonst hätte ich dich nicht mit ihm gehen lassen. Dich aber liebe ich nicht nur als Freundin. Gib mir Hoffnung, und du darfst von mir erhoffen, was immer du wünschst. Dein Kind kann ich lieben, wie du meines liebst.«

Hedwig ließ Juli los, zog Cord mit beiden Händen an den Seiten seines Brustpanzers heran und gab ihm einen Kuss auf den Mund.

Neben ihnen räusperte sich Ritter Heinrich. »Darf ich also annehmen, wir haben einen Nachbarn als Verbündeten gewonnen? Das würde helfen, wenn der feiste Bredow morgen früh heranzieht.«

Cord löste sich von Hedwig und grinste wie ein glücklicher Knabe. »Aber gewiss doch, mein Bester. Nicht dass diese edle Frau Hilfe bräuchte. Aber ich bin nichts lieber als ihr Verbündeter. Bis ans Ende meines Lebens.«

# Wichtige Personen

Hedwig von Quitzow jüngste Tochter von Dietrich und Elisabeth von Quitzow, geht als Zehnjährige bei der Eroberung der elterlichen Burg Friesack durch Kurfürst Friedrich im Wald »verloren«

Wilkin von Torgau offiziell erstgeborener Sohn des Hans von Torgau, in Wahrheit illegitimer Sohn von Hedwigs Ziehvater Richard von Restorf

Cord, Bastard von Putlitz unehelicher Sohn des Kaspar Gans zu Putlitz

Irina von Himmelsfels Spielweib, Ehefrau von Adam von Himmelsfels, Hedwigs Freundin

Juli Irinas Tochter Juliana

Johann von Quitzow Hedwigs Onkel, der Bruder ihres Vaters Dietrich

Agnes von Quitzow Hedwigs Tante, Johanns Gemahlin

Köne von Quitzow Hedwigs älterer Bruder

Dieter (oder Jung-Dietrich) von Quitzow Hedwigs jüngerer Bruder

Gerhardt von Schwarzburg Bruder des Erzbischofs von Magdeburg

Hans von Torgau Wilkins offizieller Vater

Reinhardt von Torgau Wilkins Bruder, zweitältester Sohn Hans von Torgaus

Ludwig von Torgau Wilkins Bruder, jüngster Sohn Hans von Torgaus

Richard von Restorf Hedwigs Ziehvater, lebte mit ihr einsiedlerisch im Wald nahe Friesack

Adam von Himmelsfels Spielmann, Sohn eines armen Ritters aus Magdeburg

Hüx eigentlich Hinz, ein junger Pferdeknecht Johann von Quitzows von der Plattenburg

Bori alleinstehende ungarische Bäuerin, die sich vor der drohenden Leibeigenschaft versteckt und dabei tatkräftig Alte und Kranke versorgt, die von ihren Leuten zurückgelassen worden sind

Mara Julis Amme, eine verwitwete ungarische Hussitin

Helmwart ein Pressburger Wachmann mit besonderem Spürsinn, der König Sigismund als »Wahrheitsfinder« in strittigen Rechtsfällen dient

Margot von Torgau Wilkins Mutter, Hans von Torgaus Gattin

Ebeling von Krummensee Cords Onkel, alter Freund derer von Quitzow

Abt Claudius Vorsteher des Waldklosters St. Michaelis, mit dem Hedwigs Ziehvater Richard ein Abkommen hat

Tristan, Isolde, Tiuvel Hedwigs Hund, Habicht und Pferd

Drîbein Julis Hund

Heinrich von Eckstein ein alter Ritter aus Kurfürst Friedrichs Umfeld, der sich bereit erklärt, Hedwig am Ende ihrer Reise zu unterstützen, um seine »Pension« zu sichern

Conradus und Matthäus Agnes von Quitzows geistlicher Beistand

Ritter Eckhard der tote Ritter aus der »Silbernen Au«

# Historische Personen

König Sigismund (1368–1437) König von Ungarn und ab 1410 (Krönung 1414) Römischer (römisch-deutscher) König. Sigismund war als Knabe zuerst selbst Kurfürst von Brandenburg und an der Wahl seines Bruders Wenzel zum Römischen König beteiligt. Durch die Heirat mit Maria von Ungarn wurde Sigismund zum immer wieder angefochtenen König des Landes. (In einer späteren Ehe war er mit Barbara von Cilli verheiratet.) Nach Wenzels Absetzung gewann er unter schwierigen Umständen die Wahl zum Römischen König, was er maßgeblich Friedrich von Hohenzollerns Einflussnahme auf die Kurfürsten verdankte.
Als Lohn für diesen Einsatz erhielt Friedrich von ihm die Mark Brandenburg zum Pfand und fungierte häufig als Statthalter im Reich.
Erst 1433 wurde Sigismund tatsächlich in Rom zum Kaiser gekrönt. Im selben Jahr gelang es endlich, in der Auseinandersetzung mit den Hussiten zu einer Einigung zu kommen.

Friedrich von Hohenzollern (1371–1440) Burggraf von Nürnberg, zuerst Markgraf von Brandenburg, dann Kurfürst und Sigismunds Erzkämmerer. Der Stammvater der brandenburgischen Hohenzollern, aus denen später das preußische Königtum und Kaisertum hervorging.

Friedrichs Ehefrau Elisabeth

Friedrichs Töchter: Elisabeth, Caecilie, Magdalena, Dorothea

Friedrichs Söhne:

Johann ab 1425 Markgraf von Brandenburg

(Jung-)Friedrich ab 1422 mit der polnischen Prinzessin Hedwig verlobt, verbrachte seine Jugend am polnischen Hof in Krakau

Albrecht (1414–1486), der sich später den Beinamen »Achilles« gab, wurde 1470 Markgraf und Kurfürst von Brandenburg und setzte die Linie der brandenburgischen Hohenzollern fort. Er soll neunzehn Kinder gehabt haben.

Władysław II. Jagiełło (1348–1434) Großfürst von Litauen und König von Polen

Katharina von Braunschweig-Lüneburg (1395–1442) Markgräfin von Meißen und Kurfürstin von Sachsen, Gemahlin Friedrichs IV. von Meißen. Sie organisierte 1426 während der Abwesenheit ihres Gatten ein Entsatzheer für die von Hussiten belagerte Stadt Aussig.

Dietrich und Elisabeth, Johann und Agnes, Köne, Margarete und Dieter von Quitzow Die brandenburgischen Brüder Dietrich und Johann waren ein legendäres, machthungriges Gespann. Ob man sie einfach nur als Raubritter betrachten darf, ist heute umstritten.

Kaspar Gans zu Putlitz Freund der älteren Brüder von Quitzow, im Roman fiktiv der Vater von Cord

Günther II. von Schwarzburg Erzbischof von Magdeburg von 1403 bis 1445

Gräfin Constantia von Meissen Tochter von Burggraf Heinrich I., Schwester von Heinrich II.

Otto von Rohr Bischof von Havelberg (mit Sommersitz Plattenburg)

Oswald von Wolkenstein (etwa 1376–1445) kampferprobter adliger Dichter, Sänger und Spielmann

Henmann Offenburg und Kaspar Schlick Vertraute König Sigismunds

Vlad (Dracul, nach seiner Mitgliedschaft im Drachenorden) walachischer Fürst, Vater des berüchtigten Vlad Țepeș (Vlad, des Pfählers), der als Vorlage für Graf Dracula gilt

Hunyadi ungarischer Feldherr aus der Walachei, Vater von Matthias Corvinus, der 1458 König von Ungarn und Böhmen wurde

# Bedeutung der ungarischen Sätze

*A sárkány soha nem hal meg.* Der Drache stirbt nie.
*Egy asszony.* Eine Frau.
*Jó napot.* Guten Tag.
*Jó reggelt.* Guten Morgen.
*Kedves.* Ein freundlicher Mann.
*Melyik a következő-város?* Welches ist die nächste Stadt?
*Mennyibe kerül?* Wie viel?
*Merre van dél?* Wo ist Süden?
*Most megmutatom neked a sárkány barlangját.* Nun zeige ich dir die Höhle des Drachen.
*Nekem kell kenyér és tej.* Ich brauche Brot und Milch.
*Nekem kell víz.* Ich brauche Wasser.
*Nem akarok meghalni.* Ich will nicht sterben.
*Ott már jég van. Odáig nem megyünk. Itt élt a sárkány.* Dort beginnt das Eis. Dahin gehen wir nicht. Hier hat der Drache gelebt.
*Semmit.* Nichts.

# Glossar

BRUCHE alte Wickelhose, auch Unterhose

DIECHLINGE Beinröhren der Ritterrüstung

EGER die Stadt Cheb in der heutigen Tschechischen Republik

ENTSATZHEER Heer, das eine belagerte Stadt »entsetzen« soll, das heißt, von den Belagerern befreien

ESTRADE erhöhtes Podium für hervorgehobene Sitze

FAMILIARIS Vertrauter

HORNUNG (auch Taumond) alter Name für Februar

HUDEWALD Wald, in dem Vieh gehütet wurde, und der deshalb weniger Unterholz und niedrige Äste hatte

JULE Sitzbogen für Beizvögel

LUCH Flachmoor in Brandenburg

NATTERNZUNGEN in Wahrheit fossile Haizähne, die durch Farbänderung Gift anzeigen sollten

OFEN das heutige Budapest

OSTERMOND April

PAVESE besonders großer Schild, der als Schutz nicht nur gehalten, sondern auch aufgestellt werden konnte

PRESSBURG das heutige Bratislava

SCHECKE eng anliegende Jacke

TIUVEL mittelhochdeutsch für Teufel

TJOST auch »Gestech«, das berittene Lanzenstechen auf ritterlichen Turnieren

UNTERTRUNK Mittagsmahlzeit

VAGANTEN umherziehende Studierte, z.T. Geistliche

WILDER MANN ein mythisches Wesen aus der Vorstellungswelt des Mittelalters, ähnelt einem einzelgängerischen »Urmenschen«, der in der Wildnis lebt

WURFZABELSPIEL Vorläufer von Backgammon

ZAUCHE Landschaft in Brandenburg. Die Zauche und das Havelland sind der geschichtliche Ursprung der Mark Brandenburg.

Der Gebrauch des Wortes »Weib« hat heute oft einen unangenehmen Beiklang. Doch damals war ganz wertungsfrei jede Frau ein Weib, es sei denn, sie war verheiratet und vornehm: Dann war sie eine Frau oder gar eine Edelfrau. Damen hingegen gibt es erst seit dem 16. Jahrhundert.

Der Drachenschädel, den Bori Hedwig zeigt, ist keine freie Erfindung von mir. In der slowakischen »Drachenhöhle« von Demänová in der Niederen Tatra (Demänovská Dolina) fand man schon früh Mammutknochen und hielt sie anfänglich für die eines Drachen. Ich habe mir den Schädel eines jungen Mammuts vorgestellt.

In einem Dialog zwischen den höfischen Herren und Edelfrauen, der Hedwig in dem Moment unverständlich bleibt, wird auf Lieder Oswald von Wolkensteins angespielt, der mitunter recht derbe Verse schrieb:

»Wie könnt' ein zartes hübsches Mädchen mein Herz heilsamer schmücken« (*Wie möchte ain zart seuberliche dirn tröstlicher gezirn*), beginnt ein solcher Vers und endet mit: »Bauch an Bäuchlein, Pelz an Pelzlein, frisch und eifrig, nimmermüd gestoßen.« (*Bauch an beuchlin, rauch an reuchlin snell zu fleiss allzeit frisch getusst.*) In dem weiteren genannten Lied beschwert Oswald sich über die bösen Frauen: »Flieht vor dem Glanz böser Frauen, bedenkt, wie es in ihrem Inneren aussieht, ihr Schwanz ist voller Gift« (*Fliecht böser weibe glanz, bedenkt inwendig ir gestalt, vergiftig ist ihr swanz*).

Der Dichter hatte zeitweise ein sehr vertrautes Verhältnis zu König Sigismund. Als ich seine Lieder las, bekam ich den Eindruck, dass die beiden wahrscheinlich vergnügt zusammen gezecht haben.

# Danksagung

»Die Bogenschützin« ist mein vierter historischer Roman, und damit wird es höchste Zeit für eine kleine Erwähnung all derer, die mich auf verschiedene Weise bei meiner Arbeit unterstützen.

Mein erster Dank gilt meiner Familie, die oft große Geduld mit mir beweisen muss, wenn ich »nur noch diesen einen Satz zu Ende schreiben« will. Was »Die Bogenschützin« betrifft, hat mir zudem meine Tochter mit dem Namen »Drîbein« für Julis Hund ausgeholfen und mit der Fabel, die Adam seinen Begleitern kurz vor seinem Tod erzählt.

Glücklich schätze ich mich außerdem, weil ich den Rückhalt der Lüneburger »Wortmälzer« genieße, einer Autorengruppe mit unendlicher Begeisterung für die Arbeit am Text. Niemand kann sich bessere Testleser wünschen.

Überhaupt sind Erstleser, die ein kritisches und dennoch zur Weiterarbeit inspirierendes Urteil abgeben, von unschätzbarem Wert. In dieser Hinsicht gilt mein Dank meinem Agenten Peter Molden und seiner Frau und Mitarbeiterin Regina Molden und Beatrix Kaiser, die nicht nur wohlwollend riesige Ordner voll Manuskriptseiten zum Lesen entgegennimmt, sondern mich unter anderem mit ihren wunderschönen Fotografien immer wieder von der Wort- in die Bildwelt entführt.

Eine ganz besondere Hilfe bei diesem Roman hat mir freundlicherweise Józsefné Lajos geleistet, die als Muttersprachlerin alle ungarischen Wendungen beigesteuert hat.

Sollten sich dennoch Fehler eingeschlichen haben, sind es natürlich meine.

Bei einer Romanheldin, die Bogenschützin ist, möchte ich an dieser Stelle unbedingt die norddeutschen Bogenschützen erwähnen. Kein Problem um Pfeil und Bogen bleibt in dieser Gemeinschaft ungelöst. Darüber hinaus sind traditionelle Bogenschützen oft auch Freunde der experimentellen Archäologie und des alten Handwerks, sodass sich bei ihnen auf viele andere Fragen ebenfalls Antworten finden.

Zwar zuletzt genannt, aber keinesfalls am unwichtigsten, ist mein Dank an meine Lektorin Eva Wagner, die bisher die Manuskripte all meiner historischen Romane in ihre behutsame, liebevolle und aufmerksame Obhut genommen hat, um mit einem letzten Schliff das Bestmögliche daraus zu machen.

Euch allen und auch all den Lesern, die sich die Zeit genommen haben, mir mitzuteilen, wie gut ihnen meine Bücher gefallen, tausend Dank!